Selected Academic Papers of Yang Renjing

杨仁敬学术研究文集

杨仁敬 著

中国知名外语学者学术研究丛书

总策划：庄智象

Selected Academic Works of Renowned Foreign Language Scholars of China

上海外语教育出版社
外教社 SHANGHAI FOREIGN LANGUAGE EDUCATION PRESS

图书在版编目（CIP）数据

杨仁敬学术研究文集/杨仁敬著. —上海：上海外语教育出版社，2020
（中国知名外语学者学术研究论丛）
ISBN 978 - 7 - 5446 - 6562 - 9

Ⅰ. ①杨… Ⅱ. ①杨… Ⅲ. ①文学研究—美国—文集②英国文学—文学研究—文集
Ⅳ. ①I106 - 53

中国版本图书馆 CIP 数据核字（2020）第 191043 号

出版发行：上海外语教育出版社
（上海外国语大学内） 邮编：200083
电　　话：021-65425300（总机）
电子邮箱：bookinfo@sflep.com.cn
网　　址：http://www.sflep.com
责任编辑：苗　杨

印　　刷：上海叶大印务发展有限公司
开　　本：720×1000　1/16　印张 42.5　字数 667千字
版　　次：2021 年 4月第 1版　2021 年 4月第 1次印刷

书　　号：ISBN 978-7-5446-6562-9
定　　价：130.00 元
本版图书如有印装质量问题，可向本社调换
质量服务热线：4008-213-263　电子邮箱：editorial@sflep.com

编委会名单

目录

第二部分　美国后现代派小说简论

第三部分　美国其他作家泛论

第四部分　英国文学散论

附　录

总　序

我国波澜壮阔的改革开放伟大实践即将跨入第40个年头。40年的历程、40年的实践、40年的发展、40年的成就，令世界瞩目。这40年，中国发生了翻天覆地的变化，经济、政治、科技、教育、文化、外交、军事和社会发展等各项事业都取得了令人骄傲的进步，成绩辉煌。中国特色社会主义革命和建设的探索、开拓和创新推动中华民族的伟大复兴步入了快车道。正如习近平总书记所指出的那样："我们比历史上任何时期都更接近中华民族伟大复兴的目标，比历史上任何时期都更有信心、有能力实现这个目标。"

伴随着时代步伐，我国外语教育事业迅猛发展，学科建设、人才培养、学术研究、社会服务、文化传承与传播以及国际交流与合作均取得了长足的进步，成绩斐然。外语教育主动对接国家发展战略、主动服务国家发展需要，全面有力地支持了改革开放的实践与发展，在各个领域都发挥了重要的作用，为经济和社会发展，做出了积极的努力和贡献，功不可没。

上海外语教育出版社全心致力于中国外语教育事业的发展，将推动外语学科建设、人才培养、学术繁荣、社会服务、文化传播、国际交流与合作以及中国文化的国际传播作为义不容辞的责任。经过近40年的发展，外教社已成为我国最重要的外语出版基地之一，为外语教育事业的发展和进步做出了不懈的努力和积极的贡献。外教社策划出版的"改革开放30年中国外语教育发展丛书"和"新中国成立60周年外语教育发展研究丛书"，在全国外语界和出版界产生了热烈的反响，获得广泛好评，被有关媒体列为年度最有影响力的出版物之一。在即将迎来改革开放40年这一具有特殊意义的时间节点，外教社组织策划了“中国知名外语学者学术研究丛书”，计划出版100种，诚邀国内外语界知名专家学者，请他们梳理和精选改革开放以来，在各自学术领域最具代表性的成就和成果，结集出版，记录他们在各个外语学科领域或方面的所思、所学、所想和所为。丛书内容丰富，所涉领域广泛，几乎涵盖了外国语言文学研究、外语教育、教学研究、翻译学研究、跨文化交际研究等各个重要领域，包括：语音学研究、词汇学研究、语法学研究、语用学研究、认知语言学研究、心理语言学研究、文学理论研究、文学史研究、作家研究、文学作品研究、英汉对比研究、翻译理论与实践研究、翻译史研究、翻译家与翻译作品研究、外语教学理论与实践研究、学科建设与课程建设研究、教材与教学研究、测试理论与实践研究、跨文化交际理论与实践研究、外语复合型人才培养理论与实践研究、外语学科融合与人才培养研究等，既有理论研究和提炼，又有丰富的实践体验，充分展示了改革开放40年来外语学科方方面面的实践与发展、成就与成果，是读者了解和研究这一代学人不可或缺的文献资料。从他们的作品中，读者可以清晰地了解外语教育40年改革发展的历程，外语学科建设和学术研究演变的轨迹和不断发展和繁荣的过程，体察一代学人的学术追求和治学精神，尤其是他们在探索和创新中体现出的既积极跟踪国际学术研究发展，及时介绍、引进各种先进理论和方法，为我所用，又紧密结合中国外语教育的需求和实际，积极有效借鉴他人成果，针对我国外语教育、教学研究、人才培养等各方面的现实，通过学习、引进、消化、创造、创新解决现存问题，探索和建立具有中国特色的外语教育理论和实践体系，有力有效地促进和提升中国外语教育、学科、学术研究的发展的示范和引领价值。

丛书的作者大多是改革开放以来，在外语教育领域、各个学科或学术领域成就卓著的知名专家和学者。其中不少前辈亲身经历了改革开放、实践发展的风雨历程，见证了她的变化与前行，经历和体验了发展过程，主持或参与了不少外语教育改革方案的具体设计和实施，为外语教育事业的发展做出了突出的贡献。他们在几十年的学术生涯中，勤耕不辍、孜孜不倦，在各自研究的领域都取得了令人敬佩、敬仰和骄傲的成绩。他们是某一研究领域的拓荒者、奠基人，或是代表人物、主要建设者，推动、影响和引领某一学科或领域的发展，做出了特殊的贡献。如今他们大都年事已高，从改革开放启始时的青年才俊，风华正茂的外语学术栋梁，步入了古稀、耄耋之年。整理、遴选和出版他们的优秀学术成果，正是为了弘扬我国知名外语学者敢为天下先，善于探索、勇于创新的精神，继承他们那种“衣带渐宽终不悔，为伊消得人憔悴”的敬业精神，学习他们那种筚路蓝缕、坚忍不拔的创业精神。

从书的作者们与外教社有着十分融洽的长期合作，既是外教社的杰出合作者和最珍贵的资源，又是外教社员工的良师益友。他们有的从建社一开始就是外教社不签约的“签约作者”，始终如一地关心、支持外教社的发展；有的尽管合作时间稍短，但一直对外教社的各项工作鼎力相助。他们不但将其得意之作首选外教社出版，而且始终关注国内外外语学科的发展和学术研究的繁荣，及时向外教社的编辑们提供信息，介绍成果，提想法，提建议，献计献策，有力地推动了外教社出版工作的开展，极大地支持了外教社办社水平的提升。更值得一提的是，这一代学人深厚的家国情怀，崇高的敬业精神，强烈的事业心，敢于担当的责任心，勇于开拓的进取心，实事求是的务实精神，不图虚名，谦虚谨慎，全心投身于教书育人事业的献身精神，始终激励和鼓舞着外教社人砥砺前行。他们中不少是教材编审委员会、教学指导委员会、教学研究会、考试委员会、外国语言文学等各类学术机构和团体的领导或重要成员。长期以来，他们活跃在外国语言文学、翻译、跨文化交际研究、课程设计、教材编写与评审、教师培养与发展、教学研究与评估等各个研究领域，不遗余力，不断进取，为我国外语教育事业的发展，为外语出版事业的繁荣做出了积极的努力和重大的贡献，外教社的同仁们一直心存敬畏和感激。

回顾昨天，了解历史，思考今天，直面机遇与挑战，让我们学习、继承和弘扬前辈学人学高、身正的大师风范，展望明天，拥抱未来，奋发图强，更好地肩负起历史的责任和使命，为开创外语教育事业新局面，继续前行。

上海外语教育出版社社长、总编辑

庄智象

2017 年 5 月

老冉冉修名不立

（代序）

伟大的诗人屈原在《离骚》里说过："老冉冉其将至兮，恐修名之不立。"如今，步入七旬老翁之列的我，颇有同感。回忆一生走过的学术道路，不禁浮想联翩，感慨不已。幸有众多师长和同仁给力，经历万千艰难和挫折才走到今日这一步，苦苦拼搏所饱尝的酸甜苦辣之味涌上心头。

1. 乡亲们促我学英文

我出生于闽南侨乡一个贫困的小职员之家。母亲没有工作，兄弟姐妹 8 人，我是老大。从小寄居在外婆家，左邻右舍都是侨属。6 岁时，我入学读书，对语文、算术、英文、美术和毛笔书法都很有兴趣。语文课老师是位私塾老先生。他爱教唐诗，每堂课教一首，要求学生人人都会背诵。我至今还记得他吟诵"谁知盘中餐，粒粒皆辛苦"时的模样。

来自泉州城的吴家润老师教我们英文。26 个英文字母，一个一个练发音和书写，然后教唱英文字母歌，将所有字母都记下来，效果很好。接着又学会了"Good Morning!""Bye-bye!"等招呼语，很是有趣。

父亲杨南容念过高中，懂得一点英文，所以周末从镇上回到家里，常有乡亲找上门，请他代抄英文信封，一写就是二三十只。父亲总是来者不拒，热情为他们义务抄写。我站在旁边，一边看，一边心里感慨：懂点英文真好，可为乡亲们做些事。

毛笔书法在闽南侨乡很受重视。父亲也写得一手好字，常为乡亲们婚丧嫁娶写对联。他嘱我要学好毛笔字，而我起初不以为然。在学校，老师要求我们每天写一页大楷。一次，我马虎了事，写得墨迹扩散，字迹模糊，被罚写 50 页，而且必须第二天准时交。我闷闷不乐地回家，遭到父亲的严厉训斥。晚饭后，我老老实实地坐下来，认认真真地写了 50 页。第二天交给老师，他十分满意，给了 85 分。受了这次教训，我决心练好毛笔字，再不给父母丢脸。由于父亲的督促和老师的帮助，我的学习成绩进步很快，从三年级直接跳到五年级。

1949 年初春，我升入南侨中学。这所学校由本地旅菲华侨施性利等人创办。校长陈奕尚和许多老师都有大学学历，师资力量较强。教英文的陈剑锻老师抗战时当过美军翻译，口语很好，上课注重准确的语音和流利的会话，强调学英文要从小打好基础，掌握好语法，不能只满足于讲几句日常会话。后来，他利用寒假给初中生开英文补习班，以林汉达的《开明英文文法》为课本。听他讲解后，我们结合教材做了不少语法练习。当时铅笔易断，纸张质量差，我们就在沙滩上用树枝当笔练习写英文，通过这种办法记生词。此法很是辛苦，但收获甚大，既增加了我对英文的兴趣，也帮我打下了初步的基础。

美术课的陈家楫老师擅长绘画、书法和金石雕刻，碰巧他也是我父亲的老师。经过他的指点和自己两年的努力，我在全校书法比赛中获一等奖和二等奖，基本上学会了颜真卿的正楷体、翁方纲的隶书、郑板桥体和一两种魏碑。

1950 年底，厦门解放。父亲由家乡小镇调往厦门市工作。我和母亲、弟妹还留在外婆家所在的村里。替乡亲们抄写英文信封的任务就落在我身上。他们有时上门求助；对于那些年纪大的，我就登门服务。他们很高兴，夸我长大了，英文有进步。这些鼓励促使我决心加倍努力学好英文，为乡亲们办事。

2. 无悔选择英文专业

1952 年初春，我初中毕业。因南侨中学停招高一学生，我与两位同学赶赴泉州报考省晋一中（今泉州五中，省属重点中学）。三人都被录取，开心极了。

但这次会考让我感受了学习上竞争的压力，初步认识到：如果不好好努力，就会掉队落伍。所以升入一中后，我丝毫不敢懈怠，餐后都不休息，马上做作业。结果一年下来就得了胃病，又挨了父亲一顿骂。后来经过锻炼，我的胃病好了，体重也增加了。于是我认识到光埋头读书不行，一定要经常参加体育锻炼。有了好体魄，才能实现自己的梦想。其实，我的学习成绩还不错。英文、地理、代数和化学常得满分，被选为班学习委员兼英文课代表。作文也多次受到语文老师的表扬，并在班上朗读。

省晋一中师资力量很强，各科老师的教学经验都很丰富。英文老师洪玉华教学认真，要求严格，常叫我们背些名句、多写作文和多做笔译。学习内容比初中增加了许多。我对英文更感兴趣了。学校校舍并不大，但它一直有间很宽敞的阅览室，摆了近百种国内报刊，对全校学生开放。我寄宿在学校，时间较多，渐渐成了阅览室的常客。我爱看《世界文学》（原先叫《译文》），后来弄个本子抄录世界著名诗人如莎士比亚、拜伦、雪莱、普希金、裴多菲、惠特曼等人的诗作，有空就背诵，有的至今仍记忆犹新。我甚至还曾当着翻译家戈宝权的面背诵过他译的普希金名诗《致大海》。

1954 年 6 月，面临高考，我谢绝了老师劝我考理工科的建议，无悔地决定报考英文专业。8 月，我如愿以偿地拿到了厦门大学英文专业的录取通知书。

厦大英文专业创建于 1923 年春，历史悠久，人才济济。20 世纪 50 年代院系调整后，它一度拥有 13 名教授和十几名副教授。系里十分强调英文基本功训练，从语音、语法到阅读都严格把关。葛德纯教授要求学生对着小镜子练英语元音和辅音的口型。新生入学初花一个月时间纠正各种南腔北调。苏恩卿教授教语法，注重实践，从严要求：除课堂实践外，还要求每个学生利用寒暑假一次做 200—300 道语法练习题。他不惜时间和精力一道题一道题地批改作业，为我们打下了扎实的语法基础。阅读方面，每人每学期都要在老师指导下读一本英国小说。一年级时，刘贤彬教授教我们读兰姆姐弟（Charles Lamb & Mary Lamb）的《莎士比亚故事集》（*Tales from Shakespeare*）及狄更斯（Charles Dickens）的《双城记》（*A Tale of Two Cities*）（简写本）。第一次接触英国小说原著，我感到非常新奇有趣。后来又读了歌德史密斯（Oliver Goldsmith）的《威克菲尔德牧师传》（*The Vicar of Wakefield*）、勃朗特（Charlotte Brönte）的《简·爱》（*Jane*

Eyre）和奥斯丁（Jane Austen）的《傲慢与偏见》（*Pride and Prejudice*）等。系主任李庆云教我们“英国诗歌”，使我们对英国文学有了初步的了解。

三、四年级时，文学课的比重增加。我们接触了“莎士比亚戏剧”“英国文学史”和“世界文学史”，第一次认识了柏拉图、亚里士多德、巴尔扎克、左拉、托尔斯泰、屠格涅夫、契诃夫、易卜生等世界著名作家，感受到外国文学海阔天空，任尔驰骋。课余我从图书馆借来他们作品的中译本饱读，先后阅读了托尔斯泰的《安娜·卡列尼娜》、巴尔扎克的《高老头》、左拉的《萌芽》和莎士比亚的《哈姆雷特》等。虽读不太懂，但视野大为开阔。

当时，学校还给我们开设了一些中文课程，如黄典诚教授的“语言学引论”、蔡厚示教授的“文艺学概论”、洪笃仁教授的“汉语写作”和陈朝壁教授的“中国文学史”。这些课使我获益匪浅，不仅对语言学和文艺学的基本原理有了初步的了解，而且对中国文学史的常识也有所涉猎。后来，我担任了《厦门日报》《侨声报》《光明日报》《中国青年》等多家报刊的通讯员，抽空写点报道，磨炼自己的中文，渐渐地有了显著的进步。

3. 毕业执教收获早期成果

1958 年 8 月，我毕业后留系任教。第一个任务是负责工农班 16 名学生的精读课。他们是从工农速成中学毕业保送来的，学习热情很高，但基础比较差。我苦思冥想，想出一些形象化的办法帮他们攻破语音关、词汇关和阅读关。葛德纯教授每次都热情地帮我审阅教案，耐心倾听我的试讲，具体指点，使我的工农班教学取得了良好的效果。《新厦大》报刊和《厦门日报》都曾报道和肯定这一成绩。

20 世纪 60 年代初严重的自然灾害带来了连续三年的全国生活困难。我被先后下放到校教工食堂和外文系食堂当管理员。当时副食品供应十分紧张，而我尚未成家，还不清楚柴米油盐背后的复杂与艰辛，要管理上千人的教工食堂或三四百人的外文系食堂谈何容易？但我还是义无反顾地接受了任务，开动脑筋，灵活变通，在厨师的帮助下，终于将偌大的食堂管理得井井有条，受到师生们的好评。自己也顺便学了些烹调手艺，会做十几道菜，至今受用不尽。

从食堂回到系里，我成为苏恩卿老师的助教。一年后，又协助林疑今教授给三年级学生教“英国文学选读”。他放手让我负责英国 18 世纪小说部分，使我第一次接触到文学课教学。在试讲文学选读课前，我阅读了不少相关的评论，发现自己有些不同的体会，便提笔写了《〈鲁滨孙漂流记〉的艺术特色》和《〈格列弗游记〉的讽刺手法》两篇论文，分别发表于 1961 年和 1962 年《厦门大学学报（哲社版）》上，算是跨过了学术界的门槛。当时仍在厦大中文系的许怀中老师（后调任福建省委宣传部长）和庄钟庆老师（后为全国茅盾研究会副会长）对我帮助良多，给我提了具体的修改意见。我也向《鲁滨孙漂流记》的译者徐元度教授请教，得到他的热情回复。后来，我又在《外语与翻译》（《外国语》的前身）上先后发表了两篇学术论文。通过这些写作，我独自摸索着走近了学术研究的大门，但仍在门外徘徊，远未入门。

1963 年初春，教育部决定招考副博士。南京大学范存忠教授和陈嘉教授拟招收三名。我决定去报考。没料到，这次报考成了我一生的重要转折，为我带来了学术提升的机会。

4. 随名师走上学术道路

8 月初南大录取通知书寄到。学校本想留我，但我感到自己从大学阶段到毕业后耗费了许多时间在杂事上，教书几年下来，深感业务能力不足。如能师从南大名师学习几年，将来回校定可发挥更大作用。系领导颇以为然，将我的意见如实向学校领导汇报，终于获得了学校的放行。

到了南大，我见到了副校长范存忠和外文系系主任陈嘉。他们十分亲切、和蔼和热情，决定分工指导三名博士生：我和南大的吴勤由范先生指导，南大另一位同学张秀桂由陈先生指导，但我们三人可一起聆听某些课程、参与某些活动。

不久，我们开始听范先生讲课。他以 John Matthews Manly 编的《英国诗文选注》为教材，另选莎士比亚戏剧和 18 世纪以来的小说原著给我们读。大约每周读两部，每读完一部都要写篇英文评论。说实话，每周读两部英文长篇小说，起初是比较吃力的。要知道本科学习期间，我一个学期才读一部英文长篇。但我尽最大努力坚持着，每天都读到半夜，还不忘摘记小说的要点。过了一个多月，我慢慢适应了这样的阅读强度，也能“笑对”原著了。

范先生很重视大量阅读和勤练英文写作，每篇作文都改得很细，连用错一个标点符号都在旁边打个大问号，要求极其严格。入学后的第一个寒假，因时间太短，我不想回厦门。他问我要不要看书，我答：“当然要！请导师推荐。”他说：“好吧，我已替你找好了。明天你去校图书馆柜台登记取回。”这样为学生着想的安排，让我深深地感动。在校图书馆办完借书手续后，我取回了 6 本英文书。这一本本书都寄托着老师对学生的厚爱和希望。寒假过后第一堂课，范老师问我有没有问题。我将问题一一提出，他一一做了中肯的回答。之后，他出了 5 个问题让我做，从上午 9 点半做到中午 12 点半。这场没事先通知的考试，检验了我上一学期的学习成果。而范老师考试不事先通知的习惯也督促我每次课后都认真复习，不敢松懈。

给我留下难忘印象的还有范老师对英文作文的讲评。从命题的选择、论点的展开、段落的转接、论点与论据的结合、大论点与小论点之间的衔接，一直到结论的概括性和准确性，他都讲得头头是道，非常到位。尤其是他结合我的文章明确指出优劣之处，对我帮助极大。

范老师很注重活用能力的培养。我曾帮江苏省外事办做过口译工作，他知道后很高兴。他说搞点口译不错，但要以笔译为基础。笔译能力提高了，口译质量才有保证。这是他的经验之谈。1956 年他应邀去北京为中国共产党第八次代表大会翻译重要文件，工作相当出色。其实，学英文的人，不管是搞语言学的还是搞英美文学的，都要会点翻译。这是社会生活的要求，不容忽视。

1966 年 5 月，正当我忙于准备学位论文答辩时，“文革”爆发。学校停课，图书馆关闭。范、陈二位导师受到冲击，进了牛棚；我被斥为“资产阶级保皇派”“修正主义苗子”和“只专不红的标兵”。1968 年，我一毕业就直接被学校派到苏北泰州解放军红旗农场劳动锻炼，直到 1970 年 3 月才返回南京，被重新分配到南京缝纫机总厂当钳工。不久，我学会开六角车床，还利用业余时间帮厂里办了墙报，配合南京师大在厂里办了职工夜校。后来我调到政工组，仍在周末到翻砂车间参加劳动。当时“文革”仍未结束，大学里许多人受冲击。我在厂里受到党委书记滕鹤皋和各车间工人们的呵护，逃过了“极左”思潮一劫。

5. 学点外贸知识也不错

1973 年 9 月初，恢复正常工作的南京大学派人到缝纫机总厂商调我回校任教。可是，江苏省人事局发来调令，调我去省外贸局工作，而不是回南大。彼时范老师已从“牛棚”解放出来，但尚未复职。我去找他商议，他建议我先去干干，多学点东西。我接受了这一建议。

三个月里，我详细了解了各个进出口公司使用英文的情况，发现所用的英文难度不高，但专业性很强。我没学过国际贸易，对 FOB、CIF、C&F 以及 LC、DP 等很陌生。所以我斗胆提出，希望去上海外贸局学习，因为当时上海外贸进出口总量居全国第一位，单证、合同和信用证等方面的相关英文资料非常完整。经领导同意后，我走访了上海外贸局业务处及其下属的商检局、轻工、纺织、五矿等公司，一个来月内手抄了 12 本英汉对照的相关资料。回南京后，我承接了更重的业务担子：受外贸局党组的委托，负责审定下属 12 家进出口公司所有对外宣传材料的英文部分，中文稿由一位副局长签字。

在外贸局 5 年多，我搞了大量英汉口笔译，受益良多。求学时阅读的大量英文小说和所做的写作训练对口笔译很有帮助。我参加过广交会、上海小交会和天津化工小交会，协助外销员当过谈判翻译，也带过年轻的徒弟。在天津化工小交会时甚至经历了唐山大地震，经历岂止是丰富！

平日里我还担任领导接待来访贵宾时的翻译（曾接待过缅甸和埃塞俄比亚外贸部长）、为省领导翻译祝酒词、为他们与客人的谈话作交替传译等，还陪省局领导接待过美国、英国、澳大利亚等国的十多个访华代表团。这些经历让我知识面扩大，英文词汇增加，口笔译能力大大提高。我为局里翻译出版的英汉对照版《江苏》和《江苏香港出口商品展览介绍》受到多方肯定。

在大量口笔译过程中，我也遇过许多困惑，比如如何译“扬州瘦西湖”、中央首长的题词和常用词语如“博采众长”等。范、陈二位恩师在这方面给予了我大量帮助。范老师很严格，不会代译，我必须先译好初稿，再去请教他。每次他都搬出几本大词典，针对我的译稿逐词逐句讨论修改。陈老师则总是先问我为什么那么译，我回答后，他再动笔为我改正。这二位英语语言大师的活用能力极强，很多难题几分钟就迎刃而解。这样多次面对面的指点大大提高了我的汉译英水平。

1978 年 11 月，江苏省人事局又发来调令，要我回南大工作。范、陈二师都已恢复原职，也开始复招研究生，没有助手，所以急调我回去。外贸局起先不愿放我。我考虑再三：就物质待遇而言，搞外贸显然比搞教学和研究好，但外贸不是我的专业，我的专业是英美文学，丢掉太可惜。况且，我与两位导师结下了深厚情谊，他们需要我，我不能不回去。

回南大后，我还利用业余时间帮外贸局审定了英汉对照的400万言的《江苏投资指南》，翻译了江苏省对外开放的36家单位的介绍材料和江苏机械进出口公司的几十种出口产品广告，为轻工公司译配了电视片《江苏工艺品》和《江苏针灸器械》的英文解说词。据说，时任江苏省省长的顾秀莲出访美国、澳大利亚和日本等国时，每次都带去300本《江苏投资指南》，受到国际友人和客商的欢迎。我深为自己的微薄贡献而自豪。

6. 重操教鞭干劲足

重回南大，重执教鞭，陈嘉主任安排我到外国文学所英美室工作，兼教英语专业三年级"英国文学作品选读"。我信心百倍地重新投入教学工作。

范、陈二师常说，高校教师不但要会教书，教好书，还要搞学术研究，不断出成果。他们耐心地言传身教，带我一步步迈上学术之路。

1979年8月底，陈老师带我去烟台参加全国美国文学研究会成立大会暨学术研讨会，推荐我在大会上发言。会前，他曾两次审阅我的论文，并提出多处修改意见。会后，他对我说，"你的论文与会者反应不错，你可将海明威的作品系统地研究下去。"导师的鼓励化作我无穷的动力，将海明威研究坚持至今。陈先生还介绍我认识了吴富恒、杨周翰、王佐良等名家，嘱我好好向他们学习。

除此之外，陈先生还让我参加他主编的三卷本《英国文学作品选读》的编写工作，让我为18名英国作家的生平简介、选文短评和难词难句注释写英文初稿，然后他一篇一篇修改定稿，并且告诉我为什么要那么改。这使我大长见识，不仅懂得了编写文学教材的要领，而且还学会了多角度地用英文评述英国作家和作品。他的巨著《英国文学史》（英文版4卷本）完成后，被教育部选定为高校英文专业教材，并在杭州召开了专家审稿会，受到李赋宁教授和戴馏龄教授等名家的一致好评。

陈先生给研究生开设莎士比亚戏剧课，许多青年教师去旁听，我也是常客。他每学期讲四部莎氏剧作，再推荐两部供研究生自学。这样一年下来可读12本莎士比亚主要剧作。他让我在实践中多锻炼，多次叫我先代他评阅校外送审的论文，由我列出几条优缺点让他过目，然后他当面指出我的评语哪条是对的，哪条不够客观，尤其对青年学者不宜苛求。这样的锻炼真是弥足珍贵。

那时中国的改革开放深入发展，对外交流增多，常有著名的外国专家来南大讲学。范、陈二师常常代表南大出面宴请接待，同时放手让我主持专家们的学术报告会。这些专家包括：哈佛大学原英文系系主任罗伯特·凯里教授，美国全国比较文学学会主席、印第安纳大学欧阳教授，文学评论家、美国米尔瓦基大学艾哈·哈桑教授和文学评论家、澳大利亚悉尼大学大卫·戴切斯教授等。我在陪同中与他们交流学术问题，收获很大。

陈先生一方面放手让我锻炼，另一方面不吝指教，处处关心提携我，但对我的要求绝不马虎。1983 年春天，我申请晋升英美文学副教授，陈先生建议我撤下申报材料中两本外贸方面的译著。我很快反应过来，从他手中拿回那两本书。这件事让很多人主动收回了不合要求的申报材料。大家反映：陈先生对自己的学生都那么严格，评职称时一定会秉公办事，不徇私情。最后，我既评上了副教授，又学到了陈先生这种优良作风。

1980 年初，美国哈佛大学决定恢复哈佛-燕京学社向中国招收博士后学者的传统。陈老师推荐我应试。我立即投入紧张的备考，因为这是个难得的好机会，可以将“十年浩劫”失去的时间补回来。

7. 入名校更上一层楼

3 月初，哈佛大学派了曾任费正清东亚研究所所长的菲力普·库恩教授来南京主考。考试方式是一对一地轮流面试，每人 30 分钟。考试内容涉及面很广，跳跃性很大，问答速度很快。30 分钟里库恩教授问了 40 多个问题。几个月后，我和英文系杨治中老师同时接到哈佛的录取通知书。在教育部办出国手续时听说这次参加哈佛面试的有 5 个单位 26 人，结果考上的除我们两人外，还有中国社科院外文所朱虹和复旦大学倪世雄。我们四人成了 1949 年以来走进哈佛的第一批中国青年学者。

8 月 18 日，我和杨治中从北京乘飞机经东京飞抵波士顿，开始了在异国的学习生活。

哈佛大学跟英美文学有关的有四个系：英文系、比较文学系、文学与历史系和美国文化系。我在前两个系选听三门课，在后两个系旁听两门课，并选择英文系终身教授丹尼尔·艾伦和比较文学系终身教授哈里·列文当我的导师，各听一门他们给博士生上的课，参与课堂讨论，还经常找他们两位个别答疑和指导。

记得第一次去见艾伦教授时，我有点紧张，但他的亲切友好态度很快就让我放松了下来。他坦率地对我说了三条意见：（1）听他的课，但不一定要完全接受他的观点。有不同的看法，只要能自圆其说，都会获得支持。（2）除了听他所授的“美国文学史”这门课，还可抽空研究一下我自己感兴趣的某位美国作家。（3）他在哈佛有个私人图书室，专业书较多，我有空可以去看。这些意见给我留下很深的印象，引发我久久的思考，对教学和科研有了新的认识。我深切体会到：（1）学术问题允许有不同意见，不能强迫学生完全接受老师的见解，但不同的看法必须有理有据，自圆其说。（2）做学问要注意点面结合，既要系统地掌握文学史，又要深入研究一两名作家，发挥自己的专长。（3）要跟自己的学生分享图书资料，让藏书发挥更大的作用。这些认识几十年来一直指导着我的研究生教学和文学研究。

列文教授学识博大精深。他首创比较文学的主题学理论，又深入研究了莎士比亚、乔伊斯和现代美国小说。他著作等身，治学严谨，注重比较方法。课堂上，他善于启发博士生各抒己见，热烈争论，最后由他小结，突出要点。课后我有疑问，只要给他的秘书留条便可约见。他总在百忙中抽空见我，为我指点迷津，并开列参考书，让我进一步自学。从他身上我不仅学到了知识，而且掌握了这种独特而有效的指导方法。

我的住处离哈佛希尔斯图书馆仅百步之遥。没课的时候，我就去那里读书，晚上 11 时才回宿舍。哈佛大学共有 46 个图书馆（后来增至 50 多个）。凭一张 ID 卡，就可走进任何一个图书馆。在最大的威登纳图书馆内，教师和研究生每人可免费订一个座位，把借的书全部放在座位的书架上，省得在图书馆和宿舍间搬来搬去。各图书馆管理严格，借书超期要罚款，但服务非常周到。

哈佛-燕京学社和英文系从领导到教授对学术交流都采取开放的心态。1980 年 11 月，我专程到普林斯顿大学访问海明威研究的权威专家卡洛斯·贝克。贝克教授在普大火石图书馆三楼的办公室会见了我。简单的寒暄过后，他问我是否读过海明威和他本人的作品。我如实地作答。他笑着表示满意，欢迎我提问。我先后提了 12 个问题，他都一一认真地回答，内容丰富精彩。我们谈得很投机，原定一小时的交谈延长至两个多小时。末了，他取出《海明威：作为艺术家的作家》和《海明威的生平故事》两本专著，分别在扉页上签了名送给我，然后亲切地拉着我的手一起下楼，将我送至图书馆大门口才依依惜别。

在普林斯顿大学，我特别受到孙康宜教授及家人的盛情款待。孙教授是美国比较文学界杰出的后起之秀（后来调任耶鲁大学东亚语言文学系系主任），访问过南京大学。她介绍我认识了普大英文系系主任、比较文学专家厄尔·迈勒教授。后者将自己编写的研究生教材《比较文学入门》赠我，让我从普大满载而归。

回到哈佛，我又走访了波士顿近郊的肯尼迪图书馆，那里有个海明威藏书部。我手持卡洛斯·贝克教授的介绍信去找藏书部主任奥加斯特·邹，受到她的热情接待。她详细介绍了藏书部里海明威的手稿、图片、录音等丰富的资料，欢迎我随意参阅和使用这些宝贵资料。于是我成了那里的常客，还在那里找到了海明威访华后给朋友摩根索写的一封长信。馆里规定不许拍照和复印，奥加斯特·邹就将她的英文打字机借我，让我将资料全文打下来带走。加上海明威访华时的照片，我在那儿收集的资料极富学术价值。

出国前，我曾与人合译犹太作家马拉默德的《店员》，与作者有通信联系。到哈佛后，我曾致电问候他。后来，他特地来哈佛看我，为我当面解释了一些他小说中的希伯来语词汇，并与我合影留念。我还利用寒假去旧金山加州大学伯克利总校访问了该校副校长兼珍本图书馆馆长詹姆斯·哈特教授，与他就美国通俗文学进行了热烈讨论。1981 年初夏，我又先后访问了纽约州立大学布法罗分校文论家列斯莱·菲德勒教授和耶鲁大学新批评派主将之一克林思·布鲁克斯教授。通过与他们的访谈，我对美国现当代小说的评论和新批评派的主张有了进一步的了解，收获超乎想象。

1981 年 6 月，离开哈佛前，我去向艾伦导师辞行。他问我在哈佛这一年有什么收获，我说自己遵师嘱草拟了一本英文教材 *Introduction to Modern American Fiction*（《美国现代小说导论》），还意外地发现了海明威访问中国的第一手资料。他很诧异，也很高兴，说："太好了！海明威访问过中国，我怎么不知道？目前了解这方面的人很少，值得搞下去。这是件挺有意义的研究工作。"

告别了艾伦和列文两位导师，我启程回国。其间又在哈佛-燕京学社的资助下游历欧洲，时长一个月，大开眼界，大长见识。我开始在学术道路上起步腾飞。

8. 加盟厦大开辟学术新天地

回到国内，我向陈先生呈交了500多页的《美国现代小说导论》手稿。他很高兴，一周后将修正的手稿返还我，告诉我有了这本教材就可以上讲台了。1981年秋季开学后，我开始给硕士生授课。虽然还是个讲师，但手持陈先生校验过的讲稿，我心里有谱。

同时，我开始整理海明威的资料。1983年在《外国文学研究》发表《论海明威的中国之行》，引起了学界的关注。在协助陈先生编辑一期《美国文学丛刊》时，我抽空翻译了纳撒尼尔·韦斯特的中篇小说《孤心小姐》。不久，又在《当代外国文学》发表了《蝗虫之日》的译文和评论《20世纪30年代好莱坞人的哭与笑》。我还翻译并出版了马拉默德的长篇小说《基辅怨》。课余继续协助陈先生编写《英国文学作品选读》，负责撰写18位作家的生平、某些名篇（包括T. S. 艾略特的《荒原》和乔伊斯的《尤利西斯》）选段的评介和注释等。接触了这些极难的英语选文后，我的英语水平又有了质的飞跃。

1983年，陈先生的"现代欧美文学史"获中华社科基金课题（后改为国家社会科学基金）入项。我与英美室全体同仁负责该书美国文学部分的编撰工作。正当我们忙于完成该项目时，厦门大学来信，希望我回母校任教。林疑今主任多次致信陈先生，恳请他让我回厦大，帮助申建英文博士点。陈先生虽再三挽留，但最终还是尊重了我自己的选择。

离开南大前，我和研究室的同仁协助陈先生承办了一届全国美国文学研究会年会，会上我当选研究会理事。1986年初，我参加了江苏译协为纪念海明威逝世25周年而组织的中美作家和学者座谈会。在南大任教的美国专家弗兰德教授介绍了美国海明威研究的新成果。作家海笑、周梅森、梅汝恺、赵瑞霖、李景端、张柏然等参加了会议，我担任翻译并做报道。弗兰德十分高兴。他认为"文革"后的中国作家和学者完全把握了海明威作品的精神实质，说明海明威在文学史上的地位越来越高。在同年 7 月意大利召开的第二届海明威国际会议的大会发言中，他谈到了上述感想，令与会各国专家学者十分惊喜和敬佩。

没料到，陈先生病倒了。他总是争分夺秒地工作，终于劳累过度。回厦门前，我怀着沉重的心情去校医院向他辞行，希望他早日康复。世事难料，当我从意大利开会回来路过南京时，先生已经与世长辞！我悲痛至极，急忙赶到他家里，跪在他的遗像前痛哭。师母告诉我：先生临终前还在关心我回厦门以后的情形。直到最后时刻，先生依然惦记着我，我却没能为他送终……

回到厦大，我见到了林疑今、刘贤彬和葛德纯等师长，心里实在高兴。不久，巫维衔教授接替林疑今教授当了系主任。他保持了系里朴实、踏实和务实的作风，深得全系老师的信任。我很快就安定下来。

在意大利开会期间，美国海明威学会会长罗伯特·路易斯请我在大会上做了《30 年代以来中国对海明威作品的翻译和评介》的发言，受到与会者的赞赏。路易斯即兴发言指出，中国对海明威的重视和好评，体现了它是一个伟大的文明古国，非常爱护世界文化。他还三次介绍我与里阿诺市市长梅劳伊交谈。会议结束时，市长隆重地颁赠我一块印有该市市徽的瓷盘，表彰我在大会的发言。

1986 年 11 月厦大承办了全国美国文学研究会的“海明威与迷惘的一代”专题研讨会。全国 30 多家单位 80 多位代表与会，在厦门大学和山东大学任教的四位美国专家出席会议，并分别做学术报告。我在会上传达了意大利会议的精神。与会代表争论很热烈，心情很舒畅。

会后，林疑今教授找我商议如何准备申建英语语言文学博士点，实现厦大几代人的愿望。1987 年 2 月我荣幸地由副教授破格晋升为教授，申建博士点的重任自然落到我身上。我考虑应该集中精力抓研究，多发论文，并出版专著。这一目标后来基本实现。

1989 年我们与广西师大联合召开了桂林海明威国际会议。这是第一个由美国以外的学者主办的海明威国际会议，具有重要的历史意义。它标志着我国海明威研究正在走向世界。

9. 前赴后继申建博士点

1991 年 5 月，林老弥留之际依然嘱我要努力申建英文博士点。我眼泪夺眶而出，心中激动不已：一个非党员老教授，临终前还念念不忘系里的学科建设……

牢记林老师的临终嘱咐，我继续为申建英文博士点而努力。1991 年，继“美国现代小说艺术探秘”获得中华社科基金（后改为国家社会科学基金）立项后，同年我又获一个福建省社科基金立项。1992 年 7 月，我赴西班牙出席第五届海明威国际会议，在大会上发言，受到好评。1993 年，经教育部推荐，我考取了美国富布莱特高访。这些无疑都增强了申建英文博士点的力度。几经周折之后，我们将申请材料报到了北京。

1993 年 8 月，我作为富布莱特高级访问学者，动身再次前往哈佛大学，开始重点充实西方文论。除了听英文系詹姆斯 · 恩格尔教授的文论课，我依旧每周抽时间去肯尼迪图书馆海明威藏书部，继续海明威研究。这时，卡洛斯 · 贝克教授和作家马拉默德均已作古。我去拜访了马拉默德的遗孀安娜女士，听她介绍了马拉默德去世后他的小说出版情况和马拉默德研究会的成立，还获赠新版的 *The Assistant*、*The Fixer* 和 *Dubin's Lives* 等小说。作为对马拉默德先生的追思，我后来将《杜宾的生活》和《部族人》译成中文出版。

1994 年元月，我去了南方的杜克大学，受到了著名专家詹姆逊教授、南特里基亚教授、菲什教授夫妇的亲切欢迎，听了他们的课，与他们分别交谈求教，对后现代主义理论和小说、女权主义、结构主义和读者反应理论有了进一步的认识和理解。同时，也感受到美国南方浓烈的宗教气氛。

在前往杜克大学前夕，北京传来消息：英文系申请的英语语言文学博士点获国务院批准了，本人同时成为该点第一位博士生导师。我激动得热泪盈眶！厦大英文系师生几十年的愿望终于实现了。我可以告慰林疑今老先生的在天之灵和所有关心和支持我的师友们了！后来获悉：1993 年英文博士点只有一个名额，全国有 10 所高校的外文系参与竞争；厦门大学当年有 12 个专业报名申建博士点，仅英文博士点获得批准。多么来之不易呀！

10. 办好博士点再上新台阶

回国后，我见到了诸位同仁，大家对英文博士点的申建成功都非常高兴，校长特拨给一万元人民币作为启动费。我立即投入招生准备工作。在参考北大和南大经验的基础上，我将博士生研究方向定为“美国小说史”。

当时最大的困难是缺乏相关的图书资料。因此，一方面我献出了自己从美国带回的有限的参考书；另一方面我给中国香港校友写信求助。果然，庄启程、许其昌二位先生捐助了人民币20万元，帮助成立了以他们的名字命名的“庄启程、许其昌博士生图书室”。旅居泰国的校友陈汉洲先生也捐资建立了“陈汉洲研究生电脑室”，大大地改善了办学条件。

我为博士生开设了“美国文学史”“西方文论”“英文论文写作技巧”和“中外文学名著翻译”四门课。除文学翻译以外，所有课程全部采用英文原版教材。学校每年请一位美国专家给博士生上课，先后有Mimosa教授、Junkins教授和Martin教授分别开设“欧美文论”“美国诗歌”“莎士比亚戏剧”“当代英国小说”和“现代英美诗选”等课。这些安排受到博士生们的欢迎。

从1996年至2007年，我共招收了来自全国各地高校的30名博士生。至2011年9月，已有23人正式毕业，荣获博士学位，其中有9人已升为教授（3人为博导）。许多人成了各单位的教学、教研和行政骨干，在国内学界十分活跃。我还与他们合译了《冬天里的尼克松》《美国后现代派短篇小说选》和《剑桥美国文学史（第8卷）》（曾荣获福建省2009年社科优秀成果一等奖）等。

21世纪前后，我结合教学，逐渐将科研集中于三个方面：一是美国后现代派小说研究；二是海明威研究；三是美国文学史研究。2004年由青岛出版社出版了《美国后现代派小说论》和《美国后现代派短篇小说选》。我的博士生有90%的人选了美国后现代派作家作为博士学位论文的题目。2009年，我和陈世丹主编的《美国后现代派小说选读》（英文版）由外研社出版。我先后出版了《海明威在中国》（1990）、《海明威传》（1996）。2005年《海明威批评史》获国家社科基金入项，已完成，即将出版①。2005年，《海明威学术史研究》成了中国社科院外文所陈众议所长主持的《外国名作家学术史》的分课题，去年已经完稿，今年内问世②。1991年我的《美国现代小说艺术探秘》获中华社科基金入项。1996年，我的《20世纪美国文学史》成了中国社科院原所长吴元迈的

① 后于2012年以《海明威：美国文学批评八十年》为题由上海外语教育出版社出版。
② 后于2014年由译林出版社出版。

“20 世纪国别文学史”重点项目的分课题，1999 年由青岛出版社出版。2008 年上海外教社出了我和杨凌雁合写的《美国文学简史》。此外，我们还完成了教育部入项的《新历史主义语境下的美国少数族裔文学》，不久也将出版。[①] 2008 年 12 月，厦门大学外文学院隆重地举办了“庆祝杨仁敬教授从教 50 周年暨美国文学学术研讨会”，这对我是最好的安慰，更是个极大的鞭策和鼓舞。

“学海迷茫未有涯，何来捷径指褒斜。”学术之路漫漫，上下求索几十年，无捷径可走，唯有步步摸索，奋然前行。无论挫折与苦头，只要克服困难，必能苦尽甘来，其乐无穷，令人欣慰。我有幸获名师指点，少走了许多弯路，选择了前景光明的英美文学为研究对象。有志于学术之路的青年朋友首先要下定决心，明确方向，坚持不懈地拼搏。纵然遭人冷眼、嫉妒和闷棍，仍奋勇向前。在专业建构上，要认真练好英文基本功，提高汉语水准，有计划地大量阅读英美文学原著，有步骤地掌握辩证唯物论和历史唯物论，深入理解西方各派文论的要领，以语境、文本和理论三结合的原则评析名著，从教学出发多写论文，写好论文。要充分利用时间，严格安排每天的学习和工作。要养成既能独立思考，又善于虚心学习的习惯。追求真才实学，淡泊名利，像海明威说的那样，将每本书的完成当作新起点。

“老骥伏枥，志在千里。”如今，我已七旬老冉，身体尚好，精力充沛，还在计划做很多事。我愿继续焕发学术青春，与同仁和弟子一起，再创辉煌。

杨仁敬

（原载《当代外语研究》，2011 年第 11 期）

---

① 后于 2013 年以《新历史主义与当代美国少数族裔小说》为题由上海外语教育出版社出版。

第一部分

美国小说家海明威专论

论海明威的中国之行

1941年3月，正当第二次世界大战炮声连天，中国抗日战争处于最严峻的时刻，美国著名小说家欧尼斯特·海明威以纽约《午报》记者身份来我国访问。陪同他来访的是他新婚不久的太太玛莎·盖尔虹。这次访问，不仅是海明威个人历史上引以为豪的事，也是中美文化交流史上一件大事。

海明威夫妇对中国之行进行了充分的准备。1941年1月他俩到纽约度蜜月时先后会见了《午报》（*P. M.*）和《柯立尔》（*Collier's*）的主编。1月27日他俩乘飞机去洛杉矶，2月初飞到旧金山，然后乘“玛特桑尼号”客轮到夏威夷，接着乘泛美航空公司“剪子号”班机飞抵香港。海明威夫妇在香港停留了一个月。3月25日，海明威夫妇乘飞机离港，越过日军封锁线到广东省的南阳，又由南阳转乘汽车去韶关国民党第七战区前线司令部。他俩4月4日坐汽车转火车到达桂林；6日乘载钞票的运输机由桂林飞往重庆，会见了蒋介石等国民党军政要人；9日由重庆飞成都参观；13日飞回重庆。14日出席了各团体联合举行的欢迎会，秘密会见了周恩来同志；16日离重庆飞昆明，然后从昆明乘汽车沿着“缅甸之路”顺湄公河南下至腊戍，再由腊戍经曼德勒至仰光。海明威在仰光停留了一周，然后飞往香港。玛莎从仰光飞雅加达转马里拉。5月6日海明威从香港乘飞机去马里拉与玛莎相会，然后两人一起飞回美国，结束了为期3个多月的远东之行。

一

海明威为什么要在战火中访问中国呢？有人说是为了“收集写小说的抗战资料”,[①] 其实并不尽然。

从表面上看来，海明威来华访问是他的新婚太太玛莎促成的，事实上，他肩负着特殊的使命，《午报》的主编英格索尔要海明威亲自来远东看看美国与日本的战争是否可以避免，要他具体了解下面几个问题：(1) 蒋介石与日本的战争打得怎样？(2) 中国发生内战的威胁是怎样？(3) 日苏条约签订后有什么影响？(4) 美国在远东的地位如何？(5) 造成美日开战的因素是什么？(6) 如何避免美日开战而使日本给拖在远东？[②]

上述这些问题是美国读者最关心的问题，恐怕也是政界人士迫切想知道的问题。当时，第二次世界大战进入苦战阶段。在欧洲，德国法西斯侵占了许多国家后对苏联发动了疯狂的进攻。在亚洲，日本占领了大半个中国，并准备进攻东南亚，形势十分紧张。尚未参战的美国正在密切注视着日本在远东的军事动向，以设法避免对日战争。海明威是个具有国际声誉的小说家。早在成名之前，他就是个出名的战地记者，第一次世界大战时曾在地中海一带打过仗，后又参加了西班牙内战，熟悉战地生活，有丰富的军事知识。因此，《午报》选择他作为特派记者来访问战火纷飞的中国绝不是偶然的。

海明威在香港停留期间，曾为访华进一步做了准备。他到处走访，既跟中国人谈，也同日本人谈，有时一个人在街上闲逛，跟人力车夫、小摊贩和餐馆的侍者等聊天。通过英国将军莫里斯·柯恩的介绍，海明威还拜访了宋庆龄。他对宋庆龄十分敬重。柯恩是个中国通，能讲中国普通话和广东话，20 年代曾任孙中山先生的私人警卫，1938 年广州沦陷前曾任广州警察局长。他讨厌蒋介石。他给海明威讲了许多蒋介石和广东军阀的故事。海明威对他很钦佩，曾想为他写一本传记。[③] 他的介绍对海明威具有一定影响，至少使海明威对蒋介石和

① 重庆《中央日报》，1941 年 4 月 15 日第二版。
② William White, *By-line*: *Ernest Hemingway*. New York: Charles Scribner's Son, 1967, p. 303.
③ Charles Baker. *Ernest Hemingway*: *A Life Story*. New York: Charles Scribner's Son, 1969, p. 457.

中国的时局抱着比较冷静而客观的态度。

海明威夫妇从香港到达韶关后，便在第七战区司令官的陪同下到前线参观访问。他们和士兵一起住在小村庄里，与他们一起巡逻。海明威还参观了“甲天下”的桂林山水，并对它赞不绝口。海明威称赞桂林是“中国最美丽的地方”。海明威夫妇在桂林稍事停留后便乘飞机去重庆和成都访问。

二

作为访问国民党统治区的第一个美国记者，海明威到达重庆时受到国民党当局破格的欢迎。蒋介石和宋美龄亲自请海明威夫妇共进午餐，还整整谈了一个下午，由宋美龄当翻译。国民党的高级官员如财政部长、教育部长、交通部长、国防部长和总参谋长也纷纷出场，与海明威夫妇见面。蒋介石和海明威交谈时，连假牙都没有戴上。据说，这是对待外国贵宾的一种特殊的“荣誉”。①

海明威倍受礼遇事出有因。日军侵华前，蒋介石亲德；日军侵华后，蒋介石节节败退，躲到重庆。这时他想投靠美国，所以对海明威大献殷勤。

蒋介石 1941 年 1 月 7 日一手制造了震惊中外的皖南事变，掀起了第二次反共高潮。这一行动受到国内外进步人士的强烈谴责。美国进步记者埃迪加·斯诺和阿格尼斯·斯沫特莱等人在美国报刊上做了公正的报道，引起了美国进步人士的强烈反响。美国人民的正义呼声使蒋介石坐立不安。他希望通过海明威这个闻名全球的美国记者做些宣传，以改变他在美国舆论界的形象。因此，蒋介石对海明威的访问也倍加重视。

在午宴上，蒋介石以介绍战局为名，竭力贬低共产党在抗战中的作用，吹嘘国民党的军事实力如何雄厚。蒋介石和宋美龄不但矢口否认他们所制造的皖南事变，而且指责共产党军队经常解除国民党军队的武装。

海明威对蒋介石这些一面之词持保留态度。海明威夫人后来回忆当时谈话的情况时指出：蒋介石夫妇极力给他俩灌输他们的观点，结果是竹篮打水一场空。她幽默地说：“我们俩不知道中国究竟发生了什么事，恐怕蒋氏夫妇也不知

---

① Martha Gellhorn. *Travels with Myself and Another*. London: Allen Lane, 1978, pp. 59 – 60.

道吧！对他们俩来说权力就是一切。他们怕共产党，而不怕日本人。日本人总有一天要从中国消失的。对他们权力的真正威胁是中国人民，也就是生活在人民之中、领导人民的共产党。”① 这个见解是十分精辟而富有远见的。

在海明威夫妇即将结束访问、离开重庆的前夕，中国新闻学会、各报联合委员会和全国文艺抗敌协会等9个团体在重庆嘉陵宾馆举行盛会，欢迎海明威。到会的有中外各界人士300多人。当时有这样的报道：42岁的作家兼记者海明威“绛红的脸，棕色胡须，肥壮的体干，个子高，手指头比头号派克笔管还粗，使记者握起来很吃力”。欢迎会上，海明威夫妇品尝了中国的烧卖、春卷、花生和酒等，欣赏了古瑟和琵琶演奏的《阳关三叠》《蜀道行》等中国古典名曲。会前商定不讲话，海明威没有在会上致辞。当记者问他对中国有什么感想时，他回答说：“太奇妙了！太奇妙了！”有人问他：“你将要写些什么呢？”他说：“总不会，而且你放心——当然没有什么坏的可写吧？！”重庆《中央日报》记者煞有介事地在报道中写道：“海明威很短的停留，除了‘中国是奇妙的’以外，可曾有着其他的感觉？不过，可相信的就是他不会歪曲事实。”② 这反映了国民党官方对海明威的态度：既想拉拢海明威，通过他扩大国民党在美国的影响，又怕他如实报道在重庆的见闻，揭露国民党统治区的弊病。海明威本人始终小心谨慎，多观察，少讲话。有一次《中央日报》记者到宾馆登门访问时，他托词不见，由他的夫人婉言应付。

事实上，海明威在中国停留的时间虽然不长，对于中国情况的了解却不少。除了“中国是奇妙的”以外，他的确还有许多观感和想法。这些观感和想法集中反映在他回国后写给他的朋友亨利·摩根索的一封长信中。这封信从来没有发表过，也没有被收入1981年出版的卡洛斯·贝克教授编的《海明威书信选》。这可能是因为信中谈到了蒋介石和海明威谈话的内容，而海明威生前一再强调不想发表这个谈话内容，所以贝克尊重作者的原意，没有把它编入书信选集。

海明威在信中着重介绍了国民党和共产党的关系问题。他认为：不要忘记蒋介石剿共10年，西安事变后在共产党影响下才转向抗日。但是，国民党官员仍然把共产党的存在看成他们的“心脏病”，而日本侵略仅仅是“皮肤病”。蒋介

---

① Martha Gellhorn. *Travels with Myself and Another.* London：Allen Lane，1978，pp. 59－60.

② 重庆《中央日报》，1941年4月15日第二版。

石称他拥有大量军队可以消灭共产党，用这种“外科手术”来治疗所谓“心脏病”。海明威认为中国内战是不可避免的，但美国可以帮助推迟这个内战。美国在中国的代表应十分明确地随时向蒋介石表明：美国决不以任何方式资助中国打内战。海明威个人认为采取任何武装手段是不可能治疗所谓“心脏病”的。国民党在中国西北部集结重兵准备进攻共产党可能是中国即将发生的最危险的事件。

海明威还指出：国共摩擦事件总是和日军新的进攻同时发生的。这种摩擦一方面是汪精卫傀儡政府制造的，他们希望挑起内战，从中渔利；另一方面是蒋介石手下主和派的将领和政客们人为制造的。他们属于中上层阶级，留恋战前的特权，希望结束对日战争，消灭共产党，以维护他们的天堂。

总的来看，海明威这些看法是符合实际情况的，有的分析比较深刻有力，有的见解是非常精辟的。

三

海明威为什么没有去陕甘宁边区？海明威说：因为美国记者埃迪加·斯诺和阿格尼斯·斯沫特莱等人已经对中国共产党领导的军队做了十分精彩的报道，所以，他此行只到国民党正规军的前线去采访。①

尽管如此，海明威对于共产党和共产党所领导的八路军、新四军是很赞赏的。他访华回国不久在纽约举行的一次记者招待会上说：“中国军队有 300 个师……其中有 3 个师是共产党领导的军队。这 3 个师防守的地区是极其重要的，而且他们进行了十分出色的战斗。”②

不仅如此，海明威还赞扬共产党人是“优秀的中国人”，他们在群众中有深厚的基础，在抗日战争中发挥了很大的作用。

与周恩来的会见，是海明威中国之行的一次不寻常的经历。

有一天，玛莎在重庆的菜市场参观，一位高个子的金发碧眼的德国姑娘悄悄地走近她，问她和她丈夫是否想见见周恩来。玛莎一时不知道周恩来是谁，

---

① William White. *By-line*: *Ernest Hemingway*. New York: Charles Scribner's Son, 1967, pp. 306 – 307.

② Ibid.

便回答说她得去问问海明威。海明威听了后高兴地说："对啦，他是乔里斯·伊文思的朋友。"他马上表示乐意和周恩来见面。玛莎便带着这个口信再到菜市场转告那位姑娘。伊文思是著名的荷兰电影导演，1938—1939 年来中国拍摄纪录片。他是中国人民的老朋友。周恩来和海明威就在他精心的安排下秘密地进行了会见。

第二天，海明威夫妇按事先约定到街上溜达，甩开了密探的跟踪后就到菜市场和那位德国姑娘见面。那位姑娘带着他们穿过许多小巷，再次避开特务的跟踪，最后匆忙坐进人力车，用布盖住车斗跑了一段路。他们终于来到曾家园 50 号一间墙壁粉刷得雪白的小房间里。房间里只有一张桌子和三张椅子。周恩来就站在桌子后面迎接他们。

周恩来穿着一件短袖开领的白衬衫和一条黑色的裤子，十分朴素大方。他和海明威夫妇谈话是用法语进行的。周恩来有个翻译，但海明威夫妇觉得从他的炯炯有神的眼睛就知道他明白他们的谈话，不需要通过翻译。宾主双方谈笑风生，毫不拘束。玛莎回忆说：他俩第一次也是唯一的一次觉得和一位中国人相处好像在家里一样，十分愉快。[①] 海明威向周恩来介绍了广东的情况。周恩来可能谈了皖南事变和中国共产党的抗日方针，还针对国民党政府总参谋长何应钦和副总参谋长白崇禧关于皖南事变的声明专门写了两个纪要给海明威。后来，海明威就将这两个纪要带回美国，告诉他在财政部任职的朋友摩根索，希望他们读读双方截然不同的报告，以此作为将来中国发生事件时分析的参考。

周恩来给海明威夫妇留下很深刻的印象。海明威认为：周恩来将军是一位非常英俊而聪明的人，他在国民党遍布密探和特务的重庆出色地工作，同各国驻重庆的外交使节保持着密切的接触，并向他们宣传共产党的观点。他是一位杰出的外交家。在重庆，他是能够接近蒋介石的少数持相反观点的人之一。

海明威夫人玛莎回忆说：周恩来先生衣着平凡，坐在他那空荡荡的小房间里，但他是个伟大的人物。我们认为他是我们在中国见到的真正的好人。他可能是个胜利者。假如他是中国共产党人的典范，那么，未来就是他们的。[②] 玛莎很想把周恩来当时跟他俩的谈话传给后代，可惜没能办到，因为交谈时，他俩

① Martha Gellhorn. *Travels with Myself and Another*. London：Allen Lane，1978，pp. 59 – 60.

② Ibid.

被一位令人神往的巨人所深深吸引，以至心里太激动而忘了记录。

几个月以后，海明威夫妇回到华盛顿。人们问起有关中国的问题时，他俩说：抗日战争以后，共产党将接管中国。为什么？因为蒋介石一伙太糟糕了，一点民主也没有。人民要求变革。中国最优秀的人物是个共产党人，他还有许许多多跟他一样的战友。他们能得到人民的信任和支持。所以，1949 年中华人民共和国宣告成立，玛莎看到当年在重庆一个小房间里秘密会见他们的周恩来就任总理兼外交部长时，她并不感到惊奇。他俩觉得：许多有关新中国的游记和电影纪录片表明：中国已发生了不可估量的、几乎是令人难以置信的变化。①

海明威对于毛泽东同志虽没直接评论，但还是很敬重的。在他保存的访华的照片中有一张毛泽东同志在延安窑洞前的全身照片。笔者在美国波士顿肯尼迪图书馆看到这张照片时，这个馆的海明威藏书部主任奥加斯特·邹教授解释说：毛泽东先生是个伟大的民族英雄和爱国主义者，海明威对他的崇敬是不难理解的。

海明威对于人世间的一切具有极其丰富的知识，但对于中国的了解尚嫌不足。他回国后曾对朋友说：根据他在西班牙的经验，共产党总是力图给人们这样的印象：他们是唯一真正同敌人战斗的人。这是他们斗争策略的一部分。这种看法未免流于片面。

四

海明威是个知名的战地记者和小说家。他曾经到过意大利、法国和西班牙等地，亲身参加了第一次世界大战和西班牙内战，写了许多精彩的报道和小说。有人估计海明威访问中国之后会写出“传之永久的佳篇”。

然而，海明威并没这样做。他只写了 6 篇关于中国抗战的报道：《日苏条约》《日本必须征服中国》《美国对中国的援助》《日本在中国的地位》《中国需要改善空军》和《中国加紧建设机场》。这些报道分别发表于 1941 年 6 月 10 日至 18 日的纽约《午报》上。《午报》发表这组报道时，刊载了海明威与主编英

---

① Martha Gellhorn. *Travels with Myself and Another*. London: Allen Lane, 1978, pp. 59 – 60.

格索尔的谈话纪要，扼要介绍了海明威的访华经过和感想。这个纪要经过海明威本人的修改，并作为这组报道的前言[①]。这些文章都是来自中国的第一手材料，又出自名家之笔，在当时烽火漫天的日子是十分宝贵的，因此，文章发表后引起了美国各方面读者的强烈反响。

在这6篇报道里，海明威反映了有关中国抗日战争的几个重要问题：

（1）《日苏条约》签订后，苏联继续援助中国，苏联的军事顾问仍然留在蒋介石的军队里。海明威在前线亲自碰上苏联的军事顾问，看到苏联的轰炸机和歼击机等源源不断地运来。

（2）蒋介石是个军人和政客，10年来，他的目标是消灭共产党。西安事变后在中国共产党的帮助下他放弃剿共，转而抗日。海明威认为：从那时以来，"蒋介石没有放弃打败日本的目标，但他心里也从来没有放弃另一个目标。"[②] 蒋介石需要美国的援助，才能坚持抗日，否则他可能转而依靠德国，与日本媾和。

（3）日本正在准备进攻东南亚，以夺取石油、橡胶、钨、锡等战略物资。假如英美要避免另一个"慕尼黑"事件，保护他们在东南亚的利益，就要设法阻止日本南进。

（4）美国应支持中国各个政治派别联合抗日，明确告诉蒋介石：美国不支持中国打内战；要制止主和派的活动。

（5）日本暂时失去了与中国媾和的机会，而且无法征服中国。日本凭着海空优势和机械化部队侵占了中国大片领土，但战争已推进到无路可通的山区，日本丧失了它的有利条件。

（6）中国有丰富的人力和物力。中国人民有勤劳勇敢、不怕艰难牺牲的精神。他们能对日本发动反攻，而且必将取得最后胜利。

海明威对中国之行是满意的。用他自己的话来说：这是一次艰难的旅行，但很有趣。他在中国抗日的前线和士兵们在一起感到很愉快……他打算写几篇短篇小说。[③] 可惜，这些拟取材于中国的短篇小说后来并未问世。尽管如此，海明威关于中国抗战的那些报道仍不失为佳作，它们记录了海明威对战斗中的中国

---

① William White. *By-line*: *Ernest Hemingway*. New York: Charles Scribner's Son, 1967, p. 303.

② Ibid, p. 327.

③ Carlos Baker ed. *Selected Letters of Ernest Hemingway 1917 – 1961*. New York: Charles Scribner's Son, 1981, p. 523.

人民的友谊。

海明威具有自己独特的个性和冷静的头脑。作为一个知名的反法西斯战士，他同情和支持中国人民的抗日战争，肯定中国共产党在抗战中的积极作用，坚决反对日本对中国的侵略。作为一个资产阶级民主主义者，他呼吁美国政府明确地向蒋介石表示：美国决不支持中国打内战。这对当时处于最困难的战争情况下的中国人民不能不说是很大的支持。

总之，海明威的中国之行是一个特殊的人物在一个特殊的时刻来中国进行的一次特殊的访问，因而具有特殊的意义。

（原载《外国文学研究》，1983 年第 2 期）

海明威——中美文化交往的热点

1929年，一部反映经历第一次世界大战打击的西方青年的苦闷和失落的长篇小说《永别了，武器》震动了世界文坛，作者成了美国划时代的作家。他，就是后来荣获诺贝尔文学奖的欧尼斯特·海明威。

海明威是我国读者最熟悉的美国作家之一。从20世纪30年代至今，半个多世纪过去了，他在中国的声誉有增无减。他的作品大部分已陆续译成中文。他成了中美文化交往的热点。

近代中美文化交往的历史不算太长，大体可追溯到1900年前后。当时晚清流行的翻译小说中有《圣经》故事和美国作家欧文的《随笔》。稍后林纾翻译的183部西洋小说中也有20多部美国小说，其中斯托夫人的《黑奴吁天录》（即《汤姆叔叔的小屋》），至今仍十分脍炙人口。那时的翻译与政治改革有关。严复译介了不少英法两国著名的哲学和政治经济论著。林纾译的小说也以英法作品为主。

第一次世界大战结束后，美国一跃成为世界最大债权国，国际影响日益超过英法。美国文学引起了各国的重视。这时，海明威以清新简洁的写实风格与盛极一时的英国作家乔伊斯的心理分析小说分庭抗礼，开创了西方小说的一代新风。这颗美国文坛升起的新星，引起了中国文化界的注目。1933—1935年，上海青年作家和翻译家纷纷著文加以介绍。后来，他的主要作品就陆续翻译进来。50多年过去了，我国历经沧桑，终于迎来了改革开放的新时期。中美文化交往几起几落，开始出现正常发展的新局面。美国文学作品被大量译介到我国来，海明威又受到新一代中国读者的欢迎，成了中美两国人民友好交往的桥梁。

从历史发展的角度来看，我国对海明威作品的翻译和评介，大致可分为 4 个时期：

第一个时期（1933 年前后—1949 年）：抗战前我国文学界以译介海明威的短篇小说为主，注意到海明威作品的主要特色及其在美国和西方文坛的地位和影响。抗战中，我国文学界对海明威反映西班牙内战的小说，尤其是《丧钟为谁而鸣》特别感兴趣。1941 年春海明威的中国之行进一步扩大了他在华的影响。

严格地说，这个时期可分为两个阶段：1937 年抗战爆发前和抗战开始至 1949 年。海明威 1916 年开始写小说，至 20 世纪 30 年代初已出版了 6 部长篇小说和短篇小说集。1929 年问世的《永别了，武器》奠定了他在美国新文坛的地位。但我国文化界迟迟没有反应。虽然《永别了，武器》的电影早在上海放映过，可是海明威的短篇小说还没译过来，专论更没有。直到 1933 年 9 月，黄源在《文学》刊物上发表了《美国新进作家汉敏威》并译了他早期的短篇小说《暗杀者》（*The Killers*）。翌年，《现代》杂志刊登了叶灵凤的《作为短篇小说家的海敏威》。1935 年，赵家璧和施蛰存分别在《文学季刊》和《新中华》发表了《海敏威研究》和《从亚伦坡到海敏威》（现统一译为海明威）。这个阶段，评介文章虽然不多，但意义重大，不容忽视。在这些文章里，作者首先介绍了海明威在美国文坛的出现和影响。黄源指出：“目下我们一谈到美国的现代文学，便少不了提到他。他的作品以形式手法的独特新奇，颇得到欧美读者的欢迎……他是同时代作家中最有创意的作家。”轰动一时的《永别了，武器》证明“他是个彻底的写实派作家”。[①] 叶灵凤肯定海明威是描写战争题材的作家中“最出色的一个”，并强调海明威的风格是“将整个所谓迷途的时代（Lost Generation）的创伤、不安和苦闷，用自己所追寻的文体传达了出来”。[②] 赵家璧也认为，海明威作品“正是战后一代青年思想的反映，而他散文的特殊风格，引起了许多人的模仿，至今是被人称作近代美国文坛上发生影响最大的一个”。[③]

① 见《文学》，1933 年第 1 卷第 3 期，第 448、449 页。
② 见《现代》，1934 年第 5 卷，第 6 卷，第 991、992 页。
③ 见《文学季刊》，1935 年第 2 卷第 3 期，第 728 页。

为什么呢？因为他所代表的便是对于支配世界文坛的乔伊斯小说的心理描写的反抗。“他抛弃了当时最流行的心理分析，把一切归还到动作的本身，把官能印象，作为他写作和生活的中心。”赵家璧还认为：“海明威便是最反对现代文化的人……他在大战场上得来的经验，使他看破了一切文化，而把他所生存着的社会，看作一种虚伪的结合。因此，他回到初民的粗鲁的动作中去找安慰。”①这些看法大体上反映了我国文化界1937年抗战前对海明威的评价。

抗战期间，由于反对侵略，保卫祖国的需要，我国大量翻译世界文学名著和反法西斯文学，诚如郭沫若在《抗战与文化》一文中所说的：一切文化“要集中于抗战有益这一点”。现代美国小说家的作品被陆续译过来，主要有德莱塞的《美国的悲剧》等6种、马尔兹的《实情如此》、考德威尔的《烟草路》、路易斯的《大街》、法斯特的《一个民主的斗士》、里德的《震撼世界的十日》、萨洛扬的《石榴树》、斯坦贝克《愤怒的葡萄》《人鼠之间》和《月亮下去了》、海明威的《战地春梦》《战地钟声》《第五纵队》和《蝴蝶与坦克》等②。茅盾特别推崇海明威和斯坦贝克两人。他强调指出：《战地钟声》（即《丧钟为谁而鸣》）是海明威“描写西班牙内战的值得大书特书的一部小说”。③ 因此，海明威有关西班牙内战的作品深受欢迎。

根据冯亦代先生的回忆，1938年初，他在香港看到海明威的短篇小说《告发》，很受感动，后来又看到《蝴蝶与坦克》和《大战前夕》，便将它们译出来，以鼓动民众抗战。1941年，他到重庆后又译了《桥头的老人》和剧本《第五纵队》。这个剧本曾作为应云卫在重庆创立的中华剧艺社的演出剧目，④ 因为国民党当局对于国统区进步作家写的剧本往往多方刁难，不准上演，而《第五纵队》内容适合动员民众抗战，激发爱国情绪、容易获准上演，发挥宣传作用。

由黄嘉德、黄嘉音和林语堂合编的《西书精华》1940年春季号介绍了西班牙战争文学。1941年第3期推荐《第五纵队》，并提到《丧钟为谁而鸣》被列为1941年美国畅销书第二位并获得普利策文学奖的提名。后来《西书精华》又

① 见《文学季刊》，1935年第2卷第3期，第728页。

② 见《抗战文学概观》，苏光文著，第70页。《战地春梦》今译《永别了，武器》，《战地钟声》今译《丧钟为谁而鸣》。

③ 《近年来介绍的外国文学》，见《茅盾文艺杂论集》下集，第1051—1052页。

④ 《重译后记》，见冯亦代译，《第五纵队及其他》，第194—195页。

刊登了李信之寄自美国的《战争小说〈丧钟〉》一文。作者认为海明威是个杰出的战争小说家。《丧钟》在内容上和技巧上比《战地春梦》[①] 好得多。有些美国评论家认为它是海明威的最佳作品。同时，他又指出：整个作品的节奏太紧张，简直令人无法透气，结局又突然陷于松弛，失去平衡。[②] 总的来看，这个评价是公允的、客观的。

《西书精华》还报道说：《丧钟》初版21万册，一周后又加印5万册，1940年底已发行36万册。1941年初已销50多万册，仅有玛格丽特·米切尔的小说《飘》和斯坦贝克的《愤怒的葡萄》可与它相媲美。这些信息激发了读者对海明威的兴趣。1944年，谢庆尧的中译本《丧钟》问世。西风出版社约请林疑今译了《永别了，武器》，受到读者的热烈欢迎。

1941年3月，海明威偕夫人的中国之行使他在中国的影响达到了高潮。国民党的机关报重庆《中央日报》经常报道他在各地的活动。蒋介石夫妇亲自接见了海明威夫妇并一起进餐。他秘密会见了中共驻重庆代表周恩来，并深入各地采访，赞扬中国民众的抗战热情。

海明威在《午报》上发表了6篇中国之行的报道。在这些报道里，海明威如实地反映了中国抗战的形势，表达了对中国人民的同情和支持。他要求美国政府明确地向蒋介石表明：美国不支持中国打内战。他认为中国共产党的军队同日军英勇作战，而蒋介石却把他们当作自己的“心脏病”，欲除之而后快；只把日本侵略者作为“皮肤病”。如果国共摩擦加剧，中国出现内战，日本就可能征服中国，美日开战便难以避免了。

海明威夫妇离开重庆去仰光的前夕，9个抗日团体联合举行了盛大欢送会，为他俩送行。300多位来自外交、政治、新闻和文化单位的中外嘉宾出席了会议。海明威激动地说：“太奇妙了！太奇妙了！”[③] 重庆《中央日报》以显著篇幅做了报道。海氏的访问即为中外人士所瞩目。

海明威来华访问时正是抗日战争处于最困难的阶段。日本侵占我国大片河山，蒋介石急需改善与美国的关系，获得美国的援助。美国也需要中国把日本

---

① 编者注，即《永别了，武器》。
② 见《西书精华》，第5期，1941年春季号，第31页。
③ 见重庆《中央日报》，1941年4月15日第二版。

拖住，以推迟日本进犯东南亚的时间。因此，蒋介石任命著名留美学者胡适为驻美大使，罗斯福总统和国务卿赫尔4月6日亲自宴请新任驻华大使高斯。4月29日蒋介石新任外交部长郭泰祺抵华盛顿访问，美国表示将增加对华贷款和援助。美国朝野人士和作家如罗斯福总统的儿子克里、《时代》和《生活》的总编辑鲁斯夫妇、著名小说家考尔德威尔夫妇、作家布科莱德女士等纷纷来访。他们的影响当然比不上海明威。海明威有关中国抗战的报道发表后仅几个月之久，日本偷袭珍珠港的事件就爆发了，美国匆忙对日宣战。反法西斯战争跨入了新阶段。历史发展说明：海明威的估计是符合实际的。

由此可见，作为记者和作家，海明威不仅是美国人民的文化使者，也是中美两国人民共患难时刻的联系纽带。

第二个时期（1949—1965年）：中美关系不好，但海明威小说继续出版，评论很少。20世纪50年代，苏联文论的影响较大，“文革”前开始摆脱这种影响。中华人民共和国成立后不久，1950年爆发了朝鲜战争，中美两国关系开始了不愉快时期。但是，具有悠久文化传统的中国并不一概排斥美国作家。1952年朝鲜战争还没停息，上海新文艺出版社就再版了林疑今译的《永别了，武器》。1957年，海观译的《老人与海》问世。《文汇报》转发了苏联关于海明威生活和工作的报道。20世纪60年代初，《世界文学》译载了海明威的短篇名作《杀人者》和《打不败的人》。不过，评论几乎见不到。

1961年7月，海明威与世长辞了。《文汇报》于同年8月22日刊登了翻译家赵家璧的纪念性文章《永别了，海明威——有关海明威的二三事》。翌年，《文艺报》译载了芬寇斯坦的《悼海明威》。文章虽不多，却表达了中国作家和读者对这位伟大的美国小说家的怀念和尊敬。

20世纪50年代末至60年代初，台湾海峡一度出现紧张局势，中美仍处于严重对峙状态。因此，大专院校里，中文系和外文系涉及美国文学的课程极少。国内的“反右派”运动也使教师们对美国文学不敢问津。美国文学相关资料奇缺，学生也没机会接触。

另一方面，当时学界即使讲点美国文学，总是难于跳出苏联文艺理论的框框。记得1959年我读过一本苏联3个专家合写的《英美文学与文体研究》（英文版），书中谈到美国现代作家时，专章讲述的仅有马尔兹（Albert Maltz）和法斯特（Howard Fast）两人，加上前一章介绍的欧·亨利、杰克·伦敦和德莱塞等人总共还不到10人。对辛克莱·路易斯和海明威这两个诺贝尔文学奖获得者则一笔带过，他们的作品一本也没提。编者们往往以“社会主义现实主义”作为最高的准绳来衡量美国作家，尤其强调这些作家对待苏联的态度，因此未免失之偏颇，视野狭窄。也许正是这种观点一度影响了我国对海明威作品的译介工作，比如迟迟没有再版或重译《丧钟为谁而鸣》，拖至80年代初才重译出版。有的图书馆认为《永别了，武器》宣扬了和平主义，不许公开出借。

1962年，《文学评论》发表了董衡巽的《海明威浅论》。[①] 这是“文革”前最重要的一篇系统评述海明威的论文。作者全面分析了海明威的主要作品及其价值和局限性，大胆地指出：海明威是现代美国文学史上影响最大的一个小说家。《永别了，武器》虽然带有悲观绝望情绪，和具有一定反法西斯倾向的《丧钟为谁而鸣》一样，应该列入美国20世纪批判现实主义文学。《老人与海》的主人公圣地亚哥具有硬汉性格，是个“超人式的英雄”，缺乏真实性和典型性，反映了作者逃避现实的倾向。海明威的人物有3个特色：拥有坚强的意志、重视感觉经验和重视朋友间的友谊。海明威作为一个艺术家在思想和艺术这两方面的表现是不平衡的：他的艺术才华超过他对生活的认识能力。他的风格含蓄，文体简洁优美，但有时显得狭隘和单调。他是个有正义感的作家，敢于说出心里话，创作态度严肃，艺术上有独创。这篇论文肯定了海明威在美国20世纪文学史上的地位，并指出他的局限性。这对于苏联20世纪50年代的传统看法是个挑战。作者同时批判了当时国内流行的“拔高主题”的做法，但对海明威的批评似乎多了些。“拔高”显然不妥，但海明威小说的内涵和人物形象的美学价值还是值得深入探讨的。无论如何，此文具有重大的意义。

第三个时期（1966—1976年）：海明威作品被封存，但在读者中悄悄传阅。“十年动乱”造成了我国文化界的空前浩劫。外国文学当然无法幸免于难。中美之间的文化交往几乎完全停顿。

《永别了，武器》和《老人与海》虽然不能从图书馆借到，但在厂矿和乡下的知识青年中却悄悄传阅着。吸引青年读者的是它的精神力量。记得有个矿工

---

① 见《文学评论》，1962年第2期。

出身的作家周梅森说过，“文革”期间感到失落，不知所措，后来偶读《老人与海》深受启发，铭记老人“人可以被毁灭，但不可以被打败”的名言，发愤自学，勤奋笔耕，终于写出了一篇篇好小说，如今已跻身于专业作家之列。他深有感触地说：“历史将会证明：海明威像莎士比亚一样，是属于全世界的。他给读者精神上的影响是永恒的”。①

第四个时期（1976 年至今）：海明威作品又大量翻译出版，研究范围日益深入扩大，对外交流有所发展。“四人帮”垮台后，中央拨乱反正，我国迎来了改革开放的新时期，加上中美两国关系的恢复、改善和发展，美国文学的译介出现了前所未有的繁荣局面。海明威又成了中美文化交往的热点。

近十多年来，几乎年年都有海明威作品的中译本问世。1979 年，上海再版了《老人与海》6 万册，1980 年又重印了《永别了，武器》8 万多册。1982 年，上海译文出版社等出版了《丧钟为谁而鸣》的 3 个不同的译本，单上海就印了 75 000 册，数量可观，不久即售罄。1983 年，江西人民出版社印了冯亦代重译的《第五纵队及其他》25 000 册。1984 年，上海译文出版社的新译本《太阳照常升起》印数达 62 000 册。这部 1926 年问世的名作经过近 60 年才进入我国书市。1985 年，《流动的盛宴》由浙江文艺出版社出版，书中附有美国海明威学者哈里·斯通贝克写的前言。同年三联书店发行了《海明威谈创作》。1987 年，上海又出了《老人与海》的新译本。

与此同时，海明威的短篇小说也陆续与读者见面。1979 年《译林》创刊号发表了《印第安人营地》。1980 年，《当代外国文学》刊载了《雨中的猫》《一个明净的地方》和《暴风雨之后》。1981 年以来，《外国文艺》《美国文学》《春风译丛》《外国文学》和《名作欣赏》以及一些原来只发表我国文学作品的文学刊物如《十月》《花城》《作品》《百花洲》和《山花》等也刊登了海明威的短篇小说，有的还发表了评析文章。上海译文出版社出版了《海明威短篇小说选》。商务印书馆则把海明威的短篇小说选作为“英美现代文学注释丛书”之一，供青年读者直接阅读原文。有几个名篇还入选了《美国短篇小说选》（1978）和《美国短篇小说选读》（1980），《老人与海》则被选入《外国优秀中

① 《文学的力量超越国界》，见《译林》，1986 年第 3 期。

篇小说选》。

有关海明威的书信和传记也引起了我国学者的注意。《世界文学》和《译文与评介》等刊物分别选译了著名海明威学者卡洛斯·贝克编注的《海明威书信选》的一些信件。贝克另一部权威性的力作《海明威的生平故事》也出了两个中译本。浙江还出了库尔特·辛格写的《海明威传》。董衡巽主编的《海明威研究》（1985 年增订本）选辑了欧美和苏联学者对海明威的各种不同的有代表性的评论，有助于读者拓宽视野。

1979 年 8 月全国美国文学研究会在烟台成立，促进了海明威的研究工作。后来，全国美国文学研究会分别在上海和南京召开了两次年会。大会收到的论文有几篇是研究海明威的。国内报刊上也经常可看到评介海明威的文章，涉猎的范围越来越广，从他的战争观、位置感、文体风格、创作原则和文字技巧，到他的中国之行、他与中国作家的比较研究等等，令人耳目一新。同时，海明威的作品进入了大专院校的课堂，成了中国师生和外籍专家的热门话题。有些研究生还将他选为论文的课题。

中国对外国文化的重视，特别是对海明威的重视得到了外国学者的交口称赞。1986 年 6 月我有幸代表我国首次出席了在意大利召开的第二届海明威国际会议，并宣读了论文，受到与会者的欢迎和赞赏。① 曾在南京大学任教的美国学者弗兰德教授做了专题报告，赞扬 80 年代的中国作家和学者完全理解和把握了海明威作品的精神，使与会的十几个国家的学者大为惊喜。同年 11 月，全国美国文学研究会在厦门大学召开了“海明威与迷惘的一代”学术讨论会。这在 1949 年以来还是第一次。到会的有全国 30 多个单位的 54 位代表。提交大会的论文或提纲有 20 多篇。大家肯定了海明威对美国文学和世界文学的重大贡献，并对“海明威与迷惘的一代”交换了不同的看法。这个会议标志着我国海明威研究进入了新的阶段。

中国和美国具有不同的文化传统，在价值观念、心理机制和道德习俗方面也有很大差异。但是半个多世纪以来，海明威在我国的影响经久不衰，而且出现过两次热潮，一次在抗日战争期间，一次在 1976 年至今。不管在中华人民共

---

① 见上海《文学报》，1986 年 8 月 21 日，第 1 版。

和国成立前后，或海明威获得诺贝尔文学奖前后，海明威在中国读者心目中都占有一定地位。这是颇发人深思的。

首先，海明威作品所反映的思想内容，尤其是《丧钟为谁而鸣》中美国大学讲师乔登为正义而献身的精神和西班牙劳动人民英勇抗击法西斯侵略的爱国主义行动对我国读者很有启发。他笔下那些在逆境或困境中顽强搏斗、百折不挠的“硬汉”形象很容易引起我国读者的共鸣。中华民族是个勤劳勇敢的民族，一百多年来内忧外患不断，斗争不息，才有今天的变化，因此，中国人民特别赞赏这种打不败的性格。其次，海明威的风格很像我国小说的白描手法，比起那些虚幻的心理描写，更容易为我国读者所接受。再次，他的“真善美”的美学原则也是我国作家所熟悉的。他认为“作家的职责是讲真话”。他要“用最简洁的形式写下自己的所见所闻”。[①] 他出生入死地深入战地，写下了体现时代精神的名篇巨著。这一切都使海明威跨越中美的国界，克服时空差异和文化隔阂，在古老的中华大地上扎根，并成了中美文化交往的热点。

今年是海明威诞生 90 周年。美国将举行 5 个学术会议。我校将与广西师范大学在桂林联合举办海明威国际学术研讨会。[②] 我国学者将与来自十几个国家和地区的同行交流成果。可以预料，中外文化交往会有新的发展。

（原载《厦门大学学报》[哲社版]，1989 年第 3 期）

---

① Carlos Baker. *Ernest Hemingway*: *The Writer as Artist* (*3rd edition*). Princeton: Princeton University Press, p. 48.

② *The Hemingway Newsletter*, NO. 17/January 1989.

海明威评论 60 年：从冷清到繁荣

欧尼斯特·海明威（Ernest Hemingway，1899—1961），现代美国现实主义小说家，在我国拥有大量读者。从 1933 年黄源在上海的《文学》杂志发表第一篇评论《美国新进作家汉敏威》以来（以下均写为海明威），半个多世纪过去了。今天，他的作品已全部译成中文，有些作品出现多种不同版本。海明威成了大学生和研究生毕业论文的热门选题，也成了全国性美国文学学术会议的重要议题之一。海明威已成为我国学界和读者最感兴趣的一位美国作家，又成为中美两国文化交往的一个历久不衰的热点。

从 1949 年中华人民共和国成立至今，我国海明威评论大体可分为 3 个时期，第一个时期是“文革”前 17 年，第二个时期是“文革”中 10 年，第三个时期是改革开放以来 35 年。下面将分别评述各个时期的特点。在评述前，有必要回顾一下中华人民共和国成立前海明威评论的概况。这个时期大体可分为两个阶段，即 1937 年抗日战争前和 1937 年抗日战争爆发至 1949 年，尤其是第二阶段中出现了我国海明威评论的第一次高潮，留下了值得纪念的一页。

一、1929—1949 年：海明威与中国

第一次世界大战后，西方政治和经济中心逐渐由英法转到美国。美国文学日益引起各国的重视。20 世纪 20 年代成了欧美的“荒原时代”。巴黎变成西方

现代主义思潮的中心。许多英美青年作家和艺术家在巴黎探索文艺创新的新路子。海明威以清新简洁的写实风格回应了盛极一时的英国作家乔伊斯的意识流小说，开创了欧美小说的一代新风，吸引了各国学界的关注。1926年，海明威第一部长篇小说《太阳照常升起》问世，引起了学界的重视。不久，《永别了，武器》（1929）出版，好评如潮，奠定了海明威在美国文坛的地位。随后，他笔耕不辍，新作不断问世，已发表的短篇小说也结集陆续出版。到了20世纪30年代，海明威已成为一位享有国际声誉的新进小说家。

1929年，上海水沫书店出版了黄嘉谟译的《美国现代短篇选集》，收入海明威的《两个杀人者》。但其他作品尚未译介，更没有评论。虽然上海放映过电影《永别了，武器》，民众对海明威仍很陌生。1933年9月，上海的《文学》杂志发表了青年作家黄源的文章《美国新进作家汉敏威》，同时译载了他的《暗杀者》。翌年，上海另一家刊物《现代》刊登了叶灵凤的《作为短篇小说家的海敏威》。1935年，赵家璧在《新中华》杂志刊登了《海敏威的短篇小说》一文。同一时期出现的还有施蛰存的《从亚伦坡到海敏威》。1935年，赵家璧在《文学季刊》上又发表了《海敏威研究》。这个时期，评介文章仅这5篇，篇幅不太长，但海明威渐渐在我国文学报刊上露面，意义重大，值得重视。

上述5篇短文反映了我国学界早期对海明威的评价。首先是肯定海明威在欧美文坛崛起的成就和地位。黄源认为，“眼下我们一谈到美国的现代文学，便少不了提到他。……他是同时代作家中最有创意的作家。……海明威在小说中显示了他的人生观与技巧，同时又证明了他是个彻底的写实派作家。”① 赵家璧称赞海明威的散文“简洁明朗、清新可读”，他是“美国散文中的伟大天才”。其次，赞扬海明威开创了欧美小说一代新风。赵家璧强调，海明威“抛弃了当时最流行的心理分析，而把一切归还到动作的本身，把官能印象，作为他写作和生活的中心，是含有重大意义的”。② 叶灵凤进一步指出，“十年以来，在世界文坛上支配着小说的内容和形式的，是乔伊斯的《尤利西斯》。他的风靡一时的精微的心理描写，将小说里主人公的一切动作都归到‘心’上……但是，现代世界的生活并不全是这样悠闲的。海明威一流的作家所代表的便是这种对于乔

① 黄源，《美国新进作家汉敏威》，《文学》，1933年第1卷第3期。
② 赵家璧，《海敏威研究》，《文学季刊》，1935年第5卷第6期。

伊斯的反抗。”[①] 其三，肯定海明威以世界大战为题材的战争小说的特色。海明威也站在反战立场，但他只把世界大屠杀当作一幅远景，而注目在战后受战事影响者的实际生活。赵家璧指出，“海明威便是最反对现代文化的人……他在战场上得来的经验，使他看破了一切的文化，而把他所生存着的社会，看作一种虚伪者的结合。”他认为，海明威“是这样一个硬心肠的人，把所有近代文化以及社会传统否定了”。[②] 由于种种原因，几位评论者没有深入阐释海明威怎样否定西方的近代文化和社会传统，但对海明威小说的特色说得很中肯，对其新文风与乔伊斯的对抗也充分肯定。上述这些评论大体反映了我国早期学界对海明威的看法。

1937 年抗日战争全面爆发改变了蒋介石当局的外交政策，中美两国关系出现了新转折。中美文化交往开创了崭新发展的局面。在这个历史语境下，我国海明威评论有了飞跃的发展，出现了第一次高潮。海明威的《战地春梦》（即《永别了，武器》）和《战地钟声》（即《丧钟为谁而鸣》）、《第五纵队》和《蝴蝶与坦克》等被译介到中国。[③] 海明威关于西班牙内战的作品特别受到我国文化界的欢迎。《战地钟声》的反法西斯主题激励了中国读者的爱国热情，鼓舞了他们顽强抗击日本侵略者。

1941 年 3 月海明威偕新婚不久的第三任妻子玛莎·盖尔虹来华访问。他的中国行进一步扩大了他在中国的影响。他动身前后，香港《大公报》最先发表了旅美学者林语堂的《美国通讯》（一）和留美学者林疑今的《介绍海明威先生》两篇文章。林语堂介绍了海明威的创作特色和酷爱冒险、关心平民的个性及其重要影响。他说，海明威“倘能撰一中国战争小说，亦可为中国作文学宣传，力量较大于政治宣传也。”[④] 林疑今在文章里指出海明威采用中西部语言，“独创了一种簇新的风格”；“有功于真正美国文学的建立，摆脱了旧日英国的历史传统。”“海氏所写人物的兴趣，只在肉体的享受及男女的爱情，这是原始人的嗜好，也是现代自称‘文明人’的嗜好，一点不是矫揉造作的卫道经世。海

① 叶灵凤，《作为短篇小说家的海敏威》，《现代》，1934 年第 2 卷第 3 期。
② 赵家璧，《海敏威研究》，《文学季刊》，1935 年第 5 卷第 6 期。
③ 苏光文，《抗战文学概况》，重庆：西南师范大学出版社，1985 年，第 70 页。
④ 林语堂，《美国通讯》（一），香港《大公报》，1941 年 3 月 2 日第三版。

氏著作，适合社会潮流，风行全美。上流社会青年甚至故意模仿海氏小说人物，作为时髦。”[①] 这两篇文章不但介绍了海明威的写作风格重要特色和独特的影响，而且将他的访华与中美两国在反对德日意法西斯斗争中相互援助的重要意义联系在一起，内容比以往的评论文章深刻得多，因此，许多国内报刊纷纷加以转载，影响遍及全国。与此同时，上海的《西书精华》也于1941年春季号和夏季号分别发表了留美学人李信之的《战争小说〈丧钟〉》和乔志高的《西班牙内战的文学》，评介了海明威的新作《丧钟为谁而鸣》。作者认为西班牙内战刚过不久，已出现了3部小说：海明威的《丧钟为谁而鸣》、德国人锐格勒的《正义之战》和法国人马尔罗的《人的希望》。它们都是当之无愧的反法西斯战争小说。它们的主人公都是国际纵队的战士，背景是内战的全局，题材是西班牙内战时几次有名的战役。3本小说中，海明威那一本最受欢迎。

二、1949—1966年：冷清与转变

“文革”前17年，我国的外国文学研究走过了接受与摆脱苏联的学术影响的历程。1949年10月，中华人民共和国成立。外国文学的评介有了新发展。可是，文艺是与政治、外交和文化联系在一起的。1950年爆发了朝鲜战争，同年10月，中国人民志愿军入朝作战，直到1953年签订了朝鲜停战协定。中美两国处于严重的对峙状态，人员交往几乎完全停止。这极大地影响到我国的美国文学研究。20世纪50年代院系调整后的高校没有开设美国文学课程。

随着政治上的“一边倒”，苏联盛行的社会主义现实主义理论大量流传进来。苏联学者对美国文学的评论对我国学术界曾有过积极的影响。不过，苏联学术界推崇的仅有马克·吐温、杰克·伦敦和西奥多·德莱赛三位美国作家。海明威没有受到应有的重视。他们较为独尊英美批判现实主义作家，对其他作家的局限性看得太重。1955年10月，茅盾会见到访的苏联作家协会第一书记苏尔科夫，两人对海明威的《老人与海》有过小争论。茅盾认为小说主人公的性格和心理刻画都很有深度、有功力，并说我国《译文》（后改名为《世界文

① 林疑今，《介绍海明威先生》，香港《大公报》，1941年4月初。

学》）准备译载。苏尔科夫则强调，海明威的作品带有悲观和宿命论的色彩，对社会主义国家的青年读者有消极影响，所以《老人与海》不值得推广。后来，《老人与海》的译文在茅盾主编的《译文》1956年12月号上刊发了，受到我国读者的热烈欢迎。两年后，苏联的《外国文学》也译介了《老人与海》。可见，见解独到的老作家茅盾对待外国文学的评价比苏联同行更有远见，更加公道。可惜，这种公正的评价，由于当时的政治原因不能推广。① 在中美两国关系紧张的政治氛围下，美国文学的评介走入低潮。海明威评论仅有赵家璧一篇文章——《从〈老人与海〉想到海明威》。文章强调："那种悲观失望的情绪正是当时的海明威在思想上的经历。"同时指出，"海明威自欧洲负伤回来之后……他成了一个没有目标的人。"② 虽然上海再版了林疑今译的海明威的《永别了，武器》，但有的高校图书馆里却"内部控制，禁止流通"，给该书贴上"宣传无原则的和平主义"标签。至于《丧钟为谁而鸣》，由于它在苏联受到批判，国内仅出了节译本，直到改革开放后的1982年才同时出了3种全译本。

从1957年的"反右"运动到1959年的"反右倾"和"拔白旗插红旗"运动，国内政治气氛更浓烈了，尤其是1960年后中苏两国两党围绕斯大林的评价问题进行了激烈的争论。我国先后发表了9篇文章评论赫鲁晓夫的修正主义。这时，"学习苏联"的口号受到许多学者的反思。但"左"的倾向有点冒头。许多人不敢评论学术问题，怕犯错误。1961年7月2日，海明威举枪自杀，惊动了全世界，我国各大报刊却都保持沉默，仅《世界文学》第7期转载了国外400多字的一篇短文作为《简讯》。8月22日，上海《文汇报》发表了赵家璧的短文《永别了，海明威——有关海明威的二三事》。它成了我国悼念海明威逝世的唯一文章，气氛相当冷清。

1962年，《文学评论》第6期刊载了董衡巽的《海明威浅论》。它标志着我国美国文学评论，特别是海明威评论开始摆脱苏联的影响。这在当时的政治和文化氛围下是很难得的。《海明威浅论》比较系统地评析了海明威的思想、作品、艺术成就和局限性。它大胆地肯定了海明威创作思想的发展和艺术形式的创新，并指出其思想缺陷和逃避现实的倾向。该文在论及海明威的主要作品时

---

① 高莽，《茅盾与前苏联作家来往散记》，见《茅盾研究》第8期，北京：新华出版社，2003年。

② 赵家璧，《从〈老人与海〉想到海明威》，《读书月报》，1957年4月号。

认为，海明威对于第一次世界大战的厌恶情绪在《永别了，武器》中表现得更为直接和清晰。较之于《太阳照常升起》，《永别了，武器》更为深刻。它不仅揭露战争如何给人带来生理上的摧残，而且批判了帝国主义思想宣传的虚伪，还揭示了资产阶级精神世界的空虚。同时，论文指出：“《永别了，武器》也突出地表现了海明威的思想缺陷，即未能正确认识战争的本质和根源。他像许多当代资产阶级作家一样，未能摆脱认识的片面性，他把他所看到的那部分现实当作现实的全部，把帝国主义者发动的掠夺战争看成人类无法抗拒的自然力量，又把资产阶级的末日看成全世界的末日。”论文认为《丧钟为谁而鸣》反映了海明威对战争态度的转变，“他赋予主人公新的思想认识”，同时又写了个别较成功的西班牙人的形象，其中不乏精彩动人的描写。但是，“小说作为西班牙人民争取自由的作品，就显得不够典型，不够真实。”论文强调：“乔登这个人物不是来自群众的英雄，而是超人式的英雄。这就是典型的资产阶级对待群众的态度。”尽管如此，“《丧钟为谁而鸣》也同《永别了，武器》一样，应该列入美国20世纪批判现实主义文学。”在论及海明威诺贝尔文学奖获奖作品《老人与海》时，作者认为它代表了逃避现实的倾向：主人公圣地亚哥是一个“在阶级社会里逃避现实的知识分子的形象，一个超人式的英雄”。① 论文肯定了海明威作品的3个亮点：一是坚强的意志，主要表现在求生的渴望；二是“感觉经验”；三是友谊。最后，文章还肯定了海明威简洁优美的文笔、独特的“冰山原则”和含蓄凝练的风格。总而言之，董衡巽在论文里大胆肯定海明威对美国20世纪批判现实主义文学的贡献，也指出他思想的局限性，这正标志着他的观点与苏联20世纪50年代对海明威的评价分道扬镳。同时，论文对海明威塑造的硬汉形象乔登和圣地亚哥持否定态度，恐怕与当时国内“大批判”思潮的影响有关。该论文意义重大，影响深远。

三、1966—1976年：浩劫与停顿

“文革”使我国文艺界遭到空前浩劫，外国文学亦深受其害。大专院校图书

① 董衡巽，《海明威浅论》，《文学评论》，1962年第6期。

馆的外国文学作品被封存，专家学者被赶进牛棚，他们的私人藏书被夺走或烧毁。海明威的作品亦难逃一劫，但并未完全销声匿迹。《永别了，武器》和《老人与海》在矿区和农村的知识青年中以口传和手抄等形式得以流传。它的吸引力不在于爱情描写或凶杀情节，而是它的精神力量，即一个人如何在困难面前泰然自若："人可以被毁灭，但不能被打败。"

矿工出身的江苏作家周梅森说过："历史将证明，海明威会像莎士比亚一样属于全世界。他给读者精神上的影响是永恒的。"① 由此可见，处于逆境的我国青年读者，从实际生活中深刻理解和把握了海明威作品的精神实质和现实意义。这种草根式的评论立足于新的视角，为排除"极左"思潮的干扰创造了条件。这也许是海明威文学评论困境中的幸运，它为日后海明威文学研究的复兴奠定了基础。

四、1976—2011 年：复兴与跨越

1976 年 10 月，"文革"结束，我国进入改革开放新时期。随后，中美恢复正常邦交，两国文化往来继续深化。外国文学研究在中国重新起步，海明威文学评论逐渐复兴。1976 年至今，海明威文学研究大体分为两个阶段：1976—1989 年为第一阶段，1990—2010 年为第二阶段。前者从复兴到繁荣，海明威作品的中译为评论的复兴创造条件。而且，国内外学术的空前发展和西方文论的大量引进也推动了海明威研究的蓬勃发展，使其硕果累累。后者展现了跨世纪的超越。随着海明威作品中译本的系列化和众多学术会议的陆续召开，海明威的作品不断走入课堂，关于这方面的评论也纷纷登上报纸杂志。海明威研究还第一次被纳入国家社科基金项目。这都展示了这个时期海明威研究的新成就。

（一）1976—1989 年：从复苏到繁荣

这一时期，海明威重返中国学界，成为中美文化往来的新亮点。20 世纪 80 年代是海明威文学研究的第二次高潮，它在深度和广度上都极大超过 30 年代的

① 杨仁敬，《文学力量超越国界——记中美作家、学者座谈海明威作品》，《译林》，1986 年第 3 期。

第一次高潮。主要表现在以下几个方面：

第一，社会环境的大转变催生频繁的学术交流。1978 年，中宣部在广州召开会议，研究外国文学界贯彻落实中央改革开放方针的部署。山东大学原校长吴富恒教授闻风而动，联合北京大学杨周翰教授、北京外国语大学王佐良教授、南京大学陈嘉教授和复旦大学杨岂深教授以及社科院外文所和南开大学等高校，发起并成立全国性的美国文学研究会。1979 年 8 月底，该会在烟台成立，揭开了我国美国文学界改革开放的序幕。大会宣读的论文有杨仁敬《海明威〈永别了，武器〉和〈丧钟为谁而鸣〉中的人物形象》、万培德的《海明威小说的艺术特点》和倪受禧的《〈老人与海〉中的圣地亚哥形象》。杨文认为从亨利到乔登，从逃避非正义战争到甘心献身于反法西斯战争，这是质的飞跃。海明威不仅塑造一个国际主义者的形象乔登，而且刻画西班牙游击队员安塞尔莫、妇女彼拉和游击队长艾尔·索多等光辉形象，这在美国小说史上极为罕见。万文则剖析了海明威从俯视、仰视和直视的多角度描绘人物行动的特点以及简洁生动而传神的艺术手法。两篇报告引起了与会者极大兴趣。倪文引起与会者代表的激烈讨论：圣地亚哥究竟是一个硬汉形象还是一个资产阶级作家对劳动人民加以丑化的形象？经过个别交谈和小组讨论，大家达成共识：要科学地看待海明威及其作品，实事求是，抓住其精神实质，客观评价。与会代表清除左倾思想的影响，决心开创美国文学研究新局面。这是“文革”后全国英文学界学者的第一次盛会，也是拨乱反正、推动美国文学研究的誓师会。大会第一次邀请在山东大学任教的美国戴蒙德教授做了学术报告，开创了对外开放的先例，令人耳目一新。

为纪念海明威去世 25 周年，1986 年 1 月 14 日，江苏省翻译协会和作家协会联合在南京大学召开了中美作家和学者的海明威座谈会。在南京大学任教的美国芝加哥州立大学詹姆斯·弗兰德教授应邀介绍美国小说研究的新成果。他认为海明威是个“创作大于生活”的作家。他创造了一种来自美国现实生活的独特风格，并成功运用这种风格描写了死亡、失败、迷惘和幻灭等主题。这些内容“大于生活”，比现实生活更广阔，具有史诗般的魅力，因而引起当代作家的共鸣。[①] 江苏作协副主席海笑说，中国作家从海明威的小说中得到许多

① 杨仁敬，《海明威在中国》（增订本），厦门：厦门大学出版社，2006 年，第 207 页。

有益的启示，特别是对“生活是创作的源泉”这一点感触颇深。如果海明威没有亲历一战和西班牙内战，就写不出《永别了，武器》和《丧钟为谁而鸣》。青年作家周梅森深有体会地说，海明威的小说能给人精神力量。他的影响不仅在写作技巧上，还包括精神方面的永恒的影响。老作家梅汝凯则认为，海明威已经走进中国文学。他的现实主义精神与中国的文学传统是相通的。如《老人与海》中对鱼类精细的刻画，与《红楼梦》中人物衣着样式的描写有异曲同工之妙。全国美国文学研究会副秘书长李景瑞向弗兰德介绍了我国翻译和出版海明威作品的情况，并说明海明威已成为我国读者最喜爱的美国作家之一。

1986 年 6 月 12 日，第二届海明威国际会议在意大利里阿诺市举行。弗兰德在大会发言中多次引用江苏作家们的观点，并高度评价海明威在文学史上的地位。有的作家认为他像莎士比亚一样，影响着每个读者。应邀赴会的我国学者杨仁敬在大会上宣读了《30 年代以来海明威作品在中国的翻译和评论》，受到与会者热烈欢迎。

1986 年 11 月，全国美国文学研究会委托厦门大学承办“海明威与迷惘的一代”研讨会。各个年龄阶段的学者欢聚一堂，在厦门大学任教的美国专家凯因教授和斯泰特教授、在山东大学任教的康乃迪教授夫妇以及来自美国的弗兰德教授应邀出席会议并分别做了学术报告。中外学者就海明威小说中的妇女形象、硬汉形象、艺术风格、海明威与电影、海明威与生存主义、海明威与“迷惘的一代”等话题进行热烈讨论。特别有趣的是，与会代表们反复辩论了海明威是不是“迷惘的一代”的代表，并形成 3 种观点：一、前期是，后期不是；二、一生都是；三、一生都不是。大家摆事实讲道理，心平气和地讨论，反复思考，受益匪浅。这种大胆争鸣的气氛是以前难得一见的。

1989 年 7 月 21 日是海明威九十华诞纪念日，北京和桂林相继举行热烈而隆重的学术活动。在北京，7 月 8 日，中国翻译协会和中科院外文所联合召开学术研讨会，董衡巽、冯亦代、陶洁、李文俊和王逢振等在会上发言，各大报刊也对此加以报道。这与 1961 年海明威去世时中国学界冷冷清清的局面形成鲜明的对比。在桂林，广西师范大学和厦门大学联合举办了桂林海明威国际学术研讨会。美国海明威学会会长罗伯特·路易斯教授特地发来贺电。他认为这是由美国以外的学者主办的第一次海明威国际会议，具有重大的历史意义。中外学者经过讨论，对海明威塑造的人物形象有了进一步的认识。(1) 关于硬汉形象：美国诗人江肯斯教授认为，“海明威精神”在于面临必然失败时表现出人的尊严。这说明不仅圣地亚哥，还有杰克、亨利都坚持了人的尊严。有的中国学者认为海明威表现的是一种悲而壮的悲剧意识；也有人指出，海明威的硬汉形象实现了人主宰自己，体现人神易位的现代意识。(2) 关于海明威塑造的女性形象：有人提出，女性形象是否成功，要看是否反映了那个时代妇女的精神风貌，而不在于是否超越同书中的男性形象。江肯斯教授认为，研究一个作家，首先应该注重他的作品，而不是私生活。海明威生活中轻视妇女，有所流露，但他笔下的妇女形象，一般是健康而美丽的。(3) 关于海明威塑造的男性形象：海明威的硬汉形象大都是男性形象，常常受到赞扬。但他们是否十全十美呢？不见得。美国艾默里大学沃伦教授指出：海明威在小说中所描绘的非洲揭示了男性的阴暗面——恐惧心理和侵害别人。非洲既是个原始而野蛮的“道德荒原”，又是西方文明人寻找自我的天地。海明威正是想探索作为男子汉的真正含义。以上这些学术研讨会促进了我国学术界的对外开放，推动海明威研究的中外学术交流，受到国内外学者的高度评价。它标志着 20 世纪 80 年代我国海明威研究开始与国际接轨。

第二，海明威作品的大量翻译出版和再版，进一步扩大了海明威的声誉。1949 年前，海明威的作品译成中文的仅有《永别了，武器》《丧钟为谁而鸣》和几则短篇小说。至“文革”前，《永别了，武器》曾再版。除了 1956 年译成中文的《老人与海》，其他译本屈指可数。1978 年后，情况有了很大改观。1979 年，上海译文出版社再版《老人与海》。1980 年林疑今译的《永别了，武器》重印。1982 年，上海译文出版社、北京地质出版社和内蒙古人民出版社分别出版了 3 种不同的《丧钟为谁而鸣》中译本。同年，作家出版社出版了海明威的遗作《湾流中的岛屿》（1990 年安徽文艺出版社又出了不同译本，改名为《岛之恋》）。1983 年，江西人民出版社出了冯亦代重译的《第五纵队及其他》。1984 年上海译文社出版了《太阳照常升起》。这是该小说的第一个中译本。1985 年，浙江文艺出版社推出了《流动的盛宴》。同年，三联书店发行了董衡巽编译的《海明威谈创作》。1987 年，上海译文社出版了吴劳的《老人与海》新译本。同年，漓江出版社出了董衡巽等译的《老人与海》及其他。海明威作品的大量中译本不仅扩大了海明威在我国读者中的影响，而且为中青年学者开展海明威研究提供了方便。

海明威的短篇小说像雨后春笋在文学刊物上大量涌现。1979 年《译林》创刊号发表了杨仁敬译的《印第安人营地》。1980 年新创刊的《当代外国文学》刊登了杨仁敬译的《雨中的猫》《一个明净的地方》和《暴风雨之后》。1981 年以来，《外国文艺》《外国文学》《美国文学》《名作欣赏》和《春风译丛》以及一些原来只发表中国文学作品的大型刊物如《十月》《花城》《作品》《百花洲》和《山花》等也译载了海明威的短篇小说。有的还配上评析文章，帮助读者欣赏。上海译文出版社出了《海明威短篇小说选》。还有几个名篇入选了《美国短篇小说选》（1978）和《美国短篇小说选译》（1980）。这么多出版社和杂志争先译介海明威的作品的景象是前所未有的。

不仅如此，海明威的书信和传记也受到我国学者的重视。《世界文学》和《译文与评介》等分别选登了董衡巽选译的卡洛斯·贝克编注的《海明威书信选》的部分信件。贝克的另一部权威性力作《海明威的生平故事》也出现了两个中文译本。浙江文艺出版社还出了库尔特·辛格的《海明威传》。1980 年，中国社科院出版社推出了董衡巽主编的《海明威研究》，选译了英美和苏联学者的海明威评论，有些观点针锋相对，很有意思。这有助于读者拓宽视野，了解国外的学术动态。

第三，学术论文数量大增，质量提高，科研队伍逐渐形成，日益扩大，一代新人在成长。在一系列全国学术会议推动下，海明威研究的学术论文与日俱增，质量不断提高。科研队伍逐渐形成和壮大。除了英文专业的老师和研究生以外，有些高校中文系的老师也踊跃撰稿。1979 年刁绍华分别在《文艺百家》《吉林大学社会科学学报》《外国文学研究》和《学习与探索》发表了《海明威和“迷惘的一代”》等 4 篇文章。1980 年《文艺研究》刊载了董衡巽的论文《海明威的艺术风格》。论文指出海明威的文学创作有三大特色：（1）创造性地塑造了被称为“迷惘的一代”的人物形象；（2）塑造了具有坚强不屈性格的人物典型即所谓的“硬汉”；（3）创造了一种新的散文风格。总的来看，作者比 1961 年的《海明威浅论》对海明威其人其作有了新认识和新体会，思考更全面。万培德将他在烟台会议上的发言《海明威小说的艺术特点》加以充实，发表于《文史哲》1980 年第 2 期。这样，对海明威小说的评论将主题思想与艺术特色结合起来就更完整了。

据不完全统计，1981—1985 年，报刊上的海明威评论达 60 多篇，有的命题相对集中，初步形成了争鸣的气氛。如对《丧钟为谁而鸣》的评论有十多篇，大体有 3 种看法：（1）它既有优点也有缺点。（2）它是海明威最辉煌的代表作之一。乔登不是个人英雄主义的代表，而是集体主义英雄形象中突出的典型。（3）它是海明威的一部失败之作。这种摆事实讲道理、各抒己见的风气是以前所没有的。此外，《太阳照常升起》《永别了，武器》和《老人与海》的评论也出现了多种不同的意见。

这种争鸣风气推动了国外名家研究成果的引进。比如，1982 年《译林》发表了杨仁敬从哈佛大学到普林斯顿大学访问海明威专家卡洛斯·贝克而写的《卡洛斯·贝克教授谈海明威》，介绍了贝克教授对海明威艺术风格、象征主义、人物塑造、思想倾向、对青年作家的影响和美国的研究现状等 12 个问题的看法，内容丰富多彩，生动有趣。一些报刊译介了菲力普·扬的《简论欧尼斯特·海明威的创作》、肯尼斯·罗林的《海明威：暴力在艺术上的运用》、克利恩丁·索恩的《海明威〈丧钟为谁而鸣〉的模糊形象》和弗·劳伦斯的《海明威的电影化风格》等。董衡巽主编的《海明威研究》出了增订本，介绍了多位美国、英国、意大利、西班牙和俄罗斯学者对海明威其人其作的评论。书中还有海明威谈创作、海明威创作年表等。这些对我国青年学者和广大读者是很有参考价值的。

第四，随着西方文论的引进，研究方法逐渐多样化，研究范围日益扩大。20 世纪 80 年代以来，我国学者陆续译介了新批评理论、心理分析理论、女权主义、结构主义、解构主义、新历史主义、后现代主义、后殖民主义和生态文学批评理论等，有力地促进了我国的海明威研究向纵深发展。研究方法进一步多样化，以文本分析为基础，结合语境和文化深入解读和阐释。从以往的评析海明威作品的主题思想和艺术手法发展到评论海明威的战争观、生死观、哲学观、存在主义、象征主义、文体风格、叙事策略、文字技巧、他的中国行等等。这些论文既涉及对海明威的思想和创作的总体评价，又针对他四大名著和一些短篇小说进行文本解读。如评《老人与海》的文章达 40 多篇。还有人从比较文学的视角，比较了海明威与鲁迅、王蒙、邓刚和张贤亮等人小说创作的异同；也有人将海明威与肖洛霍夫比较，视野比以前大大地扩大了。评析方法由单一转向多元，论述更深刻了。

随着海明威研究的深入，一些专著陆续出现。1987 年，吴然的《海明威评传》和郑华编著的《从男人到男子汉——海明威小传》与读者见面。两位青年学者的大胆尝试很可贵，是个新跨越，可喜可贺！同年，董衡巽发表了《从"尼克的故事"到"老人与海"》。作者从经验与想象、细节和对话以及有关于《老人与海》的几个方面剖析海明威短篇小说的特色。文本分析细致，行文简洁生动。

从以上评述不难看出：我国海明威研究真正是从 80 年代开始的。改革开放像一阵春风催生了海明威研究的新热潮。国内宽松的政治和文化氛围使我国海明威研究出现了 20 世纪 30 年代以来的第二次热潮。它从"十年浩劫"后重获了新生，并且走向繁荣。这是以前任何时期无法比拟的。

（二）1990—2011 年：从繁荣到超越

90 年代以来，海明威研究继续不断发展，保持繁荣的姿态，并逐步走向超越。主要表现在：

第一，多位中国学者出席海明威国际会议，并在会议上发言，让其他国家和地区的学者听到中国学者的声音。董衡巽、杨仁敬、钱青分别赴美国波士顿、西班牙潘普洛纳和法国巴黎参加两年一度的海明威国际会议，并在大会上宣读了论文，进一步扩大了国际学术交往的范围。尤其是 1996 年，杨仁敬应邀去美国克茨姆出席第七届海明威国际会议，并在大会上做了《〈老人与海〉与生态批评》的报告。会议以"海明威与自然界"为主题，开展了热烈的讨论。这一连串的"走出去"，大大促进了对外学术交流，推动了海明威研究。

这期间，美国海明威学会机关刊物《海明威评论》主编苏珊·比格尔教授曾应邀访问了厦门大学和上海几所高校，分别做了评论海明威短篇小说和自然观的报告。马萨诸塞州立大学江肯斯教授则作为富布莱特专家来厦门大学任教半年，并到北京和武汉等地高校进行学术交流，增进了中美学者的友谊，也促进了海明威研究的深化。学术活动继续很活跃。1993 年 7 月，广西师大举办了第二届桂林海明威国际学术研究会。美国、英国、瑞典、加拿大等国多位学者莅会。会上宣读的论文多达60篇。一批中青年学者脱颖而出。他们分别用女权主义、读者反应论、新历史主义和生态文学批评和叙事学等理论，采用不同方法来解读海明威的作品，写出了一批富有新意的论文。会议还总结了当时海明威研究中存在的3个主要问题：(1) 重复研究较多，同一部作品同一个问题重复评述，新意不多；(2) 对原著理解不深，甚至有些出入；(3) 理论运用欠妥，有时太生硬，大家一起找出这些研究中的问题，这还是第一次。这对海明威研究的深入发展是很有意义的。

第二，科研成果丰硕，论文专著大量涌现，质量较高，逐步形成规模。1990年，杨仁敬出版了《海明威在中国》，系统地评述了1941年春天，海明威偕第三任夫人玛莎访华的目的和意义及其在中国各界和美国学界的反应。1992年，董衡巽在《外国文学研究》发表了《海明威的启示》，提出了许多新见解。作者认为海明威"每一部作品几乎都是拔高了的自传。他新颖的小说作法，包括最有特色的对话，一经固定便成了风格化的模式"。1996年，杨仁敬的《海明威传》由台北业强出版社出版。这是海峡两岸学者撰写的第一部海明威传记，受到海内外的广泛重视。1999年12月，浙江文艺出版社出了董衡巽的《海明威评传》，既有生平故事介绍，又有作品评析，富有创见。这几本传记的出现与美国20世纪80年代以来的海明威传记热遥相呼应，各有千秋，实是不谋而合，十分有趣。据不完全统计，从1990年1月到2005年12月，我国各报刊公开发表的海明威评论达400余篇，论著20多部。这是20世纪80年代以来的新发展。

在作品翻译方面，1999年上海译文出版社出版了14卷本的《海明威文集》中译本，由著名翻译家林疑今、主万、吴劳、汤永宽、蔡慧和程中瑞等人译了海明威16部作品和2卷短篇小说集，几乎包括了海明威除诗歌和新闻报道以外的全部作品。它是1949年以来我国最完整的《海明威文集》，对深化海明威研究，扩大海明威的影响发挥了重大作用。

值得指出的是，几年来海明威作品成了高校研究生学位论文的选题，出现了一些优秀论著，涌现了一批优秀的青年学者。如戴桂玉博士先后发表了《海明威与社会性别》《海明威："有女人的男人"》和《双性视角作家海明威》等论文，用女权主义理论，结合文本分析，指出海明威不是个男权崇拜者，而是一位双性视角作家。他超越男性视野去洞察和同情妇女的苦难，揭露复杂的社会性别问题，以探讨两性关系的和谐。张薇博士从叙事学的视角探讨了海明威的小说，出版了《海明威的叙事艺术》，深入论述了海明威的叙事模式、叙事结构、叙事时间、叙事情景和叙事声音等，解读了海明威“精通现代叙事艺术”的奥秘，令人耳目一新。此外，陈茂林博士的论文《海明威的自然观初探——〈老人与海〉的生态批评》也很有新意。2009 年，戴桂玉又出版了《后现代语境下的海明威的生态观和性属观》。它反映了我国青年学者对方兴未艾的生态文学批评理论的关注和兴趣。许多青年博士加入了海明威的研究行列，增强了学术活力和实力，展示了未来的美好前景。

第三，政府的重视和鼓励使海明威研究保持持续发展的势头。2005 年，杨仁敬的《海明威：美国文学批评八十年》获国家社科基金入项，充分体现了国家对海明威研究的重视。该书已如期完稿，2012 年已由上海外语教育出版社出版。同年，中国社科院外文所陈众议所长主持的该院重点项目“外国名作家学术史研究”包括了《海明威学术史研究》，由杨仁敬撰写。2010 年，教育部授予杨仁敬的专著《海明威在中国》（增订本，2006）优秀社科成果三等奖（一等奖暂缺）。这对作者和其他中青年学者是极大的鼓励和鞭策。杨仁敬的另一本专著《海明威传》（增订本）也将于今年内由厦门大学出版社再版。随着海明威研究的不断深入，更多的新成果将陆续出现。

第四，更多报刊的参与，更多青年学者的评介，让海明威走进基层，使他的作品在读者中更普及。这在读者的范围和数量方面对以前是个大超越。

据谷歌网的不完全统计，从 2006 年 1 月至今年 6 月，全国各种报刊共刊登海明威其人其作的评介达 955 篇。其中省属大学（含学院、高专、电大、函大、职技学院）学报占 342 篇，从黑龙江教育学院、内蒙古民族大学到新疆和田师专和海南广播电视大学等高校的学报都有评介海明威的文章；文学刊物占 311 篇，涉及《名作欣赏》《时代文学》《安徽文学》《当代文坛》《名人传记》《作家》《电影文学》《戏剧文学》和《小说评论》等；其他各类文化杂志占 302 篇，涵盖的刊物从《小读者》《中学生》《考试》，到《开心老年》《文史参考》《工会论坛》《党政纵横》《爱情、婚姻、家庭》和《祝你健康》等。有趣的是有 30 多家科普和商贸杂志也发表文章热议海明威，如《大众科技》《科学时代》《科技信息》《今日科苑》《林区教学》《商业文化》《民营科技》《商情》《网络财富》和《决策探索》以及《环球军事》和《中国宗教》等。从地缘政治来看，神州大地东西南北中都传诵着海明威的名字。从各行各业来看，学农兵工商各界读者对海明威并不陌生。海明威仿佛走进了我国的大千世界，与各阶层的平民百姓生活在一起。这真可以说是“盛况空前”，是其他美国作家没法比拟的。

从评介的内容来看，涉及海明威长篇小说的占 77 篇，评论他的短篇小说的占 338 篇。尽管在主题、人物和风格的评析上有不少重复，但从单篇短篇小说的文本细读入手，未尝不是个好办法。这有助于不同层次的读者走近海明威和理解海明威。

2011 年是海明威逝世 50 周年，从中央到地方多家报刊发表了许多纪念文章。《文艺报》刊登了杨仁敬的《作家要敢于超越前人》（2011 年 11 月 2 日）；《外国文艺》刊载了杨仁敬的《用画家的眼睛观察生活，表现生活》和《海明威 VS. 菲茨杰拉德》（2011 年第 6 期）；《译林》发表了杨仁敬的《海明威故乡橡树园印象》（2011 年第 4 期）；《羊城晚报》刊发了杨仁敬的《海明威在广东抗日前线》（2011 年 7 月 30 日）。此外，《厦门大学学报（哲学社会科学版）》《外国语言文学》《山东外语教学》和《英美文学研究论丛》也分别登载了杨仁敬的《论海明威的小说悲剧》《论海明威与象征主义》《论海明威小说中的现代主义成分》和《论海明威 30 年代的政治转向》。这说明海明威研究受到我国学术界、文艺界、新闻界和教育界的高度重视，我国的对外文化交往走进了崭新的阶段。

2013 年，海明威作品的版权进入公有领域。许多出版社跃跃欲试，准备推出海明威长短篇小说的新译本。译林出版社 2007 年推出了黄源深的《老人与海》中译本，2010 年又出了诗人余光中的新译本。不久，它将出版孙致礼译的《永别了，武器》和冯寿译的《太阳照常升起》等。据了解，其他出版社的《老人与海》两三种译本和短篇小说的重译本也将陆续与读者见面。翻译园地的百花齐放必将带来海明威研究的春天。

从 1933 年至今，70 多年过去了。我国海明威评论像外国文学其他领域一样，经历了天翻地覆的变化。从冷清走向复兴和繁荣，呈现了与时俱进，欣欣向荣的无限活力。可以相信，明天它会更辉煌。

（原载《厦门大学学报》［哲社版］，2014 年第 3 期）

美国文学批评语境下的海明威研究*

从1924年10月纽约《日晷》杂志评介欧尼斯特·海明威《在我们的时代》至1961年9月《生活》杂志连载《危险的夏天》，海明威还在世时，他的作品就一直受到美国知名作家和批评家的密切关注。诚如批评家莱昂内尔·特里林所说："（文学）批评在海明威创作生涯中发挥了非常重要的作用，也许没有一个美国天才作家像海明威这样受到公众关注而不断发展：他比我们时代的任何作家都受到更多的注视、关切、检验、预估、怀疑和警告。"① 美国文学批评对海明威的成才和成名起了很大的推动作用。

一

20世纪50年代初，卡洛斯·贝克的专著《海明威：作为艺术家的作家》（1952）揭开了系统研究海明威的序幕，同时也出现了约翰·麦卡弗里编的《海明威其人其作》（1950）、菲力普·扬的《海明威》（1952）和查尔斯·芬顿的《海明威的学徒阶段》（1954）等论著编著以及哈里·列文发表于《肯庸评论》的论文《海明威风格面面观》（1951）。在此之前对海明威作品的报刊评论不少，但专著不多，研究范围也不够宽。对海明威感兴趣的学者屈指可数。

---

* 本文是中国社会科学院重点课题《外国名作家学术史》的分课题《海明威学术史》的研究成果。

① Jeffrey Meyers, ed. *Hemingway: The Critical Heritage*. London: Routledge, 1982.

1961年7月，海明威去世，不久，各种回忆录相继问世，如海明威弟弟莱斯特的《我的哥哥海明威》（1961）、莉莉安·罗丝的《海明威画像》（1961）、海明威姐姐玛士琳·珊福德的《在海明威家里：家庭素描》（1962）、霍茨纳的《回忆“爸爸”海明威》（1966）、康斯坦丝·蒙哥马利的《海明威在密歇根》（1966）等。这些回忆录从不同角度回顾了海明威的生平创作，丰满了海明威的形象。

与此同时，美国学者开始梳理归纳海明威生前的报刊评论。如卡洛斯·贝克编的《海明威与他的批评家们》（1961）和《海明威四大小说评论集》（1962）、罗伯特·威克斯编的《海明威评论选》（1962）、罗格·阿斯林诺编的《海明威在欧洲的文学声誉》（1965）等。

不仅如此，一些研究专著也陆续出版，如约瑟夫·德法尔科的《海明威短篇小说中的英雄》（1963）、罗伯特·路易斯的《海明威论爱情》（1965）、约翰·基林格的《海明威与死神们：存在主义研究》（1965）、菲力普·扬的《重估海明威》（1966）、谢里登·贝克的《海明威评释》（1967）、罗伯特·斯蒂芬斯的《海明威的非小说》（1968）、列奥·葛科的《海明威对英雄主义的追求》（1968）、理查德·何维的《海明威的心境》（1968）、尼古拉斯·胡斯特的《海明威与小杂志》（1968）、约翰·豪威尔的《海明威的非洲故事》（1969）和戴尔伯特·威尔德的《海明威的英雄们》（1969）等。这些专著涉及海明威的小说、非小说、他对英雄主义的追求以及存在主义和弗洛伊德主义对他的影响等，有些研究至今仍不失其意义。

除了上述专著外，一些知名学者的论著也专章或专节评述海明威和他的作品，主要有莱斯利·菲德勒的《美国小说中的爱与死》（1960）和丹尼尔·艾伦的《左翼作家们》（1961），一些重要报刊也刊登了研究海明威的大量学术论文。有趣的是在上述专著和论文中，研究者用历史文化批评、心理分析批评、新批评理论来剖析海明威的小说，其中“准则英雄论”和“创伤论”曾在相当长时间内拥有广泛的影响。

到了20世纪70年代，海明威受到女权主义批评家的尖锐批评。在苏尼妲·杰恩的《女人与母狗：海明威两个女主人公无罪》（1972）和安娜·格列科的《玛格丽特·麦康伯：坏女神无罪》（1975）中，两位女作者批评海明威对女性冷淡，抱有偏见。但帕米拉·法泽在《形式与功能：海明威与菲茨杰拉德作品中的妇女形象》（1974）中则提出要公正地评价海明威笔下的妇女形象。威廉·斯帕福德在《超越女权主义观点：〈永别了，武器〉中的爱情》（1978）中为海明威辩护，认为应该从社会历史文化背景来看待海明威对女性的描写。

在争论中，《永别了，武器》尤受重视，因此，一些评论集和专著应运而生，如杰伊·基林斯编的《20 世纪的解读：〈永别了，武器〉评论选》（1970）、约翰·格拉汉姆编的《〈永别了，武器〉研究论文集》（1971）、麦克尔·雷诺兹的《海明威的第一次战争：〈永别了，武器〉的创作》（1976）、伯纳德·欧德西的《海明威的含蓄技巧：〈永别了，武器〉的写作》（1979）等。以往评论又受到重视，涌现了阿瑟·瓦尔霍恩编的《海明威评论选》（1973）、琳达·威尔西默·瓦格纳编的《海明威 50 年评论选》（1974）、奥德·汉尼曼莱在先前编的《海明威参考书目总览》（1967）基础上又编的续编（1975）、罗伯特·斯蒂芬斯编的《海明威的批评接受》（1977）和威格纳编的《海明威参考书目导读》（1977）。

有关海明威的回忆录和传记继续出版，如海明威母亲格拉斯·海明威写的《给我孩子们的遗产》（1974）、他的妹妹玛德琳娜·密勒写的《欧尼》（1975）、他的妻子玛丽写的《怎么回事？》（1977）、他的儿子格里戈利写的《回忆我的爸爸》（1977）、艾丽丝·汉特·苏科洛夫的《海明威第一任妻子哈德莱传》（1973）、詹姆斯·麦克林敦的《海明威在基韦斯特》（1972）和理查德·奥孔纳德的《海明威传》（1971）以及海明威的前妻玛莎的《我和他的旅行记》（1978）。海明威的朋友、西班牙作家霍雪·路易斯·卡斯蒂洛-布希写的《海明威在西班牙》（1974）如实描述了他与海明威的友谊和海明威在西班牙的活动。这本书开启了“海明威在海外”研究的先河。斯各特·唐纳尔逊的《意志的力量：海明威的生活与艺术》（1977）则论述了海明威的人生观、金钱观、写作观、爱情观和世界观，以及海明威怎样将他的生活经历写进小说。劳埃德·阿诺德的《海明威高高地站在荒野》（影集，1977）则提供了许多海明威在爱达荷州的生动照片。彼特·巴克莱也编了《海明威画册》（1978）。

海明威的小说艺术吸引了众多美国学者，这成了 20 世纪 70 年代海明威研究一大特色。主要论著有艾米莉·斯泰帕斯·瓦特斯的《海明威与艺术》（1971）、查曼·纳哈尔的《海明威小说的叙事模式》（1971）、谢尔登·诺曼·格列斯坦的《海明威的技巧》（1973）、劳伦斯·布鲁尔的《海明威的西班牙悲剧》（1973）、安东尼·伯杰斯的《海明威和他的世界》（1978）和雷蒙·纳尔森的《表现主义艺术家海明威》（1979）等。

另一些学者则致力于普及海明威作品。阿瑟·华尔德宏的《海明威导读》（1972）比以前马尔科姆·考利编的《维京海明威袖珍读本》（1944）和查尔斯·普尔编的《海明威读本》（1953）更受欢迎。布鲁克·沃克曼的《追寻海明威》（1979）则详细评介了在高中海明威讨论课的教学方法。

20 世纪 80 年代，海明威研究掀起了新热潮。研究资料进一步充实。詹姆斯·布拉斯茨和约瑟夫·西格曼合编了《海明威综合资料考》（1981），精心汇集了美国各图书馆 7 700 本有关海明威的书，附有 60 页的精彩导言和综合索引。肯尼迪图书馆海明威藏书部出版了权威完整的《海明威目录索引》（1982）。威廉·怀特则编了《海明威研究最新目录》（1981—1982）。查尔斯·奥里弗编了《海明威注释》（1979—1981）和《海明威评论》（1981—1992）。杰弗莱·梅耶斯编的《海明威的批评遗产》（1982）收入 118 篇报刊评论和 4 篇悼念文章。此外，还有罗伯特·李编的《海明威新批评论文集》（1983），它收了 10 篇新评论，其中有 7 篇是英国学者写的，反映了英国学术界的海明威研究成果。詹姆斯·纳格尔编的《批评语境中的作家海明威》（1984）则汇集 1982 年波士顿海明威国际会议的 12 篇论文。拉里·菲力普斯编了《海明威论写作》（1984），系统收集了散见于海明威作品和书信中对作家和文学创作、写什么和怎么写等问题的看法。

特别引人注目的是传记批评的繁荣和发展。5 种海明威新传记接连问世，它们是杰弗莱·梅耶斯的《海明威传》（1985）、彼特·格里芬的海明威传记第一部《海明威的早年生活》（1985）、厄尔·罗威特和吉里·布兰纳合写的《海明威传》（1986）、肯尼思·林恩的《海明威传》（1987）和麦克尔·雷诺兹 5 卷本的海明威传的第一卷《青年时代的海明威》（1986）和第二卷《海明威的巴黎岁月》（1989）。凯恩·法列尔的《海明威寻找勇气》（1984）则为青年读者介绍了海明威的成才之路。一些回忆录又陆续出现，如杰克·海明威的《一个机灵渔民的不幸遭遇》（1986）。霍茨纳的《回忆“爸爸”海明威》加上副标题

“快乐与忧愁”修订出版（1983）回顾了海明威最后14年的生活及其与作者的忘年之交。古巴学者诺伯特·富恩特斯出版了《海明威在古巴》（1984），评介了海明威在古巴22年的生活，探讨了他小说中的古巴元素与瞭望田庄的始末。他还编辑出版了影集《重新发现海明威》（1988）。

随着女权主义和多元文化批评理论的兴盛，海明威研究出现了可喜的新成果。伯尼斯·克特获普利策奖的作品的《海明威的女人们》（1983）以玛莎为中心，集中探讨了海明威与母亲、前3任妻子和几个女友的关系和他小说中的女性形象。格利戈里·格林的《海明威对种族偏见的批评》（1981）回顾了海明威青年时代与印第安人和黑人的和平相处，他在小说中描绘他们可爱的性格，有力地批评种族主义者对少数族裔的偏见。华特·威廉斯的《海明威的悲剧艺术》（1981）指出海明威小说的发展与他的悲剧意识的强化是相呼应的。吉利·布南纳的《海明威作品中的隐藏手段》（1983）深入评析了海明威隐藏的艺术美学和小说试验中的含蓄技巧以及“爸爸”的定位。约翰·里伯恩的《荣誉成就了海明威》（1984）罗列了海明威对批评家及其评价的反应。评论家哈罗德·布鲁姆编辑出版了《欧尼斯特·海明威》（1985）。马修·布拉科利编的《与海明威对话》（1986）收集了海明威多次与记者的回答，很有参考价值。罗伯特·斯科尔斯的《解读爸爸》（1987）从文本解读的视角评价了海明威其人其作。苏珊·比格尔的《海明威的省略技巧》（1988）和《海明威被遗忘的短篇小说》（1989）颇受学术界重视。霍茨纳1989年又推出了新作《海明威和他的世界》。

此外，学术界注意到海明威对电影的兴趣和他许多小说改编为电影的变化，如吉恩·菲利普斯的《海明威与电影》（1980）。弗兰克·劳伦斯的《海明威与影片》（1987）则详细比较了海明威小说与其改编的影片的差异。对海明威四大小说的逐一评论陆续涌现，如弗列德里克·约瑟夫·斯沃波达的《海明威与〈太阳照常升起〉》（1983）和约瑟夫·弗洛拉的《海明威的〈尼克·亚当斯的故事〉》（1982）。弗洛拉认为亚当斯的26篇故事说明他不是一个“受伤”的英雄，而是一位精神康复的主人公。还有雷诺兹的《〈太阳照常升起〉：一部20世纪的长篇小说》（1988）、丹尼斯·布莱恩的《真正的绅士：海明威熟人对他的描述》（1988）和保尔·史密斯的《海明威短篇小说导读》（1989）等。

20世纪90年代，海明威传记批评仍有所发展。麦克尔·雷诺兹继续完成5

卷本海明威传的其他 3 本：《海明威从欧洲回国》（1992）、《海明威在 30 年代》（1997）和《海明威的最后岁月》（1999）。作者用历史文化主义的视角审视了海明威的生平和创作。彼特·格里芬发表了海明威传第二卷《决不背信：海明威在巴黎》（1990），詹姆斯·梅尔洛的《海明威：没有结果的生活》（1992）揭示了海明威性格和作品中鲜为人知的缺陷。查尔斯·怀庭的《海明威在欧洲：1944—1945》（1990）、罗伯特·路易斯编的《海明威在意大利和其他国家的论文集》（1990）、彼特·梅森特的《海明威传》（1992）、斯图亚特·麦克尔维的《海明威的基韦斯特》（1993）和罗立森的两本海明威第三任妻子玛莎的传记《勇者不出事》（1990）和《美丽的流放者：玛莎·盖尔虹传》（2001），都从不同侧面反映了海明威其人其作的概貌。吉欧依亚·狄里伯托写了《哈德莱传》（1992），描写了哈德莱早年与海明威的共同生活和她对他的影响。杨仁敬写了《海明威在中国》（1990），评述了 1941 年海明威和玛莎中国之行的始末。马修·布拉科利《菲茨杰拉德与海明威：危险的友谊》（1994）回顾了两位小说家交往的历程。他还编了一本《海明威与麦克斯威尔通讯录：1925—1947》（1996），反映了海明威与他的出版商来往的记录。詹姆斯·普拉思和弗朗克·西蒙斯合写了《回忆海明威》（1999），收集了多位海明威朋友对他的回忆和怀念。

克利·拉森编的《海明威参考书导读：1974—1989》（1990）、琳达·威格纳·马丁编的《海明威 70 年评论选》（1998）和查尔斯·奥立弗的《海明威批评词典：一部他的生活和创作的文学参考书》（1999）重新梳理了对海明威 70 年来的评论。罗伯特·特洛敦编的《海明威文献集》（1999）汇集了许多重要历史文献，为年轻一代研究海明威提供了方便。耶鲁大学出版社出了弗列德里克·伏斯著、雷诺兹作序的影集《描绘海明威：一个作家在他的时代》（1999），以参加纪念海明威诞辰 100 周年在华盛顿举办的全国影像展览（1999 年 6 月 18 日—10 月 3 日）。

在研究方面，性别理论、后现代主义，尤其是生态文学批评的影响更加明显。除了杰米·巴洛的《海明威的性别理论》（1992）外，马克·斯皮尔克的《海明威对男子女性化的挑剔》（1990）质疑了五六十年代盛行的“准则英雄论”和“创伤论”，特别是南希·康姆雷和罗伯特·斯科尔斯合著的《海明威的性别：重读海明威文本》（1994）尤为突出，它详细剖析了海明威在小说中对男性和女性的描写。另外还有戴伯拉·莫德默的《重建海明威的身份：性政治、作家与多元文化教室》（1993）和许多论文，如《〈太阳照常升起〉里的女人与男人、爱情与友谊》《〈太阳照常升起〉和〈在我们的时代〉里对男性的戏剧化》和《〈白象似的群山〉中性别联系的误导》等。黛博拉·英格列默的《〈乞力曼扎罗的雪〉中非洲的重置：资本主义与帝国主义经济的交叉和海明威传记》（1998）考察了海明威这个短篇小说所揭示的非洲后殖民主义的余毒。

刚兴起不久的生态文学批评理论很快受到美国学者的重视，并应用于海明威研究。"海明威与自然界"成了1996年在美国克茨姆召开的第九届海明威国际会议的主题。会后，由罗伯特·弗莱明主编的会议论文集就取名为《海明威与自然界》（1999）。《海明威评论》主编苏珊·比格尔写了两篇重要文章：《第二次成长：海明威〈父与子〉中生态的丧失》（1998）和《心与眼：海明威所接受的大自然教育》。接着又涌现了一系列生态批评的论文，如《〈老人与海〉中的生态意识》《〈丧钟为谁而鸣〉中的生态环境》《〈大二心河〉里的生态意象》《印第安人——海明威对自然资源的利用》《海明威与爱达荷的地域情缘》和《〈丧钟为谁而鸣〉中的大自然、妇女和神话》等。

有的学者试用结构主义批评来阐释海明威的作品。如奥德瓦·何尔麦斯兰德的《结构主义解读：海明威的〈雨中的猫〉》（1990），但为数不多。许多美国学者认为结构主义批评并不适于评析海明威的作品。

90年代研究海明威的专著编著十分兴盛，如卡尔·布列德尔和苏珊·德拉克的《作为叙事发展技巧的〈非洲的青山〉》（1990）、司各特·唐纳尔逊编的《〈永别了，武器〉新论文集》（1990）、杰克逊·班森编的《海明威短篇小说的新批评方法》（1990）、杰奎琳·塔弗尼尔-库宾的《海明威的〈流动的盛宴〉：神话制造者》（1991）、吉里·布南纳的《〈老人与海〉：一个普通人的故事》（1991）、罗伯特·路易斯编的《〈永别了，武器〉：词汇之战》（1991）、弗兰克·斯卡菲拉编的《重评海明威论文集》（1991）、温多林·特妥罗的《海明威〈在我们的时代〉的抒情维度》（1992）、沃尔夫冈的《〈太阳照常升起〉的悲喜剧因素》（1991）和《〈太阳照常升起〉：海明威叙事中隐藏的神》（1992）、里纳·山德森编的《炸桥：海明威〈丧钟为谁而鸣〉论文集》（1992）、艾伦·约瑟夫的《〈丧钟为谁而鸣〉：海明威未发现的国家》（1994）、詹姆斯·纳格尔编的《〈太阳照常升起〉论文集》（1995）、弗兰克·凯尔的《海明威与后叙事条件：〈太阳照常升起〉非权威评论》（1995）、哈罗德·布鲁姆的《海明威〈永别了，武器〉评论集》（1996）、《海明威〈太阳照常升起〉评论集》（1996）和《海明威〈老人与海〉评论集》（1996）等。

另外卡思林·摩根的《海明威与荷马的见证叙事》（1990）、马克·西蒙斯的《圣地亚哥：两个世界的圣人》（1991）、吉拉尔德·肯尼迪的《巴黎想象：流亡、写作和美国身份》（1993）、哈雷·奥伯赫尔曼德《海明威在加布里尔·加西亚·马尔克斯短篇小说中的出现》（1994）、罗伯特·弗莱明的《镜中脸：海明威的作家们》（1994）、米里尔姆·曼德尔的《阅读海明威：小说中的事实》（1995）、罗丝·玛丽·伯威尔的《海明威：战后年代与遗作》（1996）、唐纳德·比泽的《美国流亡者的写作与巴黎时期：现代主义与地方》（1996）、詹姆斯·纳格尔的《海明威：橡树园的遗产》（1996）、巴巴拉·奥尔森的《20世纪权威人物：伍尔夫、海明威及其他作家的无限叙事》（1997）和罗伯特·特劳敦编的《海明威：一部文学参考书》（1999）等这些论著多角度多层次解读海明威早年在巴黎的生活和创作、他与其他作家的关系、他的不朽名著《老人与海》以及他的遗作。不论何时何地，美国学者总想用各种文学批评理论来重新评价和阐释海明威其人其作，给20世纪留下了丰富的批评遗产。

二

进入21世纪，海明威像以前一样，仍是美国文学批评关注的中心之一。2000年美国出版了4部颇有分量的专著：第一本是琳达·威格纳-马丁编著的《海明威的历史导读》。它收集了7篇重要论文，从当代社会的政治和文化语境探讨海明威的性别规训、青少年时代在自然界的磨炼与父母的启导和身教、他小说中的重大主题：爱情与战争、友谊与失落以及作品中的互文性。书中有雷诺兹写的海明威小传和附有图片的文化大事编年记，与作家的生平和创作相对应。

第二本是杰弗莱·梅耶斯的《海明威：融生活于艺术》。这是他对以前写的《海明威传》（1985）的补充。此书以丰富的资料探讨了海明威生活和作品常被忽略的方方面面，如联邦调查局对海明威的严密监视、海明威与电影明星波加特和库柏的友谊、他对战争的描写、他与西班牙斗牛士的交往、他的公共形象的变化、他的神话为何越传越广以及对《丧钟为谁而鸣》《过河入林》和一些著名短篇小说的评论。此书问世后受到各大报刊的好评。

第三本是科克·寇纳特的《海明威与美国流亡人士的现代主义运动》。巴黎是当时西方现代主义运动的中心，聚集了一群英美青年作家。作者详尽评述了他们与现代主义运动的关系、现代主义从绘画、音乐到小说的发展及其特色。海明威如何将先锋派的艺术手法融入自己的作品，逐步形成自己独特的风格，为什么他能在短短6年间从巴黎迅速崛起，成为美国文坛一颗光芒四射的新星，对于这些问题，作者指出："因为他是这个文学运动的一部分。"该书从历史和社会发展的大格局来审视海明威的成才之道，颇有新见地。

第四本也是最重要的一本是麦克尔·雷诺兹的《海明威传》（单卷本）。作者以全新的结构和思路来展示海明威作品的特色与生活的变迁，包括海明威生平简介、创作分期、他的成名和艺术技巧、他的遗作、批评界的接受和影响、他的文艺观和海明威研究中的问题等等。虽通俗易懂，仍不乏真知灼见。作者特别指出，海明威临终前几年曾用心研读青年作家的小说，如欧文·肖的《幼狮》（1948）、诺曼·梅勒的《裸者与死者》（1948）等。他关心二战后美国社会的变化和文学的困境。雷诺兹认为从1946年到1960年，海明威的作品如《流动的盛宴》和《危险的夏天》，都打破了体裁的界限。海明威的后现代派作品，比著名的后现代派小说家约翰·巴思要早得多。如长篇小说《曙光示真》是他未写完的"小说回忆录"，以他1953年的非洲狩猎经历为基础，与虚构相结合，既描绘了他打金钱豹和妻子玛丽打狮子的经历，又有虚构的叙事者讲述狩猎故事，同时穿插有关宗教、婚姻和叙事者早年生活的议论以及身处逆境求生的谋略。这种"跨体裁"的写法说明海明威的创作具有前瞻性和开拓性。

随后又出现了一些传记和专著，如《玛莎：20世纪的一生》（2003）、罗伯特·加兹达斯克的《海明威在他自己的国家》（2007）等。前者是玛莎传记，有专章反映她与海明威从相识到相爱的经历和共同生活了5年后分手的过程；后者是加兹达斯克的海明威论文集，收入26篇论文，从最早评海明威的《春潮》到他的遗作《伊甸园》的阐释，其中有几篇评《永别了，武器》的文章尤其引人注目。2006年杨仁敬出版了《海明威在中国》增订本，充实了许多新资料。同年，曾在中国香港和韩国担任《南华早报》记者的美国作家彼特·莫列拉发表了《海明威在中国前线》（2006），揭示了海明威和玛莎受美国政府之命到中国和东南亚收集抗日战争的情报以及两人从结缘到分手的过程。2007年，琳达·威格纳-马丁出版了《欧尼斯特·海明威的文学传记》（2007），这是美国学者写的一本最新传记。

三

成名前，海明威得到了已成名的作家庞德、安德森、斯坦因、菲茨杰拉德、多斯·帕索斯和英国小说家乔伊斯、福特以及美国批评家威尔逊等人的支持和帮助。斯坦因欣赏他诗中的抒情性，建议他往诗歌方向发展。远在纽约的威尔逊则发现他散文中的独特气质，认为他最好继续写小说，将来必有所成。海明威的处女作《三个短篇小说和十首诗》和《在我们的时代》问世后，有人赞扬它们是现实主义的，有人则认为它们是自然主义的，“比照相机还精确。”[①] 菲茨杰拉德具体帮他修改第一部长篇小说《太阳照常升起》，使他一举成名。

海明威一直主动参与访谈与文学评论，这也许是美国海明威研究中的一大特色。成名后的海明威对评述自己的作品很感兴趣，在1946—1959年间先后共十多次口头或书面回答报刊记者的提问。他自己是记者出身，乐于与他们接触，畅谈他的作品、人物、风格和他的阅读等等。但他对批评他的人往往很反感，甚至会勃然大怒，如1923年他在巴黎莎士比亚书店读到威恩汉姆·利维斯批评他的文章时大发脾气，随手拿起老板西尔维亚办公桌上的郁金香花瓶砸在地上。1935年，伊斯特曼批评他写西班牙斗牛赛不准确，海明威在纽约斯克莱纳出版社帕金斯总编的办公室见到他时火冒三丈，两人大打出手。海明威早就写了小说《春潮》，嘲弄曾举荐过他的安德森的小说《黑色的笑声》，虽然第一任妻子哈德莱再三劝他不要这么做，他还是一意孤行，坚持发表。他在《流动的盛宴》中批评早年帮助过他的斯坦因和安德森等人，使学术界对他颇有微词。后期他

① J. F. Kobler. *Ernest Hemingway: Journalist and Artist.* Ann Arbor: UMI Research Press, 1968.

与批评家的关系有所改善。他阅读卡洛斯·贝克的专著《海明威：作为艺术家的作家》手稿时，不同意书中关于象征主义的评述，每处都打个问号，但贝克坚持己见。该书出版后，两人仍是好朋友。

海明威一度成为众多文论批评的中心。但美国文论流派繁多，莫衷一是。各个流派都想用对海明威的评论增加自己的实力。有的解读有理有据，颇有新意；有的则牵强附会，令人难以苟同。总的来说，新批评理论的分析较多，涉及的范围较广，论著甚丰；弗洛伊德心理分析有一些，但偏重于海明威的短篇小说；结构主义阐释比较少，许多学者不能接受。历史文化批评的论著也很多，影响甚为深远。生态文学批评的应用则充满活力，前途无量。传记批评常有新作问世，历久不衰。

综上所述，虽然在美国文学批评语境中，海明威的声誉也经历过不同时期的起伏变化，但他作为一位现代美国的主要小说家的地位是不可动摇的。

（原载《外国文学评论》，2010 年第 2 期）

论海明威在巴黎的迅速崛起

从1921年12月海明威到达巴黎至1926年10月他的第一部长篇小说《太阳照常升起》在纽约出版，海明威从一个默默无闻的小记者到一个蜚声欧美文坛的新秀，花了不足6年的时间，这究竟是何原因呢？

诚如美国学者罗伯特·加达斯克所说的，这个问题至今没有一个令人满意的答案。他说，“（20世纪）20年代在巴黎的海明威还没有得到充分的理解。没有人令人满意地解释和说明他年轻时的才华、成功和早期的影响。一个来自中西部郊区、高中毕业的男孩，他的形象在年鉴里读起来像个典型的美国人的成功故事。他参与的活动说明他是从上层中产阶级的美国梦中产生的。他怎样几乎是一夜之间成了一位很伟大的艺术家和文学巨匠？没有一部传记准确地说明他那很特殊的才华。”①

的确，在海明威生前和身后，“海明威神话”从20世纪20年代以来就开始传播了。可是，为什么他在短短6年里能从巴黎崛起呢？这是至今仍值得深思和探讨的问题。从手头的资料来看，我认为海明威的成长、成才和成名主要有三大原因：巴黎自由而活跃的文艺氛围，海明威的朋友安德森、庞德和斯坦因等人的热情扶持和指导以及他本人的刻苦努力和用心拼搏。这些主客观因素造就了他，使他在异国他乡的巴黎，经过短短的6年，很快地成长起来，顺利地登

① Robert. E. Gajdusek. *Hemingway in His Own Country*. University of Notre Dame Press, 2002, p. 2.

上欧美文坛，成了一颗光彩夺目的新星。

一、爵士乐时代的巴黎

20 世纪 20 年代是法国社会急剧变化的爵士乐时代。首都巴黎日益成为全球现代主义运动的中心。法国先锋派成了运动的骨干力量，达达派、未来派、超现实主义派、弗洛伊德派等都很活跃。从文学到绘画出现了一个探索的新热潮。创作气氛十分自由，作家艺术家可以随意选择不同的流派，进行各种创作方法的实验，开展对文学传统与创新、艺术与生活等问题的自由辩论，法国政府不加干涉。出版界也很开放。出版商乐于出些内容新颖、艺术创新的新书。英国作家乔伊斯的《尤利西斯》和后来俄裔美国作家纳博科夫的《洛丽塔》都是在巴黎首次出版的。小杂志和小出版社如雨后春笋般涌现。文学沙龙比比皆是。作家和画家常常在家中举办文学沙龙，或在咖啡馆会面，探讨文艺创作的新路子，评论欧美文坛的新动态。这种宽松而富有朝气的文艺氛围吸引了大批英美作家，加上美元对法郎较高的外汇比率，开支便宜，生活方便，许多英美作家纷纷移居巴黎。他们中间主要有斯坦因、庞德、菲茨杰拉德、多斯·帕索斯、英国作家乔伊斯、福德和麦克阿尔蒙以及西班牙画家毕加索。海明威带上安德森的信去找斯坦因，不久就成了她家文艺沙龙的常客。

斯坦因家里的文艺沙龙是巴黎先锋派作家重要的聚会地之一。她是个杰出的美国犹太女作家，1902 年前往巴黎，起先是收集欧洲名画，由她哥哥列奥负责出售。她特别喜爱塞尚①和毕加索②的画作。同时，她开始小说创作实验，先后出版了小说《情况如此》（1903）、《三人传》（1909）、《美国人的成长》（1925）和《艾丽丝·B. 托克拉斯自传》（1933）等。她家里挂满了名画，犹如一家私人美术馆。海明威常到她家里去，不仅可听到成名作家们高谈阔论，探讨文学与人生的关系，研究小说创作的新技巧和文学的新走向，思想上深受启发，而且顺便浏览了塞尚、戈雅③和毕加索等人的名画，第一次懂得了色彩浓

① 保尔·塞尚（Paul Cézanne，1839—1906），法国印象派画家，对现代艺术影响很大。
② 巴勃罗·毕加索（Pablo Picasso，1881—1973），西班牙现代派绘画代表，是现代艺术的创始人。
③ 弗朗西斯科·何塞·德·戈雅（Francisco José de Goya，1746—1828），西班牙浪漫主义画派画家。

淡、光线强弱、视角正反与表现主题的关系，并悄悄地将这些特点应用于他的小说创作。近几年来，美国学者特别探讨了海明威早期作品《在我们的时代》从哪些方面受上述几位画家的影响。他们使海明威大开眼界，启发他将绘画艺术与小说创作结合起来。据说，当时海明威心情豁然开朗，如鱼得水，感到选择去巴黎，而不是去意大利，更不是待在美国是对的。他的路走对了。

与巴黎相比，美国社会要保守多了。20 世纪 20 年代是个令人难以忍受的年代。第一次世界大战后带来许多复杂的社会问题，也刮来欧洲文化的新风。起先出现了反移民运动、反天主教运动。南方三 K 党活动猖獗，随意以私刑处死黑人，白人种族主义者又疯狂活动，引起了社会的动荡。1924 年，国会通过了移民法，让各国移民带来的外国文化合法存在。来自欧亚各地的移民不断发掘自己民族的民间故事。美国文化渐渐地走向多元化。1925 年纽约出现了哈莱姆文艺复兴运动，涌现了兰斯顿·休斯、吉恩·托马、克劳德·麦凯、左拉·尼尔·赫斯顿等一批黑人作家，受到白人作家的关注。尤金·奥尼尔在《琼斯皇帝》（1920）里和舍伍德·安德森的《黑色的笑声》（1925）里都描写了黑人形象。

随着社会走向稳定，文学艺术逐渐繁荣起来，涌现了许多优秀的长篇小说，如辛克莱·路易斯的《大街》（1920）和《巴比特》（1922）、伊迪丝·华顿的《天真的时代》（1920）、多斯·帕索斯的《曼哈顿转运站》（1925）、德莱赛的《美国悲剧》（1925）、威拉·凯瑟的《死神来找大主教》（1927），尤其是菲茨杰拉德的《了不起的盖茨比》（1925）更令读者感觉到欧洲爵士乐时代的新风。庞德的现代主义诗歌和斯坦因的现代主义小说揭开了美国现代文学的新一页，使这个被称为美国文学史第二次文艺复兴的 20 年代重放异彩。

但是，青年作家的成名之路是很不平坦的。如毕业于赫赫有名的耶鲁大学的辛克莱·路易斯从 1912 年开始写作至 1920 年《大街》的成功花了 8 年时间，其间曾苦苦写了 6 部长篇小说而无人问津。虽然他 1930 年成了荣获诺贝尔文学奖的第一个美国作家，他的成名之路却历尽了艰辛，付出了不小的代价。

海明威比路易斯幸运多了。他常常出入斯坦因家的文艺沙龙，听听成名作家们对文学的精辟见解。斯坦因与毕加索合作，想将现代主义融入小说创作和绘画。当时斯坦因 31 岁，毕加索 26 岁，两人结下深厚的友谊。他们致力于开创

20 世纪文艺发展的新路子。斯坦因写了黑人故事《梅兰克莎》（《三人传》中的一篇）。她认为这是文学上从 19 世纪走入 20 世纪坚定的第一步。① 毕加索创作《阿维格隆的贵妇人》，被认为是 20 世纪第一幅真正的画作。两人都是侨居巴黎的外国人，他们从局外人的视角来看社会。他们共同研究了塞尚的画作，接受了一种粗犷、丑陋和不完整的美学，在实践中各自形成了自己的风格。斯坦因的风格影响了安德森和海明威。

斯坦因立志创新，在语言实验和心理描写方面取得了显著的成绩。她常常和毕加索讨论她的文学观点，并将他介绍给法国画家亨利・马蒂斯②，两人常常讨论塞尚的画作。斯坦因熟悉亨利・詹姆斯的意识流理论，了解塞尚画作的构思。塞尚善于记录视觉的震动，斯坦因可利用詹姆斯对直觉过程的研究来探讨以直觉为基础的画作如何跨越常规。她将自己的文学创作实验与毕加索的画作联系起来，使两人从用文字和图画表达传统的主题中解脱出来，形成一种新颖的表现形式。这种形式既表现生活又隐藏他们的感情，特别是生活中的女性，仿佛诉诸私人的密码。但后来两人失去了平衡。斯坦因在《三人传》中转向，采用分离的单词及句型和与外界隔绝的简单的韵律。毕加索反对抽象化，强调比真实的事还真实。在写作实践中，斯坦因的小说文本总是不连贯的，往往加入了许多作者对各种问题的议论。她重视人物的记忆与感情的细致刻画，爱用现在分词，重复一词或一句以强化效果，使用无标点符号的段落等。这些激进的实验令人耳目一新，但也受到习惯常规小说的读者的批评。海明威起先虚心学习了一阵子，后来也怀疑她重复词句的效果。不过，斯坦因和毕加索力图创新的文艺观对他的影响是不可否认的。

西尔维娅・比茨的莎士比亚公司创办于 1919 年，关闭于第二次世界大战中的 1941 年。它是当时英美作家常去的地方。海明威也是那里的常客。比茨称他是"我的最好的主顾"。他拿了安德森的推荐信去找比茨。见面后，他向比茨简介了自己的经历和当记者的过程，让她看了他一战中留下的脚上的伤疤。比茨感到他是个很有教养的青年，到过许多国家，懂得多种语言，特别聪明和自信，

---

① Susanna Pavloska. *Modern Primitives: Race and Language in Gertrude Stein, Ernest Hemingway, and Zola Neale Hurston*. Garland Publishing, Inco., 2000, p. 14.

② 亨利・马蒂斯（Henri Matisse, 1869—1954），法国画家和雕塑家，野兽派先锋人物，后追求形式简化和抽象化。

他妻子哈德莱是个美丽而快乐的人。后来海明威又去教他们练拳击，给他们朗读《在我们的时代》中的一篇小说，他们感到很开心。比茨说，“从第一次见到海明威，我们就建立了亲密的友谊。”[①] 比茨的莎士比亚公司既是个书店，又像个图书馆，既卖书又借书，她还帮乔伊斯出版过《尤利西斯》（1922）。那里还有许多英、美、法的文学报刊。它为海明威提供了一个了解欧美文学动态和阅读托尔斯泰等世界文学大师名著的窗口。这是他在芝加哥地区见不到的。因此，他抓住机会，充分利用比茨书店提供的便利，补读了许多世界经典文学名著，大大地充实了自己，丰富了小说创作的知识，提高了文化修养。

巴黎，在海明威心中留下永恒的记忆。他深情地说，“巴黎总是值得住的，不管你带给它什么，你会得到回报的。”[②]

二、安德森、庞德和斯坦因等人的提携

安德森、庞德、斯坦因、多斯·帕索斯和菲茨杰拉德都比海明威成名早。他们的热情提携是海明威在巴黎迅速崛起的重要原因。

首先是舍伍德·安德森。他在小说《小城畸人》1919 年问世后就出名了。他常往返于巴黎和芝加哥两地。海明威在芝加哥朋友处认识了他，对他颇有好感，曾请教他文学创作的事，婚后还特意宴请过他。海明威对安德森说，他想带妻子去意大利度蜜月。安德森告诉他：意大利是个捕鱼和打网球的好地方，可是如果要学习写作，应该去巴黎，不少名作家住在塞纳河左岸。那里是新文艺思潮活跃的地方。美元和法郎的外汇价差，可让人过着舒适的生活，省不少钱。而且，他俩找到住处以前，可暂住他住过的房子。海明威可写写欧洲见闻寄给多伦多报刊，足以维持生活。[③] 安德森有好几位朋友在那里，可以助他一臂之力。海明威高中毕业后没有进大学，只到《堪萨斯之星》报当了 7 个月的见习记者，又到芝加哥《合作联社》做过编辑工作。对于安德森提到的斯坦因、庞德等人的名字他从未听说过。海明威觉得去巴黎很好，就接受了安德森的建议。

---

① Sylvia Beach. *Shakespeare and Company*. University of Nebraska Press, 1956, pp. 75 – 81.
② Ernest Hemingway. *A Moveable Feast*. Scribners, 1964, p. 211.
③ 杨仁敬，《海明威传》，台北：业强出版社，1996 年，第 63 – 64 页。

安德森认为海明威是个勤奋而奇特的青年记者，具有“非凡的天才，”可以成为一个比记者更出色的作家。因此他真心帮助他，给他写了几封给斯坦因等人的信让他带去巴黎。安德森的推荐信成了海明威走进斯坦因文艺沙龙的入场券，很快开始了他在巴黎的“学徒阶段”的生活。安德森的信也拉近了他与旅居巴黎的美国、英国成名作家的距离，不到一年时间，海明威在巴黎那个作家圈里就很活跃了。

安德森见多识广，经验丰富。他还给海明威开了一个书单，建议他多读托尔斯泰、屠格涅夫等世界名作家的作品和新潮流的杂志。后来，海明威在巴黎真的从莎士比亚公司书店借了一大堆名著，认认真真地猛补了一番，收获真不少。

第二位是庞德。海明威到巴黎安定下来以后，手里有几封安德森给美国名作家的信，心里有点害羞，迟迟不敢去找他们。后来他终于鼓起勇气，带妻子先去看看诗人庞德夫妇。他发觉诗人躺在椅子上不停地喝茶，头发散乱，侃侃而谈，海明威坐在他身旁，很少插话。庞德对他印象甚好，喜欢他写的几首诗，还想跟他学习拳击。海明威高兴地同意说，“你教我写作，我教你拳击。”

庞德开创了美国现代主义诗歌。二战前，他在伦敦发起象征主义诗歌运动，影响深远。后来他移居巴黎，成了一个有名的大诗人和出色的编辑，在巴黎文艺界颇有影响。他曾推荐海明威的 6 首诗给《日晷》杂志，几首诗给芝加哥女诗人蒙罗主编的《诗刊》，介绍一个短篇小说给巴黎的杂志《小评论》。巴黎三山出版社委托庞德主编一套 6 卷本的小丛书，庞德建议海明威出一本。那就是他的第一本小册子《三个短篇小说和十首诗》。它只印了 300 册，“献给哈德莱”，没有引起轰动。但它标志着海明威叩开了文学殿堂的大门。

不仅如此，在海明威第一部长篇小说问世前，庞德曾对福德说，“他是世界上最好的散文文体家……他也是训练有素的。”① 作为诗人的庞德，他的话是很有分量的。消息传到美国，海明威的散文很快引起学界的重视。

庞德还推荐海明威到《跨大西洋评论》当义务编辑，让他接受更多的锻炼，积累写作经验。至于他怎么教海明威写作呢？师徒都未提及。但海明威请他看

---

① Robert. E. Gajdusek. *Hemingway in His Own Country*. University of Notre Dame Press, 2002, p. 2.

过他的短篇小说和诗歌，这是肯定的。不过，海明威早期的特写和短篇小说里很重视“意象”和语言的诗化，这不能不说是受了庞德的影响。

第三位是格特鲁德·斯坦因。见过诗人庞德后，海明威便偕妻子去拜访斯坦因。斯坦因热情欢迎他们，对海明威印象很好。她感到他是个英俊青年，目光敏锐，很关注别人的讲话。第一次见面以后，双方经常往来。她到海明威住处时，他拿出几首诗和小说片段请她过目。她比较喜欢他的诗，不看中他的小说。她说，“描写并不特别突出，重新写写，精练些。”海明威让她看了他的短篇小说《密歇根北部》，她说写得不错，但太松散。她不赞成小说中性描写太露骨，说像个画家画了一幅画，画什么都可以，但挂不到墙上去。这个意见海明威没接受，后来照样拿去发表了。斯坦因还赞扬安德森的人品，但不欣赏他的作品，对乔伊斯的《尤利西斯》则很反感。海明威觉得她的见解很有意思，但不完全接受。他很喜欢乔伊斯的小说。

不过，海明威对斯坦因还是很敬重的。生活中碰到什么难题就去找她。如哈德莱在火车站丢了一只装满海明威手稿的旅行箱，斯坦因听说后很同情，多方安慰他俩。海明威第二次想再去西班牙采访时征求她的意见，她推荐了潘普洛纳的奔牛节。海明威接受了。他带妻子去了几天，写了 5 篇小故事，从此与奔牛节结下了不解之缘。奔牛节的盛况，出名的优秀斗牛士后来陆续被他写进第一部长篇小说《太阳照常升起》。他的非虚构小说《死在午后》则有专门描写西班牙斗牛和他自己的感受的篇章。这与斯坦因的大力推荐和引导是分不开的。

不仅如此，海明威去洛桑等地采访归来，常去看望斯坦因，跟她聊天，看看她的创作。他的小册子《三个短篇小说和十首诗》出版后，他收到出版社寄来的样书，立即送去请斯坦因过目。斯坦因提了些排版上的建议。海明威虚心地接受，并重写了一封短信，加上修改的附注寄给出版社。

斯坦因经常劝他放弃新闻写作，集中精力专事严肃文学的创作。海明威没有接受，但常常感到为《多伦多之星》报写报道，花掉了他不少时间和精力，不能写自己的东西，甚至抱怨他送妻子去多伦多生小孩，在那里工作 3 个月，像毁了他 10 年的文学生涯。1924 年 1 月，他辞掉了《多伦多之星》报工作返回巴黎。他请斯坦因当他儿子的教母，她愉快地接受了。他仍经常与斯坦因保持联系，斯坦因很疼爱他俩的新生儿。

海明威成名后对斯坦因的语言实验有些微词，在《死在午后》中有所嘲讽，还在巴黎回忆录《流动的盛宴》里进一步挖苦她。斯坦因在她的小说《艾丽丝·B. 托克拉斯自传》（1933）中则给予回击。两人的友谊早画上了句号。学术界认为海明威“过河拆桥”，成名后对帮助过他的人反目相待，有些令人遗憾了。

第四个是多斯·帕索斯。他和海明威 1918 年在意大利战场上就认识了。他妻子的哥哥是海明威在芝加哥时的朋友。他当时也在巴黎。海明威带妻子去看他。多斯·帕索斯花了 4 年时间走访了中东几国、西班牙和葡萄牙等地，出版了两部小说《一个人的起点》和《三个士兵》，在欧美文艺界出了名。他曾在几种报刊上评介海明威的作品，为他的成名鸣锣开道。两个老朋友的友谊保持终身，在学术界传为佳话。

第五个是菲茨杰拉德。他个子高大，年轻潇洒，热情慷慨，也是中西部人。他常去巴黎，比海明威早成名，生活优渥，常住宾馆，穿着时尚。他从报刊上读到海明威的小说，感到写得很棒，很有前途，便主动向斯克莱纳出版社总编马克斯威尔·帕金斯推荐。帕金斯不久就写信给海明威，表示乐于出他的书。海明威喜出望外，亲自赶往纽约，与帕金斯签了合同。帕金斯虽未收到他的书稿《太阳照常升起》和《永别了，武器》，仍预付给海明威两部长篇小说的稿酬。两人结下深厚的友谊。从此，海明威没有后顾之忧了。斯克莱纳出版社从 1926 年开始成了他所有作品的专门出版社。海明威从心底里感谢菲茨杰拉德这位未曾谋面的青年作家。

其实，当时纽约出版界比较保守。历史悠久的斯克莱纳出版社 1925 年出版了菲茨杰拉德反映爵士乐时代的美国社会生活的长篇小说《了不起的盖茨比》后，受到读者的欢迎。他们意识到现代主义已悄悄地来临，跟上时代的步伐，多出有质量的文学作品，才能占领图书市场，获取更大的利润。所以，他们很快就接受菲茨杰拉德的建议，看好海明威的潜力。实践证明：他们做得对。

1925 年 5 月，海明威终于见到了菲茨杰拉德。他一进门就自我介绍，海明威马上喜欢他。他赞扬海明威的尼克·亚当斯的故事。两人同饮香槟酒。菲茨杰拉德不胜酒力，脸色变白，身上直淌汗，海明威想送他回家，他却不慌不忙地说，这是常有的事。不久，他们第二次见面。他建议海明威读一读他的《了不起的盖茨比》，两人又同饮香槟酒，他不再淌汗脸发白了。后来两家的交往渐渐多了。海明威赞扬他这部小说是一流的作品。海明威喜欢他，但讨厌他妻子吉尔妲。据说吉尔妲常常责怪丈夫将时间花在写作上。丈夫喝醉时，她总是嘲笑他不能再写作了。

菲茨杰拉德是对海明威小说创作帮助最多的美国成名作家之一。他曾建议海明威写一部长篇小说，那样可促销他的短篇小说。海明威就接受了他的建议。后来，他写了《太阳照常升起》，曾大声朗读给多斯·帕索斯听，去西班牙旅游时将复写稿交给菲茨杰拉德。菲茨杰拉德看完后说写得太好了，但第一章前 15 页要删掉。海明威感到很有道理，立即动手删去前 20 多页有关几个人物身世的介绍，并通知帕金斯，等收到修改稿后再排印。小说出版后获得了成功，两个月内售出 6 000 册。许多人赞扬它生动地表现了一战后“迷惘的一代”的特点和状态。海明威终于登入了文艺殿堂。菲茨杰拉德对他的帮助终于开花结果。后来，海明威在遗作巴黎回忆录《流动的盛宴》中对菲茨杰拉德有相当精彩的描写。

此外，英国作家乔伊斯、福德和麦克阿尔蒙以及莎士比亚公司书店的比茨对海明威都有过热情的扶持和帮助，使他在巴黎不懈地拼搏，很快成长起来，脱颖而出，从一个小记者变成一个新作家。

三、海明威的刻苦努力

海明威到达巴黎时，年仅 23 岁。他从小喜爱文学。在橡树园河林中学读书时曾任校报《秋千》和《书板》编辑，常在两报上发表报道、诗歌等作品，受到师生们的好评。他爱模仿芝加哥名作家拉德纳，被称为“小拉德纳”。高中毕业后承他叔叔介绍，他到《堪萨斯之星》报当了 7 个月的见习记者。他经常深入现场掌握第一手资料，练习写通讯和报道。该报对文风有严格要求，海明威受到了严格的训练，掌握了写新闻报道的要领。后来他参加美国红十字会赴意大利救护队当汽车司机，不久在前线被奥地利迫击炮弹击中受了重伤。1919 年 1 月，他回橡树园故乡疗养。1920 年 12 月，他去芝加哥任《合作联社》助理编辑，同时承友人康纳伯的介绍，开始为《多伦多之星》报刊写稿。那些大多是千把字的短文，受到克兰顿总编的重视。第一篇故事发表后，他深受鼓舞，接连写了十多篇。克兰顿特别给他开个园地，发表时还加上醒目的花边，很受读者欢迎。

当时，到巴黎旅游和寄居的美国人越来越多。他们分散住在不同的区。留住塞纳河左岸拉丁区的人不少。他们成了那里三大咖啡馆的常客。有钱的美国人在那里高谈阔论，趾高气扬。没钱的美国人连房租都交不起。许多人到处游荡，走街串巷，或坐公共汽车从歌剧院到博物馆，逛逛商店，品尝法国火腿鸡蛋和冰激凌，以此消磨时光。有的穿着冒牌西装，戴着黑领带，喝着法国甜开胃酒，一副拉丁区作家气派，却碌碌无为，写不出东西。商人们则想办法赚游客的钱。政客们热衷于开记者招待会，奢谈美国的繁荣和禁酒令。学生们则到法国图书馆寻找自己爱读的书或到街头写生画画。海明威对这些同胞不屑一顾，尤其看不起那些装腔作势和游手好闲的市侩。他一心一意埋头苦干，想早日成为一名作家。

起先，海明威想闯闯文学的路子，但困难重重。他投稿给几个报刊，往往给退回来。既没有人给他指点，又没人帮他修改。他不懂故事该往哪里发展，也不明白编辑们的口味，所以无法突破市场的约束。收到退稿时，他只能独自在屋里发愣。

不久，他在芝加哥朋友处认识了成名作家安德森。他太高兴了，多次登门求助。安德森给他传授了写作经验，为他开了书单，建议他多读世界文学名著，推荐他去巴黎。海明威很敬重他，他的建议都一一采纳了。但这时海明威的目标只是想当个常给报刊写稿的通俗作家。

到了巴黎以后，海明威进一步坚定了当个作家的信念，从下列几个方面加倍努力，希望在最短的时间内实现自己的理想：

一、广交朋友，虚心求教。海明威凭着安德森的推荐信，很快就结识了庞德、斯坦因和比茨等人。见面后，他常常主动带妻子登门拜访，请教他们创作或生活中遇到的问题，请他们帮忙出主意，态度比较虚心，诚恳，给他们留下很好的印象。有时海明威对他们的看法不理解或不同意，就笑笑表示默认，不予争辩。有了儿子以后，他请斯坦因当儿子的教母，进一步密切了友好关系。当他出任《大西洋评论》编辑时，他就将斯坦因的新作《美国人的形成》在刊物上分期连载，斯坦因非常高兴，对他赞不绝口。庞德夫妇在西班牙看斗牛，他给海明威一个电话，海明威就赶去陪他们，一面看斗牛，一面写作，写好后又请庞德过目。双方相处得很融洽。有一次，菲茨杰拉德将自己的轿车忘在马赛，请海明威陪他去开回巴黎。第二天一早，菲氏睡过了头，海明威等不到他，便自己一个人去将车子开回巴黎，令菲茨杰拉德高兴不已。海明威成了一个讲信用的可靠朋友，好名声不久就在拉丁区传开了。不管在咖啡馆里或在马路上，他都跟人家亲切地打招呼。所以，他住处附近的人都很喜欢他，爱跟他聊天。

不仅如此，海明威还广交新闻界和出版界的朋友，扩大他作品发表的园地。他在巴黎常受《多伦多之星》的派遣，去洛桑、斯兰斯、伊斯坦丁堡、热那亚、米兰等地采访重要的会议或活动，他往往顺便结识一些英、美、法、德等国的记者。他每周都去巴黎参加英美出版俱乐部的例会，认识了许多住巴黎的外国记者。《布鲁克林每日鹰报》的记者盖·希柯克一家后来成了他的好友。他逐渐地打开了发表作品的门路。先锋派杂志《小评论》两主编之一简·希帕主动约他投稿，他就送去刚写好的 6 篇速写。1923 年他在意大利认识了出版商罗伯特·麦克阿尔蒙。正是他的三山出版社帮助海明威出版了他第一部作品《三个短篇小说和十首诗》。他的朋友还帮他在德国小杂志上发表诗歌。回想在芝加哥，有谁会上门约他写稿或这么快地出版他的作品？

二、博览名著，提高目标。海明威牢记安德森的嘱咐，阅读世界文学名著，丰富文学知识，扩大视野。他认识了西尔维娅·比茨以后，经常到她的莎士比亚公司看书和借书。有时他太忙了，就请妻子帮他去借书。起先他经济不太富裕，以借书为主，后来收入多些，就买些经典名著。他以前没机会接触这些名著，现在唾手可借，他太珍惜了。他总是挤时间猛补，先后读过俄国的托尔斯泰和屠格涅夫的小说、法国巴尔扎克和斯丹达尔的作品。他还重读过莎士比亚、吉卜林、乔伊斯和马克·吐温的名著。加上斯坦因和毕加索想开创 20 世纪小说和油画新路子给他的启发，海明威终于思想上有了新的提升，他感到以前当个报刊小说的通俗作家的理想是远远不够的。他下决心要写出与莎士比亚、托尔斯泰、巴尔扎克等名家相媲美的严肃小说。①

① Robert. E. Gajdusek. *Hemingway in His Own Country*. University of Notre Dame Press, 2002, p. 14.

这个定位标志着海明威创作思想的成熟。他开始走出创作道路上的“学徒阶段”。那是一般作家成长的必经过程：初期争取在报刊上发表尽可能多的作品，再将这些作品结集出版。这是一方面；另一方面海明威越来越关注“我们的时代”的暴力世界和人们的生存问题。个人的命运、时代的动荡和人们的不幸遭遇逐渐成了他关注的焦点。小说再也不是仅仅反映个人的道德冲突或生活琐事的娱乐工具，而应该成为促进社会进步的力量。不管是莎士比亚的四大悲剧，还是托尔斯泰的名著《安娜·卡列尼娜》和《战争与和平》都描述了当时重大的社会问题，反映了伟大的时代精神，因而成为不朽的传世名篇，为各国读者所喜爱。

也许正是那些世界文学大师的名著启导了海明威，使他1926年以后写出了反映一战造成了“迷惘的一代”的长篇小说《太阳照常升起》和揭示人们厌恶帝国主义之间混战的《永别了，武器》，像莎士比亚和托尔斯泰一样，海明威在世界文化史上留下新的一页。他的作品也成了人类优秀文化遗产的一部分。

三、刻苦磨炼，不懈追求。海明威在巴黎期间，经济不富裕，生活俭朴。他在一栋公寓四楼租住的房间又小又挤。卧室只能放一张双人床，洗手间很小，厨房陈旧，楼梯又窄又暗。前门是个工人舞厅，街角有个酒吧，经常吵吵闹闹，酒味浓烈。但他很高兴第一次有了自己的空间，能随意写作。后来，他在附近旧旅馆再租个小卧室搞写作，从窗口可遥望巴黎市区的屋顶和烟囱，感到更方便了。妻子哈德莱全力支持他，所以，正如他在《流动的盛宴》里所说的，他俩“很贫穷，但很快乐”。

海明威一方面继续为《多伦多之星》写报道，受命去意大利热那亚采访国际经济会议，去君士坦丁堡报道希腊与土耳其打仗的情况和后来在瑞士洛桑召开的和平会议等，任务紧迫而繁重，他都出色地完成了。妻子曾担心他去战场采访太危险，不让他去，两人大吵了一架。他坚持去了，到了君士坦丁堡后又患了疟疾。他只好带病工作。回到巴黎时头发又脏又乱，身上给臭虫咬得千疮百孔。哈德莱笑嘻嘻地拥抱他。

另一方面，海明威一直挤时间写作，认真地写好每个陈述句。他喜欢上午写作，因为下午街上太闹，晚上楼下舞厅乐曲太响。他有时带妻子下去跳舞，舞厅又暗又窄，烟雾腾腾，气氛压抑。哈德莱有点怕，海明威倒挺开心的。有时，海明威下午去卢森堡山路上散步；有时他去博物馆欣赏法国画家塞尚和莫奈的油画。写了一个上午，他会跑到公园休闲一下，在树丛里到处走走，换换空气，到傍晚才回家用晚餐，节省了一顿午餐。不过，他们很善于安排自己的生活。日常开支尽量节省，但旅游却不吝惜。他俩曾和朋友们去瑞士和奥地利滑雪，到德国黑森林里钓鱼，去意大利打野鸭，上西班牙看斗牛，还经常去观看巴黎的自行车赛和拳击赛等，生活丰富多彩，夫妻恩恩爱爱，和谐而幸福。

记者工作流动性大，它帮助海明威养成了在艰苦条件下写作的好习惯。他可以在家中床上，在咖啡馆里，在火车上写报道或小说。他往往先在旅馆里的信纸或简易的法国学生笔记本上用铅笔或钢笔写个提纲或初稿，再用手提打字机修改打字定稿。他心情乐观，毅力刚强，随时随地都能写作，不像有些作家，需要有个安静的环境才能写作。他就是这样拼杀出来的。后来他写长篇小说也是如此。《太阳照常升起》初稿大部分是在他陪第一任妻子哈德莱看夏天斗牛赛时于西班牙各地旅馆里完成的。《永别了，武器》在巴黎动笔，陪他第二任妻子葆琳回基韦斯特再去皮格特老家，转往堪萨斯市生小孩。海明威在辗转奔波多处中写好初稿 650 页。这种写作习惯在美国当代作家中是不多见的。

《太阳照常升起》出版后，有人称海明威是“迷惘的一代”的代表。他一再给予否认。他认为他尽管一战中在意大利受了重伤，但他从来不迷惘。他当个作家的愿望从来没有改变，也不曾放松过努力。从他成名后的表现来看，的确是这样。他一生不懈地努力奋进，克服了重重困难，经历了名声的起伏、战火的考验、数次车祸和两次空难，最后写出了《老人与海》，荣获了诺贝尔文学奖，圆了自己毕生的梦。他实践了自己的诺言：“人可以被毁灭，但不可以被打败”，表现了“压力下的体面”，成了一位实实在在的硬汉作家。

也许是目标定位高了，海明威对自己要求更严格了。写作态度更加严肃认真，一丝不苟，反复修改，精益求精。成名前，他总是把写好的短篇小说送给庞德和斯坦因看，征求他们的意见再修改。菲茨杰拉德建议删去《太阳照常升起》前面 15 页，海明威虚心接受了，马上修改，删去小说前面 20 多页。小说获得了成功。成名后，他仍十分认真地对待自己的作品，《永别了，武器》的结尾就修改了 40 多次。他对小说书名的选择也颇费心思，往往先拟出几个，反复推敲，最后选定一个。

海明威深知，要成为一个大作家，一定要有自己独特的风格。因此，他在这方面做了极大的努力。他一直致力于“写一句真实的陈述句”。也许他从庞德的意象主义诗歌得到启发，“真实”就是见证和说明情景的“意象”。他从真实的陈述句发展到简短而真实的段落，删去可有可无的形容词和副词，后来有的成了《在我们的时代》里的“速写”（vignettes），即他所说的“未写好的故事”。每篇速写篇幅短，有时仅一页，抓住一瞬间的感触记下来，只写生活中一个小侧面，着墨较少，让读者通过精选的小细节了解事件的真相。海明威的大量新闻写作磨炼和强化了他的文字功夫。他用写小说的技巧写新闻，又将新闻资料融入他的小说。这成了他艺术风格的一大特色。后来，他将自己的风格归纳为“冰山原则”。

（原载《海明威学术史研究》，译林出版社，2014 年）

论海明威小说中的硬汉形象

诺贝尔文学奖评奖委员会在颁奖词中对海明威的获奖提出了两点：一是他精通现代叙事艺术，二是他塑造了硬汉形象，突出表现在他近作《老人与海》中的古巴老渔民圣地亚哥。这说明硬汉形象是海明威文学创作的一大成就。他们活在读者心中，给人一种催人上进的力量，使海明威的作品展示了无限的艺术魅力。

海明威的硬汉形象并不是清一色的英雄好汉。它随着海明威生活实践的丰富而不断发展。早期作品中，海明威刻画了一些暴力世界里不怕死不怕危险的普通人。有的明知有人要杀他，仍抱着无所谓的态度；有的知道危险逼近，有被杀的可能，仍泰然处之。后来，海明威 4 次去马德里，亲身经历和报道了西班牙内战的状况，塑造了临危不惧、自我牺牲的硬汉形象乔登，使不怕死的硬汉形象与为人类命运而战的思想联系起来，达到了全新的认识高度，鼓舞人们积极投入反法西斯斗争。二战后，美国进入了和平重建时期，百业待兴，困难重重，加上 20 世纪 50 年代麦卡锡主义的横行，人们充满了困惑、压抑和失望。海明威塑造了圣地亚哥这一硬汉形象，激励人们知难而上，从不言败，以不屈不挠的精神迎着风浪往前走。哪怕是遭遇失败或牺牲也是光荣的，也体现了"压力下的体面"。乔登和圣地亚哥的硬汉形象给读者带来生活的信心和力量，受到各国读者的喜爱。

翻开现代美国文学史，看一看几位著名的小说家笔下的人物形象，如路易斯《巴比特》的主人公巴比特是个自私贪婪的、不择手段谋发财的资本家；福克纳《愤怒与喧嚣》里的南方没落贵族的代表，有的是白痴，有的是堕落的女人；斯坦贝克的《愤怒的葡萄》里的“妈”具有战胜困难、关照别人的美德；赛珍珠的《大地》主人公王龙是个眷恋土地、想发财的中国农民。这 4 位小说家都是诺贝尔文学奖得主。他们的小说从不同的侧面生动地反映了 20 世纪美国社会的变迁，在艺术上都有创新之处，成了美国文学宝库中的瑰宝。但是，如果将这些人物形象与海明威的乔登和圣地亚哥硬汉形象相比，就不难看出海明威棋高一着。他的硬汉形象是美国文学史上前所未有的，因而具有重大的现实意义和美学价值。

一、硬汉形象的类别和特色

海明威小说中的硬汉形象大体可分为 3 类：第一类是早期作品中一些不怕死或不怕危险或铤而走险的人物，如《杀人者》中的奥利・安德列森、《乞力曼扎罗的雪》中的哈里和《有钱人和没钱人》中的摩根等；第二类是为正义事业英勇献身的人物如《丧钟为谁而鸣》中的主人公乔登；第三类是与大自然顽强拼搏的人物如《老人与海》中的主人公圣地亚哥。这些不同的硬汉形象反映了海明威从《在我们的时代》到《老人与海》30 多年创作思想的发展和变化。

第一类人物孤独而自信，对死亡感到无所谓。奥利被两个来历不明的人追杀，旅店的工作人员和厨子跑去通知奥利赶快逃走，他却若无其事地躺在床上不走。哈里和妻子去非洲旅行，突然发病昏迷，仍想继续写作，弥留之际心境十分平静。摩根生意失败，经济困难，无法支持子女读书，靠走私兰姆酒，进而搞偷渡赚钱，他胆大妄为，最后死于海上警察的枪口下……这类人虽不怕死，撞上意外遭遇，令人同情，但他们更多是为了个人生存，缺乏更深刻的思想内涵。

第二类人物是名副其实的英雄。乔登不是为了个人的荣辱而拼杀，而是为了西班牙人民的正义事业而壮烈捐躯。他放弃美国大学讲师的安逸生活，到西班牙山区与游击队一起生活和战斗。他已从孤独的个人小圈子跳出来，置身于反对人类共同的敌人——法西斯主义的斗争中。他认识到炸桥任务的完成，“能成为人类未来命运的转折点。”他在游击队山区爱上了受凌辱的西班牙姑娘玛丽娅，同情她以前的遭遇和不幸，真心爱她护她。他受到游击队员的喜爱、尊重和支持，与老猎手安塞尔莫深入炸桥现场观察地形，耐心地帮助思想动摇的游击队长巴布罗，依靠彼拉等人共同完成炸桥任务，最后为了掩护游击队员撤退，他狙击敌人直到流尽最后一滴血，将青春献给西班牙人民。牺牲前，他说，我为自己信仰的事业至今已战斗了一年。如果我们在这里打胜了，在每个地方都能打胜。世界是个美好的地方，值得为之战斗！他感到自己已经尽力而为，很值得！这个光辉形象在美国文学史上是不多见的。它揭示了海明威已经从一个“迷惘的一代”的代表发展成一位反法西斯的国际主义民主战士。它具有深刻的社会意义。难怪它在二战中对美国官兵发挥了巨大的激励作用，受到了广泛的好评。

第三类人物中，古巴老渔民圣地亚哥是最突出的代表。他与前面两类人物不同，既不是为个人的尊严或家庭的福祉去冒险，也不是为正义事业慷慨捐躯的英雄。他是个贫困又坚强的古巴老渔民。他家中一贫如洗，用长袜塞旧报纸卷起来当枕头，住舍简陋，没有妻儿，唯有一个邻居小男孩为伴。他连续 84 天捕不到鱼，人们怪他撞上厄运，小男孩也被父亲支走。但他毫不气馁，满怀信心地到远海捕鱼，终于捕到一条大马林鱼。返航途中撞上一群鲨鱼，他孤军奋战，不辞劳苦，寡不敌众，回到岸边，只剩下一副马林鱼骨架。他精疲力竭，很快入睡，梦中见到非洲狮子。他虽败犹荣，仍想继续拼搏。老人的拼搏揭示了劳动人民敢于战天斗地、不怕失败、不怕挫折的顽强精神。这种精神正是人类在征服世界、建设美好生活中不可缺乏的精神。它激励人们奋发向上，不断前进，遇到任何困难和危险都不要后退，要迎着风险上，哪怕最后失败了仍然虽败犹荣，虽死犹生。圣地亚哥的确给读者留下深刻印象。

二、硬汉形象：各种不同的解读

硬汉形象是鲜明的、实实在在的，但在学术界和读者中引起了不同的解读。各种意见差距很大，值得仔细思考。

有的学者认为硬汉仅仅是一种“神话”，可望而不可信。有的认为它是一种

“寓言”，反映了海明威的个人意志和愿望，令人“目眩神迷”。其实这是一种误解。

海明威强调写真实，将他的所见所闻写下来。这个原则是他毕生坚持的。他从不无中生有，凭空杜撰。他的硬汉形象都是有原型的。乔登和圣地亚哥都是他在生活中原型的基础上进行艺术加工塑造而成的。这种现实主义的创作方法是正确的，也是符合文学创作规律的。

乔登是海明威以西班牙内战中美国林肯支队牺牲的成员为原型塑造的。海明威在战火中与几支国际支援西班牙进步力量的支队很熟，尤其是林肯支队。他见过和听过他们出生入死、英勇战斗的事迹，也深深地为牺牲的美国青年所感动。乔登的原型主要是罗伯特·默里曼。他曾是加州大学伯克利分校的一位经济学家，志愿去西班牙，在美国林肯支队效劳。[①] 海明威还了解支队其他人士，终于写成了《丧钟为谁而鸣》。小说成了对为西班牙人民献身的美国林肯支队的怀念和记录。它的意义是不容低估的，更不应被怀疑。

至于圣地亚哥，海明威指出了他的原型来自 3 位古巴渔民。众所周知，海明威在古巴哈瓦那生活了 22 年，与当地渔民结下深厚的友谊。他常常请瞭望田庄住地附近的渔民到他家里听广播或看电视。他也常常去酒吧与他们聊天，比手劲。渔民们曾隆重地为他庆祝生日。他的“彼拉”游艇曾请两位老渔民开过。他曾请教过他们的捕鱼方法。老渔民卡洛斯·加蒂埃列兹就是圣地亚哥的主要原型。他是个商业渔民，1932 年见到海明威。海明威很欣赏他的捕鱼技术，曾多年雇他当助手，到墨西哥湾捕鱼。两人成了好朋友。20 世纪 30 年代，他曾告诉海明威一个老渔民出海拼搏了几天，终于捕到一条大鱼，最后被一群鲨鱼啃光了肉，剩了一副骨架。海明威很兴奋，将这个故事写成湾流来信之一《湾流来信：在蓝色的水面上》发表了。1950 年 1 月，海明威又在这篇文章的基础上扩展成《老人与海》。[②] 圣地亚哥的原型主要就是卡洛斯·加蒂埃列兹，还有另两个给海明威当过捕鱼助手的古巴渔民。《老人与海》出版后，人们曾猜测海明威的老人、鲨鱼影射谁和谁。但他断然公开否认，强调圣地亚哥就是圣地亚哥，鲨鱼就是鲨鱼。所以，圣地亚哥的形象是可信的。他来自古巴的现实生活。

---

① Wirt William. *The Tragic Art of Ernest Hemingway*. Louisiana State University Press, 1981, p. 154.

② Frederic Voss. *Picturing Hemingway, A Writer in His Time*. Yale University Press, 1999, p. 96.

应该指出：海明威硬汉形象的出现是经过一个发展过程的。起先，他在巴黎受到了斯坦因和安德森先锋派的影响。现代派作家的小说里的主人公都是一些有心理创伤的反英雄，有时候连姓名都没有。海明威早期的短篇小说里也是这样。《革命党人》等几个短篇都略去了主人公的姓名，增添了几分神秘感。《乞力曼扎罗的雪》开篇很久才提到作家哈里的名字。有的短篇小说主要人物有名字，次要人物则用“他”或“她”来替代。这与其他美国作家很不一样。

从海明威早期两部长篇小说的主人公杰克和亨利来看，与其说他们两人是硬汉，不如说他们更像反英雄。杰克在一战中生理上留下严重创伤，无法结婚成家，生男育女，但他并不悲观，不自寻短见，而是继续留在巴黎当编辑混下去。他失去了生活的方向，与一群失意青年在巴黎和马德里等地寻欢作乐混日子。他们思想迷惘，漫无目标，成了社会上多余的人。没有人关心他们。亨利迷迷糊糊地到意大利参战，受伤疗养后又上前线，不能说他没有冒险精神。可是卡波列托大溃败时他差点被意大利警察枪杀。他才恍然大悟，跳河逃走，与女友凯瑟琳逃到瑞士，与战争“单独媾和”。他俩过了一段平静的日子，最后凯瑟琳还是死于难产，留下他孤零零一个人在雨中走回旅馆。虽然他认识到所谓光荣、神圣、荣誉等全是无稽之谈，他也成了被社会抛弃的人。失去了爱情，失去了青春，他能向谁哭诉？冷漠的西方社会有谁倾听他的声音？他真的被战争打成了“迷惘的一代”。

有人以为海明威的硬汉形象可以按时间顺序来划分，其实这并不准确。20世纪年代中期，海明威作为北美报业联盟的记者，4 次奔赴西班牙战场第一线采访。法西斯的暴行和西班牙人民的遭遇擦亮了他的眼睛。他的所见所闻令他思想明显提高，终于在 1940 年出版了《丧钟为谁而鸣》，受到学术界和读者的广泛好评。主人公乔登的光辉形象倍受赞扬。可是，1937 年问世的《有钱人和没钱人》的主人公摩根与乔登相比则大为逊色。他虽被称为“硬汉”，但他的思想、意志、品格和精神则差了一大截。在乔登出现以后的 1950 年，《过河入林》又与读者见面了。小说主人公美国坎特威尔上校没有一点乔登那种硬汉的特点。他参加过两次世界大战，战后去当年打仗负伤的地方威尼斯游玩。他患了心脏病，活不了几天了。他对女友、意大利贵族夫人雷娜塔诉说了被降职的不满和悔恨，第二天在打鸭归途中，他的心脏病又发作了，他走进了天堂。有人夸他是个视死如归的“硬汉”，这也许有点夸张了。他是个久经沙场的老兵，对死亡已习以为常了。不过，到了晚年，他倒退了。坎特威尔上校成了一个悲观失意的人物。他的垂老状态也许反映了海明威晚年多虑的心态。

由此可见，用时间顺序来作为海明威硬汉子类型的分界线是不合适的。这是因为海明威的思想发展是曲折的，并非直线上升，有时也有挫折和退步。这与他小说中人物形象的变化是密切相关的。从不同阶段他塑造的人物形象可以看出他的思想曲线。

所以，乔登和圣地亚哥两个硬汉形象的出现是很不容易的。他们是海明威创作思想最成熟时期的产物，也是他留给后人的最佳礼物。

三、硬汉形象：美国小说史上的新形象

海明威在斯坦因家中的文艺沙龙里常常听到她和毕加索讨论如何摆脱19世纪英美文艺传统的束缚，开创新路子的问题。这的确是个关系到20世纪欧美文艺发展的方向问题，意义重大，影响深远。

19世纪英国维多利亚时代是小说特别繁荣的时代。诚如马克思所说的，出现了现实主义小说“光辉的一派”。狄更斯、萨克雷、乔治·艾略特和哈代等人留下许多名著。这些传统的小说家们拿手的创作手法一直流传到20世纪。他们比较关注他们人物之间的社会关系和人物的性格冲突。他们的主要方法是描写人物的外表特征，包括衣着、外貌、声音、形态、行为和思想以及他们眼睛的色彩和反应，随意观察他们的心态。细节描写非常真实细致，烘托了典型的社会环境，同时刻画了这种环境中的典型性格。它们给读者提供了深刻的认识作用和审美作用。

但是，20世纪的巴黎社会发生了很大的变化。现代主义悄悄地来临。意识流理论渐渐流行。法国先锋派举起了革新的旗帜，探讨文艺表现现实生活的新路子。读者群的兴趣和要求也变了。一战冲击了旧习俗和旧的价值观。巴黎成了青年作家和艺术家充满活力的圣地。他们从内容到语言大胆地做了许多新实验。斯坦因在《三人传》（1909）里用有韵律的词语和句型展示人物的心理活动。乔伊斯的《一个青年艺术家的画像》（1914）通过主人公思想的流动和冲击

解释“梦”的起伏多变。这两人对安德森影响很大。安德森一反过去经典作家霍桑、梅尔维尔，尤其是亨利·詹姆斯的做法，将他们复杂而曲折的长句子变成简洁、经济和不加修饰的句子，直接表露知觉的情感，给美国小说增添了新的气息。经典作家那些长句是适合于传达思想和进行观察的工具。安德森认为感情、感觉和印象是人类生活中的决定性因素，应该摆脱任何思想的干扰。他按照人物的感受来写，采用怏怏发声、简单、甚至单调的散文抒发感情，第一次出现时比20世纪早期正规的文学形式更自然、更贴近生活。安德森从他的先行者学到这些新表现主义的奥秘，又想传给他的热情的跟随者。他发觉海明威就是其中之一。海明威既受斯坦因的影响，又接受安德森的指导。所以，身在纽约的青年批评家艾德蒙·威尔逊曾将他们3人当成一个新文学流派了。他说，“的确，斯坦因小姐、安德森先生和海明威先生现在可以说，他们自己形成了一个新流派。这个流派的特点是：语言的纯真，常常演变成他们所描绘的人物的日常口语。实际上，它善于表达深刻的感情和复杂的心态。”①

按照柏拉图的看法，感觉是不可靠的，而高尚的思想是永恒的。海明威恰好将二者颠倒过来。他认为思想是抽象的、不可靠的，但感觉是实在的、直接的。因此，他相信感觉，在作品中将它放在中心的位置。海明威从记者工作中获得了宝贵的经验。他感到当记者写报道也许是最接近文学创作的一种职业。

海明威所处的时代是个经历过第一次世界大战的动荡的年代。他看到的世界是个充满暴力和混乱的世界。他最关注的是危机状态下人的命运，主要探讨在压力、困难和危险的状态下人们的生存能力和承受的态度。他很少写处于生活常态下人的反应能力和作用，而是着重表现外部世界的紧张和人的承受能力的极限。人在灾难临头时如何应对？海明威主要表现正确应对灾难与错误应对灾难的明显差别，如乔登不怕死亡的威胁，毅然完成炸桥计划，英勇献身；圣地亚哥不管挫折多大，决心出远海捕鱼。海明威没有触及社会本质和社会结构，但他的主人公总是与一些别人在一起。他们是孤独的英雄，但充分表现了顽强的英雄气概。

这种具有英雄气概的硬汉在当时是不多见的。众所周知，现代主义作品里

---

① Carlos Baker, ed. *Hemingway and His Critics*. Hill & Wang, Inc., 1961, p. 58.

所描写的是各种各样古里古怪的反英雄，而不是具有勇敢精神的正面人物。这种倾向在20世纪20年代后渐渐地占了支配地位。德莱塞《美国悲剧》里主人公克莱德·格里菲斯是个受“美国梦”毒害而走向毁灭的青年。路易斯的《巴比特》主人公巴比特自私势利，不择手段地赚钱往上爬。菲茨杰拉德的《了不起的盖茨比》主人公盖茨比靠走私发了财，想恢复过去的一切，结果被人所杀。这几位作家比海明威早成名，他们从不同的视角，用不同的题材反映了20年代美国社会的林林总总。但他们塑造的人物与海明威笔下的乔登和圣地亚哥硬汉形象是很不同的。

回顾过去的名家名著，不难看出海明威笔下的硬汉形象是个创新。荷马史诗中的英雄做了一番大事业，目的是个人的荣誉。英国圆桌骑士与恐吓村民的巨龙拼杀，救出灾难中的美女，为社会做好事，也是为了荣誉。唐·吉诃德身披战甲，骑着残马，跟影子和风车搏斗，以实现他光荣的中世纪理想。19世纪文学大师们如巴尔扎克、狄更斯和斯丹达尔的主人公们不断追寻个人的好运和成功。在陀思妥耶夫斯基、康拉德和托马斯·曼的现代小说里有浮士德式的主人公。他们则追求最后的经验。[①] 亨利·詹姆斯在《一个女士的画像》和《使节》等小说里多次写了美国人在欧洲的经历。他所强调的是美国人与欧洲人在道德上和仪态上的冲突。他的人物往往是活跃在欧洲社会上层的美国有钱人的子女。与上述名家笔下的人物相比，海明威的英雄人物既不为了荣誉或好运，也不为了改变不公正社会或追求经验。他们既不受虚荣所驱使，也不被野心或改变世界的欲望所左右。他们不考虑达到道德上和风度上更高的状态。相反，他们的行动是对现实世界道德空缺的一种反叛。他们感到不得不用他们自己的特别努力来填补这个空缺。他们不能从外界期望得到任何帮助，一切必须靠他们自己。他们被迫建立一种抵消的力量，使他们在冷漠的西方社会面前，保持人类的尊严。正是这种力量表达了他们的英雄主义。这种孤独的、自我包容的个人形象在虚无的边缘上保持平衡，但通过他们突然发现的坚韧和勇气拯救了自己。这是海明威书中重复出现的形象。他的英雄不是去拯救社会、一种理想

① Leo Gurko. *Ernest Hemingway and the Pursuit of Heroisim*. Thomas Y. Crowell Company, 1968, pp. 235 - 236.

或灾难中的姑娘。他是在拯救自己。①

在海明威看来，20 世纪是个黑暗的、空白的多元的时代。西方世界已经失去了目标，背叛了人类的精神和感情。人类需要拯救自我，自己的精神和感情，诚如德国哲学家尼采所说的，“上帝死了。”人类不能靠上帝，只能靠自己。没人能取代上帝，给予人类帮助。他们只能接受无依无靠的现状，不失去自己的精神，不被压力打垮，同时保留人生价值，做出一切努力，使生活变得有价值。因此，海明威倡导“压力下的体面”“人可以被毁灭，但不能被打败”。他的硬汉形象正是他这种观点的体现。不管承受多大的压力，面对多大的危险，一定要保持做人的尊严。

由此可见，海明威的硬汉形象不仅是美国小说史上的创新，而且是世界文学画廊中独特的形象，具有重大的历史价值和现实意义。

（《海明威学术史研究》，译林出版社，2014 年）

① Leo Gurko. *Ernest Hemingway and the Pursuit of Heroisim*. Thomas Y. Crowell Company, 1968, pp. 236 – 237.

论海明威20世纪30年代的政治转向*

1937年，海明威出版了长篇小说《有钱人和没钱人》。评论界许多人认为这部小说写得并不好，但它标志着海明威转向“政治缪斯”。这是他唯一一部以美国为背景的长篇小说。麦克斯威尔·盖斯默表达了许多人，尤其是左翼批评家们对海明威的共同看法：20世纪二三十年代其他美国作家致力于发家致富时，海明威则专注于自己的艺术。但《有钱人和没钱人》表明他从个人主义到关心世界的一大转变。阿尔弗列德·卡津和马尔科姆·考利从此书看出，海明威明显地跨越了他过去的失败主义，预言更伟大的作品将出现（Cooper 1987：65）。小说虽然不成功，但作者的思想进步了。似乎海明威比以前更关注社会意识和政治活动了。

果真如此吗？海明威原先的政治态度如何？他为什么要转向“政治缪斯”？转向后有什么结果呢？这些人们关心的问题很值得深入探讨。

一、海明威：一个来自橡树园的青年

海明威出生于芝加哥附近橡树园镇一个中产阶级之家。跟镇上许多居民一样，他的父母都加入共和党。他父亲老海明威是个医生，终日忙于行医，除了

* 本文为中国社科院外文所所长陈众议研究员主持的中国社科院重点项目“外国名作家学术史”的分课题“海明威学术史研究”的一部分。

大选投票以外，不过问政治。母亲格拉斯爱好音乐，经常为教小孩们音乐奔忙，对其他社会活动兴趣不大，但她很早就支持妇女选举权运动。这在小镇并不特别，因为小镇很早就允许妇女参加地方选举（Cooper 1987：1）。海明威从小受到严格的家庭教育，养成正直、勇敢、善良、讲礼貌、关心别人的性格，与家人和同学和谐相处。

尽管不参与政治活动，海明威家族仍重视宗教活动，服务国家和社区，服务人类，关照家庭。他的祖父和外祖父都是美国内战时期的老兵，后来退伍经商很活跃。外公欧尼斯特·霍尔拒绝了政府发给他的老兵养老金，表现了他对祖国无私的爱。霍尔的爱国主义思想教育和影响了年轻的海明威。

据格拉斯回忆，海明威从小喜欢战争和了解时事。5岁多时，他跟他父亲学会钓鱼，到野外采集标本。他爱用积木堆成大炮和碉堡，收集日俄战争时报纸上的卡通画。他也热爱美国历史上的大人物。他会讲他们的故事。到了高中时，他热爱体育运动，专心练习写作文，常常将历史与事实结合起来写成小文章，在校刊上发表。高中毕业后，他去《堪萨斯之星》当见习记者。他经常深入现场采访。他勇敢地揭露当地医院和市卫生部门官员的腐败，尽管他受到刁难和干扰。他坚持寻找实据，报道真相、打击那些邪恶势力。他渐渐地懂得，作为一个记者或作家要靠讲真话来服务人民，不管会得罪谁。

随着年龄的增长，海明威越来越想去欧洲战场看看大战是怎么回事。经过两次体检，他的左眼视力不合格。他托朋友帮忙，终于混过去，成了美国红十字会救护队队员上意大利前线去。到达意大利前线后，他在给家里和朋友的信中表示倍感兴奋，心情激动，像个爱冒险的男孩，一点也不怕危险。1918年7月8日，他受重伤后才明白打仗并不是一场足球赛。他负伤后忍痛将一个受伤的战友负在背上，一直爬到一个救护站。他的伤使他懂得“死是很简单的事情，用不着害怕”。受伤后，他父亲叫他马上回家疗伤，他答复说，“我总是到能使我最能出力的地方去，那是我们来这里的目的。”他要坚定地履行义务，待在意大利，直到大战结束。后来，他又安慰他父母亲说，他并不是个真正的英雄，因为“一切英雄都牺牲了，而真正的英雄是他们的双亲。父母的牺牲是一种难得而崇高的牺牲”。他说，“当母亲生下一个儿子到世间来时，她必须知道有一天儿子会死去。而为祖国而死的男人的母亲应该是世界上最自豪的、最幸福的女人。”海明威这封家信充满爱国激情，后来被刊登于1918年11月16日的《橡树园人》报上（Cooper 1987：3—4）。

1919年返回橡树园后，海明威有一次对记者说，“我长得又高大又强壮。我的祖国需要我时，我就去了。叫我做什么，我就做什么。我什么都做，那不过是我的义务”（Cooper 1987：3—4）。可见，海明威将上前线当成一种爱国的义务。他从未放弃对他祖国忠诚和尽义务的观念。这也许跟他外公的爱国主义思想对他的影响是分不开的。

不过，当时海明威才20岁。他的爱国主义认识太肤浅了。美国威尔逊总统号召美国青年，“为了结束一切战争，去欧洲打仗！”事实上，这个口号是虚伪的。一战后签下了凡尔赛条约，但威尔逊前总统许下的目标一个也没实现。许多参战青年回国后找不到工作，感到受骗了。一战是欧美列强重新瓜分欧洲之战，与美国何干？海明威也受骗了，也许10年后创作《永别了，武器》时，他才清醒过来，认识到光荣、神圣、荣誉、义务等闪光的字眼都是无稽之谈！

从橡树园到堪萨斯，从意大利回到橡树园，海明威表现出一个勤奋、正直、勇敢的青年的优秀品质。在学校里，他是个好学生，认真读书，虚心向老师求教，专心练习写作，积极参加文体活动；在报社里，他起早摸黑奔赴第一线，刻苦补习新闻知识。他吃苦耐劳，爱憎分明，坚持正义，勇于揭露腐败；在战场上，他不幸负伤，仍不忘救别人，他勇敢乐观，不怕牺牲，念念不忘为祖国尽义务，具有朴实的爱国主义思想。但他对一战的性质和威尔逊总统的号召认识不清，差一点成了替死鬼。不过，随着生活阅历的增加，他的思想认识渐渐地清楚了。这一切对他的生活和创作都产生了积极的影响。

二、海明威：记者心中的正义感

海明威身体康复后给《多伦多之星》日报和周刊写了154篇文章。这些文章大体可分为两类：一类是休闲旅游的故事，另一类是时事新闻小评论。第一类包括去西班牙看斗牛、捕金枪鱼、巴黎时尚、瑞士滑雪、奥地利溜冰、德国小店主、巴黎的美国波希米亚人等等。当时加拿大人对欧洲不了解，这些异国风情令他们喜爱。海明威往往写得很细致周到，如到达目的地的线路、旅店的选择、当地的特色、外币的汇兑等，仿佛他自己就是个跨国导游。因此，他的文章很受读者欢迎。

另一类文章是时事新闻的小评论。海明威的记者身份使他有机会接触欧美重大事件，并综合各方面的反应，梳理自己的思想，表述自己的观点。从这些专题讨论不难看出他的正义感和原则性，也可看出他思想认识上的飞跃。

第一，海明威公正地看待苏联：1922 年 4 月，海明威被派往日内瓦报道国际经济会议。苏联第一次派代表团出席会议。海明威有机会会见战后许多欧洲领导人，看看国际外交活动是怎么开展的。

苏联代表团的活动成了人们谈论最多的奥秘。代表们建议西方承认苏维埃政府，他们就给西方国家贸易的机会。《纽约时报》驻日内瓦记者艾德温·詹姆斯对他们的建议和要求毫不同情，将他们当为“麻烦的制造者”，攻击他们行为粗鲁无礼，妄图主宰整个会议。

西方报刊这种反苏偏见影响不了海明威。他写了几篇关于日内瓦会议的报道，说将从加拿大人的视角来描述会议的进展。实际上那并不是普通加拿大人的看法。他坦率地谈到大部分西方记者对苏联的偏见，宣称他只要关于苏联公正的事实。在一篇关于苏联代表的文章里，他又说，他不是一个反犹太人、反法国或反什么的人，也不是一个亲什么的人。根据海明威的观察，他认为苏联代表团成员们都是最勤奋的，经常开夜车到凌晨 3 点钟。团长特契特策林也一样熬夜苦干。他认为你可以不满他们所代表的政府和制度，不满他们所做的事情，但你不能不称赞他们那种忘我工作的献身精神。

海明威还专访了苏联代表团团长特契特策林。他认为团长在大会上的发言也许令人印象不那么深刻，但发言条理清晰，简单明白。10 个月后，在洛桑国际会议上，他又一次采访了特契特策林，并写了一篇专访。他从特契特策林的家境写起。特氏在十月革命前是个沙俄的外交官。十月革命后，他仍当个外交官。海明威说明苏联参加会议的目的，指出苏联与英国在希腊与土耳其战争问题上的分歧揭示了它们两国长期以来民族的和帝国的利益冲突，而不是意识形态方面的冲突。特契特策林在维护他的国家利益方面是很坚定的。海明威认为会上最有趣的事是未来的俄罗斯帝国与大英帝国每天痛苦的斗争。他客观而公正地报道苏联代表团的观点，清楚地描写了团长特契特策林的性格：冷静、脆弱、苦行，献身于工作和他的祖国。看起来他像是个无可挑剔的外交官，但他有个缺点：他母亲总让他穿裙子，直到他 12 岁。他虽然有点胆怯，但喜欢穿军装并照相留念。几个记者站在照相馆里他的照片前议论纷纷。海明威以这种轻松的小插曲作为文章的结局，开玩笑地说："这个直到 12 岁仍穿裙子的男孩总想当个兵。士兵缔造了帝国，而帝国发动了战争。"可见，海明威喜欢通过人物性格，而不是政治原则来讨论政治问题。他不戴特定的意识形态的有色眼镜来对待苏联。他的报道是不偏不倚的。他善于通过双方的外交谈判和声明抓住问题的实质，并用简洁的散文将他见到的人物风度表现出来。他坚持自己的独立见解，不随风摇摆，客观公正地看待苏联。这说明他的思想在走向成熟。

第二，海明威看穿了墨索里尼法西斯的本质：热那亚会议期间和会后，海明威研究了意大利的政治形势后，认为左翼力量异常活跃，声势很大，但没有害处。对和平的真正威胁来自法西斯主义者们。他们一战后成了一股反革命势力。意大利政府利用法西斯暴力反对共产党。海明威虽然同情意大利共产党人，但并不简单地谴责法西斯主义者，而是耐心地向读者说明法西斯运动的产生和发展的历史，让读者自己去辨别。

海明威专访过意大利法西斯当年头目墨索里尼，为他写了两篇报道。在第一篇报道里，他如实描述了墨索里尼的经历，说他曾在一战中受重伤，当过"爱国者"。他曾被描绘成魔鬼，"社会主义叛徒"。其实，他待人彬彬有礼，他有很好的理由拒绝那个党（Hemingway 1985：173）。但他认为法西斯党人是对和平的真正威胁。

7 个月以后，海明威称墨索里尼是"欧洲最大的恐吓人的人"。他手下有 25 万名武装士兵，对意大利和欧洲都是个威胁。他揭露墨索里尼伪装有学问。海明威与一群记者去见墨索里尼时，发现他手里捧着一本书在思考，企图给记者们造成个好印象：他爱读书。海明威悄悄地走过去一看，原来那是一本法英词典。他就揭露墨索里尼伪装的骗局。他还提到 6 位意大利农妇到墨索里尼住的饭店给他献上一束玫瑰花。墨索里尼出来见她们时，有个妇女简短致辞。墨索里尼居然对她们皱眉头，嘲笑她们，然后走进去，拒绝她们的献花。海明威的第二篇报道比第一篇写得好。以前他称墨索里尼是个爱国者，如今对他的真诚提出质疑并指出：如果你不真诚，按这种爱国主义来组织国家政府是件很危险的事。海明威这种分析是客观公正的。他受过英国《曼彻斯特卫报》记者威廉·波里索的影响。波里索认为权力不可避免地走向腐败。他对一切政治家都抱怀疑的态度。另一位在洛桑会议的记者林肯·斯特劳斯一针见血地指出：洛桑会议真正的问题不是创造希腊与土耳其之间的永久和平，而是中东油田如何瓜分。海明威认同这种意见，对会议感到厌恶。他到过中东，亲眼见过希腊—土耳其战争给普通人民造成流离失所的灾难。

第三，海明威增加了对老百姓苦难的同情。1922 年 9 月下旬，《多伦多之星》派海明威赴中东采访希土战争。土耳其军队大败希腊军队，烧毁了斯默纳，威胁伊士坦丁堡。希腊士兵撤退时对土耳其村庄大肆抢劫烧杀。英国支持希腊，西方报刊大量报道土耳其的罪行。法国、意大利则从希土冲突中捞好处。最后，土耳其的胜利震惊了欧洲。

作为一个战地记者，海明威并不简单地站在哪一边，指责另一边。他最关注的是平民百姓的疾苦。无数平民百姓成了战争的牺牲品。他从事实出发，报道两边给平民造成的不幸损失。他报道了希腊军队撤退时掠夺了安纳托里安乡下，造成大批难民无家可归，餐风宿雨。土耳其反攻时也到处烧杀。海明威借一个小店主的话说，“他们都是一路货。”他目睹了大批难民携老挈幼逃难的惨状，特别关注难民队伍的情况，他生动地描写了那些基督教难民从东萨拉斯到马斯东尼亚逃难的曲折经历，直接写了衣衫褴褛的人们带着少量物品冒着风雨在泥泞小道上行走的情形。有个产妇在一辆马车上快生产了。他用事实说话，让读者直接感受平民逃亡的艰难情景。那些贫苦的农民和村民的遭遇深深地打动了海明威，也扣动了读者的心扉。

第四，海明威改变了对战争的认识。从土耳其打败希腊的战争中，海明威渐渐地认识到这是因为土耳其有支爱国的军队。他们的战斗是为了将侵略者赶出他们的国家。他们为了管理自己的国家，有权建立自己的政府，不受任何外国支配。因此，土耳其人反对希腊人入侵的战争是一场正义战争。海明威终于明白：有些看起来简单的东西，如自由、尊严和自决是值得一战的。正义战争是一个民族为了在自己的土地上当家做主而进行的战争。这是海明威从亲身实践中得出的科学结论。

第一次世界大战曾经使海明威对浪漫的战争观和爱国主义产生了怀疑。

1922—1923 年他在欧洲的采访活动中，冷酷的现实使他将那些对政治家和爱国主义理想变成玩世不恭的态度。西方政治家们在热那亚和洛桑会议上的表演、希腊难民逃难的遭遇和其他记者的玩世不恭都促使他往这个方向走。但他并不自暴自弃。他嘲讽一些政治家们求和平是假，捞好处是真。在一首短诗《他们全要和平——什么是和平?》里，海明威批评洛桑会议的政客们“堕落、乏味、自我吹嘘、办事效率差”。他们所要的和平根本不是和平，而是谋取私利。

关于 1923 年 1 月，法国总理雷蒙德·波恩卡列命令法军占领德国鲁尔区的事件，海明威做了系列报道。他认为少数派的法国保皇党为了削弱德国经济，扩大法国的影响对赔款协议施加压力。法国的政治是讹诈和诽谤。他们想在德国被破坏的地区制造新的百万富翁。法国政治家们以贪婪自私的态度坚持德国按照凡尔赛条约的规定赔款，原先是规定以鲁尔的煤支付的。法国迫不及待地派兵占领了鲁尔。海明威到鲁尔采访，发现商业活动受到严重干扰。德国工人们和管理人员们反对支持占领者。煤的产量下降，价格大幅攀升。连爱国的法国人也认为占领鲁尔得不偿失。双方都处于破产边缘。法国人以 200 美元一吨的价格买鲁尔的煤，而德国花光了黄金储备付给失业工人的工资。法国也许成了胜利的一方，但破产的德国对法国有何意义？海明威认为法国占领鲁尔是个失败。

不仅如此，海明威还描述了在法军占领下德国人民的不满和不幸。由于德国马克的贬值，许多平民固定工资骤降，一个月的工资还不够买一件衬衫。而德国工业资本家们靠出口货物赚了大钱，发动工人反对法国占领。法国占领军用暴力镇压他们，双方矛盾激化。大部分德国人都想将法国人赶出鲁尔。海明威在报道中揭露了法国政治的腐败、政客和富商的贪婪自私，表露了他对统治阶级的不满和对平民百姓的同情。他正确地预言法国的占领最终一定要失败。这充分地说明海明威报道的客观性和正义性。他反对侵略别国领土的立场是鲜明的。

通过欧洲各地的采访和报道，海明威亲眼见到国际外交斗争的状况，知道各国政府如何运作，增加了许多有关权力和政治的知识，形成了对欧洲政治家的不信任，保留了实用主义的政治观。但他的思想认识和分析能力显然有了很大的提高。

三、海明威：20 世纪 20 年代从新闻政治到小说

1924 年，海明威回到巴黎写小说。他感到新闻报道妨碍他实现当作家的目标。在他看来，文学似乎比政治更重要。

海明威的想法并不奇怪。当时大部分作家对政治都是冷眼旁观。弗列德里克·霍夫曼说，“这个时代，在本国历史上没见过对主要问题的认真讨论和分析如此缺乏兴趣”（Hemingway 1985：21）。人们以不闻政治为荣。这种政治和文学的脱节甚至扩展到一些激进报刊。丹尼尔·艾伦指出：一战前和一战中，像《群众》和《解放者》等激进刊物往往将诗歌与政治结合起来。约翰·里德等作家写政治评论总与写诗和小说连在一起。20 世纪 20 年代初，《解放者》转向共产党，激进的政治与文学分裂了。除了少数例外，大多数美国作家选择了诗歌，而不是政治。海明威也从新闻和政治转向小说（Hemingway 1985：21）。

从海明威第一本在美国出版的书《在我们的时代》（1925）来看，从书名到内容都体现了海明威对他所处的时代的问题和氛围都十分关心。艾德蒙·威尔逊指出：“他的所有作品都是对社会的批评。他对当时道德氛围的每种压力都做出了反应，就像人类关系下层所感受到的那样，非常明显，几乎没人可相比”（Wilson 1978：195）。虽然从新闻报道到小说，形式改变了，海明威对现代政治和社会问题还是很关心的。从这个意义上说，不能简单地说他从政治转向文学，因为政治意识往往贯穿于小说之中。

从海明威的作品来看，现代世界充满了暴力。书名《在我们的时代》是参考《祈祷书》中“给我们的时代和平”选择的，意在反讽。海明威知道：在他的时代难得有和平。书中 15 篇故事里，有关战争的占 6 篇，写斗牛的 6 篇，2 篇写处决，1 篇写警察枪击。有几篇没写暴力，但死亡和暴力占了重要位置，如《印第安人营地》《我的老人》和《打仗的人》等。在这些短篇小说里，海明威反映了 20 世纪初现代社会的暴力，但很少或没有说明原因。他往往删去一些政治评论，仅对当时政治家的品德做点间接的评论。书中的士兵和难民都是平民百姓。他们对当时的社会事件不太了解，不知不觉地掉进灾难的陷阱。在那些无意义的暴力面前，读者往往感到吃惊、混乱和愤怒。

如何应对现代社会的暴力和混乱呢？一种是逃避，一种是参与。海明威在书中探讨了二者的紧张关系。他认为需要与别人加强联系，也需要了解更大世界的其他部分。他最关注的是那些与家庭、朋友和战友有关的人和事。这些基本的人际关系，他需要先搞清楚才能写作。虽然大部分短篇小说都以战争和政治幻灭做背景，但他一般不直接评论。在《太阳照常升起》里则充满了一战后的幻灭感和玩世不恭。以杰克·巴勒斯为代表的一群青年人被社会所抛弃。昔日的爱国主义和忠于义务的精神被逃避和享乐所取代。海明威在这部非政治小说里提出了一个重要的问题：如何理解侨居国外的作家和公民？他们是脱离了战争和政治，但他们需要走向哪里呢？

到了20世纪20年代末，海明威的反法西斯思想仍然很强烈。这在巴黎左岸作家的氛围里也很正常。海明威曾表达了反法西斯的意见并说，“但在反法西斯方面是没有差别的，每个人都是。”反法西斯已成了当时左岸知识分子的一种共识。也许他感到既然如此，就不必再去写它了。

海明威的战争经历是《永别了，武器》（1929）的基础。但主人公亨利的战争经历与海明威是不同的。这一点是很有意义的。他在书中运用了他对意大利农村的第一手资料和他对战争的感想。这给小说增添了光彩。亨利不知道自己为什么到意大利打仗。凯瑟琳反复问他，他也答不出来。卡波列托大溃败他死里逃生时才有所醒悟，渐渐明白“光荣”“神圣”都没有意义。他的幻想破灭了。他只好开小差，与战争“单独媾和”。凯瑟琳难产死后，他的媾和变成一种私人的噩梦。无情的世界和艰辛的生活是逃避不了的。这反映了海明威对现代世界、对列强之间的战争有了新的认识。

四、海明威：20世纪30年代政治转向的原因和后果

1937年《有钱人和没钱人》出版后，许多评论家认为小说写得不好，但意义重大。它标志着海明威创作生涯的转折点。的确，从1929年《永别了，武器》问世到1937年这本书的出版，已经有8年多了，大萧条造成了社会经济的大动荡，许多美国作家纷纷参加社会的政治和经济活动，写文章或作品反映民众的疾苦和诉求。海明威则热衷于西班牙斗牛赛、到非洲狩猎和深海捕鱼。其

实，他也没放松写作，继续出版了《死在午后》（1932）和《非洲的青山》（1935）等。这些作品引起了批评界的热议。马尔科姆·考利认为这两本书里不乏精彩的篇章，但社会上发生了这么多事，海明威却选择了那样的题材。他批评海明威既不了解，也不说明斗牛的社会和政治意义，看不到斗牛的贵族思想。海明威批评共和党人反对斗牛，拒绝相信西班牙人民可能要废除斗牛。格南维尔·希克斯认为《非洲的青山》题材是狩猎，太小了，令人压抑。一部伟大的小说要有伟大的主题。他希望海明威选个更有意义的主题，比如罢工。其他批评家则指责海明威无视他那个时代的政治和社会问题，追求个人的利益和乐趣。

早年支持过海明威的批评家艾德蒙·威尔逊认为海明威有权选择自己的题材，但觉得《死在午后》或《非洲的青山》都不是海明威最好的作品。一个作家的技巧和奉献比题材更重要。上述两书的缺点在艺术方面，不在政治方面。海明威在作品中用他自己的声音讲话，而不是用小说人物的声音讲话。他喜欢说教和争论，摆出一副圣人的态势，集中表露或转移自己的感情，使小说潜在的社会意义留在表面下（Wilson 1978：52）。

乍看来，威尔逊似乎在为海明威写斗牛和狩猎的题材辩护，实质上他仍在批评海明威一味坚持己见，自以为是，忽略了小说的社会意义。威尔逊从另一个角度揭示了海明威政治思想上的缺陷。这与左翼人士对海明威的批评事实上是一样的。

在《有钱人和没钱人》里，海明威第一次以基韦斯特为背景，描写了大萧条经济危机阴影下普通工人哈里·摩根一家的贫困生活和摩根铤而走险最后被杀的悲剧。小说写得不太好，但涉及了20世纪30年代大萧条带来的灾难和普通美国人的遭遇，也将当时的美国写成苦难和腐败之地。贫富悬殊、工人不得温饱，到处受欺诈，富人生活奢侈，生意上竞相诈骗，生活腐化。社会治安恶劣，政府亟需改革。但罗斯福新政并不成功，老兵生活没有保障，长此以往，民愤难平，必将导致反抗和暴乱，而那些穷苦人与共产党无关。这样的描写是海明威以前小说里所罕见的。有些批评家惊呼海明威转向"政治缪斯"，预言往后他会有好作品与读者见面。

的确，从这部小说的内容来看，海明威有些转向政治了，或者说，小说的主题和思想倾向更明显了。这不能不说是一大进步。为什么他会有这种转向呢？

首先是批评界对他的善意批评和真诚期待。这些批评家中有些人如威尔逊、考利、卡津等人是海明威的朋友。在他第一部和第二部作品问世时，他们都热情地给予肯定，积极地为他的成名摇旗呐喊。特别是艾德蒙·威尔逊，他在海明威的第一部长篇问世前，就高度评价他的《在我们的时代》，认为他的语言是一流的。他的评论真正是为海明威的扬名铺路搭桥，让他的名字传遍了美国大小报刊和无数读者。这些公正的评论触动了海明威，使他认真思考自己的创作方向。

其次是基韦斯特现实生活中的商业凋零、民众生活大不如前的景况令他坐立不安。海明威在巴黎侨居了 6 年，终于成了名。成名后，他与哈德莱离婚，迎娶了葆琳。葆琳的叔叔戈斯在基韦斯特买了一套别墅给他俩。海明威在那里住了十多年，与住地附近的渔民和商人成了好朋友。他了解他们生活中的苦闷，亲眼看到市场的萧条和工厂的停产。他曾在左翼的《新群众》上发表了一篇文章《谁谋杀了老兵?》，讲一次飓风突袭时，老兵营里的老兵大部分都死于非命，无人营救。他对那些有过贡献的老兵的遭遇深表同情，为他们申冤鸣不平，指责政府玩忽职守、草菅人命。文章刊出后，影响很大。人们认为这是海明威对罗斯福新政的批评。

其三是海明威在巴黎当记者时曾去欧洲和中东各地采访，对法西斯主义十分反感，并预言希特勒和墨索里尼将发动一场新战争。他清楚地看到那些支持反共的独裁者所谓民主政府是荒唐可笑的。他认为专制和欺骗是普通人民的大敌。他没从经济基础来看待社会结构，分析社会各个阶层，而是以为历史是由个人创造的。他将个人分为好人与坏人、诚实与腐败。一小部分人不择手段地耍弄权术，就会冒几万人牺牲生命之险发动战争（Wilson 1952：183）。希特勒上台后，很可能发动战争，报复法国对鲁尔区的占领，进而吞并别国，称霸世界。墨索里尼侵略埃塞俄比亚，给当地人民带来灾难，也令意大利人寝食不安。总之，法西斯势力对欧洲人民、对世界和平是个威胁，人们不能不对此提高警惕。因此，时局有了新变化，海明威重新关注欧洲是很自然的。

诚然，海明威的政治转向并不是转向左派或共产党。他那篇《谁谋杀了老兵?》在《新群众》发表后，许多人认为海明威向左转了，其实不完全是这样。海明威本人告诉他的朋友：那篇文章是个孤立事件，他对《新群众》的态度并没有改变（Baker 1969：269）。《新群众》经常批评他的政治立场，他不太开心，也不跟它翻脸。所以，他认为他既不倾向于左派，也不属于右派。他还是保持原来的样子。

其实，作为一个讲真话的作家，海明威住在基韦斯特多年，看到当地受经济危机的影响，一些老兵成了大萧条的牺牲品，他是不会无动于衷的，也无法完全摆脱美国的政治影响。他的基本观点和政治态度与 20 年代还是一样的。但他继续保持了许多他家庭中产阶级的传统价值观，尤其是自力更生、蔑视政府、反对新政、怀疑政治家及其改革计划等。他从新闻采访中感到欧美政客总是野心勃勃、自私自利、玩世不恭。他对大多数政治家抱鄙视态度，认为一切权力都会造成腐败。他感到罗斯福新政犹如“基督教青年会的某种作秀”（Cooper 1987：60）。1932 年 10 月 14 日他在给多斯・帕索斯的信中说，“我以为我是个无政府主义者，但要花些时间想想。我对政府不太相信，也不能太相信，尽管它目的是好的”（Baker 1981：375）。有人认为海明威受了 19 世纪美国散文家梭罗的影响，认为作家最好与政府保持一定距离。海明威追求个人创作自由，不相信所谓民选政府，痛恨法西斯独裁。他不相信资产阶级民主，反对法西斯主义，鄙视中产阶级优雅价值观，同情劳动人民。这些思想与左翼人士和共产党人有许多共同点。所以，许多作家和批评家，尤其是左翼人士总认为 20 世纪 30 年代中期海明威的政治转向是转向共产党和左翼，其实海明威反对一切政府和一切官僚以及革命口号，包括共产党方面的某些做法。所以，海明威的政治态度和思想意识与左翼人士和共产党还是有明显差别的。

尽管如此，海明威的政治转向还是好的。他更加明确地反对法西斯主义，并为此做了大量工作。1937 年 7 月，他应邀在纽约美国作家代表大会上做了题为《法西斯主义是个骗局》的报告，受到与会者高度评价。西班牙内战爆发不久，他主动去纽约找了北美报业联盟，作为他们的特派记者到马德里采访。他坚定地站在进步力量一边，多次深入最前线报道战况，反对法西斯叛军。他还到影城好莱坞募捐，资助进步力量。他先后去过西班牙 4 次，成了一位国际反法西斯战士，受到学术界和广大读者的好评。

海明威一面写新闻报道，一面坚持写作。他写了几个短篇小说和《纪念在战争中牺牲的美国人》，很受欢迎。长篇小说《丧钟为谁而鸣》成了他的新艺术成就，在美国文学史上留下灿烂的一页。这可以说是他转向"政治缪斯"后的一大成就。这个转向突出地表现在他反对法西斯上。1941 年春天，他和第四任妻子玛莎访问了中国，明确反对日本侵略中国，反对国民党当局打内战，呼吁美国政府促进国共两党合作抗日并增加对中国的援助。二战中，他在古巴组织了小分队，监视德国潜艇在加勒比海的活动，后来飞往伦敦，报道盟军对德国作战，从诺曼底登陆至解放巴黎，并随军进入德国法西斯老窝。由于及时的出色报道，他战后荣获了美国政府的铜质奖章。如果说 20 年代，他看出了法西斯的反动本质，预见到它的危害，那仅仅是笔杆上的批评，政治转向后他不仅有新作品，而且有实际行动，多次出生入死地上前线报道战况，这是以前所没有的。

因此，海明威的政治转向强化了他反对法西斯的政治意识，推动他积极投入实际斗争，并写出主题鲜明、催人上进的长篇小说。这说明他以实际行动实现了批评界人士对他的期望，同时一扫别人的误解，提高了自己的声誉。他比 20 世纪 20 年代大大地向前迈进了一步。用他是否加入左翼或共产党来衡量是不妥当的，认为他 20 世纪 20 年代在思想上徘徊也是不符合实际的。

参考文献

[1] Baker, Carlos. *Ernest Hemingway: A Life Story*. New York: Bantam Books, 1969/1970.

[2] ——. ed. *Ernest Hemingway: Selected Letters, 1917 – 1961*. New York: Scribners, 1981.

[3] Cooper, Stephen. *The Politics of Ernest Hemingway*. Ann Arbor, Michigan: UMI Research Press, 1987.

[4] Hemingway, Ernest. *Ernest Hemingway: 88 Poems*. Ed. Nicholas Gerogiannis. New York: Harcourt Brace Jovanovich/Bruccoli Clark, 1979.

[5] ——. *Dateline: Toronto*. Ed. William White. New York: Charles Scribner's Sons, 1985.

[6] Wilson, Edmund. "Letter to the Russians about Hemingway." *The Shores of Light: A Literary Chronicle of the 1920's and 1930's*. New York: Farrar, Straus and

Giroux, 1952.

[7] ——. "Hemingway: Gauge of Morale." *The Wound and the Bow*. New York: Farrar, Straus and Giroux, 1978.

（原载《英美文学研究论丛》，2012年春季刊［总第16期］）

论海明威的冰山原则

1932年成名后的海明威在《死在午后》里将他的文学创作思想概括为“冰山原则”。他说，“如果一个散文作家很了解他所要写的东西，他可以省去他和读者所知道的东西。如果这个作家写得很真实，对那些事物会有感情，像他所叙述的事物那么有强烈的感情，一座冰山在海上移动是那么宏伟，就是因为它只有八分之一露在水面上。”① 时隔20多年，1954年海明威在马德里一家咖啡馆里回答乔治·帕立姆顿时又说，“我总是尽力按冰山原则来写作。它所显示的每个部分有八分之七在水下面。你知道的任何东西，可以略去，而它只能加强你的冰山。那是没有展现的部分。”②

上面两段话常常被引用。冰山原则成了海明威文学创作的理论基础，受到学术界的深切关注。

什么是冰山的八分之一？什么是冰山的八分之七呢？我认为八分之一就是我们所见到的海明威长短篇小说的文本。这比较容易理解。八分之七则是冰山水下部分，即作者省略的东西。海明威说，“但知识构成了冰山的水下部分。”

海明威为什么一再强调他的“冰山原则”呢？冰山原则与海明威的创作思想和艺术风格有什么关系？冰山原则与读者有何联系？

---

① Ernest Hemingway. *Death in the Afternoon*. Charles Scribner's Son, 1932/1960, p. 182.

② George Plimpton. *An Interview with Ernest Hemingway*. Carlos Baker, ed. *Hemingway and His Critics*. Hill & Wang, Inc., 1961, p. 34.

这些都是很值得探讨的问题。

一、八分之一与八分之七的关系

海明威在提到他的冰山原则时明确地说明：它是由八分之一与八分之七构成的。他所写的长短篇小说仅仅是他想写的“八分之一”，他没有写出来的“八分之七”要靠读者自己去体会和思考。二者是相辅相成的，不可分割的。

从文学创作一般意义上说，海明威的冰山原则体现了含蓄和省略的特点。含蓄就是海明威的感情往往深藏不露，不动声色，将小说的故事客观地展现在读者面前，让读者自我感受。这是他的美学思想。他说过，“任何文学作品的作用都在于从读者身上唤起某种特定的情绪。”省略就是将可有可无的东西省掉，保留和突出最主要的东西。这成了海明威语言风格的一大特色。

含蓄意味着海明威在长短篇小说中常常隐藏了一些东西，显示了言犹未尽，令人回味的艺术魅力。这种隐藏表现在下列许多方面。

首先是对小说主题的隐藏：比如《太阳照常升起》写了一群英美青年一战后滞留巴黎，他们丧失了生活目标，或在咖啡馆里转悠，以酒浇愁，过着醉生梦死的生活。美国“流亡者”杰克和英国妇女布列特曾遭受一战的创伤，两人相爱而不能结合。他们感到孤独、苦恼和彷徨，在生活中盲目地挣扎。海明威精心地描写他们去潘普洛纳看斗牛，到比利牛斯山旅游钓鱼，在马德里和巴黎等地饮酒调情，寻欢作乐混日子。海明威显示了爵士乐时代歌舞升平的生活现象，隐藏了复杂而尖锐的小说主题，没有明显地揭露一战对欧美青年的迫害，使他们成了没有理想的“荒原人”，造成了西方世界的精神危机，催生了“迷惘的一代”。这种没有表白的“潜台词”对主题的隐藏给读者留下参与的空间，表露了含蓄的艺术美。

其次，对社会背景的隐藏：《永别了，武器》直接描写了亨利与凯瑟琳这对恋人在一战中的遭遇和不幸。海明威描写了战场的情境，特别是卡波列托大溃败的惨烈景象。但小说开始时，作者写了雨中行军时意大利高山与平原的景色，没有过多地渲染战场的颓败和萧条。他好像若无其事地说，“冬天，一开始就连绵不断地下雨。伴着下雨爆发了霍乱。但据查，军队里最后只死了 7 000 人。”① 接着，海明威写道，“现在，战斗在隔壁的山里进行，距离不足一英里。小镇很好。我们的住房也很不错。河就在我们后面。小镇给占领很完美，但远处的山峰久攻不下。我很高兴，奥地利人似乎战争结束后有时要回到小镇来，因为他们没有轰炸它、毁灭它，只是从军事上来说炸了一些。”② 这似乎是从主人公亨利的视角来写的。他初到意大利，盲目地参战，还有些乐观精神，似乎将一场帝国主义列强之战当成一场足球赛，心里一点也不怕死。这里，海明威隐藏了对意大利社会混乱和腐败的描述，让读者从亨利的感受中联想和思考。也许他认为读者对一战的前因后果了如指掌，不用赘述了。这种含蓄突出了作者的个性，更显露了小说的独特风格。

其三，对人物感情的隐藏：揭示人物丰富的感情世界是一部文学作品的首要任务。海明威十分重视并尽力而为，但他采取了独特的隐藏手法，不过分渲染人物的喜怒哀乐，而是留给读者自己去感受。如短篇小说《弗朗西斯·麦康伯短暂而幸福的生活》，虽然海明威运用了意识流手法，但对主人公麦康伯受到妻子玛戈和导游威尔逊偷情和侮辱的内心反应并不详加着墨，而仅用麦康伯的“哈哈大笑”一带而过。作者不写麦康伯内心挣扎的过程，因为作为一个丈夫，麦康伯遇到一头狮子时回头逃脱，遭到妻子和威尔逊的嘲弄，后来妻子与威尔逊勾搭成奸。麦康伯的内心痛苦可想而知。他鼓起勇气，想深入丛林追捕一头被打伤的野牛，令他们二人感到他变了。麦康伯对妻子由爱到恨的转变，他妻子玛戈由爱到恨到爱的起伏，两人内心感情变化十分复杂，又很顺理成章，所以海明威就略去不写了。读者可以从中自己去感受这种省略和隐藏的艺术魅力。

海明威对人物性格的刻画也常常隐藏了一些人们熟知的东西，画龙点睛地勾画出人物的独特性格。如圣地亚哥老渔民，海明威是这样写的：“老人瘦骨嶙峋，颈背上刻着深深的皱纹，脸上留着良性皮肤肿瘤引起的褐色斑块……褐斑布满了他的双颊，双手因为常常拽住钓线把大鱼往上拉，镌刻着很深的伤疤。不过，没有一处伤疤是新的，每个伤疤都像无雨的沙漠里风化了的沙土一样古老。除了一双眼睛，他浑身上下都很苍老。那双眼睛乐观，而且永不言败，色

---

① Ernest Hemingway. *A Farewell to Arms*. Charles Scribner's Sons, 1929, p. 4.

② Ibid., p. 5.

彩跟大海一样。”①

这里，海明威用皱纹和伤疤突出了圣地亚哥老渔民的苍老，又用永不言败的眼睛描绘了老人的本色，隐藏了一般的家庭背景和老人外貌衣着的描写。

然而，海明威还是写了老人居住的棚屋：“棚屋是用王棕——当地人称作棕榈——的坚韧苞壳盖成的。屋里有一张床、一张桌子、一把椅子以及一方烧炭起火做饭的泥地。棕色的墙是用棕榈结实的纤维质叶子砌成的，那叶子被压得扁扁的，叠在一起。墙上有一幅彩色画，是《耶稣圣心图》，另一幅是《科伯圣母图》，都是他妻子的遗产。本来，墙上还挂着一幅妻子的着色照，但因为他一瞧见便想起自己那么孤单，就把它拿了下来，放在角落的一个架子上，一件干净衬衫底下。”他又写到老人的肩膀，“这肩膀不同寻常，虽然很老，却依然有力。那脖子也仍然很壮实。老人睡着时，脑袋往前耷拉着，皱纹并不明显。他的衬衫打过多次补丁，弄得很像船帆，经太阳一晒，褪成了深浅不一的颜色。不过，老人的头很老，闭着眼睛时，脸上就没有一丝生气了。”②

读者不禁要发问：圣地亚哥是个勤奋而机智的老渔民，一生苦苦拼搏，生活为什么那么艰辛？在古巴革命胜利前，古巴经历了巴蒂斯塔等人的独裁统治，民众生活困苦，渔民的日子更不好过。小说末了，曼诺林问：“你受了多少苦呀！”老人说，“很多。”海明威隐藏了当时的社会现实，让读者自己将圣地亚哥的捕鱼业绩与社会给他的回报对比，就不难明白当时的古巴社会是何等黑暗！

海明威对圣地亚哥的深切同情是显而易见的，但他控制了自己的感情，只罗列了一些事实，不多加渲染，让读者自己去思考：老渔民究竟怎么啦？为什么他如此勤劳又坚强，却毕生那么贫困？那“潜台词”下面隐藏了丰富的内容，只能由读者自己去评析，去寻找合理的答案。

但海明威有时也难于完全隐藏自己的感情。他通过小男孩曼诺林对圣地亚哥老渔民的关照表露了对老渔民的爱，曼诺林 5 岁时，就跟老人上船学捕鱼，两人结下深厚的友谊。可是，老人 84 天捕不到鱼，曼诺林被他父亲叫走了，他父亲不许他再跟交上厄运的老人出海。但他既然不能再跟老人去捕鱼，就想办法帮老人做出海的准备。他从露台饭馆给老人买来黑豆烧米饭、油煎香蕉和炖

---

① 海明威著，黄源深译，《老人与海》，南京：译林出版社，2007，第 2，7 页。
② 同上。

菜，劝老人吃饭。他说，“只要我还活着，就不让你空着肚子去打鱼。”他还为老人打水，想替他买件衬衫、一件过冬的外套、一双鞋子和一条毯子。他认为圣地亚哥是最好的渔夫。“好渔夫很多，有些非常棒。但你是独一无二的。”他待老人像自己的亲人。他成了圣地亚哥心中最大的安慰。临出远海时，曼诺林帮老人将沙丁鱼、新鲜鱼饵和捕鱼工具送到船上。两人合力将小船推进水里。他祝老人好运。老人感到信心十足。他掌握很多捕鱼诀窍，而且很有信心。

老人在海上时常常想念曼诺林。当他钓上一条大鱼时，情不自禁地大声说，“真希望那孩子在这儿。”当他与一群巨鲨搏斗后疲惫地归来时，老人很快就睡着了。曼诺林走进棚屋，看见老人在熟睡。他看到他受伤的手便哭了。他悄悄地出门去弄咖啡，一路上哭个不停。他劝其他渔民别打扰老人。他借些木头来烧咖啡。老人醒来时，喝了一杯他烧的热腾腾的咖啡。老人对他说，“它们确实打垮了我。”他回答说，“它没有打垮你，那条鱼没有打垮你。”老人开心地说，“是的，确实没有。”曼诺林劝他好好休息。他想去药店搞些药来帮老人治疗手伤。可是出了门，他又哭了。

这里，海明威在八分之一的描写里往往突出人物的行动，展现人物之间、人与自然之间的关系，留下巨大的空间让读者参与。八分之七的隐藏部分则包含了丰富的内容，需要读者耐心去理解。两者相互结合，相得益彰。可以说，他的冰山原则成了他与读者沟通的纽带。不过，如果作者隐藏的东西过多，读者的知识不够，则容易造成误解。比如，有人读了《太阳照常升起》，以为海明威只写了一群俊男靓女在欧洲几个大城市吃喝玩乐，虚度人生，不堪卒读。小说是社会生活的反映。离开了历史语境，读者就无法理解。这也是情有可原的。

二、冰山原则与创作思想

冰山原则是海明威创作思想重要的组成部分。他的创作思想还包括创新和写实两大部分。这是他在长期的写作实践中形成的。它使海明威区别于其他欧美小说家，使他的作品屹立于世界文学之林。

创新是艺术的生命。没有创新，文学作品就没有立足之地。创新一直是海明威追求的首要目标。1954 年在诺贝尔文学奖颁奖仪式上的书面发言里，海明威强调地指出："对于一位真正的作家来说，他应该永远尝试去做那些从来没有人做过或者别人没有做成的事。"他在走上文坛以前一直在寻找属于自己的东西，并为此做出了不懈的努力。

创新离不开继承。要创新必须正确对待传统，对待古典作家和其他现代作家。早在中学时代，海明威就爱阅读和模仿芝加哥成名作家拉德纳，在班上被称为"小拉德纳"。1921 年到巴黎后，他常去西尔维娅·比茨的"莎士比亚公司"借书来读。他看到当时现代主义在巴黎兴起，旧的价值观被否定，西方文明在崩溃，反传统成了时尚。斯坦因和毕加索经常在沙龙里谈论艺术创新的问题。这给他有益的启示。一方面他厌恶旧观念，追求创新的价值取向；另一方面，他尊重传统文化，虚心阅读了古典名家，如荷马、但丁、《圣经》、莎士比亚、塞万提斯、斯丹达尔、福楼拜、莫泊桑、托尔斯泰、托马斯·曼、屠格涅夫、契诃夫、陀思妥耶夫斯基、马克·吐温、亨利·詹姆斯和斯蒂芬·克莱恩等人的作品。记者出身的他特别喜欢福楼拜、莫泊桑、屠格涅夫和契诃夫的简明风格。他对英国小说家吉卜林情有独钟。他从这些名家的阅读中见到了一个多姿多彩的艺术世界，既丰富了文学知识，又激励了斗志。人家都说他是个"迷惘的一代"的代表。他说，他想当个作家的愿望从来没放弃，他绝不迷惘。原先，他只想当个常在报刊上发表作品的通俗作家，读了古典名著后，他感到这个要求低了。成名后，他认识到原先的要求是远远不够的。作为一个严肃作家，他要成为一位文学大师。当然，莎士比亚和托尔斯泰，他是无法超越的。但其他作家应该可以比一比。他认为"作家应当什么书都读，这样他就知道应该超过什么。"否则他永远不会知道自己可以达到什么程度。成名后，海明威并不满足，而是继续开拓创新，往更高的目标奋进。他强调，"一个认真的作家要同死去的作家比高低。"从对比中，他提高了奋斗目标，立下了挑战和超越前人的决心。

要超越必须创新。唯有创新，"做那些从来没有人做过或者别人没有做成的事"，达到前人未做到的水平，才能成为一名文学大师。这就是海明威不懈追求的创作思想的最高准则。

海明威认为"好作品都是真实的创作"。写真实成了他创作思想的重要组成部分。他当过多年记者，尤其是在巴黎期间多次去采访欧洲重大事件和国际会议，写了大量真实生动的报道，为他的小说风格奠定了扎实的基础。

但是，新闻作品与小说创作是不同的。有人往往将海明威的两种作品混为一谈。那是不恰当的。海明威在《死在午后》（1932）和1935年10月致《绅士》杂志的信中清楚地表明："在报纸上，你只说说所发生的事，但在小说里，他想做的是，写下实际上真正发生的事，究竟是怎么一回事，它是你产生所经历过的感情。他又补充说，如果一个作家从经验中学的越多，他的想象就越真实，足以使人们以为他所描述的事情全是真实发生过，而他仅仅是如实告诉你。"海明威的长短篇小说有许多贴近生活的描述。他前期两部长篇小说的主人公杰克和布列特、亨利和凯瑟琳都以他自己的经历或战场实地见闻为基础塑造的；后期的《丧钟为谁而鸣》和《老人与海》则是以现实生活中的原型来构思的。这几部小说中有许多真实的细节描写，闪烁着现实主义的光芒。

有人认为海明威小说，像其他现代派小说家一样，有许多荒诞的描写，我认为这种看法是片面的。

不错，海明威在巴黎习艺阶段是受过现代主义思潮的影响。他具有明显的现代意识，但他不是个现代派小说家。他所受的影响表现在：两个短篇小说《弗朗西斯·麦康伯短暂而幸福的生活》和《乞力曼扎罗的雪》运用了意识流手法；在《春潮》里让读者参与，在一些长短篇小说里运用了内心独白，在后期的小说里采用了事实与虚构相结合的叙事手法，超越了体裁的界限。这些主要是受现代主义中法国先锋派的影响。

但是，海明威不同于欧洲一些现代派小说家如卡夫卡和加缪。他的小说中没有卡夫卡的荒谬形象和过分夸张的叙事手法。海明威不像他们，用主观世界去支配一切，以自我感受代替客观的描写，将小说情节变成一堆令人费解的符号。尽管他的小说具有存在主义的倾向，主人公往往是孤独、苦闷和彷徨的，但并未走到完全颓废、绝望甚至自杀的地步。尽管海明威冷静地观察西方世界，认为"生活就是一场悲剧"，关注平民百姓艰难生存的命运，但后期他亲身参加了西班牙内战和二战，倡导积极地反抗命运，投身于反法西斯战争和与大自然顽强搏斗。他笔下的形象乔登和圣地亚哥是欧美现代派小说家人物画廊中找不到的。他们激励着读者以积极的生活态度去应对复杂的环境，在困难、危险和死亡面前表现出"压力下的体面"风度。

海明威更多地崇尚美国文学传统。他高度评价马克·吐温，认为“（美国）一切文学作品都来自一部小说《哈克贝利·费恩历险记》。”他学习了马克·吐温的现实主义手法，尤其是美国日常口语的运用。他借鉴了克莱恩《红色英勇勋章》里人物的具体感受和寓意色彩。他抛弃了詹姆斯小说中人物对话晦涩难懂的因素，学会了其中戏剧性的暗示，使他写的人物对话既简洁生动，又隐含深刻的戏剧性暗示，形成了自己独特的风格。同时，他也吸取了同代作家庞德诗中的意象、安德森对人物心态的展示和语言的简洁以及斯坦因对小说语言的改革。尽管后来他们之间有不愉快的摩擦，但海明威在成名前得到他们的帮助是不争的事实。不过，海明威一直坚持走自己的路，努力创新，不停留在模仿别人，重复别人的低层次上。他通过自己的刻苦努力，反复练习写出“一句简单而真实的陈述句”，完成了从写新闻报道到小说创作的过渡，终于成为一个出色的现实主义小说家。

由此可见，海明威善于博采众长，自成一格。记者生涯使他对社会生活形成独特的视角，为他的小说创作打下扎实的基础。他博览名家之作使他提升了自己打拼的目标和致力于挑战和超越名家，写出不朽的名著。他的创作思想包括了创新、写实和冰山原则三大方面。他的冰山原则是他与读者联系的渠道，使他的创新和写实达到了新的高度。他终于荣获了诺贝尔文学奖，并走进了美国文学史，成了一位享有国际声誉的美国小说家。

三、冰山原则与语言风格

有人认为海明威的“冰山原则”就是“电报式的语言”。这样理解是不全面的。

上面提到的冰山原则的八分之七是隐藏了某些可写可不写的东西，突出八分之一的部分。换言之，这意味着作者省略了可有可无的东西。省略成了冰山原则的一大特色。

英国批评家赫·欧·贝茨指出：“海明威是个拿着斧头的人，尽量砍去遮住读者视线的一切障碍，把不代表大树本身的叶子砍掉，给读者一个基本枝干的清净的面貌。这样就可以把作者、读者和描写对象三者之间的距离缩短到最低程度。这种文体引起了一场文学革命。”[①] 可见，冰山原则包含了海明威的电报式的文体风格，但不等于电报式文体风格。八分之七涵盖了更丰富的内容，包括小说的主题、社会背景、人物的感情、人物的性格等方方面面。前文已做了详细评述。总之，电报式文体仅是冰山原则的一部分，而不是全部。它在省略方面有突出的表现。

语言是文学的第一要素。简洁是文学语言的最高准则。海明威的简洁和省略仅是冰山水面上的八分之一。精华部分又隐藏于水面下的八分之七。他的简洁是靠精心省略而形成的一种清新明快的白描手法。它成了海明威冰山原则的基础，令许多批评家和读者所折服。

首先是省去可有可无的形容词和副词，突出人物的行动。

例如：The old man had taught the boy to fish and the boy loved him. (p. 10)[②]

其次是常用简单陈述句，并列句，少用复合句，突出名词和动词的功能，常用“and”连接两个简单句。

例如：They sat on the Terrace and many of the fishermen made fun of the old man and he was not angry. (p. 11)

又如：The sail was patched with flour sacks and, furled, it looked like the flag of permanent defeat.

有时，海明威也用状语从句，但仍很简洁，节奏很平衡，“and”仍用得多。例如：

When the wind was in the east a smell came across the harbor from the shark factory; but today there was only the faint edge of the odour because the wind had backed into the north and then dropped off and it was pleasant and sunny on the Terrace.

其三是对话的大量运用。海明威善于在作品中大量运用对话，有的短篇小说几乎百分之九十是用对话写成的，如《杀人者》《一个明净的地方》等。在长篇小说和非小说里，人物对话占有相当的比例。对话是简洁的一种表现。在老百姓日常对话中哪有那么多的形容词和副词？对话往往只表达人物简单的思想

---

① 董衡巽编译，《海明威研究》，北京：中国社会科学出版社，1986，第 132 页。

② Ernest Hemingway. *The Old Man and the Sea*. Macmillan Publishing Company, 1980.

和意愿，有时则带有戏剧性的暗示，符合海明威的冰山原则。所以，他特别爱用，用出了特色。例如：

“I remember,” the old man said, “I know you did not leave me because you doubted.”

“It was papa made me leave. I am a boy and I must obey him.”

“l know,” the old man said, “It is quite normal.”

“He hasn’t much faith.”

“No,” the old man said, “But we have, Haven’t we?”

“Yes,” the boy said. (p. 11)

简短的几句话，写出了曼诺林被他父亲拉走，他不得不服从，老人很理解他，感到这很正常。老人与小男孩对再捕一只大鱼都充满信心。

这里，海明威用对话代替叙述，非常简洁生动又富有戏剧性，含义很深刻。它揭示了老人必胜的信念和老人与小男孩的深厚友谊。

其四是重复的反复运用，以强化主题，使文章结构凝为一体。如《乞力曼扎罗的雪》中 8 次提及“死”（die，dying，to die，death）。那非洲平原上蜷伏着的 3 只大鸟令腿部受伤的作家哈里怀疑他的妻子会开枪打死他。他想死得轻松一点。妻子劝他，如果不自暴自弃，他就不会死。妻子要他喝点肉汤恢复体力，他说，当天晚上他就要死了，用不着恢复什么体力。他看到她那动人的微笑时，他感到死神又来临了……总之，一个“死”字贯串了小说的始终。主人公哈里怕死想死，又想从死亡中获得超脱。作者将人物内心的意识流与现实情景相结合，写实与梦幻交替运用，揭示了小说死亡的主题。

在《老人与海》里，作者多次提到“失败”（defeat），似乎有意将主人公圣地亚哥 84 天捕不到鱼的失败提到引人注目的位置：他再度出远海，会不会再失败而归呢？开篇里，海明威写道，“那张用面粉袋缝补而成的帆一卷拢，看上去像一面永远失败的旗子”（p. 9）。接着又说，“他全身都老了，唯独两只眼睛跟海水一样的颜色，显出乐观和打不败的神色。”后来，老人扎死了一条咬他的马林鱼的大鲨鱼，心里感慨地说，“人不是生来给打败的。”“他可以被毁灭，但不能被打败”(p. 103)。末了，老人回到岸边小屋睡了一大觉后对曼诺林说，“它们把我打败了，曼诺林，”“真的把我打败了。”曼诺林说，“没有。那条鱼没打败你。”老人欣慰地说，“它的确没有。那是后来发生的事。”

海明威从小说开始到结尾让圣地亚哥面临的最尖锐的矛盾重复出现，不仅突现了主题，而且吸引了读者的注意力，使故事围绕着这个中心发展下去，显得凝练又集中，具有丰富的艺术魅力。

有时，文字上的重复不仅不会累赘，而且透出优美的抒情韵味。比如：

The clouds over the land now rose like mountains and the coast was only a long line with the gray blue hills behind it. The water was dark blue now, so dark that it was almost purple. As he looked down into it he saw the red sifting of the plankton in the dark water and the strange light the sun made now. He watched his lines to see them go straight down out of sight into the water and he was happy to see so much plankton because it meant fish. The strange light the sun made in the water, now that the sun was higher, meant good weather and so did the shape of the clouds over the land. (p. 35)

有许多单词重复出现，如 clouds，land，now，water，plankton，light sun 等，但它们与多种颜色如绿色的（green）、灰蓝色的（gray blue）、深蓝色的（dark blue）、紫色的（purple）、黑色的（dark）和红色的（red）构成一幅清晨太阳初升时水天一色的美丽图画，令读者陶醉不已，赞赏海明威用如此平易的文字写出诗意如此浓烈的散文。

在题材上，海明威多部作品都有他自己的影子。他始终没有超越自己的精神经历和实践经验。短篇小说是这样，长篇小说也不乏先例。他能在创作中不断深化，扬长避短，写出了好作品，重复地运用自己的经历取得了较好的效果。“重复自己不算缺陷，只要不断有所开拓。问题在于认识自己。正是在这点上海明威暴露了自己的弱点。”[①] 如《过河入林》的失败是他重复自己、模仿自己的一大挫折。后来，也许他吸取了教训，写出了《老人与海》，获得了批评界的一致好评。

（原载《海明威学术史研究》，译林出版社，2014 年）

---

① 董衡巽著，《海明威的启示》，《外国文学评论》，1989 年第 2 期，第 55 页。

论海明威小说中的现代主义成分

1921 年 12 月海明威到达巴黎时，现代主义运动正在兴起。法国与美国不同，现实主义思潮日渐走下坡。现代主义异军突起，遍及文学、艺术、绘画和音乐各个方面，吸引了众多欧美青年作家。当时美国出现了辛克莱·路易斯[①]的《大街》和《巴比特》，以及舍伍德·安德森[②]的《俄亥俄的温莎堡镇》（又译《小城畸人》），反映了美国资本主义工业化对中西部小镇的冲击，也给一些人带来新的期待和心理变态。尽管安德森运用了弗洛伊德心理分析法，生动地揭示了小镇各种人物的心态，但他和路易斯还是如实地反映了现实生活的变迁，受到读者的欢迎。现实主义在美国文坛仍充满活力，拥有不少读者。

青年海明威一方面继承了美国现实主义传统，接受了文艺界的老观念，似乎必须客观地观察现实，才能创作出真正的艺术品。另一方面，他在巴黎接触了庞德[③]、斯坦因[④]和西班牙画家毕加索[⑤]以后，尤其是反复欣赏了塞尚[⑥]、毕加

① 辛克莱·路易斯（Sinclair Lewis，1885—1951），美国小说家，代表作《大街》（1920）和《巴比特》（1922）。

② 舍伍德·安德森（Sherwood Anderson，1876—1941），美国小说家，代表作《小城畸人》（1919）。

③ 庞德（Ezra Pound，1885—1972），美国诗人，代表作《诗章》（1917—1970）。

④ 斯坦因（Gertrude Stein，1874—1946），美国现代派小说的奠基人，代表作《艾丽斯·B. 托克拉斯自传》（1933）。

⑤ 巴布洛·毕加索（Pablo Picasso，1881—1973），20 世纪影响最大的西班牙画家。他创建了立体主义画派（1906—1925），代表作是《阿维隆的太太们》。

⑥ 保尔·塞尚（Paul Cezanne，1839—1906），法国印象派画家。

索和格里斯[①]等人的画作后，感到完全客观地观察生活，事实上是不可能或很难达到的。海明威对立体主义画家很感兴趣，特别认同斯坦因和毕加索革新文艺的观点。他们认为一战造成了西方社会的动荡，西欧一些古老的大城市变成一片荒原。经济危机加剧了，旧的价值观失灵了，文学和艺术也该创新了。青年一代作家不想再重复19世纪英国小说大师们使用的文学语言和表现手法了。因此，斯坦因和毕加索将目光转向法国表现主义画家塞尚，塞尚的画作和文艺观影响了这两位现代派的艺术家。

从海明威早期问世的《在我们的时代》[②] 来看，从立体主义画家们，尤其是它的奠基者毕加索借用了一些比较特别的艺术技巧。他重视向画家们学习，特别赞赏塞尚强调写真的文艺观和突出重点，描写自然的主张，并在创作中加以实践，取得了可喜的效果。青年海明威意识到时代已经发生了变化，新的文艺思潮正在形成。他努力去适应它，推动它，吸取有益的东西，以便形成自己的艺术风格。

同时，海明威还看到：20世纪20年代的巴黎，现代主义流派纷呈，气氛活跃。有人发表宣言，有人走上街头演讲，有人在咖啡馆交谈，令人应接不暇。他们中间有先锋派、达达主义派、弗洛伊德心理分析派、未来派和超现实主义派等等。女作家斯坦因的家就是巴黎最有名的先锋派活动中心之一。毕加索、乔伊斯[③]和海明威等其他英美青年作家都是那里的座上客。斯坦因和毕加索常常一起讨论欧美文学和绘画的创新问题，海明威总是聚精会神地听他们发表意见，偶尔提些问题。斯坦因沙龙里挂满了塞尚、莫奈[④]和格里斯等著名画家的作品，令海明威百看不厌。在斯坦因和毕加索的启发和指导下，他渐渐地将绘画艺术与小说创作结合起来，了解现代派文学和艺术的表现手法，并结合自己的特点加以实践。他的短篇小说有了长足的进步。

相对而言，海明威比较喜欢先锋派和心理分析派，并在创作中做过一些实验。但他不赞成达达主义派（Hermann，1994：30）。我认为这也许是因为达达

---

① 璜·格里斯（Juan Gris，1887—1927），西班牙画家。他接受和发展了立体主义画派，代表作是《向毕加索致敬》。

② Ernest Hemingway. *in our time*. Paris：Three Mountains Press，1924；*In Our Time*. New York：Boni & Liveright，1925；Revised edition. New York：Charles Scribner's Sons.

③ 乔伊斯（James Joyce，1882—1941），英国小说家，代表作《尤利西斯》（1922）。

④ 莫奈（Claude Monet，1840—1926），法国印象派油画创始人之一，代表作《睡莲》系列（1899—1900）。

主义派否定一切文艺传统，海明威不同意这么做。他尊重过去的一切文艺传统，推崇人类历史上的文学大师莎士比亚①、托尔斯泰②、屠格涅夫③、斯丹达尔④、莫泊桑⑤、菲尔丁⑥等人和现代作家吉卜林⑦、乔伊斯⑧等人，更热爱美国文学中的林肯——马克·吐温⑨。所以，海明威并不完全跟着现代派作家和艺术家走，他有自己的选择。一方面，他继承了美国文学的现实主义传统，重视自己当记者所见所闻的实际经验；另一方面，他接受了毕加索对现实主义旧观念的挑战，像毕加索一样，特别优先重视艺术形式的创新，注意磨炼文学语言和表现手法，努力构建自己的独特风格。

总之，海明威的“学徒阶段”是在巴黎花了 6 年完成的，现代主义给他上了生动的一课。塞尚、毕加索等画家让他学会了用“画家的眼睛”观察生活、表现生活。庞德的意象、斯坦因的文字创新、安德森的人物内心意识流活动都给予他有益的启迪。他始终不忘形成自己的风格。经过不懈的刻苦实践，他终于在现实主义的基础上吸取了许多现代主义的艺术手法，铸成了自己的独特风格，塑造了感人的硬汉形象，在英美文坛迅速崛起。

一、小说结构的大胆革新

在巴黎短短的 6 年期间，海明威勤奋地阅读了莎士比亚、托尔斯泰、巴尔扎克⑩、屠格涅夫、斯丹达尔、莫泊桑等世界名作家的作品，同时又虚心地学习现代派作家和画家庞德、斯坦因和毕加索等人的艺术技巧，希望及早形成自己

---

① 莎士比亚（William Shakespeare，1564—1616），英国杰出戏剧家，代表作《罗密欧与朱丽叶》（1595）、《哈姆雷特》（1599）等。

② 托尔斯泰（Lev Nikolaevich Tolstoy，1828—1910），俄国小说家，代表作《战争与和平》（1863—1869）和《安娜·卡列尼娜》（1873—1877）。

③ 屠格涅夫（Ivan Sergeyevich Turgenev，1818—1883），俄国小说家，代表作《父与子》（1862）。

④ 斯丹达尔（Stendhal，1783—1842），法国小说家，代表作《红与黑》（1830）。

⑤ 莫泊桑（Henri-René-Albert-Guy de Maupassant，1850—1893），法国小说家，代表作《她的一生》（1883）和《俊友》（1885）。

⑥ 菲尔丁（Henry Fielding，1707—1754），英国小说家，代表作《汤姆·琼斯》（1749）。

⑦ 吉卜林（Rudyard Kipling，1865—1936），英国诗人、小说家，代表作《基姆》（1901）。

⑧ 乔伊斯（James Joyce，1882—1941），爱尔兰作家、诗人，代表作《尤利西斯》（1922）。

⑨ 马克·吐温（Mark Twain，1835—1910），美国小说家，代表作《哈克贝利·费恩历险记》（1885）。

⑩ 巴尔扎克（Honoré de Balzac，1799—1850），法国小说家，代表作《欧仁妮·葛朗台》（1833）和《高老头》（1835）。

的风格，成为一个受欢迎的作家。

1924 年出版的《在我们的时代》是海明威第一次试验自己学习心得的佳作，也是他学习和应用现代派艺术技巧的结晶。海明威首先在结构上做了大胆的实验。这是一本短篇小说集，共收集了 16 篇短篇小说。它们分为 15 章，用《在士麦那码头上》代序，各章之间加个相对独立的“速写”，又称插章，与前后都没有联系。它记录了作者生活经历中瞬间的见闻和感触，语言简短，仅有一段文字之长。海明威往往用沉着而冷静的语调描述了武装冲突的恐怖和给平民百姓带来的痛苦和不幸。他以超然的态度讲述他所见到的暴力和战争的荒唐和可恶。如第七章的速写记录了意大利城外福萨尔塔地区德军的轰炸，一个受伤的士兵躺在壕沟里祈求上帝保佑，免他一死。他说，“我相信你，我要告诉所有世人，你是唯一说话算数的!”（Hemingway，1987：63）可怜这位士兵最后还是死了，他不知道 20 世纪初上帝已经死了，谁也救不了他！短短的“速写”揭示了深刻的含意：面对现代战争，宗教无能为力。海明威这种新颖的结构颇受庞德赞赏。

从内容上看，《在我们的时代》是以海明威的少年时代和成年的生活经历为基础的，主人公尼克·亚当斯带有海明威的影子。这也许与一般的短篇小说类似，不同的是海明威吸取塞尚等画家的经验，注重视觉效果，选取最精彩的细节，将作者的意图和人物的故事留给读者去思考和体会。比如第一篇《印第安人营地》，作者通过尼克随父亲去印第安人营地为一个印第安妇女接生时目睹那妇女的丈夫不堪忍受妻子难产的尖叫而割喉自杀，自然而然地提出生与死的问题。在《大二心河》（一、二部）里写尼克参加一战后回归故乡。他故地重游，到湖边扎营钓鱼，想消除战争在他心灵留下的创伤。可是通篇文字中没有出现“战争”二字。这种意在言外，言犹未尽的艺术手法成了海明威风格的一部分。

海明威在短篇小说的开头和结尾也下了功夫。他往往选择从故事中间破题，而不是遵照开端、高潮和结尾的传统模式，按时间顺序平铺直叙。比如，《医生夫妇》开头写道，“迪克·博尔顿从印第安营地来替尼克的父亲锯木材”（Hemingway，1987：73）。然后小说写到尼克父母亲的争吵和尼克偏向父亲，失落的父亲从中得到一点安慰。《拳击家》的开头是这么写的：“尼克一骨碌站起身，居然一点没事。他抬头望着路轨，目送末节货车拐过弯……”（同上：97）海明威没有交代故事的背景或人物行动的语境，从故事中间破题，将读者引入文本，很快抓住读者的心。海明威后来写的名篇《一个明净的地方》开头也是从故事中间破题的："时间很晚了，大家都离开餐馆，只有一个老人还坐在树叶挡住灯光的阴影里……"（同上：288）一句话就扣住了这篇小说的虚无主题。作者没有说明餐馆在什么地方、老人的家境和身份是什么。这些都留待读者跟着故事去探讨。小说的艺术魅力便自然显露出来。

对于短篇小说的结局，海明威也从西方现代派得到启迪，形成自己的特色。他往往采用模糊的手法或开放的结局，让读者自己去揣摩。比如《雨中的猫》写一对美国青年夫妇去意大利旅游。有个雨天，他们待在旅店里，男的在床上看书，女的从窗口发现外面有只小猫躲在一张桌子下避雨，想去逮上来，但她下楼去时猫跑掉了。女的感到无聊……后来旅店老板叫女侍者给她送去一只大玳瑁猫。小说最后一句是："对不起，"她说，"老板要我把这只猫送来给太太"（同上：129）。究竟那女的接受了没有？她感到满意或失望？作者没有点明，让读者去想象。又如《我的老头》结局是乔治·加德纳说，"别听那些懒鬼胡说。你老头是个大好人。""可我说不上来，好像他们一说开了头就绝不轻易把人放过"（同上：151）。这里，海明威故意不下结论，让读者自己去判断"我的老头"是不是个大好人。这种开放的结局成了海明威短篇小说的一大特色。它既不同于短篇小说名家欧·亨利的出其不意的结局，也有别于短篇小说大师契诃夫的抒情结局。难怪《在我们的时代》一问世就引起欧美文坛的关注。评论家哈罗德·布鲁姆甚至称海明威是"从乔伊斯的《都柏林人》至今英语文学史上最好的短篇小说家"（Bloom，2007）。

二、跨体裁和戏仿的小心试验

海明威现代派艺术技巧的试验在小说《春潮》（转引自 Bloom，2007）里表现得很突出。这个类似中篇小说的《春潮》是在《在我们的时代》出版后一个月匆匆写就的，即 1925 年 11 月。据说，海明威仅花了一周时间。作者借用安德森的笔调嘲讽安德森的长篇小说《黑色的笑声》（1925）[①]。

---

① 《黑色的笑声》（*Dark Laughter*），安德森的长篇小说，发表于 1925 年。

《春潮》发表后立即引起美国批评界的热烈争论，连海明威的亲友也卷入其中。但他们大都集中在小说的内容和海明威对朋友的态度上，忽略了海明威在小说里进行的现代派小说艺术的试验。

首先，海明威打破了传统的小说模式，采用电影技巧“闪回”和将“作者笔记”引入小说文本。“作者笔记”犹如海明威写给读者的信件，说明各部分的故事要点。又像是他与读者聊天，比如在一篇“作者笔记”里，海明威建议如果读者有点烦，实在读不下去，他将乐意朗读他或她写的东西，并提出修改意见或有益的建议。他甚至说，他每天下午都在巴黎的“圣母咖啡馆”，读者可去找他，他将跟哈罗德·斯特恩斯①和辛克莱·路易斯一起与他们共同讨论艺术问题。有时，海明威在“作者笔记”里说，前一章他两小时内写成，然后去跟多斯·帕索斯②共进午餐。多斯·帕索斯夸奖他写了一部杰作。有时，他会说，读者，恰好在故事转折时，有一天下午，菲茨杰拉德③先生到他家来了。他待了好长一会儿以后，突然在火炉旁坐下，不肯起来，让火炉添了一点别的东西，保持屋里的温暖……

这里，海明威将“作者笔记”与小说的故事结合起来，跨越了传统体裁的界限。同时，他重视读者的作用，直接与读者沟通，欢迎读者参与。这是传统小说所没有的。不过，在当时先锋派看来，这些都是时尚的创新。斯坦因在《三人传》里曾插入不少议论，成了跨体裁的先锋。海明威是否受她的影响？也许是可能的，至少海明威已意识到文艺界的新变化，并加以接受和实践。在他后来的作品，尤其是遗作《曙光示真》④ 里，这种跨体裁艺术手法仍用得很多。

其次，海明威借用安德森的笔调来嘲讽安德森的《黑色的笑声》。这种“戏仿”手法也是先锋派常用的，意在“以其人之道还治其人之身”。“戏仿”是海明威抓住安德森小说中的软肋加以反讽和嘲弄的工具。他用得机智、尖刻又充满幽默色彩。海明威觉得《黑色的笑声》宣扬黑人比白人性开放，实在荒唐可笑。他故意在《春潮》里写了一个脱光衣服的印第安姑娘如何让许多白人动心，似乎红种人更加性开放，更接近自然，他给了安德森当头一棒。在语言方面，

---

① 哈罗德·斯特恩斯（Harold Stearns，1891—1943），美国批评家，代表作《美国的文明》（1922）。

② 多斯·帕索斯（John Dos Passos，1896—1970），美国小说家，代表作《美国》三部曲（1938）。

③ 菲茨杰拉德（Francis Scott Fitzgerald，1896—1940），美国小说家，代表作《了不起的盖茨比》（1925）。

④ 《曙光示真》（*True at First Sight*），海明威遗作，发表于1999年。

他故意模仿安德森，让主人公斯克里普斯，像《黑色的笑声》的主人公、芝加哥记者约翰·斯托克顿一样经常废话连篇，语无伦次，笑话百出。海明威模仿得很逼真，反讽颇见力度，充分展示了他的聪明才智。但学术界许多人认为他不该这样对待一位提携过他的老前辈。安德森先前以《俄亥俄的温莎堡镇》（又译《小城畸人》）闻名于世。他在短篇小说方面造诣颇深。后来转向长篇小说，有些力不从心。学术界认为：批评他不是不可以，但采取冷嘲热讽的方法对待他是不妥当的。

近年来，美国学者对《春潮》有了新的看法，比如唐纳德·江肯斯在《北达科他季刊》著文指出：《春潮》是海明威创作生涯的转折点，具有不顾一切的勇气，成了“反对19世纪浪漫主义文学的顶峰。事实证明海明威是个现代小说家，同时又嘲讽了早期现代派文学走进了死胡同。”①

《春潮》成了“海明威创作生涯的转折点”。这一点我是同意的。这包括了两层意思：(一)《春潮》涵盖了多种现代派艺术技巧，表明海明威的创作成熟了。(二) 海明威嘲弄安德森，叫板斯坦因，等于公开与他这两位师友决裂。方式上是不可取的，但说明他决心走自己的文学之路了。他“嘲讽了早期现代派文学走进了死胡同”，这是很有意义的。海明威当时已看出早期现代派文学否定传统，割断历史，成了无本之木，陷入了自我表现的泥潭而不能自拔。他不会走他们的老路。这充分显示：年轻的海明威清醒地看到现代派艺术的利弊。他学艺阶段的探索已经完成，他想沿着自己选择的道路走上文坛。至于《春潮》是否成了“反对19世纪浪漫主义文学的顶峰”，尚待进一步讨论。海明威并不一般地反对浪漫主义。他在《永别了，武器》《过河入林》和《丧钟为谁而鸣》等作品里不乏浪漫主义色彩。卡洛斯·贝克曾称他为“美国的拜伦”。拜伦是英国19世纪伟大的浪漫主义诗人。海明威与拜伦在性格和创作等方面有许多相同点，值得深入研究。

三、意识流手法的反复尝试

现代主义文学注重表现人物的内心世界，抓住瞬间复杂多变的感触，揭示

---

① 《北达科他季刊》（*North Dakota Quarterly*），1996年夏号，北达科他大学出版社，第76页（转引自董衡巽，1999：49）。

人物的深层意识，细致地描写人物的情感。“意识流”成了现代派作家常用的艺术手法。这个术语是美国心理学家威廉·詹姆斯[①]在《论内省心理学所忽视的几个问题》（1884）首先提出的。后来，他又在专著《心理学原理》（1890）里进一步加以诠释。20世纪20年代，弗洛伊德[②]心理学的兴起，使意识流成了现代派小说家一种重要的艺术技巧。英国作家詹姆斯·乔伊斯当时客居巴黎，与海明威交情甚笃。他的长篇小说《尤利西斯》成了西方意识流小说的经典名作。他的短篇小说集《都柏林人》则令海明威赞赏不已。也许由于乔伊斯的影响，海明威对意识流手法很感兴趣，并在他的长短篇小说中加以试验和实践，取得了意料不到的好效果。从具体应用来看大体包括下列5个方面：

（一）人物意识的流动：如短篇小说《乞力曼扎罗的雪》的意识流部分都用意大利体标明，以区别于小说正文，二者构成统一的文本。有趣的是海明威将自己的意识的流动与主人公作家哈里内心意识的流动结合起来，开头一段用意大利体排列，犹如作者的旁白，简介了乞力曼扎罗高山的背景和发现一具冻僵的豹子尸体。接着5次出现了意大利体的篇章，分别展现了哈里在脑海里的见闻：回忆他在高厄塔尔山过圣诞节大雪封山的情景、他在君士坦丁堡与妓女鬼混的日子、在德国黑森林的见闻、他没有写过又想写的巴黎郊区大牧场和灌木丛的故事和他在战场见到威廉逊被德军的手榴弹炸死的惨状。这些意识流的图像都是作家哈里对过去的回忆。有的使他兴奋，有的令他沉郁。他在乞力曼扎罗山下狩猎，一条腿受伤感染，危在旦夕。他想到死亡，回忆了过去，但提不起精神。他的妻子是个富家娇女，时常瞧不起他。他赞赏非洲平静而美丽的环境，但不是流浪者的逃生之地。他最后默默地死了……这些意识流描写展示了主人公哈里的内心活动，多角度地揭示他思想深处的伤与痛，使他的形象完整地呈现在读者面前。这里意识流被海明威用得恰到好处，深受学术界的好评。此外，在长篇小说《有钱人和没钱人》里，作者也偶尔用意识流来表现主人公摩根的心态。

（二）内心独白：它往往是一个人物的自言自语或默默无声地表露自己心灵深处的意识。比如《丧钟为谁而鸣》里的主人公乔登在与西班牙少女玛丽娅在游击队山区陷入情网时想了许多许多，几乎占了这本小说第13章的大

① 威廉·詹姆斯（William James，1842—1910），美国小说家亨利·詹姆斯的哥哥，心理学家。
② 西格蒙德·弗洛伊德（Sigmund Freud，1856—1939），奥地利医生，心理分析家。

部分。

……他对自己说，现在别想这种事情吧。想想玛丽娅吧。

……干吗不跟她结婚？当然，他想。我要跟她结婚。这样我们就成为爱达荷州太阳谷城的罗伯特·乔登夫妇。或者德克萨斯州科珀斯克里斯蒂城或蒙大拿州比尤特城的罗伯特·乔登夫妇了。

西班牙姑娘能成为了不起的妻子。我从没结过婚，所以很相信。等我回大学复了职，她就可以成为讲师太太……

我不知道在蒙大拿州米苏拉城，人们会不会喜欢玛丽娅？那是说，如果我能回到米苏拉找到工作。看来现在我在那里要永远被戴上赤色分子的帽子，列在黑名单上了。尽管你永远无法知道。你永远说不准……

但是好久以来，生活变得多怪呀！不怪才有鬼呢。西班牙就是你的任务，你的工作，因此待在西班牙是自然而合理的。……学会了使用炸药，所以干爆破工作对你也是合理而正常的。虽然总是干得有点仓促，但还是合理的。

……

然而在现阶段，你眼前的全部生活，或今后的生活，就是今天、今晚、明天、今天、今晚、明天，一遍遍地周而复始（我希望），他想，所以你还是最好抓住目前的时光，并为此十分感激。要是炸桥不妙呢？眼前看来不太妙。

然而，玛丽娅是美好的。不是吗？唔，不是吗？他想。也许我现在能从生活中得到的就是如此了。也许这就是我的一生，不是70年，而是48小时……

所以，现在别发愁，接受你现有的东西，干你的工作吧！那样你就能享有漫长的一生，十分快乐的一生。……①

大段大段的独白反映了乔登与玛丽娅相恋后既开心，又焦虑，眼前怎么办？将来会如何？他想得很多，内心充满了矛盾，这是不奇怪的。最后，他战胜了

① 海明威著，程中瑞译，《丧钟为谁而鸣》，上海译文出版社，1997年，第205—212页。个别词汇和标点有所变动。

自我，为西班牙人民慷慨捐躯，实现了他生前的诺言。这段内心独白真实地揭示了乔登牺牲前的内心世界：对未来的憧憬，他对爱情与任务相矛盾的忧虑。海明威从更深的层次塑造了乔登这个丰满的硬汉形象。

（三）触景生情的自由联想：人物的心理和意识往往是相互关联的。当外部世界出现异常情况时，人物的内心往往被激发，浮想联翩，显露一些心灵深处的反应，形成对比联想和近似联想。海明威在《永别了，武器》第26章里，士兵在议论圣迦伯烈山与奥军打仗的问题。吉诺说他是个爱国者。亨利问他爱不爱培恩西柴高原？士兵们感到伙食不够吃。肚子吃不饱，心思就不同。亨利认为这样不能打胜仗，却能打败仗。面对着这种不正常的挨饿情况，亨利便产生自由联想：

> 我每逢听到神圣、光荣、牺牲等字眼和徒劳这一说法，总觉得局促不安。这些字眼我们早已听过，有时还是站在雨中听，站在听觉达不到的地方听：只听到一些大声喊出来的字眼……但是到了现在，我观察了好久，可没看到什么神圣的事，而那些所谓光荣的事，并没有什么光荣，而所谓牺牲，那就像芝加哥的屠场，只不过这里屠宰好的肉不是装进罐头，而是掩埋掉罢了。①

在第28章卡波列托意大利军队大溃退中，亨利与皮安尼等人挤在卡车上过夜，车马的队伍一次次停了下来。他联想到：

> 要是没有战争的话，我们大概都在床上睡觉吧！我的头在床上安息，床与床板。睡得像床板那样平直。凯瑟琳现在正睡在床上，拥衾而睡。她睡时靠在哪一侧呢？也许她还没有睡吧。也许她正躺着想念我呢。……基督啊，愿我的爱人又在我的怀抱中，我又在我的床上。我的爱人凯瑟琳。我甜蜜的爱人凯瑟琳当作雨落下来吧。把她刮下来给我。好，我们已在风中了。人人都给卷在风中了，小雨没法子教风安静下来。“晚安，凯瑟琳”，

① 海明威著，林疑今译，《永别了，武器》，上海译文出版社，2008年，第203页。个别词汇和标点略有改动。

我大声说道。“我希望你睡得好。”（海明威，2008：216）

第一段联想表明自告奋勇帮意大利打仗的亨利过着挨饿的生活，认识到美国和意大利政府关于战争的宣传，什么为了结束一切战争而去欧洲参战是光荣的呀！什么打胜仗是神圣事业呀！什么为国牺牲无比光荣呀！这一切全是一派胡言，既然是为了光荣而神圣的事业而战，为什么不让士兵吃饱？亨利从军队生活中的怪现象联想到美国和意大利政府和军队的虚伪和腐败，对于一战的本质和欺骗性渐渐有了醒悟。

第二次自由联想也是很自然又合理的。亨利在风雨交加的夜晚，与战友挤在卡车上撤退。颠簸的生活使他想到凯瑟琳，希望过着没有硝烟的平静生活。这种对比联想细致地揭示了亨利内心的愿景，显得深刻有力。也为后来亨利与战争“单独媾和”留下精彩的伏笔。

不仅如此，海明威还把亨利的自由联想与“梦”结合起来，进一步展现了亨利心灵深处对凯瑟琳的思念和对和平生活的渴望。例如：

> “我始终熟睡着，她说。你睡着了在讲话。你没有什么不舒服吧？
>
> 你当真在那儿吗？
>
> 我自然是在这儿。我不会走开的。这在你我之间不算一回事。你太可爱太甜蜜了。你夜里不会走开，对吧？我当然不会走开的。我总会在这儿。你什么时候要来就来。”亨利对皮安尼说，他做了个梦，在讲英语。（同上）

（四）瞬间的闪现：海明威善于向现代派画家们学习，捕捉人物在现实生活中瞬间闪现的思想火花，来揭示其感情的起伏或诉求。比如《老人与海》里主人公圣地亚哥与小男孩曼诺林结下深厚友谊。老人 84 天捕不到鱼，小男孩父亲不许他再跟老人出远海捕鱼。老人表示理解，单独驾小船出海了。在海上第一个晚上，老人钓住一条大马林鱼时，禁不住大声说：“真希望那孩子在我身边，我被一条大鱼拖着，成了系缆绳的桩子。”[①] 与大鱼相持不下时，他又大声说，

---

① 海明威著，黄源深译，《老人与海》，译林出版社，2007 年，第 22 页。个别单词和标点略有改动。

“真希望那孩子在我身边，帮帮我也见见这种场面”（海明威，2007：23）。过了不久，那条大鱼一直随心所欲地游着。老人又大声说，“要是那孩子在这儿就好了”（同上：25）。天亮后，他一直拉着带钓饵的线，不让那条鱼跑掉。他再次大声说，“真希望那孩子在这儿”（同上）。接着，钓线突然晃动时，老人看见小鸟飞走，稳稳地拉住钓线，又大声说，“要是那孩子在这儿，还有一点盐就好了”（同上：28）。后来，他看不见鱼跃，飞速送出钓线，他的手严重割伤了，又想起曼诺林。“是的，要是那孩子在这儿”（同上：42）。末了，当老人返回离陆地不远时，他身心疲惫不堪。希望没有人会太担心。“当然只有那个男孩会担心。但是，可以肯定他很有信心”（同上：60）。

不难看出，几乎从圣地亚哥老人在远海钓住那条大马林鱼起，他就想起如果像往常一样，曼诺林在他身旁帮忙该多好！不论夜晚或白天，那条鱼闪动一次，老人就自然而然地想起小男孩。老人感到“一旦上了年纪，谁都不该单枪匹马了”（同上：48）。他多么盼望小男孩助他一臂之力，又可以让他见见捕大鱼的场面！他还要教他捕大鱼呢！这些瞬间闪现的念头深深地揭示了老人和男孩牢不可破的友谊，尤其是老人对小孩的怀恋。

当老人宰掉袭击那条大鱼的鲨鱼时，他真希望根本没钓过那条鱼，自己躺在床上休息。可他突然感悟到：“但是人不是为失败而生的，”他说，“一个人可以被毁灭，却不能被打败”（同上：63）。老人的闪念成了发自他心灵最深处的呼喊，成了他硬汉精神的表露，也成了令读者心灵震撼的至理名言。

（五）梦里的自我展现：“梦”是现代派作家常用的艺术手法。它是人物形象表露心态的一种捷径。它也是人物形象主观愿望的自我满足。它往往从一个侧面暗示主人公的内心秘密，以显露小说的主题。《老人与海》里主人公圣地亚哥在远海独自与一条大鱼和一群巨鲨周旋，度过了多个不眠之夜。出发前，他告别曼诺林以后上床睡觉。

> 他梦见了孩儿时代的非洲，长长的金沙滩，白得简直刺眼，还梦见了高高的海岬和褐色的大山。如今他每晚都梦见生活在那片海岸上，在梦里听到海浪的咆哮，看到本地的小船破浪前进。睡梦中他闻到甲板上柏油和麻絮的味道，嗅着清晨陆地微风带来的非洲气息。

……

他不再梦见风暴，不再梦见女人，不再梦见轰动的大事，不再梦见大鱼、打架、角力，也不再梦见妻子。他只梦见眼前的地方以及沙滩上的狮子：薄暮中，狮子们像小猫那样在嬉戏，他喜欢它们，就像喜欢那个男孩一样。他从未梦见过男孩。他就那么醒来了……①

这个梦揭示了圣地亚哥抛弃一切杂念，痛下决心像狮子一样，勇敢地面对一切，独自出远海捕鱼。

到了远海，圣地亚哥又做了一个梦，但他"没有梦见狮子，却梦见了一大群海豚，绵延八到十英里……"（海明威，2007：41）海豚群畅游大海，多么自由自在！它反映了老人豁然开朗的心境，一点也不感到孤独。小说最后以"老人正梦见狮子"（同上：66）结束。狮子是勇猛的象征，它与前面老人出发时的梦相呼应，表明老人虽败犹胜。他还会像狮子一样继续拼搏下去。海明威通过几个"梦"揭示了老人的心态：永不言败，勇往直前。

有时，海明威将"梦"与回忆结合起来，显露圣地亚哥自勉自强的性格。比如，到远海不久，圣地亚哥回忆自己在卡萨布兰卡一家小酒店斗力的情景。他与一个码头上最强壮的大块头黑人比手劲。双方拗了一天一夜，每 4 个小时更换一次裁判。下注的人进进出出。两人势均力敌。最后老人获胜了，过后好长一段时间，人人都叫他"冠军"（同上：35—36）。圣地亚哥用这段光荣历史给自己鼓劲，满怀信心地准备在海上与大鱼搏斗。

综上所述，海明威采用了现代派意识流手法，多层次地揭示人物内心的感情、欲望和意识，使人物描写更加细腻和深刻。诚然，他并不模仿哪个名作家，而是结合自己的特点，努力加以创造性地运用，保持和发挥自己的优势，突出自己的风格。

此外，海明威还致力于使用多色调的诗化语言。他从印象派画得到启迪，抓住瞬间的主观意识，捕捉客观事物的美感，运用色、光和形相结合的手法来表现自然景色的美，大大增加了读者的审美情趣。比如《老人与海》圣地亚哥

① 海明威著，黄源深译，《老人与海》，译林出版社，2007 年，第 11 页。有关引文都出自此译本，个别单词和标点有所改动。

在船上看日出时陆地的变化时，作者写道：

> 这时，陆地上升起了山一般的云，海岸成了一长条绿色的线，背后映衬着几座灰蓝色的小山。这时，海水已经变成了深蓝色，深得几乎发紫。他低头往水里瞧了瞧，发现深蓝的海面上散布着红色的浮游生物，也看到了此刻太阳射出的奇异之光。……他很高兴，这说明有鱼情。这时，太阳升得更高了，在水里变幻出奇异的光，这意味着天气会很好。陆地上云彩的形状同样说明这是个好天。但这时，那鸟几乎看不见了，水面上什么也没有，只有几块黄色的马尾藻，被太阳晒得褪了色，还有一个僧帽水母的胶质泡囊，紫颜色，有模有样，闪出彩虹色的光，贴着船浮在水面上。（同上：17）

这里，海明威用了绿色、灰蓝色、深蓝色、紫色、红色、白色、黄色、最后汇成七色彩虹的光，构成了一幅水天一色的美丽图画。白云、大海、阳光、小山交相辉映，而置身其中的圣地亚哥老人则观天气，看鱼情，对出远海捕鱼充满信心。作者从这幅彩图衬托出老人的老练、机智和自信，也令读者大饱眼福。这短短的几行文字充满诗情画意，被评论界誉为大师手笔之一。

现代派表现手法给海明威在巴黎学艺阶段上了生动的一课。他吸取了不少有益的东西，也摒弃了不好的“噱头”，如巴黎版的《在我们的时代》标题每个单词头一个字母都用小写（in our time），那是当时巴黎现代派流行的小花招。后来经过批评家威尔逊的批评，他就改过来了。（法语书名通常每个词第一个字母不大写。）纽约版改为*In Our Time*，此后再没有出现类似的情况了。

总之，海明威当时立志当个作家，对一些现代派艺术手法总是认真地学，大胆地用，但他保持清醒的心态，不盲目跟随整个现代派或哪个现代派名作家。虽然庞德是美国现代派诗歌的奠基者，而斯坦因则是美国现代派小说的开创者，海明威并不完全跟他们走。他在实践中摸索自己的文学之路，将现代派的艺术手法与现实主义创作方法结合起来。经过不懈的努力，海明威终于创立了自己独特的“冰山原则”，塑造了栩栩如生的硬汉形象，以新的态势屹立于世界文学之林，在美国文学史上写下新的一页。

参考文献

[1] Bloom, H. *Novelist and Novels* [M]. New York: Checkmark Books, 2007.

[2] Hemingway, E. *In Our Time* [M]. New York: Boni & Liveright, 1925.

[3] Hemingway, E. *The Complete Short Stories of Ernest Hemingway* [M]. New York: Charles Scribner's Sons, 1987.

[4] Hermann, T. Ernest Hemingway and Paul Cezanne [A]. In K, Rosen (ed.). *Hemingway Repossessed* [C]. Westport: Praeger Publishers, 1994.

[5] 董衡巽. 海明威评传 [M]. 杭州: 浙江文艺出版社, 1999.

[6] 海明威. 丧钟为谁而鸣 [M]. 程中瑞译. 上海: 上海译文出版社, 1997.

[7] 海明威. 老人与海 [M]. 黄源深译. 南京: 译林出版社, 2007.

[8] 海明威. 永别了, 武器 [M]. 林疑今译. 上海: 上海译文出版社, 2008.

(原载《山东外语教学》, 2011 年第 6 期)

论海明威与象征主义*

美国学术界曾围绕《老人与海》探讨海明威与象征主义问题，并引起了一场热烈的争论。后来，这场争论逐渐扩展到海明威的其他小说，受到广大读者的关注。

今天，在欧尼斯特·海明威逝世50年时，深入讨论海明威与象征主义问题是很有意义的。这必将有助于进一步理解海明威的创作思想和艺术手法，特别是他独特的“冰山原则”和硬汉形象的塑造。

欧尼斯特·海明威（1899—1961）是从巴黎登上文坛的。1921年底，他旅居现代主义运动中心的巴黎，接受现代主义思潮的熏陶。他一面继续当《多伦多之星》的特约记者，到欧洲各地采访；一面立志当个作家，认真练写“每个真实的陈述句”。他如饥似渴地向斯坦因、庞德等作家和毕加索等画家学习新的艺术手法。他有机会接触先锋派、立体主义和象征主义等表现现实生活的不同技巧，从中吸取营养，形成自己独特的风格。1926年他的第一部长篇小说《太阳照常升起》问世，受到欢迎。1929年第二部长篇小说《永别了，武器》与读者见面，好评如潮。他成了欧美文坛一位闪亮的新作家。

严格地说，巴黎是象征主义的故乡。1880年法国的象征主义运动揭开了西方现代主义的序幕。马拉美的诗歌、波德莱尔的《恶之花》（1857）和福楼拜的

---

* 本文是中国社科院重点项目、外国文学研究所所长陈众议主编的“外国名作家学术史研究”分课题《海明威学术史研究》的部分成果。项目编号为YZDA2006-3。

小说《包法利夫人》（1857）展现了不同于浪漫主义和自然主义的创作手法，席卷20世纪西方文坛，形成了现代主义文学新潮流。文学的中心由英国转到法国。巴黎成了西方现代主义文学创作和理论发展的中心。波德莱尔出版了美国作家爱伦·坡的故事集，研究和诠释了爱伦·坡的文艺理论。马拉美和波德莱尔等人接受和弘扬了爱伦·坡的某些浪漫主义见解，如“模糊是诗歌真正达到音乐性的一个成分，即真实表达感情的音乐性。这种暗示性的模糊具有精神上的效果，因而它成了象征主义诗人追求的主要目标”（杨仁敬，2010：63—64）。

20世纪初，象征主义运动从法国开始，逐渐扩展到整个西方世界。它的应用原则也从诗歌扩大到小说等范围。爱伦·坡的文论纠正了一些浪漫主义作品的松散和浮夸，也打破了法国浪漫主义诗人留下的韵律规则，走向更加开放的心态。文学批评日益发展，为各种小说诗歌解读。法国作家更钟爱美学理论，更常探讨文学问题。巴黎的这种新思潮吸引了爱尔兰诗人叶芝、英国小说家乔伊斯、诗人艾略特和美国作家斯坦因。他们纷纷移居巴黎，继承和发展了象征主义文学的创作原则。斯坦因走得更远，把马拉美的美学原则发挥到荒诞的地步，成了美国现代派小说的奠基人。

斯坦因在《软纽扣》（1914）等小说中用了不少象征主义手法，而且她往往将它与文字的并置和时态的转换以及红、白、绿等颜色加以糅和，形成奇特的视觉形象和叙述时间的模糊性，使作品兼有散文和寓言的特点，具有西方立体主义绘画的艺术效果。斯坦因喜欢将日常生活中很一般的东西写得似是而非，亦真亦幻，让读者自己去联想。有时她所象征的东西，读者只好瞎猜，有时谁也猜不准。

一、海明威与学者们的论争

1980年11月，笔者从哈佛大学去普林斯顿大学访问卡洛斯·贝克教授时，他曾对我说，他那本专著《海明威：作为艺术家的作家》（1952）的书稿送请海明威过目时，海明威在书稿中所有提到象征主义的地方都打个问号。不过，卡洛斯·贝克后来还是按照自己的原稿出版。这本书出版后，海明威没再说什么。贝克高兴地说，他们各自保留自己的意见，但两人还是好朋友。

海明威为什么反对象征主义呢？贝克没有说明。他是第一个评论海明威象征主义艺术手法的，包括天气、地理和人物三个方面。他的论断获得美国学术界许多人的认同。

1952年，《生活》杂志在发表《老人与海》的前言中说：小说中的老人就是年老的作家海明威。老人捕到的大马林鱼就是他高雅的杰作。鲨鱼群暗指诋毁他的作品和声誉的评论家们。小说反映了一个作家的生存状况。言外之意，这部小说具有明显的象征主义。

这种看法引起了学术界许多人的共鸣，也成了对这部小说争论的焦点。

没料到，海明威对这种象征主义论非常反感。他在1952年12月13日致伯纳德·伯仁森的信中给予直截了当的反驳。他写道，“没有什么象征主义。海就是海，老人就是老人，孩子就是孩子，鱼就是鱼。鲨鱼就是鲨鱼，不好也不坏。人家说的象征主义全是胡扯”（Baker，1981：780）。海明威特别否认鲨鱼群是影射攻击他和他的作品的评论家们。

但是学术界很难接受海明威的表白和澄清。美国学者吉里·布南纳认为，不能用海明威的意图代替对《老人与海》的评论。海明威上述信中的说明是“一个作家意图的直率声明，但是按照作家本人宣称或指明的意图来阅读文本，很可能误导。读者懂得对作家宣称的意图特别谨慎……此外，作家有意识的打算也许跟他们揭示给读者的无意识的叙事模式相矛盾，他们在文本中的含意可能与他们想做的大相径庭。最后，作家的意图还受到读者在文本中所发现的文化视野、意识背景、阅读策略、文学经历、历史倾向、个人偏见和有关价值或缺乏价值的其他因素的限制”（Brenner，1991：13）。布南纳这段话表明，海明威可以直率地说明自己的主观意图，但不能作为评论的依据，否则就会误导读者。

另一位美国学者比克福德则无视海明威的声明，专门评述了《老人与海》中的象征主义特色。他认为圣地亚哥老人在海上遇到的各种海洋生物的行为，揭示了小说对于力量价值的肯定、对于活动的完全投入和对于逆境的探索。他又说，“……所有的暗示最后揭示了一个基本的自然准则：和谐的对抗，即有同情心的暴力、舒服的痛苦、死亡中的生存、年老而旺盛的精力和失败中的胜利。这些形成了故事的结构”（Sylvester，1996：131—132）。

著名学者哈罗德·布鲁姆则坚持认为，“圣地亚哥渔民很明显就是海明威自己。”他年仅52岁，但太浪漫化了，看起来他是老多了。小说的寓意是显而易见的。作家努力工作，想写出一部真正的伟大作品，甚至我们不必将鲨鱼当成文学批评家（虽然这种提法并不都是不正确的）（Bloom，1996：5）。可见，布鲁姆也不同意海明威的看法，对他有所批评，也有所肯定，比较客观。

从那以后，围绕着海明威与象征主义问题，学术界进行了热烈的争论，至今难以平息。

跟卡洛斯·贝克教授一样，许多人坚持认为海明威不仅在《老人与海》里，而且在长篇小说《永别了，武器》和《丧钟为谁而鸣》等作品中象征主义手法也用得很多。虽然海明威似乎严加控制，仍然用得明显而独特。

二、多个象征的连用及与人物心情的融合

在象征主义手法上，海明威是否受斯坦因的影响还很难说，但至少他没有学她搞些朦胧不清的东西。像画家塞尚一样，海明威重视写实，看得见，摸得着，但在巴黎习艺阶段，适当运用象征主义手法也是很自然的。比如：卡洛斯·贝克对《永别了，武器》“高山与平原”的分析，我看是有客观根据的。他认为高山象征和平，平原表示战争。一支部队过河涉水，日夜赶路，所过之处，灰尘阵阵，枯叶飘落。一片秋天景色。那美丽的景色为即将发生的战争提供了一个总背景。他们行走于夏末秋初。枯叶干了、掉了、发黄了、变成灰尘。军队在灰尘中走了，很快就要走进泥土了。所以，“落叶”又成了象征中的象征。它仿佛预示着意军将走向失败，无数士兵将像落叶一样被打散或消失……

不仅如此，上面的象征又连着另一个象征：“雨。”它成了灾难的象征。初冬来了，带来一场经久不息的大雨。雨又带来一场霍乱。“据查，军队里仅死了7 000人。”7 000人病死不是件小事，作者用“仅”（only），意在反讽。这里“雨”成了意军的集体大灾难。不过，那仅仅是一场大灾难的开始。

作为灾难象征的“雨”令主人公凯瑟琳感到害怕。她对亨利说，她一向是怕雨的。亨利说他喜欢雨。他爱在雨中散步。但雨对恋爱很不利。亨利追问凯瑟琳究竟为什么怕雨？她答道，“我怕雨，因为我有时看到自己在雨中死去。”

亨利大吃一惊说，“哪有这种事？”她说，“还有，有时我看见你也在雨中死去。”亨利开玩笑地答道，“那倒是比较可能的。”可是凯瑟琳坚持说不可能，她能叫他安全。“我知道我能。但是没人能够救自己。”后来她哭了。

在卡波列托大撤退后，亨利逃到米兰找到凯瑟琳。酒保向他俩报信：警察在抓人。他俩急忙乘酒保的小船，冒着暴风雨逃到中立国瑞士，过了一段快乐的日子。最后凯瑟琳难产而死，小孩也夭折了。亨利在雨中走回旅馆。“雨”终于见证了一对恋人在战火中的生离死别。

由此可见，海明威运用象征主义是很独特的。他往往能够把多个象征有机地连在一起，反复出现，与人物的心情融为一体，既揭示了他们在不同阶段的情感变化，又让读者不知不觉地受到感染。《永别了，武器》中的意大利平原、河流、小路、树木和枯叶都和战争、死亡和悲愁相联系；而高山、森林、高原则象征着平静、安宁、和平的生活。海明威以高山与平原的对照，展开了打仗的故事情节，并从冬去春来，春雨绵绵，很自然地引出了气候的变换“雨”。然后“雨”与男女主人公的心情结合起来，一直演绎到最终凯瑟琳在难产中死去，留下亨利孤单一人在雨中行走……这种在大背景的象征中贯穿渲染气氛的象征，二者紧密结合，产生了更感人的艺术魅力。

三、象征与小说主题的结合

在《丧钟为谁而鸣》里，海明威用“雪”来衬托西班牙游击队山区形势的变化和游击队员内心情感的起伏。小说结构紧紧围绕着“炸桥”的中心任务来展开，自始至终都相当紧凑。“雪”总是与炸桥紧密连在一起。一场意外的五月雪牵动了乔登和每个游击队员的心。小说写道，乔登、彼拉和玛丽娅告别聋子的游击队营地返回自己营地的途中，三个人望着对面山顶的积雪闪闪发亮。彼拉说，“雪这东西真要不得。可看起来多美！”她懂得点巫术，会预测未来。但她感到“雪真叫人看不透”（第十二章）。她对乔登说，“你的桥叫我头痛”，似乎对炸桥有点为难。乔登乐观地说，“我们可以叫它头痛桥，但是我要叫它像一只破鸟笼似的掉进那峡谷里。”

他们回到自己营地时，雪越下越大。游击队队长巴布罗喜出望外，感到这场大雪很美。他要为这场雪干杯。他整天喝酒，就盼着这场雪。他幸灾乐祸地对乔登说，“这样一来，你的进攻就吹了！”巴布罗自私又胆怯，安塞尔莫说他是个胆小鬼，巴不得取消炸桥任务。巴布罗以为进攻吹了，飞机不来啦，炸不成桥了。只有雪了！乔登起先很愤怒，后来定心一想，要接受现实，从中杀出一条路来。他对山区夏天的风雪感到激动。这场风雪打乱了一切。它不仅增加了炸桥的难度，而且引起了游击队内部的思想混乱。他耐心地与巴布罗谈心。吉卜赛人带着满身的雪回营地向他汇报敌情。乔登想起了在风雪里放哨的老人安塞尔莫，便带着费尔南多赶到洞外老人放哨的地方，请老人回山洞营地取暖。老人太感激了，这时他不再觉得孤独了。两人加深了相互了解和友谊。这为老人全力配合乔登炸桥埋下了伏笔。

雪，像一场突如其来的新灾难，考验着乔登和西班牙游击队员、安塞尔莫、巴布罗和彼拉等人。它从一个侧面反映了他们不同的内心情感和精神面貌。

乔登牺牲前苦口婆心地劝说彼拉带着玛丽娅离开了阵地，自己受了重伤，仍坚守在山坡的松林里。他用手轻抚身边的松针地，摸摸身前那棵松树，将手提机枪架在松树树干上面。他伏在树后，等待着一个敌军军官上来。他迎着阳光，感到自己的心脏被按在树林里的松针地上跳着……他的生命最后化作了一棵松树，永远屹立在西班牙大地上。如果说那片树林象征着西班牙游击队员永不消逝的战斗精神，那么乔登就像树林中那棵长青不老的松树，永远和他们在一起！可见，海明威所用的象征物总不是孤立的，而是个体与总体相结合，用得很成功，真是魅力四射，令人叫绝。

四、不同象征的对照与暗示

此外，在《丧钟为谁而鸣》里，海明威还用手枪和马刀两样遗物象征乔登祖父的勇敢和忠诚。乔登时刻将这两样遗物带在身边，经常怀念祖父的战斗精神，以此在异国他乡风雪中的山区游击队营地里，不断激励自己，立志杀敌，为炸桥献身。这就使小说的叙述增加了亮点。乔登在怀念祖父时往往与他父亲的自杀进行对照。他早将父亲自杀用的手枪扔进湖里，象征与他的窝囊废品德决裂。他理解他父亲，但不赞成自杀，所以他为父亲感到羞愧。这种在运用象征手法时一正一反的对比成了海明威象征主义的又一个特色。

在《老人与海》里，除了本文开头提到的老人、鲨鱼、马林鱼象征什么的争论以外，海明威的象征手法，突出表现在“狮子”的运用和暗示。这一点常常被忽略。老人圣地亚哥一个人独自出远海，从启航前、在大海上与大鲨鱼搏斗到失败归来都对狮子念念不忘。狮子和男孩成了他困难和危险中的精神力量。他多次想起以前伴他同行的小男孩曼诺林，“要是那孩子在就好了。”圣地亚哥老人没有妻室，没有子女。他妻子早去世了，只遗下两幅画《耶稣圣心图》和《科伯圣母图》。原先墙上还挂着一幅妻子的着色照，他一瞧见就很感伤，所以就将它取下来放在角落里的架子上。他没有别的牵挂，出海前睡在铺报纸的床上就做梦了。

海明威将象征青春和力量的狮子与圣地亚哥的梦结合起来，暗示老人顽强的意志和坚韧的毅力。

84 天捕不到鱼是古巴老渔民圣地亚哥的一大挫折。之后曼诺林的父母把曼诺林叫走了，不许他再跟倒霉的老人出远海捕鱼。老人表示理解，男孩不得不服从父母之命。但两人对再次出海充满了信心。老人在出海前睡了个好觉。不久，他梦见了孩提时代的非洲，长长的金沙滩和白沙滩，白得简直刺眼，还梦见了高高的海岬和褐色的大山。如今他每晚都梦见生活在那片海岸上，在梦里听到海浪的咆哮，看到本地的小船破浪前进……（海明威，2007：11）[①]

从加勒比海到非洲大陆，相距十万八千里。老人梦见了他小时候的非洲，甚至闻到清晨陆地微风带来的非洲气息。为什么他在出远海前有这个梦？有这种感觉？

因为非洲沙滩上有勇猛的狮子。老人圣地亚哥 84 天没捕到鱼，空手而归，要再出远门，前面的艰难险阻可想而知。他正需要狮子一般的勇猛精神奋然前行。

果然，他醒来又睡着了，继续做梦。“他不再梦见风暴，不再梦见女人，不再梦见轰动的大事，不再梦见大鱼、打架、斗力，也不再梦见妻子。他只梦见眼前的地方以及沙滩上的狮子。薄暮中，狮子们像小猫那样在嬉戏，他喜爱它

① 以下《老人与海》的引文均出自此书，只标明页码，不再一一注明。

们，就像喜爱那个男孩一样。他从未梦见过男孩。他就那么醒来了……”（11）

由此可见，海明威用“狮子”这个象征暗示了圣地亚哥老人再出远海前的信心和力量。

当老人在墨西哥湾远海钓到一条比他的小船长两英尺的大鱼时，他的左手抽筋了。他沉着应对，到了中午就好了。他更有男人气概了。他拉着大鱼，做了祷告，想证明他是个有能耐的“怪老头”。他在与大鱼搏斗前又梦见狮子。“为什么狮子成了留下的主要意念呢?”（33）他自言自语，以狮子激励自己。

老人抓住钓线，将刀插进鱼头，把鱼从船尾下方拖出来。他吃了几片飞鱼和鲯鳅肉，紧握钓线，又睡着了。但“他没有梦见狮子，却梦见了一大群海豚，绵延八到十英里……”（41）他的心情平静而舒坦。“后来，他开始梦见长长的黄色海滩，看见狮群中的第一头狮子傍晚时下到了海滩。接着，其余的狮子也来了。……他等待着更多的狮子下来，心里很愉快”（42）。

可是，好景不长。一小时后，第一条鲨鱼袭击了老人捕获的大鱼。老人把鱼叉刺向鲨鱼头部，宰了那条鲨鱼。他真希望那是一场梦。“但是人不是为失败而生的，”他说，“一个人可以被毁灭，却不能被打败。”老人这句话成了他狮子精神的写照，生动地点明了小说的主题。后来，一群巨鲨向他袭来，他顽强拼搏仍寡不敌众。那条大鱼的肉被它们啃光了，只剩下一副骨架。

圣地亚哥老人拖着那条大鱼骨架回到岸边。他疲惫不堪。从沙滩到家里，一路上他坐下来歇了5次才走到他的小棚屋。他十分感慨，“无论如何，风是我们的朋友，他想。随后他补充道，有时候是。还有大海，海里有我们的朋友和敌人。还有床，他想。床是我的朋友。就只是床，他想。床是一件了不起的东西。被打垮倒反而轻松了，他想”（63）。这里，风、大海和床都被拟人化了，揭示了老人又经历了一次失败的拼搏后的内心感受。它的象征主义是不言而喻的。

末了，老人一躺下就睡着了。“老人正梦见狮子”（66）。这个梦就是对失败的回答。与前面老人几次梦见狮子相呼应。狮子是兽中之王，象征着勇敢和力量。它成了老人无言的答复。84天捕不到鱼，再出远海又失败而归。但圣地亚哥从不言败，不怕失败，他还会像非洲狮子一样往前冲，积累力量再出海捕鱼!

这里，海明威借用一个象征性的短句作为《老人与海》全篇的结束语，非常简洁有力，意味深长，真可称为神来之笔。所以，不管象征主义是否作为现代主义的一种艺术手法，一到了海明威手里就成了他艺术风格的组成部分，用出了效果，用出了特色，使他独特的“冰山原则”熠熠生辉，给读者留下了不可磨灭的印象。他博采众长，自成一格，在反复刻苦的实践中闯出了一条现实主义的道路。

参考文献

[1] Baker, Carlos. *Hemingway: The Writer as Artist* [M]. Princeton: Princeton University Press, 1972.

[2] Baker, Carlos. *Selected Letters of Ernest Hemingway 1917 – 1961* [C]. New York: Scribner's, 1981.

[3] Bloom, Harold ed. *Bloom's Notes* [M]. New York: Chelsea House Publishers, 1996.

[4] Brenner, Gerry. *The Old Man and the Sea: Story of A Common Man* [M]. New York: Twayne, 1991.

[5] Gajdusek, Robert E. *Hemingway in His Own Country* [M]. South Bend, Ind.: University of Notre Dame Press, 2002.

[6] Reynolds, Michael. *The Paris Years* [M]. Oxford: Basil Blackwell, 1989.

[7] Sylvester, Bickford. *Hemingway's Extended Vision: The Old Man and the Sea* [A]. *PMLA* 81 NO. 1, March, 1996.

[8] Waldhorn, Arthur. *A Reader's Guide to Ernest Hemingway* [M]. New York: Farrar Straus and Gixous, 1972.

[9] Watts, Emily. *Ernest Hemingway and the Arts* [M]. Urbana: University of Illinoise Press, 1971.

[10] 海明威. 老人与海 [M]. 黄源深译. 南京：译林出版社，2007.

[11] 杨仁敬. 20世纪美国文学史 [M]. 青岛：青岛出版社，2010.

（原载《外国语言文学》[福建师范大学]，2012年第1期）

论海明威的女性意识

几乎从海明威第一部长篇小说《太阳照常升起》1926年出版以来，批评界在解读女主人公布列特的言行时，就提出海明威女性人物的塑造问题。1929年，他的第二部长篇小说《永别了，武器》问世后，批评界有人将女主人公凯瑟琳与男主人公亨利进行了比较，认为凯瑟琳的形象比较单薄、个性软弱，成了男主人公亨利的附属品。

随着海明威小说的陆续出版，批评家们更关注他笔下的女性形象，如玛丽·摩根（《有钱人和没钱人》中男主人公摩根的太太）、玛丽娅（《丧钟为谁而鸣》中男主人公乔登的女友）、雷娜塔（《过河入林》中男主人公坎特威尔上校的情妇）等。他们不断地批评海明威“缺乏女性意识”，认为他塑造的女性形象不仅比男性形象差，而且很不真实，几乎成了漫画式的人物。

不仅如此，海明威短篇小说中的女性形象也成了批评界关注的焦点，如《弗朗西斯·麦康伯短暂的幸福生活》中的玛格丽特·麦康伯、《乞力曼扎罗的雪》中的海伦、《第五纵队》中的达洛思·布里兹斯、《在密歇根北部》中的李兹·柯特斯、《事情的结局》和《三天大风》中的玛约里、《医生和医生太太》中的亚当斯太太、《艾略特夫妇》中的艾略特太太、《白象似的群山》中的基格、《十个印第安人》中的普鲁登斯和《父与子》中的特鲁迪等。不少批评家认为这些女性形象具有上面提到的缺陷，是令人遗憾的败笔。

20世纪80年代，女权主义运动蓬勃发展，女权主义批评家进一步批评海明威的女性意识很差劲，嘲笑他小说中一些被动的女性形象，认为她们成了男主人公的“性工具”或“陪衬”。有的人认为这与海明威现实生活中歧视，甚至憎恨女性是分不开的。

有的学者从海明威的生活经历中寻找原因，认为这源自海明威对他母亲的憎恨，使他对女性形成了抹不掉的偏见。据海明威的朋友、退休美军上将查尔斯·兰哈姆回忆，海明威千百次告诉他：他恨他母亲，并骂她“那个淫妇”。作家约翰·多斯·帕索斯也证实，海明威的确恨他母亲。为什么呢？据说，他母亲很好强，在家里支配一切，不会理财，造成他父亲自杀，令海明威气愤不已。因此，有人说，海明威一生强调男性的魅力是出于他对母亲支配父亲的痛苦的回忆。他对女性刻画的思想障碍和他笔下顺从的女主人公都反映了他不愿意像他父亲那样屈从于他母亲脚下的决心。海明威在尼克·亚当斯的故事里写了尼克的母亲。她身上影射了海明威母亲的性格缺陷，表露了海明威的不满（Kert 1983：21）。

诚如克特所指出，尽管小说反映了海明威对他母亲的不满，但对他的个人评论和小说本身应该持尊重的态度。但是作为对他母亲格拉斯的全面描述，这些证据应该被谨慎对待。

然而，有些学者不同意上述观点。罗格·维特洛在《卡桑德拉的女儿们》[①]中指出，“40 年前，艾德蒙·威尔逊最早指出的负面的‘党的路线’的批评，已经被两代的海明威批评家所接受和重复说下去，包括最近的一些博士论文都提到海明威的女人们。应该消除有关海明威的女人们的许多思维定式。这不仅因为近 10 年来重新考虑‘女性作用’成了时髦，而且因为海明威小说的逻辑和语言本身也需要这样”（Whitlow 1983：xii）。

因此，海明威小说中的女性形象和海明威的女性意识成了学术界久争未决的问题，值得我们关注。

一、两种对立的批评意见

有些批评家对海明威小说的女性形象提出了种种批评的意见。菲力普·扬

---

① 卡桑德拉（Cassandra）：希腊女神、特洛伊公主，能预卜吉凶的凶事预言者。

指出：海明威笔下的女性往往像麦康伯太太，是恶毒的、有破坏性的妻子，或像凯瑟琳、玛丽娅、雷娜塔那样的爱做白日梦。杰克逊·班逊说在海明威小说里可以发现姑娘喜欢性活动，而且能够真诚地奉献自己，但“全是淫妇”，具有攻击性的、是不像女人的女性。约翰·基林格则认为海明威按照她们卷入一个男人生活的程度，将他的女性分成好女人和坏女人两种。那些头脑简单、参与男主人公活动的、让他们尽可能自由的女性，如印第安姑娘们、玛丽·摩根、凯瑟琳、玛丽娅和雷娜塔，受到富有同情心的处理；那些对男主人公苛求的、限制他们自由，甚至企图占有他们的女性，如玛约里、玛格丽特·麦康伯和达洛思·布里兹斯，成了男人们离开她们就活不下去的女人。巴米拉·法雷则认为在海明威牧歌式的浪漫体裁里，“女人是个挂牌的奴隶，仅仅为增加男人的身份而存在”（Whitlow 1983：11）。

著名批评家特里宁则从海明威小说中的男女主人公的比较中宣称：海明威笔下的男人都是主导的、有知识的，而女主人公主要都是天真的、具有敏锐情感的。安德烈·毛洛伊认为，“对海明威，像对吉卜林来说，女人既是一种障碍，又是一种诱惑”（Whitlow 1983：12）。

李昂·林德洛思将海明威的女性形象分为 6 类：（一）没有思想的印第安姑娘们。她们对男人没有要求，只是奉献她们的肉体。（二）情人受世界伤害的女性，如凯瑟琳、玛丽娅、雷娜塔、李兹、玛约里、基格等。（三）相对处女型的女性，如海伦、达洛思等，她们并不主动使一个男人堕落，仅伤害其生活。这些女人可能变成麦康伯太太一类的淫妇。（四）偶然的淫妇型女性，如布列特、玛格丽特·麦康伯等。海明威常常对她们的行为做些解释，既不加以指责，又让人们了解造成她们困惑的社会势力。（五）纯粹淫妇型的女性，如艾略特太太、亚当斯太太和《有钱人和没钱人》中的海伦。她们往往使与她们生活的男人完全堕落。（六）“地球之母”型的女性，如彼拉、摩根太太等。她们与生活中的自然因素或突发因素密切相连（Whitlow 1983：12—13）。虽然这种分类比较琐碎，不太方便操作，但比好女人与坏女人的两分法有了较大的改进，具有借鉴作用。

著名学者菲德勒（Fiedler 1959）坦率地指出海明威的书中没有女人。他认为在海明威早期的小说里，关于性别的描述是有意的残忍，而在他后期的小说里则是无意的嘲讽。

上述观点大体反映了持批评意见的一方。

另一些批评家不同意上述观点，如罗格·维特洛。他认为上述批评家们忽略了大部分海明威女性形象的优点。他们常常只采用男性人物对待与他们一起生活的女性的姿态来看待女性，不切实际地将凯瑟琳和玛丽娅当成“被动的玩物”。事实上，她们在两部小说中都参与了严肃的战争，经历了痛苦的磨炼，以顽强的意志从发疯的边缘走回来。玛丽·摩根的丈夫是个暴徒，她以自己炽热的爱给予他力量，两人成了鲜明的对比。一些批评家盲目赞扬摩根的行为，对她视而不见。至于雷娜塔，她并不是一个“没有思想的情妇”，而是一个有见地的年轻女子。她用简单的心理分析法，让思想混乱、临近死亡的坎特威尔上校有机会在她面前大发牢骚，宣泄不满，得到心灵上的平静。

那些被贴上“海明威的淫妇”的女性形象也是不幸的。事实上，布列特和海伦都不是淫妇。像凯瑟琳和玛丽娅一样，她们都处于精神崩溃的边缘，但跟她们两人不一样，布列特和海伦无法从真诚的爱情中获得恢复。跟亨利和乔登不同，杰克自己生理上残疾，没法给她精神和肉体上的满足。而真诚又可爱的海伦却撞上一个自私软弱的丈夫。他不但不懂得珍惜她，而且责怪她的优点使他变坏。

玛格丽特·麦康伯有时候爱争吵，却不是许多人所谴责的“凶手”。她是个比她丈夫和向导威尔逊更诚实的人。她的形象 20 多年来被歪曲了。《第五纵队》里的达洛思可以说有点给宠坏了，她感觉迟钝，但与评论她的男人菲力普·罗宁斯（那个中央情报局特工似的杀手）相比，她显得比较高尚。

至于海明威短篇小说中一些次要的女性形象，如李兹·柯特斯和尼克的玛约里，也常常受到误读，因为她们的男人和批评家很大程度上看不到她们早期恋爱和性经验的心理创伤。艾略特太太和亚当斯太太被斥为“纯粹的淫妇”，但评论家很少将她们和她们的丈夫艾略特和亚当斯进行比较。这两个男人不再比他们的妻子受到更多的赞扬，但他们逃过了他们妻子所受到的不间断的指责。连《越野滑雪》中看不见的海伦，也往往被认为她自己故意怀孕，给尼克带来不便，而评论家们不谈尼克在这件事中的作用，更不提怀孕给海伦自己造成更大的不便。

海明威曾说过，他的工作是“用我能说的最好又最简单的方法记下我看到的和我所感觉到的东西”（Whitlow 1983：13—15）。在塑造他的女性形象和描述每个形象活动的复杂环境中，实际上他记下了他所知道的和比许多批评家所发现的更多的东西。

威特洛认为海明威作品中的女人们，特别是那些重要的人物，如凯瑟琳、玛丽娅、雷娜塔和摩根太太，往往反对跟她们每人息息相关的男主人公追求死亡的心态。海明威给她们提供了另一种选择：关注人们的愿景和她们之间的关系。这是一种对生活的肯定。像卡桑德拉一样，她们显然缺乏成功的希望，但她们跟她们的男人们分享愿景，催促他们清除他们生活中的“垃圾”。“她们无望的预言所留下的东西成了‘主要的东西’，即爱情和个人水准上的奉献。在我看来，它像是给予思想上有使命感的文明的成员们的一种神圣的礼物”（Whitlow 1983：47）。

这些观点大体反映了一些批评家对海明威小说中女性形象的肯定，同时为海明威辩解，批评某些人指责海明威女性形象是“淫妇”的论点。

二、对上述批评之批评

尽管海明威发表过短篇小说集《没有女人的男人》（1927），他的著名长短篇小说里都有女性形象。这是不可避免的。文学是现实生活的反映。大千世界由无数男女组成。海明威笔下的女性形象，特别是《太阳照常升起》中的布列特、《永别了，武器》中的凯瑟琳、《丧钟为谁而鸣》中的玛丽娅、《过河入林》中的雷娜塔、《有钱人和没钱人》中的玛丽·摩根以及短篇小说中的麦康伯太太、海伦等，引起批评家的热议是很自然的。

在笔者看来，海明威的女性形象，可分为四类：（一）顺从而真诚的女性，如凯瑟琳和玛丽娅；（二）失落、任性、追求自由的女性，如布列特；（三）善良而刚强的女性，如彼拉；（四）想控制男人的女性，如《伊甸园》中的凯瑟琳（限于篇幅，暂不包括他短篇小说中的女性）。这些不同类型的女性反映了海明威从20世纪20年代至50年代女性意识的变化。

在现实生活中，海明威接触了许多女性。谁影响了他对女性的看法？在家里，他有母亲格拉斯·海明威、一个姐姐和两个妹妹。成人后，他先后与4个女人结婚，即哈德莱·理查逊、葆琳·帕菲弗、玛莎·盖尔虹、玛丽·威尔斯；他的女性朋友和初恋情人，如阿格尼丝·蒙·库罗斯基，后来成了《永别了，武器》女主人公凯瑟琳的原型；达夫·退斯登成了《太阳照常升起》里布列特的原型；简·梅森很像《弗朗西斯·麦康伯短暂的幸福生活》里的麦康伯太太；意大利姑娘安德里亚娜·伊凡茨奇则是《过河入林》里雷娜塔的原型。他的母亲常常被指责造成了海明威对女性的偏见和不满。果真如此吗？除了一些例外，海明威似乎不愿意探讨有血有肉的女人们的需要、期望和冲突。他作品中的男人们往往是真实的，获得读者的认可和称赞。他作品中的女人们则常常成了他想象和预测的老一套（Whitlow 1983：9—10）。

这种看法是值得商榷的。

第一种类型的凯瑟琳和玛丽娅都是受过战争创伤的女性。两人都对男友忠诚和真挚，但各自的经历和性格是不同的。凯瑟琳是个英国女护士，一战中到意大利米兰战地医院服务，亨利受伤后到那个医院疗伤认识了她。她原先的男朋友在战场上牺牲了。这给她心理上造成了巨大的打击。当她和亨利一见钟情时，她心里仍对他半信半疑。亨利认识凯瑟琳时，只感到她年轻美丽，第二次约会时强行拥抱和亲吻她。凯瑟琳并不顺从，而是给他一记响亮的耳光。这一记耳光终于让亨利清醒了许多，使他明白对待爱情要真诚，而不是逢场作戏，图自己快活。开篇不久，她与亨利的一段对话清楚地说明了这一点：

> “噢，亲爱的，”她说，“你会对我好，不是吗？”
> 我的天呀！我想。我摸摸她的头发，拍拍她的肩膀。她哭了。
> “你会的，不是吗？”她抬头望望我，“因为我们将开始新生活。”
> （Hemingway 1929：27）①
>
> ……
>
> 她看着我：“你真的爱我吗？”
> “是。”

---

① 以下引文均出自此书，只标明页码，不再一一注明。

“你的确说过你爱我，不是吗?”

“是，”我撒谎，“我爱你。”我以前没这么说过。(31)

后来，她对亨利提出要求：两人要以诚相待，不要欺骗对方。

“咱们都别撒谎，不应该撒谎。我有过一点可笑，现在我很好。”(32)

当亨利在米兰医院康复后，凯瑟琳对他说：“我很长一段时间不开心。见到你后，我几乎快疯了。也许我疯了”(120)。亨利要返回前线时说：“我以为你是个发疯的姑娘。”凯瑟琳回答说：“我是有点疯”(160)。小说末了，凯瑟琳生小孩前又说：“我刚醒过来，想起第一次见到你时，我是真的快疯了”(311)。

由此可见，凯瑟琳不仅了解她自己脆弱的心理，而且懂得怎样恢复自己的心态。前男友的死给她留下终生的遗憾。身处战争环境也使她害怕死亡。她曾预感自己“在雨中死去”。这是很自然的。后来，她从亨利身上找到了爱情和安慰。她是个有思想的女孩。第一次见面时，她就问亨利：“作为一个美国人，你为什么到意大利打仗?”亨利说：“我不知道……并不是每件事总有个解释”(18)。第二天，她又问他为什么加入意大利人的战争？他支支吾吾地说：“我在意大利，我讲意大利语”(18)。不久，亨利考虑是否会被打死的问题。他想，“好啦，我知道我不会被杀死，不会死在这次战争中”(38)。这说明亨利对到意大利参战的目的是迷迷糊糊的，根本没有好好想过。凯瑟琳的提问触动了他，为他往后与战争“单独媾和”打下了基础。

卡波列托大溃败中，亨利差点被意大利警察杀死。他急中生智，跳河逃生，连夜赶往米兰找凯瑟琳。凯瑟琳同意他与战争“单独媾和”，与他一起乘小船逃亡到中立国瑞士。她与亨利同心同德，历尽艰辛，顺利逃脱意大利警方的追捕，获得了可贵的自由。两人在瑞士度过了快乐的时光。凯瑟琳最后不幸死于难产，但她不是一个淫妇或顺从的女人，而是一个有思想、有追求的女性。

由此可见，亨利的爱情抚平了凯瑟琳的心理创伤，激起了她开始新生活的勇气。她给亨利的真诚的爱情和启导，使他对非正义战争的认识逐渐清楚，最后与战争“单独媾和”，回到温馨的爱情生活，但纯真的凯瑟琳没有能逃过死亡的命运。她的死摧毁了亨利的梦想，也成了对一场非正义战争的控诉。

玛丽娅的身世与凯瑟琳不一样。她是个活泼可爱的西班牙姑娘。她的父母在西班牙内战中惨遭法西斯叛军杀害。她遭到蹂躏，并被剃光了头发，身心受到极大的摧残。后来，她被游击队所救，随他们回到山区驻地，得到游击队长巴布罗的太太彼拉的关照。她曾想死，后来精神渐渐恢复正常。彼拉告诉她，要是爱上一个人，就能把过去的全抹掉。男主人公、美国大学讲师乔登到达山区游击队驻地后，玛丽娅与他互相一见钟情，相亲相爱，后来同居。玛丽娅抚平了创伤，燃起生活的勇气，参加了游击队的活动。她全心全意地爱上乔登，想永远做他的女人。她对他说，“如果我做你的女人，我一定用所有的方法让你开心。”又说，“我就是你，你就是我。你我完全成了一个人，”“可我们现在要变成一个人，永远不会再分开了……你不在身边时，我也就是你。啊，我多么爱你，我一定要好好疼你”（海明威 1997：328）。（作者注：个别词略有改动。）她对乔登的“顺从”实际上是一种爱情上的真诚。当彼拉问乔登是否关照玛丽娅时，他说是的。乔登接受了国际纵队高尔兹将军的命令，负责组织山区游击队炸毁一座桥，以配合对叛军的打击。他认真执行这个使命，曾与老猎手安塞尔莫到现场视察地形。后来，他发现敌方似乎已知道政府军的进攻计划，一面派人到司令部送信，一面继续准备炸桥。玛丽娅支持他的工作。乔登同情她的遭遇，两人真心相爱。最后，游击队炸桥后遭遇敌人反击，乔登受了重伤，仍坚持掩护游击队员撤退；玛丽娅痛哭流涕，被彼拉拉回去。乔登英勇牺牲，为西班牙人民献出了生命。

有些评论指责乔登空谈爱情与婚姻，没有回应玛丽娅的爱情；有的则妄评乔登的使命是没有意义的，他的牺牲是不必要的。因此，他们将玛丽娅贬为“变态人物”“一种象征”“没有思想的被动的女人”“乏味而顺从的女性”等等。这些都是误导读者的谬论。

第二种类型的布列特·阿斯莱是个奇特的女性。批评家常常指责她是个“淫妇”“妖女”“没有女人味的人”“强制性冲动的淫妇”等。这些都是脱离文本的评论。

不错，小说中布列特离开西班牙斗牛士罗慕洛后曾对杰克说过，“你知道决定不当个淫妇，令人感到好些”（海明威 1995：245）。批评家们经常引用这句话，断定布列特是个淫妇，似乎这是她自己承认的。其实，这种看法并不全面。它仅从一般的道德观来判断，没有从历史语境来进行客观的评析。

事实上，布列特也是一战的受害者。作为一个英国姑娘，战时她当过志愿救护队的护士。她的第一个未婚夫死在战火中。她的心灵创伤是不言而喻的。她的第二个夫君也不好，正在闹离婚。她的第三个未婚夫麦克·康贝尔对她没有感情，她也不爱他。她对杰克十分钟情，杰克战时在住院时认识了她。但杰克因战争受伤造成生理上的缺陷，无法娶她。这使她痛苦万分，不能像凯瑟琳和玛丽娅那样，找到爱情的归宿，抚平心灵创伤。她成了20年代游荡在巴黎、马德里等地的“迷惘的一代”的一员。

“迷惘的一代”是第一次世界大战的产物。战后，许多经历过大战的英美青年感到失落和迷惘，不知今后的路在何方。他们滞留在巴黎和马德里等地。欧洲社会受到战争的冲击，旧的传统观念处于瓦解状态，有点混乱。现代主义悄然而至。青年人追求新时尚。女青年理男发，穿超短裙，戴蛤蟆镜，随意进出咖啡厅、夜总会和酒吧。男女之间的性关系比以往松散多了。“一夜情”的出现并不奇怪。有的女孩变得很放荡，追求个性解放。《太阳照常升起》对“迷惘的一代”的描述就是当时历史背景的真实写照。

处于上述语境下的布列特的确思想有点混乱。作为一个年轻的姑娘，她也想寻找真爱，医治她的心灵创伤。但周围的男人，除了杰克以外，她都不满意。她在美国青年柯恩的诱惑和追求下曾经跟了他几天。她一度看上了比她年轻的西班牙斗牛士罗慕洛，与他同住了几天，后来离开了他。最后，她无可奈何，想与未婚夫康贝尔重归于好。从传统的道德观来看，布列特有些放荡。但从当时的社会情况来分析，这又不是太奇怪的事。可以说这是女青年生活道路上的一个挫折。

布列特是个追求时尚的漂亮姑娘。从小说开篇，人们就发现她很有诱惑力。杰克说，“布列特太好看了。她穿着一件针织紧身套衫和一条苏格兰粗呢裙子，头发往后梳，像个男孩子。她开创这种打扮。她的身段的曲线，如同赛艇的外壳。那羊毛套衫使她的整个体型毕露无遗。”又说，“布列特是她自己的名字。她是个好姑娘。”柯恩回答说，“她是个很有吸引力的女人。”他认为布列特有良好的教养，“绝对优雅又很正直。”比尔·戈登说她是个美女，“她太好了！”麦克·康贝尔说她是个“可爱的人儿!”（24—43）（作者注：个别词有所改动）总之，在那群人中，布列特魅力四射，和蔼可亲，处处受欢迎。她美丽、性感、聪明伶俐，又任性、大方、有主见。柯恩骂她“把男人变成猪”，其实她并不迁就男人，做男人的附庸。她反复告诉杰克她与别的男人的艳事，一点也不掩饰。她有时以酒浇愁，不能自制，难以排除内心的苦闷。这种苦闷带有战争创伤留下的烙印。

不仅如此，布列特有时成了那一群人的中心。诚如有些评论所指出的，她还有母亲般的作用，这是她的另一方面。如麦克·康贝尔看到柯恩老跟着布列特转悠，有点吃醋，想揍柯恩，她就加以劝阻。她对麦克说，“闭嘴！麦克，要有点教养!”（156—157）柯恩是个自私傲慢的蠢驴，处处纠缠布列特。她不客气地告诉他,“看在上帝的分上，走开吧！你没看到我和杰克要交谈吗?”（156—157）柯恩跟麦克一样，不得不听她指挥。那一群人谈论她与一些男人的关系，布列特批评他们,“谈这些事无聊透了”（156—157)。由此可见，布列特不愿受男人支配，也不受传统观念的束缚，她拥有与男人平等相处、独立自主的思想观念。

有人说布列特是个女色情狂，千方百计折磨杰克，其实不然。小说开篇不久，他俩在出租车里亲吻，接着她转身伏在座位的一角，离他尽量远些。她说，“别碰我……请别碰我!”（28）后来在旅店里，杰克问她，“我们不能住一起吗?”她回答，“我看不行。我会见人就搞关系，对你不忠实。你会受不了的”(62)。不久，她在咖啡馆里对杰克说，“我太可怜了!”又说，“晚安，亲爱的，我不能跟你再见了”（73)。其实，她渐渐爱上杰克，信任杰克，将柯恩写给她的情书都交给杰克，但他不想看。末了，他俩又紧紧偎依着坐在一辆出租车里，布列特说，“我们要能在一起有这么多好时光该多好!”（270）由此可见，布列特与杰克的关系经历了一个发展过程。布列特并非那么轻浮、下贱、庸俗，也不会一见个男人就扑进他的怀里。海明威这么写符合真实的生活。

综上所述，不难看出，布列特是一战后受冲击的欧洲社会的产物。她身上既留下战争的创伤，又接受了冲破旧传统的一些新思想。她要求保留自己的名字，在现实中占有女性的一席。从这个意义上说，她是个爵士乐时代的新女性。

第三类是母亲型的女性。彼拉是个突出的代表。她是西班牙山区游击队长巴布罗的妻子，她会卜算凶善。她爱国爱家，痛恨法西斯叛军的暴行，多次勇敢参加了游击队的战斗，曾在一次袭击中拯救了双亲被杀的少女玛丽娅。她对玛丽娅关怀备至，亲如手足，迅速温暖了玛丽娅的心。当美国青年乔登到山区游击队驻地时，她热情接待，鼎力支持，多次批评她丈夫巴布罗私自脱离游击队的行为。她以大局为重，说服丈夫回归游击队，参加炸桥行动。她关照每个游击队员，受到他们的尊重，成了实际上的游击队长。她支持乔登与玛丽娅的恋爱，叮嘱乔登要好好关照玛丽娅。她是个深明大义的西班牙劳动妇女，又是一个西班牙山区游击队员的母亲。她勤劳朴实，无私无畏，爱队如家，待所有游击队员如亲人，待乔登如亲兄弟，全力帮助他完成炸桥任务。乔登牺牲后，她又抚慰玛丽娅，期盼未来的新生活。她是海明威笔下最成功的一个妇女形象，也是当代美国文学中难得的一个完美的劳动妇女的形象。可惜，许多批评家对她视而不见，总是津津乐道那些“淫妇”“魔女”和“驯服女郎”。也许这种情况也要改一改。

第四种类型是女性意识十足，一心想控制男人的女性。《伊甸园》的女主人公凯瑟琳便是突出的代表。她追求时尚，改男名，理男发，俨然一副女权主义的派头。她要求丈夫戴维改用她的姓，听她安排。戴维是个青年作家，一心想婚后继续写作。凯瑟琳只想及时行乐。后来，他们在一个旅游胜地认识了一位外国姑娘玛丽塔。凯瑟琳邀她与戴维一起去海边游泳，留她住在他们住的旅店隔壁房间，多次激励丈夫与玛丽塔上床，后来成了三人的性爱游戏。没料到，玛丽塔支持戴维将以前的非洲之行写下来，凯瑟琳顿生嫉妒，偷偷地将戴维的手稿烧掉，然后逃走。临逃时她留下一封信给戴维，她说她会回来的，不想了结此生，同时承认她一向唐突无礼，自行其是，近乎不近人情。但她仍爱他。

凯瑟琳走后，戴维正式与玛丽塔同居。在玛丽塔精心关照下，他将一个短篇小说完整地重写出来。他和玛丽塔过着温馨而甜蜜的伊甸园般的生活，顺利地继续写作。

据说，海明威于1946—1947年写《伊甸园》，1958年进行修改。1961年他去世时来不及定稿出版。50年代末60年代初，女权主义逐渐兴起，海明威是否意识到这种社会变化，还不清楚。但他笔下的凯瑟琳的形象与他以前塑造的女性形象已经完全不同。她个性倔强、任性、古怪、支配欲很强，想当一家之主，让丈夫听她使唤。在现实生活中，她搞同性恋和多角恋爱，最后背离了丈夫，走出了家庭。

从以上评述可以看出，海明威长篇小说里的女性形象并不是单调的“老一套”。她们有很大变化。从第一类到第四类，她们大体反映了不同历史时期欧美女性形象的变化，揭示了海明威女性意识的发展。总的看来，海明威并没有受传统观念的约束，崇拜男性权威，片面地突出男子汉气概，恶意地轻视女性。相反地，尽管他是个富有男性刚强性格的硬汉，但他能克服个人偏见和生活中的问题，用双性的视角去观察生活，塑造女性形象，揭示不同时期女性的感受和内心冲突。他不愧是个敏锐而机智的艺术家。

三、海明威的“秘密缪斯”：双性转化论

1981 年和 1983 年，美国历史学家肯尼思・林恩相继在《论坛》发表论文，对很有影响的菲力普・扬的“创伤论”提出了质疑。他认为支配海明威小说的不是“创伤论”，而是男子女性化的问题。这个问题使海明威一生内心不得安宁，一直无法处理好男女主人公的优缺点，喜欢描写男性特征明显的人物，对女性人物的刻画则缺乏力度。1987 年，林恩在《海明威传》里又贯穿了这个观点。

这个问题引起了美国学术界的热烈争论。“androgyny”（男子女性化）一词一度成了报刊上海明威研究的关键词。

1990 年，美国批评家马克・斯皮尔卡出版了《海明威与男子女性化的争论》，受到广泛的重视。作者支持林恩的意见，认为海明威一生都在进行男女情人或配偶性别转换的试验。“男女之间具有相同优点的问题是他从来无法回答自己的一个问题”（Spilka 1990：2）。事实上，海明威对男子女性化问题的兴趣很早就开始了。他一生钟爱表现男性的英雄主义和兴趣爱好，比如斗牛、深海捕鱼、当兵打仗、拳击、非洲狩猎等，但他在小说中还是流露出男子女性化问题。比如，《太阳照常升起》描写了男性化的布列特和非男性化的杰克。两人因杰克一战中性器官受伤而无法成婚。布列特理了男式短发，行为举止像个男孩，让她周围的男人不知所措。在《永别了，武器》里，海明威写了亨利和凯瑟琳的浪漫爱情，最后无果而终。凯瑟琳难产死去，亨利无法继续战后的温馨生活。

他不得不面对眼前的一切，只好怪罪于命运和外在原因。在《伊甸园》里，女主人公凯瑟琳则理男发，改男性姓名，搞同性恋。她的丈夫、青年作家戴维逆来顺受，接受她的安排。海明威男子女性化的困境依然没有改变。此书写于1946—1947年，修改于1958年夏秋，大体反映了海明威后期对女性看法的改变。但从另一个角度看，他的男子女性化问题则更加明显和突出。

马克·斯皮尔卡还分析了海明威男子女性化问题的原因：一是海明威小时候受到他母亲女性主义思想的影响和父亲倡导室外运动的教诲，他母亲不断地培养儿子基督教式的文雅。二是海明威在中学阶段读了许多英国维多利亚时代的小说和20世纪初乔伊斯、伍尔夫和劳伦斯的作品，滋生了比较温和的感情。当时学校里主要讲授英国文学，而不是美国文学。英国作家勃朗特、吉卜林和梅斯菲尔德以及美国作家马克·吐温对海明威有较深的影响。海明威渐渐地养成温文尔雅的基督教男人气概，同时也逐渐隐入他想象中的“没有女人的男人”世界。后来，他的姐姐和妹妹的温柔的女性感情又影响了他。三是海明威后来的经历，尤其是20年代在巴黎时葆琳介入他与哈德莱的家庭生活，形成了“三角恋情”。这有点像《伊甸园》里的三角恋。起先是葆琳的步步进逼，海明威被动接受，到最后放弃妻儿，与葆琳重组家庭。离婚后，海明威还痛骂自己背叛了初衷。其实，他与葆琳的结合揭示了他自己就是个男子女性化的人物。

马克·斯皮尔卡认为林恩的《海明威传》似乎对海明威的内心困惑的根源和重复出现做了良好的评述，并称这种内心困惑为“男子女性化之伤”。他认为林恩只将这种内心困惑当成海明威童年时代的心理怪象，而且过多地责难海明威的母亲，观点比较狭隘。应该从文化的广阔视角来公正地看待海明威与他的双亲之间的相互作用，比较他们对海明威性格发展的正面和负面影响（Spilka 1990：13）。

有人指出，海明威的男子女性化问题主要与他母亲早年的关照有关。他母亲个性强，事事爱做主，他父亲往往忍让，听她的。尤其是海明威3岁前，他母亲一直让他穿连衣裙，与他姐姐成了一对“孪生姐妹”。“他留着与姐姐一样的发型，穿着一样颜色的衣服……母亲要求他俩心里要有‘孪生姐妹’的感觉，安排他俩晚上同睡一张床，白天玩一样的娃娃”（杨仁敬 1996：6）。海明威从小脾气温顺，倒有点像个女孩子。他平时从来不乱闹。这些情况都是真实的。但笔者在访问海明威橡树园故居时，一位讲解员对笔者说：给自己年幼的子女穿上同样的女装在当时橡树园是很普遍的。它不是海明威母亲的独创。既然如此，它为什么会成为海明威的心结而影响他毕生的生活和创作呢？显然，以此为论据的理由是不够充分的。

其实，男子女性化的问题和基督教有关。在《圣经·创世记》第一章中，一个男子女性化的上帝按他自己的形象创造了男人和女人。另一个版本是在《创世记》里，两性的亚当从他身上产生了夏娃。“androgyny”一词来自希腊文，它由 andro（男）和 gyny（女）组成。古希腊哲学家柏拉图在其《酒会》里创造了第三个版本。书中说人的性别原先与现在是不同的。性别现在分为男女两种，原先有 3 种，即男性、女性和双性，据说古代曾存在过双性，现在消失了。今天，androgyny 这个词带有侮辱的意思。不过，英国 18 世纪湖畔派诗人柯勒律治在《桌边谈话》（1832）里提到 androgyny 的概念。他认为伟大的思想必须是双性的。现代英国小说家弗吉尼娅·伍尔夫则在长篇小说《奥兰多》里塑造了一个双性的人物形象。她在《一个人自己的房间》最后一章里又提到双性的概念。这说明她也喜欢这个概念。可见，androgyny 已有了正面的意义，人应该走出性别的牢笼，反映各种性别的形式，进入一个个人行为可以自由选择的世界。

1989 年，林恩在《海明威传》里运用心理分析法，以海明威的“男子女性化”和“性别混乱”为切入点，解读了海明威的生活和创作，引起了美国学术界的广泛关注。他从根本上揭露了菲力普·扬“创伤论”的弊病，批评了艾德蒙·威尔逊和马尔科姆·考利关于《大二心河》里尼克从战争创伤中康复的论证。从此，称霸美国海明威研究舞台几十年的“创伤论”和“准则英雄论”宣告消失。“男子女性化理论”取而代之，影响日益兴盛。

虽然马克·斯皮尔卡的专著《海明威与男子女性化的争论》从文学文化的语境出发，以男子女性化为中心，多角度地解读了海明威的小说，颇有新意，而且，他的评析获得苏珊·比格等学者的称赞。但唐纳德·江肯斯提出了质疑。他认为斯皮尔卡尽管在书中用了 20 多次 androgynous 这个形容词，但根本没有说清楚它究竟是什么。他将海明威艺术创作的人物形象与海明威本人混为一谈，混淆了生活与艺术的界限，很难令人信服（Junkins 1994：59）。笔者认为江肯斯的质疑是有道理的。马克·斯皮尔卡支持林恩的观点是好的，但在评释中往往从海明威的生活经历中考证他人物描写的证据，多处混淆了生活与艺术的界限。

有些地方沿用了“创伤论”的老方法，虽然有的章节写得不错，颇有参考价值。1994 年，罗伯特·斯科尔斯和南茜·R·康姆雷合著的《海明威的性别：重读海明威的文本》进一步探讨海明威小说文本中的性别差异和转换。两位作者在书中从伦理学的角度出发，以海明威作品的文本和生活经历为中心，联系海明威成长过程中其他文化因素，探讨了他作品文本中复杂的性别和性欲问题，指出海明威的性别意识早已有之（Comley & Scholes 1994：46—47）。生活中流传他的“爸爸”神话，他早期作品的语境则没有“爸爸”的刚性。他的文本的重要部分具有强烈的感情，但在“爸爸”的面具下可以看出一个男孩对父亲的反抗。海明威写了一个男孩在没有父爱的情况下如何成熟。他不想成为他父亲一样的父亲，最后成了一个“反爸爸”。

海明威笔下的女性具有不同的类型。他塑造最成功的女性往往是他几类女性基本类型特点的综合或被称为男性代码的女性。他所刻画的 3 个女强人形象是布列特、彼拉和凯瑟琳·布尔纳。海明威在早期和后期作品中对同性恋、性别变化和种族通婚很感兴趣。在《伊甸园》手稿里，这达到了高峰。他还写了西班牙斗牛士中的同性恋和情欲。

两位作者认为性别差异体系有一部分是生物性的，一部分是文化性的。它以人类基本性别——男性和女性——为基础，逐渐扩展到文化方面多种因素。与其他学者不同的是：两位作者高度重视《丧钟为谁而鸣》中彼拉形象的塑造。他们没有采用“雌雄同体”一词，却细致分析了彼拉形象具有女性和男性的双性特征。他们认为布列特、彼拉和凯瑟琳·布尔纳都具有双性特征，以彼拉最为突出。彼拉是以格特鲁德·斯坦因为原型塑造的。她是母亲型和培育型加上男性同性恋的混合物。她的魅力来自双性（Comley & Scholes 1994：46—47）。她说过，“我会做个好男人，但我毕竟是个女人，丑得很”（海明威 1997：97）。她的外貌魁梧高大，像她丈夫巴布罗那么强壮，但比他勇敢，比他进步。她酷似斯坦因。两人都有一双漂亮的眼睛和农妇般强壮的体魄。两人都被认为是性别模糊的人物。在她俩身上可以找到男性的强壮和女性温柔的混合。海明威将她们两个女性不仅当成不同性别的范例，而且作为这些性别差异的老师。

从以上不难看出：“双性转化论”日益引起美国学术界的重视。《海明威的性别》一书从海明威已发表的作品和未发表的手稿出发，结合他的家庭背景、他和母亲的关系、他和 4 任妻子的分分合合等对小说文本进行了深入的分析，揭示了海明威笔下女性形象的不同类型及其特色，提出了独特的见解。它标志着这场关于“双性转化论”争论的新发展。

另一方面，迄今为止，从美国学术界的争论来看，大部分学者认为，尽管海明威崇拜男子汉英雄气概，塑造了激励人们向上的硬汉形象，但他仍然超越尘俗，用双性的视角去描述他所了解的人与事，客观地揭示女性的情感，刻画了一系列不同类型的女性形象。“双性转化论”在某种程度上成了他的“秘密缪斯”。

参考文献

[1] Comley, N. R. & R. Scholes. 1994. *Hemingway's Genders: Rereading the Hemingway Text* [M]. New Haven/London: Yale University Press.

[2] Fiedler, L. 1959. *Love and Death in the American Novels* [M]. New York: Stein and Day.

[3] Hemingway, E. 1929. *A Farewell to Arms* [M]. New York: Scribners.

[4] Junkins, D. 1994. Mythmaking, androgyny and the creative process, answering Mark Apilka [A]. K. Rosen (ed.). *Hemingway Repossessed* [C]. Westport: Praeger. 59 – 61.

[5] Kert, B. 1983. *The Hemingway Women* [M]. New York: W. W. Norton & Company.

[6] Spilka, M. 1990. *Hemingway's Quarrel with Androgyny* [M]. Lincoln/London: The University of Nebraska Press.

[7] Whitlow, R. 1983. *Cassandra's Daughters: The Women in Hemingway* [M]. Westport: Greenwood Press.

[8] 海明威. 1995. 太阳照常升起 [M]. 赵静男译. 上海：上海译文出版社.

[9] 海明威. 1997. 丧钟为谁而鸣 [M]. 程中瑞译. 上海：上海译文出版社.

[10] 杨仁敬. 1996. 海明威传 [M]. 台北：业强出版社.

（原载《外文研究》[河南大学]，2014 年第 2 期）

作家要敢于超越前人

美国小说家欧尼斯特·米勒尔·海明威从一个普通的高中毕业生到诺贝尔文学奖获得者，经历了不平凡的历程。他由一个默默无闻的记者，经过在巴黎6年的不懈打拼，迅速崛起，登上欧美文坛，成为一位光彩夺目的新进作家。他的4部小说《太阳照常升起》《永别了，武器》《丧钟为谁而鸣》和《老人与海》在美国文学史上留下了崭新的一页。1954年，海明威终于摘取了诺贝尔文学奖的桂冠，圆了他一生的美梦。

瑞典皇家文学院代表在颁奖辞中肯定了海明威的两大贡献：一是精通现代叙事，再现了口语中的一切奥妙，"成了我们这个时代伟大文体的创造者之一"；二是塑造了勇往直前的硬汉形象，"创造了我们这个苦难时代中的真实人物。"

海明威当时因病不能亲自去斯德哥尔摩领奖。他在书面答谢词中首先感谢瑞典授予他这项大奖。他强调指出："对一个真正的作家来说，每一本书的完成都是他努力去开拓的新起点。他应该坚持不懈地去追求，做别人从来没做过的或曾尝试过而没有成功的事。这样他就有幸获得成功。"

这些发自肺腑的话是海明威毕生创作的深刻体会和经验总结，也是他对后辈作家的期望。

作为一位著名的小说家，海明威经历了许多困难和挫折。他的成长的关键在于：善于博采众长，自成一格，走自己的路。他始终坚持现实主义方向，努力深入社会实践，关注时代的变化。在巴黎学艺期间，他细心研习现代派作家庞德、斯坦因和画家毕加索等人崭新的表现手法，认真阅读莎士比亚、托尔斯泰、马克·吐温等大文豪的名著，反复实践，写好“每一个真实的陈述句”，终于形成了自己独特的“冰山原则”，塑造了感人的硬汉形象，促进了美国小说的新发展。

海明威从小喜爱文学。早在家乡中学时就当过校报《秋千》和《书板》的编辑，在两报上发表了许多报道和诗歌，深受师生们的好评。他爱模仿芝加哥名作家拉德纳的风格，被称为“小拉德纳”。高中毕业后，他谢绝了父母要他升大学的建议，到《堪萨斯之星》当见习记者。他接受了严格的新闻写作训练，经常深入现场报道发生的事件，对社会生活有所了解。后来，他参加美国红十字会赴意大利战场当救护队司机，不幸被敌方炮弹击中受了重伤。这些经历成为他创作长篇小说《太阳照常升起》和《永别了，武器》的生活资源。

海明威是从巴黎走进文学殿堂的。1921 年底，他带着成名作家舍伍德·安德森的推荐信，偕新婚不久的妻子哈德莱到达巴黎。当时的巴黎是世界现代主义思潮的中心。海明威会见了诗人庞德、小说家斯坦因、多斯·帕索斯、菲茨杰拉德和画家毕加索。斯坦因和毕加索经常在一起探讨文学艺术的创新问题。海明威成了他们文学沙龙的常客，总是耐心地倾听他们发表高见。斯坦因家里挂满了塞尚、马蒂斯、莫奈等名画家的作品和毕加索的立体主义画作。它们深深地吸引了青年海明威。他特别钟情于塞尚的画作和艺术主张。塞尚注重写真实，描写自然。海明威意识到时代在变化，新文艺思潮正在形成，文艺需要革新。他努力去适应它，从中汲取有益的东西。他比较倾向于先锋派和心理分析派，不赞成否定传统的达达主义派。在斯坦因和毕加索的启发下，海明威渐渐地把小说创作与绘画艺术结合起来，用“画家的眼睛”来观察生活，表现生活，同时，他大胆地革新小说结构，小心试验戏仿技巧，反复尝试意识流手法等。他早期的作品《在我们的时代》和《春潮》以及一些短篇小说如《弗朗西斯·麦康伯短暂而幸福的生活》等就是他最好的实践。有些手法在他成名后的作品里仍在运用，甚至用得很好，很有特色。

尽管如此，海明威并没有盲目地跟着庞德和斯坦因等现代派作家走。后来庞德成了美国现代派诗歌的奠基者，斯坦因成为美国现代派小说的开创者，海明威则坚持现实主义方向，成为一位风格独特的现实主义作家。

在巴黎学艺期间，一方面，海明威常常去欧洲各地采访。他会见了墨索里尼等政要，了解列强之间的勾心斗角、难民逃难的惨状、独裁者的野心和民众的困苦等等。他对“我们的时代”的暴力和欧洲的乱象以及平民百姓的艰辛有了进一步体验；另一方面，他拼命挤时间阅读世界文学大师的著作，从中汲取了许多现实主义的养分。

到达巴黎以前，安德森给海明威开了个书单，建议他读些古今名作家的杰作，他接受了。到了巴黎以后，庞德又推荐一些世界文学名著让他读，他也照办了。他经常去比茨的莎士比亚公司书店看书和借书。他以前没机会接触这些名著，现在拼命挤时间猛补。他先后读过托尔斯泰、屠格涅夫、巴尔扎克、斯丹达尔、福楼拜、莫泊桑、塞万提斯和陀思妥耶夫斯基以及现代作家吉卜林和乔伊斯等人的小说，重读了莎士比亚的戏剧和马克·吐温的小说。他特别推崇“美国文学中的林肯”——马克·吐温。他认为，“一切现代美国文学都来自马克·吐温写的一本书：《哈克贝利·费恩历险记》。”他一生一直以马克·吐温为楷模，注重真实地表现生活，使自己的作品充满生活气息，采用美国中西部民众的口头语来写作，在小说里大量运用简洁、精练的对话，深受读者的喜爱。

更有意思的是，海明威不仅从上述文学名家的作品里学到了许多东西，而且提升了自己的奋斗目标。以前，他只想当个报刊小说的通俗作家。如今，他决心“同死去的作家比高低”，超越他们，成为世界一流的作家。诚然，他承认莎士比亚和托尔斯泰是古典作家中的冠军，难以企及。至于其他作家，他倒是想与他们较量一番，甚至出重拳打败他们。

有了明确的奋斗目标以后，海明威总是坚持不懈地去追求和拼搏。不论在家里床上或在咖啡馆里、在火车上或旅馆里，他都能写报道和小说。他养成了在艰苦条件下写作的好习惯。这在当代美国小说家中并不多见。他用写小说的手法写新闻报道，又将新闻报道的真实材料融入小说，自成一格。成名前，他总请庞德和斯坦因对他写好的短篇小说提意见。他还将第一部长篇小说《太阳照常升起》的文稿请菲茨杰拉德过目，后者建议他删去小说开篇的 15 页，海明威立即接受，删去了 20 多页。据说，《永别了，武器》的结局改了 40 多次。正如他自己说的，“我工作非常艰苦，再三重写改正，不厌烦。我非常关心我作品的效果。”

《太阳照常升起》问世后获得了成功。有人称海明威是“迷惘的一代”的代表，他一再加以否认。他认为尽管一战中他受过重伤，但从来不迷惘，当作家的愿望从未改变，也不曾放弃努力。从他成名后的表现来看，这是符合事实的。20 世纪 30 年代初，美国出现了经济大萧条，各种社会矛盾加剧，海明威跑去非洲狩猎，受到学界的尖锐批评。后来，他在基韦斯特看到经济萧条，工厂倒闭，许多人失业，一些退伍老兵死于飓风，深受震撼。不久，他主动 4 次前往西班牙报道内战的情况，经常深入前线，采访国际纵队英勇抗敌的事迹。1937 年，他在全美作家代表大会上做了《法西斯主义是个骗局》的报告，受到热烈欢迎。他转向“政治缪斯”，成了一位反法西斯战士。后来，西班牙进步力量失败了。海明威敏锐地意识到叛军势力背后有德意法西斯的支持。法西斯势力成了世界和平的主要威胁。他便结合自己的亲身见闻，发表了长篇小说《丧钟为谁而鸣》。主人公美国青年罗伯特·乔登志愿赴西班牙，支援西班牙人民的正义斗争，最后英勇牺牲。乔登成了海明威笔下最突出的硬汉形象，也成为当代美国小说史上的新形象。

海明威的一生是不懈奋进的一生。他经历了名声的起伏、3 次战火的考验，又遭遇数次车祸和两次非洲空难，大难不死，重病缠身。最后，他写出了《老人与海》，荣获诺贝尔文学奖，登上了欧美文学的巅峰。他终于实现了自己的诺言：“人可以被毁灭，但不可以被打败”，表现了“压力下的体面”。他成了一位实实在在的硬汉作家，给后人留下了宝贵的文化遗产和精神财富。

（原载《文艺报》，2011 年 11 月 2 日）

用“画家的眼睛”观察生活，表现生活

——评海明威与欧美画家

2011年是美国著名小说家欧尼斯特·海明威（1899—1961）逝世50周年。回想这位作家经过短短的6年从巴黎崛起的经历，不禁令人肃然起敬，浮想联翩。

海明威从橡树园河林高中毕业后，谢绝了他父亲的建议，没有读大学，而是选择去《堪萨斯之星》报，在那里当了7个月的见习记者。后来经朋友的帮助他通过了体检，到意大利一战战场当了一名红十字会的救护队司机。有一天，他在前线遭奥匈军队狙击炮袭击，身受重伤。手术治疗后，他回国疗养。身体康复后，他到加拿大多伦多《多伦多之星》报刊当记者，写了不少新闻报道和小故事。他立志当个作家。

1921年12月，海明威带着成名作家舍伍德·安德森的介绍信，偕新婚不久的妻子哈德莱到达巴黎，开始了当作家的梦之旅。

20世纪20年代的巴黎是欧美现代主义的中心，先锋派、达达主义派、弗洛伊德心理分析派、未来派和超现实主义派等都很活跃。旅法的美国女作家斯坦因的家就是巴黎最有名的先锋派活动中心之一。海明威拿着安德森的介绍信，分别会见了诗人庞德、小说家格特鲁德·斯坦因和英国小说家乔伊斯。他成了斯坦因家里的常客。斯坦因常常与西班牙画家毕加索探讨欧美文学和绘画的创新问题。海明威很感兴趣，总是专心听他们高谈阔论，偶尔提些问题。斯坦因的沙龙里挂满了著名画家塞尚、马蒂斯、莫奈和格里斯的作品，令他流连忘返。他渐渐地懂得小说与绘画的关系。他发觉现代派的表现手法就是将二者结合起来，大胆突破旧框框，写出新的视觉和新的感觉。于是，海明威结合自己的特点和经验，在写短篇小说时勇于实践，终于取得了长足的进步，为日后在文坛的崛起铺平了道路。

海明威感受最深的是：用“画家的眼睛”观察生活，表现生活。他第四任妻子玛丽在回忆录里披露了海明威写作的两大秘密：一、力求小说语言的诗化；二、像塞尚那样写好作品。成名后，海明威多次与记者谈及创作问题，但从未明白地表露出上述亮点，所以学术界称之为“秘密”。

不过，海明威在他的回忆录《流动的盛宴》里曾提到他对塞尚油画情有独钟。从成名前在芝加哥和在巴黎苦苦学艺期间到成名后的30年代，他都对这位法国大画家十分尊敬和崇拜，努力向他学习，努力将小说写得像他的油画那么好。

他写道：

> 我几乎每天都到卢森堡博物馆里看塞尚的油画，也看马奈和莫奈以及其他印象派画家的画。那些画是我在芝加哥艺术学院第一次知道的。我从塞尚的油画中学到了一些东西，写出简单、真实的句子，这还不足以使小说具有立体感，所以，我正努力将它们放进去。我从他身上学到很多东西，但我不敢明确地对任何人这么说，何况，它成了一个秘密。

这些话成了玛丽泄“密”的最好注脚。

塞尚是19世纪法国油画家。他力主回归自然，画风景油画，表现自然美，大胆地改变了以帝王和宗教为主题的旧传统。他强调一幅画要突出重点，真实地描绘生活，删去可有可无的东西，表现自然、平实而优美的人和景。塞尚敢于打破旧传统和旧习俗，勇于闯新路。这是其他艺术家不能比拟的。这种精神对海明威特别有吸引力，使他把书写真实作为终生奋斗的座右铭。

海明威真正接触和认识塞尚是在巴黎斯坦因家里。她的家像一所民间油画博物馆。1902 年，她到巴黎跟哥哥列奥一起卖画为生。她负责收集散落民间的名家油画，再由列奥上街拍卖。1922 年，海明威第一次走进斯坦因家里时，就发现墙上挂着名画《塞尚夫人的肖像》。十多年后，兄妹俩收集了许多塞尚的名作，但在列奥搬出去另租房自住以前，大部分油画都卖掉了。后来，斯坦因在《塞尚夫人的肖像》的影响下，尝试写小说，先后出版了《三人传》等小说。她也喜欢当代画家马蒂斯，尤其喜欢毕加索。她很赞赏毕加索的立体主义油画风格，甚至想当个立体主义文学家。她和毕加索多次讨论了文学与艺术的创新问题。海明威耳濡目染，留下深刻的印象。

在斯坦因的影响下，海明威认真研习塞尚的艺术思想和表现技巧。除了斯坦因家中两幅塞尚的名画以外，海明威在巴黎至少还看过 40—50 幅塞尚的油画。他对每一幅画都反复揣摩，认真汲取有益的东西。他还多次与斯坦因讨论塞尚名画的特色。塞尚的艺术理念和创新的追求，对青年海明威产生了巨大的影响。

大约 1850 年前后，法国印象主义画派公开宣称与学院派画家决裂。学院派曾支配法国画坛几百年。双方的主要分歧在于色彩的用法，尤其是明线的突破。内容上，印象主义画派反对以历史帝王和宗教为主题，主张转向风景画。塞尚逐渐加入印象主义画家之列，思想走向激进。他认为自然是艺术接受检验的“高级法院”，画家必须完全献身于对自然的研究。按照他的说法，“老一套是艺术的瘟疾。”这种对“自然”的新认识和新理念成了一种朴实的现实主义。虽然它不易被人们所理解，但受到青年海明威的衷心欢迎。

美国学者麦克尔·雷诺兹在《海明威的阅读》一书里指出，海明威曾去西尔维娅·比茨的莎士比亚公司书店借阅布洛斯·伏尔拉的《塞尚传记》，该书提到塞尚对法国学院派画家们进行了尖锐的抨击。雷诺兹认为这肯定影响了海明威对学院派的态度，使他倾向于朴实、自然的现实主义。1924 年，在给斯坦因的一封信中，海明威坦率地谈到他在短篇小说《大二心河》里学习塞尚的兴奋心情。他说，“在去西班牙以前，我在写一篇长东西，我尽力像塞尚那样描写乡村。我有不少时间，有时学到一点。”他谦虚地表示：他对塞尚的学习刚刚开始。

1925 年，海明威将《大二心河》作为最后一篇，收入《在我们的时代》。据美国学者考证，海明威删去了原稿上的一段。这段文字充分显示了海明威通过尼克·亚当斯的话，表露了他想向塞尚学习、当个好作家的愿望。

> 他，尼克，想描写乡村，所以他应该像塞尚在油画中那么做，你应该从你自己内心来写。……他感到这几乎是崇高的。这是非常严肃的。如果你敢拼一拼，你就能做到。如果你用眼睛好好看该多好！这是一件你不能不说的事。……你知道塞尚会怎样画那条河这一笔。天啊，假如他只在这里画，该多好！

梅花香自苦寒来。海明威认准了方向就下苦功夫，一面坚持为《多伦多之星》报写欧洲通讯，一面认真练好“每个陈述句”，终于有了新的突破。1926年，他的第一部长篇小说《太阳照常升起》问世，立即受到评论界的好评。从巴黎走上欧美文坛，海明威仅仅花了短短的6年时间，令人意料不到。1929年，第二部长篇小说《永别了，武器》发表后，好评如潮。海明威完全奠定了一个新兴小说家的地位。

成名后，海明威并没有忘记塞尚。1934年，他出版《非洲的青山》时说过，“这本书像画个塞尚一样难。”1958年在回答记者普立姆顿的问题时，海明威又说，“我向画家们请教，或开始这么做，因为我向他们学到的东西跟向作家们学到的东西一样多。”言外之意，他将画家与一些名作家摆在同等的地位，不断向他们求教，努力拼搏，以实现自己的目标。

在巴黎学艺期间，对海明威影响较大的另一个画家是毕加索。海明威是在斯坦因家里认识他的。斯坦因给海明威详细讲解了立体主义画家的兴起和特色，令他拓宽了视野，进一步弄清了绘画与文学的关系。他也直接请教过毕加索。毕加索成了他第一位师傅。毕加索坚持现实主义创作方法，但他认为传统的现实主义存在准确表现生活的平衡问题。他强调表现真实，反对无价值的“准确”。他致力于描绘普通人的日常生活，反对空想主义。在某种意义上说，他想寻找一种新时代现实主义的新模式。他认为立体主义就是“首先抓形式的一种艺术”。他创作的油画《阿维隆的太太们》（1907）被普遍认为是20世纪第一幅立体主义代表作。这幅画以尖角形为背景，描绘了5个几何图形化的裸体女人，通过形状的不断重复来刻画背景和裸女。毕加索强调这幅画更关注的是艺术形式，而不是他所勾勒的女人。他的其他油画却采用了各种几何图形的重复，以此探寻一种表现生活的新模式。毕加索勇于探索和创新的精神深深地启发了海明威。

在塞尚和毕加索的启发下，海明威认识到绘画与小说有许多共同之处。画家和作家面临着共同的问题：如何看待和表现这些问题？这引起了文艺界的普遍关注。海明威发现，塞尚观察生活和表现生活的方法很有新意，于是，用画家的眼睛观察世界和表现世界成了他的新理念。海明威想描绘一战后西方世界的全貌，或至少是他个人所见到和听到的概貌。他认为如果写得真实，你所写的任何部分都可以代表整体。批评家艾德蒙·威尔逊曾将海明威作品的亮点与西班牙作家戈雅的画联系起来，认为他那浓缩的小速写（vignettes）与戈雅的油画一样新鲜、优美，海明威与戈雅一样，十分重视作品的传神和生动。威尔逊看出了海明威作品的视觉效果。海明威把语言写活了，很有自己的特色，他不是简单地用塞尚等画家的眼睛来观察生活，而是用他自己的眼睛来观察生活和描绘生活，揭示了一战后的时代精神。塞尚的作品具有浓烈的感情，对海明威影响很深。但海明威在作品中将浓烈的感情深藏不露，尽量从作品的表面隐去他自己的思想和情感。他多次指出，新闻报道是客观地报道所发生的事件，而小说创作则要写出对这些事件的感受。他总是精心选择细节，让它们自己表达人物的感情。他将所有修饰的形容词和副词尽量删去，突出人物的动作。这种视觉效果往往带有戏剧性，让读者自己去体验和回味，审美效果也更好。诚如塞尚所说，“我努力表现自然，但不去重建自然。”海明威早年的刻苦习作，也充分体现了这一点。

塞尚、毕加索和戈雅等画家的新理念和新技巧不仅促进了海明威在巴黎的迅速成长和崛起，而且影响了他一生的文学创作。海明威毕生致力于使用多色调的诗化语言，这在他后来荣获诺贝尔文学奖的《老人与海》里表现最为突出。他从印象派画家那里得到启迪，抓住瞬间的主观意识，捕捉客观事物的美感，运用色、光、形相结合的手法来表现大自然景色的美，大大地增加了读者的审美情趣。比如《老人与海》主人公圣地亚哥在海上看日出，作者是这样写的：

> 这时，陆地上升起了山一般的云，海岸成了一条长绿色的线，背后映

衬着几座天蓝色的小山。此时，海水已经变成了深蓝色，深得几乎发紫。他低头往水里瞧了瞧，看见深蓝色的海面上散布着红色的浮游生物，也看到了此刻太阳射出的奇异之光。他留意让钓线一根根笔直地下到水里，进入看不见的深处。见到那么多浮游生物，他很高兴，这说明有鱼情。这时，太阳升得更高了，在水里变幻出奇异的光彩，这意味着天气会很好。陆地上云彩的形状同样说明这是个好天。但这时，那鸟几乎看不见了，水面上什么也没有，只有几块黄色的马尾藻，被太阳晒得褪了色，还有一个僧帽水母的胶质泡囊，紫颜色，有模有样，闪出彩虹色的光，贴着船浮在水面上。①

这里，海明威用了许多表示颜色的形容词，如绿色的、天蓝色的、深蓝色的、紫色的、红色的、白色的、黄色的，最后汇成七色彩虹的光，构成了一幅水天一色的美丽图画。画中，白云、大海、阳光和小山交相辉映，而置身其中的圣地亚哥老人则凭自己多年海上捕鱼的经验观天气，看鱼情，对出远海捕鱼充满了信心。徐徐升起的太阳不仅照耀着大海和陆地，也照亮了老渔民的心，使他从 84 天捕不到鱼的晦气中走出来。海明威短短的几笔，像个名画家，勾勒出圣地亚哥老渔民的老练、机智和自信的形象，而他自己的感情则深藏不露，情景交融，让读者沉浸在诗情画意的美景中而大饱眼福。难怪评论界有人称这段文字为大师手笔之一，令人难以忘怀。

海明威善于向塞尚、毕加索和戈雅等多位名画家学习，博采众长，自成一格，受到评论界的赞扬。哈佛大学哈里·列文教授对青年海明威学艺做了精彩的概括。他指出：

一种气氛递增的诀窍也许是海明威从格特鲁德·斯坦因那里学来的。它就是将某个特定的插曲普遍化；“他们总是挑选最好的地方来争吵。”他提出对一家餐馆的这种一般看法时——“它充满油烟、酒气和歌声”——他是个印象主义者，假如不是个抽象主义者的话。后来他距成为表现主义

① 海明威著，黄源深译，《老人与海》，译林出版社，2007 年，第 17 页。

者仅一步之遥：“……那房间旋转了。”①

这里，列文教授提到海明威时用了印象主义者和表现主义者，还有抽象主义者。列文指出了海明威文学语言与欧洲名画家们的关系，即海明威的文学语言具有视觉效果。这也许是他学习了画家们对生活的深刻洞察力，并和他多年当记者的实践经验相结合的结果。

向名画家学习成了海明威在巴黎学艺阶段生动的一课。这一课让他一生受用不尽，令他终生难忘。它不单帮他在巴黎短短 6 年就顺利崛起，成了欧美文坛一颗光芒四射的新星，而且让他登上诺贝尔文学奖的巅峰，让他梦想成真。

应该指出：不论向名画家们学习，或向现代派作家取经，海明威总是保持自己清醒的心态。他不盲目跟随哪个现代派作家。诗人庞德是他的好友，后来成了美国现代派诗歌的奠基者。女作家斯坦因则是美国现代派小说的开创者。海明威并不完全跟他们走。虽然他从他们身上汲取了许多现代派表现手法，他仍非常崇奉美国文学中的林肯——马克·吐温的现实主义传统。他认为要向塞尚、毕加索等画家学习，用“画家的眼睛”观察生活，表现生活。他还学习了庞德的意象、斯坦因的文句创新和安德森的人物内心意识流活动。（虽然他后来与斯坦因和安德森闹过矛盾，结束了彼此的友谊，他们二人早年对他的帮助和提携是有目共睹的。）但海明威始终不忘创造自己的艺术风格。经过多年不懈的探索和反复实践，海明威终于在现实主义的基础上汲取了现代派艺术手法的特色，铸成了自己的“冰山原则”，塑造了感人的硬汉形象，以独特的姿态屹立于世界文学之林。

（原载《外国文艺》，2011 年第 6 期）

① Harry Levin. “Observation on the Style of Ernest Hemingway.” Carlos Baker (ed.). *Hemingway and His Critics*. Hill & Wang, Inc., 1961, p. 106.

论海明威的小说悲剧

1952 年，美国著名学者卡洛斯・贝克指出：“从《太阳照常升起》以来，海明威所有长篇小说都是悲剧。”① 同年，菲力普・扬说，《老人与海》的伟大成就是作为一种希腊模式的悲剧。他觉得作者的主人公像作者一样，在身心受到严重的创伤以后想追求得到全部。主人公在大灾难的打击后追寻妥协与和谐。② 这种追求与作者的悲剧设计是平衡的、息息相关的。当时许多学者表达了同样的看法：海明威是个悲剧小说的创作者。

海明威本人早在 20 世纪 20 年代就表了态。1927 年，他写了《华伦丁》给一些攻击他的批评家，用一句引文“可怜的小灾难，对命运洗牌作弊”来嘲笑他们。在他看来，世界是个悲剧，“生活本身就是一场悲剧。”不久，他宣布《太阳照常升起》是一部该死的悲剧，主人公像地球一样将永存。后来，他又称《永别了，武器》中的主人公亨利和凯瑟琳是他的“罗密欧和朱丽叶”。③ 显然，海明威是个悲剧小说家。如何界定他这个身份呢？我认为应从作品文本的分析入手来解读和探讨。

---

① Carlos Baker. *Hemingway: The Writer as Artist*. Princeton: Princeton University Press, 1952/1972, p. 152.

② Philip Young. *Ernest Hemingway: A Reconsideration*. State College: Pennsylvania State University Press, 1966, p. 129.

③ Wirt William. *The Tragic Art of Ernest Hemingway*. Lafayette: Louisiana State University Press, 1981, p. 1.

一、现代悲剧的内涵和意义

古往今来，悲剧一直是个重要的文学体裁，受到广大读者的欢迎。许多批评家一直关注悲剧的哲学性，它最终的情感上与认识上的交流。他们认为在一部悲剧里，主人公与外部的灾难搏斗，精神上获得了胜利，最终遭到失败或毁灭，揭示了与悲剧主题不可分割的崇高思想。悲剧的意义在于它赞扬人对命运的一种精神上的胜利。悲剧主人公通过他遭受的灾难，与社会的不公正抗争，以最后失败或死亡与现实世界妥协。从亚里士多德以来，悲剧有几种不同的形式，尽管有些差异，最后总是殊途同归，形成同样的结局。

亚里士多德认为悲剧是主人公"致命的缺陷"造成的，即一种行为或一种品德给他自己带来的灾难。换言之，这种悲剧是主人公自己一手造成的。[①] 他的严重行为是特别关键的。莎士比亚四大悲剧《哈姆雷特》《李尔王》《麦克白》和《奥赛罗》基本上属于这类悲剧。黑格尔的悲剧论，受到学术界广泛重视。在他看来，悲剧是两种道德上的极端或人类生存状态之间的冲突。人物或某种力量之间与其相反或对立的品德之间的冲突。[②] 如索福克勒斯的悲剧《安提戈涅》里，作为伊狄帕斯和约卡斯塔的女儿，安提戈涅蔑视叔叔克列旺，为哥哥的遗体举行了哀悼仪式。他对家庭的忠诚与叔叔对国家的忠诚发生了冲突，结果造成了可以预见的悲剧。[③] 尼采对悲剧的看法与黑格尔是一样的。他认为希腊神话表现了具有批判理性的力量与表现独创的直觉力量之间的冲突。[④] 这基本上是黑格尔式冲突的一个案例。黑格尔与亚里士多德从希腊悲剧的范例中力图从经验中引出结论。亚里士多德主要的样本是希腊悲剧家索福克勒斯的《俄狄浦斯王》，而黑格尔的样本是同一个伟大诗人的《安提戈涅》。[⑤] 另一种悲剧是A. C. 布列德利在论黑格尔的论文里提到的内心分裂和做出选择的悲剧。如上述所说的，女主人公安提戈涅自己可能在忠于家庭与忠于国家之间挣扎，内心产

---

① Wirt William. *The Tragic Art of Ernest Hemingway*. Lafayette: Louisiana State University Press, 1981, p. 4.
② Ibid.
③ Ibid.
④ Ibid.
⑤ Ibid., pp. 4 – 5.

生冲突。她必须在这种冲突中做出悲剧性的选择。现代戏剧家阿瑟·米勒则以为悲剧性的灾难是个人反抗社会，决定打破自己不可打破的性格造成的。他的剧作《坩埚》就是他这种理论的实践。崇高的个人道德变成一种实际的、起作用的缺陷，最后成了致命的缺陷。①

总的来看，一方面悲剧是命运决定的。它揭示了人在反抗命运的摆布中孤立无援，另一方面，悲剧又取决于人自身，显示了他是他自己失败或毁灭的始作俑者。一部悲剧可能只体现了一种极端或另一种极端，而大部分悲剧则二者都体现。新批评派的代表克林思·布鲁克斯则持相反的观点。他说，“对悲剧英雄来说，苦难绝不是强加的，那是他自己的决定招来的。”② 悲剧主人公要承受巨大的灾难。这种灾难是无法逆转或补偿的。同时，承受灾难要有充分的动力，才能有力地推动他的感情采取行动对付灾难。也许他能从物质上和体力上从失败中崛起，但这种人不太多。多数是外表上失败了，但精神上取得了胜利。这种对灾难的超越可以达到更高的认知，并与现实世界或社会生活妥协。超越和妥协是那些“最崇高的悲剧”的重要因素，但不是一切悲剧不可缺少的。无法挽救的灾难则是悲剧里常见的。

现代有没有悲剧呢？当然有。有些学者认为从荷马时代至今，悲剧形式不断有变化，悲剧因素成了一种观察历史的方法。这在西方世界一直保持下来，没有多少改变，所以必须区分悲剧的不同形式，才能理解其含意和影响。③

20 世纪 20 年代是第一次世界大战后西方社会的动荡时期。新旧思想交替、冲突和整合，使美国人思想有点乱。一方面是歌舞升平的爵士乐时代，另一方面是宣传个人奋斗，中小企业家崛起的时期。许多文学名著反映了这个时期的社会变化和特点。长篇小说中的悲剧性结局屡见不鲜。菲茨杰拉德《了不起的盖茨比》（1925）的主人公盖茨比靠走私发了财，迁居长岛富人区。他想恢复旧梦，与达茜重归于好，结果死于非命，酿成悲剧。福克纳的代表作《喧嚣与骚动》（1929）如作者自己所说的，是“两个堕落的女人凯蒂和她的女儿的一出悲

---

① Wirt William. *The Tragic Art of Ernest Hemingway*. Lafayette: Louisiana State University Press, 1981, pp. 4 – 5.

② Cleanth Brooks, ed. *The Themes in Western Literature*. New Haven: Yale University Press, 1955, p. 5.

③ Joseph Krutch. “The Tragic Fallacy.” In George Steiner, ed. *The Death of Tragedy*. London: Faber and Fable, 1965, pp. 12 – 13.

剧”。多斯·帕索斯的《美国》三部曲的第三部《赚大钱》写了20年代美国社会政治上的分裂、经济上的粘合和感情上的挫伤，政府不顾人民反对，处死了萨柯和万塞蒂。20年代的美国成了悲剧的时代。时代的悲剧层出不穷，发人深思。这就是垄断资本主义时期的悲剧，即现代悲剧。它与文学史上的悲剧传统是不同的。如德莱塞的《美国悲剧》(1925)。它成了一部典型的社会悲剧，具有鲜明的时代特征和丰富的思想内涵。

诚如上面所述，过去的悲剧大都以帝王将相为主人公，交织着英雄与美女的故事，由于道德上的缺陷如嫉妒、猜疑、犹豫和贪婪或命运的作弄而铸成生离死别或惨遭横祸的悲剧。这类悲剧是一面历史的镜子，可以让人们认识历史变革的过程，吸取某些难以避免的教训。但它离现代读者比较远。德莱塞笔下的主人公克莱德·格里菲斯是个普普通通的美国人。他天真地以为找个有钱的老婆，就能往上爬，成为有名有钱有势的“超人”，实现自己的“美国梦”。但他故意溺死多年的工人女友罗伯塔，最后被处以电刑。他的悲剧成了“美国梦”幻灭的悲剧。[①]《美国悲剧》揭示了现代悲剧深刻的现实意义和凝重的审美价值。

二、海明威小说悲剧的类型和特色

海明威的第一部作品《在我们的时代》(纽约版)悲剧色彩并不十分明显。因为作者还没有完全将生活看成一种悲剧。这些短篇小说里的主人公大多面临着极强大的外部世界。他们承受了不可逆转的灾难，许多人达到了精神上的另一种超越。他们在密歇根、芝加哥、意大利和近东等地受到了不同的打击。所以，除了个别篇以外，大多具有悲剧色彩。有人认为这是一个作家从不明朗的自我画像走向个人高度的悲剧想象。当时海明威处于习艺阶段。此后，随着他小说创作的日益成熟，他的小说悲剧逐渐成型，并具有鲜明的艺术特色，大体可分为5种类型。

第一种是身心受到第一次世界大战摧残或经历亲人死亡的悲剧，如《太阳照常升起》和《永别了，武器》。

---

① 杨仁敬：《20世纪美国文学史》，青岛：青岛出版社，2000年，第81页。

许多批评家并不认为《太阳照常升起》是一部悲剧。有的说它是个道德剧，有的认为它是一个当代“荒原”的寓言，有的把它当为萨特式的存在主义设计，等等。在一段长时间内，唯一认为《太阳照常升起》是一部悲剧的是作者自己。海明威甚至令人吃惊地将主人公的身份与地球相提并论，更引起一些人的怀疑。不过，对那些有类似悲剧经历的人来说，他们认为这是海明威悲剧想象的首次披露，值得引起重视。然而，学术界仍有不同的看法。卡洛斯·贝克早就指出：海明威所有小说都属于伟大的小说悲剧，但《太阳照常升起》是一个例外。[①] 菲力普·扬将此书当成海明威的《荒原》，看到书中一些人物的真正优点，如杰克应对他的创伤，在“被破坏的地方”坚强起来；他是海明威的原型英雄，他克服了灾难，达到了完美；他从灾难的废墟中心站起来，并取得了精神上的胜利。这就是悲剧的超越。贝克也认为杰克“不是迷惘，而是残废”；作者对杰克的描写是锐利有力的，他成了全书的核心；在小说结尾，杰克表现出处于荒芜而衰弱的背景下坚定的力量，成了小说有力的道德支撑。[②] 马克·斯皮尔卡感到这部小说具有悲剧的可能性，但它的主人公从没达到，杰克的最后结局是可悲的。[③] 约翰·基宁格估计这部作品是早期一部有力的存在主义寓言，也许可以接受为悲剧，但他不会说出来。所以，海明威的意见是正确的，坚持认为这部作品是小说悲剧或高层次的悲剧是从外观来判断的。

不过，如果说它是个悲剧，那肯定是不太严谨的。作者细心地描述生活环境，但没有“大于生活”的揭示。有些人不同意主人公的悲剧身份，认为小说主人公是集体的，这是不无道理的。那些人聚集于巴黎，带着感情到潘普洛纳游览然后各奔东西，表面上这与他们以前并无太大差别，但认真考虑一下，杰克还是小说的主人公和中心人物，对那些人而言，他也是个悲剧英雄。他的故事贯穿小说的始终。他是一战的幸存者，严重受伤，不能过正常人的婚姻生活。大战是人世间最大的灾难。杰克劫后余生，尽力想面对生活。在布列特走进他的生活前，他成功地留在巴黎从事报刊编辑工作；布列特第二次回到他身边，他感情上屈服了。他几乎是个受环境压制的原型英雄，他的悲剧不是他个人

---

① Carlos Baker. *Hemingway: The Writer as Artist*. Princeton：Princeton University Press，1952，p. 96.

② Ibid.，pp. 75－93.

③ Mark Spilka. “Hemingway and the Death of Love in *The Sun Also Rises*.” In Carlos Baker，ed. *Hemingway and His Critics*. New York：Hill & Wang，1961，pp. 80－90.

“致命的缺陷”造成的。杰克是战时在意大利飞行受的伤，战后他让自己爱上布列特，这带有一些浪漫情调。所以，作为一个悲剧英雄，杰克承受了灾难，既是战争对他敌视的结果，又是他自己品德所造成的。杰克与布列特在马德里聚会的场景比小说结局含意更多。它肯定了两人精神上的胜利，尤其是杰克心理上的胜利。最后，他俩一起乘的士服从了交通警察的指挥，似乎暗示了悲剧的主题：在一个冷漠而害人的世界专制独裁下，人是孤立无援的，他只能接受无法逃脱的灾难，以保持自己的尊严。

除个别人物外，小说中次要人物如柯恩、康贝尔等也像杰克一样，都是被战争搞得失去青春、失去生活方向的悲剧人物、海明威完成了他的第一次悲剧构思。他对人不可避免地被大千世界冷漠而充满敌意的势力所毁灭的观念后来有所发展，给予他的人物狭小的超越空间，保持一定的尊严。在往后的小说中，他给了他们更有力的回应。

作为一部小说悲剧，《永别了，武器》与《太阳照常升起》有明显不同。它不那么复杂、结构比较集中，悲剧设计比较清晰。形象比较具体严实，文字富有诗意。海明威运用了许多艺术策略，但文本里没有超越和妥协。有两个细节很引人注目：无数蚂蚁在一根营火木头上被烧死；亨利在雨中孤独地走出医院。这两个细节隐含了深刻的意义。小说的结局只能是灾难征服了一对年轻的恋人：凯瑟琳难产死了，留下一无所有的亨利在冷漠的世界上。海明威强调的中心似乎从个人超越灾难，转向接受那世界上无法逃避的灾难。小说表明没有精神上的胜利，没有超越灾难也可以成为一部有魅力的悲剧。

海明威曾称《永别了，武器》是“我的罗密欧和朱丽叶”。其实不然。如果从浪漫的爱情悲剧来看，它更像英国大诗人乔叟的诗剧《特鲁洛伊罗斯和克瑞西达》，浪漫的爱情悲剧发生在大战的后方，不是在家庭纷争之间。男女主角的接触靠的是宽厚世故的朋友，表现了怀疑主义的态度。克瑞西达是个寡妇，凯瑟琳是个处女；两人都在战争中失去了男人或男友，感情上想找个新的男人。爱情与战争的冲突造成了灾难。乔叟直接猛烈抨击命运对人物的玩弄，海明威则象征性地控告同样干坏事的西方世界。但两部作品的结局截然不同。在海明威笔下，女主人公凯瑟琳的死造成了男主人公亨利悲剧性的冲动，她被毁灭了，亨利虽生犹死。对他来说，没有妥协，也没有超越，那成了他最后的灾难。他第一次自己选择从美国到意大利参战，思想是迷迷糊糊，说不清为什么的，第二次受伤康复后又积极上前线，第三次选择了从战场开小差，宣布“我已忘记战争，与战争单独媾和”了。事实上与残酷的战争“单独媾和”不可能，战争仍在进行，环境依旧险恶。他还可能受到惩罚。没有什么力量可以改变人遭受冷酷的社会造成的毁灭，这是海明威对悲剧认识的变化。

第二种是受到厄运打击的悲剧，如《过河入林》和《湾流中的岛屿》。

作为一部小说悲剧，《过河入林》与《太阳照常升起》有许多类似之处。主人公坎特威尔上校与杰克似乎都在灾难面前必须做出抉择和采取决定性的行动。坎特威尔在二战中是个将军，后来与上司不和被降为上校。退伍后，他患上心脏病，两次发作几乎要了他的命。他认为自己命不久矣。这是不可避免的，这对他是个大灾难。他找了一个意大利贵族少妇雷娜塔，向她倾吐心声，发泄不满，以平静的心态与疾病斗争。他也去野外打野鸭，呼吸新鲜空气，与命运搏斗。他面对死亡的来临既不害怕也不遗憾，将死亡当为必然的归宿，获得心灵上的自我安慰。他受过误解和惩罚，他泰然处之，与命运周旋，临死不惧，视死如归。在他打野鸭归来返回威尼斯的路上，第三次心脏病发作，夺去了他的性命。厄运和灾难以及他个人的缺陷铸成了他的悲剧。

《湾流中的岛屿》男主人公托马斯·哈德孙画家一生坎坷，经过两次婚变，始终仍孤身一人。他有 3 个儿子，大儿子二战中去英国空军当兵，在执行一次飞行任务中牺牲，其他两个儿子到比美尼岛与他团聚，回去后竟发生车祸双双遇难。厄运的接连打击没有毁灭他。他振作起来，组织一些志愿人员，驾着他的游艇，在古巴北部沿海跟踪德国潜艇，顽强地与敌人周旋，最后在一次追捕纳粹潜艇残余分子的战斗中牺牲了。临死前，他看到了在悲剧妥协中世界最后的和谐。

第三种是大萧条背景下民不聊生，铤而走险的悲剧，如《有钱人和没钱人》。

这部长篇小说与海明威早期两部长篇小说不同，更像一般的现代悲剧，有学者称它是亚里士多德式的悲剧。[①] 它比起前两部小说来说具有更多的视觉形

---

① Gerry Brenner. “*To Have and Have Not* as Classical Tragedy: Reconsidering Hemingway's Neglected Novel.” In Richard Astro and J. J. Brenner, ed. *Hemingway in Our Time*. Corvallis: Oregon State University Press, 1972, p. 67.

象，同时又偶尔展示一些抽象的思想。《有钱人和没钱人》直接揭示了悲剧是主人公哈里·摩根“致命的弱点”造成的，这对海明威来说还是第一次。

哈里·摩根在为生存的斗争中是注定要失败的。他是基韦斯特一个普通工人，20 世纪 30 年代美国大萧条危机袭来，他失业了，家庭生活陷入困境。他的灾难包括政治冲击和经济剥削。他受到一个商人的欺诈，又被一个政府官员欺压。这使他的悲剧具有政治色彩。摩根有条船，又有妻子和两个小孩。他靠那条船维持一家的生活。他想靠自己老老实实的劳动挣钱养家，这是他的最大愿望。可是灾难悄悄地降临到他身上，命运逼他做出错误的选择而走向灭亡。约翰孙先生粗暴地欺诈他，租用他的船 19 天，然后坐飞机从哈瓦那溜走，欠了摩根 825 美元。这迫使他第一次做出选择：让他家人挨饿，子女失学，还是接受危险而非法的差事呢？他决定不惜一切代价维持家人的生活，维护自己的尊严，他选择了亡命之徒的职业，走上违法之路。这是他致命的选择。大萧条危机又迫使摩根不再靠捕鱼谋生，他开始走私烈酒，并不断做违法的事。故事的最后，他遭遇海岸警卫队，被打伤后躺在甲板上喘着气说，“光靠一个人是不行的……”他临死前才懂得了他战胜不了欺压他的势力。他的悲剧是命运与他自己的盲目自信一起造成的。

尽管批评界认为这部小说艺术上是败笔之作，但它提供了当时社会的、经济的现实直觉视野，人物真实可信，悲剧结构有力，语言节奏感强，富有活力。小说揭示了美国社会生活中贫富的悬殊和不公。这是经济危机中社会制度的不良运转造成的，它给下层平民百姓造成了个人悲剧。所以摩根的悲剧既是个个人悲剧，也是个社会悲剧。

第四种是为正义事业献身的悲剧，如《丧钟为谁而鸣》。

如果说摩根的死亡得到了精神上胜利，那是有限的，痛苦的，那么，《丧钟为谁而鸣》主人公罗伯特·乔登以坚强的意志和果敢的行动获得了精神上的胜利则是毫不含糊的，那是一种值得称赞的超越。西班牙内战是法西斯势力造成的一场大灾难，远在美国的乔登主动挑战它，与西班牙民众一道与这场灾难搏斗，最后牺牲在西班牙土地上，进步力量也失败了。乔登虽死犹生，令许多读者感动不已，称赞他的死是最幸福的。他的悲剧是一种层次最高的悲剧。

乔登对灾难的回应是积极主动的，很有力度，他经历了 4 次选择。第一次，作为一个大学讲师，他可以待在蒙塔那大学，继续努力教书，将来成为专家教授，功成名就，生活优裕。但他选择了投笔从戎，到西班牙参加反法西斯战斗。第二次，到达西班牙后，乔登接受了国际纵队司令高尔兹的命令，到山区游击队驻地，组织他们炸桥，切断敌人退路，他深知这是个危险的任务，但他高兴地接受了。第三次，乔登在游击队山洞，与西班牙少女玛丽娅陷入热恋，出现了爱情与任务的矛盾。他从没想过带着玛丽娅逃离战场，到遥远的地方过平静而甜蜜的生活。对他一个外国人来说，当时这么做并不太难。但他选择了坚守阵地，完成炸桥任务。在执行任务中，他遇到自私的游击队长巴布罗擅自出走；他在彼拉帮助下，说服了巴布罗支持炸桥。这是他正确的判断和策略。当时法西斯势力是灾难的根源，乔登要战胜这场灾难，唯有团结全体游击队员共同对敌，才有希望。这反映了海明威对于抗击灾难求生存的新认识。第四次，炸桥后，游击队迅速撤退时遭遇了敌人，乔登的腿被打断了。他有机会在其他游击队员的帮助下安全地撤离阵地，但他选择了留在阵地，用机关枪掩护他的游击队战友们安全撤退。最后，他壮烈地牺牲了。这个选择是一种真正的无私的选择，也是一种超越爱情、超越自我的选择。有些批评家认为这部悲剧小说有些像历史上有名的“英雄悲剧”，它体现了海明威的最高艺术成就。

乔登的 4 次选择造就了他的英雄形象，这不是偶然的。他与亨利不同，他对西班牙内战的认识是清楚的。他的选择是他经过内心思想斗争的结果，他的超越是自觉的。诚如他所说的，“现在，我已经为我所信仰的东西战斗了一年。假如我们在这里打胜，我们一定能处处打胜，世界是个美好地方，值得为之奋斗。我多么不愿意离开这个世界啊。他对自己说，你有很多好运，度过了这么美好的一生……因为最后这几天来，你像任何人一样，过着这么美好的生活。我希望有什么办法将我学到的东西告诉后人……我很想跟卡柯夫聊聊。”① 乔登的内心独白成了小说主题很好的解读。海明威以炸桥为中心的严密结构集中体现了主题。他引用 17 世纪英国诗人堂恩的诗文成了小说最好的注脚：一个人的主要任务是尽其所能为全人类的自由和尊严贡献一切，包括生命。为了人类整

① 海明威：《丧钟为谁而鸣》，程中瑞译，上海：上海译文出版社，1991 年，第 405 页。

体，牺牲自己是个人的义务。如果说死是个悲剧，那么乔登的悲剧是闪亮的悲剧，他的献身是个最伟大的超越。这说明海明威的悲剧意识进一步强化了，他不再单纯追求个人劫难后的余生，而是关注人类的命运，从全人类的得失来考虑个人的生死。

第五种悲剧是与大自然顽强拼搏失败的悲剧，如《老人与海》。

小说主人公圣地亚哥是个古巴老渔民。他有丰富的捕鱼知识和经验。但他一贫如洗，无依无靠，没有得到社会应有的回报，世界对他太不公平了。当他遇到意外困难，84 天捕不到鱼时，周围的人怪他倒霉，连他身边的小男孩曼诺林也给父亲拉走了，他们以为老人交上厄运，不能与他为伍。他的环境对他太冷漠了。不仅如此，作为一个渔民，圣地亚哥经常会遇到狂风恶浪，风里来雨里去，小船颠簸，巨鲨出没，风险很大，比在岸上打工要危险得多。他与大自然的冲突，经常处于劣势，很难有几分胜算。但是，圣地亚哥充满了自信、乐观和必胜的观念。84 天捕不到鱼并不能让他畏缩和退却。他认为“人生来不是被打败的。人可以被毁灭，但不能被打败”。他选择了再出远海，虽然孤立无援，但他信心十足，奋然前行。他主动挑战大自然，挑战社会，想超越所有的人，甚至全世界的人。他知道出海的风险和社会的冷淡，想过不该当个渔民，但他认识到他生来就是个渔民，别无选择。后来，他出了远海，果然捕到一条大马林鱼。他耐心地跟它周旋，表现了“一个人所能做的一切”，在海上顽强搏斗，第一轮钓住了大马林鱼，他胜利了，没料到第二轮被鲨鱼打败了。他精疲力竭，回到家里就躺下睡着了，梦见非洲的狮子……不难猜测，他还会再出海捕鱼。他是个打不败的人，获得了精神上的胜利。他那质朴、粗犷而顽强的高尚品格给予读者崇高的审美情趣。像乔登一样，他展示了一种积极的人生态度，在大自然和社会造成的风险面前毫不畏缩，主动迎战。虽然他没有像乔登那样壮烈牺牲，而是遭遇了悲剧性的失败，但他选择了挑战失败，战胜失败，虽败犹胜。像乔登一样，他是个海明威式的悲剧英雄。

三、小说悲剧与海明威的悲剧意识

从上面的评述可以看出，海明威的小说悲剧写的都是现代西方社会中普通人遭遇的不幸。他的悲剧主人公杰克、布列特、亨利、凯瑟琳、摩根、乔登、圣地亚哥都是一些普普通通的平民百姓。海明威以独特的艺术技巧和简洁的语言，描绘了他们的人生悲剧，揭示了他们的内心感受，为现代小说悲剧增添了新的一页。海明威的小说悲剧与他的悲剧意识的发展变化是分不开的。从他的创作来看，他的悲剧意识大体可分为 4 个阶段：

第一阶段是对第一次世界大战的反思。海明威亲自参加了第一次世界大战，在阵地上受了重伤。菲力普·扬曾以此创立了“创伤论”，认为创伤成了海明威所有作品的基调。海明威对此加以否认。但海明威说过，“生活本身就是一场悲剧。”他寄居巴黎期间，曾被派往洛桑、热那亚、伊斯坦布尔、鲁尔等地采访，了解了欧洲许多政治、经济、外交和社会问题，尤其是希腊土耳其战争中难民逃亡的惨状、法国占领德国鲁尔区后马克贬值给民众生活带来的困境以及法西斯希特勒和墨索里尼的崛起给欧洲和平造成的威胁。这一切混乱的局面都使他感到生活就是一场悲剧，平民百姓要生存不容易。所以，当菲茨杰拉德建议他写一部长篇小说来促销他的短篇小说时，他立即想到了采用他一战的经历作为小说题材。他先后写了《太阳照常升起》和《永别了，武器》两部长篇小说，迅速地从文坛崛起。

《太阳照常升起》标志着海明威悲剧意识的形成。第一次世界大战给一群英美青年留下了身心永恒的创伤。男主人公杰克在战争中生殖器受伤，与女主人公布列特相爱而不能成家。布列特的未婚夫死于战场，她成了一个“寡妇”。其他青年浪迹于咖啡馆和夜总会，看斗牛或去捕鱼，失去了生活的方向。他们之间有过争吵和嫉妒，但彼此关照，似乎“同是天涯沦落人，相逢何必曾相识”。《永别了，武器》男主人公亨利稀里糊涂地到意大利打仗，没料到意军大溃退时被疑为外国间谍，差点被打死，他急忙跳河逃走。后来，凯瑟琳难产而死，铸成了无法挽回的悲剧。亨利与战争“单独媾和”却仍无法逃避命运的惩罚。这两部小说悲剧与古典悲剧相比，气氛比较平淡、自然，没有那么紧张和暴烈，更没有发生暴力谋杀、凶杀或自杀。海明威以平静的心态描写一幅幅人生悲剧图。第一次世界大战像个无形的杀手，主宰了欧美一代青年的命运，它是一切灾难的根源，加上腐败的西方社会，更使纯真的受害青年痛感走投无路，人生如梦。海明威以自己的经历探讨了悲剧的产生和表现，首次获得了成功。他那不动声色的冷眼旁观的态度使他的悲剧人物更有特色。

第二阶段是对大萧条现实的细察。20 世纪 30 年代前后，海明威与第二任妻子葆琳住在基韦斯特多年，亲眼看到了当地受大萧条经济危机的影响：工厂倒闭，工人失业，走私猖獗，民众生活困苦等等。他写了长篇小说《有钱人和没钱人》，主人公哈里·摩根为维持家人生活，非法走私烈酒，帮助华人偷渡，最后被打死。海明威的悲剧意识在此有了明显的发展，他继续关注大萧条灾难带给平民百姓的痛苦。但摩根不再像亨利那样采取逃避的态度或像杰克那样无所谓，听之任之混日子，而是站起来对抗商人的剥削和官员的欺压，结果他孤立无援，被海岸警卫队开枪击毙。临死前，他终于认识到“光靠一个人不行……”这说明海明威自己已意识到不能屈服于社会灾难，屈服于命运，要敢于反抗。但摩根选择了不法之路，终于造成了悲剧。这个悲剧比第一阶段暴烈多了，既有残酷的面对面枪战，又有血淋淋的垂死场面。

第三阶段是对世界政治危机的思考。西班牙内战揭开了第二次世界大战的序幕，进步力量与法西斯势力在西班牙进行了首次较量。作为北美报业联盟的记者，海明威 4 次奔赴西班牙战地采访，亲身经历了战火的磨炼。1940 年他发表了《丧钟为谁而鸣》，主人公乔登为西班牙人民光荣献身，成了一位光彩夺目的悲剧英雄。海明威的悲剧意识产生了质的飞跃，在他看来，正义战争值得支持，西班牙内战关系到全世界人民的自由和尊严，反法西斯斗争是全世界人民的共同斗争，必须给予大力支援，为这个斗争而献身是光荣的。所以，他以饱满的热情表现了乔登的内心的感受、高尚的情操、坚定的决心和悲壮的行为，并用常青的松树象征乔登虽死犹生，永远活在人民的心中。可以说海明威的悲剧意识完全成熟，并创造了美国文学史上罕见的悲剧英雄人物乔登。

第四阶段是对战后重建时期的期待。二战后，战火消失，风雨犹存，世界仍不平静。不久，冷战爆发，美国国内“恐共症”盛行，麦卡锡主义横行，人民又受欺压。海明威战后寄居古巴一隅，仍心系祖国，后来移居太阳谷。1952 年，他发表了中篇小说《老人与海》，好评如潮。书中虽没有硝烟弥漫的厮杀，也没有你死我活的冲突，只写了一个年迈的老渔民圣地亚哥单独出远海捕马林鱼的悲剧性经历，但小说字里行间倡导一种不屈不挠的精神，即在困难、危险或死亡面前一定要顽强抗争、绝不屈服的打不败精神。

这也许是经历了大半辈子的海明威对于人生和社会的深切体会和经验总结。有评论说在《老人与海》中悲剧气氛达到了高潮，它充分地展示了海明威悲剧意识已经发展到一个高水平的成熟阶段。《老人与海》终于荣获诺贝尔文学奖，真是实至名归，人心所向。

由此可见，海明威的悲剧意识将他的哲学思想、实践经验和审美艺术高度统一起来了。他崇尚写真实，倡导冰山原则，以高度的艺术技巧刻画了栩栩如生的硬汉形象。他从古典悲剧里吸取了有益的东西，融入自己创新的元素，创作了从内容到形式焕然一新的现代悲剧，使悲剧不仅让人们从中引以为戒，吸取教训，而且能给人以生活的力量，催人奋进，以顽强的毅力对待困难和灾难。在这个意义上说，海明威开创了美国的新现代悲剧。

（原载《厦门大学学报》[哲社版]，2012 年第 1 期）

作家要勇敢地深入斗争第一线

——评海明威《法西斯主义是个骗局》

1937 年 6 月 4 日晚上，纽约市卡耐基大厅灯火通明，人声鼎沸，座无虚席。3 500 人欢聚一堂，参加第二届美国作家代表大会。小说家欧尼斯特·海明威应邀在大会上做了题为“法西斯主义是个骗局”的报告。他刚从西班牙内战前线采访归来。这是他第一次公开演讲，特别引人注目。他的女友和战友玛莎·盖尔虹、诗人麦克莱什、导演伊文思和作家唐·斯图华特在讲台上就座。海明威西装笔挺，精神抖擞，但有点紧张。他按照松散的讲稿念完后，全场爆发了雷鸣般的掌声。他频频招手，十分满意。

大会为什么请海明威发言呢？这要从西班牙内战说起。1931 年，西班牙大选成立了工人民主共和国，结束了古老的专制王朝，开始了一系列社会改革，但遭到贵族、地主、军队和教会的反对。1933—1936 年，保守势力组成反共联盟对大选获胜的人民阵线进行反扑。6 月中，武装农民占领了许多大庄园，到处出现工人罢工，不少城市发生焚烧教堂、暗杀政治人物的事件。国内局势动荡，社会矛盾尖锐。1936 年 7 月 17 日陆军参谋长佛朗哥发动军事叛乱，疯狂镇压工农大众。他们立刻得到希特勒和墨索里尼的武装支持。人民阵线则获得苏联、墨西哥和国际纵队欧美志愿者的大力援助。美国青年志愿者组成了林肯支队，支援民主力量抗敌平叛。但美国、英国和法国政府则宣布中立，拒绝向民主力量出售武器，对德意法西斯的肆意干涉置若罔闻，袖手旁观。

1936—1939 年西班牙内战期间，海明威作为北美报业联盟的战地记者，曾 4 次走访西班牙内战前线。第一次是 1937 年 2 月 27 日，他到过巴塞罗纳和东部沿海城市，又从瓦伦西亚到阿里康特。他转了一大圈，发现忠于共和国的战士们斗志昂扬，打败了意大利侵略军，他心里格外高兴。4 月 5 日，他帮荷兰进步导演伊文思写了文字说明脚本，拍摄了纪录片《西班牙大地》。他还到过被围困的首都马德里，目睹了意大利军队残杀无辜的平民百姓，非常气愤。5 月 19 日，他和伊文思赶回美国，7 月 8 日完成了最后的剪辑和配音后，与玛莎去白宫为罗斯福总统夫妇放映《西班牙大地》，受到了赞扬和肯定。8 月该片在纽约市公映，帮助民众了解西班牙内战真相，深受各界好评，还募捐到许多善款，为西班牙民主力量购买药品和医疗设备。

8 月 14 日，海明威第二次赴西班牙。他发觉战场形势有点恶化了。叛军在德意法西斯武装支持下夺取了一些城市。民主力量和国际纵队浴血奋战，前赴后继。海明威的朋友卢卡斯和海尔布兰都英勇牺牲了。里格勒受了重伤。海明威很难过，仍在炮声中坚持在马德里一家旅馆写了剧本《第五纵队》。1938 年 1 月 28 日他离开西班牙时感到战场的形势对民主力量很不利；同年 3 月 18 日海明威第三次去西班牙，他发现双方激战不已，他认为民主力量英勇抗敌，仍有获胜的希望。但德意法西斯动用飞机大炮帮助叛军，使民主力量难以招架。好几个城镇沦陷了。5 月 30 日他返回美国，心情很沉重。同年 8 月 31 日，海明威第四次重返西班牙战场。他发现双方在多处激战，德意法西斯投下更大的赌注。1939 年 1 月，巴塞罗纳沦陷了，3 月底首都马德里失守了。无数平民遭屠杀。海明威感慨西班牙人民被背叛了。佛朗哥手上沾满人民的鲜血，靠德意法西斯的枪炮夺取了权力，建立了法西斯独裁政权。

西班牙内战是第二次世界大战的序幕。在西班牙，民主力量失败了，德意法西斯猖獗了，这引起欧美各国人民的密切关注。海明威内心更无法平静。1940 年 10 月，他发表了以西班牙内战为背景的长篇小说《丧钟为谁而鸣》，引起了轰动。初版销售 7. 5 万册，同年 12 月底达 18. 9 万册，1941 年 4 月初升至 49. 1 万册；1943 年底达到 78. 5 万册，加上在英国加印 10 万册，成了自《飘》问世以来销售量最大的美国小说。据说，在欧洲参加二战的盟军官兵几乎人手一册。小说主人公罗伯特·乔登成了激励盟军官兵英勇杀敌，不怕牺牲的楷模。在法西斯的疯狂进攻面前，各国人民唯有行动起来，共同携手，相互支援，与法西斯血战到底，直到最后胜利。海明威从西班牙内战中总结了宝贵的经验教训，给人们指出了光明的道路。因此，《丧钟为谁而鸣》成了一部意义非凡、影响深远的历史文献。

由此可见，海明威从一个不问政治的青年作家成为一位积极的反法西斯战士。在西班牙前线，他虽然不是林肯支队的成员，但他坚定地站在西班牙民主力量一边。作为一位勇敢的战地记者，他经常深入最前线，在战壕里采访国际纵队成员。他目睹了法西斯残杀无辜平民百姓的罪行。因此，他应邀在第二届美国作家代表大会上发言是顺理成章的。据说许多人是特别为听他演讲而去的。他在发言中以大量第一手资料说明了西班牙内战的真相，帮助人们擦亮了眼睛，认清德意法西斯的真面目，做好反法西斯斗争的思想准备。

作为一个成名的小说家，海明威的演讲三句不离本行，从写真实的问题开始。写真实是他毕生坚持的创作原则。他认为作家自己变了，但他面临的问题不会变。写真实的问题一直摆在作家面前，所以很难办到。也因为很难，回报往往很大。一个真正的好作家一定要坚持持久地写真实。这样，他最后一定会被认可的。诚然，在战争时期，写真实就是勇敢地深入斗争第一线。作家们有许多办法投入战争。虽然战争中写真实是很危险的，也可能遭遇死亡，但他们带回的事实一定是事实，而不是以讹传讹。是否值得这样去冒险，应由作家自己决定。

接着，海明威大胆地揭露了法西斯迫害作家的暴行。他指出：真正的好作家总能忍受任何现存的政府体制。只有一种政府形式不能产生好作家。这种体制就是法西斯主义。它是一伙暴徒的谎言。他们逼迫作家歪曲事实，颠倒黑白，为他们专制独裁服务，蒙骗和欺压民众。因此，在这种体制下，一个不会撒谎的作家是不能生活或工作的。

海明威谴责法西斯主义是个骗局，造成了文学的枯燥乏味。它否定历史，否定民众，唯有血腥的屠杀史，完全丧失了人性，丧失了文学的本质。因此，它遭到民众的唾弃。

海明威特别愤怒地揭露德国炮兵部队连续19天的大屠杀。他们最后一次炮击马德里时大规模地杀害平民百姓，针对不设防的居民区、旅店和市区肆意乱打炮，造成死伤的平民无数。海明威强调指出：极权的法西斯主义国家迷信极权战争。不管何时何地，当他们受到民主力量打击时遭到失败，他们就野蛮地枪杀许多手无寸铁的平民，以这种丑行来拯救他们的所谓荣誉，谎称获得了“胜利”。

海明威从亲身经历中指出：尽管武器极好，法西斯德国和意大利仍无法与西班牙民主力量相匹敌，也不能与国际纵队的战士们相匹敌。德国人发现，在任何一次战斗中都不能指望意大利作为自己的盟友。意大利也知道它的军队不能在意大利以外的地方打仗。法西斯国家外强中干，感到很绝望。他们终究逃避不了最终失败的下场。

作家们怎样面对战争呢？海明威认为作家首先要深入了解战争是怎么打起来的。然后他就会慢慢习惯，逐渐适应。作家们特别要了解人们为什么打仗。当人们为了反对侵略，保卫祖国，为自由而战时，你就感到他们是你的朋友。不管是新朋友或老朋友，你都会同情和支持他们的。如果你进一步了解他们是怎么反抗的，如何从赤手空拳到拿刀枪拼命，你看到他们如何生活、打仗和牺牲，你会大吃一惊，明白了所发生的一切。

海明威认为对法西斯主义的罪恶要有个理性的认识，了解怎么反对法西斯主义。法西斯屠杀是一伙暴徒们的表演。制止暴行唯有一种办法，那就是反击它。光有憎恨是不够的。现在，西班牙人民正在反击法西斯主义的暴行。我们要给予声援和支持。作家们要自己做出决定，深入战争第一线去掌握事实。不能纸上谈兵，不能玩文字游戏，不能关在家里用打字机来坚持立场。战争并不可怕，可怕的是比战争更糟的胆怯、叛变和自私。他善意地批评有些作家夸夸其谈，热衷于搞宗派，闹分裂，躲在家里空谈反对战争、憎恨战争。那是没有用的。西班牙的劳苦大众正在英勇地抵抗法西斯的暴行，捍卫民主政权。正直的作家们要行动起来，无私地支援西班牙人民战斗到底！

末了，海明威指出战争是一门大学问。那些想研究战争的作家们都可以去参加战争。事实上他们已参加了多年没有宣布的战争。战争是不以人们的意志为转移的。作家们有许多办法可以投入战争，随后可能有许多回报。他们不必担心回报何时才来。那不会困扰作家的良心的。即使作家在战场上牺牲了，人们也会永远铭记他们。

大会发言以后不久，7 月 10 日海明威和伊文思又带着纪录片《西班牙大地》飞往洛杉矶好莱坞电影城。当晚这部纪录片便放映了，海明威简短地讲了话。虽然到会的仅 12 位名家，包括海明威的朋友菲茨杰拉德等人。12 人共捐款 1.7 万美元。菲茨杰拉德赞扬海明威的正义行动很成功。这些善款被立即用于向底特律福特汽车公司订购了 20 部救护车底盘，准备装配好后运往西班牙支援民主力量抵抗法西斯侵略。应朋友们的请求，《西班牙大地》又在大使旅馆加映了一场，受到观众们热烈欢迎。

1937 年 6 月 22 日，左翼杂志《新群众》全文刊载了海明威的《法西斯主义是个骗局》。它在美国文艺界、学术界和广大读者中产生了深远的影响，使许多美国中青年作家得到有益的启迪。

有些评论指出:《法西斯主义是个骗局》标志着海明威 20 世纪 30 年代转向“政治缪斯”，即转向反法西斯斗争，而不是转向共产主义。众所周知，海明威是 20 年代从巴黎崛起的一位青年小说家。他崇尚马克・吐温的现实主义风格，又努力吸取现代派的艺术手法，形成自己独特的冰山原则，塑造了感人的硬汉形象。1926 年，第一部长篇小说《太阳照常升起》获得了成功。它生动地描绘了一战后“迷惘的一代”的青年人的思想和生活。1929 年第二部长篇小说《永别了，武器》问世后好评如潮，奠定了他的小说家地位。小说表现了一战如何造成一对青年恋人的悲剧，引起了无数读者的关注。

可是，1929 年 12 月，华尔街银行倒闭。美国爆发了大萧条经济危机。接着，许多工厂倒闭，无数工人失业，民众生活困苦。30 年代初，许多作家深入基层，了解和关心民众疾苦，呼吁政府采取有效措施，改善民众生活。这时，海明威却带着第二任妻子葆琳跑去非洲狩猎。因此，文艺界曾对他提出严厉的批评，批评他逃避国内现实，不关心民众的疾苦，只图个人的安逸。这对他是个巨大的触动。原来，他只顾写作，对政治不感兴趣。西班牙内战使他清醒过来，让他明白战争有正义战争与非正义战争之分。在德意法西斯侵略和屠杀面前，采取中立或不闻不问的态度是行不通的。正确的做法是行动起来，坚决给予法西斯势力有力的反击。

海明威转向“政治缪斯”，促进了他的小说创作。1937 年发表的《有钱人和无钱人》描写了大萧条年代失业工人摩根的不幸遭遇。1940 年出版的《丧钟为谁而鸣》则塑造了美国大学讲师乔登志愿到西班牙与山区游击队并肩作战，最后英勇牺牲的可歌可泣的英雄形象。

二战期间，海明威又以战地记者的身份赴英国参加诺曼底登陆，并随美军第四师 22 团攻入巴黎，解放里兹饭店；后又随盟军进入比利时和德国，深入最前线采访。经巴顿将军提议，美国政府特授予海明威欧洲战区勋带和铜星奖章，以表彰他勇敢地深入前线，及时将捷报报道给美国人民。

更值得一提的是：1941 年 1 月海明威偕新婚不久的第三任太太玛莎 · 盖尔虹来华访问。那时日本侵占了大片中国土地。抗日战争进入最艰苦的相持阶段。海明威夫妇历尽艰辛到达重庆，会见了蒋介石夫妇和国民党党政军要人，还秘密会见了中共驻重庆代表周恩来。他写了 6 篇有关中国抗日战争的报道，赞扬中国人民不怕牺牲，英勇抗敌。回国后，海明威建议美国政府明确向蒋介石表态：不支持他打内战，要他联合一切力量抗日。海明威还呼吁美国政府增加对华军援，尤其是飞机、大炮和药品。他认为日本可能进攻美国。果然，6 个月后，日本偷袭珍珠港，美国正式地对日宣战。二战形势的新变化证实了海明威的判断。海明威明确地站在中国人民一边，反对日本法西斯的野蛮侵略。他坚信最后胜利属于中国人民。

今天，80 多年过去了。我们重读海明威《法西斯主义是个骗局》倍感亲切。昔日的事件重现眼前，温故而知新。我们庆幸海明威在二战前夕从西班牙内战认清了德意法西斯的真面目，呼吁各国人民行动起来，团结对敌，维护世界和平。我们感谢海明威明确地支持中国人民抵抗日本法西斯侵略的英勇斗争。海明威转向“政治缪斯”十分难能可贵，给人们留下无尽的思考。作家要深入斗争第一线，深入火热的生活，与民众同呼吸，共战斗，他就能写出传世佳作，永远活在广大读者心间。

（原载《杨仁敬选集》第 1 卷，经济日报出版社，2020 年）

论海明威与原始主义

近几年来，美国学术界曾热议海明威与原始主义的问题，引起了各方面的关注。我们国内学术界尚无人问津。我认为有必要引起重视。它涉及海明威对待黑人、犹太人和印第安人以及非洲大陆的态度问题。随着多元文化理论的发展，海明威与原始主义的问题越来越受重视，深入探讨这个问题具有深刻的现实意义。

美国是个移民国家。从19世纪末到20世纪初，大量的黑人从非洲被贩卖到美国南方当奴隶。许多亚洲人尤其是华工到美国西部当苦力，参加伐木，开矿和造铁路等建设。不少西欧白人和犹太人也移居美国。土生土长的印第安人早年遭欧洲英法殖民主义者围歼和驱赶后入住保留区。经过多年的斗争和磨合，形成了多元的美国文化。

多元文化的磨合过程经历了长期的复杂斗争。白人种族主义者曾宣扬达尔文的社会进化论和斯宾塞的弱肉强食观点，鼓吹白人优越论，轻视黑人、亚裔、犹太人和印第安人等少数族裔。白人统治者限制他们的发展，甚至剥夺他们的生存权利。少数族裔被看成落后的原始部落，受到歧视和压制。主流文化排斥他们的原始文化，将它当为落后甚至野蛮的文化。因此，少数族裔进行了长期的不懈的斗争，争取生存的合法权利。他们的原始文化逐渐受到白人作家的关注。美国多元文化逐渐形成新格局。不同族裔友好接触，平等相处，相互沟通，共同发展。少数族裔文学文化渐露头角。20世纪20年代的哈莱姆文艺复兴运动使许多黑人作家脱颖而出，黑人作家兰斯顿·休斯、吉恩·托马、克劳德·麦凯、何纳·邦当和理查德·赖特等人纷纷用自己的作品奉献社会。他们的作品里闪烁着黑人文化传统的光芒。犹太文学也渐渐显露它的特色。1917 年阿布拉汉姆·卡汉出版了《大卫·莱文斯基发家记》，描绘了纽约犹太人的美国化利弊。30 年代，左翼作家麦克尔·高尔德发表了《没有钱的犹太人》，为犹太人的不幸遭遇大声疾呼。亨利·罗思的《叫它睡觉》（1934）则描绘了一个犹太男孩的梦碎。华裔小说起步较晚，1912 年芝加哥出版了水仙花的短篇小说集《春香太太》，前半部描写了成年华人在美国的生活，后半部则是中国儿童故事，描写华人少儿的心态，劝人从善，注重道德。至于一些印第安人中流行的歌谣和传说也引起人们的兴趣。

总之，随着美国 19 世纪末 20 世纪初工业化和城市化的发展，社会竞争日益加剧，失业人数日渐增多，贫民窟在许多大都市成批出现。白人中产阶级留恋大自然的平静，开始认识到一些土著人群的纯真可爱。他们纯洁善良的品质与富人的尔虞我诈和贪得无厌恰好成了鲜明的对照。20 世纪初，欧洲一些现代派画家在回归自然的感召下重新发现了原始文化，将不发达民族的原始文化艺术当作自己创新的源泉。有的甚至认为它们是画家们在这个荒唐而孤寂的西方世界上使文化艺术获得再生的良药。因此，原始文化受到前所未有的重视。

这种重视也体现在美国现代作家的作品里。小说家杰克·伦敦、弗兰克·诺里斯、西奥多·德莱塞、威拉·凯瑟、威廉·福克纳、格特鲁德·斯坦因、舍伍德·安德森、欧尼斯特·海明威和戏剧家尤金·奥尼尔等人都在作品里描绘了少数族裔的生活和遭遇。诺里斯的《麦克提格》（1899）描写了旧金山贫民窟欧洲移民的艰苦生活。威拉·凯瑟的《啊，拓荒者》（1913）和《我的安东尼亚》（1918）细致地刻画了立陶宛女移民开发西部边界的艰苦创业精神。福克纳的《喧嚣与骚动》（1929）生动地描绘了贵族之家 3 个变态的儿子和一个堕落的女儿，并塑造了纯朴、诚实的黑人女佣迪尔斯。斯坦因的小说《三人传》（1909）由 3 个中篇小说组成，其中有个中篇专门写了黑人妇女梅兰克莎的不幸生活。安德森的《黑色的笑声》（1925）也写了一个性开放的黑人姑娘。而奥尼尔在《琼斯皇帝》（1920）里也写了黑人，并将非洲黑人手鼓搬上舞台，效果很好。这一切说明：第一次世界大战前后，美国的欧洲移民、亚洲移民、黑人、犹太人和印第安人陆续吸引了主流作家的关注，以被同情的形象走进了现代美国文学作品。原始主义和那些被视为“落后的原始部族人”逐渐被融入主流文学和文化。

至于海明威呢，从第一篇小说《印第安人营地》到最后一部遗作《在乞力曼扎罗山下》，他的作品里既有白人、又有印第安人、黑人、犹太人、华人、意大利人、西班牙人、古巴人、非洲康巴人等等。他的人物画廊如此丰富多彩，恐怕是其他同代美国作家不能比拟的。

那么，海明威在作品里如何看待这些被西方世界视为“落后的原始人”呢？他与现代欧美文学中的原始主义有什么关系呢？下面我们将进一步加以探讨。

一、现代美国文学中的原始主义

原始主义是什么呢？《蓝登书屋韦氏英文词典》说，“它是个哲学上或艺术上经常提及的理论或信念，意指原始的或编年史上早期文化的质量优于当代文明的质量”。[①]《新普林斯顿诗歌与诗学百科全书》则说得更明确：“20 世纪，弗雷泽[②]、弗洛伊德和荣格的人类学和心理学的理论将原始主义作为一种文化中潜在的力量和心理生活中一种本能的、无意识的或‘原型的’存在。许多现代诗人（最著名的是叶芝[③]、艾略特[④]和里尔克[⑤]），从神话和礼仪中获得创作动机。D. H. 劳伦斯阅读弗雷泽的作品后受影响，通过‘血性意识’搞活他的诗歌。一些与超现实主义和达达派为伍的诗人试验‘自动写作’和自觉地写原始诗。最近，有些诗人更转向无意识或反理性模式的理解，像塔德·休斯、W. S. 默温[⑥]和加里·斯奈德[⑦]那样变化多样，同时有人对农村生活和习俗、古代的和凯尔特的神

---

① *Random House Webster's College Dictionary*, New York: Random House, 1997, p. 1034.

② 弗雷泽（Sir James George Frazer，1854—1941），英国人类学家，代表作是《金枝》。

③ 叶芝（William Butler Yeats，1865—1939），英国现代诗人。

④ 艾略特（Thomas Sterns Eliot，1888—1965），英国诗人，代表作有《荒原》。

⑤ 里尔克（Rainer Maria Rilke，1875—1926），德国抒情诗人。

⑥ 默温（William Stanley Merwin，1927—2019），美国诗人。

⑦ 加里·斯奈德（Gary Snyder，1930—　），美国现代诗人。

话产生了强烈的浪漫主义的兴趣。西墨斯·希尼①的作品具备了这些特点。”②

由此可见，原始主义是哲学、心理学和西方文论中常用的术语。它们之间相互影响，但有一定区别。我们不妨回顾一下现代派诗人艾略特和庞德对原始主义的看法。

艾略特在《北美印第安人》一文中指出：“原始的艺术和诗歌帮助我们对文明的艺术和诗歌的理解。因为在非人称的意义上说，艺术家是最有觉悟的人，所以他毫无例外的是开放的和可教育的。他是最有能力理解文明的和原始的两个东西。”艾略特的话揭示了原始的诗歌和艺术与文明的诗歌和艺术的关系，以及二者与艺术家的关系。换言之，现代艺术家有能力，而且必须自觉地理解文明的艺术与原始的艺术的关系。二者是不可分割的。

在《传统和个人才能》等文章里，艾略特进一步回顾了希腊悲剧和现代戏剧和文学与原始礼仪的关系，指出它为击鼓而活跃的诗剧提供了一种将公共礼仪的魔圈里不同的文化层次统一起来。他将原始文化当成现代艺术家创造性努力的同义词，认为文明人保持的史前人的智力只有通过诗人才能表露出来。他还指出：现代艺术家经历了与原始人物没有中介的接触。那些原始人物给艺术家提供了现代文学恢复活力的美学。他的诗歌《夜莺之间的斯威尼》中的斯维尼就是艾略特将古典的想象与类人猿斯维尼结合起来，并指明“他守护着角门”。

对于庞德来说，原始主义意味着回到现代以前，允许艺术家无视文学市场的海妖之歌。他提醒西方艺术家们要以现代以前的金科玉律为基础，然后可以使自己的艺术搞创新。他要求艺术家们从过去的束缚中解脱出来，在一个没有历史负担和没有标明的新环境里重新开始。他的第一首诗《休·塞尔温·莫伯利：生活与接触》（1920）通过虚构的主人公、诗人莫伯利，评述了一战后伦敦文艺界的变迁、社会的腐败和道德的沉沦，同时反思了诗人自己早期追求纯艺术的观点，给青年作家提供了宝贵的经验和教训。庞德曾在伦敦发起意象主义运动，后来又搞“漩涡派”诗风，成了美国现代派诗歌的创始人。《休·塞尔温·莫伯利》是他对伦敦的文学告别。他回忆，为了让诗歌死去的艺术复活，

---

① 西墨斯·希尼（Seamus Heaney，1939—2013），爱尔兰诗人。

② Alex Preminger, et al. eds. *The New Princeton Encyclopedia of Poetry and Poetics*. New York: MJF Books, 1993, p. 976.

保持旧意义上崇高气质，他花了整整3年。他的目的在于重写传统，将被遗忘的艺术家放在本编年史的开端，同时将他自己放在历史的维度上，从现代欧洲文化上移开，将自己屹立在事物的起点上。所以，诗人艾略特称这首长诗是“一个时代的文献”。

海明威在巴黎学艺时曾见过庞德和艾略特。他知道这两位诗人都不同于法国达达派或超现实主义派。艾略特和庞德并不否定传统，也不割断历史，而是尊重过去的文学、文化传统，重视历史的积累和参照，面对历史，面对现实世界，而不是将历史变成一堆自我否定的碎片。在他们的影响下，一些现代派作家将原始主义美学化，将它作为一种纯真的历史和文学、文化以及艺术的规则提到议事日程上来，受到文艺界同人的关注。

但是，作为一种与现代派密切相关的文化现象，原始主义在客居巴黎的美国作家们中间反应是不同的。斯坦因在她的《三人传》小说中写了黑人妇女形象，但她主张忘记过去的历史，从自身开始，她在《艾丽丝·B. 托克拉斯自传》里曾批评海明威“闻起来有点博物馆的味道”。安德森也写黑人妇女，更多是表现其原始状态——性冲动、未能揭示她们性格纯真的一面。菲茨杰拉德比较早成名，对原始主义不屑一顾。他比较关心的是美国上层人士在巴黎新的生活方式和他自己一家的乐趣。多斯·帕索斯经常关注下层民众的生活变迁，理所当然地将黑人和移民当为社会的成员加以描写，同时写了一些所谓“粗野”而坚强的工人形象和他们罢工的勇气和抗暴的斗争精神。这一切都反映了一战后，原始主义在巴黎出现后美国作家的不同反应和表现。

正在成长中的海明威也意识到原始主义的新含义。他更多地接受诗人庞德的影响，努力搞创新，不但在小说里塑造了印第安人和犹太人形象，而且在非洲狩猎中与康巴人亲如一家，欣赏他们绿色的环境和淳朴的人品，在他们身上寄托了他的乌托邦理想，引起人们的极大兴趣。

二、海明威小说中的印第安人、犹太人和黑人

海明威从小与印第安人和黑人有过接触。他父母曾在华伦湖畔建过一个度假的小茅屋，附近有个农场，常有印第安人和黑人在那里打工。海明威念中小

学时，每逢寒暑假常到小茅屋去，有时去那里的农场打工，干些送牛奶或蔬菜的杂活，跟他们混得比较熟，像一般邻居一样来往，不带种族主义偏见。这种平等待人的观念反映在后来的作品里。

海明威第一个短篇小说名为《印第安人营地》，写的就是尼克陪医生父亲去为一个印第安产妇接生。产妇难产尖叫，她丈夫无法帮助她，自己割喉自杀。尼克迷惑不解，问他父亲："他干吗自杀?"他父亲说，"他这人受不了什么，我猜。"海明威选择以印第安人营地为背景，写了产妇一家的贫困与她男人的无知和无奈，提出了发人深思的生与死问题，反映了海明威对穷苦的印第安人的同情和关心，同时也体现了白人医生对印第安妇女的马虎态度。医生在接生时没有用麻药，而是叫乔治大叔和三个印第安男人将产妇手脚按住，用一把普通的大折刀而不是手术刀做剖腹产手术。这反映了白人医生对印第安产妇的种族偏见。这是比较原始的接生方法，难怪印第安产妇痛苦难忍，大声尖叫。她丈夫受不了，自杀了。显然白人医生对此负有责任。

在《父与子》里，尼克提到他爸爸小时候常跟印第安人一起去打猎，很痛快。尼克常跟一个叫比尔的小伙子和他妹妹特萝蒂一起去打猎。有个夏天，他们几乎天天去。有人问："跟我说，他们是什么样的?""他们是奥杰布华族人，"尼克说，"人都是挺好的。"尼克还补充说，"……以后你每到一处，只要那里住过印第安人，你就闻得出他们留下的痕迹……即使听到了挖苦印第安人的玩笑，看到苍老干瘪的印第安人老婆子，这种感觉也不会变。不用怕他们身上稍稍带了一股令人要吐的香味。也不管他们最后靠什么谋生。他们的归宿怎样也不重要。反正他们最终都是一样的。当年还好。但目前可不行了。"尼克告诉儿子：印第安人很惹人爱。他们有好多人是爷爷的朋友。

这里，海明威写了尼克对印第安人的好感和他们眼前不好的遭遇，流露了他对土著印第安人的善意和同情。他把印第安人当朋友看待。这一点是很可贵的。

1944 年批评家马尔科姆·考利在《维京袖珍本海明威作品选》的绪论里指出，海明威常常被描绘成一个原始主义者。他认为海明威塑造了印第安人式的英雄。"他们在充满敌视势力的西方世界采取了赎罪和宗教仪式的行动，而且面对这些行动的失败，淡泊地接受了后果。"① 1949 年，他曾写信给考利说他是个

① Glen A. Love. *Practical Ecocriticism*. Charlottesville, VA: University of Virginia Press, 2003, pp. 119 - 120.

“老夏安人”[①]。他还曾给出版社的信中说他有夏安的曾曾祖母，所以他父亲有“印第安人血统”。海明威在其他地方曾写到他三儿子是个“真正的印第安男孩（北夏安人）”或“北夏安印第安天使”。因此，考利和一些学者认为海明威主要具有印第安人的品德。所以，海明威小说里的主人公往往具有原始主义的特色。他的生活和艺术常常与自然界具有相互矛盾的共生现象。他的原始主义深深地扎根于自然界。在当代语境中，它具有艺术上和人类学上的重要意义。

不过，海明威在《春潮》第 14 章里故意写了一个不穿衣服的印第安妇女，想以此嘲笑安德森《黑色的笑声》里写一个黑人妇女比白人妇女更性开放。海明威是这样写的：

> 小饭馆内。红种男人专注着红种男人。……那里没有红种妇女……我们在美国已经失去了印第安妇女吗？静悄悄地，有个印第安妇女从打开的店门走进屋来。她的衣着只有一双旧的鹿皮软帮鞋。她背着一个婴孩。一条壮实的狗跟随在她后面走着。
>
> ……
>
> “来！把她撵出去！”小饭店老板大叫。那印第安妇女被黑人厨子强行驱赶出去……
>
> 原来，有一高一矮两个印第安男人在小饭馆里。这个不穿衣服的印第安妇女是小个子印第安男人的妻子。她是个森林地带印第安人。斯图加·约翰逊被她迷住了，急忙赶出来，与那印第安妇女肩并肩走着……[②]

这里，海明威似乎想说明红种妇女比黑人妇女更性开放。他写了一个只穿鞋子、全身赤裸的印第安妇女，似乎有失体统，不够严肃。不管森林地带的印第安妇女是否有此习俗，海明威也不该拿印第安妇女开这种玩笑来讽刺老朋友安德森。

海明威的作品里也有黑人形象。比如《乞力曼扎罗的雪》里的黑人仆人莫洛。美国作家哈里和他有钱的妻子海伦到非洲狩猎。哈里右腿不慎擦伤感染坏

---

① 夏安是平原印第安部族的成员。

② 见海明威著，吴劳译，《春潮·老人与海》，上海译文出版社，2004 年，第 111 页。

死，躺在帐篷里等待飞机来接他到外地手术。他过去的事历历在目，感慨金钱毁了个性，他再也写不出东西了……那个非洲黑人仆人莫洛伺候他左右，帮他换衣服，准备三餐，夜晚点火，还陪海伦去打猎，帮她带回“战利品”。他不辞劳苦地关照他们夫妻二人。最后，救护飞机来了，海伦被鬣狗的吠叫声吵醒，大喊：“莫洛！莫洛！”她叫仆人帮她将哈里抬上飞机，但哈里的呼吸早停止了。主人一死，黑人仆人就消失了。他一直听从白人主人夫妇的使唤，只说过两次话。在殖民主义者占领的非洲，一般黑人完全丧失了话语权。

海明威如实地描写了有钱的白人在非洲使唤黑人仆人的情况。非洲是黑人的故乡。白人有钱人到非洲仍享受舒适的生活。他们不用烧饭，天天吃得好，美酒不断，衣着华贵，帐篷里有澡盆，而非洲黑人则劳累不堪，衣食简陋。海明威对黑人深表同情，对白人的殖民主义经济则充满反讽。哈里竟说他这次狩猎不再奢侈，其实美酒佳肴不绝。他还说非洲是他一生快活时光里最幸福的地方，一个重新开始的好地方。他将清除掉灵魂上的脂肪，可惜好景不长。乞力曼扎罗的雪是美丽的，又是冰冷的，它不是有钱的白人中产者的隐居之地。哈里最后仍无法逃脱死亡的命运。

海明威小说中也有犹太人的形象，突出表现在长篇小说《太阳照常升起》里的柯恩形象。罗伯特·柯恩属美国早期欧洲犹太移民。他父亲在纽约经商发了财，留给他 50 000 美元。不久他把钱几乎挥霍光了。他考进了普林斯顿大学，感到犹太人低人一等，受人歧视，便用心学会拳击，并获得过中量级冠军。他结婚 5 年，有了 3 个孩子。“他变得冷漠无情，令人讨厌。”有钱的妻子与一个画家私奔，他办了离婚手续。后来，他去了西部，办个杂志，不久就停刊了。他落入一个有钱的女人弗朗西丝之手，被迫与她结婚。他出版了一部小说，便与妻子去巴黎，结识了打网球的伙伴杰克。柯恩不喜欢巴黎，想去南美旅行。他一想到自己生命那么快消逝，他不是真正地活着就受不了。他想及时行乐。在一次舞会上，他认识了英国姑娘布列特，被她的美貌所迷住，紧追不舍，并加入杰克一伙去西班牙看斗牛赛。

在看斗牛赛时，麦克公开指责柯恩老是缠着布列特：

“告诉我，罗伯特，你为什么老是跟着布列特转悠，像一头血迹斑斑的可怜的犍牛？……你想这么做合适吗？”

“住嘴！你醉了。”

“我也许醉了。你为什么不醉呢？你怎么从来喝不醉呢，罗伯特？你知道你在圣塞瓦斯蒂安过得并不痛快，因为我们没有一个朋友愿意邀请你参加聚会。你简直无法责怪他们。你能吗？我叫他们请你来着。他们就是不干。你现在不能责怪他们。你能吗？回答我。你能责怪他们吗？”

“见鬼去吧，麦克。”①

本来，青年男女互相爱慕和追求是很正常的。麦克这么不客气地当面指责柯恩，并且理直气壮地说他们没有一个朋友愿意请他参加聚会。为什么？因为柯恩是个犹太人。

柯恩很喜欢布列特，感到她很有魅力，有良好的教养，有优雅的风度，看来绝对优雅并且正直。“这个女人很有魅力。”他给她写了许多情书，布列特将这些情书全拿给杰克看。杰克连看都不看。但柯恩在背后说布列特是个迷人精，会把男人变成猪。后来，柯恩跟任性的布列特有过一夜情，但布列特很快就离开了他。他哭着说，布列特待他如陌生人。他再也受不了了。他说经受了痛苦的折磨，如今一切都完了。布列特看完一场斗牛赛，跟着西班牙年轻的斗牛士罗慕洛走了……柯恩竟找斗牛士打架，被斗牛士狠揍了一拳。柯恩哭了，像头十足的蠢驴。杰克说他把布列特数落了一番，警告她如果再跟犹太人和斗牛士一起招摇过市，准会碰到麻烦。后来，柯恩自讨没趣，就一个人北上回巴黎去了。

从上面的描写里不难看出：犹太人柯恩与杰克一伙人不同，他不是经受一战创伤的“迷惘的一代”。他是旅欧的美国犹太人。他有钱，可以在西班牙欣赏斗牛，看巴斯克民众载歌载舞，自由进出酒吧和咖啡馆。但人们总是以鄙视的目光看着他，不许他缠着布列特谈恋爱，不请他参加他们的聚会，把他当成一种威胁，一种小团体中不和的根源。柯恩离开后，他们一帮人内部就平静多了。

从布列特来看，她与柯恩同居几天后马上离开，并且设法摆脱他身上留下的气味。她在男伴们眼中再也不是先前纯真的女人了，这个细节深刻地说明：当

---

① 海明威著，赵静男译，《太阳照常升起》，上海译文出版社，2000 年，第 156 页。（个别单词有所改动，下同）

时巴黎的反犹太情绪多么严重！连青年人中间也是如此。犹太人成了被社会异化的局外人。柯恩也是个美国人，但不被其他美国人所认同。20 世纪 20 年代，犹太人在欧洲比在美国更受歧视。海明威如实地反映了这段历史。他对柯恩有些同情，也有所批评。美国人对犹太人的偏见持续了相当长时间，直到二战后，奥斯威辛集中营暴露了希特勒大量残杀犹太人的真相后，美国人对犹太人的看法才逐渐改变过来，将他们融入多元文化的大家庭。

海明威在他第一部长篇小说《太阳照常升起》里选择了以犹太人、大学生罗伯特·柯恩作为开篇，这是很有意义的。它反映了海明威的原始主义倾向。有人认为这是海明威人物塑造的局限，说明他有反犹太主义意识。我认为这种看法是不符合实际的。

海明威早年在《我们的时代》曾写了一个受私刑的黑人，对他深表同情。在《非洲的青山》《曙光示真》和《在乞力曼扎罗山下》等作品里花了许多篇幅描写他在非洲黑人中的感受和喜悦，对黑人的真诚、友好和热情倍加赞赏。这充分体现了海明威超越种族界限，平等对待黑人原始部族的进步倾向。

此外，在评论海明威的原始主义倾向时，还有两个误区：第一是有人认为海明威在作品里爱写钓鱼、打猎、拳击、饮酒等人的基本生活乐趣，将人物形象回归到原始状态的感官主义。这样的看法是不全面的。钓鱼、打猎、拳击和饮酒的确是人们日常生活的基本需要，海明威的描写是真实的、具体的。但他并不单纯写这些简单的生活活动，而是将它们与生动的故事或社会事件结合起来，显得朴实自然，生活气息浓烈。

第二，有人认为海明威多次从古典诗文中为自己的作品选标题，如前面提到的《永别了，武器》和《丧钟为谁而鸣》等。这种“中世纪主义”就是原始主义的表现。这种看法也是不全面的。这恰恰说明海明威尽管受现代派艺术影响，他仍很尊重传统文学和文化，大胆地从古典文学遗产中吸取有益的东西。这与原始主义没有关系。

三、海明威笔下的意大利人、西班牙人、古巴人和华人

海明威的长篇小说大都以外国为背景。在他四大长篇小说里除了主人公美

国青年杰克、亨利和乔登以外，往往出现了一些外国人物形象，如英国妇女布列特、凯瑟琳、意大利神甫和军医雷那蒂、西班牙姑娘玛丽娅、游击队员彼拉、安塞尔莫等以及古巴老渔民圣地亚哥和小男孩曼诺林。这些多姿多彩的人物形象给读者留下难忘的印象。

前面曾评介了布列特、凯瑟琳和玛丽娅以及圣地亚哥等人物形象。这里不再赘述。下面重点谈谈其他次要的人物形象，从中看出海明威对他们的态度，以及他对意大利、西班牙和古巴的情结。这 3 个国家与海明威一生结下不解之缘，在他的作品里都有生动的反映。海明威青年时代志愿到意大利作为美国红十字会救护队的司机，在意大利前线被奥军迫击炮弹炸伤。一战后至去世前，他多次访问了意大利，与意大利姑娘阿德里亚娜成了忘年交。意大利成了《永别了，武器》和《过河入林》等作品的背景。至于西班牙，海明威从 20 年代去潘普洛纳看奔牛节就迷上了斗牛赛。看斗牛成了他终身的乐趣。他的《死在午后》和《危险的夏天》专门介绍了西班牙的斗牛赛和著名的斗牛士。他深深地爱上了西班牙大地和朴实的西班牙人民。1937 年西班牙内战爆发，海明威以北美报业联盟记者的身份赴马德里采访。他站在进步力量一边，反对法西斯军事叛乱，深入最前线报道战况。他曾 4 次往返于纽约与马德里之间，亲自到好莱坞影城发动募捐活动，赞助进步力量。他曾广泛接触国际纵队，尤其是美国林肯支队成员，了解西班牙民众的反应。他不仅写了精彩而动人的报道，而且写了好几个短篇小说、剧本《第五纵队》，尤其是长篇小说《丧钟为谁而鸣》，获得了广泛好评。1959 年，海明威夫妇在西班牙马拉加举办盛宴，热烈庆祝海明威六十大寿，宾客盈门，非常隆重而热闹。临终前，他又赶往马德里等地，为《危险的夏天》收集斗牛赛的图片。他在西班牙各地都是个备受欢迎的人。

从 1938 年至 1960 年，海明威曾在古巴住了 22 年。古巴成了他的第二故乡。他和瞭望田庄附近的渔民成了知心朋友。3 位老渔民成了他塑造圣地亚哥形象的原型。海明威经常上小镇酒吧与渔民们饮酒比手劲。渔民们也常常应邀到他家中聊天听广播。虽然当时古巴经济落后，渔民们过着穷困的生活，大部分人没机会受教育，但海明威总是平等待人，虚心向他们请教捕鱼技术，与他们打成一片。所以，他一直受到渔民们的喜爱和敬重。海明威这种没有种族偏见的原始主义受到古巴民众真心的欢迎。

在《永别了，武器》里，海明威写了两个意大利人：军医雷那蒂中尉和年轻的神甫。两个人物形象都比较成功。雷那蒂军医是主人公亨利的朋友。亨利受了重伤，他很关心。两人亲如兄弟，他想帮亨利弄个银质勋章。他要把凯瑟琳调到病房照料亨利。他工作过分紧张，一心想治好病人的病。他太累了。他爱跟神父和病人饮酒逗乐。他有颗纯洁的心，后来不幸染上梅毒，“一天天自我毁灭。”每天晚上，周围的人都想撵他走，他不肯走。他说，“我就是得了那个，又算什么，人人都得的。全世界都得了”（192）。他也讨厌战争。他自己用药治病。会不会好？很难说，亨利为他担心，感到惋惜、无奈。

亨利和神甫也是好朋友，有共同的兴趣，也有些分歧。神父年纪轻，容易脸红。与亨利一样穿着制服，只是他胸前左面袋子上多了一个深红色丝绒缝成的十字架。他待人诚恳、朴实，知识丰富，脾气好，常常成为其他军官和士兵逗乐的笑柄。他从未谈过恋爱。上尉却问他有没有玩过姑娘，说他每晚玩 5 个姑娘，弄得大家纵声大笑。他一声不吭，当它是笑话。上尉还逗他“希望奥地利打胜仗”，他马上摇摇头。亨利本想到他故乡阿布鲁息看看，后来没去成，神甫很失望，但两人仍是好友。他劝每个人爱天主。亨利说他不爱，但夜里有时怕他。神父总是耐心宣扬爱。他批评亨利那不是爱，而是情欲罢了。他认为一有了爱，就会想为人家做些什么，想牺牲自己，想为他人服务。他对战争本来也是憎恨的（80）。他觉得，“有一种人企图制造战争。在这个国度里，这种人有的是。还有一种人可不愿制造战争。”亨利问他有没有办法制止战争？他感到没有法子制止战争，一旦有了组织，但又给领袖出卖了。亨利又问：是没有希望吗？他说，倒不是永远没有希望。他总是抱着希望，不过有时不行。他与其他意大利官兵一样，盼望战事早日结束，他可返回故乡过和平的生活。

尽管如此，神父还是忠于职守，继续在军队里宣扬主的爱。这种宣传被弥漫在军中的厌战情绪吞没了。海明威真实地描述了意军官兵的心态，字里行间流露了对他们的同情。

在《丧钟为谁而鸣》里，海明威写了由西班牙山区农民组成的两支游击队：巴布罗和艾尔·索多游击队。许多游击队员被刻画得栩栩如生，跃然纸上。作者也写了几个无名无姓的法西斯军官。巴布罗的妻子彼拉前面已有评介，不再重复。这里只谈谈老猎手安塞尔莫。

安塞尔莫是西班牙山区的老猎人，以前有个家，后来没了。家里地上铺了4张狼皮，还有一个野猪的獠牙、一只野山羊的大角和一只山鹰标本。他以为杀人是个罪过，但他杀过人。他不得已才杀人。他不再信天主，“现在人得对自己负责了。”他只有一支配大号铅弹的猎枪。每逢打仗，他没有一次不逃跑。但他是个好向导，赶山路特别棒。乔登事事都信得过他。他个子很小，头发花白。他陪乔登去观察炸桥的地形，希望乔登明确派给他的任务，他一定做好。乔登高兴地接受了。后来，他又给乔登介绍了游击队内部的情况，为他出了许多好点子，如派人看守好炸药等。乔登派他去侦察敌情。他不识字，乔登叫他用铅笔画记号，分别代表坦克、汽车、救护车、骑兵、高射炮等等，安塞尔莫很快就懂了。乔登叫他带吉卜赛人一起去侦察。果然办成功了。安塞尔莫还去那山上冒着风雪在树下放哨。他又配合巴布罗摸了敌人的哨兵。乔登摸黑去哨所看老头子。安塞尔莫太高兴了。他跟乔登上山顶回山洞。当敌机炸死了艾尔·索多全体游击队员时，费尔南多愤怒地告诉安塞尔莫，“这帮法西斯分子真野蛮！我们一定要在西班牙把他们全消灭掉！”老人说，“对！我们一定要教训他们！”安塞尔莫接受了乔登交给他的炸桥任务。他和乔登两人在桥上桥下都放好炸药，等敌人的卡车开上桥的长坡时，他听到乔登炸桥的命令，马上猛拉电线，一声巨响，那桥的中端飞向空中，安塞尔莫倒在白色石头路标后面牺牲了。

30年代的西班牙是个贫穷落后的国家。内战期间，山区的农民生活更苦。他们为了捍卫共和国，反对法西斯叛军，上山打游击了。他们认识到：你要是想回家，必须打赢这场战争。作为一个美国大学讲师，乔登志愿到他们那里，与他们同生活同战斗，胜利完成炸桥任务。一方是白人大学讲师，一方是没有文化的异国山区农民，双方在反法西斯共同目标下不分你我，浑然一体，这是极不容易的。海明威打破了种族界限，颠覆了白种人优越论，看到了贫穷落后的农民大众身上纯朴、勇敢和真诚的品格，尤其是像安塞尔莫那样的自我牺牲精神，塑造了感人的农民形象。安塞尔莫成了另一位圣地亚哥式的硬汉形象。

此外，海明威还生动地刻画了彼拉、巴布罗、印第安人、费尔南多、奥古斯丁、安德列斯以及艾尔·索多和聋子等西班牙普通农民形象，给读者看到了他们在民族危机中的真正作用和不屈不挠的勇敢精神。人们也从这些西班牙农民形象身上看到海明威的原始主义倾向。

《老人与海》揭示了海明威与古巴的一世情缘。老人圣地亚哥与小男孩曼诺林前面已有不少评述。这里只谈谈海明威的古巴与古巴的海明威。在海明威看来，古巴是他的第二故乡。对古巴来说，海明威是他的荣誉公民。双方建立了永恒的友谊。

1938 年海明威的第三任妻子玛莎到哈瓦那郊区帮海明威租下瞭望田庄并重新装修。海明威感到那个地方风景优美，后来就花钱买下来。两人同住了 5 年。两人分手后，海明威与第四任妻子玛丽一直在瞭望田庄住到 1960 年。海明威在瞭望田庄在前后共待了 22 年。为什么待这么久呢？除了那里自然环境优美，附近海港又便于垂钓捕鱼以外，古巴人民对海明威的友好和崇敬是个重要原因。

瞭望田庄位于哈瓦那郊区。这个农场包括瞭望塔、游泳池和贵宾楼。附近有网球场、停车场、马厩和一片小森林，风景如画。海明威安家后又买下旁边的奶牛场。整个小山坡成了他的财产。农场附近的古巴邻居都是一般的平民百姓，如锅匠、电车机工、烟草工、啤酒厂工人、保安和法院职员。他们住的地方叫圣弗兰西斯科小镇。海明威常去镇上酒吧，与邻居们干几杯，有时请邻居读报纸给他听。他总是替别人付酒钱，然后笑嘻嘻地与他们握手告别。后来，邻居们亲切地叫他“爸爸”，他很开心。1943 年 7 月，他 44 岁生日时，附近的渔民抬着烤全猪到田庄为他祝寿。海明威在田庄里的松树下与他们席地而坐同饮代基里酒。田庄里一片笑声和歌声。

海明威很关心小镇的建设，曾主动捐款，为小镇铺设下水道，还热心帮助穷人去看医生治病。他给普拉的渔民的孩子们买了全套棒球设备，帮他们建立了第一支棒球队。孩子们给它取名为“基基之星”，以纪念海明威小儿子格里戈利。海明威将西方文化与当地文化结合在一起，受到渔村男女老少的欢迎。

海明威从小爱捕鱼，所以特别喜欢结交当地捕鱼能手，请他们同船出海捕鱼。他买了“彼拉”游艇后先后请了老渔民古蒂列茨和富恩特斯给他当船长。还有老渔民赫兰德茨也是他的朋友。这 3 位饱经风霜的古巴老渔民成了海明威《老人与海》里圣地亚哥形象的原型。

在漫长的年月里，海明威经历了古巴政坛的 3 次更迭。前两届虽是亲美政府，却处处严防海明威散布民主思想。1959 年卡斯特罗领导的革命获得了成功，海明威的朋友和私人医生赫勒拉加入了新政府。海明威热情地支持卡斯特罗，两人成了好朋友。

1954 年，海明威荣获了诺贝尔文学奖。消息传来，小镇沸腾啦！人们聚集在小镇啤酒厂露天花园，隆重举行庆祝大会，高唱海明威赞歌：

他获得诺贝尔奖
因为他是创作之虎。
他让我们看到
他住在这里的时光。
赞比亚的黑豹，
在他面前发抖。
他的书好像在说
老人就是海明威。
但海是哈图埃[①]。
他得奖实至名归，
他喜欢在“彼拉”甲板上
迎接强大的风暴。
夜晚，他向着丛林和河流说，
他爱我们这片土地，
和我们的海洋。

海明威很激动地发表获奖感言。他不用英文，而是操着美式英语腔的西班牙语讲话，宣布将他的诺贝尔奖章送给古巴的圣母玛利亚。大会主持人说出了古巴人的心声：“海明威，古巴像母亲一样爱你！”

1961 年海明威去世后，家人把整个瞭望田庄和“彼拉”游艇都捐献给古巴，古巴将它们改为海明威博物馆。海明威当时爱饮的代基里酒被称为海明威鸡尾酒。他住过的小旅店和常去的酒吧都放置了海明威的图片、资料或雕像。在柯希马港，渔民们特地建了一个简朴又美丽的凉亭安放海明威半身雕像，祈

① 当地啤酒的品牌。

求它保佑他们平安出海，生活幸福。

从30年代末至60年代初，古巴经历了风风雨雨。它曾是个经济落后的国家。哈瓦那郊区的职工和渔民过着贫苦的生活。他们没有机会上学，许多人处于文盲或半文盲状态。但来自发达国家的海明威消除了种族差异，摒弃了白种人优越论，平等看待他们，尤其是看到他们的优点，向他们求教，并热情地将他们写进他的名著，让古巴渔民的顽强精神流传于世，千古流芳。这又一次体现了海明威的原始主义倾向。

此外，海明威在《有钱人和没钱人》中还写了一个名叫辛先生的华人蛇头和12名中国人。辛先生用钱雇佣摩根用船将那些中国人偷渡到美国。摩根怕引起麻烦，收了钱后却将辛先生杀掉，没有履行诺言。30年代，中国贫穷落后，许多人往往付给黑社会高额费用，从上海或香港偷渡去南美小国，再从那里转往美国谋生。海明威从一个小侧面反映了这段史实，也揭示了摩根谋财害命的堕落嘴脸。

打从1941年春天访华以后，海明威对中国菜肴情有独钟。据说，1945年，他在古巴瞭望田庄里专门请了一位中国厨师。1959年，海明威在西班牙马拉加市比尔·戴维斯的康秀拉山庄庆祝六十大寿时，他妻子玛丽特地从伦敦买来大量中国食品，招待各方的贵宾。海明威在访华前的小说里曾提到“人们在中国打仗呢，中国人在自相残杀”“中国人在碰运气”（《春潮》）和“他身体肥胖，仅有几根胡子，像个中国佬”（《医生夫妇》）。尽管海明威对中国的了解有限，他还是友好的。所以，他荣获诺贝尔文学奖以后，中国驻哈瓦那总领事曾登门向他表示祝贺。1941年春天，在抗日战争最困难的时刻，海明威偕第三任夫人玛莎来华访问。他反对蒋介石打内战，主张国共合作，团结抗日，并建议美国增加对华的军事援助。他同情中国人民，反对日本侵略。他本来想写点小说，后来没有写成。但他成了中国人民的老朋友。中国人民将永远怀念他。

海明威这样对待发展中国家的人民，同情他们的遭遇，赞扬他们求生存求独立的精神，否定弱肉强食的沙文主义和种族暴力，再次揭示了他的原始主义的进步倾向。

四、原始的非洲——海明威的乌托邦?

原始的非洲大地吸引着海明威。他曾于1933年11月和1953年9月1日两次到非洲狩猎。这两次非洲行不仅仅是狩猎而已，他还写出了多部作品。第一次狩猎行的成果是两个优秀的短篇小说《弗朗西斯·麦康伯短暂而幸福的生活》以及非虚构小说《非洲的青山》。第二次的收获是一部短篇小说《圣诞礼物》和两部遗作《曙光示真》和《在乞力曼扎罗山下》。

在上述作品里，海明威不仅叙述了他和妻子在非洲狩猎的经过和收获，而且展示了东非肯尼亚等地非洲少数民族的风土人情，尤其是与他交往的男女老少。在海明威笔下，非洲不仅是一个美丽的郁郁葱葱的世外桃源，而且那里住着朴实、可爱的原始部族人。他们的语言、服饰和文化都洋溢着令人开心的气息。那幽静的原始森林和西方城市生活的嘈杂成了鲜明的对比，而那些纯朴、热情、友好的部族人与西方贪得无厌的有钱人更成了天渊之别。在最后一部遗作《在乞力曼扎罗山下》里，海明威修去胡须，将皮肤染黑，把头发搞成红铜色，脸上留下非洲部族的印记。他还跟一位瓦坎巴族姑娘戴芭恋爱上了。他似乎想改变自己美国白人的身份，成为瓦坎巴族的一员。瓦坎巴族的男人们也把他当成自己的兄弟，与他亲密无间。

两次非洲行相隔了近 20 年，反映了海明威对非洲的不同认识。

第一次去非洲时，海明威是受老罗斯福总统非洲行的启发，由第二任妻子葆琳的叔叔资助他俩去肯尼亚狩猎。当时的非洲大都是英法的殖民地。连那辽阔的原始森林也由白人占了。当地的土著居民成了他们雇佣的向导、司机或杂工。海明威邀朋友汤帕逊夫妇同去肯尼亚首都内罗毕转卡皮特，努力适应高原的气候，打了许多野生动物，如瞪羚、黑斑羚和珍珠鸡。他们欣赏那里美丽的土地。后来又带了帐篷等设备，雇了当地司机莫卡和背枪员经坦桑尼亚到达乞力曼扎罗山西南的阿鲁沙。海明威得了痢疾，葆琳打了一头狮子。姆可拉等土著居民为她高兴，又唱又跳，把她抬起来，向她热烈祝贺！这充分表现了土著居民对海明威一行白人的热情、友好和诚恳的态度。后来，在返回营地途中，海明威等人发现空地上火光闪闪，围了一大群土人。海明威上前看，有个叫汉斯的青年听说过他，想问他几个问题。海明威热情地请他第二天到营地吃饭交谈。

海明威第一次非洲行 72 天很快就结束了。他感到时间太短，应该再来，多待些日子，学会当地语言，熟悉山区的环境。他坐汽车回营地，打道回国。所以，这一趟他初步接触了非洲，像一个白人狩猎者一样，来去匆匆，在当地原始部落万德罗博仅接触了几个人，不了解他们的风土人情，只感到打得不过瘾，战利品不如别人，以后还要再去。

在《非洲的青山》里，海明威对第一次非洲行有些回忆和记录。他细致地写了见到处于自然状态的野生动物时的激动心情，对非洲东部的自然景色的赞美和与非洲土人姆可拉和阿布杜拉等人在狩猎过程中的接触。但他更多的是回忆与白人狩猎者奥地利人康迪斯基、“老爹”杰克逊·菲利普等在狩猎中的多次谈话。狩猎快结束时，海明威一行人与马萨伊人成功地举办了一次聚会，招待他们享用面包和肉糜、葡萄干布丁罐头。他吃得很开心，说说笑笑。最后，海明威等人带着战利品高兴地离开了。

结尾，海明威表达了两点：白人殖民主义者对非洲原始大陆的破坏；他本人对非洲的态度。这两点都是很有意义的。

第一，海明威明确地指出：“我们一旦到达一片大陆，这大陆就迅速衰老。土著与它和谐地生活在一起。但是，外国人大肆破坏，砍掉树木，抽光河水，因此，改变了供水状况。一旦表土被翻下去后，土壤就露出地面。接着，泥土被风刮掉，就像我看到加拿大泥土被刮走那样。土地给开发后，一个地区迅速衰败。人们不用牲畜，改用机械后，土地就完了。机械不能使土壤肥沃……我们是闯入者。当我们死后，我们也许已把土地毁了。它仍会在那里，我们却不知道会有什么变化。我看它们的结局会像蒙古那样（沙漠化）。”

这里，海明威坦率地承认他是西方国家到非洲的一个闯入者。他直率地批评一些西方殖民国家对非洲大陆的破坏，并建议采取一些简单的措施加以防护。虽然这种温和的批评并不伤及殖民主义者的痛处，但它反映了海明威的民主观念和环保意识，还是很有意义的。

第二，海明威直接表露了他对非洲的热爱和对非洲土著人的喜欢，回敬了有些人批评他对非洲人“没有好感”。

海明威说，“我热爱这个地区，我有些在家里的感觉。如果有人对他出生地以外的地方，有种如家的感觉，这就是他肯定要去的地方。”他认为非洲是个好地方。“这里有不少猎物，很多鸟类，而且我喜欢这些土著人。我能在这里打猎和捕鱼。这一切，加上写作、读书、看电影，这是我最想做的事。”

海明威又说，“我会重回非洲看看，但不会去靠它生活。我可以靠两支铅笔和几百张最便宜的白纸为生。但我会回到我喜欢在那里生活的地方，真正地生活，而不只是打发日子。”

由此可见，海明威第一次非洲狩猎行对非洲留下深刻的印象。他和葆琳不仅带回不少“战利品”，而且他自己决心再到非洲那原始的大地去。不过时间一晃近20年，第二次上非洲狩猎时，陪伴他的已不是第二任妻子葆琳，而是第四任妻子玛丽。

第二次非洲行时，非洲好几个国家已宣告独立。1952年当时英属肯尼亚的吉库尤族黑人发动反对殖民主义的茅茅运动，受到英军的残酷镇压。1963年，东非的肯尼亚也获得了独立。肯尼亚虽然政治上独立了，但经济上仍依赖英、法等殖民国家，比较不发达。一些牧场、宾馆仍是西方白人开设的。他们还到那里租地办狩猎场。海明威二儿子帕特里克夫妇也在肯尼亚经营牧场，自然是十分欢迎他老爹去狩猎。海明威带着玛丽去了，在非洲过了圣诞节和新年，与土著人大联欢，按非洲风俗热闹了一阵子。当地土著人都参加了。后来接连发生了两次飞机失事。海明威夫妇死里逃生，大难不死。但海明威伤势严重。经在威尼斯等地治疗后好久才返回哈瓦那，留下许多后遗症。

海明威在《曙光示真》里比较了两次非洲狩猎行：“我又想起我们这次来非洲多么幸运！能在一个地方住得这么久，能对个别动物有些了解，也知道蛇洞和待在里面的蛇。我第一次来非洲时，我们总是匆匆忙忙从一个地方转移到另一个地方，只为了打到更多可当纪念品的野兽。”同时，海明威又感到能待在那极其美丽的原始森林地带确是一种“特权”，而且能对这大陆有所了解，能做些有意义的事。所以，他很感激金·克雷兹。（当时，金·克雷兹是肯尼亚卡吉西多区的狩猎法监督官，该区属英国管辖。海明威一直在他管区内打猎。）

海明威还说，他仍喜欢干净利索地用猎枪射杀猎物，但不像过去那样将野兽猎来当纪念品了。这次打猎的目的是：为了控制掠夺性动物、食肉动物和害兽；为了消灭那些该被消灭的野兽；为了支持他妻子玛丽；也为了搞些兽肉给大家吃。[①] 这也是海明威第二次非洲行的目的。

海明威在小说里提到了茅茅运动，也反映了英国殖民者对非洲不同黑人部

---

① Ernest Hemingway. *True at First Sight*. London: William Heinmann, 1999, pp. 97 – 98.

族分而治之的政策。东非有马萨伊族、吉库尤族和瓦坎巴族。他们都是黑人，但对待英国态度不同。瓦坎巴人忠于英国，不信任吉库尤人发动的反殖民主义的茅茅运动。瓦坎巴人以狩猎为生，后改为种地，但土地有限，所以生活艰难。瓦坎巴战士曾为大英帝国打仗，马萨伊人则从未为帝国征战，但他们长得漂亮，又很有钱，受殖民者保护，其中不少人养成了酗酒吸毒的恶习。海明威对瓦坎巴人有认同感，参加茅茅运动的瓦坎巴人纷纷被英国殖民者抓捕，所以，海明威一行人安营扎寨就没有被干扰的危险了。

小说里还写了海明威与瓦坎巴族黑人姑娘戴芭的关系。她年轻美丽又聪明。海明威在妻子面前让戴芭当他的“女友”。玛丽也很喜欢她。海明威曾带戴芭去买布料。他在车上傻乎乎地对戴芭说，“你会成为一个聪明的妻子。”她紧贴过去抓住他的枪套说，“我现在是个好妻子。我将来永远是个好妻子”（14 章）。这段不平常的关系，引起了批评界的热议。事实上，戴芭是一个非洲原始部族的代表，海明威并没有真的娶她为妻，但对她的感情是真诚的。他和瓦坎巴族人相处融洽，称兄道弟，仿佛忘了他的美国公民身份。他完全愉快地融入瓦坎巴族。他说，“我要当个瓦坎巴人”（331）。在通篇小说里，他似乎与瓦坎巴男人相结合了。他热情地构建了一个与非洲“武士”一起的秘密社会。有时，他甚至以瓦坎巴人的身份说话：“我知道，我们，打猎的瓦坎巴人已经一起走过了很长的一段路”（77）。最后，海明威和玛丽都说，“我倒情愿不再离开这里。”

英国殖民政府曾授予海明威“荣誉狩猎监督员”称号，希望他能控制狩猎禽兽数量，增进肯尼亚的旅游。海明威认真地研究了非洲瓦坎巴人的部族法律，把自己当作他们部族的一员。但是，海明威指出英国殖民政府这么做，目的是赚钱，而管理则很乱。他有一次看到小镇上闪光的铁皮屋顶时想，那些桉树和那展示不列颠帝国国力的大道，一直通往那个小型碉堡和监狱以及一片坟地。那些为大英帝国司法管理的文职官员们，到头来一文不名，无法返回他们的祖国，只能在此安息了。“我们不会打扰他们的……”显然，这些字里行间充满了反讽和嘲笑。

《在乞力曼扎罗山下》里，海明威继续表露他对非洲的喜爱之情。[①] 他深知

① Ernest Hemingway. *Under Kilimanjaro*, edited by Robert Lewis and Robert Fleming. Kent: Kent State University Press, 2005.

他在非洲那么开心，那么幸运，早上醒来竟不知在何处！他生活在一个原始部族中间，没有偏见，没有嫉恨，没有烦恼。海明威仿佛与他的人物跨越了种族和身份的界限，经受了内心的剧烈考验。他自己的白人身份成了一个有意义的问题。从海明威 50 年代的信件和玛丽的日记来看，这不仅是他小说里描写的部族和身份问题，也是现实生活中的问题，因此，这是很有意义的。

作为一个伟大的小说家，海明威的作品呈现了广阔的画面。他将非洲的历史、印第安人和欧洲犹太人与美国白人一起融入他的作品。他对白人虐待其他族裔感到羞耻，对他们无节制地垄断权力话语，剥夺他者的话语权深为愤怒。他同情被奴役的非洲人和美国的少数族裔民众。他对原始的非洲的喜爱反映了他的乌托邦憧憬。他那么赞扬朴实的非洲土著人是否孕育着他的乌托邦理想？1932 年 5 月，海明威在给朋友的一封信中就承认自己是个无政府主义者。他反对专制，反对权力，因为有了权力就会产生腐败。所以，他有乌托邦理想是不奇怪的。

《在乞力曼扎罗山下》是海明威的最后一部遗作。它揭示了海明威从早期关注印第安人的部族问题到后来对种族差异的思考。在他早期作品里，他在种族暴力和种族差异的环境里能够构建一种身份意识。尼克·亚当斯的教育揭示了美国自由权利和身份的概念。它们与印第安人和黑人的生活和经历成了对照。海明威揭露了白人种族主义者的罪恶，表达了对非洲历史和部族文化的尊重以及与瓦坎巴族人建立亲密关系的愿望，并想进一步加深对他们的了解。海明威这种原始主义倾向是值得赞赏的。

（原载《海明威学术史研究》，译林出版社，2014 年）

论海明威与存在主义

在研究海明威的小说艺术世界时，人们发现它与存在主义的世界观有许多联系。探讨这种联系，深入了解海明威的人生哲学和他小说中的思想意识，对于进一步理解海明威的小说是很有帮助的。

准确地说，海明威并不是一个存在主义者。他也不是个哲学家。从目前所了解的资料看，他在知识或个人关系上与欧洲存在主义者魏尔兰（Paul Verlaine）、克尔凯郭尔（Søren Kierkegaard）、海德格尔（Martin Heidegger）以及后来的加缪（Albert Camus）、萨特（Jean-Paul Sartre）和波伏娃（Simone de Beauvoi）等人没有任何联系，也没有任何人正式承认他们之间存在亲密关系。但他们对20世纪西方社会的认识存在许多相同或类似的地方。

海明威从《在我们的时代》（*In Our Time*）开始就认识到“我们的时代”（20世纪20年代）是个比以往任何时代都更艰难的时代。一战后的《巴黎和约》并没有带来世界和平。相反，欧美社会进入了一个动荡时期。“我们的时代”成了充满暴力的时代，它的残暴超过了过去任何年代。在这样的时代，人的生存成了一个难题。时代、社会和环境的压力使青年一代为了生存不得不做出不同的选择。《丧钟为谁而鸣》（*For Whom the Bell Tolls*）里主人公乔登说：“我认为我们生在一个十分艰难的时代。……任何别的时代可能要好些……这是个叫人难于做出决定的时代”（海明威，1982：435）。

海明威小说里的这种现代意识使他的作品在欧洲读者中很受欢迎。当时，法国和德国哲学界悄然兴起存在主义运动，虽然海明威没有参与这个运动，但他小说中流露的孤独和虚无主义、死亡意识、反抗命运安排等存在主义思想都早于德法两国哲学家存在主义专著的出版，因而引起欧美学术界的广泛重视。

一、存在主义与欧美作家

什么是存在主义？英文 existentialism 来自拉丁文 existere，源自 existare，意思是“支撑住”（to stand out）。它适于形容任何比一般人更关注“存在”是什么意思的作家。

其实，“存在主义”一词早已有之。古希腊哲学家苏格拉底将人的生活降到最简单的程度，被称为存在主义者。公元前 4 世纪雅典学者、哲学家齐诺（Zeno of Citium）创立的主张淡泊生活的斯多葛派与存在主义有许多相同的地方。许多基督教存在主义者将耶稣基督看成一个存在主义者，因为他高度重视个人主义，反对将个人主义归入长老们的宗教传统。莎士比亚的悲剧《哈姆雷特》主人公哈姆雷特的独白提到“死或不死，那是个问题”，许多学者用存在主义观点对这个悲剧进行了解读。美国 19 世纪散文家梭罗去波士顿郊区瓦尔登湖畔建小木屋独居，尝试寻找一个人基本存在的条件，看看他能从净化状态中学到什么。事实上，每个时代每个国家都有人关注人的存在问题，以及人与命运的抗争。俄罗斯作家高尔基（Maxim Gorky）说，文学是人学。作家特别关注人的命运，描写理想与现实、人与社会、人与自然、人与人之间的矛盾和斗争。广义地说，这些人也可称为存在主义者。

现代存在主义之父是丹麦的克尔凯郭尔。他与黑格尔是同时代人。他在德国学习，回国后想打破学界的沉闷气氛，给他的同胞带来新鲜空气，唤醒他们认识到自身的价值和接收新思想的重要性。他在近 10 年内写了 12 部论著。这些书在德国出版，但影响不大，直到 20 世纪 20 年代，他才被认为是个重要的哲学家和存在主义的开山祖师（Killinger，1960：3）。他与“超人论”的德国哲学家尼采成了存在主义早期引人瞩目的双雄。此外，俄国小说家陀思妥耶夫斯基的《罪与罚》《白痴》和《卡拉马佐夫兄弟》等小说中流露出存在主义思想，成了存在主义文学的经典，据说还影响了尼采。

1927 年，德国哲学家海德格尔发表了《存在与时间》（*Being and Time*，原为第一部，但从未再出第二部）。它成了 20 世纪主要的存在主义学术论著。起先它并未引起国际上的注意，因为海德格尔采用了英国卡莱尔式的古怪文体，连许多德国读者都感到读不懂，更难于译成英文或法文。30 年代以后，法国小说家萨特崭露头角。

萨特通过他的小说和剧作来宣传存在主义，涉足哲学问题。他最有名的小说《恶心》（*Nausea*，1938）揭示了人在偶然性存在中寻找自己生存的根据。他的剧作《苍蝇》（*The Flies*，1943）则强调在现实斗争中要敢于承担个人责任。1939 年，萨特应征入伍对德作战，第二年成了俘虏，第三年获释返回巴黎。1943 年他发表了《存在与虚无》（*Being and Nothingness*），提出了对世界、人生与存在的看法。他巧妙地将存在主义哲学问题普及化，使平民百姓对此有所了解并关注人的存在。这使他声名大振，影响迅速扩展到美国。

萨特最大的特点是将"自由"的问题放在他存在主义思想的核心位置。他认为自由是一种不断的自我超越，自由不可避免地是要和对象相结合的。这是他的行为论和伦理论的理论基础（李钧，1999：215）。萨特很关注文艺，直接谈及"什么是文学"，在他的整体文论中贯穿了词语论。他在词语中领悟了必然性基本特征的美，并以美取代了真（李钧，1999：225）。他认为"任何文学作品都是一种召唤"（李钧，1999：236）。作家通过作品向读者"自由"发出召唤，向读者开放。文艺活动成了作家与读者自由交流的存在形式。

曾是萨特朋友的加缪也是通过作品来展示存在主义思想的。他的剧作《卡里古拉》（*Caligula*）和《误会》（*The Misunderstanding*）成了欧美荒诞派戏剧的经典之作。他的小说《鼠疫》（*The Plague*）很受读者欢迎。他曾参加罗曼·罗兰（Romain Rolland）领导的反法西斯运动，加入法国共产党，后来脱离，1957 年获诺贝尔文学奖。他曾抨击克尔凯郭尔等人的存在主义观点，拒不承认他是个存在主义者。事实上，他像陀思妥耶夫斯基一样，以作家的身份出现，揭示生活中的荒谬现象，表现出强烈的生存意识和对存在的深刻领悟。他并不空谈"存在"，而是从生活的感悟中理解生存与世界的关系。

加缪所描绘的世界是个人们相互疏远的世界，又是个受死亡限制的世界，没有希望的世界。因此，加缪强调要反抗这样的世界，首先是冲破自己的局限。

他总是让他的主人公不断地反抗世界的恶化。加缪在诺贝尔文学奖受奖词中说，一个作家首要的任务是反对对他知道的实情撒谎。对他来说，充当人道主义与有神论的桥梁是完全不公正的（Killinger，1960：5）。不过，加缪在小说和杂文里所表露的观点与存在主义的世界观是一致的。

综上所述，不难看出存在主义本质上是一种思想方法，不是个严密的体系。相反，它是个很松散的整体，没有自己的行动宣言。从广义上来看，它指有明显的存在主义思想的人的观点，但那些人绝大多数不接受这个标牌；从狭义上来说，它主要指二战后几十年来，以萨特为代表的欧美作家和哲学家或多或少以存在主义为名的思潮。他们并非铁板一块。各人涉及的存在主义思想深浅不一，有的仅限于生存与环境的描写，有的深入探讨“存在”的意义和态度以及个人应有的对策。他们的思想背景比较复杂多样，基本倾向有所不同，表达方式各有所长，有的直接诉诸理论，有的隐含于小说、诗歌和戏剧之中，但它们与传统的文学理论和常见的文学形式是不同的。

作为西方的一种哲学思潮，存在主义从古希腊至今已有千年历史。19 世纪末至 20 世纪初，它在资本主义工业化造成的政治、经济和文化危机中日益发展。二战后，狭义的存在主义形成一股热潮，冲击着资本主义社会，启导人们探讨在冷漠的西方世界中存在的方式与态度，具有一定的现实意义。虽然海明威不是个存在主义者，但他曾身处 20 年代的巴黎，并了解当时欧洲的许多重大事件，又亲身参加了第一次世界大战，感触很多。他把握了时代精神，在他的小说中表露出来。他对西方社会、对个人存在的艰辛等思考与存在主义思想家不谋而合。所以，他的作品受到萨特等人的欢迎，并在一定程度上影响了萨特。这也许是海明威未曾料到的。

二、海明威存在主义表现之一：孤独与虚无

基林格（John Killinger）将存在主义文学归纳为最简单的三要素：个人、基本选择和生活方式。它的基本意图是建立个人的分离的身份，即努力将人恢复到他自己，使他生活在自己眼里。他们对其他人缺乏真正的感情。他们感到自己仅是一群人中的一部分，自己孤独地存在。面对一个冷酷无情的世界，他们

为了存在，不得不选择自己的生活方式。这种选择往往是痛苦的。他们充满了恐惧和不安，感到生活充满了不确定，命运充满了变数，到处是暗礁和深渊，威胁着他们真正的存在。因此，他们感到生活没有意义，人生犹如一场无法解释的梦。人生活在没有目标的虚无中。虚无笼罩着世界，令人窒息。

如上所述，海明威早在《在我们的时代》就表露了他对一战后西方世界的看法，认为那是个残暴的时代，比以往任何时代更艰难。在他看来，世界是个悲剧，生活本身就是一场悲剧。《在我们的时代》展现了海明威笔下那个充满暴力和恐怖的世界，有人死于非命，有人相互残害，有人沦为疯子。战火使美丽的田野变成焦土，翠绿的森林变成大片灰烬。人们的生活哪来平静？旧的价值观不存在了，人们不知走向何处。欧洲古老的大城市如雅典、伦敦、巴黎和罗马仿佛成了诗人艾略特所说的“精神荒原”。

在短篇小说《赌徒、修女和收音机》（“The Gambler, the Nun, and the Radio”）里，海明威写了 3 个人生观不同的人。赌徒相信人生是一场赌博，唯有赚钱，生活才有意义。尽管他输多赢少，但他总认为有一天会赢。修女从小就想当个圣人，靠宗教维系生命。宗教就是她的一切。虽然她多次失望，仍不放弃梦想。她完全生活在梦里。弗雷泽先生有一台收音机。他酗酒、吸鸦片、玩女人，但仍感生活十分空虚。他爱听那台收音机，又不想听到收音机的广播。这一切救不了他。最后，他感慨地认为，宗教、音乐、经济、饮酒、性爱、赌博、收音机、理想、信念、自由、革命、教育、政府以及面包都仅仅是人们的鸦片。不管你用什么来麻醉自己，到头来都是一场空。小说中的 3 个人都是普通的平民百姓。他们仿佛都生活在梦中，深陷泥潭而无法自拔。收音机当时是个现代化的象征。它揭示了资本主义工业化并不能给平民百姓带来生机，相反，又将他们卷入机器，使他们沦为生活的奴隶。他们仍感到孤独、空虚和绝望。

在短篇小说《一个明净的地方》（“A Clean, Well-Lighted Place”）里，海明威进一步描写了虚无如何笼罩了世界，笼罩了平民百姓的心灵。小说写了一家咖啡馆里的 3 个人物。一个有钱的老人害怕孤独，喜欢到一家干净明亮的咖啡馆喝咖啡。他爱待在那里。夜深了，打烊了，他仍不想离开。最后他不得不离开那里，回到自己孤独而阴暗的家里。两个侍者，一个年老的，一个年轻的。年轻的涉世不深，不明白老人为何迟迟不愿离去。年老的不怕孤独，还是回到自己家里，因为他对西方社会已有所了解。末了，海明威写道：“他心里很明白。这是虚无。一切都是虚无，人也是虚无的……他知道一切都是虚无的。一切都是为了虚无。欢呼虚无！充满虚无。我们的虚无在虚无之中，让虚无成为你的名字，你的王国……”（Hemingway，1987：31）

有趣的是，海明威在小说里借用了西班牙文 nada（虚无）。实际上，它是个哲学上的用词。西班牙存在主义哲学家乌纳穆诺（Miguel de Unamuno）在他的哲学笔记《生命的悲剧意识》（*The Tragic Sense of Life*）里多次用了 nada 这个词。他还写了许多具有存在主义色彩的长短篇小说，将尼采对人生的感悟和荣格（Carl Jung）的集体无意识融为一体，探讨人对生命的体验。海明威是否读过乌纳穆诺的书还不清楚，但至少说明他认为：以前靠宗教来维系人生，如今“在我们的时代”，诚如哲学家尼采所说，上帝死了，人们无所寄托了，唯有让“虚无”支配一切了。《丧钟为谁而鸣》里老猎手安塞尔莫说过：“这里，我们不再有什么上帝了，也没有上帝的儿子，或高贵的精英了。谁能宽恕？……每个人只能靠自己了”（Hemingway，1968：41）。

海明威用 nada 一词贯穿了那个短篇小说的始终，与那家咖啡馆的干净和明亮形成了鲜明的对照。虚无存在于黑暗和孤独之中，浩瀚无边，令人恐惧，而那明净的小咖啡馆则令人留恋，让人舍不得离开。这里，海明威巧妙地展示了“在我们的时代”西方社会环境的黑暗和无情与平民百姓小小的期望。诚然，这个期望是永远无法实现的，因为西方世界的虚无是无孔不入、挥之不去的，犹如那明净的小咖啡馆总是要打烊的，不能让客人永驻。

批评家贝克（Carlos Baker）很欣赏海明威用了 nada 一词，认为这个词贯穿了海明威的作品，从杰克害怕夜晚到罗林斯的恐惧以及坎特威尔上校日益滋生的遗憾（Baker，1972：132）。杰克一战后没有返回美国，而是滞留在巴黎当个编辑。他的生活失去了方向，与布列特、柯恩等一群青年到西班牙看斗牛、钓鱼、跳舞。他与布列特相爱又无法结合，身心痛苦，感到生活没有意义。罗林斯一面为进步力量搞情报，一面想过花天酒地的豪华生活，感到生活空虚，无所事事。坎特威尔上校终日沉湎于过去的光荣历史和降职的忧虑，找个贵族夫人当女友倾吐衷情，仿佛生命将尽，生活已失去意义。这几个主人公感到孤独、沉郁、异化和虚无，仿佛被历史和社会抛弃，在生活的重压下苟延残喘。

然而，海明威的小说世界并不完全是个冷酷和虚无的世界。他十分重视爱情和友谊对于孤独的受难者或幸存者的重要意义。他在大部分长短篇小说里都写了爱情或友谊带给男主人公的温暖和安慰。凯瑟琳成了亨利的“家”，从他俩初次见面时她就启导亨利对战争的认识，帮助他从盲目的冲动中认清列强战争的无聊，促使亨利清醒起来。亨利说，“我要忘掉战争。我单独媾和了”（海明威，2004：264）。最后，他冒险逃到她身边。玛丽娅将一切献给乔登，使他在异国他乡的山区找到爱情，感到惊喜和幸福。摩根太太在艰难的条件下为丈夫支撑家庭，任劳任怨，给摩根以力量。至于小男孩曼诺林和老渔民圣地亚哥，则比亲人还亲。他们的亲密友谊令人印象深刻。曼诺林对老人关怀备至，虽然他父亲不许他再跟老人出海，但他不想离开老人。他和老人一样充满信心。他相信老人不会失败。老人教他捕鱼，他关照老人的生活，不让老人饿着肚子出海。他帮老人做好出海的准备，一起将小船推入水中。老人失败归来后，他送上一杯热腾腾的咖啡，请他好好休息，叮嘱邻居别吵他。看到老人的手指头受伤，他悄悄地哭了，急忙去找药帮老人治伤……曼诺林成了老人最大的安慰。老人在海上有 5 次提到希望男孩在自己身边。他说：“男孩使我活下去，这一点，我不能太欺骗自己”（Hemingway，2007：134）。可见，海明威很重视友谊和爱情给予孤独的主人公的慰藉和力量。他相信，尽管西方世界冷酷无情，犹如一片精神荒原，但人世间自有真情在。爱情和友谊是孤独的个人不可缺少的东西，也是海明威的主人公重要的精神支柱。海明威这么重视爱情和友谊在社会生活中的作用，使他明显区别于其他一些存在主义作家。

海明威所用的 nada 与存在主义者所说的“虚无”基本上是一致的。他对“在我们的时代”西方世界的认识很像存在主义者的看法。他总是描述和同情与命运搏斗的个人，描述他们的遭遇和选择，他们真实的存在和反抗。他往往将生活分为真实的和不真实的，个人在关键时刻选择逃避或反抗，赞扬人道主义的美德。在这些方面不难发现，海明威与 20 世纪 20 年代法德存在主义者们有许多契合的地方。

三、海明威存在主义表现之二：失败与死亡

海明威的小说大部分是以死亡和暴力为主题的。暴力是另一种死亡的形式。

受伤者偶尔得以逃生。在一个冷酷无情的西方世界，个人往往无法反抗，反抗后也往往遭到失败或被消灭。

从短篇小说《印第安人营地》（“Indian Camp”）开始，海明威就一直关注平民百姓的生死问题。小说里，小孩尼克看到父亲为一个印第安孕妇剖腹产，产妇疼得尖叫，她丈夫不忍心看她那么痛苦，割喉自杀，血流满地，而他的孩子平安地出生了。尼克好奇地问父亲：那个男人为什么自杀？将近30年后，在《老人与海》（*The Old Man and the Sea*）里，海明威又描写了圣地亚哥老人忍受阳光曝晒之痛，与一群啃吃马林鱼肉的鲨鱼群拼搏受了伤，度过了一个不眠的夜晚……

诚如左翼批评家格兰维尔·希克斯（Granville Hicks）所说，海明威对死亡所产生的感情是从玄学派诗人约翰·堂恩（John Donne）以来很少作家可与之相比的。卡什（Thomas Cash Jr.）也认为，像海明威这么不断地描写死亡的作家的确是很难找的（Killinger，1960：19）。

战争是最大的暴力。海明威小说中的暴力世界就是战争的世界。他将自己的参战经历和感受写进长短篇小说。亚当斯去参军，在战场踝骨被炮弹严重炸伤，心理上也受了创伤。布列特的未婚夫和凯瑟琳的男友都死于一战的欧洲战场，凯瑟琳自己死于难产，而西班牙索多的农民游击队则集体被法西斯飞机炸死。海明威在《永别了，武器》（*A Farewell to Arms*）里说：“世界杀害最善良的人、最温和的人、最勇敢的人，不偏不倚，一律看待”（海明威，2004：271）。在意大利军队中，霍乱最后杀死7 000人。列强交战，许多无辜的士兵和平民死于非命，他们像“着了火的木头上逃生的蚂蚁，无论怎样努力逃奔，末了总是全部跌入火中，被活活地烧死”（海明威，2004：354）。一战双方死去近1 000万人，受伤的超过1 000万。有的成了残疾人，像杰克那样，完全失去正常生活的能力。尽管亨利曾经对雷纳蒂说，他要与战争“单独媾和”（海明威，2004：264），但实际上他也逃脱不了被战争惩罚的厄运。

《有钱人和没钱人》（*To Have and Have Not*）中的主人公摩根在大萧条的基韦斯特走投无路，铤而走险，搞非法走私和偷渡，结果被击毙。他为了自己和妻儿一家的生存，走上了自我毁灭之路。《过河入林》（*Across the River and into the Trees*）中的主人公坎特威尔上校当兵多年，官至少将，因执行上司的错误命令，损失了一个团而被降职。他曾见过战场的惨状：一队队军车从士兵的尸体上碾过去，德国兵被活活地蒸熟。他患上心脏病，满腹牢骚，唯有向女友公爵夫人雷娜塔倾诉，最后被病魔夺去生命。他平静面对，无所畏惧地走向死亡。

乔登的死不同于上述人物。他的死是他的自愿选择。他为理想而死，为反法西斯慷慨献身，虽死犹生。他的牺牲揭示了生命的伟大意义。他的形象完全不同于其他欧美存在主义作家笔下的人物。

海明威不仅写了人的死亡，而且写了动物的死亡。比如，西班牙斗牛士如何刺死黑牛，他和妻子在非洲丛林怎样射杀狮子、非洲羚羊、斑马等，在深海如何捕杀马林鱼，等等。这些描述引起了一些人士的批评，但海明威认为，狩猎不仅是一个人的兴趣和爱好，而且体现了一个男子汉的气概。当时非洲还没有保护野生动物的法律。从今天环保的眼光来看，捕杀珍稀动物是被禁止的，也是非洲人民所不允许的。当然，作为一种传统的民族活动，西班牙每年的斗牛节照样进行，今天日益吸引世界各地的游客，这与非洲的狩猎是不能相提并论的。

由此可见，死亡在海明威小说中占有重要地位。了解海明威的死亡意识是解读他作品的关键。在《印第安人营地》里，海明威通过天真的尼克提出：人为什么会自杀？这个问题引起了读者的思考。在《在我们的时代》里，海明威通过尼克参军打仗的经历，简单地介绍了战场的惨状。但他不加渲染。战后尼克去西班牙看斗牛，海明威联系到黑牛与斗牛士的死亡。在《太阳照常升起》（*The Sun Also Rises*）和《永别了，武器》里，海明威提到布列特的未婚夫和凯瑟琳的前男友死在一战的欧洲战场，但着墨不多，没有过多地描述过去可怕的经历，而是不动声色地提一提发生过的不幸遭遇。他的态度十分沉着而冷静。

海明威对死亡的认识是发展和变化的。到了30年代，他去马德里报道西班牙内战。内战中所发生的一切使他的认识有了升华。《丧钟为谁而鸣》的主人公乔登立志为反法西斯战斗到底。海明威详细描写了他牺牲前的内心斗争，展示了他自觉地为人类正义事业而献身的思想品德。他的死与海明威小说中的其他人物如摩根、坎特威尔的死是有区别的。它说明海明威的死亡意识早年是消极的、悲观的，后来逐渐演变成积极的、进步的。这也是他与欧美存在主义作家不同的地方。

有些美国学者认为，海明威的死亡意识源自他一战中被奥地利迫击炮炸伤的伤痛。菲力普·扬就是这种“创伤论”的首创者。他认为亚当斯遭受创伤的影响是长期的。从那以后，海明威每个主人公都是个受伤的男人，不仅身体上受伤，而且很快就表明，心理上也受伤。这种创伤不可避免地使他脱离了人群，成了一个孤独的人。当他与死亡搏斗时，生活才有意义。个人与环境处于紧张状态。为了生存，人不断重复着死亡的经历。也许只有如此，生活才继续有意义。面对死亡，一切小事都失去了意义。从亚当斯到杰克，从亨利到坎特威尔甚至乔登和圣地亚哥，他们身上都留下了“创伤”的影响。

这种“创伤论”早在20世纪50年代就出现了，但它遭到海明威的抵制。据说当时菲力普·扬要求海明威让他引用他的作品，海明威一看到他写的“创伤论”就生气地拒绝了。后来，经夫人玛丽劝说，海明威才勉强同意。事实上，青年海明威从意大利负伤归来，在橡树园家中养病时，曾因第一个女友艾格尼丝从纽约来信结束与他的恋爱关系而苦恼，也曾为自己未来的职业而担心。但他在故乡受到英雄般的欢迎，还到母校给师生们做报告，上了当地的报纸《橡树园人》（*The Oak Parker*）。身体康复后，他想当作家的愿望一刻也没有放弃。后来他认识了成名作家安德森，主动向他请教，最终由他推荐去巴黎闯荡。应该说，迫击炮炸伤了他的腿，对他是有影响的，但没有让他处于被支配的地位。真正形成他的人生观的是他的社会实践。早在《堪萨斯之星》（*The Kansas City Star*）当见习记者时，海明威就经常深入现场，了解所发生的社会事件；在为《多伦多之星》（*The Toronto Star*）写稿时，他曾报道在多伦多市圣诞之夜有许多贫民在街头流浪；在巴黎期间，他曾到欧洲各地采访，亲身感受了希腊—土耳其战争中难民流离失所逃命的惨状，法国侵占德国鲁尔区造成的经济危机、马克贬值、民众难以为生，以及希特勒和墨索里尼等法西斯战争狂带来的灾难……这一切都表明，他能从时代和世界的全局视野来看待民众的生与死问题，逐步将个人的命运与人类的前途联系起来，赋予死亡以积极的意义，而不是简单地从生死观来看待死亡的问题而落入俗套。所以，将海明威的死亡意识与他的创伤等同起来，把他的人物的死亡结局完全归因于他个人的创伤，这是主观唯心主义的判断，脱离了海明威的历史经验和生活实践。

死亡，是存在主义哲学的中心问题。海明威小说中的死亡描述或主人公的结局与一些欧美存在主义论著和小说有许多平行的现象。多位存在主义作家热衷于讨论时空变化中人的死亡问题。他们认为人的死是一生的终结，也是一种归宿。人死了，一切忧虑、恐惧和困惑完全结束了。人终于获得了完全的自由。自我也从环境的牢笼里解脱了。海明威不是个哲学家，也许没考虑那么多。他把存在的问题降到最低的普通标准，用人的遭遇来处理，生动地描写了一个人或一群人的死亡，它与海德格尔的存在与死亡的意识、加缪的自杀问题具有异曲同工之妙。

四、海明威存在主义表现之三：回避与反抗

暴力和死亡成了海明威小说世界重要的组成部分。面对暴力和死亡的威胁，海明威小说的主人公往往采取不同的态度。他们可分为两类，一类是消极回避，一类是积极反抗。前者成了懦夫，后者是英雄。海明威倡导“压力下的体面”（grace under pressure）风度，赞扬他的英雄，轻视那些懦夫，冷落那些自杀而死的人。

存在主义作家加缪说过，自杀是个大问题。“判断生命是否值得活下去，成了哲学上的基本问题”（Killinger，1960：77）。自杀的原因很多，有的是为环境所迫，有的是因个人遭到重大的挫折而绝望，也有的是因为厌倦了生活，无法解脱而自杀。对那些否定生活的人，海明威替他们感到羞愧。对《印第安人营地》里那个害怕妻子难产痛苦而自杀的丈夫，海明威进行了无声的谴责。他的父亲因债台高筑而自杀后，他有负罪感，同时也责怪他母亲。他还将此事写进《丧钟为谁而鸣》。乔登回忆他如何惭愧地将他父亲自杀用的枪扔进红屋河里800英尺深处。他父亲的行为使他和参加过内战的祖父感到尴尬。他认为任何人都有权自杀，但这样做是不好的。“我理解这种行为，但是我不赞成”（海明威，1982：401）。乔登又说，“我第一次知道他是个懦夫，心里多么难受！说下去，用英文说，懦夫！”（402）

由此可见，海明威对失去生活信心而自杀的懦夫是不赞成、不欣赏的。他认为人应该活得有意义。这是他从生活实践中得出的经验。他的认识是不断提高的。在早期的《太阳照常升起》和《永别了，武器》里，杰克和亨利对冷酷

的世界采取一种消极回避的态度。杰克因战争成了残疾人，得过且过混日子。亨利跳河逃走，与战争“单独媾和”，开小差去米兰找凯瑟琳。什么光荣、责任、荣誉都失去了意义。他从大千世界跳进“两人世界”。最后，凯瑟琳难产而死，他沦为世界上最孤独的光棍。至于小说中放弃宗教责任的自由的牧师们和公众中没有威信的政客们，往往死得很惨，没有多少尊严。

经过西班牙内战的洗礼后，海明威对死亡的认识获得了新的飞跃。他认识到战争有正义战争与非正义战争之分，为正义事业而死就是死得其所，死得光荣。他塑造了乔登这一英雄形象。如果说以前他写了一些不怕死的硬汉形象，那么此时他已经意识到要把这种不怕死的精神与正义事业和人类的命运联系起来。他的人物不再是孤独的好汉，而成了有理想有抱负的反法西斯英雄。他们对非正义战争的暴力行径不是容忍和逃避，而是主动迎击，英勇反抗，至死不屈。

《过河入林》的主人公坎特威尔上校有句名言：“与其跪着生，不如站着死”（37）。后来它被小说家加缪引用，作为个人反抗暴力的口号。小说里有个侍者反复对坎特威尔上校说：“宁愿像狮子活一天，也不愿当羔羊活一百年”（37）。这两句话的意思是一样的，它们揭示了海明威对死亡的新认识，使人物形象更丰满，更有感染力。

海明威提倡“压力下的体面”，即在困难、危险和死亡面前不害怕，不退缩，要知难而进，勇敢拼搏，表现一个人应有的尊严。诚如圣地亚哥所说，人不是生来就要被打败的。人可以被毁灭，但决不能被打败。当然，一个人的力量是有限的，要靠集体的力量、人民的力量才能打败罪恶势力。这一点，海明威在《打仗的男人们》（*Men at War*）的序言里做了进一步评论，相当精彩而深刻。他建议美国政府要相信民众，将好消息和坏消息都告诉民众，将民众团结起来，尽一切力量打赢二战，彻底战胜法西斯势力。可见，海明威又把生死观与民族危机感和爱国主义结合起来，达到了欧洲存在主义未能达到的思想高度。

附带指出，海明威小说里的人物如摩根、坎特威尔和哈德孙都在临终前表现了“压力下的体面”风度。3个人最后都死了，但死前都平静地面对，视死如归。摩根搞走私和偷渡，被海岸警卫队开枪击中，临终前感慨一个人的力量是不够的。坎特威尔第一次心脏病发作差点死去，他照常与朋友出门打野鸭，在第三次打野鸭返回威尼斯的途中心脏病发作死了。哈德孙的3个儿子两个死于车祸，一个从军去打德国兵。作为画家的哈德孙放下画笔，也去参军打仗，最后牺牲了。3 个人的死各有不同。摩根违法被打死，罪有应得。坎特威尔经历坎坷，牢骚满腹，最后死于疾病。哈德孙死于反法西斯战争，意义重大。“压力下的体面”包含对人的价值和生命意义的肯定。它反映了海明威对人和生活的信心。在无情的西方社会，人承受了太多压力，但你想活得有意义，为别人为社会做点好事，还是可能的，也是应该的。在这个意义上说，它对“创伤论”是个否定，很难想象一个念念不忘个人创伤的人能够塑造出一个像乔登那样自愿赴汤蹈火的反法西斯战士，能够从国家、民族和人类的广阔视野来看待生与死的问题。

有人提出：既然海明威不赞成自杀，为什么最后又以自杀告终呢？这个问题比较复杂，曾引起美国学术界的热议。在《丧钟为谁而鸣》里，乔登有一段话值得注意。他说：“任何人都有权自杀，但这样做可不好。我理解这种行为，但我不赞成。这就叫窝囊。当然，我理解。一个人极度想不开才会干出这种事来。我理解我父亲，原谅了他的一切，可怜他，但为他感到羞愧”（401）。乔登的这些话也反映了海明威原先对自杀的态度。不过，对别人总看得清，对自己则不一样了。批评家们对海明威的自杀原因众说纷纭，目前已有好几个版本。（一）基因论：有人认为海明威家族存在自杀基因，他父亲自杀，他叔叔自杀，他姐姐自杀，以及他自己……基因支配了一个人的性格，令他无法自制；（二）顽疾说：有人认为海明威经历多次车祸，尤其是在非洲连续经历两次空难，死里逃生，身染重病，久治不愈，不能正常写作，万分痛苦，对生活失去了信心，不得已而为之；（三）精神忧郁论：有人认为海明威疾病缠身，郁郁寡欢，感到无聊，不如早逝。这几种说法都有点根据，但不够充分。笔者认为海明威选择自杀，主要是他百病缠身，无法再自由地从事创作。如去世前一段时间，他一直站着写作，脑子不听使唤，一天仅写两三行，内心非常苦恼。他说过，对于一个作家来说，不能从事创作是最大的痛苦。也许他想尽早结束这种无法摆脱的痛苦，所以最后以自杀来结束自己的生命。

参考文献

[1] Baker, Carlos, *Hemingway: The Writer as Artist.* New Jersey: UP of

Princeton, 1972.

[2] Hemingway, Ernest. *For Whom the Bell Tolls*. New York: Charles Scribner's Sons, 1968.

[3] —. *The Complete Short Stories of Ernest Hemingway*. New York: Charles Scribner's Sons, 1987.

[4] —. *The Old Man and the Sea*. New York: Charles Scribner's Sons, 2007.

[5] Killinger, John. *Hemingway and the Dead Gods*. Kentucky: UP of Kentucky, 1960.

[6] 海明威,《过河入林》,王蕾译,上海:上海译文出版社,1999。

[7] ——,《丧钟为谁而鸣》,程中瑞等译,上海:上海译文出版社,1982。

[8] ——,《永别了,武器》,林疑今译,上海:上海译文出版社,2004。

[9] 李钧,《存在主义文论》,济南:山东教育出版社,1999。

(原载《外国文学》,2015 年第 3 期)

论海明威与后现代主义

海明威在巴黎回忆录《流动的盛宴》（*A Movable Feast*，1964）的序言里曾说："如果读者喜欢，也可以把本书当作一部虚构小说。"明明是一部真实的回忆录，为什么要当作一部虚构小说来读呢？

另一部非虚构作品《危险的夏天》（*The Dangerous Summer*，1985），有人称它是一篇长篇报道，是关于1959年西班牙两个有名的斗牛士到几个城市举办巡回对抗赛的真实记录。海明威则希望读者将这本书当成短篇小说来读，为什么？作者没有说明。

还有一部长篇小说《曙光示真》（*True at First Light*，1999），海明威称它为"小说回忆录"。这部小说描写了海明威1953年到1954年第二次非洲狩猎行的不平凡经历。书中用第一人称"我"作叙述者，还出现了他的第四任妻子玛丽、他们雇用的土著司机莫卡、向导恩古伊等真人真事，再加上一些虚构的故事。的确，这些真人真事都是海明威对第二次非洲行的回忆，但总体来看又像一部长篇小说。该怎么给它归类呢？

这个棘手的问题真有点难为了美国海明威学者。

2001年，著名海明威学者麦克尔·雷诺兹（Michael Reynolds）在单卷本《海明威传》（*Literary Masters: Ernest Hemingway*）里指出，上述几部海明威的作品是跨体裁的。它们是海明威运用后现代派的艺术手法创作的。

这是对上述棘手问题的回答。有人说它揭开了美国海明威研究新的一页，很值得重视。

尽管曲高和寡，至今美国学术界还没有人回应雷诺兹的看法，但笔者认为还是应该仔细研究一下雷诺兹的观点。他是个海明威专家，普林斯顿大学卡洛斯·贝克教授的高徒，北卡罗来纳大学教授，著有5卷本的《海明威传》[①] 等多部专著，在美国学术界影响很大。

下面我们来评述雷诺兹关于海明威与后现代主义的论断。

一、麦克尔·雷诺兹的新见解

麦克尔·雷诺兹的《海明威传》（单卷本，2000）指出，“从严肃作品来看，海明威的遗作继续影响了美国作家们，直到20世纪末。他的回忆录《流动的盛宴》，看起来像一部短篇小说集，将细节与叙事者的巴黎岁月著名的、被遗忘的，往往带有报复性的随笔结合起来，写得相当优美。这部回忆录使用了一切小说技巧，抹去了体裁之间的区别。《危险的夏天》也有同样的效果：半是报道，半是思考；半是游记，半是传记。这种对体裁的围墙的打破，一直不停地用到非小说的分类几乎消失了，而客观性的界限也完全没有了。海明威的遗作可能不像《夜间行军》（*The Armies of the Night*，1968）或《冷血》（*In Cold Blood*，1966）那么有影响，但他肯定在约翰·巴思和他们那群人之前创作了后现代派小说。20世纪初，物理学家们曾说，现实是主观的。到了20世纪结束时，这个概念微妙地充斥了文化界。海明威的遗作写于1946年至1960年之间，比他的时代提前了一两步。”[②]

雷诺兹这本单卷的《海明威传》是“盖尔伟大文学研究导读”之一，也是“文学大师们”丛书之一，由马修·布鲁克里（Matthew Bruccoli）和理查德·莱曼（Richard Layman）主编。丛书的目的是面向普通读者，让他们看看文学自身的壮丽画面，看看世界上的男女作家如何巧妙地利用大量语言技巧和小说艺术保存过去的历史传统，说明许多事物的意义。雷诺兹这个单卷本的《海明威传》

---

① 包括 *The Young Hemingway*（1987），*Hemingway: The Paris Years*（1989），*Hemingway: The American Homecoming*（1992），*Hemingway: The 1930s*（1997），*Hemingway: The Final Years*（1999）。

② Michael Reynolds. *Literary Masters*: *Ernest Hemingway*. Boston，M. A.：Galel Cengage Learning，2000，p. 85.

全书结构很独特，完全不同于他的5卷本《海明威传》，也不同于同年他为琳达·瓦格纳-马丁主编的《欧尼斯特·海明威的历史导读》（2000）所写的单篇文章《海明威小传》。[①] 雷诺兹选择在这套丛书的单卷本《海明威传》中提出海明威遗作中的后现代主义艺术问题是耐人寻味的。他还认为由此可看出：海明威走在他时代的前面。尽管每个时代都有新的经典作品不断出现，海明威去世快半个世纪了，但他的作品仍然影响着美国作家们。这个论断是很有意义的。

现将雷诺兹提到的几本海明威遗作做个简单的介绍：

《流动的盛宴》是海明威去世前陆续写就。他生前曾同霍茨纳去纽约请《生活》杂志先登。后来该杂志选择先发表《危险的夏天》，文稿就留下来了。海明威去世后由遗孀玛丽负责编辑。她删去了两章，重新加以编排。它是海明威早年在巴黎岁月的回忆录。各章大体按1922年至1926年海明威的生活活动安排，比较松散，中间穿插一些巴黎生活，尤其是文学沙龙的介绍，以及他与女作家格特鲁德·斯坦因、菲茨杰拉德夫妇和英国作家福德·麦多克斯·福德的见面。海明威总将他们与自己和第一任妻子哈德莱进行比较，显得很自负和自满。书中写了他成名前的艰苦生活和不懈拼搏的艰辛，令人敬仰。但他批评和嘲讽了帮助过他的朋友斯坦因、安德森等人，令批评界人士反感和不快。

《湾流中的岛屿》（*Islands in the Stream*，1970）全书由三部分组成："比美尼""古巴"和"在海上"。海明威大约于1945年开始写，生前改过多次，1950年年底至1951年之间完稿。他可能认为还要修改，所以去世前没有出版。海明威去世后，他的遗孀玛丽曾请海明威第一部传记的作者卡洛斯·贝克教授悄悄地帮助编辑，后经玛丽与出版社的小查尔斯·斯克莱纳一起校订出版。书前附上的"一点说明"指出：除了改正字母拼写，规范标点以外，还对原稿做了一些删节，但字字句句都是出自海明威之手，他们没有增添半个词。

《湾流中的岛屿》曾经是一部描写二战的三部曲"陆地""海上"和"空中"的一部分。后来海明威放弃了这个计划。这部长篇小说第一部分写了画家托马斯·哈德孙在比美尼过着闭关自守的生活。他曾有过两次离婚经历，婚后有3个儿子，全归前妻养育。他爱他们，也爱自己的事业。他常常带孩子们出

① Michael Reynolds. "Ernest Hemingway, 1899—1961: A Brief Biography." Linda Wagner-Martin, ed., *A Historical Guide to Ernest Hemingway*. Oxford: Oxford University Press, 2000, pp. 15 - 20.

海捕鱼。第二部分跳到二战年代里，哈德孙到了古巴，参与追寻德国潜艇的巡逻活动。他两个儿子不幸死于车祸，另一个儿子又在支援英国空军的一次任务中牺牲了。他十分愤怒和痛苦，决心放下画笔，投身于反法西斯战争。最后一部分描述了哈德孙在追捕德国潜艇途中受重伤后牺牲了。

《危险的夏天》由出版社编辑麦克尔·皮兹（Michael Pietsch）编成。生前海明威请霍茨纳协助删节。书前有詹姆斯·米切纳写的前言。此书主要描写1959年夏天两个西班牙优秀斗牛士安东尼奥·奥多涅茨与路易斯·米格尔·多明吉在各地举办一对一巡回赛的故事。书中附有巡回赛的地图、许多照片和有关斗牛的专门术语。

《伊甸园》（*The Garden of Eden*，1986）由出版社编辑汤姆·詹克斯编订。该版本由于删去的手稿太多，引起了学术界的强烈不满。海明威1946年开始写这部小说，往后15年，断断续续未完稿，曾停下来写《老人与海》《流动的盛宴》和《危险的夏天》等。他认为这本书的主题是“一个人必须失去伊甸园的幸福”。原书有两条线，出版时编辑删去一条线，只保留一条线。全书共30章，描写青年作家戴维·布尔恩娶了一个个性强、男子化的女人凯瑟琳。她又将另一个女人玛丽塔带入他俩的生活，最后她丈夫爱上了玛丽塔，继续写他的小说。凯瑟琳不得不悄悄地离开。

《曙光示真》由海明威的儿子帕特里克编辑而成，1999年出版，以纪念海明威诞辰一百周年。帕特里克还写了“序言”。这部“小说回忆录”描写了海明威和玛丽1953年至1954年非洲狩猎行的经历，海明威去世时仍未定稿。这本书是多种体裁的混合，其中一部分是叙事者“爸爸”讲的狩猎故事，包括玛丽怎么射杀一头狮子，他怎么打了一只金钱豹，他们与土著人的联欢等活动。书里有许多与回忆混在一起的愿望，以及作者对宗教、婚姻和他本人早期生活的思考，既严肃认真，又生动有趣。

《在乞力曼扎罗山下》（*Under Kilimanjaro*，2005）是海明威最后一部遗作，由罗伯特·路易斯和罗伯特·弗莱明两位教授编辑，肯特州立大学出版社出版。两位教授合写了“绪论”。此书描写了海明威偕玛丽1953年年底至1954年年初到肯尼亚的最后一次狩猎行。海明威正是在那里经历了两次空难后平安回到哈瓦那才开始写此书的。他称它为“非洲之书”，完成于1956年，有的是手写稿，有的是打字机打的稿。他自己曾编辑过这部文稿，后来就与其他几本遗稿丢在一起，放在古巴某银行的保险箱里。两位编者一再强调：他们完全忠于原著，未加任何增删，也未改动原文，只是将海明威手稿的文本完整地奉献给读者。他们还指出，这是一本跟海明威以前的作品完全不同的书。书中叙事者的声音与《非洲的青山》（*Green Hills of Africa*，1935）里的叙事者不同。他对非洲人的态度、对捕杀大野兽的态度也不同。两本书写作的时代背景也不一样。写《非洲的青山》时，海明威才30多岁，刚成名不久。他总想维护自己的荣誉和公众形象。写《在乞力曼扎罗山下》时，他的《老人与海》（*Old Man and the Sea*，1951）获得空前成功，而且1954年荣获了诺贝尔文学奖。因此，这时他可以轻轻松松地在狩猎中与土著人谈天说地，幽默一番。全书达456页。书稿中还有附在旁边的笔记，有时还用少数族裔如瓦坎巴族、斯瓦希里族和马萨伊族的单词，有时留下不完整的句子。这些都增添了这本遗作的神秘感，也显示了它巨大的审美价值。

从上述简介里可以看出：雷诺兹认为海明威的遗作有后现代主义特色，是个新的见解。但对他论断的准确性，我们将进一步加以探讨。

二、待商榷的意见

从上面简介可以看出，雷诺兹认为海明威的遗作具有跨体裁的特色是完全符合事实的。他指出海明威走在他的时代的前面，而且继续影响着许多美国作家，这也是无可厚非的。至于海明威不仅写出后现代主义作品，而且比巴思更早，笔者认为是可以商榷的。

事实与虚构相结合，小说文本与评论、回忆录相结合，这可以被认为是美国后现代派小说家常用的艺术技巧。海明威在遗作中反复运用了这些技巧，一方面可能是因为他生前已意识到新的文艺思潮即将到来，他的小说创作也该有些变化，能适应新潮流更好。另一方面，他早年在巴黎受过法国先锋派的影响，早在《春潮》里就做过试验，将“作者笔记”引入小说文本。此外，更重要的一点是海明威具有长期当记者的丰富经验，使他很容易自然而然地将真人真事与想象相结合，形成新的作品。这的确成了他遗作的一大特点。

不过，与1961年问世的第一部后现代派小说，海勒（Joseph Heller）的《第二十二条军规》（*Catch - 22*）相比，海明威的几部遗作可以说是早期后现代主义作品，或者说是具有后现代主义倾向的作品。这样的提法也许更切合实际。

什么是后现代主义呢？美国西方马克思主义批评家詹姆逊（Fredric Jameson）运用马克思主义关于上层建筑与经济基础关系的原理，分析了欧美各国资本主义3个发展阶段及其相对应的文学、文化模式：第一阶段是马克思在《资本论》中所提出的资本主义原始积累时期，文学、文化上出现了批判现实主义；第二阶段是列宁所论述的垄断资本主义时期，文学、文化上的主要思潮是现代主义；第三阶段是跨国资本主义时期，即当代资本主义进入“消费社会”或“后工业社会”时代，文学、文化上产生了后现代主义。[①] 詹姆逊认为后现代主义就是晚期资本主义的文化逻辑，换言之，它是晚期资本主义在上层建筑的反映或投影。

另一位西方马克思主义者，英国的特里·伊格尔顿（Terry Eagleton）在他的专著《后现代主义幻想》（*The Illusions of Postmodernism*，1996）的序言里指出：“后现代主义是一种文化风格，它反映了这个时代的变化。它的特点主要是无深度、无根基、戏仿、多中心、折衷主义、自我反映、玩文字游戏，抹去高雅文化与通俗文化的差别、想象与生活经历的界限。”这段话大体概括了后现代主义小说艺术的特点。后来，有的作家又强调拼贴、并置、短路和类比等艺术手法。

诚然，从1961年《第二十二条军规》问世至今已过了半个世纪。美国后现代主义经历了不同的发展阶段，涌现了许多优秀的长篇小说，包括60年代的黑色幽默小说和70年代以来的元小说。尽管后现代主义作为一种跨学科跨国界的哲学思潮，热潮早已过去，但美国后现代主义文学仍在发展，而且可能再持续一段时间。“χ一代作家群”的崛起给它带来了新活力。其主要代表威廉·伏尔曼（William Vollmann）和理查德·鲍威尔斯（Richard Powers）分别荣获了2005年和2006年美国国家图书奖。他们的特点是关注社会，关注民生，关注国际问题，并将生态问题引入小说，融入信息学、神经外科学、生物工程学和生命科

---

① 杨仁敬等，《美国后现代派小说论》，青岛出版社，2004年，第3页。

学等最新科技。他们的崛起被称为“后品钦时代”。

约翰·巴思是个奇特的小说家。他从早期的现代主义走向后现代主义。他的成名作《漂浮的歌剧》（*The Floating Opera*，1956）和《大路尽头》（*The End of the Road*，1958）两部长篇小说基本上采用了传统的创作方法。长篇小说《烟草商》（*The Sot-Weed Factor*，1960）标志着他创作的转折点。1967 年他发表了论文《枯竭的文学》（“The Literature of Exhaustion”），指出当代美国文学已枯竭，必须大胆革新，才有出路。论文引起了全国学术界的轰动。1972 年问世的小说《茨默拉》(*Chimera*）曾获美国国家图书奖。后来他发表的《信件》（*Letters*）成了后现代派的一部经典之作。他爱借用英国 18 世纪小说家的技巧和语言形成自己独特的风格。他倡导“再循环论”，让他的人物死而复生，在不同的小说里反复出现，令人耳目一新。

总之，巴思后期的小说结构复杂，情节离奇，拼贴与戏仿兼用，语言标新立异，文字游戏花样百出。他成了后现代派小说的一员干将，为美国后现代主义艺术的创新和发展作出了巨大的贡献。

由此可见，海明威与巴思处于不同的时代，不好类比。1960 年，巴思在他的《烟草商》里开始试用后现代主义手法，而海明威快走完自己的作家之路了。海明威早在 40 年代末 50 年代初就试验了跨体裁、事实与虚构相结合的艺术手法，成了他同代人的先驱。这不能不说是十分难得的。

事实上，二战结束后，美国进入了重建时期。一方面，大批士兵从国外归来，不少人找不到工作。另一方面，科技不断发展。不久，冷战开始。1950 年朝鲜战争爆发，美国卷入战争，社会矛盾加剧。麦卡锡主义猖獗，许多人无辜蒙冤，民主受到多方限制，民众日益不满，出现了反文化运动。“垮掉的一代”应运而生。诗人艾伦·金斯堡（Allen Ginsberg）的《嚎叫》（*Howl and Other Poems*，1956）和杰克·凯鲁亚克（Jack Kerouac）的《在路上》（*On the Road*，1957）等不仅冲击了压抑的政治气氛，而且打破了沉闷的文化氛围，表露了青年一代的愤怒和不满，引起了许多社会青年的共鸣。“垮掉的一代”催生了 60 年代的反文化运动，成了嬉皮士们的先驱。有些批评家从中预估到新的文艺思潮即将到来。也有人称它们是前期后现代主义。

因此，从 50 年代美国重建时期的经济复苏情况来看，跨国资本主义尚在孕育中。随着社会矛盾的发展，传统的文学和文化陆续受到冲击。民众要求变革的呼声越来越高。60 年代则出现了社会大动荡。作家们感到美国文学走进了死胡同，已到了非改不可的地步了。后来终于出现了以海勒的《第二十二条军规》为代表的黑色幽默小说。美国小说走出了困境，进入后现代主义的新时期。

由此可见，将海明威的遗作定位成前期后现代主义作品比较符合实际。将海明威与巴思进行比较恐怕不太恰当，因为两人所处的社会背景和当时美国的经济基础都是不一样的。不过，正如上面反复强调的，作为一个伟大的小说家，海明威的前瞻性和开拓性是很可贵的。他对美国作家和世界各国作家的影响无疑将继续下去。

三、超越后现代主义的批评

尽管 2000 年雷诺兹对海明威遗作的后现代主义问题提出了新看法，至今已经过了十多年，但美国学术界回应的人不多。雷诺兹教授前几年去世了，不可能再有深入的论述了。不过，这个有趣的话题还会进一步讨论下去。

海明威仍然是美国学术界关注的中心之一。21 世纪以来，对他的作品重新评价的论文一直不断发表。比如对他早期的小说《在我们的时代》，许多学者重点探讨了海明威与画家塞尚、戈雅和毕加索等人的关系，海明威与乔伊斯、吉卜林的关系等等。匹兹堡大学的罗伯特·加杜谢克甚至提出，为什么海明威能在巴黎迅速地崛起？这个问题许多传记作者至今没有给予明确的答复。至于《太阳照常升起》《永别了，武器》《丧钟为谁而鸣》和《老人与海》四大名著和一些短篇小说，也不断有人用新历史主义观点或生态文学理论重新加以评价。2003 年伊格尔顿发表《理论之后》（*After Theory*）以后，批评家们议论纷纷。近年来学术界渐渐地回归文本，更令一些有“考证癖”的人兴奋不已。他们喜欢考证海明威作品中的人物形象与他家人或朋友的关系。这种工作过去有些人做过，对读者理解海明威的作品有些帮助。但有的做过了头，将小说中的人物当成海明威的亲友，二者画了等号，过于牵强附会，因而引起了不可避免的争论。

从近 10 年来美国海明威研究的情况来看，今后的讨论热点可能将超越后现代主义，集中于下列三大方面：

第一，关于海明威的男子女性化问题。20 世纪 80 年代初，史学家林恩首先发表论文，对影响美国学术界几十年的菲力普·扬的“创伤论”和“准则英雄论”提出挑战，并用“男子女性化论”取而代之。林恩的观点得到斯皮尔卡和苏珊·比格等学者的支持。但有人表示质疑，认为“男子女性化论”还不够完善，存在不少令人难以信服的地方，如江肯斯的论文《虚构、男子女性化与创作过程》（“Mythmaking，Androgyny，and the Creative Process”）。因此，争论还会继续进行下去。对“创伤论”的新批评方法也在深入探索中。

第二，关于海明威的原始主义问题。这个问题日益引起各方的关注。从 2000 年至今出版的几本美国学者写的专著或论文集里，讨论这个问题的比较多。如基娜·罗塞蒂（Gina M. Rossetti）的《自然主义和现实主义文学中的原始主义想象》（*Imagining the Primitive in Naturalist and Modernist Literature*，2006）里有专章评论“作为现代主义艺术家的原始主义者”，曾论及海明威其人其作。阿米·斯特朗（Amy Strong）在《海明威小说中的种族和身份》（“Race and Identity in Hemingway's Fiction”，2008）里强调海明威与非洲人的友谊。许多人肯定海明威的原始主义有进步倾向，但有人认为他有反犹太情绪，对非洲的热爱是“以自我为中心”，从个人打猎有乐趣有“战利品”出发的，海明威仍然没有摆脱帝国主义国家的“白人优越论”和类似英国殖民主义者的主仆意识，随意使唤非洲原始部族的农牧民。也有人认为土地和大海是最原始的。海明威在《太阳照常升起》的扉页上就引用《圣经》祈祷词说明地球是永存的。《老人与海》里的海也有同样的含意。大海是女性的，犹如人类之母。所以，海明威的创作自始至终都贯穿了原始主义。是否如此？值得深入研究。

第三，关于海明威的生态意识。从 20 世纪 70 年代末到 90 年代初，随着生态批评理论的出现，研究海明威的学者们就密切关注海明威的生态批评。早在 1996 年，在克茨姆举行的第七届海明威国际会议就以“海明威与自然界”作为会议主题，与会专家学者进行了热烈的争论。会后出版了《海明威与自然界》（*Hemingway and the Natural World*）专著，吸引了世界各国学者的关注。学界同仁们对海明威作品中的生态意识、生态形象、生态参照和生态隐喻等问题的关心都比以前多了。海明威研究开始出现崭新的局面。

从那时以来，生态理论迅速发展。哈佛大学的劳伦斯·布埃尔（Lawrence

Buell）接连发表了 3 部专著：《环境想象》（*The Environmental Imagination*, 1995）、《为一个遇到危险的世界而写》（*Writing for an Endangered World*，2001）和《环境批评的未来：环境危机与文学想象》（*The Future of Environmental Criticism: Environmental Crisis and Literary Imagination*, 2005）。他运用后现代主义理论和环境学的知识，从全球视野来探讨生态运动的现状和发展趋势，提出了许多发人深省的问题，尤其是全球语境中生态文学批评日益显示的重大意义。格兰·拉夫（Glen A. Love）在《实用生态主义：文学、生态与环境》（*Practical Ecocriticism: Literature*, *Biology and the Environment*，2003）一书中有专章论述"动物中的海明威"，重新思考海明威的原始主义，重新评价《老人与海》的悲剧性，以及"地球永存"的现实意义。拉夫将海明威的原始主义与他的生态意识结合起来，重新评析《老人与海》，受到学术界的重视。也有学者提出海明威后期与"鸟"的关系问题。总之，生态批评充满活力，很有发展前途。

传记批评是美国海明威研究的一个重要内容。从卡洛斯·贝克的《海明威的生平故事》（1968）到麦克尔·雷诺兹五卷本的《海明威传》（1986—1999），经历了几十年，涌现了多种不同版本的海明威传记。它们从不同视角解读了海明威生平和创作的奥秘。2007 年，琳达·瓦格纳-马丁出版了《欧尼斯特·海明威的文学传记》，以海明威的作品为核心审视了海明威不同时期的社会活动和家庭生活。这是美国学者写的一部最新传记，但不是最后一部。估计今后还可能出现新的传记。

美国文论流派很多，众说纷纭。海明威曾成为众多文论批评的一个中心，今后也将如此。美国海明威学会组织的两年一届的海明威国际会议及其杂志《海明威评论》将继续发挥组织和交流作用，推动海内外海明威研究。2009 年，琳达·瓦格纳-马丁编辑出版了《海明威：八十年批评论文集》。这是她主编的第四本论文集了。这些论文集对青年学者很有帮助，有利于他们更快地成长起来。研究者新老结合，效果会更好。近几年来，经过几十年理论热以后回归文本，他们会有哪些新作问世？美国学者将如何应对新形势，开创海明威研究的新局面？其他各国的海明威研究怎样走向新阶段？人们正拭目以待。

（原载《海明威学术史研究》，译林出版社，2014 年）

论海明威《丧钟为谁而鸣》中的人物形象

欧尼斯特·海明威（Ernest Hemingway，1899—1961）是美国20世纪优秀的批判现实主义作家，1954年获得诺贝尔文学奖。他是对当代美国青年作家影响较大的一位作家，也是我国读者比较熟悉的美国作家之一。

海明威亲自参加了两次世界大战，到过西班牙内战前线，写了一些战争题材的小说，其中最著名的就是《永别了，武器》和《丧钟为谁而鸣》这两部长篇小说。

海明威出生在美国芝加哥附近的橡树园小镇。他在美国度过了青少年时代后，长期生活在国外。除了他的故乡外，他最喜欢意大利和法国。他的两部长篇小说《永别了，武器》和《过河入林》都以意大利为背景。《永别了，武器》（*A Farewell to Arms*）发表于1929年（1949年前译为《战地春梦》）。它描写第一次世界大战时，一个志愿参加意大利军中医疗队，担任救护车司机的美国青年亨利，在前线和一个英国护士凯瑟琳恋爱并秘密同居。亨利在意军大溃退中差一点被误为德国间谍而枪毙。两人一起逃往瑞士。不料，难产夺去了凯瑟琳的生命，留下亨利孤独的一个人。作者通过这一对青年的遭遇，谴责帝国主义战争是杀人的丑剧。

海明威也很喜欢西班牙的土地和人民。他在西班牙待了十多年。他的西班牙语讲得和西班牙人一样好。那里为他提供了丰富的创作题材。他的第一部短篇小说集《在我们的时代》（1924）有6篇是以西班牙为背景的。他的第一部长篇小说《太阳照常升起》（1926）除了序幕外，故事大都发生在马德里等地。《死在午后》是关于西班牙著名的斗牛士的故事。[①]《丧钟为谁而鸣》（*For Whom the Bell Tolls*，或译为《战地钟声》）则反映了1936年至1939年西班牙人民的反法西斯战争。这部小说发表于1940年。它是海明威自己最喜爱的作品。他有时情不自禁地重读起小说中精彩的篇章。[②] 小说描写美国青年乔登志愿到西班牙参加反法西斯战争，在一次配合西班牙游击队炸毁敌人桥梁的战斗中光荣牺牲的故事。小说问世后深受欢迎，半年内销了近50万册，同时近60万册在印刷中。二战中，在欧洲战场作战的盟军官兵几乎人手一册。有人称它是海明威最佳的悲剧史诗。

一

《丧钟为谁而鸣》的主人公罗伯特·乔登是一个勇敢的反法西斯战士、进步的资产阶级民主主义者。

第一次世界大战后，西方深受战争的创伤，经济危机加深，社会矛盾日益尖锐。出路有两条：一是走向法西斯；二是反对法西斯。另一方面十月革命后苏联的日益巩固与发展，对西方知识界产生了良好影响。1936年2月由西班牙共产党、社会党、共和党左翼等组成的人民阵线在选举中获胜，把原来的资产阶级共和国变成人民共和国，提出了资产阶级民主革命纲领，实行土地改革等一系列民主措施，建立了共和国人民军。这一切得到了全国人民的拥护。同年7月，不甘心失败的大地主大资产阶级法西斯发动了武装叛乱。内战爆发了。反对派得到了德国、意大利法西斯的武装支持，而来自53个国家的35 000多名志愿军组成了国际旅，参加了西班牙内战。他们中有共产党人、社会党人、天主教徒和无党派人士。美国进步人士也组成了林肯支队。西班牙内战成了具有国

---

① Carlos Baker. *Hemingway: The Writer as Artist*. Princeton: Princeton University Press, 1963, p. 143.

② Malcolm Cowley. "A Portrait of Mister Papa." John K. M. McCaffery, ed. *Hemingway: The Man and His Work*. Emeryville, CA: The World Publishing Company, 1949, p. 53.

际意义的一场反法西斯战争。西班牙人民在3年间英勇地抗击着国内外反革命猖狂进攻，表现了大无畏的英雄气概。后来，由于内部不团结，尤其是无政府主义的领导和两个共和党上层分子的分裂主义，以及德意法西斯的武装干涉和英美法帝国主义的不干涉政策，共和国最后失败了。但西班牙人民的反法西斯斗争精神却鼓舞了全世界进步人民。

乔登是这场反法西斯战斗的参加者。他不是国际旅的正式成员，但参加国际旅指挥的战斗。他是美国蒙塔那大学的一个西班牙语讲师。内战前，他在西班牙待了12年，从事西班牙语和西班牙情况的研究。他祖父曾参加过美国国内战争，为自由而战。乔登和亨利一样，远离家乡，志愿到国外战斗。但他同亨利不一样，乔登到西班牙参战是自觉的，目的很明确。他热爱西班牙的土地和人民。当希特勒德国支持西班牙长枪党人发动反对西班牙共和国的武装叛乱时，乔登十分气愤。他说："我相信人民，相信他们有权利按照自己的愿望来管理自己。"① 他认为这一场内战是"为世界上一切穷苦人反对专制而战斗"②。因此，到了西班牙前线后，他同西班牙人民一起战严寒，修工事，学爆破。紧张而劳累的战斗生活使他具有一种无私的自豪感。他在马德里市盖劳德饭店国际旅司令部受到了教育，愉快地接受共产党人高尔兹司令的派遣，单身深入敌后，组织游击队去炸毁敌人交通要道上的一座钢桥。

乔登热爱生活，但不怕牺牲。他到了巴布罗游击队的山洞后发现游击队人少装备差，执行炸桥命令困难很大，可能会有人员牺牲。他尽量说服游击队员同心协力，争取打胜仗。他说："这次战争，假如我们不打胜，就没有革命，没有共和国，没有你们，也没有我，只有那些他妈的权贵们。"③ 他遇到敌人的骑兵时机智沉着，勇敢战斗。如果说亨利鄙视意大利军队中那些虚伪的军阶和奖章，那么乔登十分珍视他祖父的光荣传统。他保存着他祖父在美国内战时用过的军刀和手枪，并以此激励自己。他在牺牲前并不感到孤独和绝望。他说："我为我所相信的事业已经斗争了一年。我们要是在这儿打胜了，处处都能打胜。

---

① Ernest Hemingway. *For Whom the Bell Tolls* (Overseas Editions). New York: Charles Scribner's Sons, 1940, p. 303.

② Ibid., p. 236.

③ Ibid., p. 284.

这世界是个好地方，值得为之斗争，我不愿意离开它。”① 他在生命垂危之时，仍引以为豪的是：他像他祖父一样，很好地度过了自己的一生，虽然没有像他祖父活得那么长久。他真想把那里发生的一切都告诉他的祖父。他不愿像他父亲那样无聊地自杀，他忍受着伤口剧烈的疼痛，爬在树后掩护游击队员们撤退。他把枪口对准冲上来的德国法西斯军官，直到最后一口气……表现了同法西斯血战到底的英雄气概。

乔登生活在西班牙游击队劳动群众之中，和他们共同生活、共同战斗，关系十分密切。游击队员很尊重他，关心他，亲切地称他“英国人”（因为他讲英语）。彼拉给他介绍游击队占领小镇镇压法西斯分子，农民群众拍手称快的情景；玛丽娅告诉他她一家的悲惨遭遇；游击队青年邹金亲口向他控诉了法西斯使他家破人亡的罪行。西班牙人民的血泪史使他深受教育。他感到那里的人民很好。他特别喜欢游击队老人安塞尔莫。他派老人去侦察桥上情况，老人是猎户出身，没文化，不懂侦察，乔登就给他两张纸，教他用不同的符号记下公路上敌人部队和车辆来往的情况。老人严格地执行他的命令，冒着大雪坚守岗位。这使乔登万分感动，感到“在革命军队里的幸福”。游击队长巴布罗只想劫火车，搞马匹，不愿炸桥，游击队员十分气愤，纷纷要求乔登把他杀掉。乔登考虑到他的主要任务是炸桥，配合反攻，3 次拒绝了他们的要求。他反复动员大家协力炸桥，最后使离开队伍的巴布罗又回来参加炸桥战斗。他还争取了另一支索多游击队的支持。当安塞尔莫告诉他，他在镇上听说敌人已掌握炸桥的情报，要他改变炸桥计划时，他就一方面立即派人给高尔兹司令送信汇报情况，另一方面仍继续研究炸桥的方案，给游击队员介绍炸桥的方法。游击队员都信心百倍地支持他的计划。

同亨利一样，乔登在战场上虽然也陷入爱情的罗网，和一个遭受法西斯迫害的西班牙少女玛丽娅恋爱，但他并没有把爱情当作生活的一切。他俩有共同的理想，为了打败法西斯，甘愿把爱情牺牲。乔登的祖父和父亲都是共和主义者，玛丽娅的双亲因为拥护共和国，而惨遭法西斯枪决。玛丽娅也受敌人蹂躏，后来被游击队救了出来，经常哭哭啼啼，神智不正常。乔登和她的爱情治好了

① Ernest Hemingway. *For Whom the Bell Tolls* (Overseas Editions). New York: Charles Scribner's Sons, 1940, p. 466.

她精神上的创伤。乔登同情她的遭遇，为她父母的牺牲感到自豪。乔登答应同她结婚，战后带她回美国去。两人相亲相爱，向往未来，但乔登一直不忘工作。彼拉问他怕不怕死？他说不怕死，只怕没完成应该完成的任务。彼拉问他喜欢生活吗？他说很喜欢，但不能影响工作。彼拉问他爱喝酒吗？他说很爱喝，但不能影响工作。彼拉问他喜欢女人吗？他说喜欢，但不看得那么重要。[①] 他热情地关怀着玛丽娅，憧憬着未来美满的生活。炸桥后，玛丽娅看到他身受重伤走不了，眼泪汪汪，痛苦欲绝，一定要留下来陪他。他冷静地说服玛丽娅同彼拉一起撤走。他说："我们不是永别，别说再见。走吧！"

乔登还和几位参加反法西斯战斗的苏联人成了朋友。在截击敌人火车的战斗中牺牲的卡斯金是他的好友和同志，他时常怀念他。他觉得国际旅司令部对他有帮助，高尔兹是个好将军。共产党是他在战争中所尊重的唯一的党。它制定了最好的公正的纪律，这是打胜仗所必需的。因此，他接受共产党的领导，遵守他们制定的纪律。[②] 他发现高尔兹将军命令他白天炸桥不合实际，就派人请他取消这个命令。可是送信人在路上耽搁了。乔登还是照样执行炸桥的命令。据说可以直通斯大林的《真理报》战地记者卡柯夫也是乔登的朋友。他很关心乔登政治上的成长。乔登告诉他读过一本《马克思主义手册》，卡柯夫认为这很不够，随即邀请他战后去莫斯科列宁学院或红军军事学院学习，如果他愿意的话。卡柯夫支持乔登的工作。当送信的游击队员被马沙德政委扣留时，卡柯夫亲自赶到现场，把游击队员带到高尔兹司令部、并关切地询问乔登在敌占区的情况。但是，乔登并不想成为一个无产阶级革命战士。他只有一个单纯的目标：打败法西斯。为这个共同目标，他愿意同共产党人合作。他不是一个马克思主义者。他相信自由、平等、博爱，相信对幸福的追求。他不想学太多的辩证法，但要了解一些，才不会太笨。[③] 他是个资产阶级民主主义者。

乔登对于美国社会现实有赞扬，也有批评和揭露。他给游击队员介绍了美国的风土人情和社会状况。他说美国是共和国制，相信共和国的人不会被杀。

---

① Ernest Hemingway. *For Whom the Bell Tolls* (Overseas Editions). New York: Charles Scribner's Son, 1940, p. 90.

② Ibid., p. 162.

③ Ibid., p. 304.

美国土地大部分归耕者所有，但大地主也不少，所以要征收土地税、所得税。还有不少社会弊病，如酗酒问题，美国也有。乔登7岁时亲眼看到一个美国黑人被吊在电线杆上，后来又给烧了。这种野蛮行为是不是酗酒造成的，他不清楚。但他认为美国国内也有反动势力。例如：

> 游击队员问："你的国家法西斯分子不多吧?"
>
> 乔登答："有许多还不知道他们是法西斯分子，不过到时候就会发现。"
>
> 游击队员又问："你们等他们叛乱了才能消灭他们吧?"
>
> 乔登答："不，我们不能消灭他们。但我们可以教育人民，使他们害怕法西斯主义，等它一出现，就认清它，同它斗。"①

乔登对美国的民主和自由也有所怀疑。他曾想战后回美国米苏拉找个工作，但他担心："我猜想，我现在在那里也许会永远给当作一个共产党员，上了黑名单而受到传讯，虽然你从来不知道，从来也没说过你是个共产党员。但他们没法证明你做的是什么工作。他们也绝不会相信你所说的是事实。"② 这说明乔登对于西班牙共和国的态度，对于共产党人的态度是美国政府所不欢迎的。战后，他回国找工作可能遇到麻烦。

由此可见，乔登这个形象比亨利要丰满得多，鲜明得多。它反映了海明威从孤独悲观的象牙之塔走向轰轰烈烈的群众斗争。

但是，乔登的人生观和世界观是比较复杂的。在他的身上仍然有不少"迷惘的一代"的思想痕迹。乔登虽然置身于你死我活的政治斗争之中，却认为自己"没有政治信仰"。③ 他对什么"人民之敌"呀，革命呀爱国呀都不加评论。他本想同巴布罗谈谈政治，但欲言又止，对巴布罗胆怯厌战不敢批评，只是心里骂他几句；对游击队惩处法西斯分子，他不表态；对游击队内部纪律松弛也听之任之。他考虑过离开了共和国他能干什么，他会成什么样子。他感到唯一能摆脱这一切的是写作。所以他想战后他还是回老家，像从前一样，靠教西班

---

① Ernest Hemingway. *For Whom the Bell Tolls* (Overseas Editions). New York: Charles Scribner's Sons, 1940, p. 208.

② Ibid., p. 164.

③ Ibid., p. 162.

牙文为生，顺便写一本如实反映西班牙情况的书。这说明他还没有完全把自己的命运同西班牙人民的命运紧密联系在一起。

玛丽娅对他的爱情，虽不曾影响他战斗的决心，但他感到有了她，还是不死为好。他不想成为一个英雄或烈士，他不愿在桥上变成贺拉斯式的史诗般的人物，他宁愿同玛丽娅长长久久地生活在一起。[①] 他向往着有一天和玛丽娅去逛马德里，在美国安居乐业。他感谢彼拉把玛丽娅投入他的怀抱，在战争中获得了意料不到的爱情，使他7小时的生活如同过了7年。他赞扬彼拉懂得时间的价值。“你已有的生活或将要有的生活，就是今天，今晚和明天。你最好充分利用这些时间。”炸桥那天清晨，他同玛丽娅从睡袋中醒来时，特别感慨一番“眼前”的宝贵。“啊，眼前，眼前，眼前，唯一的眼前，高于一切的眼前，除了你啊，眼前，没有别的眼前了。眼前，是你的预言家！眼前，永远的眼前。来啊，眼前！眼前！除了眼前，再没有眼前了。是的，眼前。眼前，请吧！眼前，唯有眼前，唯有这个眼前，再没有别的了……”[②] 这种无可奈何的感慨正是乔登那种“良宵美酒奈何天”的心情的写照。他心灵还有点空虚，对个人幸福还有点留恋。他不相信彼拉的占卜，不相信炸桥会出事，但他估计到出事的危险。他希望长久地活下去，“今天不去死，因为这4天比任何时候，使我更加懂得了生活。”[③] 但他不仅想到玛丽娅，想到他自己，而且想到他的老朋友、游击队老人安塞尔莫，想到西班牙的许多朋友。一想到这些，他又感到时间并不短暂，牺牲并不可惜。于是，黎明前他鼓起了勇气，背上了炸药包，告别了玛丽娅，向战场走去，最后勇敢地牺牲了。

二

除了乔登和玛丽娅以外，小说还塑造了西班牙游击队员的形象。这是海明威小说创作中的第一次，也是当代美国长篇小说中不多见的，因此，意义特别重大。有趣的是这么多个西班牙游击队员的形象并非陪衬的，而是自始至终贯

① Ernest Hemingway. *For Whom the Bell Tolls* (Overseas Editions). New York: Charles Scribner's Sons, 1940, p. 163.

② Ibid., p. 380.

③ Ibid., p. 381.

穿全书，对配合乔登完成炸桥任务起了重要作用。他们主要是：

巴布罗：山区一支小游击队的头头。他原来替一个马匹承包商人干活，常在山区一带赶马车搞运输，熟识山区的地形和气候。他早年与奥地利进步人士有接触，后来参加反法西斯运动。他自称属于左派，一直拥护共和国。他曾带领游击队攻打敌人兵营，占领了一个小镇。他在市政厅前的广场上主持公判了一些法西斯地主和商人，把他们一个个押上悬崖抛入河中，为被害的农民报仇。受苦的农民高兴地说："从今天起，把这些法西斯消灭了，乡镇和土地都是我们的了。"[①] 巴布罗勇敢机智，善于组织群众，但他头脑简单，思想落后保守。他认为如果大家都像他那样，把法西斯分子杀光，就不会发生这次内战了。[②] 他曾配合卡斯金袭击敌人押送政治犯的火车，救了玛丽娅，缴获了几匹马。从此，他变得自私胆怯，想靠几匹马发家致富，享受一番。他对山洞的游击队生活感到厌倦，对一切不感兴趣，终日喝得酩酊大醉，他想再搞几匹马。他不同意乔登去炸桥，怕炸了桥，暴露了目标，他又要转移到别处去。他的老伴彼拉和其他游击队员批评他，反对他，甚至要杀他，乔登没有同意。巴布罗有一次醉后同乔登争吵，给一个游击队员打了一个巴掌，后来他偷走了一包乔登炸桥用的炸药和雷管，离开了群众。不久他感到空虚，又招了一些人马回来参加炸桥。炸桥后，乔登负重伤不能走，巴布罗便带领其他队员转移到别的山区去。

索多：山区另一支小游击队的头头。他的驻地离巴布罗不远。他是巴布罗和彼拉的朋友。他沉默寡言，性格刚强。他在袭击敌人火车的战斗中表现很出色。他为人忠厚，平易近人，和邹金等青年亲如父子。他坚决支持乔登的炸桥计划。他说："一切为了共和国，让我们打胜这一仗。"他战斗经验丰富，建议晚上炸桥，白天干不利于撤退，太危险。他的意见得到乔登的重视。炸桥前一天晚上，他带领游击队去敌人那里劫马，在一座山坡上同法西斯军队遭遇。他身先士卒，英勇杀敌，打死了德国指挥官。他和其他队员受敌人包围，敌人叫他们投降，他们一笑置之，继续战斗，打得敌人不敢上前一步。他蔑视敌人的现代化武器，

---

① Ernest Hemingway. *For Whom the Bell Tolls* (Overseas Editions). New York: Charles Scribner's Sons, 1940, p. 106.

② Ibid., p. 208.

认为他们过于骄傲，虽有飞机大炮，也失去了意义。他和游击队员最后在敌机轰炸下壮烈牺牲，表现了“宁愿站着死，不愿跪着生”的英雄气概。他是西班牙游击队员的优秀代表。

彼拉：巴布罗队长的老伴，吉卜赛血统的女游击队员。她有过不幸的遭遇。年轻时她和一个斗牛士费尼多一起生活了 5 年。费尼多因贫困得了肺病，由于生活所迫还去斗牛。他个子小，但很勇敢，曾斗倒一头牛，受到人们的欢呼，并以他的名字为斗牛俱乐部命名，但他有一次胸部被牛角撞伤，经治疗无效而死去。彼拉悲愤地说：“在这个国家，穷人到哪里去挣钱？他怎能不生肺病？在这个国家，资本家吃得太饱了，肚子都吃坏了，没有苏打水就活不下去，而穷人从生到死一直忍饥挨饿，怎能不生肺病？……如果你的胸部给牛撞了，怎能不生肺病？”[①] 费尼多死后，彼拉嫁给巴布罗。当她第一次跟巴布罗去攻占小镇，处决法西斯分子时，她心里有点怕，一夜睡不着。后来逐渐成为一个拥护共和国的优秀游击队员。她说：“我坚信共和国，我有信心。”[②] 她感到西班牙人民是自豪的。游击队救了玛丽娅后，她知道玛丽娅的双亲被害自己又遭凌辱，十分同情，就像对待自己女儿一样地照顾她。乔登来后，她就把玛丽娅介绍给他。彼拉正直泼辣，是非分明，受到游击队员的尊重。她坚决支持乔登的炸桥计划，批评她丈夫贪生怕死，打了一年仗就成了酒鬼和懦夫。她对她丈夫说：“这里我说了算！”在她影响下，全体游击队员和索多游击队员都支持乔登。但彼拉有点迷信和宿命论思想。

安塞尔莫：巴布罗游击队一位 68 岁的老猎手。他老伴在内战前去世。他没有孩子。他是游击队的好向导，对山区一带十分熟悉。他是乔登最得力的助手和最坚定的支持者。他老当益壮，善良正直，勇敢坚强，毫不动摇。巴布罗动摇，他就批评巴布罗。乔登命令他去侦察桥区地形，他冒着大雪坚守岗位，一笔一笔地记下敌人的活动情况。他忠心耿耿地为共和国效劳。他说：“我为今后一切人民都能享受的利益而辛勤工作，我从运动一开始就尽我的一切力量干。我没有做过什么可耻的事。”[③] 他一直为炸桥的事夜以继日地工作。最后，也是

---

① Ernest Hemingway. *For Whom the Bell Tolls* (Overseas Editions). New York: Charles Scribner's Sons, 1940, p. 183.

② Ibid., p. 89.

③ Ibid., p. 197.

他，背着沉重的炸药包，同乔登一起把它放在敌人的钢桥上。他亲自点燃了导火线而壮烈牺牲。安塞尔莫心里受过宗教影响。他认为杀人是个罪过，但杀法西斯是必要的，他以前杀过，还要再杀，不杀法西斯，战争就不能胜利。但胜利后，他主张“我们要合法地治理政事，按照各人出的力，让大家都受益。那些反对我们的人，我们要教育他们，使他们承认错误。”① “一个不杀，头头也不杀，用工作来改造他们。”安塞尔莫是西班牙游击队的杰出战士，在他身上反映了西班牙人民勤劳勇敢的高贵品质。这是海明威写得最精彩动人的一个农民形象。

此外，小说中还写了参加反法西斯斗争的苏联军官卡斯金，严肃而爱说笑话的高尔兹将军，热情果断的《真理报》记者卡柯夫、法国知名人士马沙德政委和匈牙利军官等。

总的来看，海明威刻画了西班牙游击队员的形象，表现了他们英勇战斗，宁死不屈的大无畏精神，这是难能可贵的。但在作者笔下，这些游击队还停留在自发斗争状态。内部纪律松弛，意见分歧。巴布罗英勇一时，糊涂一世，有了点胜利，就不求上进了。索多同意配合炸桥，又擅自去劫马，而造成意外损失。在山区游击队中，除了乔登一个人外，共和国政府和军队竟没有派人对游击队进行领导和帮助。这显然是不够真实的。

不仅如此，小说还写了高尔兹将军为了防止敌人宣传，把 3 名受伤的苏联战士杀了，而法国名将马沙德则傲慢多疑，把乔登的信使安德烈斯扣留起来，以致贻误了改变命令的时间，造成乔登等人的无谓牺牲。这些描写是缺乏典型意义的。难怪它引起了许多参加过西班牙内战的反法西斯战士的批评。② 他们认为这是作者的偏见。事实上，作者在西班牙前线同国际旅有不少接触，也亲眼见到许多优秀共产党员光荣牺牲了，如英国作家福克斯（Ralph Fox）、考特威尔（Christopher Caudwell）和康福德（John Conford）等人，坚持战斗、英勇负伤的人更多。这些可歌可泣的事并没有得到充分的反映。

---

① Ernest Hemingway. *For Whom the Bell Tolls* (Overseas Editions). New York: Charles Scribner's Sons, 1940, p. 284.

② Alvah C. Bessie. "Review of *For Whom the Bell Tolls.*" Carlos Baker ed. *Ernest Hemingway: Critiques of Four Major Novels.* New York: Charles Scribner's Son, 1962.

三

《丧钟为谁而鸣》的人物形象塑造具有下列特色：

第一，把人物放在战争的环境中来描写，从生死搏斗中揭示人物的性格。作者把乔登放在以西班牙内战重大历史事件为背景的严峻的环境中来刻画，让主人公面临着种种困难，从他们的遭遇中揭示他们内心的变化。作者着重写人物的动作和反应，而不追求离奇曲折的情节。作者紧紧抓住炸桥这个中心事件来揭示乔登的性格。小说一开头便是乔登跟着安塞尔莫老人越过敌人的封锁线，到达游击队山区。他们两人一放下行装就去桥区侦察地形。之后，故事就围绕炸桥的问题发展下去。乔登面临着一系列困难：游击队人少装备差、队长巴布罗不支持、敌人骑兵在山区出现、意料不到的大雪、巴布罗临阵出走等等。乔登机智沉着，克服了一个又一个困难，最后在敌强我弱、力量悬殊的情况下光荣牺牲了，表现出为打败法西斯同西班牙人民共生死的坚强性格。

海明威笔下的人物大都是勇于同环境搏斗的普通下层人民。这本小说也没有例外。从乔登这个知识分子到西班牙游击队员，这些人在和平时期没有社会地位，靠自己的劳动维持生活，他们的生活没有保障；在战争时期，他们总是顽强地同命运搏斗，在现实的压抑下发出不平的呼声，在艰难的环境中设法生存下去。他们之间，或友好互助，或相依为命，在灾难面前结为一体。反法西斯的共同的信念把游击队员的心连在一起。正如玛丽娅对邹金说的："我们都是一家人。"彼拉像母亲一样关照玛丽娅，玛丽娅则无微不至照顾乔登。索多和邹金受伤后互相关照，游击队员费尔南多负重伤还惦念着战友们的安危，安塞尔莫老人则冒着敌人的炮火爬到费尔南多身边安慰他。这一切都表现了劳动人民之间纯朴的友情。

第二，善于用简洁而生动的对话来刻画人物性格。小说中人物的对话占了不少篇幅，但并不显得累赘。对话显示了人物的不同个性。如乔登和玛丽娅的对话亲切异常，但玛丽娅天真幼稚，乔登则不忘炸桥。西班牙游击队员的对话也绘声绘色，跃然纸上。巴布罗三句不离马，小算盘打得啪啪响；彼拉热情勇敢又泼辣粗犷；索多沉着老练，耳朵不好，说话都是短语短句；安塞尔莫老人纯朴善良，不讲废话。其他队员有的倔强，有的粗野，有的暴躁，有的温和，他们对话令人如闻其声，如见其人，各有特色。他们对话中常夹着一些西班牙语词句或按西班牙语习惯译成的英语。他们的性格既有共性又有个性。痛恨法西斯，不怕牺牲是他们的共性，各个人又有不同的个性，个个栩栩如生，可敬可亲。

第三，善于用“雪”等自然景色来衬托人物的内心活动，增加情节的气氛。如小说写了大雪给炸桥增加了意外的困难，它使巴布罗发生动摇，但老人安塞尔莫却像青松一样在大雪中岿然不动。小说的开始和结尾用松叶做背景来象征乔登和老人的不朽精神。海明威常常把自己的感情寄寓于人物对话或景物描写之中。他喜欢含蓄，不爱直接抒发出来。有时也发些议论。作者独树一格的文学语言在写景、抒情和刻画人物的内心活动中显得清新自然，简洁有力，不露雕琢的痕迹。作者没有大段大段的写景，没有华丽的辞藻，而注重描写人物的动作，所以小说中自然景色的描写朴实生动，恰到好处。

西班牙内战是海明威文学创作的新起点。

从 1936 年内战开始，海明威就坚定地站在西班牙人民一边。他在给朋友的信中说：“西班牙内战中共和国方面至少有 5 个党，我尽力去了解和评价这 5 个党，但很困难。我不属于任何一个党……我是无党派的，但我热爱共和国，对它深感兴趣……在西班牙，我过去有过，现在还有许多朋友在另一边。我也尽力如实地描写他们。政治上，我总是站在共和国一边，从它宣布成立那一天起以及很久以前。”① 1936 年底，海明威募捐了 4 万美元，为西班牙共和国购买救护车和医疗用品。1937 年他成为西班牙民主之友救济委员会主席。他在内战中自始至终为共和国辛勤工作。

内战期间，海明威两次亲临西班牙前线。1937 年 2 月他第一次去前线为北美新闻协会报道战况。他在战场上结识了国际旅的许多指挥官，熟悉战斗情况。他和一位荷兰电影编导佐里斯 · 伊文思合作，拍了一部战争纪录片《西班牙大地》（*The Spanish Earth*），剧本由海明威撰写。这部电影是美国几个作家包括海明威所组成的团体“当代史学家”为支援西班牙人民而出钱拍的。影片放映后

---

① Malcolm Cowley. “A Portrait of Mister Papa.” John K. M. McCaffery, ed. *Ernest Hemingway: The Man and His Work*. Emeryville, CA: The World Publishing Company, p. 53.

他们又为共和国募捐了不少钱。① 同年6月，海明威在纽约举行的美国作家协会第三次代表大会上，发表了以“法西斯主义是个骗局”为题的演说。他以大量事实痛斥了德国法西斯和西班牙反动派的罪行。8月底，他第二次去西班牙。他看到国际旅中许多老朋友有的牺牲了，有的负伤了。这令他非常悲愤。他在马德里佛罗里达饭店写了一个反映被包围的马德里市内反间谍斗争的剧本《第五纵队》(*The Fifth Column*)。当时德军向这个饭店发射了30多发炮弹，他镇定自若，埋头写作。② 在马德里沦陷后17个月，他完成了《丧钟为谁而鸣》的创作。他说：“这不仅仅是一本描写内战的小说，它包括18年来我所学到的有关西班牙的一切。”③ 事实上，这部小说不仅反映了作者对西班牙内战和西班牙社会现实的认识，也体现了他对于战争和人生的新感受。

因此，可以说，乔登这个人物形象是作者以自己亲身经历为基础创作出来的。小说的背景在西班牙，也是作者所熟识的，所以小说塑造的人物形象有血有肉，富有特色。安塞尔莫的牧民装束，菲尼多的斗牛表演，游击队员围着铁锅大吃大喝，农民对于家乡的特殊感情等等都具有浓郁的乡土气息。

总的来看，在人物塑造的艺术手法上，海明威的人物像马克·吐温的哈克贝利·费恩一类的人物，同莎士比亚等古典作家塑造的人物有很大不同。海明威对于《哈克贝利·费恩历险记》一书推崇备至，受了一定影响，写出了富有自己特色的人物。但比较起来，也有不足之处，即人物性格变化不大，人物的来龙去脉有时交代不够清楚。如亨利对战争的议论从开头至结尾差别不大，虽然行动上有很大变化。乔登的性格稍为复杂一点，但常有大段大段空洞的议论，显得不太协调。但作品写了战争与爱情的矛盾，歌颂了为打败法西斯而甘愿牺牲爱情和生命的战士。作者通过乔登与玛丽娅意外的结合和分离的故事，分别展现了西班牙内战时西班牙的社会情况，诅咒了帝国主义侵略战争，赞扬了反法西斯战争。

特别应该指出，作者通过乔登深入山区游击队，同游击队员一起战斗等一

---

① Carlos Baker. *Hemingway: The Writer as Artist*. Princeton: Princeton University Press, 1963, pp. 229–230.

② Stewart Sanderson. *Hemingway*. Edinburgh: Oliver and Boyd, 1962, p. 89.

③ Ernest Hemingway. *For Whom the Bell Tolls* (Overseas Edition). New York: Charles Scribner's Sons, 1940, p. 303.

些精彩的细节，真实地反映了西班牙人民深受法西斯迫害的悲惨命运和他们不屈不挠的斗争精神。小说淋漓尽致地描写了佛朗哥反动派对一切拥护共和国的人民群众实行血腥镇压的罪行。玛丽娅的父亲是个小村长，母亲是个普通的天主教徒，两人都被枪毙。临死前，他们高呼："共和国万岁！"他们的亲戚朋友泪水都哭干了。玛丽娅哭昏过去，法西斯匪徒仍不放过她，将她游街示众，剃光她的头发，叫她当个"红尼姑"。玛丽娅身心受到严重摧残。16 岁的游击队员邹金的父母双双被害，他妹夫拒绝为法西斯开电车而逃走，法西斯诬告邹金的妹妹知情不报，把她杀了。他还有一个姐姐被捕入狱，姐夫逃进深山也死了，全家只剩下他一个人。至于一般农民，只要掩护过游击队，也统统惨遭杀害。这些血泪史深刻地反映了西班牙人民在法西斯铁蹄下的苦难。他们没有土地，没有房子，终日忍饥挨饿，不得温饱；他们没有自由，没有权利，经常处于被杀害的危险之中。他们从亲人的血泊中认清了法西斯的面目，拿起武器走上斗争的道路。玛丽娅、邹金、彼拉都成了游击队员。索多、安塞尔莫、邹金、伊拉第尔斯和费尔南多都英勇牺牲在战场上。这些描写是具有深远意义的。

作者通过对乔登和索多等人牺牲的描写，无情地揭露了德国法西斯和西班牙反动派的野蛮残忍和色厉内荏。小说反映了佛朗哥长枪党人勾结德国法西斯，依靠地主、资本家反共反人民，杀害无辜群众，颠覆共和国。德国法西斯不仅用飞机、坦克、大炮帮助佛朗哥反对共和国，而且派兵镇压西班牙人民。但是反动派的飞机大炮掩盖不了他们内心的懦弱。仅有 5 个人的索多游击队同德军遭遇时，德军出动了 150 多人，还攻不下游击队据守的山坡。德军指挥官被打死。游击队员只剩下 3 个重伤员，德军一个上尉一个中尉只敢在山坡下骂街，谁也不敢上去。他们又是乱打机枪，又是胡扔手榴弹，最后竟出动飞机轰炸了 3 次，才胆战心惊地爬上山坡。这充分说明德国法西斯本质外强中干。万恶的法西斯匪徒见游击队员已全部牺牲，还不罢休，竟把他们的头砍下来带走。这种惨无人道的暴行深刻地暴露了法西斯的狰狞面目。

作者通过乔登在战地耳闻目睹的事实，含蓄地批评了美国政府对西班牙内战的所谓"不干涉"政策。内战初期，共和国方面处于优势，可是不久，佛朗哥反动势力得到了德国法西斯支持的大量飞机、坦克和大炮，战争越打越激烈。正当共和国急需武器援助的时候，美国政府采取不干涉政策，对共和国实行

“武器禁运”，使西班牙人民得不到武器补充。这实际上是对西班牙人民的背叛。乔登说：“假如我们能从美国得到飞机，他们绝不能消灭我们，绝不能！假如我们能得到什么武器，这些人民如果很好地武装起来，就能永远战斗下去。”① 西班牙游击队员看到德国的轰炸机在西班牙上空横行无忌时，恨得咬牙切齿。他们盼望共和国能有自己的飞机和坦克，以便打败敌人，捍卫人民共和国。可是，乔登失望了。游击队员失望了。他们被出卖了。共和国在德意法西斯飞机坦克的联合进攻下最终覆灭了。作者最后让乔登死在德国法西斯坦克炮弹下是意味深长的。

从乔登为西班牙的独立和自由而献身的结局中，海明威明确地暗示：全世界热爱自由的人要联合起来，共同反对法西斯。他在《丧钟为谁而鸣》的扉页上引用了英国17世纪诗人堂恩（John Donne）所写的祈祷文：“没有一个人是个孤岛。每个人是大洲的一角，大陆的一部分。假如大海冲走了一块泥土，欧洲就小了一点……任何人的去世都使我略有所失，因为我是人类的一员。因此，千万别去问丧钟为谁而鸣，它为你而鸣。”② 这部小说的名称“For Whom the Bell Tolls”就是由此而来的。作为一个现实主义作家，海明威意识到：当时德国法西斯已经成为国际性的军国主义。它不但是西班牙共和国的极大危险，而且是对全世界进步人类的严重威胁。因此，反对法西斯的斗争，与各国人民息息相关。美国青年乔登远离祖国，和西班牙人民并肩战斗，同共产党人密切合作。他的血最后和游击队老人安塞尔莫的血流在一起，和卡斯金的血同洒在西班牙大地上。他为西班牙人民的独立和自由而牺牲，也就是为人类的共同理想而献身。当海明威为乔登鸣起丧钟的时候，海明威自己和广大读者都为乔登表示哀悼。乔登的牺牲虽然没有换来斗争的胜利，但正义事业是不可战胜的。海明威在写信给美国《新群众》杂志的一篇悼念在西班牙牺牲的美国人的文章中指出：西班牙人民是不会屈服的，西班牙大地是永存的，它不会让专制统治制度永远保

---

① Ernest Hemingway. *For Whom the Bell Tolls* (Overseas Editions). New York: Charles Scribner's Sons, 1940, p. 31.

② Robert Silliman Hillyer. *The Complete Poetry and Selected Prose of John Donne & the Complete Poetry of William Blake*. London: Modern Library, 1946, pp. 331－332.

持下去。[①] 这说明：乔登的血是不会白流的，反对法西斯的斗争总有一天要胜利的。第二次世界大战中，苏联人民和美国人民以及欧洲各国人民共同战斗，彻底打败了希特勒。海明威的预言得到了证实。

因此，乔登的形象在海明威创作的人物画廊占有突出的地位。可以说是海明威在作品中塑造的令读者难忘的最出色的硬汉形象。

（节选自1979年8月27日在烟台召开的全国美国文学研究会成立大会暨首届学术研讨会开幕式大会发言，原文为《论海明威的长篇小说〈永别了，武器〉和〈丧钟为谁而鸣〉中的人物塑造》，后刊于南京大学《外国文学资料》1979年第21期，略有删节。）

---

① Kashkeen. "Alive in the Midst of Death." Carlos Baker ed. *Hemingway and His Critics*. New York: Hill & Wang, Inc., 1961, p. 170.

论海明威新闻作品的特色和意义

美国著名作家欧尼斯特·海明威的写作大体可分为三大类：新闻报道、小说和非小说。他的新闻报道虽有人研究，但欧美学术界重视不够。他的小说和非小说则一直是各种文论评析的中心，从20世纪20年代至今，历久不衰。这种情况近几年来有所改变。2008年6月，海明威新闻作品成了在堪萨斯市举行的第13届海明威国际会议的主要内容，吸引了美国国内外许多学者和读者的关注。

作为一位自学成才的小说家，海明威是从新闻记者走进文学殿堂的，与其他美国著名的作家富兰克林、惠特曼、马克·吐温、豪威尔斯、克莱恩和德莱塞等人一样。成名前，他当过多年报刊记者，到过欧洲各国许多地方采访，写了大量新闻作品。这不仅帮助海明威维持了在巴黎等地日常的经济开支，而且成了他小说创作的丰厚的文化资源，为他在短短的6年内迅速崛起、成为美国文坛一颗新星铺平了道路。

本文拟对海明威的新闻作品做个简要的评介，探讨它的写作特色、它与海明威艺术风格的关系及其社会意义，以此就教于读者。

一

海明威的记者生涯，从1916年至1958年，长达40多年。他的足迹遍及四大洲：美洲、欧洲、亚洲和非洲。据美国海明威学者卡洛斯·贝克估计，海明威一生为报刊写的作品超过 100 万字，其中有些成了宝贵的历史文献，有些后来演绎成他的中短篇小说。

然而，海明威一直认为新闻报道不是文学作品，并且从不把他的新闻作品收入他的小说和非小说集。20 世纪 30 年代初，他曾写信给一个资料编纂者，指出新闻写作和其他作品无关，它有时间性，没有永恒性。他认为“任何人都无权去开发这些东西，并将它们跟你所写的最佳作品对立起来。”① 因此，海明威从来不把成名前后所写的新闻报道结集出版，或跟他的小说和非小说收集在一起，也不许别人这么做。后来，他的看法有点改变。1958 年，他在回答《巴黎评论》记者时说，“在《多伦多之星》报工作，你被迫学习写个简洁的陈述句。这对任何人都是有用的。新闻工作并不伤害青年作家。如果他及时跳出来，这对他是有帮助的。”② 所以，虽然斯坦因曾劝他放弃新闻写作，专事创作小说，但他并未接受。成名后，他对以往的新闻工作感到很自豪。

尽管如此，海明威没有让他的出版商将他的新闻作品与他的小说和非小说汇编出版，也不同意将它们单独结集出版。这个问题直到 1961 年海明威去世后才得到解决。从 1967 年至今，美国学者陆续将海明威的新闻作品整理出版，目前主要有 4 部专集：《海明威的副业：40 年新闻报道和文章选集》（*By-Line Ernest Hemingway: Selected Articles and Dispatches of Four Decades*，威廉・怀特主编，1967 年出版）、《海明威：初出茅庐的新闻记者》（*Ernest Hemingway*，*Cub Reporter*，马修・布拉科利主编，1970 年出版）、《欧尼斯特・海明威的学徒阶段：橡树园 1916—1917 年》（*Ernest Hemingway's Apprenticeship: Oak Park*，1916—1917，马修・布拉科利主编，1971 年出版）和《海明威的新闻通讯：多伦多》（*Dateline: Toronto*，威廉・怀特主编，1985 年出版）。这些专集问世后受到学界和读者的热烈欢迎，影响深远。诚如著名学者卡洛斯・贝克所说的，新闻写作与文学创作的差别并不像海明威有时所想象的那么大。威廉・怀特则指出，海明威的新闻作品也是创新之作，它帮助说明了为什么这些作品多少年以后仍然

---

① Arthur Waldhom. *A Reader's Guide to Ernest Hemingway*. New York：Farrar，Straus and Giroux，1972，p. 73.

② George Plimpton. “The Art of Fiction：Ernest Hemingway.” Matthew J. Bruccoli ed. *Conversations with Ernest Hemingway*. Clinton：University Press of Mississippi，1986，p. 116.

是新鲜而生动的读物。①

这4部专集，大体反映了海明威新闻作品的概貌。

《海明威的副业：40年新闻报道和文章选集》包括5个部分，共选了77篇报道，约占海明威所写的新闻作品的三分之一。威廉·怀特是威恩州立大学的一位新闻教授。他在前言中指出，从新闻专业的角度来看，海明威写的新闻是一流的。他的技巧是小说的技巧，不是纯事实的报道。他突破了何时何地何人的新闻套式。有时，他在小说里则采用了新闻资料。

第一部分，巴黎时期（1920—1924）：20世纪20年代海明威寄居巴黎后，为《多伦多之星》日报和周刊写了154篇报道，书中选了29篇。海明威在文中介绍了欧洲的夜生活、巴黎的选举、波希米亚人、俄罗斯人、巴黎的香槟酒、土耳其的火鸡、西班牙的斗牛赛、奥地利的滑雪等，以及马克的大贬值给民众带来的艰辛、多伦多圣诞节前数百名儿童和盲人流落街头的惨状。海明威的如实报道反映了他对平民百姓的关注和同情。在这些报道中有些不寻常的政治报道，很受关注。当时，海明威多次被派去报道一些国际会议或欧洲重大事件，采访了意大利法西斯头目墨索里尼、希腊国王乔治、俄国外交官特茨策林等国际政坛的重要人物，所写的报道和专访及时介绍了当时国际形势的变化和欧洲重大事件所产生的影响。第二部分，基韦斯特时期（1933—1936）：海明威已成为知名的小说家。他重操旧业，当个业余记者，为纽约《绅士》等报刊写了不少文章。他以“古巴来信”“西班牙来信”“巴黎来信”“坦葛尼克来信”“基韦斯特来信”和“湾流来信”的形式报道了他在非洲的狩猎行、打狮子野牛、深海捕鱼等。第三部分，西班牙内战时期（1937—1939）：海明威冒着炮火硝烟，深入前线报道西班牙民主力量如何顽强抗击佛朗哥的军事叛乱，及时反映支援民主力量的国际纵队各支队抵抗德意法西斯援军，在被困的马德里首都英勇奋战。编者从海明威写的28篇西班牙内战报道中选了9篇，还从他给反法西斯杂志《视野》写的14篇文章中选了两篇和一篇刊于《时尚》的作品，这些文章与西班牙内战无关，但反映了海明威对捕鱼、打猎和户外活动的兴趣有增无减。第四部分，第二次世界大战时期（1942—1944）：海明威写了关于中国抗日战争

① Ernest Hemingway. *The Critical Reception*, edited with an Introduction by Robert Stephens. New York: Burt Franklin & Co., Inc., 1977.

的 6 篇报道和一篇关于印尼的报道。6 篇报道是《苏日签订条约》《日本必须征服中国》《美国对中国的援助》《日本在中国的地位》《中国空军急需加强》和《中国加紧修建机场》。海明威指出，苏日签订和约不影响苏联援助中国抗日，美国对中国的援助要加强，尤其是空军和大炮；要促使中国一切政治派别联合抗日，特别是促进国共两党一致抗日，同时制止亲日派的活动；中国数万工人用手推肩背的原始方法建造机场跑道，他们唱歌聊天，日夜苦干……日本不可能征服中国。1944 年，海明威飞往伦敦，及时报道了盟军诺曼底登陆、突破希特勒防线、挺进巴黎、解放全法国、直捣德国纳粹老窝等事件。其间所写的《伦敦痛击机器人》1962 年被历史教授斯奈德选为“战争报道的杰作”之一。这些报道比较长些，但文字简洁生动，观点鲜明，鼓舞了广大欧美读者和盟军官兵。它们集中反映了海明威敏锐的观察力、中肯的评述、丰富的军事知识、夜以继日苦干和深入前线的勇敢精神。第五部分，哈瓦那时期（1949—1956）：海明威和第四任妻子玛丽在古巴安家后，他为《观察》《视野》等报刊写的新闻故事《大蓝河》《射击》《圣诞礼物》和《情况通报》共 4 篇。其中最引人注目的是描述他俩在非洲两次空难的《圣诞礼物》。身负重伤的海明威躺在医院的病床上读着许多报刊关于他俩不幸遇难的“讣告”。这显得非常幽默有趣。海明威的乐观自信精神跃然纸上，令人赞叹。

《海明威：初出茅庐的新闻记者》包括 1917—1918 年海明威为《堪萨斯之星》写的 12 篇新闻故事和几篇可能出自他手笔的文章。

《欧尼斯特 · 海明威的学徒阶段：橡树园，1916—1917 年》收入了海明威在橡树园和河林高级中学所写的 39 篇新闻报道、3 篇故事、4 首诗和高年级时的班级预言等。

《海明威的新闻通讯：多伦多》包括 1920 年 2 月至 1924 年 9 月海明威在多伦多、芝加哥和巴黎为《芝加哥之星》所写的全部新闻报道和小故事 172 篇，其中有一半多是 1922—1923 年在欧洲，尤其是在巴黎写的，内容涉及政治、体育、战争和旅游等题材。它成了对其他专集很好的补充。

上述 4 部专集中，影响最大的是第一部。但它没有收入海明威早年写的新闻作品。原因编者未加说明。这个欠缺由其他两部专集给补上了。4 部新闻作品相辅相成。《欧尼斯特 · 海明威的学徒阶段：橡树园，1916—1917 年》和《海明威：初出茅庐的新闻记者》发掘了海明威青年时代在中学当小记者的习作和到《堪萨斯之星》写的12篇新闻故事，有助于展示海明威成长过程中拼搏的轨迹和奋发向上的精神。这些新闻专集问世以来，一直受到学界的好评。海明威的新闻报道和小故事，尤其是怀特精选的77篇，内容丰富多彩，文字简洁优美生动，大多是海明威的上乘之作，形成了他文学艺术风格的一部分。它们不仅值得新闻界人士好好学习，同时也为传记作家研究海明威的生平和创作，提供了珍贵的资料。与海明威的顾虑相反，它们并不会与他的严肃文学作品相对立，而是给他的美誉锦上添花。

二

海明威的新闻作品包括新闻报道、新闻故事、新闻速写和报刊特约文章。新闻报道有时政要闻、人物专访和篇幅仅六七行的简讯。新闻故事长些，可达八九页，但不同于我国的新闻通讯或特写。新闻报道通常要求写明何时（whēn）、何地（where）、何人（who，whom）、发生何事（what）、过程和效果如何（how），即常见的新闻五要素。但海明威不受这些传统规则的限制，写出了自己的特色：

1. 开门见山，直接破题，不绕弯子：不论写人、写事或写景，海明威总是直截了当地扣紧主题，开头第一句就涉及报道的主体。以《奥芬堡之“战”》的开头为例：“［奥芬堡讯］奥芬堡是法国占领德国鲁尔区的南部界限。它是个清静的小镇。黑森林的山峰屹立在一侧，另一侧是一望无际的莱茵河平原。”① 《花一百万马克并不难》的第一行就写道：“［缅因兹-卡斯特尔讯］125美元在德国可买250万马克。”② 一句话点出了德国货币马克的严重贬值。有时，海明威以设问的修辞手法，一开始就破题，比如《政府为新闻付钱》这么开头：“［巴黎讯］法国人对鲁尔和整个德国问题怎么看？你读读法国报刊就不难找到

---

① Ernest Hemingway. *Dateline Toronto*. William White, ed. New York: Charles Scribner's Sons, 1985, p. 271.

② Ibid., p. 282.

答案。”①

2. 突出动作的描写，尽量省去可有可无的形容词和副词，达到传神的目的。《7月的潘普洛纳》写了奔牛节开幕的情景：“接着，它们过来了。8头公牛奔过来了，身体又矮又胖，黑黑的，闪闪亮，凶恶地露着双角，晃着脑袋，猛地冲过来。跟它们一起奔跑的3头小公牛，脖子上系着铃铛。它们互相紧跟着。在它们前面奔跑、冲刺、猛闯、狂追的是潘普洛纳的男人和男孩的后卫。他们让自己被牛群沿街追赶，以追寻清晨的乐趣。”②

3. 经常使用对话，改变平铺直叙的老套式，多角度地展示不同的看法。在《奥芬堡之“战”》里，海明威借与一位德国青年摩托车手的对话反映民众对法国占领鲁尔区的不满：“‘嘿，加拿大，’司机说，‘你以为法国人在奥芬堡将待多久?’‘也许三四个月。谁知道?’司机抬头望望白色的小路，躲开后面的灰尘。‘那就会有麻烦，很大的麻烦。工人们会找麻烦的。这里四周的工厂已经都关门了。’”有的报道和故事则几乎都用对话构成，如《日本地震》。③

4. 坦率表态，穿插个人感受，避免纯客观的报道。在《斗牛是个悲剧》里，海明威坦率地表露了他的看法：“不管怎么说，斗牛不是一种运动。它是个悲剧。它象征着人与动物之争。每一次斗牛常常有6头牛。”④ 后来，海明威的看法有所改变。他赞扬斗牛士的大无畏精神，与西班牙从公元1126年以来兴起的这个传统活动结下不解之缘，将它写进《太阳照常升起》和《死在午后》里。

5. 用真实生动的细节充实报道，吸引读者的兴趣，使新闻更有说服力。在《捕鲑鱼点滴》里，海明威罗列了各种诱饵及其特点，讲鱼线怎么放和提，整个过程写得很细。他5岁时随父亲学会钓鱼，曾获哈瓦那钓鱼赛冠军。他的经验之谈深受读者欢迎：蚯蚓、蛴螬、甲虫、蟋蟀和蚱蜢是最好的诱饵的一部分，但是蚯蚓和蚱蜢用得最广。“蚯蚓有三种。两种用作钓鱼的诱饵，很好，另一种是

---

① Ernest Hemingway. *Dateline Toronto*. William White, ed. New York: Charles Scribner's Sons, 1985, p. 267.

② Ibid., p. 349.

③ Ibid., p. 308.

④ Ibid., p. 344.

非常没用的……”①

6. 运用成语、典故和民歌，增加新闻报道的文化色彩。在《希腊的反抗》里，海明威最后写道：“穿过绵延起伏的、荒芜的棕色萨拉斯乡村，沿着小道长途步行，我从早到晚从那些士兵们身旁走过。他们又累又脏，没有剃须，经受了风吹雨打。没有乐队，没有救援组织，没有休假地，唯有臭虱、脏毯子和晚上的蚊子。他们是过去希腊光荣的余晖。这是他们第二次包围特洛伊的结局。”②最后两句令人想起英国诗人拜伦的《哀希腊》。他是海明威敬仰的作家之一。此外，在《中国加紧修建机场》里，海明威用了民工们的打夯歌：“不平的地呀，他们把它搞平。他们把跑道压得光滑滑的，像金属片一样。重重的压路机压，压不垮他们的肩膀。大家齐心拉呀，压路机不在话下！”③

7. 简洁的字句里富有反讽、幽默和喜剧色彩。在《墨索里尼：欧洲了不起的恐吓者》里，海明威对这位意大利法西斯独裁者这样描述：“研究他的天才，怎样用大话包装小思想。研究他的好斗习性。真的勇士，不用好斗，而许多懦夫却不断好斗，以此使自己相信他们是勇士。那么请看看他的黑衬衫和白鞋罩。这就有些不对了。从历史上来看，一个人穿黑衬衫，戴白鞋罩更不对。”④ 在《爱好体育运动的市长》里，海明威嘲讽那位市长嘴上爱体育，其实心里爱的是选票。“如果达到选举年龄的选民去看打弹子比赛、跳背比赛和画连城游戏比赛，市长总会热情地到场。”⑤

以上几个特点说明海明威是用小的技巧写新闻，不是写纯事实的报道。新闻作品为他的艺术风格的形成奠定了牢固的基础。

三

漫长的记者生涯对海明威成为著名的小说家有什么影响和作用呢？我认为

---

① Ernest Hemingway. *Dateline Toronto*. William White, ed. New York: Charles Scribner's Sons, 1985, p. 22.

② Ibid., p. 245.

③ 杨仁敬，《海明威在中国》（增订本），厦门：厦门大学出版社，2006 年，第 80 页。

④ Ernest Hemingway. *Dateline Toronto*. William White, ed. New York: Charles Scribner's Sons, 1985, p. 255.

⑤ Ibid., p. 8.

影响是多方面的，作用是巨大的，尤其是在巴黎的短短6年。

1921年，海明威去巴黎以前，试写过多篇故事，主人公有老战士、拳击手、记者、赌徒和玩牌者，但常遭退稿，意义不大。他对文学有兴趣，也有抱负，想当个作家，但心里没个底，要求也不高，只希望做一个通俗小说家。他不懂小说该从何着手，许多世界文学名著都没读过，连当代成名作家庞德、乔伊斯和斯坦因的名字都没听说过。后来，舍伍德·安德森劝他读屠格涅夫和乔伊斯等人的小说，写信推荐他去巴黎见庞德、乔伊斯、斯坦因和比茨等人。到了现代主义思潮中心的巴黎，他仿佛置身于另一个世界，不仅有名家可咨询和商议，而且随时可以去比茨的书店借书看报，了解欧美文学动态。他一面忙于采访和报道，一面抽空读书，充实自己，果然进步很快，仿佛长了翅膀，在文学的天地里自由翱翔。给《多伦多之星》日报和周刊写稿的收入使他能维持在巴黎的日常生活，并到邻近的瑞士、西班牙和奥地利等地休假旅游。他勤俭过日子，勤奋写作，时刻不忘当作家的理想。

记者工作拓展了海明威在巴黎的生活空间，使他获得许多朋友的提携，一步步走上文坛。以前，他在芝加哥收到退稿时，只好待在家里发呆，没人告诉他该怎么办，更没有人上门向他约稿。在巴黎就完全不同了。他广交朋友，接触英美驻巴黎记者和作家，渐渐地打开了发表作品的门路。先锋派杂志《小评论》两主编之一简·希帕约他投稿，他马上送去刚写好的6篇速写。出版商威廉·伯德成立三山出版社，请诗人庞德为他挑选6位作家出一套当代英文散文丛书，庞德立即推荐了海明威。同年8月，他的第一部作品《三个短篇小说和十首诗》就由罗伯特·麦克阿尔蒙出版商帮他出版。这位出版商是海明威1923年在意大利认识的。不久，三山出版社出了他的12篇速写组成的《在我们的时代》。海明威开始在巴黎塞纳河左岸有点名气。虽然他这两本书并未引起美国文坛的重视，但好的开头是成功的一半。1923年，成名作家菲茨杰拉德建议他写一部长篇小说，他的短篇小说销路会更好；后来又帮他看了《太阳照常升起》的文稿，建议删去开篇15页，海明威接受了。1924年，菲茨杰拉德又将海明威推荐给纽约斯克莱纳出版社总编麦克维尔·帕金斯。海明威专程赶往纽约，与该社签了合同。从此双方结下不解之缘，海明威有了固定的出版商。1926年由该社出版的《太阳照常升起》获得了成功。3年后，《永别了，武器》问世，好评如潮。海明威如愿以偿，成了一位名扬欧美的划时代的小说家。

采访活动使海明威走出小天地，有机会到欧洲各地，了解一些重大历史事件的内幕，扩大了视野，磨炼了思想。在巴黎期间，海明威受委派去采访热那亚国际经济会议、希腊土耳其战争、洛桑和平会议和法国占领德国鲁尔工业区等。他接触了许多外国记者和重要人物，了解国际政治和经济斗争的棘手问题，这使学生出身的海明威增长了见识，提高了认识，改变了不闻政治的偏见。在热那亚，他第一次见到首次出席国际会议的苏联代表，目睹欧洲与苏联恢复经贸往来。在希腊与土耳其交战地区，他见证了排长队的难民带着妻儿和破烂行李想从枪口下逃命的惨状。在洛桑，他看到一些政要妄图维护已失灵的旧政治体制。在鲁尔区，他报道了法国被强行占领的情况，揭示掠夺意味着一场新战争的来临。他还采访了意大利法西斯头目墨索里尼，指出法西斯独裁的危险性。通过这些采访活动，海明威逐渐懂得准确地提出问题，抓住关键的细节，及时地报道民众关注的热点问题。他一度华丽的文风变成简洁生动的句子。在新闻报道里，他往往将自己当作观察者摆进去，同时也写现场民众的反应。因此，他的报道真实性和可读性很强，深受读者欢迎。

新闻写作磨炼和强化了海明威的文字功夫。1922 年冬天，他妻子哈德莱在巴黎火车站被盗走了一只手提箱。箱内海明威的多篇手稿全丢了。他不得不另起炉灶。他不急不躁，致力于“写一句真实的陈述句”。“真实”，从意象主义者的意义上来说，是见证和寻找说明情景的“意象”。不久，他从真实的陈述句发展到简短的真实的段落，砍去可有可无的形容词和副词，后来有的成了《在我们的时代》里的“速写”（vignettes）。海明威称“速写”是“未写好的故事”。每篇速写抓住一瞬间的感触记下来，篇幅仅一页长。它往往只写现代社会生活一个小侧面，如描写一次令人触目惊心的血腥事件，着墨不多，让读者透过精选的细节了解事件的真相。后来，这种技巧逐渐融入海明威的短篇小说，成了他艺术风格的一大特色。这与海明威形成写真实的创作原则也是息息相关的。他曾指出，“（作家）从实际经历学得越多，他的想象就越真实。如果他这么做，他的想象就真实得足以让人们以为他所描述的事情全是真正发生过的，而他不过是如实报道吧！”[①] 可见，新闻写作的大量实践大大提高了海明威的文字水准，使他运用简洁的对话，写出优美的散文，提高短篇小说质量。

记者工作使海明威养成了在艰苦条件下随时随地搞创作的好习惯。记者采访活动，流动性强，报道及时快速。1924 年前，海明威是个自由的特约记者，任何情况下随时可写报道。在巴黎时，他常常在旅馆的信纸或简易的法国学生笔记本上用铅笔或钢笔写写画画。他经常在自家床上，在咖啡店里，在火车上写稿。他几乎在任何地方都能很快写好报道，或先用手写写完初稿，再用手提打字机修改打字定稿。后来，他写小说也这样，不像有些作家，需要有个安静的写作环境。《太阳照常升起》初稿大部分是在西班牙各地的旅馆里写成的，当时海明威正陪第一任妻子哈德莱观看夏天的斗牛赛。第二部长篇小说《永别了，武器》动笔于巴黎，后来他带着它乘船回基韦斯特，又送第二任妻子葆琳回皮格特老家，再去堪萨斯市生孩子。他曾去医院看妻子剖腹产，再开车去希尔登旅馆写作，在到处奔波中写完初稿 650 页。他还常常将写作与打猎、钓鱼等活动结合起来。在 20 世纪 30 年代非洲狩猎行中，他写了著名的非小说《非洲的青山》（1935）、影响最佳的短篇小说《弗朗西斯·麦康伯短暂的幸福生活》和《乞力曼扎罗的雪》。这种独特的写作习惯与他的记者生涯是分不开的。

不仅如此，有些新闻报道的素材经过艺术加工和提炼，成了海明威的短篇小说。如他在马德里炮火中写的战地报道，后来被他写进好几篇短篇小说和剧本《第五纵队》。他的不朽名著《老人与海》则脱胎于 1936 年他给《绅士》写的一篇钓鱼的新闻故事《湾流来信：在蓝色的水面上》。诚然，中篇小说《老人与海》在主题思想和艺术手法上比原先的新闻故事有了质的飞跃。它最终将海明威推上诺贝尔文学奖的领奖台，圆了他一生孜孜以求的美梦。新闻作品的艺术特色成了海明威小说风格的一部分。用写小说的手法写新闻，将新闻报道中的真实事例融入小说成为生动的插曲，这成了海明威独特的艺术风格。

四

1921 年 12 月，海明威第一次到达巴黎时年仅 23 岁。作为一个青年记者，

---

① 海明威，《致麦斯特罗的独白》，《绅士》，1935 年 10 月号。

他在新闻界和文艺界都是默默无闻的。在他看来，为《多伦多之星》写新闻报道无非是为了挣几个钱糊口而已。评论界也没人关注他写的新闻报道和新闻故事。直到他的处女作发表后，人们才将他的小说创作和新闻报道联系起来，发现他独特的叙事风格。

《三个短篇小说和十首诗》和《在我们的时代》出版时，《跨大西洋评论》就赞扬海明威写的故事真实生动、富有感情，但更多的是关注他简洁而崭新的叙事风格。马佐里·莱德认为《在我们的时代》细腻的叙述完全适合于讲一个故事关键时刻的变化，将别的留给读者去想象。艾德蒙·威尔逊则强调海明威的特写可与高亚的名画相媲美。《时代》周刊在评论纽约版《在我们的时代》（1925）时宣称：一位新作家来了。许多批评家认为海明威那尖刻辛辣的风格是他长期努力的结果。斯楚伊勒·阿斯雷在《堪萨斯之星》报上称：海明威分享了舍伍德·安德森和宁格·拉德纳从前开采的语言矿产资源。许多作家也给予热情肯定。艾伦·塔特认为海明威得益于18世纪初的英国作家如斯威夫特、菲尔丁、斯特恩和笛福。有的指出他受巴黎先锋派艺术的影响。菲茨杰拉德觉得海明威相信美国的文学创作要从传统的压抑中走出来，回到现代创作的新风格。海明威并不总是成功的，但他很有前途。[①] 他的风格可定义为：客观、辛辣、冷静、简朴、栩栩如生、细节真实、个性化、独创等。这种风格的形成与海明威的新闻作品有什么关系呢？这引起了美国批评界的热烈争论。

查尔斯·芬顿和罗伯特·斯蒂芬斯将海明威的小说与他的新闻作品联系起来，认为后者为前者鸣锣开道。J. F. 柯伯勒则将海明威的新闻作品、小说和非小说三者结合起来研究，指出海明威在小说创作中如何将新闻报道或非小说里的真人真事演绎成真实的插曲，以及他对事实和虚构的巧妙处理和不同的整合。约翰·阿特金斯和莱特·莫里斯认为，从风格上来看，海明威主要是个自然界的准确记录者。约翰甚至将他当成“记录的工具”，像康拉德一样，他将他看到的和听到的都记下来。莱特称海明威的风格犹如“精确的镜头”。厄尔·罗维特甚至称赞海明威比录音机或照相机更准确。在这些批评家看来，海明威仿佛成了一个自然主义作家。卡洛斯·贝克指出：新闻写作与小说创作存在基本的差

---

① Robert O. Stephens, ed. *Ernest Hemingway: The Critical Reception*. New York: Burt Franklin & Co., Inc., 1997, p. xi.

异。海明威是从新闻记者走上文坛的，他非常真实地描写了他所观察的人物行动，避免了想象中的笔误，为我们提供了最好的艺术作品。约翰·阿尔德里奇则持不同的看法。他一针见血地指出：海明威散文的质量归根到底是新闻报道的质量。事实上，这反映了他的优点和缺点。他认为海明威的风格是从记者发展成作家的，它极大地限制了作为一个艺术家的想象范围和他小说的深度。这样的风格使他只能写些易于描述的题材，而且只能描述一小部分。尤金·古德哈特觉得海明威风格是他作为一个作家成功的抑制因素。他抱怨海明威的散文缺乏"戏剧的含混和多种的含义"的浓缩。德尔莫尔·斯茨华兹同意海明威风格极其简单，毫无虚饰，但决不分散。他赞扬它"干净利索、严格、简单明了、不加装饰，能用意义深长的缄默和含蓄的感情表现一种道德准则"。哈里·列文精辟地总结了上述各种意见，作了巧妙的归纳。他认为尽管海明威用词不够丰富，句法技巧差，形容词色彩不够，动词不太有力，他的风格具有"无可置疑的活力"和"没有先例的动力"。①

海明威对他的新闻作品和小说创作的差别有他自己的看法。他在《死在午后》（1932）和致《绅士》杂志的信（1935 年 10 月）中明确地说：在报纸上，你只说说所发生的事，但在小说里，他想做的是，写下实际上真正发生的事，究竟是怎么一回事，它使你产生所经历过的感情。他又补充说，如果一个作家从经验中学得越多，他的想象就越真实，足以使人们以为他所描述的事情全是真的发生过，而他仅是如实告诉你。他崇尚"写真实"，认为"好作品都是真实的创作"。在 1958 年发表于《巴黎评论》（春季号）的答记者问中，他进一步阐述了在《死在午后》中提出的"冰山原则"的艺术风格。他说，"我总是尽力按冰山原则来创作。它显露的每个部分有八分之七在水下面。你可以删去你熟识的任何东西，它只能强化你的冰山。它就是你没有显示的部分。"②

由此可见，海明威的新闻作品是他艺术风格的一部分，为他成为小说家创造了条件。但海明威并不就此止步。他不断读书，努力充实自己，使自己的艺术风格日益丰富。他成了一位严肃的现实主义作家。

---

① Qtd. in J. F. Kobler, *Ernest Hemingway: Journalist and Artist*. Ann Arbor, Michigan: UMI Research Press, 1985, 1968, p. 96.

② George Plimpton. "The Art of Fiction: Ernest Hemingway." Matthew J. Bruccoli ed. *Conversations with Ernest Hemingway*. Clinton: University Press of Mississippi, 1986, p. 125.

海明威艺术风格的形成与他在巴黎的创作环境是密切相关的。从1921年他首先走进巴黎到1926年长篇小说《太阳照常升起》问世，仅仅不足6年的时间，海明威的迅速崛起是很不容易的。当时巴黎是现代主义文艺思潮盛行的中心，塞纳河的左右两岸聚集了许多英美中青年诗人和小说家，创作气氛比较宽松。他们自由自在地探索文学的新路子。海明威受到庞德、斯坦因、安德森、菲茨杰拉德、乔伊斯和福德等多位成名作家的关照和帮助，经常关注欧美文艺动态，接触绘画、音乐和建筑的潮流，受到先锋派艺术的熏陶。他和其他旅居巴黎的英美青年作家和出版家一起参与正在兴起的现代主义文学运动。他在这种新潮的环境中形成了自己独特的风格，坚持自己的创作道路，因为“他是一个文学运动的一部分”。① 这一点曾使他一生对巴黎念念不忘。他在《流动的盛宴》最后一段写道：“巴黎总是值得住的，不管你带给它什么，你会得到回报的。”②

海明威用写小说的手法写新闻，不仅开创了新闻的新形式，而且促进了20世纪60年代美国新新闻主义小说的产生和发展，影响了邹恩·狄第恩和诺曼·梅勒等一批作家。如狄第恩用小说手法撰写了新闻报道《萨尔瓦多》和融入新闻素材的长篇小说《民主》、梅勒撰写的《夜间行军》（1968）曾获美国国家图书奖和普利策奖等。③ 他们纷纷成了风格独特的后现代派小说家。这也许是海明威对美国文学的又一大贡献。

海明威风格中事实与虚构结合、让读者参与想象的特点，在他的长篇小说遗作《曙光示真》（1999）中得到了集中体现。这是以作者1953年非洲狩猎行为基础于1954年写成的，没有完稿，后由其子帕特里克编辑出版。这部“小说回忆录”是跨体裁的。它将真人真事与艺术想象融为一体。一方面是海明威打金钱豹、他妻子玛丽打狮子的真实经历，一些人物保留了真名实姓。另一方面是叙事者讲狩猎故事，穿插了对宗教、婚姻和叙事者早年生活的议论以及身处逆境求生的谋略。这些真人真事就是他写新闻的素材。据著名批评家麦克尔·雷诺兹研究，海明威临终前几年，十分关注二战后的美国小说。他以不友善的

---

① Kirk Curnutt. *Ernest Hemingway and the Expatriate Modernist Movement*. Detroit: Gale Group, 2000, p. 7.

② Ernest Hemingway. *A Moveable Feast*. New York: Scribners, 1964, p. 211.

③ 杨仁敬、杨凌雁，《美国文学简史》，上海：上海外语教育出版社，2008年，第415、388页。

目光读青年作家欧文·肖的《幼狮》（1948）、诺曼·梅勒的《裸者与死者》（1948）和詹姆斯·琼斯的《从这里到永远》（1951）。[①] 他是否已意识到后现代主义思潮悄悄地来临？人们不得而知。但是，《曙光示真》明显地具有前期后现代主义色彩。[②] 雷诺兹认为海明威写于1946年至1960年的遗作都具有后现代主义色彩，如他的回忆录《流动的盛宴》看起来像一部短篇小说集，穿插了许多描写巴黎岁月的特写和对他昔日朋友斯坦因和安德森等人的评论。海明威则要求读者将它当长篇小说来读，这说明它打破了体裁的界限。《危险的夏天》也一样，半是报道、半是思考、半是游记、半是传记。体裁的围墙早已被海明威推倒了。他的作品虽然不如梅勒的《夜间行军》影响那么大，但他写的后现代派小说比约翰·巴思等人要早得多。[③] 可惜批评界忽略了这一点。我觉得雷诺兹的见解是有根据的。他没有提到的海明威最后一部遗作《在乞里曼扎罗山下》（2005）也是跨体裁的。但我认为他的观点将拓展海明威研究的新视野，使它更上一层楼。

事实上，20世纪60年代是美国的多事之秋。冷战的加剧、科技的发展和麦卡锡主义横行，尤其是越南战争，造成美国社会的精神危机。美国文学的困境日渐呈现，作家们开始新的探索，力图摆脱危机，寻找出路。海明威去世后不到半年，约瑟夫·海勒的《第二十二条军规》就问世了，美国小说走进了后现代主义的新阶段。海明威跨体裁的“小说回忆录”反映了他作为一个老记者和名作家的前瞻性和开拓性，他的遗作将继续影响一代又一代的美国作家。

（原载《厦门大学学报》［哲社版］，2009年第4期）

---

① Michael Reynolds. *Ernest Hemingway*. Detroit：Gale Group，2000，p. 57.
② Ibid.，p. 80.
③ Ibid.，p. 85.

哈佛与我的海明威研究

望着书桌上的《海明威在中国》（1990）和《海明威传》（1996），我不禁想起在哈佛大学的日子。我的海明威研究与哈佛-燕京有着不解之缘。18 年过去了，抚今思昔，令人浮想联翩，激动不已。

记得 1981 年 6 月，离开哈佛前，我去拜访导师丹尼尔·艾伦教授。他问我：在哈佛一年有什么收获？我说：写了一本《美国现代小说导论》的英文教材，还意外地发现了海明威访华的第一手资料。他高兴地说："太好了！海明威访问过中国，我怎么不知道？目前这方面了解的人很少，值得搞下去。这是件挺有意义的研究工作。"

在艾伦先生的鼓励下，我利用回国前的几天时间，跑遍了"书城"波士顿大大小小的书店，搜集了有关的书籍，又从图书馆复印了不少资料。回国后，我利用业余时间，收集抗战期间我国报刊对海明威中国之行的报道和评论，整理发表了《论海明威的中国之行》①。该文介绍了海明威 1941 年春偕夫人玛莎·盖尔虹来华访问的全过程、目的和意义，蒋介石对他俩的破格接待，他与周恩来的秘密会见，他撰写的 6 篇有关中国抗战的报道，以及他回国后写给老朋友亨利·摩根索的密信，披露了海明威对中国人民抵抗日本侵略者的同情及对蒋介石压制、反对共产党的批评。海明威建议美国政府向蒋介石明确表态：反对中

① 《外国文学研究》，1983 年第 2 期。

国打内战，制止主和派的活动，支持中国打败日本。

这一文章发表后，引起了我国读者的兴趣。好几家报刊摘载了周恩来秘密会见海明威的史实。有些大学的研究生来信询问有关细节。这使我深受鼓舞。

1986 年 5 月初，我由南京大学调来厦门大学工作。教学之余，我又从厦门大学图书馆和北京图书馆查阅了 1941 年春天重庆《中央日报》《新华日报》、香港《大公报》和《西书精华》等报刊，写成了论文《30 年代以来海明威作品在中国的翻译和评介》，同年 6 月中旬我带该论文去意大利参加第二届海明威国际会议，并在大会上宣读，受到与会各国学者的好评。随后几年内，我陆续读到美国学者柯特的《海明威的女人们》、林恩的《海明威传》以及雷诺兹和格里芬等人写的海明威传记，便参照新的资料和已发表的论文写成《海明威在中国》，1990 年 11 月由厦门大学出版社出版，引起了海内外学术界的重视。原人民出版社总编辑戴文葆先生在香港《大公报》一篇书评里指出：“近年来，研究海明威在国外的经历，已有《海明威在西班牙》《海明威在巴黎》《海明威和特列尔扬》和《海明威在古巴》等书。现在，厦门出版了《海明威在中国》，这一新贡献无疑地具有国际意义了。”①

1993 年 9 月，作为富布莱特高级访问学者，我二度访问了哈佛大学，见到了久别的师友艾伦教授、凯里教授、库恩教授和哈佛-燕京的韩南教授和克列格教授，结识了詹姆斯·恩格尔教授。他们不约而同地问我：又写了什么海明威的论著？又参加了哪里的海明威会议？这些亲切的询问进一步激发了我对海明威研究的兴趣。

我又成了哈佛-燕京和英文系的客人，经常应邀参加一些学术活动。我应邀在哈佛做了海明威研究报告。麻省理工学院历史系教授、著名的海明威学者华森教授特地赶来捧场，令我十分感动。1994 年春季，我去杜克大学访问，又应邀做了海明威在中国的学术报告。美国同行和研究生们很感兴趣，提出了不少问题。我深深地感到：海明威已经成了中美文化交往的纽带。

与此同时，我又继续进行海明威研究，先后抽空走访了著名的基韦斯特（Key West）海明威故居博物馆和橡树园（Oak Park）、海明威诞生地和博物馆，

① 《大公报》，1991 年 7 月 27 日。

重访了波士顿肯尼迪图书馆，收集了丰富的材料，写成新著《海明威传》，1996年6月由台北业强出版社出版，在港台各地发行。该书受到国内专家学者的好评。著名的海明威专家、中国社科院外国文学研究所的董衡巽教授认为：（1）它是我国学者撰写的第一部有分量的海明威的传记，不同于以前出版的一些接受性小册子。（2）该书对这位美国现代文学大师做了系统、全面的介绍，资料翔实，内容丰富；凡海明威生平各个阶段的重要方面，无一遗漏，是一部可靠的传记。（3）该书文笔流畅优美，描述有文采，有较强的可读性。（4）该书吸取了国外海明威研究的成果，同时又不乏作者自己的研究心得……全国第一、第二、第三届图书奖评委、宋庆龄著作编辑委员会副主任戴文葆编审指出：该书"是一本难得的外国文化名人传记……这不仅对于文学青年，对于各界的有识之士，都是值得一读，值得引以为榜样的。"目前，《海明威在中国》和《海明威传》已被美国肯尼迪图书馆海明威藏书部收藏。

此外，我还于1992年7月和1996年7月分别去西班牙的潘普洛纳市和美国的克茨姆—太阳谷出席第五届和第七届海明威国际会议，并在大会上宣读了论文。连同1986年6月意大利的海明威国际会议，3次会议均由国内重要报刊如《外国文学评论》《译林》《中国文化报》和《文学报》及时加以报道。如今，海明威的著作已译成40多种语言，成了人类共同的文化遗产。中国对这份文化遗产的重视，多次受到各国海明威学者的赞赏，促进了对外文化交流。

在去哈佛大学以前，我译过海明威4篇短篇小说：《印第安人营地》《一个明净的地方》《雨中的猫》和《暴风雨之后》；写过几篇论文，参加过全国美国文学研究会成立大会暨首届学术研讨会。在陈嘉先生的鼓励下，我曾想对海明威做些深入的研究，但苦于资料不够，对国外的学术动态不明，迟迟没有动手。

1980年8月中，我赴哈佛大学攻读博士后，受到哈佛-燕京当时的院长克列格教授、玛丽女士和史必荃博士的热情接待，一个多小时就办妥各项手续，安顿下来。我惊讶地发现：哈佛竟有46个图书馆（现已增至51个），凭一张个人的ID卡，可进出所有的图书馆。我的住处离希尔斯图书馆仅百步之遥，十分方便。当我在该图书馆三楼看到一排排海明威作品和卡洛斯·贝克、菲力普·扬等名家的专著时，感到如鱼得水，异常兴奋。我在那里度过了许多日日夜夜。

哈佛大学有4个系跟英美文学有关。英文系、比较文学系、文学与历史系还有美国文化系。我在前两个系选听3门研究生课，也去后两个系旁听。承哈佛-燕京玛丽女士的推荐，我挑选了英文系的丹尼尔·艾伦教授和比较文学系的哈里·列文教授当我的导师。除了听他们开的课，参加课堂讨论以外，我经常课后去请教他们。

丹尼尔·艾伦教授是个博学多才而治学严谨的美国文学专家，曾任美中学术交流委员会副主任，3次访问过我国。艾伦教授第三次访华回国时买了一辆凤凰牌自行车，以此车代替汽车上班，既可锻炼身体，又节省费用，令哈佛的同行刮目相看，羡慕不已。记得我第一次去见他时，他亲切地提了3点意见：(1) 你听我的课，不一定要完全接受我的观点，你有不同看法，只要能自圆其说，我是会支持你的；(2) 你除了听我的《美国文学简史》课以外，对哪个美国作家有兴趣，可抽空搞点研究；(3) 我这里有个自己的图书馆，专业书较多，你有空可来这里看书。如果我不在，可找系秘书拿钥匙自己开门进来看书。这些意见给我留下很深的印象。我深切地体会到：(1) 学术问题可以有不同意见，不能强迫学生完全接受老师的见解，但不同的看法必须有理有据，自圆其说，如果这样，老师应予支持；(2) 做学问要注意点面结合，既要系统地掌握美国文学史，又要深入研究一两个作家，形成自己的专长；(3) 与你的研究生分享你的图书资料，让你的藏书发挥更大的作用。回想十多年来的教学和科研，我觉得艾伦先生一席话很有启迪。

哈里·列文是美国最著名的比较文学专家之一，首创主题学理论。他精通希腊、罗马文学和英美法三国文学，对莎士比亚和乔伊斯很有研究，同时讲授美国现代小说。他曾来上海访问，对我热情友好。他博大精深，治学严谨，讲究原著的版本，注重比较方法。他讲课时突出重点，简明扼要；课堂讨论时耐心启发博士生各抒己见，摆出论点和论据，然后引导大家讨论，最后，由他小结，气氛十分活跃。如果我还有疑问，只要给他的秘书留条约见，他总是在百忙中尽快抽空会见我，为我指点迷津，并提供相关的参考书目。

哈佛大学是美国的名牌大学，历史最悠久，名人荟萃，学术气氛浓烈。艾伦和列文两位都是公认的大教授，论著甚丰，闻名遐迩，但他们都有一种开放的心态，鼓励你跟他们学习，也欢迎你向其他大学的名家取经。哈佛-燕京的克列格教授、玛丽女士也一样。当我提出去普林斯顿大学访问卡洛斯·贝克教授时，他们都很支持，玛丽女士还嘱我要做些准备。

卡洛斯·贝克教授是举世公认的海明威研究的权威学者，又是海明威生前的好友。他的专著《海明威：作为艺术家的作家》是研究海明威的必读参考书，出版前曾请海明威亲自过目。海明威去世后，贝克教授于1968年发表了《海明威的生平故事》。这是美国学者撰写的第一部海明威传记，曾荣获普利策奖。我就是从他这本传记中第一次知道海明威访华的简介的。

1980年11月，卡洛斯·贝克教授在普林斯顿大学的火石图书馆三楼的办公室接见了我。他热情地回答了我提出的有关海明威的12个问题，还询问了海明威作品在中国读者中的反应。原先商定交谈一个小时，结果畅谈了两个多小时。末了，贝克教授从抽屉里取出上述那两本专著，细心地签了名送给我，然后亲切地拉着我的手一起下楼，送我到图书馆大门口，才依依惜别。后来，我们一直通信，直到1986年他去世。

在普林斯顿大学，我特别受到孙康宜教授和她丈夫张钦次博士的盛情款待。孙教授访问过南京大学，与我有过一面之交。当时，她是普大东亚系教授兼胡适图书馆馆长。她精通英美文学和中国古典文学，是美国比较文学界杰出的后起之秀（现任耶鲁大学东亚系系主任）。在她的推荐下，我在火石图书馆研读了海明威的朋友菲茨杰拉德的手稿，并结识了英文系比较文学专家厄尔·迈勒教授。我和他们3位专家成了朋友，至今仍保持着联系。

从普林斯顿返回哈佛以后，我拿着卡洛斯·贝克教授的信，到波士顿肯尼迪图书馆找了该馆海明威藏书部主任邹·奥格斯特女士，受到她的热诚接待。该部收藏了海明威遗孀玛丽所赠送的海明威去世后留下的全部手稿、照片和作品，以及美国和各国学者写的海明威论著，堪称世界上最权威的海明威资料研究中心。海明威访华时的珍贵照片和资料，特别是他写给摩根索的那封长信，就是我从那里大量的资料中发现的。这封长信已有40年之久的历史，按馆里规定，不准复印。邹女士想了个办法，将她的英文打字机借给我，让我打一份捎回国。这封长信详细记录了蒋介石与海明威的谈话内容，阐述了海明威对国共两党的态度和他敦促美国政府劝告蒋介石和反对中国打内战的主张。这是一份十分难得的资料，解开了海明威中国之行的种种谜团。

从那以后，我成了肯尼迪图书馆的常客，每两周去借阅一次海明威的手稿等资料。同时，我也充分利用哈佛大学最大的怀登纳图书馆、勒蒙图书馆等的图书资源，获益匪浅。最令我难忘的是，1981 年 7 月初，我从报刊上看到贝克教授编的《海明威书信选》已出版，但跑了几家大书店都买不到。我便试着给哈佛怀登纳图书馆打电话询问，他们说书是到了，但还没编目，暂不流通。后来，我说自己快离美返国，非常急需。他们终于破例借给我 3 天，供我浏览和复印。这种急读者之所急、全力为科研服务的精神是很可贵的。

1981 年 8 月初，我恋恋不舍地带着哈佛-燕京同仁的深情厚谊，带着两位导师的关怀和希望，经欧洲回国。我的海明威研究开始走上稳步发展的路子。

冬去春来，岁月流逝。转眼间，第一次离开哈佛至今整整 17 年了。这期间，我又去过 3 次（其中有一次是私人访问）。每次去哈佛，像回家一样，我总要到哈佛-燕京和英文系看望昔日的师友。每次去看他们，他们总是帮我办一张哈佛大学图书馆的图书证。这是我的最大愿望，也是他们给我的最佳礼物。有了借书证，我又可以随意进出各个图书馆，享用新问世的海明威的图书资料。所不同的是，1993 年秋所见到的哈佛各图书馆已经数字化了，查询比以往更方便了。

哈佛-燕京楼里的大厅有副对联："文明新旧能相益，心理东西本自同。"它道出了东西方文化的关联和对应的关系。哈佛-燕京创建于 1928 年，目的在于增进东西方文化交流。多年来，它为亚洲各地培育了许多人文科学的中青年学者。从 1980 年哈佛恢复与中国联系以来，我国已有 160 多人去过那里。如今，他们已成为我国各大学或研究单位的骨干力量。作为首届赴哈佛的 4 位青年访问学者之一，我以海明威研究的微小成果，促进中美文化交往，感到莫大的欣慰。

卡洛斯·贝克教授曾称赞欧尼斯特·海明威在荣获 1954 年诺贝尔文学奖以前已经成了"一位世界公民"①。海明威的名字传遍了五大洲。世界各地的读者都知道他的作品。他那神话般的一生经历、他在小说中展示的那非凡的精神力量，吸引着无数不同层次的读者。他的文学名著成了东西文明的一部分。他的影响远远地超出了文学的范围，成了增进各国人民友好往来的象征。

---

① Carlos Baker. *Hemingway and His Critics*. New York：Hill and Wang，1961，p. 1.

这不禁使我想起1986年6月在意大利召开的第二届海明威国际会议的盛况。会议在离威尼斯不远的新兴海滨城市里阿诺举行。来自十几个国家的80多名学者参加了会议。美国驻意大利大使出席了开幕式。与会者参观了一所第一次世界大战时的战地医院旧址，受到意大利军方的热烈欢迎。意大利北部军区司令拉奥中将和专程莅会的英国皇家陆军代表詹姆斯上校分别致辞。意大利国防部特地将雄伟的军乐队从首都罗马调到现场表演助兴，并举行别开生面的晚宴，招待与会的各国学者。他们给每人分发一个意大利士兵的军用饭匣，然后人人排队领取一份通心面和烤牛排，走进宴会厅——原先战地医院病房改装的大厅，只见到处是五彩缤纷的鲜花，两大排长方形的餐桌上摆满了闻名世界的意大利葡萄酒和多种不同色、香、味的冰淇淋。专家学者们与士兵们对歌，洋溢着无比欢快的气氛。会议期间，里阿诺市市长和威尼斯市市长分别设宴为与会学者接风和送行。意大利军方和政界的积极参与使这次会议成了一次名副其实的国际文化名人会议。与会学者一致赞扬意大利不愧是欧洲的文明古国。大会如此丰富多彩的内容是前所未有的，给人们留下极难忘的印象。

中国首次派人出席海明威国际会议，受到美国海明威学会会长罗伯特·路易斯教授的高度评价。他曾3次热情地介绍我与里阿诺市市长认识和交谈，请我在大会上宣读论文。市长先生特授予我一块有该市市徽的瓷盘，以示友好。在告别宴会上，路易斯特地邀我到贵宾席坐。我就座后发现：我的左边是海明威的家属代表、他的侄女、好莱坞作家希拉迪，右边是海明威的意大利老战友。而我的对面就是意大利北部军区司令拉奥中将夫妇。他们旁边坐着当地的驻军司令夫妇。宴会的主人市长先生和大会组织者这么精心安排，反映了他们对中国的敬重和好意。

从意大利开会回国以后，我们于同年11月在厦门承办了全国美国文学研究会主持的“海明威与‘迷惘的一代’”研讨会，我在会上传达了意大利会议的精神，大家感到很有意思。出席海明威国际会议有助于增进与美国同行的相互了解和友谊，扩大我国的国际影响，同时也推动我国的海明威研究。

1989年7月，我校与广西师大联合召开了第一届桂林海明威国际会议，美国、新西兰和加拿大等国7位学者来参加，国内也有许多青年学者和研究生赴会。这是在比较复杂的气氛中成功召开的一次会议。会后，我在教学之余抓紧撰写《海明威在中国》（初版）一书，并于1990年11月由厦门大学出版社出版。我终于把在哈佛大学时收集的一些宝贵资料和从国内各大图书馆收集的史料加工整理成册，以回报哈佛的师友和学界的同仁，感到无比欣慰。

1992年5月，我又接到海明威学会的邀请，于同年7月飞往西班牙潘普洛纳市参加第五届海明威国际会议。由于出国经费较紧，我托香港的朋友买了一张廉价机票，从厦门飞香港，转乘菲律宾航空公司的班机由香港飞马尼拉，在机场停留5个多小时才上飞机，飞往曼谷经阿得斯巴贝，再北上到法兰克福转巴黎，在巴黎停留两天后飞马德里。到了马德里国际机场后打的到火车站，的士司机懂英文，他把我送到火车站后不久我便上了火车，傍晚平安到达潘普洛纳。这是个靠近法国的古镇，海明威去过多次。镇上保留了海明威当年喜欢光顾的咖啡店。第二天天还未亮，我便被一阵响亮的歌声和喊声吵醒了。从窗口往下看，街道上聚集了许多人，男女老少，三五成群地又唱又跳，每人全身上下穿着白衣服，脖子上系着红巾，个个喜笑颜开。原来，一年一度的斗牛节开始了。会务组的一位小姐领我穿过人群到一座天主教堂的阳台上，我见到了美国的同行路易斯、江肯斯、埃尔和约瑟夫等教授，大家相互握手问候，格外高兴。我们站的地方正好可俯瞰下面的古街道。9时整，从西南角的一个牛栏里冲出了4头黄牛和4头黑牛，顿时街道两旁的人群骚动起来。不少年轻人跟着黑牛往前冲。黄牛在前面引路，黑牛见人就冲，有人躲进街道旁的木板里，有人给冲倒了，立刻有人去把黑牛引开，以免伤害倒下的人。这样沿着弯曲而狭窄的街道一直奔跑了3里多路，最后进入一个巨大的斗牛场。我们后来抄近路走到斗牛场，已看不到黑牛冲撞的景象，但斗牛场门口竖立着一块纪念海明威的石碑，上面记载了他访问潘普洛纳的日子。

会议是在当地博物馆的会议厅里举行的。美国驻马德里大使馆临时代办和西班牙当地省长文化顾问出席了开幕式，气氛隆重而热烈。开幕式后开始大会报告，我应邀上了主席台，宣读了论文《海明威关于西班牙的长短篇小说在中国的接受》，引起了阵阵掌声。会议期间，路易斯教授还带我去参观海明威所描写的游击队出没的山区。当年他们住的山洞四周如今郁郁葱葱，成了游客追思他们的胜地。会议闭幕后在离马德里几十公里外的一个大山洞里举行了晚宴。几十张桌子在洞里排开，铺上整齐的白布，摆着各种鲜花，代表们在洞外捡了柴火在洞里烤起了羊肉。歌声和欢笑声汇成一片。大家喝着著名的西班牙葡萄酒，吃着烤羊肉，尽情地欢笑，是海明威的魅力让大家“有缘千里来相会”，聚集在那千年古洞里。主人的好客令人想起这别开生面的告别宴会体现了西班牙古老文明的丰富内涵。

1993 年 8 月我考取了富布莱特高级访问学者，重返哈佛大学，又见到了往日的师友艾伦教授、凯里教授等。他们又问我：“最近又出了什么海明威论文?”这对我又是鞭策和鼓励。我又成了肯尼迪图书馆海明威藏书部的常客，每月都去查资料。翌年 5 月，我和老伴许宝瑞特地坐“灰狗”大巴去基韦斯特参观海明威博物馆。馆长知道我来自中国，特地到门口陪我进去参观，还送我一本介绍博物馆的精美小册子。我们仔细观看了海明威的卧室、书房、客厅、游泳池和后花园，还有 20 多只各种颜色的猫。它们曾是海明威的至爱。同年冬天，我儿子杨钟宁博士开车送我们到橡树园，参观了海明威诞生的地方、他上过的中学，看过他当年上课的教室，还走访了海明威博物馆，增长了不少知识，收集了不少新资料。

1993 年 12 月，我系申建英语语言文学博士点获得国务院学位办正式批准，我同时成了这个点的博士生导师。据说，我的专著《海明威在中国》真的起了作用。我在哈佛的汗水总算没白流。

不过，我并没放松海明威研究。1996 年 6 月我的第二本专著《海明威传》在台北问世了。董衡巽先生称它是“海峡两岸中国人撰写的第一本海明威传记”。7 月，我怀着激动的心情飞往旧金山至盐湖城换小飞机至克茨姆—太阳谷，出席第七届海明威国际会议。小飞机仅有 24 个座位，克茨姆机场极小，候机楼仅两个房间那么大，像个小汽车站。一条跑道在两座高山之间伸展，仅 2 000 多米吧！真有点惊险。返回旧金山市，老同学陈赞成先生狠狠批评了我一顿，问我是否想学海明威冒点险？我苦笑不答。其实，因为签证延误了一天，我只好赶乘小飞机，以便赶上第二天下午的大会发言。后来一切顺利，总算心上一块石头落地。之后江肯斯夫妇还开车带我去看海明威墓地，又去参观了海明威自杀所在的房子，令我对海明威有了更详细的了解。

2004 年 6 月，我又飞往美国参加第十二届海明威国际会议，想争取在我国的桂林或重庆举办一届海明威国际会议。我抽空去拜访了我的导师丹尼尔·艾伦教授。他已经九十有二了，每天仍骑着自行车，从家里赶到系里他的办公室里读书和写作。我们进行了亲切友好的交谈，讨论了许多学术问题。他神采奕奕，才思敏捷，对答如流，毫无衰老的态势，我从内心深为敬佩。从他的身上，我深深地感到哈佛的魅力！

（原载谢震龙、魏宗谦主编，《中国作家选集》，香港文学报社出版公司，2009 年 1 月）

第二部分

美国后现代派小说简论

论美国后现代派小说的嬗变

近几年来，美国后现代派小说又引起我国外语界的关注。1996 年，译林出版社推出了“美国后现代派小说丛书”，包括 E. L. 多克托罗的《拉格泰姆时代》《比利・巴思格特》、德里罗的《天秤星座》、库弗的《公众的怒火》等，据说初版 10 000 册不到 3 个月就被订购一空。2000 年，北京外国语大学主办的《外国文学》陆续评介了美国后现代派小说家品钦、冯尼古特、苏可尼克和库弗等人和他们的短篇小说，引起了读者的广泛兴趣。在美国，上述这些作家的作品已走进许多名牌大学的课堂，成了研究生的必读参考书。

后现代主义或称后现代派（postmodernism）是 20 世纪 60 年代正式进入美国社会生活的词汇（在学术界略早些）。它是一种广义上的文化思潮，对西方社会的整合、政治上的不平等和社会理想提出了质疑，并从哲学上、文艺理论和小说创作上对传统的思想意识和表述方法进行反思。但美国学术界对后现代主义的理论问题长期争论不休，有的问题至今仍未解决。后现代主义理论近些年来势头的确有所减弱，但后现代主义小说仍不断问世，备受重视，虽然其水准参差不齐，但涌现的名家不少。后现代主义的理论与其小说创作之间有着共同的精神气质，也存在巨大的鸿沟。小说包涵了以形象塑造为中心的丰富的内容，并不是单一文学流派的体现，因此，它具有较长的生命力。

美国后现代派作家包括 60 年代的黑色幽默小说家和 70—80 年代以来新进的后现代派作家。有人称前者为美国第一代后现代派作家或 20 世纪早期后现代派作家，将后者称为第二代后现代派作家或20世纪后期的后现代派作家。这么划分是为了叙述的方便，如果从年龄上来看，两代之间相差不一定很大，有的作家成名较晚，如辛西娅·欧芝克，则被划为第二代后现代派作家。按照一般的共识，20世纪上半叶为现代派文学时期，后半叶为后现代派文学时期。作为20世纪美国文学的主要体裁，后现代派小说涵盖了从第二次世界大战后不久直到现在。它不仅在20世纪后半叶美国文学史上占有突出地位，而且影响了美国少数族裔文学，如黑人文学、犹太文学和亚裔文学等，促使它们从边缘走向中心。索尔·贝娄、菲力普·罗思、苏可尼克、欧芝克等犹太作家，托妮·莫里森、伊斯米尔·里德等黑人作家，汤亭亭、谭恩美等亚裔作家都成了70年代以来著名的后现代派作家，在美国国内外读者中具有相当的影响。因此，不了解美国后现代派作家和他们的作品，就很难把握20世纪后半叶美国文学的脉搏。

后现代派小说与现代派小说的关系如何？前者是后者的延续还是断裂？二者与政治态势和大众文化有什么关系？这些都是至今争论未决的问题。美国批评家乔纳森·阿拉克、莱斯利·菲德勒、苏珊·桑塔格、伊哈布·哈桑和弗列德里克·詹姆逊等对后现代主义理论提出了不少有益的见解。詹姆逊的理论深受各界的重视，他运用马克思主义关于经济基础与上层建筑关系的原理分析了欧美各国资本主义3个发展阶段及其相对应的文化形态：第一阶段是马克思在《资本论》中所分析的资本主义原始积累时期，文学上出现了批判现实主义；第二阶段是列宁所论述的垄断资本主义时期，文学上的主要思潮是现代主义；第三阶段是跨国资本主义时期，即当代资本主义进入"消费社会"或"后工业社会"时代，文学上产生了后现代主义。他认为后现代主义或晚期资本主义的文化现象乃晚期资本主义经济基础在上层建筑的反映。这个论断比较有说服力，影响相当深远。

现代派小说产生于19世纪末，在20世纪两次世界大战之间达到了高潮。它的发源地不在美国，而在法国的巴黎，当时许多英美作家云集巴黎。英国的乔伊斯（James Joyce，1882—1941）和美国的斯坦因（Gertrude Stein，1874—1946）便是典型的代表。现代主义不是一种单纯的艺术哲学，也不仅仅是第二代后现代主义作家的先驱。它与许多以巴黎为中心的欧洲文化运动交织在一起，如20世纪初法国的先锋派运动、1910—1920年的达达主义运动、20—30年代的超现实主义运动和兴于意大利的未来主义运动。发起这些运动的青年作家，反对传统文化艺术的理性主义和叙事模式，尤其是英国维多利亚时代后期庄重的道德说教，对习以为常的艺术形式提出挑战，将人的意识和潜意识联系起来，揭示人们受到西方资本主义工业化发展所带来的精神冲击的心理历程。达达主义派将日常物品如报纸、照片、垃圾、破鞋和自行车零件构成戏剧性的综合图画。超现实主义者把人们熟悉的东西与梦幻的景色融为一体。未来主义者则寄希望于技术革新，注重速度、力量、空间、色彩的鲜明和视觉艺术，力图展示人类充满生机和活力的未来。现代主义在文学、音乐、绘画、雕塑和建筑等方面都有明显的表现，而以文学作品，尤其是长篇小说更为突出。

1922 年，乔伊斯的长篇小说《尤利西斯》（*Ulysses*）问世，从而揭开了英美现代派小说史上新的一页。小说描写了 1940 年爱尔兰首都都柏林市民生活里一天所发生的事情，在情节和结构上完全打破了传统的惯例。它采用了独特的意识流手法，叙述了有限的人物在有限环境里所发生的有限的事件。《尤利西斯》成了现代荷马史诗式的《奥德赛》，被誉为 20 世纪世界文学史上的一座丰碑。斯坦因的力作《三人传》（*Three Lives*，1909）、《美国人的成长》（*The Making of Americans*，1925）和《艾丽丝 · B. 托克拉斯自传》（*The Autobiography of Alice B. Toklas*，1933）等大胆地吸取了现代派的表现技巧，形成了自己独特的现代风格，这使她成为美国现代派小说的开路先锋。在她的影响下，美国的现代主义运动到了 20 世纪 20 年代终于开花结果。1934 年，意象派诗人庞德指出：现代派作家已经找到了反映现代世界生活经历的新的艺术模式。他和 T. S. 艾略特成了英美现代派诗歌的开拓者。小说家多斯 · 帕索斯（John Dos Passos，1896—1970）的《美国》三部曲（*U. S. A.*，1930—1936）则将法国电影的蒙太奇手法引入小说创作，使以描写人物个人生活变迁为中心的小说，变成个人参与的社会群体的全景式的图画。全书打破旧的清规戒律，没有情节，也没有贯穿全书的主人公。作者将小说的虚构与非小说的事实融为一体，并用民歌、俗语、俚语、广告语和日常口语巧妙地构成有机的叙事话语。法国名作家萨特在他的《自由之路》里模仿了多斯 · 帕索斯的艺术手法，并称他是“我们时代最好的小说家”。30 年代还涌现了康拉德、弗吉尼娅 · 伍尔夫、D. H. 劳伦斯、萨莫尔 · 贝克特、威廉 · 福克纳和珍 · 托默等作家。乔伊斯和多斯 · 帕索斯几乎影响了好几代美国青年作家。

现代派和后现代派都十分重视艺术形式的创新，从现代派与先锋派的对照中不难看出后现代派早期发展的框架，后现代派与现代派，尤其是先锋派有密切联系。60 年代成名的作家巴塞尔姆、库弗、巴思和加迪斯等都受过现代派小说的影响，重视高雅的艺术技巧的试验，同时他们又揭竿而起，反对现代派作家对大众文化的蔑视态度，关注读者的兴趣和阅读习惯。后来，随着科学技术的新发展，后现代派作家更重视高雅文化与通俗文化的结合，在小说中逐步消融二者的差别，注意迎合读者的情趣。

电视的普及、电脑的发展、氢弹和卫星的出现标志着电子时代的到来，它使后现代主义与现代主义的区别更加明显了。在小说创作上，尽管艺术形式多姿多彩，但其主题思想的差别是十分显著的。批评家布莱恩·麦克黑尔认为，它们的主要区别是：现代派比较强调认识论或知识，比如：我们怎么了解和看待世界？艺术如何创造和改变观念？现实的本质是什么？后现代派则强调本体论或人，比如：构成人的身份是什么？“自我”如何在文化中构建？许多后现代派作品都明确地或含蓄地涉及这些问题。从美国现代派小说的基调来看，充满了悲观和失望的色彩，但并不绝望。作家们从艾略特第一次世界大战后看到的西方世界的精神荒原得到启发，表现了现代美国生活与传统的断裂和挫折，揭示了现代化的发展带来了物质生活的改善，也造成人的历史错位意识和精神创伤。后现代派小说则描写了 60 年代美国社会矛盾的激化给人们带来的心灵痛苦，权力政治与文学的新联系使人们对任何政治权威失去了信心。科技的新发展加深了流浪者和失业者的苦恼，人们对于未来仍捉摸不定。存在主义的基调成了许多后现代派小说的共同特点。

1961 年，约瑟夫·海勒（Joseph Heller，1923—1999）发表了轰动文坛的长篇小说《第二十二条军规》（*Catch* - 22），使“黑色幽默”（Black Humor）小说正式登台亮相。它标志着美国后现代派小说走进了美国文学。

事实上，后现代派小说是第二次世界大战的产物。战时，德国希特勒屠杀了一大批无辜的犹太人，日本法西斯则将无数的中国平民百姓置于死地。1945 年 8 月美国在日本的长崎和广岛投下原子弹。战后不久，美苏两个超级大国进入互相对峙的冷战时代，国际上的“冷战”加深了美国国内的社会危机。50 年代，麦卡锡主义迫害大批知识分子，引起民众的强烈的不满，导致60年代初国内民权运动的兴起。人们的个性受压抑、精神上紧张而消沉。年轻的一代感到苦闷和厌倦，没有出路，缺乏安全感，“美国梦”成了可望而不可即的海市蜃楼。一些作家如艾立森、金斯堡和梅勒等纷纷公开著文提出批评。后来又接连发生了一系列的暗杀事件：约翰·肯尼迪前总统、他的兄弟罗伯特·肯尼迪参议员、黑人民权运动领袖马丁·路德·金牧师和马尔科姆·X相继遭暗杀。暴力事件加深了社会动荡。越南战争驱使大批青年去打仗，激起了全国性的抗议。早期妇女解放运动、黑人运动和民权运动使社会冲突扩大了。战后美国人的乐观主义幻想破灭了。二战中法西斯灭绝人性的大屠杀、原子弹爆炸和国内社会冲突的激化，引起许多作家的反思：科技的发展为什么被用于罪恶的战争目的？科技的进步为什么给人类带来恐惧和不安？

这些问题成了“黑色幽默”作家关注的热点。海勒的《第二十二条军规》、冯尼古特（Kurt，Jr. Vonnegut，1922—2007）的《五号屠场》（*Slaughterhouse Five*，1969）和品钦（Thomas Pynchon，1937—　）的《万有引力之虹》（*Gravity's Rainbow*，1973）等黑色幽默长篇小说纷纷借用了二战的题材，用怪诞的喜剧手法来表现美国军队中的官僚主义、官员的徇私腐败、社会的变态和人性的扭曲，以荒诞和病态的幽默展示了一个可恨、可怕和可笑的世界。这些小说没有直接描写纳粹的罪行，结局往往是相互矛盾的，主人公大都是“反英雄”的角色。结构比较松散，缺乏故事的主要线索。《第二十二条军规》由42节组成全书，每节重点写一个人物，时空经常变换，不时插入一些轶事。逼真的画面与荒诞的插曲巧妙地融为一体。作者将讽刺的矛头指向军方头头和行政当局相互勾结的官僚体制。冯尼古特则采用科幻+讽喻+幽默的手法，借助科幻与写实相结合的手段，用一系列断断续续的感受和印象组成不同的拼贴画。《五号屠场》以作者亲身经历为基础，加上时间旅行的科学幻想，控诉德国法西斯的暴行，又以541号大众星上生物的感受来影射美国社会，抨击商品文化和充斥假货和色情书刊的美国市场。品钦的代表作《万有引力之虹》被称为后现代派的《尤利西斯》，显示了后现代派小说的重构与解构。小说描写二战期间美国驻伦敦的情报军官泰洛恩·斯洛思普罗受盟军总部派遣去欧洲寻找代号为00000的德国V-2导弹的秘密的故事，这个主线情节逐渐插入许多不同的支线情节。原先全书很庞大，出场人物400多人，出现大量历史文献和科技资料，然后又逐渐解构成没有情节的故事。作者将“万有引力之虹”即导弹发射后形成的弧形抛物线作为死亡的象征，以影射世界末日。小说涉及的题材广泛，散文风格奇特，资料信息丰富，俚语、成语活用生动。品钦将人物行动的描述和直接的议论、喜剧因素和电影技巧、音乐和科幻景色巧妙结合，形成包罗万象、时空交错、历史与想象相互渗透的新风格。因此，有人称这部长达800页的巨著是美国后现代派“开放的史诗”和“时代的启示录”。

作为品钦的老师，巴思、霍克斯和巴塞尔姆的崇拜者，纳博科夫（Vladimir Nabokov，1899—1977）是个较早崛起的黑色幽默作家。他感到人类生活题材和表现这种题材的文字体系，在暴力和谋杀面前正在解体。他擅长用讽喻作为颠覆现实和战胜时间束缚的手段，揭示社会的荒诞和变态。他的代表作《洛丽塔》（*Lolita*，1955法国，1958美国）曾引起多年的争论，最后被公认为西方现代文学的经典之作。

黑色幽默在60年代美国文坛大出风头时，一位后现代派作家威廉·加迪斯（William Gaddis，1922—1998）引起学者和读者的注意。他早在1955年问世的长篇小说《承认》（*The Recognitions*）获得承认，10年内连续再版了3次。后来，他的代表作《小大亨》（*JR*，1975）一出版就受到热烈的欢迎。主人公“小大亨”是个年仅11岁的学生，他从学校的教育中懂得美国大公司赚钱的捷径是搞骗局，于是他动手一试，用小学走廊里的投币电话指挥运作，按广告上的信息大搞投机买卖。不久，他创建了一个大跨国公司，从事运输业、医药、木材、骨灰盒、旧塑料花和避孕套等商品的电话交易，一跃成为美国企业界的巨头之一。近百个人物走进“小大亨”的幻想帝国。小说的主体部分犹如舞台的前台，用直接引语叙述，“小大亨”的交易全在后台进行。走廊里的电话成了主要道具，加上电报挂号和其他信息系统，从中传出人物的各种声音。作者将他们的独白和对话组成小说，语言多姿多彩，如前总统里根和布什没有句法，克林顿的政治语言没有语法。此外，还包括电视节目主持人和被访问者的语言、财经界语言、广告语言和通俗歌曲等。小说揭露了跨国公司运用电信和信息手段发横财的恶劣本质和社会官员的腐败，讽刺色彩极其浓烈。《小大亨》成了反映二战后美国变态的“混沌”史诗。批评家弗列德里克·卡尔认为《承认》和

《小大亨》是人们了解美国从 50 年代后期至 80 年代历程的“导游指南”。

《小大亨》是承上启下的后现代派小说的力作。

事实上，美国后现代派小说，也是越南战争结束后美国经济发展的产物。60 年代中后期是美国历史上的“多事之秋”，民权运动进一步高涨，社会危机加深。政治动荡造成了作家的困惑。诚如索尔·贝娄所说的，美国文学出现了危机，因为人文精神和道德责任感丧失了，作家沉迷于嘲笑自我。他们认为传统的小说文本固定，情节发展按年代顺序展开，屈服于作者的权威，传统的叙事模式已经用尽了，虽然多种媒介大量炒作，但其魅力已大不如以前，所以，长篇小说只能重建或解构，别无他法。1967 年，约翰·巴思在《枯竭的文学》一文中认为美国当代作家面临着文学的枯竭，小说的模式已用光了，作家不得不重新估价叙述的连贯性、众所周知的结构和老生常谈的结局。政治和历史题材的表现问题更令人困扰。巴塞尔姆在《纽约客》杂志公开指出：拼贴原则是 20 世纪一切艺术手段的中心原则，只有碎片才是唯一可信的小说形式。嬉皮士的反文化运动的兴起和一系列“官员故事”的传闻使读者久已接受的叙事模式成了问题。许多作家打破了原来的叙事框框，将历史素材与艺术想象结合起来，重建长篇小说，出现了黑色幽默小说。它使美国小说创作走出了困境，并传到欧洲，成了具有国际影响的小说流派。到了 70 年代，它的影响逐渐减弱，但它在美国文学史上的地位得到了肯定。

70 年代以来，美国后现代派小说有了新的发展。跨国公司的发展使美国经济从以生产为基础转到注重产品销售服务和信息技术上。自动化效率的提高使蓝领和白领职工感到生活捉摸不定，随时面临失业的危险。他们尽力追求成功以外的精神安慰。水门事件的爆发和尼克松总统的辞职使民众对政府失去了信心。80 年代和 90 年代一系列事件，使老百姓不相信任何政府机构的权威，出现了“亚文化”的“阴谋论”，它进入美国主流文学，成为许多作家抨击的对象。多克托罗（E. L. Doctorow，1931—2015）的《但以理书》（*The Book of Daniel*，1971）和库弗（Robert Coover，1932— ）的《公众的怒火》（*The Public Burning*，1976）分别以 50 年代被美国政府以“出卖原子弹机密”给苏联的罪名而用电刑处死的犹太科学家卢森堡夫妇的政治案件为背景，展示了 60 年代汹涌的反对越南战争的浪潮、学生的反传统文化运动、摇滚乐的流行，嬉皮士的玩世不恭等等，嘲笑了政客的荒唐可笑和个人蒙冤的悲剧。长篇小说又获得大量读者。

电视的普及和电脑的发展给美国社会带来了新变化。美国大多数人从大城市市区移居郊区或“边缘城镇”，充分利用电脑网络、传真机、录音电话和其他电信设备进行工作。90年代以来第一次出现了城市的衰落和现代社区的形成。这在许多后现代派小说中得到了反映。华裔作家汤亭亭（Maxime Hong Kingston，1940— ）在《孙行者》（*Tripmaster Monkey*，1989）中描写了住在衰落的城市里人们的启示录式的幻想。德里罗（Don DeLillo，1936— ）的《白色噪音》（*White Noise*，1985）则反映了围绕着超级市场和郊区商店区转动的居民生活、他们精神上的空虚和困惑以及对于未来和死亡的忧虑。

电视和电脑的迅速普及，对文学创作提出了强有力的挑战。一方面，电视和电脑网络扩大了人们的视野，拉近了各地之间的距离。人们坐在家里可以看到登月飞行、飞船空间对接和世界各地的新闻，美国进入了“地球村”。战争与革命的景象随时走进千家万户，这是以前几代人不可想象的。同时，后工业化社会带来了实用主义思潮，“成功就是一切”成了美国人的价值观。知识成了一种信息商品的形式，一切知识以是否“有用”，能否储存于电脑来衡量。文学更加走向实用化、商品化和功利化。文学体裁要适应影视视觉的新形式，小说成了电影电视的“软件”。另一方面电视无限的时空观具有特殊的艺术效果。电视话语给小说话语提供了范例，而电视剧则为短篇小说的框架展示了有益的参照系数。总之，电视也为后现代派小说创作输送了新鲜血液。

当代作家离不开电脑的发展。网络文学应运而生，但至今影响还不大。网络文学的新形式强调读者的参与。这种“超文本”的新形式受到后现代派作家的青睐。上网的作家日益增多，他们都想以新的声音和新的话语在荧屏上重新界定自己的身份并获得读者的信息反馈。同时，电视和网络也使各种文学体裁焕发青春，过去受现代派冷遇的体裁又受到重视。文化范围进一步扩大了。以前不受现代派欢迎的科幻小说又重振雄风，占领了图书市场的一角。人与机器、人与动物、不同种族的人和混血儿之间关系的描述又引起后现代派作家的兴趣。科幻成分进入他们的长篇小说，与史实、自传或传记构成一个有机的整体。这成了后现代派小说的一大特色。

历史人物和历史事件重新走进后现代派小说，这是它的另一大特色。在他们看来，文学是主观的，作家按自己的想法，虚构一个想象的现实世界，而历史和新闻是客观的，历史事件是真实的记录。因此，他们既对传统的现实主义提出质疑，又将历史和新闻一起融入他们的小说。“重访历史”成了他们的时尚，如多克托罗的《拉格泰姆时代》（*Ragtime*，1975）虚构了 3 个不同家庭人物的故事，又借用 20 世纪初期福特、摩根和弗洛伊德等真人真事，反映了第一次世界大战前大变革中的美国社会。他的 3 部长篇小说《鱼鹰湖》（*Loon Lake*，1980）、《世界博览会》（*World's Fair*，1985）和《比利·巴思格特》（*Billy Bathgate*，1989）则以独特的视角揭示 30 年代大萧条时期的美国社会的弊端，获得了广泛的好评。德里罗的《天秤星座》（*Libra*，1988）将肯尼迪被刺事件与美国中央情报局特工的策划联系起来，刺客奥斯瓦尔德曾是作者青少年时代的伙伴。小说的虚构中包含了不少真实的素材。库弗的《公众的怒火》则插进前总统尼克松从青少年时代到入主白宫的真实经历。这种巧妙的结合往往达到意想不到的讽刺效果，受到读者的欢迎。

美国少数族裔作家如黑人、亚裔、拉美裔、印第安人表达了后现代派的另一种声音。他们认为美国现代派和早期后现代派作家留下的文化遗产，往往带有种族主义、西欧文化中心论和白人男性主义的痕迹。因此，这些少数民族后现代派作家与他们分道扬镳，不再强调欧洲文化传统、主流政治的混沌和艺术形式的标新立异。他们主张比较公开的政治倾向，热爱非欧洲的祖先，推崇思想意识上的多元化，本族与美国主流的整合。如诺贝尔文学奖得主、著名黑人女作家托妮·莫里森（Toni Morrison，1931—2019）在《宠儿》（*Beloved*，1987，又译为《心肝》）里采用了意识流手法，乍看来挺像南方作家福克纳的风格，其实不然。她既用它来回忆过去的苦难，展现黑奴的内心生活，又吸取哥特小说的技巧来营造女主人公赛丝居住的布卢斯通路 124 号农舍的神秘气氛。母亲杀了自己的孩子，宠儿鬼魂不散，最后神秘而永远地消失了。在《最蓝的眼睛》（*The Bluest Eye*，1970）里，莫里森则以读者反应论为指导，用春夏秋冬四季轮回来构建小说的框架，一节课文选段重复了 3 次，给读者留下思索的空间，揭示了黑人女孩佩科拉的生活悲剧。另一位黑人作家伊斯米尔·里德（Ishmael Reed，1938—　）在《芒博琼博》（*Mumbo Jumbo*，1972）里采用侦探小说的模式来嘲讽侦探小说，以20年代哈莱姆的布鲁斯和爵士乐的精神为基础，表现非洲黑人的自豪感和非洲对于继承人类的宗教和艺术传统的贡献。小说充满作者精心编造的神话、丰富的知识和零碎多变的语言，带有结构主义的色彩。华裔女作家汤亭亭的《女勇士》（*The Woman Warrior*，1976）将中国的民间传说和神话花木兰的故事美国化，结合西方文化的冲击和华裔移民的辛酸构成跨文化的文本，获得美国读者的接受。总之，美国少数族裔作家力图采用非欧洲传统的神话，以后殖民主义，女权主义或结构主义的多种视角来构建小说的新模式，形成自己独特的艺术风格。其他一些当代美国作家如邹恩·狄第恩（Joan Didion，1934—　）则采用70年代以来的新新闻体裁的手法，并将事实和虚构组成混合体裁，达到艺术上完美的统一，如她的长篇小说《民主》（*Democracy*，1984）就是以这种手法加上电影蒙太奇的技巧，描绘了五光十色的当代美国社会。斯通（Robert Stone，1937—2015）的《狗士兵》（*Dog Soldiers*，1974）则叙述了主人公从越南到加州的贩毒生意，揭示了跨国题材的艺术魅力。此外，还有的作家将先锋派的小说技巧与回忆录、随笔的形式相结合，以独特的风格反映太空时代或信息时代美国的社会风貌。

不难看出，随着美国多元文化的发展和东西方文化交流的深化，美国后现代派小说将进一步走向多样化、民族化和综合化，也许美国读者期待着“文学巨匠”在不久的将来就会出现。

参考文献

[1] Charles Newman. 1985. *The Postmodern Aura* [M]. Northwestern University Press.

[2] Brian McHale. 1987. *Postmodern Fiction* [M]. Methuen.

[3] Brizn McHale. 1992. *Constructing Postmodernism* [M]. Poutledge.

[4] Fredric Jameson. 1993. *Postmodernism or the Cultural Logic of Late Capitalism* [M]. Duke University Press.

[5] Ann Brooks. 1997. *Postmodernisms: Feminism, Cultural Theory and Cultural Forms* [M]. Routledge.

[6] William Gaddis. 1993. *JR* [M]. Penguin Books.

[7] 杨仁敬，1999，《20世纪美国文学史》[M]，青岛出版社。

[8] 王逢振，盛宁，李自修编译，1991，《最新西方文论选》[C]，漓江出版社。

（原载《山东外语教学》，2001年第2期，后全文收录于马俊如主编，《中国当代思想宝库》（五），中国经济出版社，2002年8月）

论美国后现代派小说的新模式和新话语

1961 年《第二十二条军规》的问世，标志着美国小说走进了后现代派小说的新阶段。美国后现代派小说大体可分为两大阶段：20 世纪 60 年代的黑色幽默小说和 70 年代至今的后现代派小说。前者往往被称为美国第一代后现代派小说或 20 世纪早期后现代派小说，后者被称为第二代后现代派小说或 20 世纪后期后现代派小说。这么划分是为了叙述的方便，如果从作家年龄上看，两代之间相差不一定很大，有的作家成名较晚，如辛西娅・欧芝克，则被划为第二代后现代派作家（杨仁敬 2001b：1）。两个阶段有密切联系，又有所区别，反映了第二次世界大战以来美国不同历史时期的特点，在主题思想和艺术手法上有许多共同点，但也有不同的地方。到目前为止，第一代后现代派作家有的谢世了，有的仍有新作问世。他们的小说从内容到形式也有新的变化。如果说第一代后现代派小说与现代派小说彻底决裂的话，第二代后现代派小说则对法国先锋派艺术手法有所借鉴。两个阶段涌现了一批有代表性的小说家如约瑟夫・海勒、库尔特・冯尼古特、托马斯・品钦、约翰・巴思、唐纳德・巴塞尔姆、弗拉基米尔・纳博科夫、威廉・加迪斯、E. L. 多克托罗、唐・德里罗、约翰・霍克斯、罗伯特・库弗、梯姆・奥布莱恩和劳瑞・安德森等。他们在 20 世纪后半叶美国文学史上占有突出地位，而且影响了美国少数族裔文学，如黑人文学、犹太文学和亚裔文学，促使它们从边缘走向中心。因此，了解美国后现代派作家和他们的作品，必将有助于全面把握20世纪美国文学的全貌。

一

美国小说走进后现代，出现了明显的变化：文学艺术的边界模糊了。后现代派小说超越了艺术与现实的界限，超越了文学体裁之间的传统界限，也超越了各类艺术的传统界限。因此，在后现代主义氛围下，美国小说出现了新的创作模式，与传统的美国小说有很大的差异。这些新模式主要有下列几种：

1. 事实与虚构的结合

美国后现代派小说不再是作家个人想象和虚构的产物，而是事实与虚构的巧妙结合。历史人物和历史事件重新走进后现代派小说，成了它的一大特色。在他们看来，文学是主观的，作家按照自己的想法，虚构一个想象的现实世界，而历史和新闻是客观的，历史事件是真实的记录。因此，他们一方面对传统的现实主义提出质疑，另一方面又将历史和新闻一起融入他们的小说。“重访历史”成了他们的时尚（杨仁敬2001a：6）。如E. L. 多克托罗的《拉格泰姆时代》（1975）虚构了3个不同家庭人物的故事，又借用20世纪初期汽车大王福特、大财阀摩根、心理学家弗洛伊德、魔术大师胡迪尼和奥国太子费迪南德等真人真事，让作者虚构的犹太移民、黑人和中产阶级白人与这些真实的名人“同台演出”，展现第一次世界大战前美国社会的大变迁。

这种事实与虚构在小说里交相辉映的手法揭示了作者对现实和政治的关注。如罗伯特·库弗的《公众的怒火》（1977）将前总统尼克松作为小说的主要叙述者，在虚构的情节中插进尼克松从青少年时代到入主白宫的真实经历，隐晦地批判和嘲笑了20世纪50年代麦卡锡主义对科学家卢森堡夫妇的迫害。唐·德里罗的《天秤星座》（1988）将肯尼迪被刺事件与美国中央情报局特工的策划联系起来。刺客奥斯瓦尔德曾是作者中学的同学。小说的虚构里包含了这段真实的素材，令人感到亲切可信。难怪它让前总统里根和布什读了以后暴跳如雷，责骂德里罗是“民族的败类”！这激起了一场政要与作家的论争。后来，里根和布什保持沉默才平息了这场争论。

2. 科幻与虚构的结合

随着电视和网络的大发展，各种文学体裁焕发了青春，过去不受现代派欢迎的科幻小说又重振雄风，占领了图书市场的一角。人与机器、人与动物、不同种族的人与混血儿之间关系的描述再度引起后现代派作家的重视。科幻成分进入后现代派小说，与史实、传记构成一个有机的整体。这成了后现代派小说的另一种新模式。

冯尼古特的长篇小说《五号屠场》是个典型的例子。小说主人公毕利 1967 年被飞碟绑架到 541 号大众星上，放在动物园里展览，但他并不绝望。他发现那里的人很善良，便向他们学习了许多知识，比如时间的概念。他从幻觉的意识流中摆脱时是个老鳏夫，醒来时成了婚礼上的新郎，可是一小时后新娘死了。他从 1955 年的门进去，从另一个门 1941 年出来，再从这个门进去，发现自己到了 1963 年。他说他多次见过生与死，可随心所欲地回到他有关生死之间的一切事件中去。最后，他患了时间痉挛症，无法控制下一站往哪里去。

在美国后工业化时代，科幻小说与后现代派小说相互影响、相互融合。科幻小说走向后现代主义化，而一些后现代派小说则“科幻小说化”。在不同的后现代派小说中，表现的程度有所不同，但其发展趋势是显而易见的。如德里罗的《拉特纳之星》、品钦的《万有引力之虹》和巴勒斯的《新星快车》等，这说明科幻与虚构的结合成了美国后现代派小说的另一大特色。

3. 小说与非小说的结合

美国后现代派小说与传统的小说不同，它已经成为一种跨体裁的艺术创作。如《公众的怒火》中插进了 50 多首诗。以前的小说偶尔插入几首诗也是常有的事，但像这样跨体裁的形式则不多见。后现代派小说的文本复杂多变。纳博科夫的《微暗的火》通过希德的诗和金保特的注释，演绎故事中的故事，展示纳博科夫的超验现实。

美国后现代派小说不仅消解了小说与诗歌和戏剧的界限，而且大大地超越了小说与非小说的传统标界。上面提到的《公众的怒火》还包含了新闻广告、时事剪报和歌曲《星条旗永不落》等等。这种超越在中短篇小说里也越来越多。在德里罗的长篇小说《白色噪音》里，超级市场的广告、电视广告、旅游广告、药品广告到处泛滥，刺激着人们的神经。主人公杰克教授经常发现女儿斯特菲在梦中重复电视里广告的声音。作者描写杰克一家如何在超市和电视广告的干扰中打发日子，揭示消费文化主义给人们带来精神创伤的恶果。

诺曼·梅勒的长篇小说《刽子手之歌》（1979）收集犯人吉尔摩与他人来往的信件、法庭的证据、证人的陈述和作者采访有关人员 100 多次的笔录。他这些“新闻报道”使虚构更接近生活。作者根据真人真事这些非虚构材料，深入挖掘罪犯吉尔摩内心的潜意识和社会环境对他的腐蚀。这使作品成了一部关于刽子手加里·吉尔摩一生的“生活实录”的长篇小说。

4. 高雅艺术与通俗艺术的结合

与现代派作家追求高雅的艺术不同，美国后现代派小说家一直致力于吸取通俗文学的艺术手法来表现严肃的社会主题。现在是信息时代，电脑和电视的普及使大众文化热经久不衰。诚如詹姆逊所说的：“到了后现代主义阶段，文化已经完全大众化了，高雅文化与通俗文化，纯文学与通俗文学的距离正在消失”（詹姆逊 1997：162）。采用通俗小说的技巧能使严肃小说获得广阔的生存空间，进一步适应大众的需要，不断丰富和更新。通俗小说包括哥特小说、侦探小说、冒险小说、浪漫小说、言情小说等等，体裁繁多，历史悠久，大众喜闻乐见。其中既有精品，也有劣作。后现代派作家选取其好的艺术技巧，加以融合创新，取得了较好的社会效果。

托妮·莫里森在《宠儿》里运用哥特小说的技巧来营造神秘气氛，十分成功。小说描写美国南方重建时期女奴赛丝杀害自己的女儿的故事。后来，赛丝在女儿丹芙的帮助下直面生活，宠儿终于神秘地消失了。在《比利·巴思格特》里，多克托罗将通俗小说的技巧运用得淋漓尽致。小说开头采用电影蒙太奇的倒叙手法，描写纽约黑帮老大苏尔兹为了霸占下属的妻子，命令打手将那个下属扔进大海。小说情节紧张，多次出现惊险场面，时而灯红酒绿，时而鲜血淋漓，令人惊心动魄。作者巧妙地通过小主人公比利·巴思格特出生入死的经历写出了 20 世纪 30 年代纽约黑社会的内幕，充满了尖刻的讥讽和迷人的魅力。小说改编成电影后，由大明星霍夫曼主演，深受观众好评。多克托罗已发表 8 部长篇小说，其中 5 部已改编成电影，其他 3 部正在洽谈中。他成了一位最引人注目的美国后现代派小说家。黑人作家伊斯米尔·里德在长篇小说《芒博琼博》里则采用侦探小说的模式来嘲讽侦探小说。小说围绕着叶斯·格卢运动神圣的古埃及胡杜文本，在 15 岁的黑人少年拉巴斯私人调查员与骑士圣殿军亨克之间展开了侦查与反侦查的斗争。后来，胡杜文本被黑人穆斯林阿布达尔烧掉了。拉巴斯并不灰心，他相信美国将重建它自己的文本。经过 50 年的休眠状态，胡杜文本又显露复活的征兆。

5. 童话或神话与虚构的结合

在欧洲文学史上，马洛和歌德曾用德国民间传说“浮士德”，拜伦和布朗宁曾用西班牙的民间故事“唐·璜”写出了不朽的戏剧和诗歌，在各国读者中传为美谈。美国后现代派小说家则用一些家喻户晓的童话和传说来构建长篇小说，其内容和形式与原先的作品大相径庭。

唐纳德·巴塞尔姆在长篇小说《白雪公主》（1967）里用松散的拼贴法再现了德国著名作家格林的童话《白雪公主》（1918）。小说保留了童话中白雪公主和 7 个矮人的基本情节，但人物有点变形，情节古怪。小说中现代的白雪公主年仅 22 岁，白皮肤黑头发，个子高高的，身上长着美人痣，外貌像童话里的白雪公主一样美。她与 7 个矮男人生活在一起。这 7 个人每天到一家中国食品工厂干活，装坛坛罐罐和洗刷地板。头头比尔开始讨厌白雪公主。白雪公主也厌倦了当家庭主妇，盼望有个王子来救她出去。小说中有个女人简嫉妒白雪公主的美丽，编造许多流言诬陷她，简成了巫婆的形象。保罗挖个穴，建立驯狗计划，并发明“远距离早期警报系统”监视白雪公主，以便观察她的行动并最后得到她。他是白雪公主所期待的王子形象。最后，保罗喝了简准备给白雪公主喝的一杯有毒的吉布森酒，猝死了。白雪公主闻讯赶到，在保罗墓前撒了花瓣后升天远去。巴塞尔姆将格林童话与虚构相结合，意在揭露美国当代社会生活的反童话本质。与纯洁的白雪公主的童话相比，作者的周围，到处充斥着精神空虚、单调无聊和失望情绪。

有的作家没有全部借用著名的童话素材来构建文本，而是有时采用富有民族色彩的神话来丰富情节和活跃气氛。如华裔女作家汤亭亭的《女勇士》将中国花木兰的故事美国化，结合西方文化的冲击和华裔移民的辛酸以及中国旧社会女性的苦难，构成跨文化的独特文本，获得美国读者的认同和接受。

6. 小说与绘画、音乐尤其是多媒体的结合

20 世纪 70—80 年代曾是网络大发展的时代，有些多才多艺的作家便把小说与绘画、音乐尤其是最时髦的多媒体结合起来，创作了比后现代派更后现代的小说。最突出的，就是著名女作家劳瑞·安德森。劳瑞·安德森既是小说家，又是演员、画家、摄影师和作曲家。《战争是现代艺术的最高形式》是《神经圣经》里的名篇之一。它生动而简洁地记录了作者自带电子设备，在 1991 年海湾战争期间到中东各国演出的故事。文字旁边是她自己画的 4 幅画：一架飞行中的轰炸机、一个战士肩扛火箭枪、炸弹爆炸时产生的烟幕和炸弹在夜间爆炸时的火光。4 幅画与文字描述构成了互文性，给读者产生了强烈的感情冲击（甘文平 2002：9）。不仅如此，安德森还把上述短篇搬上舞台。舞台上配有相关的背景画面和不同的背景音乐，她亲自在台上朗诵，并通过声音的高低来营造独特的氛围，调动听众的情绪，让听众的心态随着电子音乐旋律的变化从平静到不平静，再回到平静，从紧张和恐惧到轻松和幽默。她的表演得到了观众的充分肯定。人们称她是个跨体裁的艺术通才，富有创新精神的后现代派作家。

此外，在冯尼古特的小说《冠军早餐》里，常常可以发现作者自己画的插画，如印字的汗衫、美国国旗、蛋筒冰淇淋、中国的阴阳图、河狸、女人内裤、面具、左轮手枪、注射针管、路标和塑料分子结构图等等，这些插画不同于一般的插图，往往成了小说文本的一部分。冯尼古特喜欢用科幻与虚构相结合的模式来达到讽刺和幽默的效果，这些插画往往起到了画龙点睛的作用。

二

美国后现代派小说家在上述的新模式中往往使用不同的叙事话语。他们在构建文本时，对语言的选择，随时间、地点、人物和环境的变化偶然而成，追求差异性，主张多元化，用满不在乎的反讽形式来表达对社会问题的看法，充满冷漠、戏谑和嘲弄。这些话语有时句法不规范、语义不一致、句子中断、篇章破碎，甚至无标点，无大写，任意分行，用文字组成图案，玩字谜游戏和文学代码。正如美国批评家哈桑所说的：后现代主义转向公开的、玩笑的、移位的和不确定的形式，实质上是一种虚无主义。

与以前小说的叙事话语相比，美国后现代派小说大体有下列几种新话语：

1. 跨体裁的反讽话语

一部小说里有诗、有戏、有人物对话，还有政论性的演讲。如《公众的怒火》，除了小说叙事话语外，还有诗、歌曲、剪报、广告、小歌剧、艾森豪威尔与囚犯的对话等等。特别引人注目的是叙事者尼克松在纽约时代广场卢森堡夫妇刑场上的演讲。他大声疾呼：

> “本国呼唤新的奉献精神的时候到了！我请你们支持培养国民精神；为了负起对全球的责任，我们需要这种信念！这是个伟大的目标！为了实现这一目标，我请今晚在场的所有的人走上前来——现在，马上！——为了美国脱下裤子……”（库弗 1997：442）

当众脱下裤子是个庸俗下流的动作，小说作者将它与尼克松光明堂皇的高论联系在一起，二者形成强烈的反差。崇高的政治话语与下流的动作构成对美国迫害无辜的科学家卢森堡夫妇的嘲弄。其讽刺的力度真是入木三分！

2. 用人物对话的直接引语构成的叙事话语

小说的叙事话语一般都是由人物对话的直接引语和间接引语以及作者的叙述和描写构成的。但威廉·加迪斯的长篇小说《小大亨》（1975）则由人物对话的直接引语构成。这在美国小说中是不多见的。《小大亨》的开头就突出一个“钱”字。主人公小大亨是个年仅 11 岁的小学生。他从学校的各项教育中明白：美国各大公司的生财之道是搞骗局。于是他动手一试，利用小学走廊里一台投币电话指挥运作，按广告上的信息大搞投机买卖，过了不久竟大获成功，创建了一个巨大的跨国公司。他一跃成为美国企业界的巨头，从事运输、医药、木材、骨灰盒和避孕套等商品的交易。众多人物投奔“小大亨”的幻想帝国。

小说的开头如下：

——钱？

——纸，对啦！

——没见过。纸币！

——我们到东部来才见到纸币。

——我们第一次见到，看起来很新奇，没意思。

——你不相信它值钱吗？

——父亲玩了他的零钱后才信。（Gaddis 1993：3）

小说主题集中在一个“钱”字——赚钱、捞钱、骗钱，发大财。小说用人物对话的直接引语当叙事话语，因为生意上讨价还价全是从那台投币电话传出的声音，很口语化。当然也有电传上来往的商务英语。书里还出现了达官政要的政治语言，如前总统里根、布什没有句法的讲话，前总统克林顿没有语法的对话以及播音员、记者、节目主持人的电视语言，金融和财贸的广告语言、大众的流行音乐等。后现代派的艺术特色浓烈。

3. 超市广告、旅游广告和药品广告，构成富有市场信息的叙事话语

商品广告是市场经济的吹鼓手和幸运儿，更成了后工业时代的宠儿，在家里打开电视机或走进超级市场的大门，迎面扑来的是五光十色的广告。真真假假的各类广告引导或误导人们的消费。过多过滥的商品广告打破了生活的平静，干扰了人们的心态。这是后工业时代美国消费主义造成的困扰。

在德里罗的长篇小说《白色噪音》的叙事话语里反映了上述的特点。人们用三大信用卡 Master Card，Visa，American Express 代替现款交易；许多商标充斥广告，如 Dacron，Orion，Lycra Spandex，Kleenex Softique，Lyda 等等。商标靠广告创名牌。商品靠名牌抢占市场。汽车和房地产成了市场经济发展的两大支柱。日本小汽车挤进美国市场。丰田牌的轿车加大了竞争力度。Toyota Corolla、Toyota Celica、Toyota Cressida 三个牌号的广告满天飞。这些感染力极强的广告语言浸透小说的叙事话语，使它富有信息时代的特色，区别于德莱塞的《欲望三部曲》的叙事话语。《白色噪音》成了一部富有时代特色的美国后现代派小说。

4. 作者的话音随意介入叙事，构成“侵入式”的话语

以前，小说创作忌讳作者闯进情节之中说三道四，尤其是以第三人称作为叙述者的小说。但在后现代派小说中，这种“侵入式”的话语则屡见不鲜。冯尼古特在《时震》（1997）里坦率地写道：“特劳特（小说主人公）其实并不存在。在我的其他几部小说中，他是我的另一个自我。”有时，作者自己的经历和感受也成了文本的一部分。如《时震》中写道：“我的儿子马克·冯尼古特医生写过一本关于自己在60年代发疯的经历的书，书写得是一流的，然后从哈佛医学院毕业。”《时震》是由许多碎片组成的。没有中心，没有情节，没有时间顺序，也没有逻辑规律。作者似乎想写小说家基尔戈·特劳特的故事，但东拉西扯，不着边际，以荒诞的手法表现生存环境的荒唐可悲，嘲笑社会的混乱和作家的无奈。

有趣的是美国犹太作家菲力普·罗思也在他自己的长篇小说《欺骗》（1990）里出现在伦敦，与几个女人就爱情问题进行了精彩的对话。在他另一部长篇小说《夏洛克在行动》（1993）里则出现两个意见相左的菲力普·罗思的形象，用以探讨现代人的双重性格。像这种“侵入式”的话语在传统小说里是不多见的。

5. 超文本的电脑语言构成的话语

电脑的普及使网络文学应运而生，超文本的电脑语言引起了后现代派小说家的兴趣。他们试着在小说中用它构建新的话语。E. L. 多克托罗在中篇小说《皮男人》里曾用3个词组共13个名词来描述20世纪60年代美国的社会背景。

（1）Night　Ladder　Window　Scream　Penis
　　夜晚　梯子　窗户　尖叫　阴茎
（2）Patrol　Mud　Flare　Mortar
　　巡逻　泥土　火焰　迫击炮

(3) President　Crowd　Bullet
总统　人群　子弹　(Doctorow 1984: 6)

经过仔细的思考，不难解读这3个词组的含意：

(1) 60年代，有的男人在夜晚用梯子爬进窗户强暴女人，女人发出尖叫。在当时社会矛盾激化时，有些人走上街头游行，有的则搞乱伦，走上犯罪的道路。(2) 指越南战争。士兵巡逻在泥土小路上看到迫击炮射击时发生的火焰。(3) 1963年，前总统肯尼迪到达拉斯参加竞选活动，专车进入闹市区人群中时被一颗子弹刺杀。这13个名词没有按英语语法规则组成常规的句子，而是让读者思考，将它们在脑子里串起来。这种话语不但从电脑语言得到启示，而且受到读者反应论的影响，这里又可以看到文学与语言学的新交汇。

总之，美国后现代派小说构建了上述特殊的话语，读者要进入这一语言的代码中，才能解构文本，捕捉它的含意。

美国后现代派小说家突破了现代派的美学准则，消解了一统天下的精英意识，并且适应传媒时代的需要，从大众文化吸取了有益的艺术手法，形成了自己的创作模式和叙事话语。他们的小说创作跨越了传统的边界，进入其他体裁的领域。传统小说的线性叙事模式被非线性叙事模式所取代。反体裁、反英雄成了当代美国后现代派小说创作模式的主要特色。它在颠覆和解构传统的艺术形式时形成了自己的艺术特征：反讽、混杂、内在性和不确定性。一部小说主要采用一种创作模式，但叙事话语则往往交叉出现，不局限于单一的话语。这与作家创作的随意性和不确定性密切相关。作家常将写作当成一种语言游戏，在构建文本时，对语言素材不加选择，听其自然形成。读者可采用任何手段随意去解读文本。

美国后现代派作家并不主张客观地反映现实世界，他们往往从唯心主义观点出发，想用自己的天赋和才能，运用不确定的语言符号系统构建一个虚构的世界，以揭示现实世界的零散性、混乱和疯狂。他们的作品对政治的腐败、社会的变态和道德沦落的揭露和批评，力度不同，但倾向明显。有的在荒诞的形式里显露现实主义的威力。有时喜剧的手法令人苦笑，有时悲剧的结局叫人心酸。有时迂回曲折，晦涩难懂，像中国的魔匣，令人不得其解。所以，透过其荒诞可笑的表面，读者要耐心体味，反复思索，才能解开其一层层的疑团。

参考文献

[1] Doctorow, E. L. *Lives of the Poets*. New York Random House, 1984.

[2] Gaddis, William. *JR*. New York: Penguin Books, 1993.

[3] 甘文平，"文本　图片　炸弹——评劳瑞·安德森的两个短篇小说的互文性"，《外国文学》，3（2002）：8－11。

[4] 詹姆逊，《后现代主义与文化理论》，北京：北京大学出版社，1997 年。

[5] 罗伯特·库弗，《公众的怒火》，潘小松译，南京：译林出版社，1997 年。

[6] 杨仁敬，"关注历史和政治的美国后现代派作家 E. L. 多克托罗"，《外国文学》，5（2001a）：3－7。

[7] ——，"论美国后现代派小说的嬗变"，《山东外语教学》，2（2001b）：1—4 转 14。

（原载《外国文学研究》，2003 年第 2 期）

略论美国后现代派小说的艺术特色

1961年问世的《第二十二条军规》揭开了美国后现代派小说的序幕。40多年过去了，作为一种哲学思潮，后现代主义的热潮已经消失，但后现代派小说仍不断涌现。这种小说与马克·吐温的批判现实主义小说和福克纳的现代派小说不一样，它们抛弃和超越传统小说和现代派小说的模式和技巧，构建了一种不注重人物塑造、不讲究故事的连续性、追求文本自我揭示、自我戏仿和玩文字游戏的元小说，并逐渐展现出它独特的艺术魅力。

20世纪60年代以来，美国进入了后工业化时期。后现代主义是晚期资本主义的文化逻辑，而后现代派小说，则是与经济基础相适应的文化和文学模式。随着影视的发展和电脑的普及，文化更加大众化了。高雅文化与通俗文化，严肃文学与通俗文学的界限日益消失。文学创作成了一种跨体裁的综合性艺术。文学与现实的界限，小说与诗歌和戏剧以及评论的传统界限，文学与音乐、美术和多媒体的界限被超越了。在这种背景下出现的后现代派小说，具有以下一些特点：

在题材内容方面，后现代派小说将触角伸向社会各个方面及阶层。有的用历史的经验表现反对侵略战争和保护生态环境的主题；有的用女权主义的视角，钻入"名字"和"身份"的牛角尖，反映了社会变态中的身份危机感；有的选取医院注射室的一角，描写"没有静脉的人们"靠卖小便混日子，揭露吸毒造成的家破人亡；有的回顾越战士兵对战争的困惑和抱怨，带着爱的失落茫然地走向死亡，而幸存者回国后，一直无法摆脱噩梦的困扰，等等。尽管题材多样，但大多揭示了美国后现代社会的迷茫、无序和反复无常。

在人物塑造上，作家所描写的人物大都是“反英雄”，身世来历不明，甚至无名无姓。人物形象淡化，性格刻画消失。人物成了故事的陪衬，若隐若现，成了不可捉摸的“影子”或“代码”。在多克托罗的《皮男人》里，主人公皮男人像是个百年前神话中的人物，衣着像个骑士，来去匆匆如幽灵。他没啥文化，但心地善良，不伤害别人。这些流浪汉、厌世者和无家可归者，成了被美国现代社会抛弃的“皮男人”。作者在这里仿佛在暗示，迷人的“美国梦”今何在?

在艺术手法上，作家在创作小说时又对小说本身进行评述，表现了“并置”“非连续性”和“随意性”的元小说特点。如威廉·加斯的《在中部地区的深处》，将一个短篇小说分解为三十几个碎片，然后加以“阐释”，有的碎片仅一两句话。小说写了B镇的地理、天气、教育、政治、电线、凡人、商业和教堂，以及“我的房子、我的猫咪、我的伙伴”和“家常苹果”等，用虚构中的西部小镇B将这些碎片串连起来。“我”不断发表议论，“学着让我自己、我的房子、我的躯体焕然一新”“我要让自己活过来，让生命塑造我吧!”苏克尼克在《赚钱》里也坦言自己是在“编故事”“聊历史”“把他故事批发来，再零售出去。”他们都企图用虚构的虚伪性来影射现实的虚伪性。此外，作家还将小说与绘画和多媒体相结合，造成对观众“视、听、说”融为一体的综合效应。女作家劳瑞·安德森的小说《战争是现代艺术的最高形式》里，文本与4幅图画构成了互文性。作者带着多媒体和电声设备，到美国各地和海湾各国，自己当众演奏和朗诵，配上多变的灯光，把小说搞得绘声绘色。另一位女作家厄秀拉·魁恩在《薛定谔的猫》里，则突破了小说的时空界限，把科幻与虚构及史实相结合，还在科幻中加进了中国的道教思想，令人耳目一新。

在叙事话语方面，后现代派作家喜欢采用拼贴手法，以断裂的句子构成段落和章节，甚至引入超文本的电脑语言；没有主语或没有谓语的句子是常见的现象；有的运用电影剧本式的话语，突出人物的动作，让关键词不断重复出现。有时作者直接“闯入”文本，说三道四，或自我揭示，或刻意自我反射；有时则故意在文本中留下空白，从一段到一整页，让读者自己参与解读，如女作家琼·狄迪恩的小说就是这样。

综上所述，从形式上来看，美国后现代派小说有点“四不像”或像“大杂烩”，有的甚至荒唐怪诞。不过，人们仍可透过其表面上的夸张或随意的描述，看出其积极的一面。小说字里行间的幽默、诙谐和戏仿，往往流露出对美国后现代社会的冷漠、混乱的讽刺和抨击。作品题材手法虽各异，但倾向性比较明显，这正是其艺术魅力之所在。

美国后现代派小说是美国当代文学的组成部分，它已经走进美国大学课堂，并在战后世界文坛上成为人们关注和研究的对象。我国从 20 世纪 80 年代起介绍过“黑色幽默”，但对后现代派小说的其他作品还介绍得不是很多。除在《外国文学》杂志上登过一些该流派的短篇小说外，在长篇小说方面，较早出版的有陶洁翻译的《雷格泰姆音乐》（即《拉格泰姆时代》），到 90 年代后期，才由译林出版社出版了一套“美国后现代派小说丛书”，包括《冠军的早餐》《五号屠场》《天秤星座》《拉格泰姆时代》《公众的怒火》《比利·巴思格特》《时间震》等。另外，笔者也在青岛出版社出版了《美国后现代派短篇小说选》及《美国后现代派小说论》。对于美国后现代派小说这种创作理念与手法，并不要求人们都去模仿，但了解和研究它，无疑是必要的。

（原载《中华读书报》，2005 年 7 月 20 日）

关注历史和政治的美国后现代派作家 E. L. 多克托罗

美国后现代派小说的发展大致可分为两个时期：从 1961 年《第二十二条军规》的问世至 70 年代初为 20 世纪前期后现代派小说，自 1971 年出版《但以理书》至 90 年代末为 20 世纪后期后现代派小说。前期涌现了许多黑色幽默作家，在美国文学史上写下了重要的一页；后期也有不少引人注目的元小说家，其中的一位佼佼者就是埃德加·劳伦斯·多克托罗（Edgar Lawrence Doctorow），简称为 E. L. 多克托罗。

与其他美国后现代派作家相比，多克托罗不仅具有后现代派小说家的共同特点，而且个人风格独特，突出表现在他对美国现代历史的关注和对权力政治的抨击。有人称他是个“激进的犹太人文主义者”。他以此为荣，并曾对一位访问者说：“如果我不属于这个传统，我一定要申请加入它。”

这是与他的亲身经历分不开的。

E. L. 多克托罗 1931 年 1 月 6 日生于纽约市。父母是来自俄罗斯的犹太移民。他自称是个中下层的文化世家，具有社会主义意识。他祖父开过印刷厂，爱玩国际象棋，是个有文化的无神论者，信仰社会主义。家里的书架经常摆满名作家的著作，如杰克·伦敦的《铁蹄》和《阶级之战》、不可知论者罗伯特·英格索尔对《圣经》的评著和赫伯特·斯宾塞的哲学和心理学专著。多克托罗记得他 10 岁或 11 岁时，祖父曾向他推荐美国政治哲学家汤姆·品恩的《理性的时代》。后来，他父亲在曼哈顿区开了一家小店，出售收音机和乐器，但在大萧条期间倒闭，他只好去当家用电器推销员，勉强糊口，全家过着漂泊不定的生活。

1948 年，E. L. 多克托罗从布朗克斯中学毕业后考取俄亥俄州的肯尼恩学院，想跟著名的诗人和新批评派的主将 J. C. 兰塞姆学习。但他主修的是哲学，而不是英文写作。他积极参加校园的戏剧活动，而不是练习文学创作。1952 年毕业后，他转入哥伦比亚大学研读英国戏剧。1953—1955 年，他参加美国军队被派到德国服役。退伍后，他本可以回去继续研究生学习，但家庭经济困难，他便设法自谋出路，打过杂工，到纽约一些影视公司当编辑，看剧本，一天看一本，每周 7 天，看看它是否适合改编为电影或电视。1959 年经朋友介绍，他到新美洲图书馆任助理编辑。4 年后，他升任戴尔出版公司的总编辑，后任副总裁，直到 1969 年。这时，他收入日趋稳定，生活安定，开始搞业余创作。1968 年他去萨拉·劳伦斯学院任教，边讲课，边写作。后来，他还去加州大学厄恩分校、犹太大学、普林斯顿大学、耶鲁大学戏剧学院等校担任客座教授。目前，他在纽约大学给研究生讲授文学写作课。

1960 年，多克托罗发表了第一部长篇小说《欢迎到哈德泰姆斯镇来》，描写一个外来的坏人几乎毁灭了达科他州小镇哈德泰姆斯。小说吸引了不少读者，还卖给好莱坞拍电影。但第二部长篇小说《大如生活》直到 1966 年才问世。它描写纽约出现比帝国大厦还高的裸体巨人，使市民感到恐慌和不安。但作者对科幻小说的尝试令人失望。

1971 年，多克托罗的第三部长篇小说《但以理书》出版。翌年，该书荣获古根海姆奖，奠定了他的作家地位。作者选择 20 世纪 50 年代初轰动全球的卢森堡夫妇因所谓“间谍罪”被处死的真实政治事件作为全书故事的核心，引起了美国广大读者的共鸣。它仿佛是 60 年代美国社会的缩影，巧妙地展示了美国政府卷入越南战争，迫使大批青年去当炮灰，草菅人命，专断独行的弊病。60 年代末期正是越南战争造成美国社会矛盾激化，民众愤怒，激进的少数人带动了沉默的大多数人的时期。多克托罗重访历史，以史喻今，触动了读者的心，反映了时代的精神和民众的呼声。因此，多克托罗被誉为一位全国最有想象力的杰出的作家。

《但以理书》的书名借用了《圣经·旧约》里的《但以理书》。小说的背景在1976年。一个名叫但以理的青年人，坐在哥伦比亚大学图书馆里沉思，表面上他在写博士论文，实际上他在思考生活的意义。他怀念死去的双亲伊索尔和朱立叶·卢森堡。他喜爱他漂亮的妻子和儿子，尽力想了解他姐姐激进和发疯的原因，调查他父母被处死的来龙去脉。从他父母的不幸遭遇中，他发觉美国正在毁灭它自己和它的人民。但他抱着人类最崇高的理想与美国现实妥协，如同千千万万同代人一样。多克托罗强调人类的大敌来自其自身的异化。社会的变态、心理的扭曲和信仰的危机折磨着但以理。小说将历史的真实和虚构的故事有机地结合起来，如实地展现了60年代美国社会的种种矛盾和冲突，描述人们对政府的不满和抗争。作者采用拼贴法，将真实的照片和虚构的画面组成一部多姿多彩的画卷。卢森堡夫妇受电刑的细节写得细致入微，绘声绘色，分外逼真，揭露了政府当局的冷酷无情和决策失误，陷害无辜的科学家。小说独特的视角反映了多克托罗对历史和政治的关注，深受读者和学者的赞赏。《但以理书》被誉为一部美国当代最佳的政治小说、现代的经典小说。

《但以理书》的成功使多克托罗找到了自己的感觉，越写越出色，正如著名的评论家詹姆逊教授所说的，多克托罗“小说越写越好，影响越来越大”。1975年问世的《拉格泰姆时代》第二年荣获美国国家图书奖，1985年发表的《世界博览会》和1989年出版的《比利·巴思格特》也分别获得1986年和1990年美国国家图书奖。这3次美国国家图书奖的获得，使多克托罗像一颗光芒四射的巨星从美国文坛升起，成为当代美国最伟大的作家之一。

《拉格泰姆时代》使史实和虚构达到更完美的结合，展现了美国小说的新模式，虽引起争议，但好评如潮。作者选择一种20世纪初期，尤其是第一次世界大战前盛行的黑人音乐来代表这个时代。这种音乐常常是演奏者以右手弹奏变化多端的切分音，左手以稳重的低音伴奏。小说虚构了犹太移民、穷黑人和生活安逸的白人3个家庭，又引进了心理学家弗洛伊德、企业家亨利·福特、J. P. 摩根、艾玛·高尔德曼等真人真事，构成了不同的社会层次，使他们仿佛生活在同一个社会群体里。作者采用了断裂式的叙事话语、互不相关的短语或省略句，给人一种像切分音节拍的跳跃感。小说以亦真亦幻的艺术手法揭示了美国工业化大变革时期市场的繁荣、移民的涌入、劳资的矛盾、贫民窟的困境和种族的冲突等等。《拉格泰姆时代》成了多克托罗的主要代表作之一。

1980 年，多克托罗将注意力转向 30 年代大萧条时期的美国社会，相继发表了 3 部长篇小说《鱼鹰湖》(1980)、《世界博览会》(1985) 和《比利·巴思格特》(1989)。它们以丰富的内容和新颖的艺术手法获得评论界的广泛好评。这些小说如今已进入美国许多大学的课堂，成了研究生的重要读物。多克托罗的其他作品还有：剧本《晚餐前的饮料》 (1978)、短篇小说集《诗人的生活》(1984)、评论集《1977—1992 年论文选：杰克·伦敦、海明威与宪法》、长篇小说《滚滚流水》(1994) 和新的长篇小说《上帝的城市》(2000) 等。

30 年代大萧条时期是 20 世纪美国很重要的历史时期，为许多作家提供了丰富的创作题材。多斯·帕索斯的《美国》三部曲、斯坦贝克的《愤怒的葡萄》、纳撒尼尔·韦斯特的《蝗灾之日》、辛克莱·路易斯的《这里不会出事》和麦克尔·高尔德的《没有钱的犹太人》等作品，从不同的角度反映了 30 年代美国的社会生活，具有非凡的意义。但多克托罗独辟蹊径，用青少年的遭遇来展现大萧条时期的美国，令人耳目一新。

《鱼鹰湖》描写主人公帕特森在大萧条年代里离家外出寻找生活出路的故事。他是新泽西州一个热情奔放的青年。一个寒冷的晚上，他到了阿德隆代克山里，梦见一幅跟他自己生活截然不同的画面。它改变了他的命运。他迷茫地跟着一列私人火车跑到鱼鹰湖，在那里看到一群人：一个诗人、一个匪徒、一个大富商和一个绝代佳人……他和他们的故事是那么令人难忘。“鱼鹰湖”像一面镜子，映出了五光十色的社会生活，给人留下无限的启示。作者交替使用第一人称和第三人称的叙事手法，运用拼贴法，将许多生动的碎片串成多色调的画面，并且打破体裁的界限，使散文和诗歌融为一体，交相辉映，充满诗情画意。

《世界博览会》连续 3 个多月在《纽约时报》书评畅销书榜上有名。它以第一人称的叙事角度，记述了男孩艾德加 30 年代在纽约市的生活故事，很像一部真实的回忆录。作者巧妙地再现了当时纽约市布朗克斯区和曼哈顿区的景色、声音和风土人情，展示了许多穷苦人家同甘共苦、一起度过了经济危机的艰难岁月。艾德加抱着苦乐参半的希望去参观 1939 年世界博览会，想从中找到生活的启迪，实现自己的梦想。他的身上体现了纽约市丰富多彩的文化习俗。小说以通俗流畅的语言描绘了艾德加对童年的反思。许多真实的细节具有特殊的艺术魅力。如艾德加爱读书，每周六上午常步行去离家很远的图书馆借书。纽约世界博览会公司就在那个图书馆举办少年征文比赛，题目是“地道的美国男孩”，限写250字左右，并附上签名的照片。他想参加，向图书馆员借了纸和笔，记下比赛的规则。他家太穷，进不了博览会参观。可是，在回家的途中，他竟被两个比他年纪大一点的男孩持刀抢走了他身上仅有的12美分，还骂他“犹太佬!”

《比利·巴思格特》通过主人公的遭遇，揭露了30年代大萧条时期黑社会头目与官场的勾结和冲突、黑社会内部的相互残杀与对老百姓的掠夺。这些社会渣滓在经济危机的年代里重新泛起，作恶多端，危害人民，危害社会。作者对这些社会丑恶的抨击深刻有力，爱憎分明，具有重要的现实意义。警匪之战是通俗小说的常见题材，作者将它写成一部“现代经典之作”，的确身手不凡。比利·巴思格特是个纯真的男孩，早年其父出走，他与母亲相依为命，生活清贫。15岁那年的一天，他给孩子们表演杂耍，被苏尔兹黑帮一伙看中，招募他入伙，从此步入罪恶的世界。他在海上船舱和城市酒店的杀人现场经历了血的“教育”，在奥农多加深山之行中又与杜小姐发生了浪漫插曲。末了，匪首苏尔兹死了，巴思格特侥幸地获得黑帮的巨额财富。他在文明社会中变成一个大款，和母亲推着他与杜小姐所生的儿子，在故居的大街上漫步……比利·巴思格特从黑道冒险中闯出来了，成功了。金钱成了文明世界与黑帮世界的桥梁。敲诈与贿赂，审判与通缉在金钱面前成了同义词，两个世界在金钱的捏合下几乎失去了应有的界限。

《比利·巴思格特》以天真少年的眼光作为叙事视角，描写了以苏尔兹为首的纽约黑帮的犯罪内幕，独具艺术魅力。作者吸取哥特式小说的手法营造气氛，效果极佳。杀人场面多次出现，人头落地，鲜血滚滚。小说开头采用倒叙的电影艺术手段，使故事悬念丛生，戏剧性浓烈。漆黑的夜晚，苏尔兹派人用小船载着被手铐铐紧的波·威恩伯格出海，准备悄悄地将他抛入大海淹死，以便将他的女友杜小姐占为己有。天真的比利站在甲板上，还不懂出了什么事呢！作者还用人物言行的对照，使杀人不眨眼的苏尔兹自我暴露。他手上沾满无辜者的血，却大办皈依天主教的仪式，向奥农多加人施舍几个美元，装作一个虔诚的教徒。这正是斯威夫特、果戈理等一些艺术大师常用的讽刺手法。

从全书的结构来看，《比利·巴思格特》也是很有特色的。作者将许多精彩的画面一片片拼贴起来，使惊险和暴力场面与沉着的叙述和抒情描写统一起来，有张有弛，节奏紧凑，扣人心弦，产生巨大的艺术魅力。因此，《比利·巴思格特》不仅是多克托罗的最佳作品，而且成了80年代末以来美国后现代派小说的代表作之一。它曾连续3个月上了《纽约时报》畅销书榜。1990年，它荣获美国国家图书奖和福克纳文学奖，并已被译成20多种语言。《时代》周刊推荐它为80年代世界十大文学名著之一。它在美国国内外产生了深远的影响。

尽管多克托罗对于后现代派小说技巧的运用达到了炉火纯青的地步，他仍忠于欧美文学的现实主义传统，注意文学与社会、文学与历史的联系。这是他从亲身经历中做出的合理选择。他说："作家与历史不搭界的地方就是天堂，什么事也不发生的天堂。"他回忆1946年丘吉尔在密苏里州富尔顿鼓吹"冷战"谈到"铁幕"时，他还是个中学生。约翰·肯尼迪当选总统时，他刚好发表了第一部长篇小说。不仅是他，而且几乎所有今天还在写作的美国作家都是在"冷战"时代成长起来的。"冷战"构建了美国的文化生活几乎达半个世纪。"冷战"思维影响了文化模式。在文学领域几乎只有一代人还活着。他们已经接近或达到70岁了。他们的工作和生活没有完全受"冷战"思维所支配。但他们带有"冷战"时代的心理创伤。40年代末和50年代初，麦卡锡主义将美国拖入"合法迫害"的黑暗时代，无罪人要宣誓忠于政府，一大批知识分子上了黑名单，美国青年敢怒不敢言，《时代》周刊称他们是"沉默的一代"，其实他们内心备受压抑，十分苦闷。"冷战"时代出现核军备竞赛，爆发了两次非核的常规战争：朝鲜战争和越南战争。越南战争夺去了5万多名美国青年的生命，成了"冷战"时代最荒唐的表现，激起了青年学生一代的反抗，使他们对僵硬的传统价值观提出挑战。民权运动遍及全国，美国出现了19世纪南北战争以来最可悲的分裂。越南战争后，幸存者回国发觉自己可以过着不受干扰的生活。他们的子女变得驯服、肯干和开心。而政府则把"冷战"的大量开支民主地转嫁于各阶层的人们身上，除了最有钱的人以外。结果，全国的生活水准下降了。因此，作家在创作时不得不考虑这半个世纪的"冷战"所造成的社会的变态和文化的病态。

关于文学与政治的关系，多克托罗在《作家的信仰》（1985）一文中提到：除了某些作家以外，美国作家对艺术的社会价值不太热情，因此，比较不会产生意识危机。回顾30年代，每个人似乎都想到政治与艺术的关系，但后来人们误把这个时期当成浪费艺术精力的时代，知识分子受愚弄的时代，所以一旦转向意识形态，就吃亏了，因此要吸取教训。从那时以来，美国小说家喜欢将自己当作“个体市民”和“独立的企业家”。在他们之中肯定不存在为祖国服务的传统，不像欧洲或拉丁美洲的同行那样。作家的思想表达了美国个人主义的伟大神话。多克托罗以1940年海明威的《丧钟为谁而鸣》发表后在小说界、新闻界、读书界和各种研讨会上引起了激烈争论为例说明：“不管一个作家采取什么立场，从形式主义到共产主义，他都需要采取某种立场，这是不可回避的。作家的命运就是面对他的思想意识去寻找他的位置，划清界线。”他还强调：这个过程是残酷而复杂的。世界并非停滞不前，而是往前发展的。他指出：文学信仰就是各种文化的设想和观点，它们支配着我们作为作家生活的人。美国小说的某些严肃作品在某些方面成了美国神话的知识宝库。艺术作品是个性化的最高行为，也可以看作社会的产物。也许作家们正在表述我们时代的一般危机，在一种屈服于政治环境和政治家们建立的规则下一面生活，一面写作。“为了开始重建我们自己的意识，我们也许应该回到童年时代，回到过去，进入我们的梦，重新开始。”

这些论述清楚地说明了多克托罗文学创作的思想原则。

多克托罗反对否定欧美现实主义的文学传统，坚持文学创作不能离开社会生活。他说过：

> 我从来都认为我的小说继承了狄更斯、雨果、德莱塞、杰克·伦敦等大师的社会小说的传统。这个传统深入外部世界，并不局限于反映个人生活，不是与世隔绝，而是力图表现一个社会。近年来，小说进入个人住家，关在门内，仿佛户外没有街道、公路和城镇。我则一直留在门外。

这说明他一直关注社会生活的变化，平民百姓心理和情绪，而不是闭门造车，在象牙塔里表现自我。他还反复强调：作家的任务是架设小说与历史之间的桥梁，因为事实上并不存在人们所说的小说与非小说之分，只有叙事体裁的存在。多克托罗的作品大都以他所熟悉的纽约市为背景，描写20世纪美国现代重要时期的历史变迁，尤其是欧洲移民的苦斗、社会冲突、政治事件造成的后果和城市生活的阴暗面。他以一个严肃作家的责任感，展示了美国社会的方方面面。他既继承了爱伦·坡和梅尔维尔的传统，又学习了前期后现代派的小说技巧。他像约瑟夫·海勒一样，对滥用权力十分反感；又像纳博科夫一样，重视文字的简洁和流畅。

因此，多克托罗的长篇小说以其独特的视角、丰富的题材、深刻的透视和高超的艺术手法，进一步充实了20世纪美国后现代派小说、犹太政治小说和新新闻体裁小说，为跨世纪的美国文学做出了重大贡献。他仿佛告诉读者：后现代派小说的试验可以帮助人们了解20世纪末现实主义的新变化。

在新千年里，美国文学正走向多元化并存的局面。随着新闻媒介技术的发展和政治神话的形成，实用主义思潮正在改变人们的价值观。通俗文化与严肃文化的界限逐渐消失。电影电视对人们的审美情趣和思想意识产生了强烈的冲击。小说仍将是主要的文学体裁，但它日益成为电影电视的“软件”。多克托罗敏锐地意识到新思潮的到来，在40年的创作实践中不断探索新路子。他的长篇小说打破了历史与虚构的界限、通俗小说与严肃小说的界限、小说与诗歌和戏剧的界限，将后现代派的艺术技巧与现实主义细节描写融为一体，在美国现代文学史上谱写了新的篇章。他的小说与电影“联姻”，充分体现了他既是小说家，又是剧作家的非凡才华。由此可见，他为长篇小说拓展了生存的空间，使它在信息时代注入新的活力。这也许将成为美国小说发展的新方向。

（原载《外国文学》，2001年第5期）

模糊的时空　无言的反讽

——评 E. L. 多克托罗的《皮男人》和《追求者》

E. L. 多克托罗是最著名的当代美国后现代派小说家之一。他以写长篇小说见长，自 1960 年以来，已发表 8 部长篇小说，其中 3 部荣获美国国家图书奖，其影响之深远可想而知。他还出版了一部短篇小说集《诗人的生活》（*Lives of Poets*，1984），深受广大读者的青睐。

《皮男人》（“The Leather Man”）和《追求者》（“The Hunter”）都选自《诗人的生活》。两篇短篇小说主题有点类似，但表现手法很不一样。前者由几个小镜头拼贴而成，夹叙夹议，将历史轶事与现代寓言融为一体，反映了美国街头流浪者的“异化”，他们被社会所抛弃后的孤独、寂寞和苦恼。后者则以抒情的笔调描绘了山区小镇的凄凉景象，年轻的女教师欲爱不能，只好将爱心献给她的小学生——一群迷惘的童子军。但社会对她的回应是冷漠的。她像个生活在荒野里的独身的猎手，感到寂寞和孤独。两篇都揭示了深刻的主题，受到评论界的好评，被誉为“当代美国生活的写照”。

《追求者》含有两种意思：猎手和追求者。猎手是指到林中狩猎的人，追求者则指追求爱情、追求事业成功的人。这两种意思在短篇小说里都出现过，但从女主角的经历而言，译为“追求者”更妥切。“皮男人”100 年前曾经出没在康涅狄格州威斯特斯特一带，他见了人就跑开，从不伤害任何一个人，有时也跟人家聊聊，但不谈政事国事天下事。他是个游离于社会之外的原始时代的人。这也许是个历史轶事，成了许多现代人的饭余茶后的谈笑资料。但在灯红酒绿的美国现代社会，想脱离社会的人却到处可见。《皮男人》里列为0001号阶级成员的是“悲惨的孩子们、隐士们、街头流浪汉、赌徒、犯人、终身残疾者、孤独者、漂泊者、乞丐和失去知觉的病人……”一方面是高度工业化，科学技术十分发达，物质非常丰富，有钱人想去太空旅行，“美国梦”在频频招手；另一方面则是贫富两极分化，穷人失业，睡街头，捡垃圾，难以糊口。这种极不协调的画面构成了后工业时代美国的现代寓言。《皮男人》的标题具有象征意义，它使读者透过历史轶事，将目光转向美国社会的底层，为流落街头的人们想一想：他们为什么会这样呢？

异化！异化！美国后工业社会把一些社会成员变成与自己对立的东西，将他们无情地抛弃了。这是个发人深思的问题。

无名的主人公　模糊的时空观

《皮男人》和《追求者》的主人公都是无名无姓的人物。前者的“皮男人”象征现代美国社会上的流浪汉、厌世者和孤独者，他不是有名有姓的某人。小说提到几个人物的名字，但他们都是一些次要人物。后者的女主人公是个年轻的女教师，姓名是什么？作者不说。看上她的男司机叫什么名？读者也不得而知。这对于我国读者来说，似乎有点荒唐。也许多克托罗受了法国先锋派的影响，意在小说故事本身，不在乎塑造什么人物形象。在他看来，也许没有姓名的主人公比有名有姓的主人公更能说明问题，因为“皮男人”的出现、女教师的异化并不是个别现象，而是当代美国社会普遍的病态。

不仅如此，对于“皮男人”和女教师的身世，作者花费的笔墨不多，给人模糊的感觉。“皮男人”也许是个街头流浪汉群像的代表，他的家庭情况、成长过程、教育程度和就业情况都是个谜。女教师也是如此。我们从她与男司机的对话中知道她上过大学，后来到小学当老师，她喜欢她的小童子军班，周末还去老人之家讲故事，仅此而已。这种模糊性，并非作者的疏忽，而是他有意留给读者思索的空间。

从小说的背景来看，时间和空间都很模糊。《皮男人》提到反越南战争运动、前总统肯尼迪被刺杀、男女的性关系混乱、宇航员从英雄变成罪犯、桥梁工程师离家出走等等，乍看来，这很像60年代社会矛盾重重的美国，但又带有70年代和80年代的一些社会现象。至于故事发生的地点，在美国什么地方？作者也不交代明白。《追求者》开头描写山区小镇霓虹灯在闪亮，但行人稀少，一些房子门窗破裂，街上积雪很高，没人打扫，小学的校舍优美，仅有15名小孩上学，许多教室空荡荡的。小孩的脸蛋给冻得发紫，脸上留下寒风的划痕。这一派衰败的景象倒像是30年代大萧条时期的美国。小说写了星期五至星期日3天的小学生活。但这小镇坐落在何方？这是何年何月的事？作者也留给读者自己去猜想，自己去寻找答案：为什么温柔而开朗的女教师拒绝了年轻英俊的司机对她的爱情，而把自己纯真的爱献给她的15个小学生？

拼贴的画面　无言的反讽

《皮男人》是由几个小画面拼贴而成的，既有叙述和描写，又有议论和对话，相互之间的联系时断时续，缺乏贯穿始终的人物形象，因此，有人怀疑它是不是一篇短篇小说。其实，从传统的标准来衡量，它不像个有头有尾有情节的短篇小说，但它是一篇典型的后现代派短篇小说。

《皮男人》的小画面包括：关于100年前康涅狄格州“皮男人”的轶事、民间歌手拜耶兹和现代社会的流浪汉、胡迪尼的魔术表演、梭罗式的隐士生活、工程师威克菲尔德的离家出走、市场经理等人的乱伦、宇航员蒙哥马利的沉沦等七八个小故事，中间穿插了作者一些议论。这些跳跃式的语言像是小画面的解说词，令人感到似乎作者本人才是小说真正的主人公。

在这些涉及面很广的议论里，不难发现作者的一些真知灼见，比如：（1）美国现代社会的“皮男人”——栖息于富人门廊里、睡在地铁站之间的地下凹室、地下电缆线管道和铁路沿线挡墙的窟窿里的流浪汉、无家可归者、厌世者等等，从不伤害他人。这是一种无害的社会现象。他们是受苦人，为什么会给社会造成危险？（2）邹恩·拜耶兹是最保守的音乐家、反战运动分子，“反战运动分子，那是我们自己造出来的词汇，送给某些专横作家的尊称”——不义之战，为何不能反呢？（3）艺术家为什么要想法去接受自己所没法做到的社会准则？与其如此，不如做个木柜，自己走进去，把门锁上。谁也不能干扰吧？（4）美国社会天字第一号的阶级成员是：“悲惨的孩子们、隐士们、街头流浪汉、赌徒、犯人、下落不明者、森林火灾消防队员、终身残疾者、逃避现实者、孤独者、漂泊者、乞丐和失去知觉者，还有太空人。”这么多人受到社会的抛弃，迷人的“美国梦”在哪里？（5）“皮男人”被社会疏远了，犹如孤孤单单地住在荒野里。为什么？（6）这些土地上最有发言权的人们，他们已经生气了，人力资源用到哪里去了？

这些议论触及了美国社会的要害问题，反映了多克托罗对历史和政治的关注。美国当代社会，尤其是60年代，越南战争造成严重的社会冲突，反战浪潮席卷全国，人们又愤怒又苦恼，这是一方面。另一方面，有些人逃避现实，寻找僻静之处，摆脱家庭和社会责任，如小说中的威克菲尔德工程师；也有的受“性解放”的影响，沉湎于色情不能自拔。通奸、强奸屡见不鲜，如干货公司年轻的市场经理抛弃妻子，与别的女人鬼混，而他的妻子则与他大学的好友同居。这种种反常的现象的确是当代美国社会生活阴暗面的缩影。

作者上述议论是对社会不公正的尖锐讽刺。1991年8月，苏联解体了，美国成了世界上唯一的超级大国。它是举世公认的最发达的资本主义国家，生产力高度发展，劳动者创造了大量财富，为什么他们不能过上安稳的生活？为什么那么多平民百姓成了现代的“皮男人”？为什么宇航员蒙哥马利回到地面受到英雄般的欢迎，后来竟沦为阶下囚？作者将太空人与街头流浪汉、赌徒和乞丐相提并论，让歌唱家和魔术师与他们为伍，社会是非颠倒，善恶混杂，其艺术效果就不言而喻了。

诚然，多克托罗没有给读者提供答案。沉默就是力量，无言的讽刺更容易激发读者的思考。作者在小说留下的空白，只好由读者去填补了。

电脑语言的应用　画龙点睛的抨击

如果说多克托罗在《追求者》中运用了一般的叙事话语和抒情笔调，比较通俗易懂，那么在《皮男人》里就充满了比喻、轶事和典故，叙事话语不断随着画面的切换而改变，电脑语言的应用更令人叹服。

《皮男人》在小说的结尾处引用了一个心理医生与宇航员蒙哥马利的对话记录。宇航员穿着宇宙服怪难受的，他在月球上步行，可感觉不到，回到地面上才从电视里看到，但他记不得感觉如何，也记不得步行的经验。心理医生像新闻记者一样，反复提问他同样的问题，使他很烦。蒙哥马利是1969年的登月英雄，作者将它改为1966年，意在借用他的事例。后来，他干了不少坏事而被捕入狱。现实社会使他堕落了，但他老婆不服气，对记者说她要去控告。结果如何？不得而知。英雄为什么变成罪犯？也许主客观原因都有，但社会的影响是不能忽视的。由此看出作者对社会现实的含蓄的批评和有力的抨击。

斯列特开了一张名词的单子，要求宇航员蒙哥马利填上。这些名词共有3组12个：(1)“夜晚　梯子　窗子　尖叫　阴茎”；(2)“巡逻　泥土　火焰　迫击炮”；(3)“总统　人群　子弹”；这些电脑语言很像我们在杂志上常常看到的有关论文的关键词。小说里没有提供答案，仍留给读者去自己思考。其实仔细一想，不难看出答案是：(1) 美国60年代“性解放”带来了通奸、强奸等性混乱行为；(2) 1965年至1973年初美国地面部队直接卷入越南战争；(3) 1963年前总统肯尼迪在达拉斯乘敞篷汽车通过市区夹道欢迎的人群时被人开枪刺杀。这3件大事都是美国60年代和70年代造成社会动荡和文化变态的重要因素。多克托罗不直接描述，而是像猜谜语似的提出来，将答案留给读者自己去找。

很显然，多克托罗将电脑语言引进小说，用关键词抓住读者的心，激发他们对历史和政治进行思考，寻找合适的答案，起到了一以当十的艺术效果。他在“谜语”背后对美国社会政治的抨击就不难获得读者的认同了。

由此可见，多克托罗的短篇小说，虽然为数不多，均属上乘之作。它们显得生动有趣，令人回味，主题深刻，充满讽刺和幽默的色彩，有些尖刻的问题令人痛心疾首，恍然大悟。他的一些看法具有前瞻性，引起读者的关注。小说模糊的时空、拼贴的画面和多种体裁文字的交织展示了后现代派小说的艺术特色。

（原载《外国文学》，2001年第5期）

美国历史的文学解读*

——评 E. L. 多克托罗的长篇小说《进军》

"战争是地狱。这里有很多孩子认为战争充满辉煌。不，孩子们，它是地狱。我的这个警告对未来的几代人都适用。"①

——威廉·谢尔曼将军

近 5 年来，历史人物和历史事件重新走进小说成了美国文学创作的一大特色。美国青年作家威廉·T·伏尔曼（William T. Vollmann）描述第二次世界大战中苏联与德国交战的故事《欧洲中心》（*Europe Central*，2005）获得了 2005 年美国国家图书奖。E. L. 多克托罗（Edgar Lawrence Doctorow）再现南北战争的历史小说《进军》（*The March*，2005）也成为入围美国国家图书奖 5 部候选小说之一，并获得了 2005 年国家图书评论界奖。美国的小说从强调社会历史表征的现实主义，经过沉迷于文字游戏的唯美主义、反对或排斥历史的现代主义，到重新强调历史表征的后现代主义，大致构成了一个从历史到历史的循环。这似乎恰巧与美国文学评论的走势相吻合。美国的文学评论理论从早期的历史主

* 本文由杨仁敬和他的博士林莉合写。

① William T. Sherman. "Brainy Quotes." 〈http://www.brainyquote.com/quotes/authors/w/william-t-sherman.html〉.

义批评，经过风靡20世纪上半叶的各种形式主义批评和20世纪下半叶出现的结构主义、解构主义到兴起于80年代的新历史主义批评和海登·怀特的元历史叙事理论，似乎同样形成一个循环：始于历史归于历史。

E. L. 多克托罗是美国最优秀的后现代派作家之一。他一直致力于后现代主义写作实验，关注历史和政治题材，对于历史小说情有独钟。他善于将后现代主义与批判现实主义巧妙地结合起来，以真实而艺术地描写19世纪和20世纪不同历史时期的美国生活而闻名。1960年以来，他已经发表9部长篇小说，其中《拉格泰姆时代》（*Ragtime*，1975）和《比利·巴思格特》（*Billy Bathgate*，1989），分别获得1976年和1990年的国家图书评论界奖，《世界博览会》（*World's Fair*，1985）则获得1986年的美国国家图书奖。长篇小说《进军》除了荣获前面所述奖项外，2006年7月5日又获得麦可·莎艾拉奖。许多评论家认为这部小说是E. L. 多克托罗艺术创作的巅峰之作。

自1980年以来，美国大约出版了17本有关E. L. 多克托罗的专著。其中最有影响的是2002年哈罗德·布鲁姆（Harold Bloom）编辑出版的《E. L. 多克托罗》（*E. L. Doctorow*，2002）、克里斯多夫·莫里斯（Christopher Morris）撰写的《误传的模式：论E. L. 多克托罗的小说》（*Models of Misrepresentation: On the Fiction of E. L. Doctorow*，1991）以及《与E. L. 多克托罗对话》（*Conversations with E. L. Doctorow*，1999）。同时关于E. L. 多克托罗的文章在国外许多学术杂志上出现，包括*PMLA*。多数论文分析了E. L. 多克托罗作品的后现代写作特点和存在主义内容。索菲亚·里曼（Sophia Badian Lehmann）的博士论文《追寻一个过去——历史和当代美国犹太小说》论述了E. L. 多克托罗作品中的历史性和犹太性的关系。

E. L. 多克托罗的小说五六年前就引起了我国学界的关注。杨仁敬于2001年《外国文学》上发表论文《模糊的时空　无言的反讽——评E. L. 多克托罗的〈皮男人〉和〈追求者〉》和《关注历史和政治的美国后现代派作家E. L. 多克托罗》（均载《外国文学》，2001年第5期）。2002年张冲教授在《国外文学》上发表了《暴力、金钱与情感钝化的文学话语——读多克托罗的〈比利·巴思格特〉》（《国外文学》，2002年第3期）。方成教授在《当代外国文学》上也发表过相关论文。可见，我国学者早就发现了历史和文化在E. L. 多克托罗小说中的重要性。E. L. 多克托罗这部最新的小说《进军》是对历史更为直接的一种艺术实践。它是以美国南北战争的史实和重要历史人物传记为基础的一部历史小说。因此，它是对美国历史的一种文学想象和解读。

与有的沉迷于“自我揭示”或“自我反射”的后现代派作家不同，E. L. 多克托罗一直不喜欢只写私人生活的小说。他认为只写自己的小说实际上摒弃或忽视了小说的社会和政治维度。他一直努力写一种小说，它既有政治上的关联性，又有美学上的复杂性，而且还要有趣。[①] 多克托罗的最终目的是打破或消解事实，防止权力体制对事实构成独裁，允许“他者和差异”的存在和有效性。[②] E. L. 多克托罗善于选择历史题材来写小说。他的《但以理书》（*The Book of Daniel*，1971）选择20世纪50年代初轰动全球的卢森堡夫妇因所谓的“间谍罪”被处死的真实政治事件作为全书故事的核心。《拉格泰姆时代》（*Ragtime*，1975）用20世纪初期，尤其是第一次世界大战前盛行的黑人音乐代表这个时代，以亦真亦幻的艺术手法揭示美国工业化大革命时期市场繁荣、贫民窟的困境和种族冲突等社会问题。他在20世纪80年代发表的三部小说《鱼鹰湖》（*Loon Lake*，1980）、《世界博览会》（*World's Fair*，1985）、《比利·巴思格特》（*Billy Bathgate*，1989）都是以美国20世纪30年代大萧条时期真实的历史事实为背景的。《进军》选择的题材是历史比较久远的美国内战（1861—1865），这对于酷爱创作历史小说的E. L. 多克托罗来说具有不平凡的意义。本文拟从新历史主义的视角对小说进行探析，以求教于学者和读者。

一

海登·怀特在他的《元历史：19世纪欧洲的历史想象》中提出历史是一种特殊的存在方式。历史意识是一种独特的思维方式，而历史知识则是人文和自然科学光谱上的一个自治领域。他认为：历史作品是一种话语结构，以一种叙述的散文文体表现出来，这种散文体通过将过去的结构和过程分类，通过它们所

---

① John Williams. *Fiction as False Document: The Reception of E. L. Doctorow in the Postmodern Age*. London: Camden House (Columbia, SC), 1996, pp. 106 - 111.

② Michael Wutz. "Literary Narrative and Information Culture: Garbage, Waste, and Residue in the Work of E. L. Doctorow." *Contemporary Literature*, Vol. 44, No. 3 (Autumn, 2003), p. 510.

代表的模式来解释历史到底是什么。历史学家借用已经发生的事件来创造出一个故事。[①]《进军》是一个历史故事，它不同于编年史。编年史中的事件是“在时间中”的事件，不是发明出来的，是在现实世界中被发现的，因此不具有叙事性。编年史中的事件存在于作者即历史学家的意识之外，是可证实的已经构成的事件。历史故事是作家或者历史学家对这些事件进行选择、排除、强调和归类，从而将其变成一种特定类型的故事，也就是通过“发现”“识别”“揭示”或“解释”为编年史中隐藏的故事编排情节，使其变成故事或构建成历史叙事。这种叙事性会揭示和解释历史中事件的意义、连贯性和历史性本身，为整体的人类历史提供一个自圆其说的解释模式，为历史进程的整体提供一种意义，并展示一种发展的总方向。这成为元历史叙事的根本目的。[②]

因此，历史学者在写作过程中要将事件按照一定顺序排列起来，回答这样的问题：发生了什么事？什么时间？如何发生？为什么会发生？叙述过程中哪些事件要包括进去，哪些要略去？有些事件要加以强调，其他事件则捎带而过。历史思维和历史叙事的最终目的是：追溯变化，勾勒出所论时代的历史想象的深层结构。而历史修撰有三个重要方面：情节编排模式、论证模式和意识形态含义模式。这三个方面是任何一部历史著作或关于历史的文学著作都不可或缺的要素，它们构成了海登·怀特所说的历史场。在某种意义上说，《进军》也不例外。历史学家所讲的故事大体要经过以下三个运作过程。

首先是“通过情节编排进行解释的过程”，即“通过识别所讲故事的种类为故事提供意义”。怀特提出 4 种情节编排模式：传奇、悲剧、喜剧和讽刺。每一部历史小说，甚至是最共时或结构性的历史，都要以某种形式编排，以便“在这些事件的涡流之后或之内看到一种正在进行的关系结构，或在差异中看到同一性的永久回归。”其次，“通过形式论证进行解释。”论证是话语论证。解释的问题是：“历史上发生的事主旨是什么？总体意义是什么？”历史分析中话语论证有 4 种：形式论、有机论、机械论和语境论。最后，关于意识形态，怀特指的是在社会实践中采取的立场，而按照这个立场行事就必须遵守一套规则：你要么

---

① Hayden White. *Metahistory: The Historical Imagination in Nineteenth—Century Europe*. London: The Johns Hopkins University Press, 1973, p. 2

② Ibid., p. 6

改造世界，要么维持现状。怀特提出 4 种基本的意识形态立场：无政府主义，保守主义，激进主义和自由主义。怀特认为在历史叙事的各个因素间找到审美平衡，给真正发生的事件以诗意的解释和再现，这是使历史作家和他们的著作能千古流传的主要原因。[①]

小说《进军》是以南北战争最后一年即 1865 年真实的历史事件和战争路线为基础虚构的历史故事。作者运用自由主义的意识形态，即作者想象在未来的某一时刻社会结构将得到改善，有意或无意地对海登·怀特的元历史叙事进行一种实践，给予曾经发生的事情一种诗意的想象和解释，引起读者的思考。

小说的名字《进军》具有双重含义。根据《美国传统字典》（双解）的解释，“the march”意思是指军队的“前进；进军；行军”。小说表面情节很简单：描述美国内战最后一年联邦军队威廉·谢尔曼将军率军从南部向北部进军过程中发生的故事。谢尔曼将军率领 6 万将士进军佐治亚州，战胜南部同盟军之后，下令焚烧亚特兰大市，使之成为一片废墟。然后，他立刻率领部队继续进军南卡罗来纳州，占领美国南部重要港口城市萨凡纳，进而占领南卡罗来纳州首府哥伦比亚。军队经过艰苦卓绝的长途跋涉，战胜南部同盟军的顽强抵抗，进一步占领北卡罗来纳州重要城市费耶特维尔，最终获得战争的胜利。威廉·谢尔曼将军率军前进的过程中不断地与同盟军交火。士兵驻扎在荒野，对南部种植园烧杀掠夺，焚烧了占领的所有城市。这一切都是真实的历史。E. L. 多克托罗以这段历史为依据，将小说《进军》的结构分为三个大部分：佐治亚州——南卡罗来纳州——北卡罗来纳州。

《进军》中的另一条深层线索是 E. L. 多克托罗将人生比作一次行军或进军。他认为社会本身就像一个战场。在美国这个多元文化的大舞台上，每个人在生活中都有自己的梦想、失落和彷徨，会面对粉碎自己梦想的各种问题，在人生的征途中苦苦挣扎，最后他们或解决这些问题，或被这些问题所吞没。小说《进军》借古喻今，运用全新的叙述方法描述美国内战，让人们对美国内战前、中及之后所没有完全解决的问题进行重新思考。多克托罗笔下众多的人物向读者展现了各种各样的问题：黑人的身份认同问题、女性社会地位问题、科学控制

---

① 海登·怀特，《后现代历史叙事学》，陈永国等译，北京：中国社会科学出版社，2003 年，第 373—381 页。

的社会人的价值问题、人的权力欲望问题以及人类为什么和如何生存等问题。① 例如，解放了的黑人姑娘珍珠如何在白人的世界中寻找身份的认同；南方法官的女儿艾米丽作为女性在男性霸权的社会中如何争取自己的地位和归属；南方军逃兵阿莱和威尔随军四处奔波，怎么样让自己活下去，活着对于他们来说已经是一种成功；军医萨特里斯是一个在科学的世界里完全失去了人性乐趣的机械人，他甚至把深爱他的女人当成一种情欲发泄的机器，他自己则完全失去了爱别人的能力和心情，不断地为受伤士兵截肢、手术是他唯一感兴趣的事情。光环笼罩下的大人物本应该生活得津津有味，然而，小说刻意描写他们懦弱和卑微的一面，如北方骑兵基尔帕特里克将军的好色和贪婪，林肯总统在妻子面前的无能为力，谢尔曼将军痴迷于对权力的追求以及种种和普通人一样的矛盾心理和思想。

面对众多的人物和叙事线索，E. L. 多克托罗将传奇、悲剧、喜剧和讽刺 4 种情节编排模式分别运用在不同人物的故事叙述中。传奇是一种自我认同的戏剧，主人公对经验世界的超越、战胜和最终的解放象征着这种自我认同。这是善战胜恶、美德战胜罪恶、光明战胜黑暗的戏剧，人最终超越了由于堕落而被囚于其中的世界。珍珠姑娘的故事是传奇模式。小说开始，珍珠“光着脚站在镜子前面，肩上裹着一条漂亮的红色的饰有金色丝线的披肩。她冷静地照着镜子，似乎并不在意脚下的房子马上要被烧毁”。② 进军对于珍珠来说是个寻找身份和自我认同的过程。她的黑人奴隶朋友曾经将用毕生苦力换来的两枚金币赠给她，要她在危难的时候用。珍珠一直将钱珍藏在身上。小说结尾，她将一枚金币赠给内战前一直欺负她的同父异母的白人哥哥，鼓励他用这钱做路费回家乡继续生存下去。另一枚金币送给失明的黑人男孩买马，劝他继续在实现梦想的征途上前进。珍珠试图用她的善良和梦想去征服世界上的一切黑暗和不公平。讽刺的原型主题恰巧是关于救助的浪漫传奇的反面。作者运用讽刺模式嘲笑基尔帕特里克将军在战争中疯狂追逐各种女人，让装有他收敛的金银财宝的马车跟在他的战马后面，甚至在一次战斗中穿着短裤狼狈逃出军营。

---

① John G. Parks. “The Politics of Polyphony: The Fiction of E. L. Doctorow.” *Twentieth Century Literature*, Vol. 37, No. 4, (Winter 1991), pp. 454 - 463.

② E. L. Doctorow. *The March*. New York: Random House, 2005, p. 13.

喜剧和悲剧的模式意味着人至少能够部分地摆脱堕落的状况，暂时从人现世所处的分化状态中解脱出来。在喜剧中，希望是通过人对现世的暂时征服来表达的，人们期待着社会和自然界的力量不时地达到调和。这种调和是以节日庆典为象征的。女奴威尔玛·琼斯在战争中获得了自由，征途中历尽千辛万苦，终于和她深爱着的同样是刚刚获得自由的黑人青年柯尔豪斯拥有了林肯总统分给他们的田地和牲畜，从此可以开始自由、稳定和幸福的生活了。他们的喜剧情节安排以他们的婚礼结束。

悲剧模式中没有这种节日庆典，除非是虚假的或幻觉的。有关人类分化状态的暗示，比悲剧开始时激起人物冲突的情况还要可怕。悲剧结尾时主人公的堕落和他所居住的世界的动荡对那些幸存者来说并不可怕。对这场争斗的旁观者来说，得到的则是意识的收获。这种收获被认为包括在对控制人类生存的法则的顿悟中。这种顿悟是主人公通过与世界的奋力抗争而获得的。[①]《进军》中，历史人物和历史事件在描述的过程中渗入了E. L. 多克托罗作为叙述者的自觉的悲剧意识，比如谢尔曼将军率军打仗的地点、时间和过程是完全符合史实的，然而，E. L. 多克托罗没有描写战斗本身，却将写作重点放在他所虚构的，不同的战争背景下谢尔曼将军的话语、心理活动和他那孤独而深刻的内心独白。例如，在麦克里斯特炮台的战役中，面对着自己军队的胜利，他喊道“我的上帝啊！他们棒极了！”当他的军队炮火的烟尘像浓雾一样笼罩着战场时，将军想到，“这烟雾就像是战争女神透明的舞蹈面纱。我被陶醉了！”[②] 就在这场战斗结束时，当疲劳的士兵已经睡去，他走到战死的士兵中间，跷着腿坐在木桶上，一只手拿着一根雪茄，一只手拿着一杯酒，E. L. 多克托罗此时赋予他哈姆雷特似的内心独白：“死者是否会和睡者做同样的梦，我们怎么知道死后不会有意识存在？难道死亡就不是一个梦境，死者就不会从中惊醒吗？他们被深陷在一个可怕的宇宙中，我知道那里无所不在的恐怖，我在我的噩梦中见到过！”[③] 当战争最终结束时，谢尔曼将军的内心思想是：“现在过去4年的每一件事都变成了一次游行，就像即将在华盛顿进行的那样。我们所做的一切不过是走向一个政

---

① Hayden White. *Metahistory: The Historical Imagination in Nineteenth-Century Europe*. London: The Johns Hopkins University Press, 1973, p. 9

② E. L. Doctorow. *The March*. New York: Random House, 2005, p. 297.

③ Ibid., p. 87.

客的游行队伍。”① E. L. 多克托罗笔下的谢尔曼将军是个哈姆雷特式的悲剧人物，战争对于他来说就是政客的征途，充满艰辛、痛苦、诽谤和鲜花，这些只有他自己内心可以体会的精神历程。

二

在历史叙事中，除了文学家和历史学家借以编排“所发生的事”的概念化层面之外，还有其最终借以解释其全部主旨或总体意义的另一个层面。海登·怀特在《元历史：19 世纪欧洲的历史想象》中把作为话语论证的历史分析形式分为 4 种范式：形式论的、有机论的、机械论的和语境论的。②《进军》主要采用了有机论和语境论叙述模式，但更多运用的是语境论的叙述模式。

有机论试图把历史场中识别出来的特殊因素描写成综合过程的因素。语境论用以提供信息的方式是通过把事件置于它们发生的环境中来解释事件。事件为何这样发生，将通过它们与周围历史空间内发生的其他事件的特殊关系来解释。语境论认为，历史场中所发生的事件可以通过在特定的时间占据历史场的动作者和动因中存在的特定功能的相互关系得到证明。③

《进军》中人物众多。他们的共同点是他们都是作家所创造的历史场中的因素，是语境中一条条相互连接的线索。这些线索一经识别出来，可追溯至事件发生的外部的自然和社会空间，也可以在时间上回溯，以便确定事件的根源，或向后追溯，以便确定对后续事件所造成的后果和影响。这种追寻线索的冲动不是要综合在整个历史场中可能发现的全部事件和线索，而是要把它们连接成一条链子，成为对明显有意义的有限发生领域的临时和严格的描写。④

黑人问题是南北战争的起因，黑人奴隶珍珠姑娘从小到大的痛苦经历向读者展示了这个问题。南方白人，无论贫富与否都无法在思想上接受奴隶要被解放的结果，因此顽强抵抗，使战争持续不断，南方部队的逃兵阿莱运用种种伪

---

① E. L. Doctorow. *The March*. New York：Random House，2005，p. 88.

② Hayden White. *Metahistory: The Historical Imagination in Nineteenth-Century Europe*. London：The Johns Hopkins University Press，1973，p. 11 – 12

③ Ibid.，p. 14

④ Ibid.，p. 18

装，试图谋杀谢尔曼将军清楚地证明了这点。内战后，黑人的社会地位如何，他们真的获得了自由吗？真的可以去实现自己所有的梦想吗？黑人奴隶加尔文的经历引起读者的思考。加尔文获得自由后最大的梦想是拿着照相机，驾着自己的马车，四处旅行，去观察这个世界和社会，拍下他看到的所有的美好事物。然而，内战结束了，他的眼睛却在战争中瞎掉了，他无法看到任何东西，除了一片黑暗。加尔文失明的双眼不是象征着黑人在以白人为主流的社会里实现自己理想的困难吗？珍珠姑娘一直在寻求着自己的身份，即使是在战争结束之后。"她坐在去北卡罗来纳州的马车上，寒冷的春天的风吹着她，由于一场战役，行军暂时停止，这使她清楚地意识到自己不属于任何地方、任何事情，甚至不属于奴隶住处的悲惨的生活。她想，自己只是一个获得了自由的女孩。而她前面的生活是如此巨大的一个空白，没有任何事情要她从事，没有任何东西可以让她获得安慰……她的生活应该在哪里？她应该朝哪个方向走？走哪一条街？和谁一起？"① 珍珠姑娘确实解除了奴隶身份的束缚，然而，现实世界中找到自己的方向，实现自己的梦想对于她来说还很难。

美国南北战争已经过去 140 多年了，今天人们仍然记忆犹新。当时存在的各种社会问题如黑人身份认同问题、妇女社会地位问题、价值观问题、生活出路问题和不同阶层的矛盾问题，有的有所缓解，有的又出现新的情况。在科技飞快发展的今日，美国民众该如何面对？这是个发人深思的问题。

三

为了配合小说的内容，E. L. 多克托罗在《进军》中采用了独特的叙事方法。首先，《进军》所叙述的行军路线和时间是按照真实的历史事件不断地向前推进的。然而，每一个章节，甚至章节中每一个小部分的主人公都是不同的。作者运用大量后现代拼贴式叙述手法，交替展开多条线索，自己导演了虚构的人物命运和历史上的真人真事交织在一起的真真假假的杂剧。众多的人物来自不同的地方、阶层、生活经历和背景，唯一的共同点是，他们都在南北战争中跟随

---

① E. L. Doctorow. *The March*. New York: Random House, 2005, p. 349.

军队向北进军，经历着生活的磨炼。

其次，传统意义上的历史不复存在。原先那个被人复述的“唯一的故事”，变成其中的“某一个故事”。原先那个大写的、单数的“历史”（History）现在被众多小写的、复数的“历史”（histories）取代了。人们更愿意接受这样一个事实：放在人们面前的历史，只是以文本形式存在的历史。历史既是文本，它就应该受制于文本阐释的所有规则。[①] 在《进军》中，对传统英雄人物北方军队谢尔曼将军的“大叙述”被对南方的黑人、女奴、逃兵、庄园主，北方军队的服务兵、军医、送信兵等这样小人物的“小叙述”所代替。比如谢尔曼将军的外表、性格及其机智、英勇等特点大多是由虚构的小人物的叙述反映出来。南方贵妇利蒂希娅在谢尔曼将军攻占她所在的城市，将要烧毁她的家园，她带着金银细软逃跑时说，“我认识他！他在我的家里吃过饭。他曾经住在我们中间。所有他曾经骑马去吃过饭的地方他都会烧毁。他烧毁了他曾经祝酒的那家俱乐部所在的城市。唉，是的，他是属于受过教育的一个人，或者，我们是这样认为的，尽管我从来没有在他身上发现这一点。不，不，我从未发现他受过教育。他的外表太像蜘蛛，他太不善于言辞，衣着搭配太差，他丝毫不在意自己的外表。而且我认为他唯一文明的地方就是他根本不善于掩饰和伪装他没有感受到的东西。还有一点一直让我耿耿于怀。我一直认为他是一位十分爱自己老婆和孩子的会持家的好男人，可是实际上，他是一个冷酷的心中没有一丝怜悯的野蛮人。”[②]

黑人姑娘珍珠对谢尔曼将军的印象是，他长得根本不像个军人。裤子上沾满灰尘，衣服的扣子有一半没有扣好。一条手绢系在脖子上，一顶又旧又破的帽子，嘴里叼着烟蒂，红色的胡子已经开始有些许灰色。珍珠永远记得谢尔曼将军留给她的第一印象，那就是，他的言谈举止和衣着打扮根本就不是一个军官的样子，而且她根本就没有想到他会是个军官。直到一个骑在一匹高头大马上的魁梧的军官对他表现出敬意才让珍珠意识到谢尔曼将军的身份。将军骑在自己那匹小马上和站在地上的珍珠几乎一样高。将军在安慰哭泣着的珍珠时竟

① 盛宁，《新历史主义》，台北：扬智文化事业股份有限公司，1998年，第94，77页。

② E. L. Doctorow. *The March*. New York: Random House, 2005, p. 4.

然说："有的时候我也想哭。"①

在谢尔曼将军下属军官狄克的眼中，将军不仅是一个头脑睿智的人，而且是一个痛失爱子的"需要有人给他安慰的悲伤的父亲"。②

谢尔曼将军给南方白人法官的女儿艾米丽的印象是易怒的和暴躁的："现在我们看到这些叛军的谋杀者的本来面目。他们不是士兵。士兵站着战斗，叛军不是这样做的。"将军转过身喊道，"把叛军的俘虏带到这来，快把那些该死的俘虏带到这来。"③

从上述不同人物的不同话语中，作者给读者展示了谢尔曼将军生动而复杂的形象。E. L. 多克托罗还善于通过一些不起眼的小细节——某些逸闻趣事、意外的插曲和奇特的话题，通过运用虚构的情节、对话和内心独白，去修正、改写和打破在特定的历史语境中占支配地位的主要文化代码（社会的、政治的、文艺的、心理的等）。他以这种政治解码性、意识形态性，和反主流性姿态，实现解构中心（decentered），达到重新阐释和改写历史的目的。④ 新历史主义的代表人物格林布拉特认为，新历史主义摒弃传统历史批评只用单一的政治眼光看待历史，将历史看成是全民共有的简单化倾向。传统的历史眼光是单声道的（monological），把原本存在的斗争掩盖起来。《进军》这部历史小说强调了政治上的利害关系，强调了意识形态和阶级冲突。例如，白宫特使和谢尔曼将军的矛盾；将军和下级军官的关系；报纸等媒介对军队造成的威胁和压力，以及北方军队和南方普通民众的冲突等等。E. L. 多克托罗通过这种关于大人物的事实和对于那个时代各个阶层小人物的虚构，向读者展示了他所理解的一段历史，给读者有益的启迪。

关于历史修撰的这一变化，是让-弗朗索瓦·利奥塔在《后现代状况：关于知识的报告》中首先提出来的。历史作为一种"总体叙述"或"大叙述"，作为反映存在于话语之外的唯一真实的故事，已不再具有权威性。历史故事的合法性（包括历史人物、进程和目的等），其实在很大程度上是一个政治问题。是

---

① E. L. Doctorow. *The March*. New York：Random House，2005，p. 75.
② Ibid.，p. 78.
③ Ibid.，p. 82.
④ 王岳川，《后殖民主义与新历史主义文论》，济南：山东教育出版社，1999 年，第 160 页。

它所要传达的知识本身决定了人们应该说什么（否则就没人听）、应该听什么（否则你不知道说什么）、应该充当什么样的角色（这样才能成为某一叙述的对象）。利奥塔认为，在今后的自由话语中，唯一的英雄的名字就是人民，合法性的标记就是人民共识，而他们创造规范的方式就是磋商。在《进军》里，人们不难发现这个变化。

在第二次世界大战以后当代作家的创作中，人们渐渐地摒弃了过去浪漫主义那种将自然视为一个和谐整体的观点。人们愈来愈趋于认为，人以外的全部客观存在（时间、空间）是无始无终的一片混沌，全无规律可循。但是，人又总要人为地裁定一个起始、中间和终结，总要发挥自己的想象，设计出一个首尾相连的格局，为生活赋予一定的意义。而上述种种思想、观念和方法渗透到历史研究领域，首当其冲就是所谓的历史本身发生了面目全非的变化。实体被符号所代替，意义被阐释所替代。意义不再是一种发现，而是一种建构、一种创造。E. L. 多克托罗以谢尔曼将军在南北战争中的故事为中心，用独特的历史修撰方法构建了一部充满诗意的艺术化的历史小说，揭示了自己对于历史人物、历史事件和历史遗留问题的独到见解，唤起读者的思考。可以说《进军》以古喻今，是一部不可不读的优秀作品。难怪美国学界普遍认为 E. L. 多克托罗是美国当代最令人敬佩的小说家之一。

（原载《当代外国文学》，2007 年第 1 期）

用语言重构作为人类一员的“自我”

——评唐·德里罗的短篇小说

1961 年以来，美国涌现了一批优秀的后现代派小说家，唐·德里罗就是其中一位佼佼者。他已发表十几部长篇小说和 4 个剧本，其中不少已译成包括汉语在内的许多种语言。了解他的我国读者越来越多。

去年，李德恩教授约我选译唐·德里罗的两篇短篇小说。我找了好久，仅从《哈波美国文学》找到一篇《第三次世界大战中的人情味》。我只好写信求助于唐·德里罗。他收到我的信以后，立即给我寄来 4 篇短篇小说。除了上述一篇外，还有《象牙杂技艺人》《跑步者》和《巴德-曼霍夫》。他在信中谦虚地说：虽然他在报刊上发表了好几篇短篇小说，但还不足以出个专集。他还说，不久前他又完成了一部长篇小说《国际大都市》。他对我国读者怀有真挚的感情。现借此机会谨向唐·德里罗表示谢意。

唐·德里罗在来信中还提到：他的短篇小说大部分是他的长篇小说的缩写。从上面提到的 4 个短篇小说来看，情况大体如此。在主题思想、情节结构、艺术手法，尤其是语言方面都体现了他独特的匠心。短篇小说篇幅有限，作者在比较窄小的空间里施展拳脚，演绎出一幕幕感人的故事，倒也不是件易事。因此，唐·德里罗的短篇小说引起了文艺界和学术界的重现。

作为一位美国后现代派小说家，唐·德里罗十分关注历史、政治和社会，关注人类的命运。《第三次世界大战中的人情味》（以下简称《人情味》）描写了宇宙飞船负责人“我”与美国青年伏尔默在宇宙飞船的空间飞行中对于地球、对于人类生存的自然条件，尤其是对世界大战的关切和忧虑。唐·德里罗通过宇宙飞船中两人的争论表示了热爱和平和反对战争的强烈愿望，提到“人民对战争感到失望。战争正在拖延到第三周，令人看得精疲力竭，耗尽了一切”。尽管科学技术日益发展，人类仍面临着地震、洪水、台风、火山等自然灾害，难于在地球上寻找一片安居的乐土。但有的人却将先进的科技成果用于战争。“禁止核武器使全世界免于战争，安全多了”，但地球上仍不得安宁，局部地区战火不熄，战争和战争中使用的武器问题仍是许多人关注的亮点。“是以空间为基地有选择地打击？抑或是令人厌烦的长期的海陆空交战？”成了某些发达国家领导集团考虑的全球战略的核心。在他们看来，“战争使我们所说的和做的一切变得高尚无比。非人性的东西变成人性的东西。孤独的情绪成了共同分担。”然而，战争是人类的一场灾难。“作为战争中的男人，我们可以肯定，正在走向死亡，我们一定会激起显而易见的悲伤。”唐·德里罗对战争的精辟见解对于当前国际形势来说，具有深刻的现实意义。

唐·德里罗曾旅居希腊，对希腊人民和希腊文化情有独钟。他的长篇小说《姓名》便是以希腊为背景的。一群外国人如银行家、外交家、商人、间谍云集雅典。詹姆士·艾克斯顿放弃在美国作为一个自由专栏鬼怪作家的生活，移居雅典成了一家保险公司的“风险分析员”。这些刚到中年的人经受了婚姻的破裂、情场的失意、事业的挫折，充满了失望和困惑，希望到异国他乡重整旗鼓，寻觅生活的意义。詹姆士成了一名出色的间谍，发现一个宗教狂热教派名为“姓名”，专门谋杀那些姓名的第一个字母与发生谋杀的城市第一个字母相同的人。他第一次经历了智能探索的乐趣，对他产生了深刻的影响。他到处旅行和收集情报，分析为什么有人要“杀死美国人”？究竟美国人在政治上和经济上触犯了谁？希腊人安德列说，希腊的利益多年来一直从属于美国的战略和经济利益，希腊人对此感到讨厌，“美国是唯一伤害希腊的自尊的国家”。欧文则认为，美国是世界的活神话。如果你杀了一个美国人或因当地的灾祸责骂美国，不会感到有什么不对。这两种情况也许是真的，可没有人对它产生的原因感兴趣。[①] 詹姆士的任务是分析恐怖活动造成的后果。“风险分析”的目的，其实不是阻止恐怖活动，也不是减少风险。唐·德里罗暗示：所谓“风险分析”实际上是恐怖主义沉默的伙伴。没有它，“恐怖”的意义就难说了。

如果说唐·德里罗在《姓名》里揭示了希腊人民的“反美情绪”和维护本国尊严的爱国情结，那么在短篇小说《象牙杂技艺人》里则倾吐了他对蒙受一次 6.6 级大地震灾难之后希腊平民百姓的同情。小说描写小学女教师凯勒经历一次大地震和 200 多次余震后的物质损失和精神创伤。作者通过“英国男孩”爱德蒙送给凯勒一尊少女公牛跳跃者的雕像——3 600 年前弥诺斯文化象征的仿制品，激励她在大地震后顽强地生活下去。这种知难而进，百折不挠，积极向上的精神成了这篇作品的基调。从这个意义上说，《象牙杂技艺人》突破了后现代主义的价值“平面”，显示了一定的精神“深度”，表现出新历史主义色彩。

尽管如此，唐·德里罗仍然运用一些后现代主义表现手法来构建小说文本。他特别重视语言的创新。他说：“写作对我意味着：尽量写出有趣的、清楚的、美妙的语言。写出句子和韵律可能是我作为一个作家所做的最满意的事情。”[②] 他认为，不久，一个作家就能够通过他的语言了解自己，又从这些句子的构建中反馈给他，形成作为人类一员的“自我”。

唐·德里罗善于在短篇小说里运用语义场来构建文本。所谓语义场指的是语义上相关联的词汇单位，即它们至少具有一个共同的语义特征。它包括“同化”和“感觉”等方面，使作品产生了奇特的魅力。

首先，“同化”在小说里表现为人物形象的不确定、叙述的模糊性和间断性。《人情味》是由 5 段小笔记即 5 个碎片拼贴而成的。叙述者的“我”和伏尔默两人背靠背驾驶飞船在太空中翱翔。“我”虽做了一点自我介绍，但形象很模糊。伏尔默是个 23 岁的工程方面的天才、通讯和武器的天才，他拿过学位，得过奖学金，当过助理研究员，肩膀有点弯曲，长身体不太匀称。他的祖父当过兵，扛过枪。他带上毕业照和他家后院捡来的小石头上天。他关注地球上的生活，关注人类的日常饮食起居。他心里想得很多，但没说出来，作者对他的介

---

① Frank Lentricchia ed. *Introducing Don DeLillo*. Duke University Press, 1991, p. 157.

② “Don DeLillo’s Interview with Thomas LeClair.” *Contemporary Literature*. The University of Wisconsin Press, 1982.

绍总是断断续续的，似乎想将他的许多碎片让读者在心里组装成他的“肖像”。在《象牙杂技艺人》的开篇里，作者描写了人们夜里逃离住房，聚集在大街小巷的凄凉景象，女主人公凯勒上下楼梯跑了好多次，后来孤独地在空荡荡的马路上奔走……可是，小说一直不提“地震”二字，直到小学音乐教师凯勒与她的同事爱德蒙共进午餐，他俩在交谈中才提到“地震”。这种模糊的开篇似乎有意让读者自己猜想“到底发生了什么事儿?”自觉或不自觉地走进小说的文本中去。

其次，两个短篇充满了描述和暗示感官功能的词汇单位，体现了人们具体的“感觉”。比如《人情味》中的“看到”“看见”“看看”“注视”“望着”“感到”“感觉”“听到”“倾听”“阅读”等等，反映了“我”和伏尔默在太空中对地球上人类生活的关注，时刻注视着战争和自然灾害的变化。诚然，这也与他们的特殊使命有关。他们不断在监视太空中不载人的卫星，并收集各种情报，然后发回科罗拉多指挥部。在《象牙杂技艺人》里多次出现“倾听”“听到”“细听”“听着”“看到”“望着”“听说”等等，尤其是 listened、paused and waited 用的频率很高，生动地反映了凯勒对大地震发生前后那不安、孤独和恐惧的心情。

其三，句子和短语的奇妙组合。有些句子残缺不全，体现了文学符号的跳跃。比如：

One thing he did know：It wasn't selective noise. A quality of purest，sweetest sadness issued from remote space. He wasn't sure，but he thought there was also a background noise integral to the conversation. Laughter. The sound of people laughing.

诚然，这种跳跃还是不难理解的，不像唐·德里罗在《姓名》里自己创造的词汇，如“Abecedarians”和“Alphabreath”；《天秤星座》中随意的缩写词 sym.（sympathetic）、someth.（somthing）和 fondes（fondest）等等，都比较费解。不过，这是唐·德里罗语言的一大特色。

其四，重复的妙用。重复有助于产生意义，促进语境稳定性的颠覆，创造无数的新语境，强化对读者的心灵刺激。这是美国后现代派作家常用的一种表现手法。唐·德里罗也没有例外。

侵略战争是灭绝人性的摧残，哪有人情味可言？唐·德里罗讽刺那些战争“是崇高的意图之间的冲突”。因为发动战争的人往往打着崇高的旗号，实际上怀有不可告人的目的。他选用《第三次世界大战中的人情味》这个标题，具有明显的反讽色彩。这种色彩由于小说文本中重复使用“×××是有人情味的”而更加强烈。如：“我们的吊床是有人情味的”“伏尔默的足球运动衫也是有人情味的”“耳插是有人情味的”“苹果汁和绿花椰菜是有人情味的”和“伏尔默自己是有人情味的”。在地球上，日常生活中的一草一木，每种食品和用具，年轻的伏尔默以及无数男女青年，象征着人类美好的明天，虽然是那么随处可见，那么简单平凡，却是多么令人珍惜！多么令人怀恋！地球上，人是最宝贵的。有了分歧和争吵，应该用协商的办法解决，不能诉诸武力，小说文本中关键的重复留给读者无限的遐想，达到了意在言外的效果。

在谈到自然灾害与人类的生存环境时，《人情味》出现了多处重复的短语、从句和句子。比如：

> “Look at it,” he says, “Huge barren deserts, huge oceans. How do they endure ail those terrible things?” The floods alone. The earthquake alone makes it crazy to live there. Look at those fault systems. They are so big, there're so many of them. The volcanic eruptions alone. What would be more frightening than a volcanic eruption? How do they endure avalanches, year after year, with numbing regularity? It's hard to believe people live there. The floods alone. You can see whole huge discolored areas, all flooded out, washed out. How do they survive, where do they go? Look at that swirling storm center...

这一段 Look at 一共重复了 7 次，加上设问，从洪水泛滥、火山爆发、暴风雨、闪电到城市污染、海岸被巨浪吞卷等等，作者用作为普通修辞手段的“重复”，构成一幅自然灾害的立体画面，流露了对灾民的深切同情。他的话句句打动读者的心。可见“重复”能催促读者思索，激发读者对于自然灾害的忧虑和对于无辜的平民百姓的同情，其多重的意义便不言而喻了。

唐·德里罗曾说过，法国电影导演简-纳克·戈达的电影比他读过的任何东西更有启发性，对他早期的作品具有更直接的影响。① 这一点从《象牙杂技艺

---

① “Don Delillo's Interview with Thomas LeClair.” *Contemporary Literature*. The University of Wisconsin Press, 1982.

人》也可见一斑。诚然，许多美国后现代派小说家像多克托罗、库弗、加迪斯等人都喜欢将电影蒙太奇的手法融入他们的小说中。唐·德里罗在长篇小说里也用过。他在短篇小说里则借用电影脚本的叙事模式，以人物为主体，以动作为核心，促进文学符号大幅度跳跃，加快了叙事的节奏，将故事情节推向新的层次。比如《象牙杂技艺人》中的一段：

她听到了一切。

她在学校里小睡。

她被这城市本身剥夺了。我们可以到任何地方去，俄亥俄州那失去的角落。

她梦见一个落花掠过水面的蜉蝣池塘。

……

她获悉爱德蒙跟他的朋友在北方，凝视着寺院。

她听见山上摩托车的轰鸣声。

她查了西墙的裂缝，对房东说了。房东闭上眼睛，摇着沉重的脑袋。

风，使某地沙沙作响，很近很近。

她夜里坐起来，手上拿着里面被水浸硬的书，想读一读，想逃避那种感情，她立即被孤立无援地带往时间的深渊。

这段言简意赅的描述与彼时彼地饱受大地震之苦的女主人公凯勒的行为十分吻合。她那急促的动作仿佛扣动着读者的心弦。

从文本结构来看，唐·德里罗的短篇小说，如同他的长篇小说一样，是跨体裁的。《人情味》乍看起来像一篇科幻小说，充满许多高科技的术语，但内容是宇航员对地球的留恋，对第三次世界大战的关注，虚构的文本与社会的文本构成了互文性。在叙事话语方面，既有对自然景色的抒情描写和拉家常的对话，又有对战争的一针见血的评论，其中还夹杂着反讽和幽默。后现代派的多种艺术手法交叉运用，构成了多姿多彩的小说文本，难怪它受到不少评论家和文选家的青睐。

唐·德里罗的短篇小说数量的确不多，但质量上乘，可以说是“少而精”。

从上述两个短篇小说来看，他的新历史主义倾向还是明显的。他按自己的愿望用自己的语言构建了作为人类一员的“自我”。作为一位知名的美国后现代派作家，他意识到作为人类一员的责任感，关注世界大战带来的危机，关心自然灾害对人类生存的危害。他热爱大自然，热爱人类，热爱生活。“那景色令人感到无限的满足。”他深深地同情希腊人民遭受大地震造成的损失，希望他们鼓起勇气，开始新的生活。从上述两个短篇小说来看，唐·德里罗所揭示的主题是意义深远的。

（原载《外国文学》，2003 年第 4 期）

论美国文坛新崛起的“X一代”作家群

——杨仁敬教授访谈录

甘文平（以下简称甘）：杨老师，您今年6月又去哈佛大学访问，收获一定不少。受《外国文学研究》编辑部的委托，我想请您谈谈美国文学的新动态。

杨仁敬（以下简称杨）：是的，我6月初去哈佛大学访问我的导师丹尼尔·艾伦教授，会见了英文系系主任、著名的文论家和比较文学专家詹姆斯·恩格尔教授，跟他们探讨了美国文学的有关问题，很有收获。

甘：大家非常关心的是美国后现代派小说近年来怎么样啦？是不是都消失了呢？

杨：这个问题问得好。美国后现代派小说不但没有消失，而且还在不断发展。20世纪60年代崛起的作家仍有新作问世，而且很受欢迎。E. L. 多克托罗的历史小说《进军》（2005）获2005年国家图书评论界奖和美国国家图书奖提名奖，女作家邹恩·狄迪恩的《难以想象的一年》获2005年美国国家图书奖非小说奖，诗人W. S. 默温获美国国家图书奖诗歌奖，诺曼·梅勒获终身文学成就奖。多克托罗、狄迪恩、默温和梅勒都是著作等身的后现代派作家。他们中有的已经不是第一次获此大奖了。2005年他们的新作又获奖，说明这些德高望重的老作家一直在勤奋笔耕，艺术上探索不止，也表明评论界和读者对他们的肯定和敬重。

甘：确实是这样。多克托罗的长篇小说《比利·巴思格特》(1989)、狄迪恩的长篇小说《民主》(1984)、默温的《诗选》(1987)和梅勒的《刽子手之歌》(1979)等作品在我国拥有许多读者。美国国家图书奖和国家图书评论界奖都是文学大奖。他们的作品再次获奖表明他们在美国文坛的声誉历久不衰。今年来，美国文坛有什么重要新闻吗？

杨：有的。最引人注目的是5月21日《纽约时报书评》公布了近25年来美国最佳长篇小说评选结果。该报邀请全国200名著名的作家、评论家和编辑进行通信评议，结果有124人投了票。荣获第1名的是托妮·莫里森的《宠儿》(1987)，第2名是德里罗的《社会底层》(1997)，第3名至第5名是麦克卡西的《热血沸腾》(1985)、厄普代克的《兔子四部曲》(1995)和罗思的《美国田园诗》(1997)。入围的还有17部长篇小说，合计22部。有趣的是22部小说中，德里罗占了3部，罗思占了6部。除上述提到的两部小说外，德里罗还有《白色噪音》(1985)和《天秤星座》(1988)；罗思还有《萨巴思剧院》(1985)、《人类的污点》(2000)、《生活逆流》(1986)、《夏洛克在行动》(1993)和《反美阴谋》(2004)。黑人女作家托妮·莫里森、犹太作家菲力普·罗思和主流作家唐·德里罗都是公认的后现代派小说家。他们在激烈的竞争中胜出是很难得的。不仅如此，在其他12部小说中还有后现代派作家梯姆·奥布莱恩的《他们携带的东西》(1990)和雷蒙·卡弗的《我从那里打电话?》(1988)。由此可见，这些后现代派老作家的影响是深远的。这次评选反映了八九十年代，美国后现代派小说黄金时代的成就。诚然，由于某些原因，还有些重要作品被遗漏了。比如品钦、冯尼古特、海勒、加迪斯、纳博科夫、加斯和多克托罗等人的长篇小说。他们中间，有的曾获美国国家图书奖、国家图书评论界奖和普利策奖等等。他们对美国小说的贡献是有目共睹的。

甘：您提供的这些信息加深了我对美国后现代派老作家的认识。事实上，您在《美国后现代派小说论》中已做过系统而深刻的评介，令读者开阔了视野，增长了知识。这是很有意义的。这些老作家影响还这么大，真令人高兴。近年来是否涌现了一些新作家呢？

杨：是的。这些中青年后现代派作家，美国评论界称为"χ一代"作家群。的确，美国后现代派老作家年龄都70多岁了。德里罗生于1936年，今年70岁了。他算是最年轻的了。莫里森和多克托罗都生于1931年，罗思生于1933年，狄迪恩生于1934年，梅勒则生于1923年，已经80多岁了。所以，评论界和广大读者都在关注青年作家的成长。

甘：什么叫“χ一代”作家群呢？我还是第一次听到这个名词，恐怕我国读者也会感到挺新鲜的。美国中青年作家的成长，的确关系到美国文学的未来。这方面，我们以前在美国文学研究中似乎重视不够。

杨：“χ一代”作家群的名称，借自青年作家道格拉斯·考普兰一部长篇小说的书名《χ一代》（1991）。这部小说描写生于50年代末和60年代初的三个青年在服务行业工作，工资低、无地位和没前途的抱怨和愤怒。美国评论界借用了“χ一代”来指50年代末和60年代初出生的中青年作家。今天，他们的年龄都在50岁以下，正是精力旺盛，多出成果的时候。这是一层含义。另一层含义是：“χ一代”中的χ是个未知数。现在是指新一代6—7位作家，将来是否还有第二代、第三代呢？等着瞧吧！

甘：“χ一代”作家群包括哪些人呢？

杨：目前评论界比较公认的有6位青年作家。他们是威廉·伏尔曼（William Vollmann，1959— ）、理查德·鲍威尔斯（Richard Powers，1957— ）、大卫·福斯特·华莱士（David Foster Wallace，1962—2008）、道格拉斯·考普兰（Douglas Coupland，1961— ）、凯瑟琳·克拉默（Cathryn Kramer，1957— ）和尼尔·斯蒂芬森（Neal Stephenson，1959— ）等。他们每人已分别发表了7—19部作品，获得多项文学奖。他们像灿烂的新星从美国文坛升起，成了美国小说创作的一支生力军，让评论界和读者刮目相看。

甘：对这几位作家，国内报刊至今介绍很少。我感到很陌生。请您谈谈他们小说的特色。我想广大读者一定很感兴趣的。

杨：第6版的《诺顿美国文学选集》（5卷本）收入好几位在世的作家的作品。鲍威尔斯和他的长篇小说《加拉蒂2.2》（选段）入选其中。编者称鲍威尔斯、伏尔曼、华莱士和克拉默等人是品钦、加迪斯和德里罗的“新一代接班人”。事实上，这几位“χ一代”作家生于50年代末和60年代初。他们上大学时，正逢20世纪80年代和90年代美国后现代派小说的鼎盛时期。他们特别爱读后现代派小说。他们觉得这些小说所揭示的社会问题和艺术技巧，跟以前传统的现实主义小说和现代派小说很不一样，越看越爱看。离开学校以后，他们开始搞小说创作，自然而然地受了这些后现代派小说的影响。品钦、加迪斯、德里罗、冯尼古特、纳博科夫等人小说的拼贴、跨体裁、黑色幽默、零度写作、自我反射、文字游戏等等，他们都用上了。而他们小说中的科幻成分比起他们的老前辈则有过之而无不及。他们非常熟悉当代先进的科技如信息科学、遗传学、工程物理学和分子生物学，尤其是电脑及其应用。他们构建的小说世界具有鲜明的时代特色。他们对大众文化的吸取更细致更精彩，对社会问题的关注十分广泛而敏锐。“χ一代”青年作家们每人都有自己的独特风格。这里概括地说一说，要说明白，还得一个一个来谈。

甘：您概括得很好，首先点明了“χ一代”青年作家们对他们老一辈作家的继承和创新，给我留下深刻的印象。下面可否谈谈威廉·伏尔曼呢？我国读者对他有点了解。

杨：不错。威廉·伏尔曼的长篇小说《欧洲中心》荣获2005年美国国家图书奖后，《中华读书报》等报刊做了评介。我国读者对他并不陌生。今年，他又推出长篇小说《不以地球为中心》。至今他已发表15部作品，是“χ一代”作家群中最多产的作家之一。主要有：长篇小说《你们闪亮升天的天使们》（1987）、《蝴蝶的故事》（1992）、《妓女格洛里亚》（1991）、《皇族》（2000），短篇小说集《彩虹的故事》（1989）和《13个短篇小说和13篇墓志铭》（1993），系列小说《七个梦》中的《冰衬衫》（1990）、《父亲们与丑老太们》（1992）、《阿戈尔》（2001）和《步枪》（1995）以及非小说《阿富汗图片展》（1992）、《地图册》（1996）和杂文集《起与伏》（2003）等。他的小说集各种后现代派小说艺术之大成，将真实的事件与想象相结合，以优美的散文展现了从北极到东南亚各地的异国情调，在广阔的画面里揭示了吸毒、贫困、种族歧视和黑社会猖獗等社会问题。跨国题材则涉及东南亚等地的贫民、难民和妓女问题以及二战中德国法西斯的凶残和苏联对著名作曲家的压制等，显示了作者对人类的人文关怀。美国媒体称伏尔曼是美国后现代派小说的“新品钦”。他的作品标志着后品钦时代的来临。

甘：威廉·伏尔曼确实是个才华横溢的青年作家。据说，他很重视学习海明威的语言风格。

杨：对。他的小说语言简练、生动，人物对话简洁、口语化。不过，他有时还用点俚语。小说里一些东南亚的人物则讲带有土腔的英语。伏尔曼博览群书，对三岛由纪夫、托尔斯泰、霍桑、福克纳和海明威等文学大师推崇备至。他从他们的作品里受益匪浅。

甘：一个青年作家能这样博采众长是很可贵的。创新离不开继承。我想，伏尔曼的成功与他的虚心好学是分不开的。其他“X一代”作家怎么样呢？

杨：都不错吧！比如理查德·鲍威尔斯，他早已入选最新版的《诺顿美国文学选集》和默里姆·韦斯特的《美国作家词典》。他至今有8部长篇小说问世，其中《去舞会路上的三个农民》（1985）、《囚犯的困境》（1988）和《加拉蒂2.2》（1995）3次获国家图书评论界奖提名，同时荣获罗森萨尔奖和笔会/海明威奖。《金壳虫变奏曲》（1991）成了一部全国畅销书。《游魂在行动》（1993）获美国国家图书奖提名。其他3部是《营利》（1998）、《冲破黑暗》（2000）和《我们歌唱的时刻》（2003）。新作《回音制造者》将于2007年10月问世。他善于运用“双情节”来对照现实世界与电脑世界中人物命运的差异，关注新科技带来的社会问题。他揭露医院的腐败、种族歧视和战争的危害以及生物工程、信息科学和电脑发展对人类的利弊。他有时走进小说，成为众多人物之一，像老作家菲力普·罗思一样。他将交响乐的旋律与优美的语言融为一体，仿佛令人陶醉在动人的乐曲中。《纽约客》称赞他是“我们时代最有才华的作家之一”。

另一位是大卫·福斯特·华莱士。他比伏尔曼和鲍威尔斯年轻。目前已写了7部作品：3部短篇小说集、2部长篇小说和2部散文集。短篇小说集《遗忘》成了一部全国畅销书。《头发古怪的女孩》（1989）和《与丑男人简短的会见》（1999）也颇受欢迎。他的长篇小说《系统的扫帚》（1987）和《无尽的玩笑》（1996）受到很高的评价，尤其是《无尽的玩笑》长达1 079页，写了一个网球学校主人与附近一个小病人的故事。虽然写的是平凡的日常生活，小说却展现了美国社会的方方面面：吸毒者的孤独、现代社会的孤独、消费文化的疯狂与缓解、美国人的得失和希望，无一不尽露作者笔端。网球拍下展现了一幅幅寓意深刻的拼贴画，内容包罗万象，讽刺入木三分，语言诙谐幽默，简直可以跟品钦的《万有引力之虹》相媲美。有人称它是继承了从18世纪英国小说家斯威夫特至美国品钦优秀传统的一部喜剧史诗。《当代小说评论》则认为这么广阔生动的画面，唯有加迪斯和品钦能描绘。可是，华莱士做到了。他曾获南兰小说奖、《巴黎评论》阿加康奖、约翰·特莱因幽默奖和欧·亨利小说奖。小说语言的幽默和音乐性是他艺术风格的一大特色。一位评论家说，读他的小说，犹如听最好的摇滚乐队演奏。

甘：从您的评介中，我感到伏尔曼也好、鲍威尔斯和华莱士也好，他们在认真学习品钦、加迪斯和德里罗的创作经验时，更致力于形成自己独特的艺术风格。文学作品是语言的艺术。他们 3 人在小说语言上下了很大的工夫。伏尔曼的作品简洁生动和抒情化、鲍威尔斯的平白易懂和音乐化以及华莱士的诙谐幽默和通俗音乐化，都各具特色，魅力四射，令读者爱不释手。您前面提到的《X 一代》的作者道格拉斯·考普兰和凯瑟琳·克拉默，我对考普兰只了解一点点，但从未听说过克拉默。他们的小说有什么特色呢？

杨：对！道格拉斯·考普兰是“X 一代”作家群中不可缺少的一员。《X 一代》问世后，他一举成名，深受鼓舞，又写了许多小说，至今已出版 9 部长篇小说。他的艺术风格与前面 3 人不同，他喜欢在小说里玩文字游戏，采用许多美国西部青年人流行的俚语，也生造一些自己喜欢的词汇。例如，他自造了 McJob（意思是“服务性工作”，类似在麦当劳快餐店里干活）和 Ozmosis（指“一种遇到挫折后的哀怨情绪”）；同时，他用了不少电脑语言。所以，要读懂他的小说不太容易，考普兰不得不在《X 一代》每页正文旁边加上 96 条注解和 30 幅小插图。

60 年代是美国的多事之秋。越南战争和国内民权运动使社会动荡不定。3 个 20 岁左右的男女青年到餐厅或酒吧当服务员，收入少，待遇差，又常常失业。他们跑到加州沙漠地带，在酒吧里寻欢作乐，在家中自得其乐。他们对前途感到恐惧，可没人关心；他们对现状感到愤怒，但没人劝导；他们沉迷于亚文化，也没人拉一把。他们成了无家可归的一代，被遗弃的一代。《X 一代》生动而真实地描绘了这被遗忘的一代。小说发表后，引起美国社会的极大震动。评论界称它是“当代的《麦田里的守望者》”，又像凯鲁亚克的《在路上》，对社会的冷漠、沉闷和孤独产生了巨大的冲击，引起了广大青年和他们家长的关注。考普兰的其他小说有：《洗发水行星》（1992）、《上帝以后的生活》（1994）、《微奴》（1995）和《昏迷的女友》（1998），后两部已成为全国畅销书。还有《怀俄明小姐》（1999）和《JPOD》（2006）以及3部非小说。他善于描写一代青年生活中的挫折、失望和不满。小说中充满了黑色幽默、尖刻的反讽和奇特的文字游戏。《时代》周刊赞扬他是今日小说中发出最新鲜最动人的声音的作家之一。

甘：凯瑟琳·克拉默是一位女作家吧？我国读者可能对她比较陌生。

杨：是的。她是“χ一代”作家群中唯一的女作家。她既写社会小说又写幻想故事和科幻小说。她已发表了18部作品和1部与别人合写的小说。主要作品有：《爱情的狂喜》（1985）、《欲望的假面具》（1987）等“欲望”五部曲、《海妖之歌》（1989）、《海盗的新娘》（1994）、《甜水》（1998）、《外星客手册》（2001）等。她曾获得世界幻想故事奖、6次被提名为雨果奖。她在美国拥有大量的读者。

此外，还有一位科幻小说家尼尔·斯蒂芬森。他已出版了10部科幻小说《巴洛克系列小说》等，主要代表作《雪崩》影响最大。评论界认为，这部小说是跨越吉卜逊的《新浪漫主义者》和品钦的《葡萄园》之间的一部无与伦比的杰作。斯蒂芬森成了著名的后现代派科幻小说家威廉·吉卜逊和厄秀拉·勒·魁恩的继承者。

甘：“χ一代”作家群已扩展到科幻小说。这说明他们的影响日益扩大，值得引起重视。“χ一代”作家群不是单纯模仿品钦、加迪斯和德里罗的艺术技巧，而是在创新上做了不懈的努力。因此，他们在美国文坛迅速崛起，获得了成功，好评如潮，引人瞩目。

杨：对啦。谈到创新，我想起还有一位作家叫麦克尔·坎宁汉姆（Michael Cunningham，1954— ），他年纪大一点，已过了50岁。有人将他划为“χ一代”。他已发表了4部长篇小说，风格很独特。《时间》（1998）荣获1999年普利策奖，已拍成电影，上座率很高。另一部长篇小说《标本日》（2005）出版后成了一部《纽约时报》畅销书。作者在《时间》里让已故的英国女作家弗吉尼亚·伍尔夫走进小说，成了3个女主角之一，惟妙惟肖，与其他故事浑然一体。在《标本日》中，他又请美国大诗人惠特曼再现，与其他人物生活在一起。小说从维多利亚时代的鬼怪故事，发展到当代心理警察的惊险情节，最后演绎成未来主义者的爱情瓜葛，从而揭示了爱情和艺术在跨世纪变革中的作用。坎宁汉姆巧妙地将哥特式的历史成分、科幻小说的魅力和奇特的想象融为一体，发展了后现代派小说技巧。美国媒体称赞它是“新世纪最重要的文学成就之一”。

甘：您刚才详细介绍了 7 位“χ 一代”作家的崛起和成功。他们小说的主要内容和艺术特色，使我了解了美国文学的最新动态，深受启发。末了，我想请您再谈谈美国评论界对后现代主义怎么看？

杨：作为一种哲学思潮，后现代主义热潮已经过去，但美国后现代派小说仍在不断发展。这可以说是大家的共识。丹尼尔·艾伦教授认为，美国后现代派小说是美国文学史上一个历史阶段的重要文学现象，非了解不可。它产生了一批著名的作家和作品，在美国国内外有重大的影响。它对 60 年代美国小说创作迅速地走出困境发挥过积极作用。它影响了主流文学、犹太文学、黑人文学、亚裔文学和印第安文学。这是不容置疑的。同时，一些后现代派作家和作品已经走进了大学课堂，成为教学大纲的一部分。如哈佛大学英文系 2005 年至 2006 年本科生和研究生的课程设置中，涉及美国后现代派作家和作品的，就有 9 门课，其中主要课程《走向后现代主义》是由一位资深教授主讲的，其重要性不言而喻。后现代派小说还影响了学生的阅读兴趣。据了解，今天，福克纳、海明威和斯坦贝克的小说是各相关课程老师指定学生和研究生的必读材料。课外自由阅读，不论英文系或非英文系学生和研究生，美国后现代派小说都成了他们的首选。

随着时间的推移，近年来评论界有点变化。美国学者重视创新。有人喜欢标新立异，觉得“后现代主义”一词已经过时了，就改用“后后现代主义”，但许多人不敢苟同。近年来修订再版的几部大型的《文学批评词典》或英美文学参考资料如《牛津英国文学简史》（第三版）则仍沿用“后现代派作家”的提法。《诺顿美国文学选集》称“χ 一代”作家群是“品钦、加迪斯和德里罗新一代的接班人”。有的管他们叫“元小说作家”或“品钦、多克托罗和纳博科夫的追随者”。表述的字眼不同，实质上是一样的。品钦、加迪斯、德里罗、多克托罗和纳博科夫等人已成了美国后现代派小说的象征，美国学者和读者都心知肚明，所以，评论家指出“χ 一代”作家群是品钦等人新一代的接班人，就等于说“χ 一代”作家是新崛起的美国后现代派小说家。

对于“χ 一代”作家群来说，他们从 20 世纪 80 年代末或 90 年代初崛起，至今已有十几年了。他们的作品可圈可点，他们的成就可喜可贺！但他们必须花更多的心血，才能写出“伟大的美国小说”。诚如詹姆斯·恩格尔教授所指出的：“X一代”作家群，自信心很强，写作很勤奋，小说技巧试验很大胆，艺术风格探索很卖力，科技知识也挺丰富。但他们的阅历还不够，除威廉·伏尔曼以外，他们旅行不够多，生活视野应更开阔些，对世界文学大师莎士比亚、托尔斯泰和巴尔扎克的研习有待充实等等。不过，学界和读者对他们寄予厚望，期待他们早日有划时代的精品问世。

甘：您对美国后现代派小说现状，尤其是“X一代”作家群的崛起，做了非常全面而精彩的评介，信息量很大，有许多信息是我闻所未闻的，特别宝贵。您还给我们提供了不少崭新的研究课题。这对于加强对“X一代”作家群的研究，开创我国美国文学研究的新局面都是很有帮助的。我代表《外国文学研究》的编者和读者向您表示衷心的感谢！

（原载《外国文学研究》，2007年第1期）

伏尔曼和他的小说《欧洲中心》

2005年美国国家图书奖已在纽约落下帷幕。获得小说大奖的是青年作家威廉·T. 伏尔曼的长篇历史小说《欧洲中心》。消息传来，我国学界颇感意外。威廉·T. 伏尔曼何许人也？他竟能在最后一刻击败闻名遐迩的E. L. 多克托罗而一举夺冠？

其实，威廉·T. 伏尔曼（William T. Vollman，1959— ）并非我国某些媒体所说的“黑马”。他早在20世纪80年代后期就成名了，至今已发表了十几部长篇小说、短篇小说集和非小说。早在1993年，《华盛顿邮报图书世界》就指出：“从现在起100年，读者们将看到美国小说的黄金时代。当然，在美国所造就的8或10位最伟大的小说家中，至少有3位健在人世，并笔耕不辍，堪与梅尔维尔、霍桑、马克·吐温、詹姆斯、华顿和福克纳媲美。他们是威廉·加迪斯、托马斯·品钦和相对名不见经传的威廉·T. 伏尔曼，他年仅33岁。”时至今日，伏尔曼也只有46岁。他的作品令人刮目相看。经过这十多年的拼搏，他已成为美国后现代派小说的领军人物。他的《欧洲中心》荣获美国国家图书奖也就不足为奇了。

的确，国内对伏尔曼的关注很少，评介文章屈指可数。令人欣慰的是我们早已注意到这位风格独特的小说家。在《美国后现代派短篇小说选》（2004）里，我选择了伏尔曼的短篇小说《可见的光谱》，并简要地介绍了他的生平和创作，虽未做深入的评论，但已注意到他的发展潜力。

威廉·T. 伏尔曼崛起于20世纪80年代。他于1959年7月28日诞生在美国加利福尼亚州的圣莫尼卡市。父亲是个商学博士，当过印第安纳大学的教授。母亲在家料理家务。威廉从深泉学院毕业后进入康奈尔大学攻读文学，后获加州大学伯克利分校研究生奖学金，入该校主修比较文学，写成学位论文后未能通过，一气之下辍学谋生，业余搞文学创作。他酷爱博览各家名著，尤其钟爱托尔斯泰、霍桑、福克纳、海明威和三岛由纪夫的作品。他与摄影师肯米勒结伴深入旧金山最穷最乱的田德隆区，目睹种种社会丑恶现象，受到很大的震动。伏尔曼又爱周游世界，曾以记者身份到过阿拉斯加、墨西哥、格陵兰岛、巴芬岛和加拿大最北部的冰冻地区；他走访过越南、老挝、柬埔寨、泰国、缅甸、巴基斯坦、阿富汗、伊拉克、科索沃、波斯尼亚、克罗地亚、索马里、肯尼亚、牙买加、日本等国家和地区。他不畏艰险，孤身闯入荒无人烟的北极地带，在战火纷飞的沙场差点被流弹击毙。这些传奇性的经历都被他写进作品，令人耳目一新。

伏尔曼最早引起人们关注的是他的第一部长篇小说《你们闪亮升空的天使们》（1987）和第一部短篇小说集《彩虹故事集》（1989）。成名后，他勤奋写作，大胆探索，新作不断问世，如长篇小说《妓女格洛丽亚》（1991）和《蝴蝶的故事》（1992）、非小说《阿富汗图片展》（1992）、短篇小说集《13个短篇小说和13篇墓志铭》（1993）、非小说《地图册》（1996）、长篇小说《皇族》（2000）、杂文集《起与伏》（2003）和长篇历史小说《欧洲中心》（2005）等。更引人注目的是他反映北美洲历史演变的编年史式的巨著《七个梦》。它由7部长篇小说组成，每部既反映了一个历史阶段的社会生活，又独立成篇。伏尔曼称它是一部“象征性的历史”，时间跨度达一千多年，从9—10世纪古斯堪的纳维亚人移居北美洲文兰岛的殖民化时期，写到20世纪美国亚利桑那州印第安人与石油公司发生冲突。目前已完成的有4卷：第一个梦《冰衬衫》（1990）、第二个梦《父亲们与丑老太们》（1992）、第三个梦《阿戈尔》（2001）和第六个梦《步枪》（1995）。第七个梦《云衬衫》不久将出版。其他两部《毒衬衫》和《枯草》也在计划中。

伏尔曼是多项美国文学奖的得主。1989年他荣获怀丁作家奖，1998年又获西瓦·顿波尔奖。《起与伏》曾获2004年美国国家图书批评界奖提名。这部长达 7 卷的巨作后来出了单卷缩略本，同年获得加利福尼亚州联邦俱乐部颁发的银质奖章。2005 年，他的《欧洲中心》荣获美国国家图书奖。伏尔曼的声誉创了新高。美国媒体惊呼他是美国后现代派小说的“新品钦”，标志着“后品钦时代”的来临。伏尔曼迅速崛起，成了美国后现代派小说的重量级人物，受到欧美学界的瞩目。

《欧洲中心》写的是第二次世界大战中苏联与德国交战的故事，小说艺术结构非常独特。诚如美国国家图书奖评委会所说的：“《欧洲中心》占据着小说的半壁江山——它融旅游见闻、短篇小说、中篇小说和长篇小说等多种形式为一体，为相隔甚远的美国人重现了第二次世界大战。伏尔曼像个耳听八方的情报人员，对身处不可思议的伦理困境中的德国人和俄国人、艺术家和军事家，以及受害者和施虐者的内心世界洞若观火。通过审慎的研究、严谨的设计和惊人的叙述，这部多体裁的巨作成了一部宏伟的艺术品。作者对极权主义的丑恶进行了勇敢的沉思，以追溯被遗忘的道德英雄。伏尔曼的叙述充满了恐怖和怜悯，超越了悲剧，达到史诗的境界。”

伏尔曼在《欧洲中心》的“出处”里说，此书不像他那套由 7 部长篇小说组成的巨著《七个梦》，以历史事实为依据，但书中大部分人物是真人真事。他曾用心研究他们的生活细节。不过，他反复强调，这是一部小说，其目的是写出一系列出名的、不出名的和无名的道德演员在关键时刻做出选择的故事。小说主要写了第二次世界大战中苏联与德国双方交战的经过和结果，但时间跨度则从 1914 年写到 1975 年，涉及的人与事相当广泛。全书由 37 个故事构成，每个故事长短不一，有的长达 40 节或 138 页，有的仅 4 页，一节仅一行。小说一开始直接描述 1939—1945 年的第二次世界大战，然后采用倒叙手法，场景从苏联到德国交替变换，大体按年代顺序，苏联部分延续至 1975 年，最后回到 1962 年的西德和 1941 年的列宁格勒白夜。

伏尔曼在小说中采用了对比的方法，企图达到苏德双方人物在道德上的平衡。如德国陆军元帅鲍尔斯在斯大林格勒战役中被俘，而苏联伏拉索夫将军在突围中成了德军俘虏，后与德军合作进攻苏联，终被苏军活捉处以绞刑。伏尔曼刻画了苏联游击队员、农村姑娘卓娅被纳粹军队逮捕后宁死不屈，英勇就义，年仅 18 岁；也描绘了德国青年中尉格斯坦发明了净化水源的氰化物消除剂，后被法西斯用来做毒气，杀害大批犹太人；他十分震惊，想尽力上诉并揭露纳粹的罪行；他常偷听BBC电台和莫斯科电台的广播，良心觉醒了，但被严加监视，最后被吊死于地下室里。这些描述充分暴露了希特勒法西斯的凶残。

在描写苏德双方交战的同时，小说穿插了女译员艾琳娜、作曲家苏斯塔科维奇和纪录片导演罗曼·卡门之间三角恋爱的故事。20世纪30年代中期，艾琳娜与苏斯塔科维奇亲热了一年，后嫁给卡门，但不久就分手了。艾琳娜曾占据了苏斯塔科维奇的生活，直到他去世。小说写了极左思潮对音乐家的冲击。这位作曲家在一部作品中没有歌颂列宁，便受到攻击，丢了教职。有的音乐家甚至遭到逮捕或失踪，妻儿也难于幸免。这令作曲家胆战心惊，郁郁寡欢。直到斯大林去世后，苏斯塔科维奇等作曲家才恢复创作自由，有的走出监狱，有的又受重用，并被派往纽约等地参加演出活动。

除了上面提到的主要人物以外，小说里还出现苏德双方许多重要人物，如苏联方面的列宁、斯大林、崔可夫、西蒙诺夫等；德国方面的希特勒、戈林、富勒等。伏尔曼力求对历史人物做客观公正，细节真实的描述。他精心描绘了许多精彩的片段，如列宁遇刺脱险，希特勒胁迫东欧各国投降，卓娅在纳粹面前视死如归，苏军血战斯大林格勒转败为胜，崔可夫率军挺进柏林……伏尔曼大胆地采用史实与虚构相结合的艺术手法，将一幅幅动人的画面拼贴在一起，加上简洁的语言和抒情的描述，构建了一个扑朔迷离、变幻莫测的后现代派艺术世界。《欧洲中心》成了一部集各种后现代派小说技巧之大成的力作。

（原载《中华读书报》，2006年2月22日）

威廉·伏尔曼：美国后现代派小说的新“品钦”*

美国著名的后现代派小说家托马斯·品钦（Thomas Pynchon，1937— ）曾以长篇小说《V》（1963）、《拍卖第49批》（1966）和《万有引力之虹》（1973）蜚声文坛，确立了其名作家的地位。有趣的是：此后他突然从公众的视野里消失了16年，直到长篇小说《葡萄园》（1990）问世，品钦才再度浮出水面，深受广大读者的喜爱。

在托马斯·品钦“消失”期间，美国后现代派小说有了长足的发展，涌现了E. L. 多克托罗、唐·德里罗、威廉·加迪斯和琼·狄第恩等一批著名作家，其中有一位名不见经传的青年作家威廉·伏尔曼（William Tanner Vollmann，1959— ）特别引人注目。美国文学评论界称他为新“品钦”[①]。伏尔曼崛起于20世纪80年代后期，第一部长篇小说《你们闪亮升空的天使们》（1987）和短篇小说集《彩虹故事集》（1989）赢得了广泛的好评。近年来，他又有多部作品问世。《华盛顿邮报图书世界》盛赞他是美国最伟大的8位或10位小说家之一。[②]

---

* 本文由杨仁敬和他的博士生钱程合写。

① Larry McCaffery & Michael Hemmingson. *Expelled From Eden: A William T. Vollmann Reader.* New York: Thunder's Mouth Press, 2004, p. xxii.

② William Vollmann. *Butterfly Stories*. New York: Grove Press, 1993, cover page.

威廉·伏尔曼1959年7月28日生于美国加利福尼亚州的圣莫尼卡市。父亲是加州大学洛杉矶分校的商学博士，后来成为印第安纳大学的教授。母亲是个家庭主妇。威廉高中毕业后，进入深泉学院学习，后到康奈尔大学攻读文学。他毕业后获加州大学伯克利分校研究生奖学金，入该校专修比较文学，学位论文写成后未获通过，便辍学工作谋生，业余从事文学创作。伏尔曼酷爱旅行，到过阿拉斯加，访问过伊拉克、科索沃、格陵兰岛、巴芬岛和加拿大最北部人烟稀少的冰冻地区。他还作为战地记者，走访过越南、老挝、柬埔寨、泰国和缅甸，并从巴基斯坦进入阿富汗。这些旅行和采访活动成为他创作中丰富的素材。伏尔曼勤奋写作，大胆探索，至今已发表了大量的小说和非小说，成了一位影响日益扩大的多产作家。

除了上面提到的《你们闪亮升空的天使们》和《彩虹故事集》以外，威廉·伏尔曼还出版了最短的长篇小说《妓女格洛丽亚》（1991）、长篇小说《蝴蝶的故事》（1992）、非小说《阿富汗图片展》（1992）、短篇小说集《13个短篇小说和13篇墓志铭》（1993）、非小说《地图册》（1996）、长篇小说《皇族》（2000）、杂文集《起与伏》（2003）和长篇历史小说《欧洲中心》（2005）等。1989年和1998年伏尔曼获得怀丁作家奖和西瓦·赖波尔奖。2004年《起与伏》获得美国国家图书批评界奖提名，同年又获加州联邦俱乐部颁发的银质奖章。2005年《欧洲中心》荣获美国国家图书奖，评委会在评语中指出："《欧洲中心》占据着小说界的半壁江山——它融旅游见闻、短篇小说、中篇小说和长篇小说等多种形式为一体——为相隔甚远的美国人重现了第二次世界大战。伏尔曼像一个耳听八方的情报人员，对身处令人难以置信的伦理困境中的德国人和俄国人、艺术家和军事家，以及受害者和施虐者的所思所想洞若观火。通过审慎的研究、严谨的设计和惊人的叙述，这部多体裁的巨作成了一部宏伟的艺术作品。作者对极权主义的丑恶进行了勇敢的沉思，以追溯被遗忘的道德英雄。伏尔曼的叙述充满恐怖和怜悯，超越了悲剧，达到史诗的境界。"①

值得指出的是：近年来，伏尔曼致力于反映北美洲历史演变的《七个梦》的创作。这是一部规模宏大的编年史式的巨作，体裁介于小说和历史之间。伏

① "Judges' Citation." The National Book Foundation, 18th November 2005, 6th December 2005 〈http://www.nationalbook.org/nba2005 fvollmann.html〉.

尔曼称其为一部“象征性的历史”①。《七个梦》由7部长篇小说组成，每部自成一体。作者以诗的语言描述了北美社会发展进程中真实的事件，让读者得到娱乐和启迪。小说时间跨度达一千多年，从9—10世纪古斯堪的纳维亚人发现北美洲东北部的文兰岛并使之殖民化开始，一直延续至美国亚利桑那州纳瓦霍族印第安人与石油公司发生冲突的20世纪。目前已有4卷与读者见面：第一卷《冰衬衫》（1990）；第二卷《父亲们与丑老太们》（1992）；第三卷《阿戈尔》（2001）和第六卷《步枪》（1995）。第七卷《云衬衫》已完成一部分，不久将问世。其他两部《毒衬衫》和《枯草》也已制订了写作计划。《冰衬衫》再现了早期欧洲殖民主义者入侵北美大陆，将土著印第安人赶出家园，对富饶而难于开发的荒野进行殖民统治的历史。其他几部长篇小说都反映了不同时期重大的历史事件、血腥的暴力斗争和众多贫民为生存而挣扎的生动画面。《七个梦》及伏尔曼的其他作品都体现了美国后现代派小说的艺术特色和他独特的创作风格。

像托马斯·品钦的小说一样，伏尔曼的作品首先体现了文本的不确定性和中心消解的特点。品钦的小说，如《万有引力之虹》，包罗万象，内容涉及社会学、历史学、文艺学、物理学、化学、数学和军事科学；文体也多种多样，既有喜剧、闹剧、民谣、歌曲，又有哲学沉思、百科问答和内心独白等等。伏尔曼的《七个梦》则是由“不同文本装配而成的艺术品”②。它不但包括了家世小说、现代旅行记、古怪的文献和专业术语、精准而形象的细节和花边介绍，而且附有许多插图、地图、词汇表、年表和材料来源的注释。更精彩的是，小说中还有伏尔曼与某领域的专家进行讨论的笔录以及他与读者的对话。这些跨体裁、跨学科的特点使伏尔曼既像品钦，又不同于品钦。《七个梦》也许是继纳博科夫长篇小说《微暗的火》问世以来风格最独特的作品。

像托马斯·品钦一样，伏尔曼在小说和非小说中一直关注着世界日益走向消亡中人类的命运。品钦将热力学里的“熵定律”引入小说创作，在《V》《拍卖第49批》和《万有引力之虹》里揭示了欧美“熵化”世界的冷漠、混乱和错

---

① Larry McCaffery & Michael Hemmingson. *Expelled From Eden: A William T. Vollmann Reader.* New York: Thunder's Mouth Press, 2004, p. 447.

② Ibid., p. xxiv.

位。在他的笔下，二战后的欧洲，一切都在崩溃，一切都在走向毁灭，人们无处可逃。《万有引力之虹》的场景遍及西欧、东欧、南美洲、北美洲、中亚和北美洲等多个地方，涉及同盟国和轴心国两大对立阵营的将军和士兵、政治家和科学家、特工、间谍和妓女等400多位人物。品钦大学时代专攻工程物理，熟悉科学领域的许多理论，对“熵定律”在小说中的运用颇有独到之处。他对丧失理智、丧失人性的战争和战争疯子、科学狂人和投机商贩进行了无情的抨击和深刻的戏仿，对受害的善良民众也不乏同情心。

《欧洲中心》也以二战时的欧洲为创作对象。伏尔曼将锐利的目光投向20世纪战时德国和苏联的极权主义文化，用事实与虚构相结合的手法探讨了诗人和艺术家的命运。此外，他还关注越南战争、阿富汗内战后东南亚各国和阿富汗普通人的遭遇，尤其是那些生活在社会最底层的妓女的命运。许多妓女原先都是穷困的农家女或渔家女，战争的动乱将她们抛入火坑，过着身不由己的生活。其实，妓女的命运一直是伟大的文学家关注的焦点。托尔斯泰《复活》中的玛丝洛娃、陀思妥耶夫斯基《罪与罚》中的索尼亚、雨果《悲惨世界》里的芳汀和小仲马《茶花女》里的玛格丽特都是很著名的妓女形象，在读者心中留下深刻的印象。伏尔曼在《妓女格洛丽亚》和《蝴蝶的故事》里着重描写了东南亚地区酒吧、妓院和后街上妓女们极其艰辛的生活，流露了作者对她们的深切同情。

作为青年作家，伏尔曼时刻关注着他所处的美国社会的“熵化”。在第一部长篇小说《你们闪亮升空的天使们》里，他塑造了一个卡通式的人物。巴格是个小有名气的年轻人，他与昆虫势力为伍，争夺世界的统治权，但电的发明人站在邪恶势力一边，所以他在领导一场抗击法西斯主义、种族主义和工业化造成的罪恶的革命中失败了。作者将历史、科技、政治、法律、宗教与传统的冒险故事结合起来，创作了史诗般的文本，对后现代社会进行了辛辣而滑稽的讽刺。在《彩虹故事集》里，他描绘了旧金山田德隆区妓女、酒鬼、流浪汉、连环杀手、吸毒者和无家可归者的悲苦生活。这些人生活在社会的最底层，时常被人遗忘，可是他们的存在却不容忽视。伏尔曼以记者锐利的目光观察社会，把真实的细节与超凡的想象结合在一起，将读者引入社会的黑暗角落，让他们大为震惊。在《皇族》里，伏尔曼带着读者到旧金山旅行，使其感受美国后现代社会家庭关系的扭曲和罪犯的肆虐。他将第一手的调查报告与家庭剧、元小说和电脑科幻小说融为一体，揭开了使命区真实的黑幕，寓意深长，富有神秘和抒情的色彩。

像托马斯·品钦一样，伏尔曼在小说的艺术结构和语言的运用上颇费心机。《万有引力之虹》代表了品钦的艺术风格。它是一个迷宫式的宏大的隐喻象征系统，汇集了各种各样的文体，融合了高雅和粗俗的语言，大胆地戏仿和颠覆传统的小说技巧。这部小说分成 4 个部分，从 1944 年圣诞节写到 1945 年 9 月 14 日，由 71 个场景拼贴而成。全书像一部庞杂而难懂的现代科学大百科全书，运用了英语、法语、德语、拉丁语和意大利语等多种语言。语言本身深奥晦涩，加上众多科技术语，令人望而却步。即使硬着头皮坐下来，也得费上九牛二虎之力，经过反复揣摩，才能粗略读懂。

伏尔曼也重视现代科技在小说中的运用。在《彩虹故事集》里，他甚至请教了光谱专家，列出了七色光谱的关联和差异。与品钦不同，伏尔曼是学文学和比较文学出身。他的作品中没有过多的科技知识，更多是将七色光谱与不同阶层的不同人物的命运联系起来。彩虹的象征意义与品钦的《万有引力之虹》有相通之处。彩虹与火箭是品钦小说中最重要的象征。[①] 一方面，彩虹是自然界美丽的现象：雨过天晴，天边飞虹，令人向往；另一方面，《圣经·旧约》“创世记”第八章“立虹为记”中上帝向诺亚和地球上幸存的生灵许诺：凡有彩虹在天上，世上就永不再有灾难和毁灭。火箭从天上下坠时也会出现弧形的彩虹，但它是死亡和毁灭的象征。由此可见，品钦用彩虹来对照人类的两种命运和两种结局，含有警世之意。

伏尔曼则用彩虹来象征旧金山田德隆区形形色色下层人民的遭遇和不幸，希望引起社会各界的关注和重视。《彩虹故事集》的书名受爱伦·坡的一首诗《贝瑞尼斯》的启发：

> 苦难多种多样：地球上的不幸
> 千篇一律。犹如彩虹

① 杨仁敬等著，《美国后现代派小说论》，青岛出版社，2004 年，第 72 页。

跨过广阔的地平线，五彩缤纷，
也像那弧形，色彩分明，
亲密地交融在一起。①

作为年轻的后现代派小说家，伏尔曼善于运用拼贴等艺术技巧来构建小说。在《你们闪亮升空的天使们》里，一系列有内在联系的叙事板块在历史、地理、文学和其他神秘信息相互交融的广阔空间中前后移动，形成一个后现代主义的文本，展示了作者想象的力度和驾驭散文的能力。在非小说《地图册》里，伏尔曼则将53个旅途中的插曲构成“世界地图的碎片”②。作者曾在摩加迪沙、北极、缅甸、波斯尼亚、柬埔寨和其他当代“热点”地方进行采访访问。他细致而生动地描绘了这些地方的政治和文化，揭示了旅途的孤独和惊险，爱的痛苦与欢乐以及他对生活、工作、艺术和死亡的眷恋。《13个短篇小说和13篇墓志铭》中13个“短篇小说和墓志铭”像拼花地板一样，相互引证，相互成对，文本由自传、游记、报道和轶事等多种碎片拼凑而成，分别由艺术家、流浪者、赌棍、妓女、吸毒者、巫医、暴徒和懒汉等人来讲述。伏尔曼将他们的讲述与别的材料混在一起，形成意想不到的文学语境，加上感人而抒情的笔调，重构了他的艺术世界。

伏尔曼的抒情风格受到许多评论家的赞赏。不论是长篇小说、短篇小说，还是游记或通讯报道，都富有强烈的抒情色彩。在小说《步枪》里，伏尔曼将北极之旅变成对银装素裹的北极世界的诗意描写。犯罪小说《皇族》中对旧金山神秘而美丽的景色描写，与社会的黑暗形成鲜明对照。而在《蝴蝶的故事》中，伏尔曼时常突然中断对妓女和其他穷困潦倒人物的描述，插入紧凑而令人屏息凝神的抒情描写。这往往收到意想不到的艺术效果，颇受读者欢迎。有的评论家戏称这是“伏尔曼商标。”③

伏尔曼的作品，篇幅长短不一，随意性较大。像《蝴蝶的故事》，有的章节长达十多页，有的仅两三行而已。长篇小说《步枪》由两个相互分开而平行发

① 该诗引文为笔者自译。

② Larry McCaffery & Michael Hemmingson. *Expelled From Eden: A William T. Vollmann Reader.* New York: Thunder's Mouth Press, 2004, p. xxiv.

③ Ibid., p. xxv.

展的故事组成。有的章节省去了标点符号，似乎成了一个大句子。由于酷爱绘画，伏尔曼在很多部作品里都加上自己的人物素描。这些栩栩如生的插画往往与小说或非小说文本构成互文性，增加了艺术的美感。从小说的语言来看，伏尔曼的作品比较口语化，更通俗易懂。有人说他受到海明威的影响。不过，他与海明威并不完全一样。他有时爱穿插一点美国俚语，有时则模仿东南亚地区人们不规范的英语。这可以增加人物和故事的真实性，也需要读者慢慢体会。

与托马斯·品钦相比，威廉·伏尔曼是个年轻有为的作家。他刻苦创作，努力探索，在艺术上做了许多大胆的试验，取得良好的效果。他是个勇敢的探险者，到过荒无人烟的北极地带，走访过战火纷飞的沙场，曾差点被流弹击毙。他又是个艺术上不懈的探索者，曾细读过许多古典文学大师的名著。他对威廉·布莱克、爱伦·坡、陀思妥耶夫斯基深怀敬意，对海明威、奥威尔、斯坦贝克和杰克·伦敦赞不绝口。他也喜爱左拉和诺里斯的小说，对尼采和维特根斯坦的哲学颇感兴趣。伏尔曼丰富的记者阅历使他能深入观察和准确反映美国后现代社会的“熵化”。他文学创作的成功，奠定了他作为美国后现代派小说新旗手的地位。他是新时代的“品钦”。难怪有的美国评论家宣称：美国的“后品钦时代”[①] 终于来临了。

（原载《当代外国文学》，2006 年第 4 期）

① Larry McCaffery & Michael Hemmingson. *Expelled From Eden: A William T. Vollmann Reader.* New York: Thunder's Mouth Press, 2004, p. xxii.

略论《时间》与《达洛威夫人》的互文性

英国著名的女作家弗吉尼娅·伍尔夫（Virginia Woolf，1882—1941）去世已有70多年了。没料到1998年，她在美国作家麦克尔·坎宁汉姆（Michael Cunningham，1954—　）的长篇小说《时间》（*The Hours*）里复活了。坎宁汉姆让她成为小说中三个女主人公之一，重新与广大读者见面。小说出版后获得了空前的成功，立即成了《纽约时报》上的一部畅销书，1999年荣获美国普利策奖和福克纳小说奖。随后不久，派拉蒙和米拉麦克斯影视公司将它搬上银幕，电影中文译名为《时时刻刻》，由三位当红女影星梅里尔·斯特里普、朱立安娜·莫尔和妮可·基德曼主演，一时轰动了全美国，令影迷大饱眼福。2003年，问世近80年的伍尔夫名著《达洛威夫人》（1925）登上美国畅销书榜，再现了当年的艺术魅力。

坎宁汉姆的《时间》是在《达洛威夫人》的影响下写成的。小说的成功使《达洛威夫人》再创辉煌。这是美国文学界难得一见的幸事。坎宁汉姆是个青年作家，在洛杉矶长大，现寄居纽约市。《时间》是他的第三部小说，其他两部小说是《在世界末端的一家》（1990）和《血与肉》（1995）。他非常喜爱伍尔夫的《达洛威夫人》，认为小说写得优美、复杂和深刻。它是“20世纪最动人、最有开创性的艺术作品之一”。他在写《时间》时，不仅反复细读了《达洛威夫人》，而且参阅了许多弗吉尼娅·伍尔夫的日记和相关的传记资料，使伍尔夫在《时间》里既显得真实可信，又具有他自己的创意。

《时间》叙述了三个女性的故事：一个是20世纪60年代纽约市民克拉丽莎·沃恩；一个是50年代洛杉矶郊区的家庭妇女劳拉·布朗；一个就是1923年伦敦的弗吉尼娅·伍尔夫。克拉丽莎早晨上街买鲜花，准备为男友理查德开酒会，祝贺他荣获文学奖；布朗夫人怀着第二个孩子，正忙着为丈夫做生日蛋糕；弗吉尼娅住在伦敦郊区，病后恢复了元气，与丈夫、子女和姐姐和睦相处，即将开始写《达洛威夫人》。三个故事平行展开，最后在微妙而庄重的气氛中殊途同归，戛然而止。坎宁汉姆不仅生动地再现了女作家伍尔夫清新的形象，而且以优美的文笔揭示了三位女性平静而烦恼的生活，对生与死的问题进行了深刻而富有同情心的反思，特别是精心地将伍尔夫的生活和情感融入他自己塑造的人物中去。

那么，坎宁汉姆怎么将三个人物联系起来呢？他用的就是《达洛威夫人》。克拉丽莎的男友理查德是个诗人，他给她改名为“达洛威夫人”，亲友也这样称呼她。布朗夫人是个《达洛威夫人》的小说迷，家务再忙，也要读几页。伍尔夫则是《达洛威夫人》的作者。这样，《达洛威夫人》就成了她们的联系纽带。

《时间》的书名选自弗吉尼娅·伍尔夫1923年8月30日的一段日记：

> I have no time to describe my plans. I should say a good deal about The Hours & my discovery; How I dig out beautiful caves behind my characters; I think that gives exactly what I want: humanity, humour, death.

从情节设计和表现手法来看，《时间》与《达洛威夫人》有不少类似之处：故事都发生在6月的一天，两位同名的女主人公克拉丽莎都为了开个酒会上街买鲜花；两人的男友或丈夫都叫理查德；诗人理查德和青年塞帕梯默斯都是从窗口跳楼自杀的；情节的发展都是通过克拉丽莎走街串巷的见闻和回忆来展现的。伍尔夫深刻地揭示了克拉丽莎对在街上见到的人和事的思考和感觉，将不同人物的命运和新奇的景观串起来，构成一幅多姿多彩的时代生活画卷。坎宁汉姆在《时间》里也采用了这个表现手法。

不仅如此，《达洛威夫人》中现实主义的生活画面与对女性的心理描写的巧妙结合也激励着《时间》的作者。伍尔夫写了第一次世界大战后的伦敦生活：飞机在空中做商业广告；街上救护车红灯闪闪，呼啸而过；商店琳琅满目；王宫前人声鼎沸。伦敦比以前繁荣了；但在喧嚣和混乱之中，死神在徘徊。书店里公开播放死亡之歌；达官贵人为金钱、地位和女人钩心斗角；发迹的人都是一些骗子和笨蛋；30岁的女人想嫁个富翁，住大房子；第一批志愿去法国打仗的青年，带个意大利妻子回国，竟然无法融入主流社会，后来跳楼自杀。克拉丽莎想将分崩离析的人际关系扯在一起。她丈夫除了爱狗，终日无所事事；她的旧情人彼得骂她是个冷淡的势利鬼，又对她寄托着幻想。生活变得令人不能忍受。盲目的爱和宗教的偏见扭曲了理性的世界。在伍尔夫的笔下，生活不是一成不变的，各种人物的思想、感情和态度都在变化中。在闪光的生活表面下，感情和态度都在变化中。在闪光的生活表面下，死亡笼罩着人们的心灵深处。这个观点在《时间》的"引子"里得到充分体现，也成了贯穿全书的基调。

但是，《时间》绝不是《达洛威夫人》的仿制品，它具有自己的独创性。

从小说的艺术结构来看，《时间》不像《达洛威夫人》那样，不分章节，一气呵成。它由"引子"和22章组成。每章只写一个女主人公，相互不交叉。"引子"写的是1941年第二次世界大战期间的一天，弗吉尼娅·伍尔夫在黄昏时离家外出。她迎着沉沉的暮色向河边走去，大衣口袋里塞满石头，一步步走进冰冷的急流，直到沉入河底，离开了这个世界。"引子"揭示了伍尔夫对丈夫和子女的怀念以及对死亡的眷恋。它为全书的主题做了巧妙的铺垫。小说的22章里，写克拉丽莎的有8章199页，写伍尔夫的有7章加"引子"共50页，写布朗夫人的有7章59页。克拉丽莎所占的比重大一些，加上布朗夫人的部分，占全书70.8%，这说明作者重点在反映美国的社会生活，将过去、现在和将来联系起来。

在人物塑造方面，《达洛威夫人》写的是1923年前后英国伦敦中上层社会的达官贵人和从印度等地归国的名门子弟，上至首相、爵士、教授、博士，下至浪荡青年，男性人物和女性人物比较多。克拉丽莎的丈夫理查德养尊处优，无所作为，独爱家犬。她自己八面玲珑，善待亲友，彬彬有礼。《时间》里的克拉丽莎53岁了，女儿朱立叶18岁了。男友理查德是个诗人，出过三部诗集和一部小说，获得过卡洛索斯奖。他自命天才，忧郁成疾，后来离开了克拉丽莎，与男友路易斯搞同性恋，之后将自己关闭于象牙塔里，与外界隔绝，对女友、获奖、金钱统统失去了兴趣。克拉丽莎仍钟情于他，关心他，上街买花准备为祝贺他获文学奖开个酒会，没料到酒会还没开成，他就从五楼住处跳窗自杀了。布朗夫人是个贤妻良母，爱读《达洛威夫人》，曾被其中死神的徘徊所惊动，觉得人随时都可能死去，但她有个美满的家。《时间》突出三位女主人公，次要人物较少，除了诗人理查德外，其他人物都比较平淡。

不仅如此，《时间》的时空跨度较大，涉及的社会生活面较广。它从1923年伍尔夫在伦敦郊区寓所出现开始，以1949年对政府有所不满的洛杉矶普通人家以及1965年纽约市变幻莫测的市井生活结束。女主人公克拉丽莎目睹了大街小巷里的各种怪现状，惊呼社会风气变了！从偌大的广场到自己家里都变了！女儿爱穿男装赶时髦；理查德终日沉醉于梦幻中，他认为“美人是娼妇，我更爱金钱！”对她若即若离，满不在乎；花店里的芭芭拉40岁时到纽约市唱歌剧，不幸得了乳腺癌，慢慢地消失了；影星梅里尔闯出道道来了，她一露面，多少人围着请她签名！人世间的浮沉太常见了。有些人吸毒贩毒，有些人沦为妓女，有些人不得温饱，流浪街头。100年前纽约公园地下白骨成堆，当时的华盛顿广场也是用水泥在白骨堆上铺成的。多少无名的穷苦人、困惑者和失意者沉睡在广场地下！克拉丽莎面对这一切发愣，不禁扪心自问：我是谁？我以前是谁？她感到失落、困惑和渺茫。这与《达洛威夫人》中的克拉丽莎赞扬英国历史和文化取得了“辉煌的成就”，不是形成了鲜明的对比吗？

《时间》的结局也与《达洛威夫人》有很大的不同。在《达洛威夫人》里，达官贵人光临克拉丽莎的酒会，门庭若市，好不热闹。人们谈论的是有个青年跳楼自杀的事，只当笑料，没有同情。有人来了，寒暄几句就走了；有人举杯叙旧，辛酸难言。女主人左右逢源，笑脸相陪。末了，她的旧情人彼德见到她，感到“恐怖”“入迷”和“非凡的激动”。她使他对将来充满幻想。

《时间》的结局则比较凄凉。诗人理查德死了，酒会仍照常开着。克拉丽莎从街上买来的鲜花芬芳如初，食物丰盛，一切都准备好了。克拉丽莎原想请50位亲朋好友，如今只剩下4个人：克拉丽莎母女、女友萨丽和理查德80多岁的老母亲劳拉·布朗。这成了老太太哀悼儿子的简单聚会，也成了未亡人、幸存者和少受伤害者的幸运聚会。老太太赞扬她儿子是个好人、好作家。克拉丽莎对他的照顾刻已尽责，无微不至。老太太曾自杀未遂，她的前夫死于肝癌，女儿死于车祸，儿子又跳楼自杀。死神啊，你为何对她如此不公平？

现在，没有人再叫克拉丽莎“达洛威夫人”了，但她一直忘不了理查德。她没有哭，没有眼泪的悲伤比哭更痛苦。她还想着：未来的市民还会读理查德的墓志铭、那优美的哀歌和他所流露的爱与恨吗？也许他的信息将随时间流逝而永远消失？

是的，她想，这一天该结束了。写书改变不了世界，我们过日子，做自己的事，简单而平常。有的人或跳楼自杀，或跳水自溺身亡，或服药自尽，更多的人死于意外事故。大部分人则慢慢地被疾病所吞吃。值得欣慰的是，我们还有些时间，可自由想象，做自己爱做的事。但这些时间将被另一些时间所替代，那将更黑暗、更艰难。不过，我们热爱城市、热爱早晨，我们有更多的希望。

克拉丽莎这些话表达了普通人的朴实愿望，也提出了令人关切的社会问题。善良的人们热爱家园、热爱生活，但死神总在徘徊，对策何在？坎宁汉姆将伍尔夫《达洛威夫人》的主题思想发挥得淋漓尽致，用来揭示第二次世界大战后美国的社会问题，特别是20世纪60年代以来美国后现代社会的不确定性。这也许正是小说《时间》的艺术价值之所在，难怪《洛杉矶时报》称赞坎宁汉姆“将精心创作的万花筒式的艺术品巧妙地系在漂流不定的后现代世界上”。

2005年，坎宁汉姆又推出了新作《标本日》，这是一部由3个故事组成的长篇小说。他让美国伟大的诗人惠特曼在书中出现，与其他人物生活在一起，并用他的诗句来拓展故事的内涵。这种独特的艺术手法引起了评论界和读者的兴趣和关注。不过，新作能否像《时间》那样受到广泛的好评，人们正拭目以待。

综上所述不难看出，长篇小说《时间》与伍尔夫的《达洛威夫人》存在明显的互文性。坎宁汉姆在小说中大胆地借鉴了《达洛威夫人》中的情节和人物，但他不是简单地模仿或抄袭，而是结合第二次世界大战后美国的社会语境，揭示了后现代西方世界的不确定性、人们的困惑和失望情绪。他的艺术手法很有创意。众所周知，互文性是美国后现代派小说的一大特色。许多作家打破常规，让自己走进小说，与虚构的人物一起生活在艺术世界里，如菲力普·罗思、道格拉斯·考普等。这引起了艺术界和广大读者的兴趣和关注。坎宁汉姆另辟蹊径，将英美经典作家及其名著引入自己的作品，这比他自己走进小说要复杂得多，困难更多。但坎宁汉姆做到了，成功了。这不能不说是他的一个重大创举；也是他对美国后现代派小说的一大贡献。难怪美国学界有人将他列为“χ 一代作家群”的一员，将他的名字与威廉·伏尔曼和理查德·鲍威尔斯并列，他像一颗闪亮的新星从美国文坛冉冉升起。

（原载郭继德主编，《美国文学研究》，山东大学出版社，2016 年 10 月）

第三部分

美国其他作家泛论

20 世纪 30 年代好莱坞人的哭与笑

——韦斯特《蝗虫日》评析

著名的美国电影制片业中心好莱坞，地处美国加州洛杉矶市西北郊。20 世纪初，制片商陆续云集。20 年代出现了有声影片。到了 30 年代，好莱坞电影业有了新的发展。在经济大萧条的岁月里，好莱坞成了美国人向往的地方。他们纷纷想方设法从美国东部或中部跑到好莱坞去。《蝗虫日》中的托德就是其中之一。

托德是耶鲁大学艺术学院的毕业生。他的绘画作品在一次展览会上被好莱坞物色人才的人看上了，他便应聘到好莱坞某制片厂搞布景和服装设计。但到了好莱坞不久，他感到生活很乏味，就走访了住在好莱坞的一些人：从纽约百老汇来的老丑角哈里和他的独女费艾、来自中西部的旅店会计何默、西部的牛仔和临时演员厄尔、失意的电影编剧克劳德、以斗鸡为生的墨西哥人米古尔和在赛马场混日子的矮子阿伯。托德在同他们的接触中发觉他们被生活欺骗了。他们到加利福尼亚来，与其说是为了寻求安逸和欢乐，不如说是来送死。失望和烦闷压得他们喘不过气来。天真的费艾幻想破灭了，而好奇的托德则被推入愤怒的人流……这一切活生生的情景，将被托德画进他日夜苦思冥想的油画《洛杉矶在燃烧》里去。

这就是韦斯特对好莱坞的描写。书名《蝗虫日》取自《圣经》里《出埃及记》关于蝗虫瘟疫降临使埃及的土地荒芜的故事和基督教《圣经·新约》中的《启示录》关于上帝派蝗虫来消灭那些前额没有上帝烙印的男女的故事，意为“灾祸临头”。作者原先为此书选的书名叫《被欺骗的人们》。小说以讽刺和幽默的笔调描绘了一群好莱坞人如何被爱情和生活所折磨，受表面上华丽的好莱坞所欺骗，因而铤而走险，愤然涌上街头，发出强烈的抗议，最后在警察驱逐下散去。

20世纪美国文学中，有关好莱坞的作品甚多，《蝗虫日》被认为是写得最深刻最精彩的小说。著名文艺评论家丹尼尔·艾伦教授在《左翼作家》一书中指出：韦斯特是美国好莱坞30年代最有天才的作家。①

纳撒尼尔·韦斯特是纳珊·韦因斯坦的笔名。他一生坎坷，怀才不遇，成名时又突然早逝。1903年，他生于纽约一个俄国犹太移民之家。父亲麦克·韦因斯坦是个建筑承包商，母亲安娜·华伦斯坦·韦因斯坦出身名门。他的笔名纳撒尼尔·韦斯特就是取自他父母名字的合音。② 他在布朗大学毕业后，曾去巴黎待了两年，接触了法国先锋派文学。回国后，他在一家旅馆工作，空余时练习写作。后来又与人合编杂志。不久，他去好莱坞当编剧，曾为共和、雷电华和环球等影片公司工作。1940年，他新婚不久，与夫人爱玲去墨西哥打猎，归途中发生车祸，不幸丧生，年仅37岁。他的主要作品：《巴尔索·斯纳尔的梦幻生活》（1931）、《孤心小姐》（1933）、《整整一百万》（1934）和《蝗虫日》（1939）等。这些中篇小说引起了美国文坛的广泛注意，并被译传到国外，在欧洲影响很大。韦斯特以其独特的风格和深刻的内容对美国小说的发展做出了贡献，正如评论界有人所说的：他是一种奇特的作品的开拓者。他将美国小说的气质同欧洲先锋派反资产阶级的艺术传统结合起来，将本国的象征主义同外国的象征主义结合起来。③ 他那尖刻而幽默的讽刺手法使人们将他与著名的讽刺作家霍拉斯和斯威夫特等人相提并论。

《蝗虫日》发表于1939年。它是韦斯特最后一部，也是最长的一部中篇小说。在风格上，它像《孤心小姐》，但结构迥异。

---

① Daniel Aaron. *Writers on the Left*, p. 307.

② Tom Dardis. *Some Time in the Sun*, p. 152.

③ Leslie A. Fiedler. *Love and Death in the American Novel*, p. 489.

《蝗虫日》将喜剧的“笑”和悲剧的“哭”熔于一炉，用喜剧的手法来表现好莱坞人的辛酸生活，尤其是采用了许多戏剧的技巧来刻画人物。小说中的人物虽然大体上也是寓言式或漫画式的，但作者特别善于通过人物之间的关系来揭示人物的性格特征，表现他们的喜怒哀乐。简洁的对话和动人的歌舞使人物更富有戏剧性。人物的笑声和哭声栩栩如生地表达了在五光十色的外衣掩盖下，好莱坞人的病态和丑态。《蝗虫日》中的人物描写比较有血有肉，生活气息更浓。有人指出：《蝗虫日》比韦斯特其他作品“更接近现实主义的模式”①，这是不无原因的。

小说主人公托德在全书中并不起着主要的作用。书中的托德虽然参与一切活动，但他更像个旁观者和观察家，作者并不着意加以刻画，而在于通过他，描写一群“到加利福尼亚来找死”的人物。这群人物中最突出的就是来自纽约百老汇的老丑角演员哈里和他的女儿费艾以及孤独的何默。

作者精心地描写了这些人物的笑与哭，画龙点睛地勾勒出好莱坞的风貌。

哈里是个喜剧演员，“笑”是他的拿手好戏。他是青年时代在剑桥大学拉丁文学院演出莎士比亚戏剧时崭露头角的。他充满幻想，胸怀大志。但他生活穷困，曾在百老汇大街一幢出租房里挨过饿。他希望与世界分享他的艺术才华，在百老汇一家凌氏飞行剧团当丑角。为了取悦于观众，他常常装出各种怪相，甚至跌得头破血流仍强作欢颜，继续表演。可是，他没有成名。他的老婆是个舞女，生活放荡，与一位外国魔术师私奔了，留下了独女费艾。他极其疼爱自己的女儿。但她小时候，他常用“笑”来惩罚她。后来，父女双双到好莱坞找出路，被拒于电影制片厂的门外。哈里只得做点小买卖，以维持生计。因为一次偶然的机会，他俩到了何默家里。哈里即席表演了各种笑——戏剧性的笑、受骗者的笑。他在何默家里病倒了，费艾去看他。两人发生争吵，哈里就狂笑不已，费艾就以唱歌来回敬他。哈里的笑是他内心孤独和苦闷的流露，而不是喜悦的表现。费艾的歌声压不过他的笑声，最后她便用拳头打他，才叫他安静下来。费艾说：“他疯了，我们格林纳一家全疯了。”哈里反常的笑声与其说是痛苦挣扎时的呻吟，不如说是对社会压制艺人的绝望的嘲笑。

---

① Cleanth Brooks, R. W. B. Lewis and Robert penn Warren. *American Literature: The Makers and the Making*, p. 2556.

费艾年仅17岁，长得妩媚动人，能歌善舞。她谢绝何默的求婚，只愿跟他保持不冷不热的朋友关系。她要找个才貌双全的人。她盼望有一天成为电影明星。她认为艺术是她的生命，假如她成不了明星，她就自杀。她幼小的心灵受到社会的污染，待人接物爱卖弄风骚。但她对社会不了解，对生活抱有幻想。她脸上经常挂着微笑，对周围的人笑，对她自己笑，甚至对她的梦笑。她在笑中梦，她在梦中笑。她太天真了，受了生活的欺骗还在笑。她不了解她父亲，但她爱她父亲。她父亲最后一次和她争吵时，默默地死了，笑声消失了。她才意识到灾祸临头，变笑为哭，哭得死去活来，责骂自己害死了父亲。但她不明白她父亲一生奔波演出，与生活的旋涡搏斗，费尽了心血，为什么死后却身无分文。出于父女之爱，她擦干了眼泪，谢绝了朋友们的资助，去妓院卖淫，以此换回几元钱来交付她父亲的安葬费。不难看出，作者从费艾的笑与哭中表达了对美国文明最沉痛的控诉！

单身汉何默一直热恋着费艾。第一次在他家中邂逅后，何默对哈里父女就体贴入微，笑脸相迎。“他经常露齿而笑，笑得那么机械和刻板，像个造得不好的机器人。”在哈里不幸去世后，他又从经济上资助费艾，希望她当演员的理想能实现。他同情费艾，同情失业的年轻人。但他不了解社会，不了解费艾。费艾将他的真诚视为愚蠢的表现，最后与厄尔私通，不辞而别。何默想费艾，爱费艾，但费艾不要他，他自怨自艾，放声大哭。然而，哭有何用呢？何默生活是优裕的，既有遗产，又有积蓄，现代化的生活设备和洋房，应有尽有，但他的精神是空虚的，心情是痛苦的。他的哭并不能使他摆脱痛苦。最后，他既不会哭，也不会笑了。他精神失常，变成了一个活着的死人。

电影编剧克劳德在小说中算是最富有的人了。他家中有仆人送酒，有用彩灯装点的游泳池，池中有一匹栩栩如生的橡胶做成的骏马。他的家宴，高朋满座，笑语喧哗，高谈阔论，好不热闹。他们有的嘲笑电影行业太下贱了，应该像洛克菲勒那样搞个基金会，做点好事，人们就不抱怨他们从石油买卖中得来的不义之财。有的则追求感官的刺激，想去逛逛妓院，认为“再没有比妓院更令人刺激了”。他们的笑声反映了好莱坞中上层人士精神上的空虚和无聊。此外，小说还写了无声电影时代出名的女演员简宁太太，在有声电影出来以后找不到工作，就去办个“应召女郎联络处”。她举止优雅，外貌动人，经常笑嘻嘻地出入于社交界，结识各方面人士。她明明是干着堕落的勾当，将无数天真的少女送进火坑，却摆出一副优雅高贵的架势。

小说主人公托德本来是个天真纯洁的青年。他应聘到好莱坞，以为交了好运气，心里乐滋滋的。到了好莱坞，他发现生活是艰难的。他看到周围许多来自美国各地的人陷入困境。本来，他们到加利福尼亚来是希望得到安宁和幸福的，但等待着他们的是无聊和空虚。他的思想也慢慢受影响了。他和何默是朋友。他关心何默的命运，但无能为力，眼巴巴看着他哭哭笑笑，失去了钱财，失去了理智，变成了疯子。他成了哈里和费艾的朋友，同情哈里的遭遇，迷恋费艾的美色而又不敢与何默公开争夺她。他和克劳德、厄尔和米古尔也都合得来。他怀着好奇心出席了克劳德的家庭宴会，和女人不习惯地手挽着手漫步在花园里。他饶有兴趣地去看斗鸡。人家笑，他也笑，人家哭，他莫名其妙，啼笑皆非，不知所措。他不了解生活，也不了解社会。但他忠于友谊，关心朋友，最后，在人群的骚乱中仍不遗余力去挽救何默。他从现实生活中醒悟过来，想将他看到的一切画进他的作品中。然而，对于未来，他却茫茫然，不知如何是好。

在这些人物哭哭笑笑的背后隐藏着作者的感情。韦斯特善于以轻松而沉着的手法来反映重大的社会问题。从小说一开头，他就揭示了好莱坞拍摄影片的华丽布景和化妆的队伍，其场面之壮观，是无与伦比的。然后，在这被誉为美国文明的中心，让他的人物登台表演，电影中的戏和现实中的人物交织在一起：年轻人谈情说爱，跳舞唱歌，赴宴看戏，斗鸡取乐以至生活放荡，大打出手，有的死了，有的疯了，有的沉沦了，有的迷惘了。好莱坞成了“梦中的垃圾堆”，变成西方现代文明生活空虚的象征。作者时而讽刺，时而幽默，到了小说的结尾，他的悲愤之情再也抑制不住了，那轻松的叙述和抒情的描写突然变成直截了当的议论。例如，作者曾开玩笑地说：托德的大作《洛杉矶在燃烧》，“充满了节日的气氛，显得非常欢乐。放火烧城市的人则是欢度假日的人群。”后来，在介绍街头的骚乱时，作者严肃地指出这些人群是下层中产阶级，不是工人。“他们粗鲁而悲痛，尤其是那些中年人和老头子，他们被无聊和失望逼成这个样子。”

作者在小说中以政论性的激情发表了一些中肯的议论，点明了主题，使小说富有更强烈的讽刺力量。这不能不说是《蝗虫日》的一大特色。

第二次世界大战后，美国作家和文学评论家越来越认识到韦斯特的贡献。著名小说家索尔·贝娄所塑造的“斯拉米尔”形象、他的“反英雄”和“反主人公”形象得益于韦斯特小说中的主人公[①]。诺曼·梅勒的小说《北非海岸》和《鹿苑》对美国梦的虚伪性和荒唐性的揭示也可看出韦斯特的影响。《北非海岸》的开头和韦斯特早期作品的基调几乎是一样的。蒙尼亚的形象酷似《蝗虫日》中的小演员阿多尔[②]。至于60年代盛极一时的“黑色幽默”作家，则把韦斯特对现实的冷嘲热讽的态度和奇特的表现手法视为珍品，那更不待言了。

应该指出：韦斯特在政治上是个左翼作家。他积极参加了当时美国进步作家的社会活动，成了美国共产党人的朋友[③]。他对美国劳工运动的同情和支持是众所周知的。但是，在文学创作上，他坚持走自己的路。据说，有不少进步朋友劝他遵循传统的现实主义创作方法，但他婉言谢绝了。他采取了与著名的批判现实主义小说家多斯·帕索斯、斯坦贝克和法拉尔等人不同的表现手法。他受弗洛伊德心理学的影响，又吸取了法国先锋派的某些技巧，结合自己的创新，形成了独特的风格。他的基本倾向是现实主义的，但运用了超现实主义和象征主义的手法。在《蝗虫日》中，可以看到作者喜欢用幻觉来表现人物的内心矛盾。托德想念费艾，跟着化妆演员队伍在摄影场跑来跑去找她，走过“巴黎的一条街”，进出于希腊神殿，看到特洛伊战争时代的木马、巴黎的铁塔、荷兰的风车磨坊和恐龙化石。他在寻找费艾中经历了西方历史的梦境。托德几度想占有费艾，往往欲动又止，苦恼万分。他的情操和雄伟的背景是多么不协调！作者也爱用色彩来烘托人物。最后一章，托德走上街头，心情无限惆怅，只见那12道紫色的灯光照射着傍晚的天空，与那娱乐宫圆顶的玫瑰色亮光交相辉映，成了鲜明对照。作者描写那超级市场的食品都用彩色灯光装点着，“柑橘沐浴在红光里，柠檬在黄光里、鲜鱼在淡绿光里，牛排在玫瑰红光里，而鸡蛋沐浴在象牙色的灯光里。”这样描写是别具一格的。至于《滑铁卢》影片拍摄时，英法两军对垒，法军发起进攻，结果因为布景油漆未干，架子未钉牢，双方人马完

---

① Leslie A. Fiedler. *Love and Death in the American Novel*, p. 490.

② Frank D. McConnell. *Four Postwar American Novelists*, p. 82.

③ Daniel Aaron. *Writers on the Left*, p. 432.

全陷入倒塌的帆布的包围之中，则显得诙谐幽默，令人捧腹大笑。

有人庆幸韦斯特没有将自己左翼的政治色彩注入《蝗虫日》中去。我觉得这是个误解。事实上，尽管作者写得比较含蓄，比较轻松，在故事中穿插了一些有趣的小故事，如摄影场托德的奇遇、克劳德家放电影、苍蝇与蜥蜴之争、何默汽车房里的斗鸡等等，字里行间仍不难看出作者的忧虑和爱憎。这种忧虑到末了便变成直言不讳的抨击。作为一个优秀的讽刺作家，韦斯特具有对现实敏锐的洞察力和鲜明的是非观。

有人说，《蝗虫日》很像著名诗人艾略特的长诗《荒原》①。虽然还没有充分的材料证实韦斯特写《蝗虫日》前受过《荒原》的影响，但评论界持这种看法的人不少。《荒原》描写了第一次世界大战浩劫后欧洲“不真实的城市”的萧条，表现了“现代城市的堕落”，贯串了“枯萎”“死亡”和“重生”的思想。我觉得尽管作者在《蝗虫日》中采用了一些象征主义手法，但这部小说的基本倾向和《荒原》是不同的。诚然，《蝗虫日》从一开始到结束，节奏很快，基调冷漠，带有悲观色彩。作者通过好莱坞一群人的描写，揭示了西方社会的精神弊病和西方文明的衰落。小说的开头很出色，虚假的气氛贯穿全书。电影中的好莱坞和现实中的好莱坞交织在一起。电影中的好莱坞多么富丽堂皇，而现实中的好莱坞是何等沉闷乏味。人们想方设法混日子，以逃避现实。托德靠串门，费艾靠做梦，哈里靠表演、何默靠睡眠来安慰自己，以弥补精神上的空虚。好莱坞成了这些受骗人的家。好莱坞生活的空虚、沉闷和骚乱成了现代西方城市生活的象征。小说中具有类似《荒原》里的精神危机的气氛，但作者认为这是现实社会造成的，而不是个人性格上的缺陷所致。因此，《蝗虫日》所揭示的问题要深刻得多，具体得多，因而具有重大的社会意义。

（原载《当代外国文学》，1985年第2期）

① Victor Comerchere. *Nathanael West: The Ironic Prophet*, p. 133.

美国华人文学的先驱者

——艾迪丝·伊顿

华人移居美国，至今已有近200年的历史。他们跟犹太移民一样，在美国属少数民族。从文学上来看，第二次世界大战后，犹太文学迅速发展，涌现了索尔·见娄、艾萨克·巴什维斯·辛格、伯拉德·马拉默德和诺曼·梅勒等著名作家，其中索尔·贝娄和艾萨克·巴什维斯·辛格是诺贝尔文学奖的得主，在世界各国享有盛誉。华人文学虽然起步较晚，但20世纪80年代以来新作不断问世，陆续荣登美国畅销书的榜首，比如谭恩美的《喜福会》和《灶君婆》、包柏漪的《春月》、汤亭亭的《中国佬》和《引路人孙行者：他的即兴曲》、任璧莲的《典型的美国佬》、戈斯·李的《中国小子》和大卫·王的《爱的折磨》等。这些用英文写作的长篇小说以其新颖的题材和独特的风格丰富了美国现代文学，轰动了美国文坛，尤其是一些华裔女作家异军突起，更引起美国读者和学者的注目。

其实，美国华人文学并非始于今日。随着华人的移居美国，华人社区早就创办了华人报纸。除了新闻和特写以外，它们常常登载一些历史故事、回忆录、传记和见闻。最早的华人文学作品是用中文写的。因为早期的移民大多数是劳工，文化水准有限。他们为了生存而疲于奔命。华人文学常常反映他们所遇到的困难和危险，为他们卑贱的社会地位呼吁，表达了华人的共同心声，但由于语言上的隔阂，这些对美国读者影响不大。

第一位用英语进行创作的是华裔女作家艾迪丝·伊顿，笔名叫水仙花。早在第一次世界大战以前，她就面向美国读者，描绘华人在美国的生活遭遇。她写了不少散文、随笔和短篇小说。她的短篇小说集《春香太太》是第一部反映中国移民和他们的亲属在美国的社会经历和华裔妇女为合法权利而斗争的作品。作者力图改变美国人对华人的偏见，为华人争得一席之地，并增进华人与美国人之间的相互理解。这些作品对美国华人文学的发展具有重大的意义。

艾迪丝·伊顿 1867 年生于英国一个小康家庭。她父亲艾德华·伊顿是个英国人。她母亲是个中国人，名叫莲花，英文名为格雷丝。弟妹共 14 人，她是老大，从小就上街叫卖她自己做的花边和他父亲画的山水风景画，帮助家里维持生计。后来，她离家自谋职业，当过秘书和记者，经济较为富裕，经常给家里汇款。她深得母亲的宠爱，接受了中国习俗与文化的影响。从事写作时便按广东话读音起个笔名叫“水仙花”。她成年以后，大部分生涯是在美国中西部度过的。她在旧金山住过一些日子，到西雅图待了近 10 年。从当时的社会习俗来看，作为一个弱女子，她竟然敢采用中国名字，是很不容易的。这是个非凡而果敢的行动。

艾迪丝·伊顿一生写了许多短篇小说和杂文，内容大都是描写或评述华人在美国的生活遭遇。刊登她的作品或文章的达 14 家刊物，主要有《西部之外》《记述者》《独立者》《新英格兰杂志》《世纪》《妇女家庭月刊》《新思想》《短篇小说博览》《好当家》《纽约时报》和《女绅士》等。1912 年，芝加哥的麦克克勒格公司将她 37 个短篇小说汇集出版，以第一个短篇《春香太太》为书名，装帧华丽，朱红色的封面上印着金色字母，还画了美丽的荷花、蜻蜓和月亮，具有浓烈的中国味。书中有灰绿色的插页，淡淡地印了一幅清雅的中国画：青竹上有个小鸟在筑窝，红梅满枝头，下面是一群中国人，象征着“福”“禄”“寿”。艾迪丝·伊顿的短篇小说，有的优美动人，有的冷嘲热讽。作者的喜怒哀乐，洋溢于这些插页里，无不跃然纸上，感人肺腑。

《春香太太》包括两大部分，前面 17 篇列在《春香太太》篇名之下，后面 20 篇则称为“中国儿童故事”。前半部分着重描写成年华人的生活，有的人物反复出现在这篇或那篇小说里，有点像舍伍德·安德孙的《小城畸人传》。后半部分主要刻画儿童的心理和行为，劝人从善，讲究道德。在某种意义上说，这些作品有的结构严谨，文笔优美，不乏幽默机智之笔，但有的受当时社会风尚的影响，略带感伤情调。那些主题严肃、带有悲剧性结局的小说最受欢迎。美国读者感到她塑造的人物是真实的，她提出的问题是触目惊心的。而那些伊顿力图将华人描绘得可爱、古怪而有趣并精心设计了大团圆结局的作品，美国读者则认为不太成功。但评论界的反应大都是好的。例如，最先发表伊顿许多短篇小说的《独立者》赞扬她说："东方与西方理想的冲突、美国移民法造成的艰辛构成了伊顿大部分作品的主题，读者不仅对此很感兴趣，而且大开了眼界，熟识了新的观点。"

在读者中影响很大的《纽约时报》也以罕见的热情肯定伊顿的作品："伊顿小姐在美国小说中给人留下崭新的印象。她并非以超人的技巧取胜。但她用巨大的勇气给人留下难忘的印象。在某种意义上说，她似乎缺乏艺术技巧，但她具有她所反映的主题的非凡的知识。她力图完成的大事是：给白种人读者描绘在太平洋海岸已经美国化的华人的生活、情感和心态。这些华人已和白人结婚或生男育女。这是个艰巨的任务，要完成它，需要超人的观察力和成熟的表现手法……特别真实的是她对美国化的华人形象的分析，对反对被同化而保持华人特征的华人妇女的思想、生活和情感的剖视，以及对于美国人与华人结合生育的儿童的性格的刻画。更有趣的是两个短篇小说中，伊顿描写一个美国妇女先嫁一个美国人，后又改嫁一个华人的不同经历，并进行对比。"

不管这些评论家的出发点如何，他们一致认为艾迪丝·伊顿的作品是开拓性的。在她以前从没有一个人如此广泛地描写华人在美国的遭遇，而且写得这么令人同情。美国作家更没人涉及这个题材。在小说形式上，她通过含蓄的冷嘲热讽表达了她对华人在美国的不平等遭遇的愤怒。她在美国广大读者面前展现了一幅华人日常生活和他们受苦的图画，激起了读者对华人的同情。她的主题揭示了男女之爱、父母与子女之爱，兄弟姐妹之爱以及破坏这种感情的种种罪恶势力。伊顿希望读者与她的人物分忧，谴责罪恶势力，哪怕这种势力来自对他们不公正的法律。她还写了女权问题，尤其是劳动妇女的正当权利问题，以及妇女之间的友谊、背叛、报应和虚无主义。

《春香太太》短篇小说集中第一部分是艾迪丝·伊顿最重要的作品。在《春香太太》一篇里，女主人公春香太太是个活泼可爱的美国化华人姑娘，家住西雅图。她有一颗善良而纯洁的心。她悄悄地多方奔走，成全一对年轻的恋人，使她丈夫大吃一惊，对她这位默默无闻的弱女子另眼相待。她到旧金山走亲访友，用“洋泾滨”英语写了一封长信给她丈夫。作者通过这封信巧妙地表达她对美国人对待中国移民傲慢无礼的态度的抗议，同时又批评了华人丈夫对待妻子的夫权思想。春香太太还写了她对一次以《美国是中国的保护者》为题的报告所发出的狂言的强烈不满。她从现实生活中亲身感受到华人受歧视、遭冷遇的种种现象，深切地体会到自己并非在雄鹰翅膀和自由徽章的保护下，了解和追求自己的幸福，比别人多得几个美元。小说文笔幽默生动，富有深沉有力的反讽魅力。

另一个短篇《在自由的国土上》，讽刺了美国政府的官僚作风。当女主人公李楚带着两岁的儿子在旧金山码头走下甲板，准备同她丈夫相会时，政府官员将她的孩子带走，因为他没有进入美国的证件。那官员答应第二天释放孩子，但此后却再无音讯。过了5个月，他们雇了一个白人律师上首都华盛顿去为小孩办理入境证。律师要求付500美元，那母亲身无分文，只好将她身上的珍珠首饰和金耳坠给了他。5个月以后，入境证终于拿到手，李楚到教堂去。她伸手去抱孩子时，躲在牧师长袍后面的儿子竟把手缩回去，不让她抱走，并叫他妈妈“滚开”。白人对华人的冷漠和不闻不问，给华人母子之间纯真的感情投下了阴影。

在其他短篇小说里，艾迪丝·伊顿还写了刚到美国不久的妇女为了让丈夫开心所受的痛苦；唐人街长大的华裔姑娘与白人青年恋爱而遭抛弃；有的华裔姑娘女扮男装，为拯救自己心爱的白人青年而牺牲性命；一个临终的白人妇女将自己的儿子托交一个华人家庭抚养，双方成了好朋友，而白人牧师却教白人小孩憎恨华裔一家。可见，社会的偏见使华人的处境雪上加霜。

华人当时在美国的地位简直无异于受奴役的黑人。19世纪后期，成千上万的中国劳工被送到西部山区修铁路，为美国西部经济的发展做出了贡献。但美国两大政党对于充当苦力的华人都抱有敌对情绪，常常在他们竞选的讲台上加以煽动，造成华人在西部各州经常被抢劫、扔石头、吊死或暗杀。政府对这一切不公正的现象熟视无睹，反而火上加油，使种族歧视越来越严重。1879年国会在特别调查报告中竟说“华人习惯懒惰，住房污秽，危害城市卫生……他们道德败坏，传播娼妓、赌博和吸鸦片的恶习。他们与白人水火不相容，无法与美国民族融为一体。”这个报告导致国会通过了1882年的排华法。华人继续被排斥达60年之久。

在这种可怕的氛围中，许多华人和半华人只好改入墨西哥籍，或冒充日本人与欧亚混血儿，以求生活舒适一点。艾迪丝·伊顿的妹妹温尼弗列德就是走这条路的。她比伊顿小12岁，采用了一个日本笔名，然后故意宣称她具有日本血统。她发表了10部以日本为背景的描写日本人的感伤小说，后来成了一个作家。她的第二部长篇小说《日本夜莺》（1901）曾被译成德文、瑞典文和匈牙利文，而且被改编为剧本，在纽约百老汇上演。她的成功也许激励艾迪丝·伊顿选择亚洲作为她小说的背景。但她力图与美国公众的鉴赏力相吻合，真实而生动地展现社会生活的画面。

19世纪末的美国和英国，民族偏见非常严重。艾迪丝·伊顿的民族感是她个人生活痛苦的一面。她深深地意识到周围的美国人对他们古怪的看法和无理的鄙视。她记得童年时代发生的事儿。比如，她不到4岁时，跟保姆走进伦敦一条巷子，听到有个女人嘲笑她的母亲是中国人，然后转身从头到脚古里古怪地盯着她。她不明白他们的怪癖和惊恐，但她不得不相信：别人把她当外人，当成古怪而差劲的人。她6岁时在纽约，和她弟弟一起跟几个嘲弄华人的小孩打了一架。类似的事件多次发生。后来，她跑去图书馆，阅读有关中国和中国人的书，对她的祖先有了进一步了解，民族自尊感油然而生。随后，她又发现，她妈妈一族的人跟她爸爸一族的人一样，心胸很狭窄。地道的华人对半白人也抱有偏见，但这有点盲目性。她希望爱心能支配未来，使双方和睦相处。她相信：一旦全世界成了一个大家庭，人类就会看得更明，听得更清。总有一天，世界的大部分人将成为欧亚混血儿。“我认为我仅仅是个先驱，我对此感到高兴。作为一个先驱，要为吃点苦而觉得光荣。”

艾迪丝·伊顿是个独立而坚强的女性。尽管当时美国社会看不起老处女，但她选择独身，一生不嫁人。她辛勤笔耕，积极参与社会活动，一度成为女权主义者。她是被仇视的美国华人的先锋战士，为华人的不平等遭遇，尤其是为华人妇女的苦难而大声疾呼。她乐于为她母亲的同族人服务，并感到自豪。当华人遇到困难时，她就拿起笔，站在他们一边，为保护他们的合法权益而战斗。她虽然只懂得一点点汉语，但她走遍加拿大和美国东西海岸，从蒙特利尔到纽约，希望唐人街的华人能把她当成自己人，可惜难以实现。后来，她觉得个性比民族性更重要。她盼望将来东西方民族能携手共进。

华人在美国的遭遇，是长期以来美国作家所忽略的题材。艾迪丝·伊顿也许算不上一个永垂史册的大作家，但她是当时一位非凡的女性。她是华人生活题材的第一个开拓者，是一个捍卫华人在美国社会的合法权利，尤其是华人妇女的平等权利的先锋战士。她着力描写华人在美国社会的日常生活。这个新领域直到20世纪70年代中后期才渐渐引起美国文学界和读者应有的重视。作为美国华人文学的先驱者，“水仙花”的勇气和胆识，她那不懈的努力和令人感受深刻的作品，对于美国文学是一大贡献。从1976年以来兴起的华裔女作家的优秀的小说和非小说创作中，可以明显地看出伊顿的影响。今天，人们重新记起她对美国华人文学的开拓性的贡献，是不无道理的。

（原载《译林》，1993年第1期）

读者是文本整体的一部分

——评《最蓝的眼睛》的结构艺术

《最蓝的眼睛》是著名的美国黑人女作家托妮·莫里森的第一部长篇小说，1970年问世后，一炮打响，震动文坛，奠定了莫里森作为当代美国优秀小说家的地位，也为她后来发表的4部长篇小说的成功铺平了道路。1993年，托妮·莫里森荣获了诺贝尔文学奖，1997年又出版了新作《天堂》。尽管如此，《最蓝的眼睛》仍是作者最重要的作品之一。

三年前，我和几位硕士生讨论《最蓝的眼睛》时，总感到这部小说的艺术结构不好理解。去年，我校图书馆萧德洪副馆长借给我一本《最蓝的眼睛》新版的英文原著（1994），书后有作者补写的“后记”。细读之后，我顿开茅塞，仿佛找到了解决问题的钥匙。

托妮·莫里森在“后记”中坦言20多年来，《最蓝的眼睛》像女主人公佩科拉的生活一样，经常受到误读，因此，她细谈了这部小说的创作过程、意图，结构和话语等，想以正视听，为可怜的黑人姑娘佩科拉赢得一分尊重。她谈到在某小学里有个女孩想拥有一对蓝眼睛触动了她的灵感，使她从那女孩话音中的苦恼想到周围社会上美的、丑的、好的和坏的种种现象。她第一次明白“美”的含意，想写写那女孩迫切要求改变的心态和遭遇以及自我厌恶的种族自卑情绪。是谁告诉她？有谁同情她？最后谁毁灭了她？读者可能提出一大堆问题，这将是小说难以承担的重负。于是，莫里森决定将小说的结构分成几个板块，让读者重新组装，使他们直接参与事件的全过程，以此激发他们对无辜的黑人女孩的同情和支持，探讨在白人统治的社会里黑人成为不公正事件的牺牲品的缘由。

种族歧视问题一直是困扰美国的一大社会问题。从杜波伊斯、赫斯顿、赖特、艾立森到鲍德温、艾丽丝·沃克等20世纪美国黑人作家的作品中都有所反映。但托妮·莫里森独辟蹊径，在构建小说中人物赖以生存的“被打碎的世界”时，大胆地运用了20世纪60年代美国盛行一时的“读者反应论”的文艺理论，将读者作为小说文本整体的一部分，处处留下读者参与的空间，使《最蓝的眼睛》的结构艺术别具一格，在20世纪美国文学史上独放异彩。

一、奇特的开篇：两块静与动相结合的板块

《最蓝的眼睛》的文本结构不像一般的长篇小说分成几个章节，由开篇、高潮和结局组成。它的总体结构包括两小块构成的开篇和由秋、冬、春、夏组成的四大块文本主体。简单示意如下：

◯ ◯ ㊙秋 ㊙冬 ㊙春 ㊙夏

有趣的是：开篇两小块之间、它们与文本主体之间都没有表面上的联系，好像留下脱节的链条。这脱节的链条就是读者。它要求读者按照自己的思考将作者故意留下的空白补上。莫里森的意图是想“把读者完全吸引到小说所描绘的事件中去，与故事中的人物发生感情共鸣”。这比传统小说中常见的作者直接与读者对话或通过虚构的人物与读者沟通要有效多了。

开篇的两个小块，一块是小学初级识字课本的选段，描写了一个四口之家的幸福生活；另一块是意大利体的英文，记录了黑人姑娘克洛迪娅的意识流活动的心迹。两块之间没有联系，完全靠读者发挥想象的力量，在自己心中将它们联系起来理解。

第一块的选段来自狄克与简的读物，犹如一幅静止不动的图画：狄克、简、爸、妈、一只猫和一只小狗。简穿着美丽的红裙子想玩，她妈笑了。她壮实的爸也笑了。小猫在嬉戏，小狗在奔跑。有个朋友来跟简玩！多么美满温馨的家

庭！有父爱，有母爱，有小猫小狗伴着玩，多么温暖的生活！这是美国几代白人和黑人小孩所熟识的课本，也是克洛迪娅、弗里妲和佩科拉多么盼望的生活！

但是，静止的画面忽然动起来了。选段重复了三次。第一次是正常的排列。第二次原文依旧，标点却全消失了。大写字母变成小写字母，词距缩小了。第三次选段的词全连在一起，成了模模糊糊的一片。读者不难理解：那静止的画面本来与小说中科利一家、麦克提尔一家和许多穷苦的黑人的生活成了鲜明的对照。此时，画面从有序到无序，象征着黑人孩子的美梦已变成黑乎乎的现实，不幸的事件即将发生。它拨动了读者的心弦，让读者进入阅读过程，用自己的语言和文学能力来加以判断。

第二块克洛迪娅·麦克提尔的意识流给读者提供了一个观察事件的视角。故事发生在1941年秋天美国对德、日、意三国宣战之前。黑人女孩佩科拉怀了她爸的孩子，所以万寿菊长不出来。种子枯萎了，佩科拉的婴儿夭折了。她爸也死了。她还活着，但克洛迪娅和她妹妹很失望，说不出为什么，唯有去了解怎么回事。这短短的一页意识流蕴含着小说文本的真正开始。

佩科拉是个年仅11岁的黑人小姑娘，长得又黑又丑，在家里、学校里和社区里到处受冷遇。她盼望有一对蓝眼睛，以为那是最美丽的，如果她有了蓝眼睛，她就不会丑了，世界也会变好，人家会喜欢她。她父母就不会再在她面前打架，生活就会变样啦。但，这是个永远不能实现的愿望。结果，悲剧发生了。女主人公佩科拉被她生父强奸怀孕，婴儿死了，她也发疯了。

故事的结局成了小说的开篇。它像倒叙的电影镜头。叙述者克洛迪娅以强刺激的画面和声音将读者带进了文本的迷宫。

二、秋冬春夏四大板块的组合与衔接

按秋冬春夏四季构成的四大板块是《最蓝的眼睛》小说文本的主体。它不是从自然周期的春天开始，因此不是从播种到收获的正常周期。那是奇特的一年，二战中艰难的一年、不吉利的一年。一个天真的黑人姑娘佩科拉从幻想、痛苦到发疯，跌进了黑人文化与白人文化之间无底的深渊而遭灭顶之灾。她看不到周围的冷漠和危险，一心追寻一对蓝眼睛，那么执着，那么令人惋惜和同情……

第一个板块“秋”包括三个小部分。起先是一片平静而凄凉的景象。小学开学了，克洛迪娅和妹妹弗里姐在大冷天饿着肚子去捡煤渣，房子又破又冷，生活拮据。一天，她妈领来一个无家可归的黑人女孩佩科拉到她家暂住几天，说她爸烧了房子，打跑了她妈……她要她们姐妹俩好好款待佩科拉。她们就跟佩科拉同睡一张床，相处不错。一天，佩科拉淌血了。姐妹俩帮她洗擦。姐姐说她怀了孩子。妹妹说，“有人爱上你了。”但佩科拉不明白怎么回事。

第二部分出现了识字课本里连成一线的三行黑体字当标题，首先介绍了科利·布里德拉夫在俄亥俄州罗芝镇一家四口人的情况。佩科拉 11 岁，她哥萨姆米 14 岁，各有一张小床，父母共睡一张大床，三张床挤在铺面房一间小屋里，中间放个煤炉取暖，没有卫生设备，仅有个马桶，家徒四壁，清贫如洗。

第三部分的标题又是一段模糊的识字课本的文字。HEREISTHEFAMILYMOTHERFATHERDICKANDJANETHEYLIVEINTHEGREENANDWHITEHOUSETHEYAREVERYH（这儿是一家爸妈狄克和简他们住在绿色和白色的房子里他们很幸……）这与科利一家形成强烈的反差。生为黑人，穷是他们的传统，并不奇特。奇特的是他们的丑。科利丑在行为放荡。他太太葆琳和子女丑在外表：狭窄的前额下眼睛特别小，眉毛浓黑，鹰钩鼻子，头发散乱。丑，他们认了。

科利与葆琳初婚时还过得去。后来，科利酗酒，两人常吵架。天寒地冻，家里缺煤，科利不管，老婆生气。两人大打出手。佩科拉多次劝架，她妈不听。她向上帝呼救，希望离开家。因为她丑，只好忍受。她对着镜子，寻找丑的奥秘。在教室里，没人愿跟她同桌，老师不睬她，同学取笑她。她的牙齿好，鼻子不大，如果有一对白人女孩那样的蓝眼睛，她就变美了，周围的一切也就不一样了。

> “漂亮的眼睛。漂亮的蓝眼睛。漂亮的大蓝眼睛。跑吧！吉帕，跑吧！吉帕跑了，艾丽丝跑了。艾丽丝有蓝眼睛。吉里有蓝眼睛。吉里跑了……他们带着蓝眼睛跑了。四对蓝眼睛四对漂亮的蓝眼睛，像天空一样蓝的眼睛……”

每天夜里，佩科拉悄悄地祷求上帝给她一对蓝眼睛。整整一年，她不停地祷告，虽有点泄气，但从不失望。她决心去追寻。她大胆地走访住在她家楼上的三个妓女，天真地问她们怎么有那么多男朋友？三个人都笑了。她们不歧视她，但不会赞成她走她们的路。她们精心打扮，又说又唱，自由自在。佩科拉未曾涉世，不知道什么叫爱情、婚姻和生活！

“冬”的板块一开始又是克洛迪娅的声音。她父亲日夜操劳来维持生计。学校新来了一位富家小姐毛琳·彼尔。克洛迪娅讨厌她，其他同学羡慕她。一次她们放学回家，发现一群男孩围着佩科拉，放肆地骂她：“你爹光着屁股睡觉……”他们也是黑人，这么鄙视黑人女孩等于侮辱自己。佩科拉掩面大哭。弗里妲勇敢地冲进包围圈把她救出来。她们不明白：这是为什么？

第二部分作者自己登场，介绍了黑人姑娘离乡背井到各地闯荡。她们也许只有出生地，没有故乡，没有恋爱就结了婚，跟丈夫过性生活，生孩子，有没有感情无所谓，有时养只小猫陪伴着。吉拉尔代恩随丈夫路易斯搬到俄亥俄州罗芝镇。她孩子朱尼尔爱跟黑人小孩玩。佩科拉到他家看小猫，发现他家陈设豪华。可朱尼尔将一只大黑猫扔向她，抓破她的脸，她疼得泪汪汪想跑走，朱尼尔拉住她不给走。后来惊动了朱尼尔母亲，她恶狠狠地将佩科拉赶出门外。三月的寒风袭人，佩科拉想不通：这人世间为什么这么冷酷？

第三板块“春”是文本的核心，由 4 小部分组成，占全书五分之二多。大地回春，万物复苏，情人成双成对，快乐地闲逛。这是大自然给人类的恩赐。但是对女主人公佩科拉来说，它却是个“多事之春”，生命坎坷之时。“嫩枝儿弯了，但没给压断。”作者又在这种反差中深化主题，在读者心中引起强烈的回响。

前两部分又称葆琳部分。她是佩科拉的母亲，但对女儿没半点爱心。故事开头又回到克洛迪娅家里。春来了，树木吐绿，妈妈唱着歌回家，没料到家里出了事。亨利先生来家做客，突然抱住弗里妲乱摸，被她父亲发现痛打一顿。亨利逃走了。姐妹去葆琳打工的白人家里找佩科拉。佩科拉在厨房里不慎打翻了锅，果汁烫伤了她的腿，她妈冲进来将她打翻在地，破口大骂，叫她们三人滚蛋。读者又一次清楚地看到佩科拉母亲对待女儿的凶相！

第二部分叙述了葆琳的经历。她父母有 11 个子女，她排行第九，从小有只脚跛了，成了不受欢迎的人。她性格内向，自得其乐，善于整理东西。她上过 4

年小学，后随父迁往肯塔基某小镇，辍学在家帮忙家务。她 15 岁仍不知爱情是什么，心里忧郁而孤独。一天，科利吹着口哨从她面前走过，两人一见钟情，不久就结婚了，双双北上来到俄亥俄州罗芝镇。科利在钢铁厂找到工作，她照料家务。她不习惯生活在白人中间，思念家乡。不久两人争吵不休。科利酗酒，葆琳爱买衣服。丈夫不给钱，她自己到白人家当保姆，身心交瘁。雇主欠工资不给，又逼她与丈夫分手，她只好辞职了。

上面一大段都是葆琳内心的意识流活动，表达了她的苦恼和不安。接着，又是作者的叙述了。一年冬天，葆琳怀孕了，科利感到高兴。夫妻和好如初。葆琳不久生了儿子萨姆米，后来又生了女儿佩科拉。她觉得女儿头发漂亮，但长得很丑。孩子还没长大，她又去工作。在一个小康白人家里成了理想的仆人。她找到了美丽、整洁和干净，终日待在厨房里也挺开心。一想到子女和丈夫，她就害怕。她成了一个虔诚的教徒。回家时向子女揭露丈夫的过错，又禁不住下意识地回忆与他做爱的情景。

第三部分是科利的故事。他出生才 4 天，他妈就用两条毯子和一张报纸将他包紧，丢在铁路旁的垃圾堆上。幸亏他姨婆吉米救了他。上小学四年级时他才敢打听他爸的下落。姨婆说：他爸叫富勒。后来，科利停学在某店工作。有个老头布鲁·杰克常给他讲鬼怪故事和黑奴解放宣言。科利喜欢他，长大后还思念他。往后，他姨婆去世了。他参加了葬礼，但亲朋好友仍把他当孩子。过了几天，有人给他安排了吃住。他感到有趣而寂寞。他跑去马康寻找生父富勒。但此人不认他。他只好流浪街头。他很自由，自由地哭，自由地睡街头，自由地偷东西，自由地酗酒。他从小被母亲遗弃，如今又遭父亲冷眼。在白人统治的社会，他跟黑人一起受侮辱。他受够了。

天无绝人之路。他在肯塔基巧遇葆琳。虽然他对生活已失去兴趣。他还是迷上了她。有了子女后，他悲喜交加。他既不知道怎么养育孩子，又不明白当父亲的责任。他自 13 岁以来只懂得姨婆老太关照过他。他从小失去了母爱、父爱和人间一切美好的东西。

一个星期六下午，春光荡漾，他酗酒后摇摇晃晃回到家里，看到女儿佩科拉在厨房里洗碟子。他心里不舒服，想掐断她的脖子。面对 11 岁的女儿，他要说什么？他给了她什么？她敢爱他？他能接受她的爱？他呆呆地望着女儿的身姿，想起与葆琳初恋的情景。

邪念占了上风。他悄悄地靠近她，将她按倒在地强奸了她。她几乎昏死过去，仿佛她妈的脸在她眼前闪动……

第四部分又称牧师部分，出现了一个前面未曾露面的古怪的老牧师苏帕黑德·切奇。他是个好色鬼和骗子。以救人的名义干着利己的勾当。

一天下午，佩科拉登门找他，问他要得到一对蓝眼睛该怎么办？他起先对她有点同情，后来意识到一个又丑又黑的女孩想变漂亮，他无能为力，就发火了。他说一切听从上帝安排，便叫佩科拉拿一块浸过毒药的肉去门廊上喂狗，如果狗吃了肉，感觉良好，她的愿望就会实现。佩科拉信以为真，将那块肉给狗吃了。不久，狗躺着死了。佩科拉双手掩面，吓得逃出院子。这是对她的第二次打击，使她精神崩溃发疯了。

切奇牧师面对着这悲惨的情景无动于衷，倒心安理得地提笔写了一封信给上帝，责问上帝为何不回答佩科拉的祷告？又逼他为上帝白干？写完他就上床呼呼大睡了。

夏天到了，克洛迪娅又露面了。最后这个板块充满了平静中不平静的氛围。她妈回想 1929 年龙卷风席卷罗芝镇的情景，但不悲观。姐妹俩到镇上卖种子，听到风言风语在议论佩科拉怀了她爹孩子的事，她俩深感不安。有谁分担她的痛苦？她妈将她打翻在地的情景重现眼前……

“夏”的第二部分是佩科拉幻觉中的自我与想象中的朋友之间的对话。她虚构的朋友不断地肯定她会有蓝眼睛、世界上最蓝的眼睛。她会回来的。接着又是叙述者克洛迪娅的声音。大人见到佩科拉就避开她，小孩见到她就嘲笑她。她们姐妹见到她很害怕，干脆躲开她。不久，她哥萨姆米到外地去了，科利死在工场里，葆琳仍给白人当女仆。佩科拉与她妈搬到近郊，靠捡破烂度日。她真的疯了。这不仅是她父亲和那牧师造成的，也是他们镇上整体环境造成的。

从以上可看出，各个板块自身的故事是连贯的，四大板块之间以人物出现的形式相衔接。每篇都可听到克洛迪娅的声音。开篇的识字课本中的选段在各板块不断出现，而万寿菊的枯萎则在小说首尾相呼应，深化了贯穿全书的主题。蒲公英、嫩枝、春风和夏天的暴风雨与人物的命运息息相关。大自然的有序被人类无序的行为弄颠倒了。佩科拉是四个板块中的核心人物，虽然每个板块侧重刻画某个人物。在佩科拉发疯以后，其他人物一个个表露出失常的一面。佩科拉的悲剧也是美国黑人的悲剧。至此，读者的感受是不言而喻的。

三、多样化的叙事语言：作者、叙述者和读者相互沟通的和声

在考虑读者接受《最蓝的眼睛》的意蕴时，托妮·莫里森注意到小说语言问题。她在书中运用了多样化的叙事语言，使作者、叙述者和读者的沟通融为一体，取得了良好的效果。

普通话语：《最蓝的眼睛》写的是黑人生活的题材，但它不同于艾丽丝·沃克的《紫色》那样大量采用黑人话语。莫里森选择黑人少女克洛迪娅作为佩科拉不幸遭遇的叙述者，她用的是美国通用的话语。这是作者的大手笔。克洛迪娅是受害者佩科拉的朋友和同情者。她知道一些外人不了解的事。她说话当然是可信的。本来，一个黑人少女被她父亲强奸怀孕是一件私事。作者想将科利的隐私披露于世，怎样向她的读者说清楚？作者选择了克洛迪娅，她想将秘密消息告诉你。你不想听？当然想。莫里森这么策划，使得叙述者与读者之间、读者与文本之间增加了亲切感，缩短了二者之间的距离，读者很快就进入文本的解读过程。

黑人话语：当然，作为黑人女作家，托妮·莫里森并不排斥黑人话语。写黑人的事，用黑人话语是很自然的，但不是太多。她说要用一种既有种族特色又不全是种族化的散文体，以击中“种族自卑”的要害，再现黑人的美和黑人文化的魅力。这在小说中仍不难发现，比如：佩科拉在小学操场上被男孩围住时，男孩喊道：“Black e mo. Black e mo. Yadaddsleepsnekked.”（你爸爸光着屁股睡觉）（P. 55）在葆琳的想象中也有：“I feel a power. I be strong, I be pretty, I be young ... I don't make no noise.”（P. 103）这种双否定式常出现于黑人英语里。第三人称 to be 的混用也是常见现象，如“fler husband ain't hit the bowl yet.”（P. 95）“But it ain't like that any more.”（P. 104）显得粗犷有力。克洛迪娅用的虽不是黑人话语，但具有爵士乐的音响效果，给读者亲切而强烈的听觉感受。

女性话语：小说开篇第一句“像平常一样保持平静”，听起来像小孩在听大

人说话，犹如黑人妇女坐在门口聊天交谈，意味着：“嘘，别告诉外人！”似乎要讲的故事是叙述者、作者和读者之间的秘密。作者写此书时正逢20世纪60年代美国社会动荡之时，政治气氛紧张，黑人生活漂泊不定。黑人妇女地位低下，但她们并不屈服。小说中描写了克洛迪娅姐妹与佩科拉的问答；葆琳与丈夫的争论，都显露了黑人妇女话语的威力。而科利在树丛里与少女乱搞时被两个白人猎手侮辱则不敢反抗，流露了阴盛阳衰的弊病。

儿童话语：克洛迪娅是个年仅9岁的黑人小姑娘，在关键的时刻披露了佩科拉的不幸身世，犹如一个成年人在回忆往事。她的话音仍不失童真，带有天真可爱的色彩。她开始时从万寿菊的枯萎联想到因为佩科拉怀了她爸的孩子。万寿菊长不出来是她种得太深了。她总是以花为背景，突出非法的性关系造成的恶果。她的声音给读者一种亲切的感觉，热情地领他们走进她的回忆和经历中，以弄清周围的世界。她有时用代词 we（我们），令读者想起自己的父母，对她抱有几分敬重，佩科拉也用了不少儿童话语，表现了她善良的本质和天真的童心。她觉得三个妓女给毁了，但不胖，“因为她们喝了威士忌。”她始终不明白：她们为何有那么多男朋友？她对蓝眼睛的追求到了如醉如痴的地步，身陷囹圄而无所悔悟。当然，这是社会造成的。

美国评论家斯坦利·弗什说：“阅读经验是时间上的流动。因而读者是按照这种时间的流动做出反应的……”托妮·莫里森多次运用意识流手法作为叙述者、书中其他人物与读者的联系手段。但她不同于福克纳，在小说的秋冬春夏四大块中，每块着重描写一个人物，以克洛迪娅的叙述与人物的意识流相结合，使意识流碎片与每个板块的内容融为一体。如葆琳部分的6段意识流回顾了她与科利从恋爱到结婚的经历，从相爱到相打的变化，出现了双重声音。而佩科拉向上帝祈求蓝眼睛的意识流碎片则是她内心强烈冲突的流露，结尾她幻觉的自我与幻想的朋友的对话，一问一答，亦真亦幻，长达八页半，令人感到女主人公的心在流血！

此外，托妮·莫里森在小说中还运用了大量的比喻、设问和排比等修辞手段，结合四季不同的变化营造了相应的特殊氛围。大自然的形象贯穿全书，给小说的结构艺术增色不少。小说的结尾又回到小说的开篇，克洛迪娅又在谈论万寿菊和佩科拉。但她已认识到“那年头，全国的土地都对万寿菊抱有敌意”。

要救活万寿菊，救活佩科拉已经太迟了，太迟了，小说这个结局是个环形结构。它仿佛暗示：佩科拉的命运已无法挽回了，但她的故事还会永远流传下去。

《最蓝的眼睛》写于1965—1969年期间，当时美国社会的突变，引起了作家的关注。德国的沃尔夫冈的接受美学理论传入美国。美国的斯坦利·费什提倡读者反应批评。刚跨入文坛的托妮·莫里森有意识地将这种理论应用于小说创作。这在美国当代文学中是不多见的。她在“后记”中说，这在当时是个好主意，实施后现在倒觉得不太满意。我认为这是作者的谦虚之辞。她的大胆尝试是成功的。它为她后来形成自己独特的艺术风格奠定了基础。

（原载《外国文学研究》，1998年第2期）

美国黑人文学的新突破

——评艾丽丝·沃克的《紫色》

20 世纪 70 年代末以来，美国黑人文学出现了崭新的局面。一批黑人女作家异军突起，蜚声文坛。艾丽丝·沃克就是其中之一。她的长篇小说《紫色》以新颖的构思和独特的手法引起了文学评论界的注目。

艾丽丝·沃克（Alice Walker）1944 年生于美国南方佐治亚州一个黑人农家。她父亲是小佃农，母亲当过佣人，家境清寒，一度靠救济过日子。她从小就承担全部家务劳动，过着贫困而孤独的生活。但她爱看小说。英国女作家夏洛蒂·勃朗特的名著《简·爱》曾伴她度过了漫长的岁月。她 8 岁时不幸因事故瞎了一只眼睛，当时付不起医疗费，拖了好长时间才去动手术。这促使她从小就产生了顽强奋斗求生存的信念。不久，她便试着动笔，给一家杂志写稿。

后来，艾丽丝·沃克获得了奖学金，到亚特兰大市的斯比尔曼学院学习。她发现这个学院学风保守，便于 1964 年转到纽约的萨拉·劳伦斯学院读书。那里自由而活跃的学术气氛激励着她从事文学创作。但她在学习生活中发觉种族歧视仍然是个问题，比如系里开设的美国文学选读课里，根本没提到黑人作家的作品；英美诗选课里也不选黑人诗人的诗歌。她就自己偷偷复印了黑人作家杜波伊斯、吉恩·托马、兰斯顿·休斯和左拉·赫斯顿等人的作品。她不无感慨地说："我们需要济慈、拜伦和弗罗斯特，但我们更需要杜波伊斯、兰斯顿·

休斯和吉恩·托马。”她决心继承和发扬美国黑人文化的优秀传统，做一个群众喜爱的黑人诗人。

然而，艾丽丝·沃克的生活道路并不是一帆风顺的。大学毕业前夕，她偶然失身怀孕，内心十分痛苦，几度想自杀。20世纪60年代末，她和一个白人民权事务顾问结婚，生了小女儿，可是10年后就分手了。想当诗人的愿望鼓舞着她。有一次，她把自己的愿望告诉一个白人教师。这个教师回答说：“农家女”不是当诗人的料子。但她并不灰心失意。她用心阅读了几位黑人名作家的作品，从中吸取了经验和教训。她心情十分矛盾。黑人女作家左拉·赫斯顿一生辛劳，写了6部小说，算是名闻全国了，去世时却家徒四壁，无钱安葬。这使艾丽丝·沃克感到心寒和苦恼。强烈的创作欲望驱使她奋力笔耕，把内心那无限的悲怆、孤独、恐惧和希望以诗的形式滔滔不绝地倾吐出来。

1965年大学毕业前3个月，她的第一部诗集《一度》脱稿了（但拖到3年后才出版）。她风趣地说，兰斯顿·休斯在他的自传中曾提到，他最苦闷时，写出的诗最好，而他高兴时，什么也写不出来，而她自己如果不写诗，早就活不成啦，更谈不上当作家。写诗使她从失望的阴影里走到生活的阳光下。她开始热爱生活，热爱世界，按她自己的方式生活。

1968年，《一度》诗集终于问世了。它给艾丽丝·沃克的创作带来了生机。她信心十足，继续埋头苦干，不但写诗，而且写小说。不久，第二部诗集《革命的牵牛花》又发表了。几年来，她还先后出版了2部短篇小说集《爱的烦恼》（1973）和《你征服不了女人》（1981），3部长篇小说：《格兰奇·科帕兰的第三次生命》（1970）、《梅丽迪恩》（1976）和《紫色》（1982），以及一部著名黑人诗人兰斯顿·休斯的传记。她一面潜心写作，一面积极参加女权运动，并成了著名的女权主义组织的杂志《女士》的编辑。她写了许多观点鲜明的杂文，促进妇女运动，呼吁犹太妇女、穆斯林妇女和黑人妇女相互了解和支持，反对帝国主义和殖民主义，努力争取妇女的自由、平等和解放。

艾丽丝·沃克非常推崇美国杰出的黑人民权运动领袖马丁·路德·金和黑人作家杜波伊斯，高度评价了他们对黑人事业的不朽贡献。她热爱黑人的文化，并为捍卫黑人妇女的合法权利进行了不懈的努力。她像另一位优秀的黑人女作家托妮·莫里森一样，在她的诗歌和小说里生动地反映了黑人妇女的苦难，歌颂了她们与逆境搏斗的精神和奋发自立的坚强性格。她敏锐地指出：美国社会上白人的价值观念及其对黑人男人的消极影响，增加了黑人妇女的精神压力。她在为黑人妇女鸣不平的同时，不断地探讨和寻求黑人妇女解放的方法。

《紫色》就是艾丽丝·沃克成功的尝试和大胆的探索。它的问世标志着作者在文学创作上达到了新的高度。

1982年，《紫色》出版后不久，立即成了一部闻名全国的畅销书。1983年，它获得了美国文学作品的三个大奖：普利策奖、美国国家图书奖和全国图书评论界奖。随后，根据小说改编拍成的同名电影，被列入奥斯卡金像奖的候选名单。艾丽丝·沃克成为获得普利策奖的第一个黑人女作家。她像一颗光彩夺目的新星，从美国文坛升起，成了全国家喻户晓的新闻人物。

《紫色》是一部书信体的长篇小说，结构新颖，手法独特。全书由92封信组成。信是一对黑人姐妹写的。前半部是姐姐茜莉写给上帝的信，后半部大体上是妹妹聂蒂和姐姐茜莉来往的信件，可是她俩从没收到过对方的来信。

《紫色》的背景在美国南方某小镇和乡下，时间从20世纪初写到第二次世界大战结束。小说描写一个黑人女子从童年到中年的遭遇中，感情上和性格上获得新生的故事。14岁的黑人姑娘茜莉生于美国南部佐治亚州一个贫苦的农家。她从小喜欢紫颜色。她天真可爱，却屡遭不幸。父亲被施私刑处死，母亲再婚后不久得了重病。茜莉孤苦伶仃，终日忙于家务，劳累不息，后受继父奸污成孕，生了一男一女，孩子先后被继父抢走而下落不明。事后，继父将茜莉嫁给一个有4个小孩的鳏夫X先生。婚后，X先生随意打骂她，把她当女仆使唤。她受尽折磨，仍逆来顺受，默默地操劳着，把家务事安排得好好的，将农活照料得不错，但她得不到丈夫的理解，内心非常苦闷，只好不断给上帝写信，诉说自己的不幸和悲伤。

不久，X先生（阿尔伯特）把情妇莎格带回家中养病。心地善良的茜莉对莎格百般照顾，终于感动了莎格，得到了莎格的同情和关怀。茜莉日夜思念着为了逃避X先生纠缠而离家出走的妹妹聂蒂。莎格不断给予她安慰和启导，并且制止X先生对她的打骂。后来，茜莉鼓起勇气，抵制丈夫的大男子主义思想，跟莎格一起离家，到孟菲斯市开设裁缝铺独自谋生。她的手艺受到亲友的欢迎。她渐渐开阔了眼界，感受到生活的温暖和乐趣。

随着手艺的提高，茜莉的衬裤生意日益兴隆。她在经济上完全获得了独立，性格上也逐渐坚强起来，终于发现了生活中“自我”的价值。最后，她的继父死了，她得到生父的遗产。她原谅了 X 先生以前的过失，两人言归于好，平等相处。失散多年的聂蒂跟丈夫带着茜莉长期失踪的一儿一女从非洲平安归来。全家一起欢庆大团圆，愉快地走向新的生活。

乍看来，《紫色》写的是普通黑人的家庭生活，情节并不复杂，既没有惊天动地的历史性画面，又没有耸人听闻的刺激性镜头。它为什么会产生如此巨大的艺术魅力而备受读者欢迎呢？

原因是多方面的。我觉得主要是作者巧妙地透过美国现实中的重大社会问题，细腻地刻画了一颗黑人少女受伤的心，怎么从性意识的觉醒到思想认识的彻悟，从朋友和妹妹的挚爱中汲取滋养，治好了难以愈合的心灵创伤，从而找到了自己的个性和生活价值，改善了自己的生活环境和社会地位。

这正是广大美国读者所欢迎的。不管是黑人读者，还是白人读者，他们都被各种社会问题和个人问题扰得心烦意乱而不知所措，祈望得到某种生活的启示和精神上的解脱。

的确，《紫色》涉及美国社会当前存在的许多重大问题，如黑人问题、妇女问题、宗教问题、种族歧视问题、同性恋问题，以及非洲的殖民主义问题。当然，小说主要探讨的是黑人问题。

黑人问题由来已久。19 世纪以来，许多美国黑人作家对此十分关注。从早期杰出的黑人作家威·爱·伯·杜波伊斯、保尔·劳伦斯·丹巴和查尔斯·契斯纳特到 20 世纪 20 年代哈莱姆黑人文艺复兴运动的优秀作家兰斯顿·休斯、吉恩·托马、阿那·邦当、左拉·尼尔·赫斯顿、玛格丽特·沃克和理查特·赖特等，他们在自己的作品中不约而同地描写了黑人不被当人看待的悲惨遭遇，揭露了白人对黑人的种族歧视和压迫。到了五六十年代，美国黑人争取自由平等，反对种族歧视的斗争有所发展。黑人文学呈现新的繁荣。艾立森的长篇小说《看不见的人》（1952）、鲍德温的长篇小说《另一个国家》（1961）和马尔科姆·X 的《自传》等都深刻地揭示了黑人受白人欺压和迫害的严重社会问题，在美国读者中引起了强烈的反响。

艾丽丝·沃克在《紫色》中并没有忽视这个人们普遍关注的问题。她通过女主人公茜莉的大儿媳索菲娅在街上遭到白人市长老婆的侮辱而被捕入狱，身心备受摧残的事例和英国白人在非洲横行霸道，肆意把奥林卡村占为己有的事实，揭露了白人对黑人的欺压和剥削。她将美国黑人的命运同非洲黑人的命运联系起来，极其有力地说明：黑人问题实际上是个世界性的问题。

但是，《紫色》的重点并不在于重复地展现黑人与白人的不平等关系，而在于探讨黑人的内部关系，即黑人男女之间的关系、黑人的家庭关系和黑人的"自我"，从而揭示黑人自身的弊病并提出改善的途径。这不能不说是作者开拓性的探索，具有非凡的现实意义。

艾丽丝·沃克继承和发展了美国黑人文学的优秀传统，并吸取了现代美国小说创作的多种表现手法，使《紫色》集美国南方文学、黑人文学和妇女文学之所长，在内容上有所突破，在艺术上有所创新，使《紫色》成了当代美国黑人文学新的里程碑，在美国文学史上写下崭新的一页。

艾丽丝·沃克从小生长在美国南方农村，对于南方文学自然是很喜爱的。她特别喜欢南方文学大师威廉·福克纳和女作家弗兰纳里·奥康纳。她认为这两人是最优秀的南方白人作家，特别是奥康纳对她自己的创作具有一定影响。但是，她也冷静地指出他们两人的不足之处。在她看来，福克纳跟托尔斯泰不同。他的小说尽管深入探讨了美国南方衰落的原因，但他并不想为改变社会的结构而斗争。福克纳认为白人道德上比黑人优越，白人有义务在政治上带领黑人一道前进。奥康纳擅长描绘白人妇女丰富的内心生活，但她笔下的男人大都是小偷、变态的疯子、智障儿童和目不识丁的凶手，而黑人男女则往往显得怪诞不经和荒唐可笑。奥康纳坚信正义，强调正义，揭露丑恶，不写大团圆的幸福结局。她的小说总以暴力和死亡告终，但没涉及白人对黑人的种族歧视问题。她深深懂得种族问题实际上是美国各种社会问题中占第一位的问题，可是她只反映了南方奴隶制在人们心灵上产生的影响。艾丽丝·沃克客观地分析了福克纳和奥康纳两个著名的南方作家创作的利弊，取其所长，避其所短，充实了自己的创作思想和艺术手法。

作为一个地道的黑人女作家，艾丽丝·沃克对美国著名的黑人作家也进行了详尽的分析。早在大学时代，她就偷偷地借阅了现代著名的美国黑人作家的代表作，对兰斯顿·休斯和左拉·赫斯顿等人反复进行了研究，写了好几篇有分量的评论。她注意到这些黑人作家对种族歧视问题都极为重视，但各人的看法又不尽相同。在传统的黑人文学中，黑人往往被写成白人的受害者或牺牲品。他们虽然敢于反抗，但总是处处被动挨打。有的作家着意表现黑人精神受压抑后的种种病态和变态心理。兰斯顿·休斯在诗中勾勒了南方种族和家族内部关系的戏剧性变化；左拉·赫斯顿精心描绘南方农村黑人文化如何逐渐演变，以适应现代社会的需要；吉恩·托马则在他的小说中反映美国黑人的穷苦生活。但是吉恩·托马不承认自己是黑人，不提种族歧视，认为黑人文化正在消亡。他自称为"美国人"，后来干脆不写黑人，只写白人。他一家生活富裕，跻身于白人上层社会。艾丽丝·沃克对此十分反感。她维护黑人文化传统，赞赏左拉·赫斯顿"写了最真实动人的黑人爱情小说"，推崇她的作品《人与驴》和《他们的眼睛盯着上帝》，特别欣赏她的奋斗精神："走自己的路，信自己的神，追求自己的理想，不脱离自己的民众。"赫斯顿凄凉的晚景激起了她的无比同情和愤怒。她深深感到：美国确实不曾把黑人当人看待，对黑人妇女甚至黑人女作家和艺术家不闻不问。左拉·赫斯顿的死象征着黑人作家在美国的命运。

艾丽丝·沃克具有黑人作家强烈的责任感。她重视历史的意识和细致的观察。她认为南方黑人作家像大多数美国作家一样，具有爱与恨的传统。他们从亲身体会中懂得：人世间的一切并不都是美好的，但他们具有对家乡的深情、对人性的信任和对正义的热爱。他们继承了历史的重任，即对世世代代的读者表达他们无声的痛苦和仇恨，同时也倾吐他们之间的友爱和情谊。

不仅如此，艾丽丝·沃克还博览群书，涉猎世界古典文学名著，广取各名家之长。早在大学期间，她就阅读了几乎所有伟大的俄国作家的作品，从中学到不少东西。她说，托尔斯泰"教我透过政治的和社会的表象，深入挖掘人物精神世界的主流，不管他们赞成什么政治的或社会的观点"；陀思妥耶夫斯基"发现了别人不敢正视的真理"；而屠格涅夫、果戈理和高尔基"都以不同的方式反映了他们所处的时代精神"。她对东方文学也很有兴趣，读了许多日本的三行诗和中国的唐诗，特别酷爱李白的诗作。美国诗人艾米莉·狄更生、坎明斯、罗伯特·格列弗斯等人的作品也使她得益匪浅。

艾丽丝·沃克遵循现实主义的创作方法，她主张艺术必须真实，"艺术家的力量在于勇于用新眼光去观察旧事物并敢于创新，尽可能使作品忠实于生活"。

她认为“作家是人民的代言人，但又是人民群众的一员。”诗人的作品要让读者看得懂，她自称为革命者，因为她在不断成长变化中，她希望为更多的黑人服务。她也自称为黑人诗人，可是她反对给自己贴上任何标签，冠以什么称号。她强调作家要忘掉一切称呼，专心致志地埋头写作，但不能闭门造车，因为“我们的人民在等待着”；作家要能分辨真伪；艺术不能瞎吹；作家的任务在于按人原来的面貌来刻画人物，有的人物既不美，又不善，却是真的，这对于作者来说就足够了。

这些创作思想在《紫色》中得到了充分的体现。

《紫色》是一部现实主义的优秀作品。作者并不想把美国南方黑人的乡村生活浪漫化，也不像有的黑人作家那样赞美返回大自然的原始主义和怀念过去单纯的原始生活。《紫色》里虽不乏诗情画意的景色描写，但作者并不喜欢田地里繁重的体力劳动、简陋的小屋，尤其是贪婪自私的人。她的创作意图就是揭示黑人妇女所受的双重压迫，即：既受白人的歧视，又受黑人男人的欺负。对于前者，黑人作家们是没有分歧的；对于后者，则有许多人不同意，但艾丽丝·沃克坚持认为这是事实。

诚然，问题是客观存在的。与其视而不见，加以掩饰，不如揭露出来，加以纠正。黑人妇女所受的双重压迫是相互联系的。正视和解决黑人内部的问题必然会增进黑人自身的团结和进步，推动黑人妇女运动的发展，促进黑人反对种族歧视的斗争。因此，《紫色》所揭示的主题思想具有深刻的社会意义。

《紫色》的创作是以现实生活为基础的。作者明确地指出：《紫色》前半部是她家庭过去的生活故事。茜莉就是她的老祖母。老人年轻时生活艰苦，曾被继父强奸，后来被嫁给一个连名字都不愿叫的恶心的男人。但她拼命挣扎着生存下去，经受了种种苦难。后半部分作者有意改变了老人的命运，让她有个较好的结局。主要有两个目的：一是表达作者对老祖母的怀念，希望她最后生活得好些（实际上并不是这样）；二是想写写好人经过痛苦的挣扎活下来的办法，以此感动读者。因为作者以前想向人们展现暴力和别的事例来促使人们的转变，但有的人并不因看到生活的丑恶和冷酷而懂得生活。作者认为女主人公茜莉为幸福而挣扎是非常值得的。她说：“人们不仅为了生存，而且要繁荣，要热爱人生。”正是这种乐观主义精神使茜莉的形象更加丰满，更加亲切可爱。

在《紫色》原著的扉页上，作者写着："献给'精神'——没有它的帮助，这本书我就写不成。"艾丽丝·沃克十分强调"精神"的作用。她认为从非洲移民美国的黑人和美国本地人都保持了他们的传统。这可能是一种信仰：相信一切事物都具有某种精神。这种信仰大大丰富了通过直观感觉所得到的知识。因此，沃克想在生活中，在小说里寻找某种神秘感，用简洁的语言表现这种神秘感，激发美感和魅力，描绘生活的图画，而不是简单地解剖和分析生活。正是这种"精神"，激励着作者多次搬家，从纽约搬到旧金山，从城市搬到乡下，跟她的人物一起哭和笑，在不到一年的时间内写完了《紫色》的最后一页。

女主人公茜莉身上寄托着某种"精神"。她原先是个天真无知的黑人少女。家庭生活虽苦，她还能忍受。她高高兴兴地与别的黑人小孩一起上学。一天，继父以请她帮助理发为名把她奸污了，后来她母亲问起她怀孕的事时，继父反诬她与野男人私通。茜莉内心非常痛苦。她才 14 岁，既不懂跟异性恋爱，又不明白性交和生小孩是怎么回事。她缺乏生理常识和生活经验。她妈妈没教过她，所以她不知道。她的失身引起了精神上极大的震动，彷徨、苦闷和失望的心情交织在一起。她孤苦伶仃，向谁倾诉？她只好逆来顺受，得过且过。后来，莎格教她性的知识，她才慢慢懂得。索菲娅的含冤入狱教育了她，家庭的不平等现象和社会的不公正事例使她醒悟，她毅然离家寻找自己的路。她从独立谋生中找到了"自我"的价值，争得了生活中合法的一席位置。在她身上是有点精神的。这种精神就是勇于与逆境搏斗的精神、敢于探索人生的精神和对自己对生活充满信心的乐观主义精神。

这种精神的萌发和获得是不容易的，也许要经过漫长的心理变化的历程。《紫色》巧妙地展示了这个历程，带有莫名的神秘感。茜莉心中的苦衷无处倾诉，只好不停地给上帝写信，祈望上帝救救她。但是，上帝好像不长耳朵，她千呼万唤叫不来。正如莎格说的，上帝无所不在，但你需要他的时候，他却不来！上帝是谁呢？是主宰一切的神明，还是你自己？茜莉的声声呼唤仿佛是对着她死去的爹娘，又像是面向着素不相识的无数读者。一个无辜的黑人姑娘的哀怨叩动着每个读者的心扉，引起了读者的共鸣。

受了侮辱，遭到挫折，向上帝求助，对于一个孤立无援的少女来说是很自然的。但是，给上帝写信，上帝能收到吗？根本不可能。不可能还要写，写了对自己也是个安慰吧！作者一面让茜莉反复给上帝写信，不断诉说自己的遭遇，一面通过莎格的话否认上帝的存在，启发茜莉自己大胆去闯。这就给小说披上神秘的色彩，在心理矛盾的变化中衬托着茜莉性格的发展和奋发自立精神的形成。

茜莉的变化反映了作者的宗教观。艾丽丝·沃克认为她自己一生老跟教会唱反调。事实上，她并不相信上帝的存在，不相信有超然的上帝。在她眼中，世界就是上帝，人就是上帝。但她有时捉摸不定，在诗中赞成上帝的存在，在小说中则不然。有时她把基督教写成奴役非洲人民的帝国主义的工具，有时则写成反对压迫的武器。这种矛盾的心情在《紫色》中也有所流露。

跟女主人公茜莉相对照的，是她的丈夫 X 先生。茜莉在信中总是称他“X 先生”，这说明茜莉与他结婚时并不了解他，更不会爱他，是她继父强迫她嫁给他的。婚后茜莉对他的蛮横无理非常厌恶。X 先生是个游手好闲的小农场主，饱食终日，无所事事。他愚昧自私，随意打骂老婆。他把茜莉当作发泄性欲的奴仆，又跟莎格搞得火热。像他这种人，是不配有名有姓的。诚如作者在给译者的来信中所说：“因为茜莉在信中想隐去他们的身份，也因为他们根本没有替别人做过一点儿好事。只有为别人做点好事儿，我们才有权得到自己的名字。”茜莉不愿提起 X 先生的名字，因为 X 先生根本不值得她爱。这也增加了故事的神秘感，使读者情不自禁地跟踪茜莉的心迹，去探索黑人家庭生活的奥秘。

性描写是当代美国小说中经常出现的一个内容。《紫色》也没有例外。但它与那些充斥着猥亵的性描写的小说，尤其是鼓吹“性爱至上”的黑人小说截然不同。《紫色》描写了茜莉失去童贞和莎格教她性知识的过程，并暗示她俩搞同性恋爱，但写得露而不淫，较有分寸。作者并不加以渲染，哗众取宠。在处理聂蒂跟桑莫尔夫妇的关系上，也不像有的黑人小说中的三角恋爱写得那么淫乱。相反的，作者把友谊与爱情的界限写得很有层次。她尖锐地批评了柯琳对丈夫桑莫尔的多疑，赞扬了聂蒂对朋友的真诚和对婚姻的严肃态度。在她的笔下，聂蒂并不是一个愚昧自私和轻薄放荡的黑人姑娘，而是个有教养的、讲道德的新一代女性。这种对性描写的分寸感反映了作者严肃的道德观。当然，作者并不粉饰社会现实，小说中莎格爱搞男人的放荡行为，哈泼、斯贵克、格拉第和格缅因等人的朝合暮离，如实地揭示了美国社会中在所谓“性开放”影响下男女关系的混乱、道德水准的低下和文化的没落。至于斯贵克为了挽救索菲娅，到狱中向狱吏求情竟被当场强奸的事例，则深刻地暴露了司法机关官吏的腐败。黑人妇女的悲惨命运并不是孤立的现象，它总是和社会制度相联系的。

《紫色》的大团圆结局固然反映了作者对生活的乐观主义态度和对黑人妇女的同情与希望，但仍有值得反思的余地。社会矛盾是错综复杂的。有些问题靠黑人之间的相互谅解是可以解决的，有的则未必。黑人内部的团结和进步如何促进反对种族主义的斗争，是值得考虑的。小说中桑莫尔到伦敦向教会求助失败，最后失望地带着家人返回美国，索菲娅出狱后沦为肇事者的女仆等，这一切意味着这个斗争将继续下去。但这些侧面似乎写得不够有力。

从艺术形式上来说，《紫色》采用书信体的结构。这在近几年来美国长篇小说的创作中还不多见。全书 92 封信，安排紧凑，构成一个有机的整体。以倒叙破题，直叙和插叙相结合，形成多角度的叙事手法，而不局限于第一人称或第三人称。小说开始时是茜莉惶惑地向上帝倾诉内心的苦衷，接着，故事渐渐展开，人物一个个出场，但基本上围绕着茜莉和聂蒂，整个故事还是比较连贯的。中间有起伏和悬念，情节有变化，并不显得单调乏味，比如茜莉两个子女的失踪、聂蒂的不明去向、国防部关于客轮沉没的紧急通知等等。前半部的伏笔，在后半部都做了交代。茜莉在美国，聂蒂在非洲，两地遥相呼应。两颗善良的心由无形的信件串联起来，交相辉映，迸发出强烈的艺术魅力，把读者的心紧紧吸引住了。

《紫色》中大量丰富而生动的细节描写，对塑造人物形象，表现主题思想起了良好的作用。比如茜莉帮助病中的莎格喂饭和洗澡，从感情上的陌生到心灵上的相通，写得十分细腻和逼真。X 先生上教堂眼睛老盯着女人，回家却责怪茜莉与别的男人眉来眼去。X 先生狭隘自私的心理和虚伪的态度不言而喻，跃然纸上。长子哈泼问他为什么老打茜莉，他说："因为她是我老婆。"后来，哈泼上行下效，也打了妻子索菲娅。大男子主义思想潜移默化地传到了下一代。又如奥林卡人崇奉屋顶大叶子树，英国商人却把这种树夷为平地，种上橡胶树。殖民主义者践踏民意，野蛮掠夺的暴行昭然若揭！此外，像 X 先生的脏与懒、哈泼的贪吃、茜莉的忠厚和莎格的放荡都写得丝丝入扣，充满浓厚的生活气息，使人物性格更加鲜明，仿佛《紫色》中的人物各个是作者的亲朋好友似的，每人都有自己的个性，有长处也有短处。如莎格有时显得很自私，但对茜莉竭诚相助。经过了挫折和不幸，他们终于学会了共同生活，在生活中相互支持，彼此谅解，关心他人。这正是现代社会所需要的。

《紫色》在语言风格上很有特色。作者运用美国南方黑人，尤其是黑人农民的口语，显得更有乡土气息。女主人公茜莉一家都是南方农村黑人，文化不高，用黑人土话更加有力。人物对话十分简洁，精彩动人，颇有个性。文字叙述精练，朴实无华，清新流畅。字里行间洋溢着幽默和诙谐的色彩。简朴的描写带有黑人文学传统的抒情笔调，后半部里关于奥林卡人屋顶大叶子树的民间传说写得娓娓动听，引人入胜。虽然运用黑人土话是美国黑人作家的共同特点，但艾丽丝·沃克用得更凝练，更生动，更形象化，表现出加工土话和驾驭语言的高超的艺术功力。当然，《紫色》里仍有不少地方用的是标准英语。这些文字也很有表现力，与全书的语言风格是协调的。

末了，值得指出的是：艾丽丝·沃克对中国的友好感情。她不但喜欢李白的诗，而且爱读现当代中国小说，尤其是中国女作家如丁玲、杨沫等人的作品。她赞赏中国妇女都有工作，她们的生活和感情在中国小说里得到了很好的反映，这在美国小说里是极少见的。1983 年 6 月 1 日，她和其他 9 位美国女作家来我国进行友好访问，到过许多地方，广泛接触了中国妇女。如今，她听说《紫色》中译本在中国出版，感到极为兴奋。

我相信，在这百花盛开的春天，《紫色》出现在我们文艺园地里，一定会得到我国广大读者的喜爱！

1986 年 12 月于厦门

（原载于《紫色》，杨仁敬译，北京十月文艺出版社，1987 年）

美国黑人文学的新秀艾立克·狄基和他的言情小说

一天，我从Mall一家大书店拿到一本美国书评杂志*Book Page*（2005年6月号），打开一看，上面醒目地登载了黑人青年作家艾立克·狄基（Eric Jerome Dickey）对该刊问卷采访的笔录，引起我的极大兴趣，现摘录如下：

问：你新作的书名是什么？

艾立克·狄基：《基尼维夫》。

问：请用50个单词做个简介！

艾立克·狄基：叙述者想揭开他妻子的奥秘，同时爱上了她的妹妹。

问：《纽约时报》称你是“少妇文学之王”，你是怎么了解女人的思想的？

艾立克·狄基：这个问题提得好。不管男女老少，我注重人物性格的发展，他们的背景，他们的需要和恐惧等等。我讨厌被称为“少妇文学之王”。

问：你最好的品质是什么？

艾立克·狄基：勤奋。我是指勤奋地写作，着迷似的写作。

问：你床头常放着什么书？

艾立克·狄基：现在嘛，我有一书架系列小说。我从小就爱这些书。

这位艾立克·狄基已经是 11 本长篇小说的作者了。他以前是个中学代课教师和替补喜剧演员，有时客串演出，在舞台上露面，让观众喜笑颜开。经过多年的刻苦努力，他终于脱颖而出，成了一名蜚声文坛的黑人文学新秀。

艾立克·狄基原籍田纳西州的孟菲斯，现住在洛杉矶。他的 11 部小说中有 7 部成了《纽约时报》的畅销书。《说谎者的游戏》《情人们之间》《骗子们》《朋友与情人》《姐姐，姐姐》《盗贼的天堂》和《我咖啡里的牛奶》等。他的作品目前已印了 400 多万册。除了《纽约时报》以外，美国十多种大报刊如《今日美国》《纽约每日新闻》《洛杉矶时报》《波士顿环球报》《今日黑人妇女》《图书周刊》和《出版商周刊》等都对他的小说给予好评并大加推荐。企鹅出版社则将狄基与著名的通俗小说家斯蒂芬·金、汤姆·克兰西、W. E. B. 格里芬和罗宾·柯克并列，向读者推荐他的小说。狄基的名字也随之传遍了美国各个角落。

自从 1993 年黑人女作家托妮·莫里森荣获诺贝尔文学奖以来，美国黑人文学有了长足的发展。许多大学建立了美国黑人文学研究中心，增设了黑人文学课程。一些大书店里设专柜，陈列黑人作家的作品，其中有古典黑人作家赖特、鲍德温、赫斯顿、杜波伊斯等人的小说或专集，也有托妮·莫里森、艾丽丝·沃克、玛雅·安吉洛和伊斯梅尔·里德等人的小说和诗歌，包括他们近年来的新作。一批黑人女作家走进美国文学殿堂。丹科主编的《摇树》（2003）收集了 1990 年以来崭露头角的 23 位黑人女作家的短篇小说和回忆录。23 人中，丹娜·约翰逊曾获奥孔纳小说奖，伊塔巴丽·恩杰里和菲丽恩·阿列斯亚曾获普利策奖，帕特里恩娅·鲍威尔曾获读者文摘作家奖，丹兹·珊纳曾获每月读书俱乐部小说奖，李莎·梯斯利曾获米勒小说奖和全国文艺学会小说奖，里蓓卡·沃克曾被《时代》周刊评为 50 位最佳青年小说家之一等。他们大都大学毕业，有的获得了硕士学位，有的成了大学的副教授，一面教书，一面创作。新一代黑人青年作家正在迅速崛起。而艾立克·狄基则是黑人男作家中的佼佼者。

狄基擅长描写当代美国社会里黑人男女青年的恋爱和婚姻故事。这种题材，以前黑人作家也写过，不同的是狄基善于展示黑人青年男女的内心活动，尤其是少妇的心理。他往往通过一对男女恋爱过程中的起伏、挫折与和解来揭示后现代社会物欲横流对黑人青年的精神冲击，劝导他们不要草率地发生性关系，沉迷于浪漫的“一夜情”，要坦诚相见，彼此关照，建立稳定而幸福的婚姻生活，才能使双方的感情得到巩固，事业获得共同的发展。

在长篇小说《说谎者的游戏》里，艾立克·狄基写了技术员温斯与房地产公司职员丹娜的恋爱故事。小说男主人温斯，原名士温善特·布朗。他出生时，母亲已 40 岁，父亲 50 岁。他 16 岁时父亲不幸去世，3 年后，母亲也去世了。他一个人为生存苦苦挣扎。人家说他少年老成，看起来比实际年龄足足老了 10 岁。他与马莱卡一见钟情，婚后两年生了女儿匡扎。不久，妻子另有新欢，他只好离婚。女儿随妻子走了，令他怀念不已。离婚后，他对女人失去信心，也不想重组家庭。后来偶尔在一家酒吧见到丹娜，两人立即坠入爱河，匆匆同居。后来，丹娜从女友口中听说温斯离了婚，有个女儿随女方生活。温斯也从丹娜的电话和物品中了解到她曾在纽约与克劳狄尔斯同居了 5 年。丹娜发觉温斯保存女儿的照片，常寄东西给女儿。温斯再三说明前妻马莱卡已改嫁并暂居国外，丹娜仍不谅解，大闹了一场，并搬离温斯住处。这时，克劳狄尔斯从纽约赶到洛杉矶，想与丹娜恢复旧情。丹娜生意破产，想讨回克氏欠款，犹豫中与克劳狄尔斯在宾馆过夜。此事被温斯发觉。他非常气愤和失望，遂与房客赖奥发生一夜情。温斯孤寂之中得到好友沃麦克和罗莎·李夫妇一家的帮助，渐渐明白自己对不住丹娜。丹娜原想回纽约与克劳狄尔斯和好，不料竟遭他无情的谩骂和侮辱，十分失望。后来，罗莎·李给她热情关怀，温斯卖了汽车帮她还债。丹娜终于认清了谁是她的真爱。最后，两人重归于好，温斯开车送丹娜回纽约看父母亲。两人中途停车去马莱卡家看望温斯的女儿匡扎。

《说谎者的游戏》写的是美国社会里黑人的日常生活，字里行间闪烁着反对种族歧视和争自由求独立的女权主义思想。作者通过房东朱安尼旦说：“白人用《圣经》将奴隶制合法化了，又用他们上帝的精神把我们压了几个世纪。现在，我们自己人还在用上帝的话让妇女处于屈从的地位。”小说描写洛杉矶地区不少酒吧和夜总会聚集了许多来自非洲各地的少女。她们年仅 20 岁左右，既没有知识，也没有技术，只能当“三陪”，陪客人喝酒，聊天和过夜。有谁关心她们的命运？沃麦克激动地说：“美国黑人常常谈论非洲，其实对非洲一窍不通。我们当了400年的奴隶了，有谁想过帮他们中任何一个人返回故土？”

罗莎·李是个中学教师，了解黑人学生和他们的家长，她深有感触地说：“在黑人居住区，白人比黑人更容易拿到工作许可证。”“我们成了一个正在消失的少数民族。”她和沃麦克结婚12年，家庭美满幸福。她中学时就写诗，爱参加诗朗诵活动。起先，她丈夫不理解，后来温斯跟她去俱乐部才明白了她的心思。她说：“我结了婚，有4个漂亮的孩子，但我有个人的需要。我的丈夫和孩子并不是我生活的百分之一百。我应该有自己的事。我应该创造自己的空间，否则我将失去自己的思想。”罗莎的想法反映了新一代黑人的企盼和愿望。单身的黑人女青年则从生活实践中体会到要靠自己，不能依赖别人，依赖男人。丹娜从洛杉矶回纽约时看到她父亲发了财，买了新房子，找了个四十出头的少妻，遗弃了她妈，当面骂她父亲是“懦夫”“说谎者”和“盗贼”。她感慨地说：“这让我懂得了不能再靠他，靠任何男人。这是个难得的教训，也许是我爸教给我的最好的教训。”

后现代社会的“性开放”给黑人妇女带来迷人的诱惑和无法弥补的痛苦。罗莎的班上有个12岁的黑人小姑娘，无心读书，一天居然将避孕套带到教室。罗莎批评她，她竟说：“你要一个吗？拿去吧！”罗莎没办法，找了她母亲来谈。原来小姑娘生于单亲家庭，从小缺乏教养。罗莎感慨地说，单亲家庭的子女毛病多，母亲要干两份工作养家糊口，疲于奔命。重婚的母亲则往往子女多，难以应付。这常常是“一夜情”“草率同居”造成的后果。未婚先孕，匆匆结婚又匆匆离婚，给妇女造成的精神痛苦和身体的损伤是巨大的。

后现代社会的不确定性使各种社会关系更复杂了，甚至出现了变态和怪诞的现象。对此，艾立克·狄基不回避，常常通过一对黑人青年男女的恋爱故事展示多重复杂的社会关系：情人们之间、朋友们之间、朋友与情人之间、情人与亲友之间的种种误解、冲突与和解、相助等等。情人之间的恩恩怨怨何时了？在狄基看来，如果学会宽容别人，严于责己，则一切误解和恩怨都不难消除。在《情人们之间》一书里，狄基写了一个三角恋爱的故事。尼科尔抛弃未婚夫，到奥克兰北部另谋发展，事业顺利，又爱上姑娘亚圆娜，搞同性恋，但并不开心。她诱回了未婚夫。三人同处一室，两个女人都爱上“未婚夫”，他也爱她们二人。最后，“未婚夫”与两个女人平静地分手，三方却感到没失去什么，各人自己选择自己的生活。在其他小说里，狄基揭露有些发了财的人利用黑人姑娘的困难，投其所好，骗取其爱情，达到目的后便加以抛弃。也批评了一些黑人丈夫的大男子主义，如回家吃不到饭就对妻子大打出手，或自己在外面拈花惹草，却怀疑妻子有外遇。

艾立克·狄基笔下的人物栩栩如生，犹如人们身边的普通人，仿佛是你走在大街上或在聚会上见到的青年男女，令人感到真实和亲切。他同情黑人少妇的遭遇，对她们的轻率和放浪行为则进行善意的批评，不时流露出诙谐和幽默。他的视野宽广，对女性的观察细致入微。他的小说给青年读者提供了有益的启迪。有的评论指出：狄基触及了当代美国城市生活的脉搏，深刻地了解黑人青年妇女的心理，用抒情的文笔，简洁的口语化文字和生动的比喻，展示了她们如何从亲身经历中发现自我，吸取教训，校正自己生活的方向盘，也使青年读者引以为戒，对照自己的行为，使恋爱和婚姻建立在真情的基础上，男女双方真诚相待，相互促进各自的事业。

作为一个黑人青年作家，艾立克·狄基的成功来之不易。他是受美国读者欢迎的“言情小说家”。爱情、友情、亲情在他小说里随处可见。这对于后现代社会中无所适从和困惑不解的人们是一种难得的慰藉和期待。不过，小说中的床戏写得太露太细。他的两部畅销书都是以性描写开篇的。如《说谎者的游戏》第一句是“我正在跟丹娜做爱”。而《情人们之间》第一句则是“我脱得光光的”。2005 年 5 月问世的新作《基尼维夫》也是以一场狂热的床戏开篇的。这种赤裸裸的性描写比狄基所崇拜的黑人名作家鲍德恩有过之而无不及，很有哗众取宠之嫌。但也有人认为这种性描写对美国青年读者产生了不可抗拒的吸引力，他们争相阅读他的小说，感受他笔下的男女主人公恋爱过程中的悲欢离合的苦与乐，学会珍惜生活。然而，过多直白的性描写对于涉世未深或疏于判断的青少年读者来说，其负面影响是不容忽视的。

（原载《文景》［上海］，2005 年第 16 期）

美国犹太作家马拉默德和他的小说

在一个大雪纷飞的时节，一位美国作家正在他的寓所接待来访的《纽约时报书评》记者。他头发稀疏，胡须花白，对记者高兴地说："目前，我感到信心十足。"他热情地向记者介绍了他花费五年半时间写成的新作《杜宾的生活》……

他就是美国当代著名的小说家伯纳德·马拉默德。

马拉默德 1914 年 4 月 26 日生于纽约市布鲁克林区。父母都是俄国的移民，父亲当过小店主。1936 年他毕业于纽约市立学院，获得文学硕士学位；1942 年又获得哥伦比亚大学文学硕士学位；1961 年以来他一直在班明顿学院任教，每年在那里教一学期课，大部分时间从事创作。

马拉默德的创作生涯是从 20 世纪 50 年代开始的。他善于描写犹太移民在美国日常生活中的遭遇，刻画他们朴实善良的性格，反映他们对新生活的追求和理想的幻灭。他勤奋写作，不断探索新的题材和表现手法，取得了可喜的成果。目前已发表的作品共 10 部小说，其中有 4 部短篇小说集：《魔桶》（1958）、《白痴优先》（1963）、《费德尔曼肖像》（1969）和《拉姆布兰特的帽子》（1973）；6 部长篇小说：《天生的运动员》（1952）、《店员》（1957）、《新的生活》（1961）、《基辅怨》（1966）、《房客》（1971）和《杜宾的生活》（1979）。这些作品深受美国读者的欢迎。有的已改编成电影。《魔桶》曾荣获美国国家图书奖；《店员》获得美国全国文艺学院颁发的罗森塔尔奖；《基辅怨》使作者第二次获得美国国家图书奖和普利策奖。从此，马拉默德一跃成为美国最著名的犹太作家之一。

马拉默德的小说别具一格。显著的特点是富有“犹太味”。小说中的人物、故事、思想和语言大都和犹太人息息相关。但更重要的是他继承了19世纪末至20世纪初英美文学中批判现实主义的传统。他说自己是英国著名作家托马斯·哈代和乔治·爱略特的爱好者，他还研究过美国小说家海明威和弗吉尼亚·伍尔夫的作品。评论界有人认为他继承了美国19世纪作家霍桑的现实主义传统，受到俄国小说家陀思妥耶夫斯基的影响，又从意第绪民间宗教故事中吸取了养料，形成了自己独特的风格。

马拉默德作品中的主人公，大都是备受苦难的犹太下层人民：店员、杂工、裁缝、鞋匠、卖烧饼的、看房子的、小店主和失意的知识分子等。他的长篇小说的书名，往往就是主人公的代号。这些小人物没有社会地位，经济困难，终日操劳不息，仍然不得温饱。他们顽强地挣扎着，想改善自己的处境，过新的生活。但结果往往相反，现实给他们带来的是无穷的忧虑和悲伤：爱情的挫折、生意的破产、生活的穷苦和理想的幻灭。作为一个犹太作家，马拉默德赞赏这些犹太小人物的善良品质和坚韧的毅力，同情他们孤立无援的境遇和辛酸不幸的结局；同时他尖刻地揭露了希特勒纳粹法西斯对犹太人的迫害，抨击了沙俄封建专制政权对犹太人的诬陷，批评了美国现实社会中的种族歧视和人与人之间的冷漠关系。他的思想基础是资产阶级人道主义。他强调道德对改造社会的作用，在小说中劝人从善，克己待人，不要损人利己，对生活要有信心，要维护人的尊严，要去掉恶习达到道德上的“完美”。如《新的生活》的主角西茅尔·莱文说：“道德对于保护人类，保护好人和无辜的人是必要的。”“一个人按道德行事，世界上的罪恶就减少一些。”作者常常描写一些人物走上歧途，做了伤天害理的事，后来通过个人内心的斗争进行自我忏悔，最后弃恶从善，迷途知返，重新做人。在他的小说里，现实主义的描写往往同道德上抑恶扬善的寓意结合在一起。

马拉默德的小说展现了犹太人生活和工作的各个方面，常带有纽约地区的地方色彩。从补鞋店到棒球场，从破公寓到高等学府，从杂货铺到基辅监狱，作者精心选择了许多生动的生活细节来表现人物的行动。他既善于画龙点睛地勾勒人物的肖像，又善于刻画人物的心理。他笔下的人物具有较复杂的性格和矛盾的心理。有时，贪婪的欲望和鲁莽的举动给他们带来短暂的欢乐和满足，但随之而来的是反省的痛苦。幻想与现实的差距则使他们精神上受到折磨。作者有时插进了一些神话、寓言或宗教故事，似乎想使人物得到精神上的安慰。有时叙述和梦幻交织在一起，作者运用景物来象征人物的内心感受或精神上的新生。一般来说，他的作品跟以恶棍或变态人物为中心的其他当代美国小说不同，没有大段离奇古怪的心理描写或长篇议论。他善于抓住人物的性格特征，运用生活素材，塑造个性鲜明的人物形象，如《天生的运动员》中自私自利的罗伊·霍布斯，《店员》中逆来顺受的莫里斯·波伯，《房客》中爱猜忌的犹太作家哈利·莱塞和《修配工》中虔诚而可怜的斯莫尔等。这些人物都栩栩如生，给人留下难忘的印象。

马拉默德小说中也不乏爱情描写。作者写了一些人物对性欲的追求和放纵，以及他们由此而引起的良心责备和醒悟。他认为在恋爱和婚姻中要注重双方真挚的感情，维护合法的家庭关系。他用曲折的情节说明：爱情能给人以力量，改变人的性格。

马拉默德的小说还以简洁的对话和幽默的语言见长。不论长篇或短篇，常有许多言简意赅的对话，幽默、诙谐、生动而明快。有时俏皮话、讥讽和隐喻熔于一炉，显得滑稽可笑，趣味盎然；有时字里行间带有辛辣的讽刺，干净利索。作者运用一些具有意第绪语（即犹太语）特点的习语，使对话更加妙趣横生。他承认在遣词造句方面受了意第绪语的影响，但他最擅长的还是移民英语。他提炼语言的功夫主要是向海明威学来的，而喜剧性的幽默、情节的巧妙转换和悲喜剧的结合，则归功于喜剧大师卓别林的影片对他的影响。

根据美国百科全书的介绍和评论界的看法，《店员》和《基辅怨》是马拉默德最主要的代表作。但是作者本人认为《杜宾的生活》，在结构、深度以及对人类经验的描述方面都比他以前的作品好。它在许多地方像19世纪的小说。尽管美国文艺界还没有一致的看法，但《杜宾的生活》堪称是作者的得意之作。

《杜宾的生活》是马拉默德大胆的新尝试。他想通过这部小说，总结他漫长的生活史。他说："我的生活经历总的说明了什么？到目前为止，我懂得些什么？我要写一部对自己有意义的小说。"此书比平常多用了两年时间。他动笔时年近六旬，仍严格要求自己，边写作边记日记。他想用20世纪的技巧，运用传记体裁的形式，吸取19世纪小说的优点，结合他自己的生活经验来进行创作。不用说，他对这部新作的喜爱是溢于言表的。

《杜宾的生活》描写出身于穷苦的犹太家庭的主角威廉·杜宾，56岁时成了有名的传记作家。他的著作《梭罗传》和《约翰逊总统传》得过奖章。但他着手写一部英国当代小说家大卫·劳伦斯的传记时，遇到了精神危机。他的妻子吉蒂原来是个寡妇。结婚后他对她没有真正的感情。吉蒂时常怀念死去的丈夫。杜宾感到苦闷，后来爱上了他家24岁的清洁工范妮·比克。两人私奔去威尼斯。杜宾想以范妮的青春来填补他生活的空虚，可是不久就失望了。他对妻子撒谎造成精神上更加痛苦。范妮离开了他，不久又回来向他表示爱情，他接受了，内心仍受痛苦的折磨，但他鼓起勇气继续生活下去。小说的情节错综复杂，自始至终贯穿了杜宾所写的传记人物梭罗对他的影响，还有劳伦斯小说中生与死题材的影响。作者用对比的手法描写了受害者吉蒂、范妮和杜宾的女儿毛德，如何想摆脱环境的束缚，追求个性解放。书中有大量对话，阐述了作者对写作问题和婚姻问题的见解。

《店员》反映了欧洲移民到美国追求美好生活的理想的幻灭。主人公莫里斯有点以作者的父亲为模特儿，其他人物都是虚构的。小店主莫里斯·波伯原是俄国犹太人，从沙皇军队中开小差逃到美国，寻求理想的职业。他遇到艾达，便放弃了上大学的计划。跟艾达结婚后开了个杂货店。他苦心经营，每天干十五六个小时，日子还是不好过。意大利非犹太移民弗兰克·阿尔拜因也到美国找出路，但到处碰壁，从西部流浪到东部，找不到工作，后来遇到流氓沃德。在沃德怂恿下弗兰克去抢劫莫里斯的小店。弗兰克发觉莫里斯并不富裕，而且为人善良，后又看上他女儿海伦，便主动去店里帮忙。弗兰克用上大学的打算博得海伦的欢心，但因偷钱被莫里斯当场发觉，便给赶走了。弗兰克感到绝望，便对海伦施暴，造成两人感情破裂。不久，莫里斯病故，弗兰克偷偷回到店里帮忙做生意，帮艾达母女俩维持生计。弗兰克日夜辛苦操劳，想帮海伦上大学，终于感动了海伦。末了，弗兰克也成了一个犹太教徒。作者暗示：犹太人是生来为赎罪而受苦的人，在现实社会中“人人都是犹太人”。

《店员》通过莫里斯和弗兰克的经历揭示了20世纪50年代美国社会的变

化。小说的背景是30年代，但跟50年代的美国更相似。莫里斯的店铺像个监狱，他在里面蹲了22年，饱尝了人世间的辛酸。他遭抢劫，挨了打，吃了合伙人诈骗的亏，赔光了老本。他妻子事事不顺心，终日唠叨个没完，儿子早年夭折，女儿想上大学，可是没钱，只好望洋兴叹，眼看就要做老处女了。他让穷人赊欠，退还顾客多给的钱，冒着寒风在门口为行人扫雪，但他的诚实热情并没有得到好报。跟他同时逃到美国的另一个犹太人卡帕，投机取巧，把补鞋的烂摊子改为酒店却发了横财。作者感慨生活太乏味了，世界越变越坏了，美国变得太复杂了，莫里斯为什么要逃到这里来呢？这种情绪反映了贫苦的犹太人不满的呼声。美国是个移民国家。50年代国内经济萧条，麦卡锡主义的阴影笼罩着全国，犹太下层人民痛感生活捉摸不定，没有出路，精神上备受折磨。《店员》虽没有涉及政治背景，却生动地展示了当时现实生活的画面，提出了发人深省的问题。

《基辅怨》写的是沙俄时代犹太人被迫害的一件冤案。故事发生在基辅。年轻的犹太人雅柯夫·鲍克当过修配工，后来在砖厂干活。他出生不到一年，父亲就给哥萨克匪徒杀了。他一贫如洗，生活很不幸。婚后5年，老婆不生孩子，跟着别人私奔了。他工作任劳任怨，爱读书，有抱负，想到基辅寻找新的生活。不久，砖厂附近发现一个信基督教的男孩被谋杀。排犹主义者乘机煽动宗教仇恨。雅柯夫突然被捕入狱。他被诬告妄图把那男孩的血送去犹太教堂做面包。法官和狱吏从他的工具袋里搜出了17世纪荷兰唯物主义哲学家斯宾诺莎的书，追问他为什么看这种书，有没有看过马克思的书，逼他交代幕后策划者。雅柯夫刚强正直，坚信自己无罪，不愿陷害好人，拒绝交代。法官、狱吏和牧师对他威胁利诱，百般摧残，但他并不屈服。他日夜渴望自由。冷酷的现实使他认识到不能白白等死，要斗争，要行动起来，推翻灭绝人性的专制制度。雅柯夫得到无数犹太人的同情和支持。在他被押去审判的途中，街道两旁，楼房上下，到处人山人海，有的为他哭泣，有的向他招手，有的呼唤着他的名字……小说情节紧张，基调沉闷，但处处闪烁着义愤的火花，激起读者对雅柯夫的同情和对沙皇暴政的仇恨，虽属历史题材，仍不失其现实意义。

马拉默德的短篇小说也有自己的特色：构思巧妙，对话幽默，细节饶有风趣，故事引人入胜。作者着墨不多，但把人物形象塑造得生动传神，跃然纸上。

如《魔桶》中的媒人拉兹曼，被刻画得活龙活现，淋漓尽致。他那三寸不烂之舌处处流露了媒人的机灵和圆滑。这篇佳作已成为脍炙人口的名篇。其他作品如《送丧的人》《借钱》《可怜可怜吧!》《湖滨姑娘》和《最后一个莫希干人》等也颇受欢迎，不少精彩的篇章令人读了之后久久不能忘怀。如《借钱》中德国犹太移民李波 30 年来穷得一文不名，“用眼泪调面粉”，做成面包卖给顾客，自己疾病缠身，难以糊口；而他的难友戈波斯基老婆死了 5 年，连一块墓碑也买不起。《送丧的人》中克斯勒交不起房租被赶出公寓，栖身于街头风雨之中，想起自己遗弃的妻子儿女 4 人，不禁失声痛哭，而房东看他这般模样，自愧太狠心了。两人伤心至极，像送丧的人。《湖滨姑娘》中美国犹太青年弗里曼，在意大利旅游时碰到热情奔放的犹太姑娘伊莎贝拉，两人一见钟情，但弗里曼怕人取笑，对她隐瞒了自己犹太人的身份，结果伊莎贝拉毅然忍心割爱扬长而去，反映了纳粹法西斯对犹太人的迫害，在少女心上留下难以弥合的创伤。

马拉默德虽然重视作品中的“犹太味”，但他并不把自己仅仅当作犹太作家。他说他有更广泛的兴趣，他在为所有的人写作。他重视文学和生活的关系，肯定文学的作用。有人问他：文学有什么益处呢？他说他当了 40 年教师，30 年作家，觉得文学是有价值的。文学可以丰富生活并在某些情况下揭示生活的意义，有时它使你想改变自己的生活。再说，文学也是一种娱乐。

马拉默德对中国人民怀有友好感情，他相信我国读者会理解他的作品。

（原载《译林》，1992 年第 3 期）

美国社会的扭曲与中年人的困惑

——评马拉默德的《杜宾的生活》

马拉默德的名字，我国读者并不陌生。早在1980年和1984年，他多次获奖的长篇小说《店员》和《基辅怨》就译介到我国来。他的短篇小说《魔桶》等深受我国读者的赞赏。当时，笔者有幸在美国见过他三次，每次都进行了亲切而友好的长谈。他对他的作品能译介到具有五千年文化传统的中国来，深深感到荣幸。他生前曾盼望来我国访问，可惜由于种种原因，未能成行。1986年3月18日，他像平常一样在寓所的书房里写作时，不幸心脏病发作，猝然与世长辞。

马拉默德一生著作甚丰，闻名遐迩。人们常常将他和索尔·贝娄、艾萨克·巴什维斯·辛格、菲利普·罗斯相提并论。他被认为是当代最杰出的美国犹太作家之一。有人认为，他很可能是继索尔·贝娄和艾萨克·巴什维斯·辛格之后的诺贝尔文学奖的得主，可惜他突然去世了。但他在当代美国文学史上仍占有一定的地位。

《杜宾的生活》是马拉默德的第七部长篇小说。这部作品虽然与他的其他小说不同，却是作者的得意之作。他的《店员》曾获美国国家文学艺术学院罗森萨尔奖，《基辅怨》荣获美国国家图书奖和普利策文学奖，《魔桶》获美国国家图书奖小说奖，而第八部长篇小说《上帝的恩惠》又获得美国文学艺术院颁发的小说金质奖章，以表彰他毕生从事小说创作的杰出成就。

《杜宾的生活》的写作，比通常多用了两年多时间。马拉默德花了五年半的心血才写成此书。他在接见《纽约时报》记者时说，这是一次雄心勃勃的尝试，是一次总结长期生活收获的尝试。“我动笔时已接近60岁，我不得不严格要求自己。”他反复思考：“总的来说，我的生活经历是什么？迄今为止我都知道些什么？我要写一部对我自己有意义的小说。”在写作过程中，他极认真地通读了英国小说家D. H. 劳伦斯的全部作品，潜心研究了美国作家梭罗的著作，并且坚持写日记，不断进行自我探索、力求刻画新的人物，补充新的题材，使《杜宾的生活》达到哲理性和抒情性的统一，深刻地揭示了一个美国中年知识分子在历经三年精神危机中不懈的追求和苦恼，从另一个侧面反映了20世纪60年代危机四起的美国社会所造成的家庭解体和个人困惑。

因此，马拉默德毫不掩饰地对《杜宾的生活》表示满意，并将此书献给他的父母麦克斯和伯莎以及他的伯母安娜·菲德曼。

《杜宾的生活》描写56岁的主人公杜宾既想与缺乏爱情的妻子基蒂保持家庭关系，又需要年轻的少女范妮的爱情，以满足自己的肉欲的充满矛盾和苦恼的心理需要。杜宾是个有成就的传记作家，曾写作《梭罗传》《林肯传》和《传记的艺术》，并因此获得约翰逊总统颁发的自由奖章。他因种种原因，三十出头才从报上的征婚启事中找到一个带孩子的寡妇基蒂为妻。婚后不久，基蒂生了一个女儿毛德。虽然两人缺乏真挚的爱情和相互了解，但起先日子过得还凑合。他们移居纽约市北郊的乡村，过着平静的生活。杜宾正埋头写一部《劳伦斯传》，对妻子关照不够，而基蒂感到生活不称心，时常怀念死去的前夫。儿子吉拉尔德逃避越南战争，开小差逃到瑞典，极少来信。女儿毛德跟一个有妇之夫的黑人老头搞大了肚子，与父母感情上疏远。基蒂常为子女的前途担心，又为自己孤独的生活日益烦恼。杜宾深感生活的孤独，每日坚持步行，欣赏大自然的美，想以此解闷，但无济于事。

这时，有个妙龄少女闯进了杜宾的生活。她名叫范妮·比克，原先是个大学生，后来读了杜宾的著作，慕名到他家当清洁工。杜宾比她大35岁。起初，范妮在杜宾书房里解衣，想把灵与肉都献给他。杜宾犹豫地谢绝了。不久，杜宾想以她的青春和活力来填补自己精神上的空虚和满足性欲上的饥渴，便主动去追求她，与她私奔去威尼斯。但粗率的举动和短暂的快乐带来了无穷无尽的反思和痛苦。杜宾只好以撒谎和欺骗来掩饰他跟范妮的关系，陷入了难以解脱的精神危机之中。他进行了顽强的挣扎，想尽一切办法来摆脱自己的困境。“他不得不维系与范妮的关系，同时又不伤害基蒂。”范妮曾劝他与基蒂离婚，他考虑到对妻子和子女的义务，始终不敢贸然行动，一离了事。基蒂觉察到他的不轨行为，他又不肯与范妮断绝来往。他认为：“有了范妮，就拥有新的自我、新的品性，成了截然不同的人。”范妮离开他以后，不久又回来找他，对他表示了真正的爱情，又谅解他的处境。她不再耽于肉欲了。杜宾与她旧情复萌，难分难舍。但是，他的内心苦恼和家庭问题都没有解决。他既无力解决，又无法回避。新的问题又不断出现：他女儿未婚先孕，将生下一个非犹太人的黑孩子，而他儿子仍在欧洲躲躲闪闪，惶惶不可终日。他只能勉强维护跟妻子和情人的关系，让生活的巨浪任意冲击。他快60岁了。他的性爱得到满足，但他感到对社会的贡献力不从心，江郎才尽。他的心理历程看不见终点，而他的困惑只好在安于现状中再困惑下去。更令人烦恼的是：他女儿毛德可能会步他的后尘，在困惑中生活，直到永远……因为现实生活犹如一团乱麻，把人们紧紧地捆住，谁也解脱不了。但杜宾并不消沉，他将继续生活下去。末了，杜宾的著作说明，他不仅写完了《劳伦斯传》，而且跟他女儿毛德合写了《安娜·弗洛伊德传》。品行不端的杜宾终于在困境中实现了自己的宿愿，为社会做了好事。

也许，这是美国60年代社会现实的缩影。

60年代是美国在朝鲜战争以后的“多事之秋”，越南战争、古巴危机、女权运动、卫星上天等等，搞得社会矛盾重重，人心惶惶，尤其是直接牵涉了许多家庭的越南战争震撼了美国人的心灵，使人们感到困惑和不安。杜宾自己和他一家人也受到影响，这是不足为奇的。作为一个中年知识分子，他对现代世界的道德自我完善感到空虚，他想追求幸福的生活。他讨厌尼克松在电视上撒谎，而自己却不断欺骗妻子、寻求婚外恋的乐趣，精神上十分苦恼。他女儿受女权主义的影响，与一个和杜宾年龄相仿的黑人老头同居怀孕，并信仰禅宗佛教。而他的儿子在德国受训后拒绝去越南打仗，孤身逃往瑞典，后又落入苏联克格勃手中，最后在友人帮助下逃往巴黎，过着流浪生活而不能回国。待在家里的基蒂目睹丈夫的外遇，看到子女远离家门，终日闷闷不乐，不得安眠，只好去寻求精神病医师的帮助，后来竟委身于他。失落感和危机感充斥了每个人的心。所以，《杜宾的生活》到了结局，问题仍没有解决，好像很严峻，又充满悲剧色彩。难怪有的评论家指出：马拉默德以一种轻快的笔调把读者带进现代美国的精神荒原，并让他感到某种程度上的安慰。

在谈到《杜宾的生活》时，马拉默德指出："这本书的情节、深度以及人类经验的质量都比我以前的小说好。它在许多地方像19世纪小说。当时我想吸取20世纪小说的优点和特点……然而，我要用20世纪的技巧来完成它。他们是不会想到用传记体裁的。我倾向于用我掌握的一切技巧，结合生活来创作，把杜宾写成传记作家，从而使他的生活展现开来，使他的性格更加复杂有趣。"

这对于理解主人公复杂的性格和小说的艺术手法是很有帮助的。

乍看来，《杜宾的生活》情节并不复杂，人物也不多、但故事仍非常引人入胜。

杜宾的生活是单调乏味的。他大清早起来喝杯咖啡，出去散散步，回来坐在书桌旁写书；有时看看基蒂、闻闻煤气炉，三更半夜发现她睡不着；有时他对着镜子吼叫，感慨青春已过，白发增多，暮年将至。这样的生活重复了千百次，但并不令人厌烦。作者让他写《劳伦斯传》，使他感到他在写一部他没生活过的传记，不知不觉地将劳伦斯的私生活经验和关于性的理论同他自己的生活联系起来，从范妮姑娘的身上寻求失去的青春和活力，满足他的性爱，过着他以前不曾过的生活，因此引起了对家庭关系和伦理道德的激烈碰撞。杜宾企图在自己内心的碰撞以及自己跟妻子的精神冲突中产生新的自我。他对婚姻问题提出了反传统的看法，比如：他认为生活应在50岁左右重新开始，中年能达到新的活力和新的起点；结婚25年后可以改变，这对双方都有好处，如果双方同意的话。但在行动上，他又不敢断然与妻子基蒂离婚，虽然她主动提出过多次。在三年多的时间内，他与情妇范妮不断私通，发生冲突又言归于好。范妮再三催他离婚，同她结婚，他始终不肯答应，只愿继续保持情人关系。他既要保持对妻子和情人的心理平衡，又想坚持把自己的作品写完，时而苦恼，时而欢乐。他的性格比马拉默德其他小说中的小人物如《店员》中的莫里斯和弗兰克以及《基辅怨》中的雅柯夫·鲍克要复杂得多。他的内心世界的矛盾与冲击披上了劳伦斯、甚至弗洛伊德关于性与梦的理论色彩，具有西方现代人的心理特征，这确实是19世纪英国现实主义小说中的主人公所难以比拟的。

有人认为《杜宾的生活》是自传体或半自传体小说。马拉默德坚持说，它基本上不是自传。杜宾是个虚构的人物，而他是人物的塑造者。此书写的是中年人，但不是指所有的中年人。杜宾在56岁以前，过着积极上进的生活、他的中年危机来得比较晚，所以特别激烈。显然，杜宾的精神危机或感情冲突不可避免地带上社会的烙印。

女权运动对于杜宾、对于基蒂和范妮，都产生了一定的影响。杜宾在追求性爱的时候，对于基蒂和范妮，不得不表现出应有的尊重。基蒂文化水准不高，当过家庭妇女，但她仍寻求自己的个性和幸福生活。她对杜宾说过："我是嫁给你，不是嫁给你的书。"后来又说："我们俩是同床异梦，不是共同生活。"她关照和体贴丈夫，但从不屈服于他。当她发现他有外遇时，主动提出离婚。她很想摆脱家庭的束缚和冷漠的生活。

范妮和毛德却执着地追求现代妇女的个性和自由。范妮从小失去母爱，15岁时失身，那是由于她的天真无知和男人的引诱。后来，她放纵肉欲，生活淫荡。但她从现实生活的挫折中逐渐醒悟，终于变成一个沉着、坚定而有个性的女人。她懂得真正的爱情，真诚地爱着杜宾，并希望在他帮助下事业上有所建树。毛德则属于另一种类型。她从小受父母的疼爱，也热爱她的父母，但她想追求与她父母不同的生活。她在大学期间爱上了年龄比她大30多岁的黑人老师，并跟他同居怀孕。她皈依了禅宗佛教，又做了佛教所不允许的事情。她自己主宰自己，何去何从，她随风飘荡，令父母日夜操心。

与此同时，小说的细节描写是十分精确而生动的。基蒂与杜宾关系刚刚产生裂痕时，一个纽扣都不愿替他缝，后来小孩病了，她看到杜宾很卖力地关照，马上给缝上了。范妮每一回与杜宾私通，总要问问他对他老婆的态度，有一回杜宾说了实话，范妮一气之下连夜离开他家里。这些细小而真实的描写反映了女人之间的嫉妒心。小说还写了许多梦中情和情中梦，揭示了人物的复杂心态。

《杜宾的生活》还有一大特色是：具有许多精彩的大自然的图景。冬去春来，高山流水，风雪交错，花卉林木，都写得栩栩如生，令人神往。马拉默德从小在农村待过，对农村有浓厚的感情。他在这部小说中锐意创新，展现新的画面。他说："我把杜宾安排在农村，是渴望认真描写大自然。我在熟悉梭罗作品的过程中，有机会反映和了解大自然。”小说中有两段最出色的描写：一段是杜宾在暴风雪中迷了路，碰上一只白猫头鹰，在白茫茫的森林和田野中兜圈子，最后被他妻子开车子来救回家。另一段是杜宾三更半夜睡不着，跑出去散步，林中遇猎犬，躲在树丛里，有个农民向他开枪射击，他东躲西藏，最后被情人范妮驱车救走。那严冬里美丽的雪景，那林涛呼啸的湖光山色，那落日余晖的斑斓色彩，都写得惟妙惟肖，犹如真实的油画。而且，往往情景交融，衬托出人物的内心活动。如上所述杜宾的两次遇难得救，一次是妻子基蒂雪中送炭，一次是情人范妮及时帮忙。两人都为他冒险出门。这反映了杜宾心理上的需要，也可能是他难于爱情专一的原因。

在语言风格上，小说里有大量马拉默德拿手的对话，话中不乏幽默和诙谐的色彩。像他以前的小说一样，他使用了不少具有意第绪语特点的习语，有时词序与普通英语不同。作者善于用一句话，使段落迅速转换，文字平白。全书交替采用第一人称和第三人称的叙事手法，有时，一个段落里这两种人称同时并用。有时还运用插叙、设问和倒叙，使故事叙述角度多变，更加生动有趣，引人入胜。

总之，《杜宾的生活》是马拉默德的一部优秀的现实主义小说。

马拉默德五年前已作古，他不能再因为看到他又有一本小说译成中文出版而兴奋不已，但他的名字和他的作品将留在我们心中，如同常驻美国读者心间一样。

（原载《优秀论文选》，四川科技出版社，1995 年）

辛西娅·欧芝克早期小说的复调特征[*]

——以《异教徒拉比》为例

一、引言

辛西娅·欧芝克是美国20世纪70年代以来最重要的犹太作家之一，被誉为“执拗地为犹太人大声疾呼的代言人”（徐崇亮 1996：118）。文学批评家莱斯利·爱泼斯坦认为，她的小说“可望成为当代短篇小说创作中的最佳作品”；开普兰把她列入当代最优秀的短篇小说家（*Newsweek* 1971）。

欧芝克1928年生于纽约市布朗克斯区，已出版长篇小说6部、短篇小说集4部、论文集5部，亦有诗歌、剧本、译作发表（杨仁敬、杨凌燕 2008：421）；赢得广泛荣誉：美国国家图书奖提名、布朗布里斯犹太文化遗产奖、爱德华·华伦纪念奖、犹太人书籍委员会小说奖、美国学术奖、欧·亨利奖，美国文学艺术学院马尔德莱德和罗德·斯特劳斯奖（王祖友 2004：4—5）、古根海姆基金（陈红 2003：88）。

欧芝克早年曾挣扎于“犹太性”与写作必需的“想象力”的冲突，随着倡导运用“道德想象力”，弘扬“礼拜式文学”的形式与功用，“以其强烈的道德

---

* 本文是杨仁敬和他的博士生肖飙合写的。

力量震撼了20世纪美国文坛”（乔国强 2008：245），为美国犹太文学“开辟了新的发展方向”（王守仁 2002：267）。

近年国内外欧芝克研究多关注其创作思想、创作意识而疏于对其创作方法的探讨。本文从声音、意识的复调以及叙事语式的复调分析其1971年出版的首部短篇小说集中题名短篇《异教徒拉比》的复调特征，揭示其早期有关“想象力”及“犹太性”关系的困惑与思考，探究随后成为她标志性特征的“道德想象力”的缘起与动因。

“复调”本来是音乐术语，指不同声部的不同旋律通过和声对位构成多声部的交响与融合，从而改变单声部旋律的线性结构。“复调”概念后来被移植到文学领域用来指文学创作上的一种叙事技巧（黎清群、曹志希 2007：80）。

复调小说理论发源于米哈伊·巴赫金对陀思妥耶夫斯基小说的话语分析。1929年，巴赫金在《陀思妥耶夫斯基的创作问题》里，将音乐中的“复调”概念引入小说理论，首次指出小说的“多声部性”。1963年，在更名再版的《陀思妥耶夫斯基诗学问题》中，发展了“复调”及“对位”理论。巴赫金强调“声音的多重性”，意识的独立性与对话性。

热拉尔·热奈特发展了巴赫金复调小说理论，在细读普鲁斯特《追忆似水年华》后写下的《叙事话语新叙事话语》中分析了普氏小说中叙述视角的不同聚集方式，把因叙述视点的转移所造成的叙事体式上的变异称为“复调”。

《异教徒拉比》呈现出声音、意识以及叙事语式的复调特征。

二、声音、意识的复调

在巴赫金看来，真正的复调是“众多独立而互不融合的声音和意识纷呈”（巴赫金 1996：3）。主要人物，“不仅仅是作者议论所表现的客体，而且也是直抒己见的主体”（巴赫金 1996：4—5）。复调小说文本中充斥着多种享有平等话语权的声音，它们之间各自独立而互不融合，展开平等的对话交流。

《异教徒拉比》情节并不复杂，才华横溢的犹太拉比艾萨克·科恩费尔德不可救药地迷恋上自然，抛下信仰，抛下妻女，终日在公园散步，终于与橡树精灵结合，之后用祈祷披肩在公园的树上自缢身亡。

故事有三个主要人物，都是犹太人，主人公艾萨克，故事的无名叙述者“我”、艾萨克的朋友及遗孀申黛尔。故事没有传统小说的人物塑造、复杂的环境背景以及跌宕的情节。人物被符号化呈现，以独立的主体间性呈现对立、平等的声音和意识。

故事的叙述者“我”与艾萨克曾在同一所神学院学习，后辍学，相继做起了皮毛和书店营生。申黛尔出生在犹太人集中营，是大屠杀幸存者，被纳粹士兵扔到电篱笆上，碰巧军队暴乱，电篱笆断电捡了一条命（Ozick 1995：7）。①

申黛尔坚信在“犹太”和“异教”之间存在不可逾越的“篱笆”，两者非此即彼，不存在中间地带。借用她的比喻，她自己在“篱笆”之内，恪守犹太教关于女性举止的要求，7 月份还“戴着厚厚的深色羊毛帽子，把她的头发严严实实地盖住”。男人们说话的时候，她“抱着穿长筒袜的女婴，安安静静地坐着”（6）。她“没有母亲，没有父亲，但她有上帝——以她的年龄和性别，她惊人地博学”（7）。申黛尔恪守着严格的“犹太性”；“我”在“篱笆”之外，从犹太神学院辍学，接受了“无神论”，又与异族女子成婚，摈弃了“犹太性”；艾萨克则“爬上了律法的篱笆”，艾萨克的身份是“异教徒”还是“拉比”成为故事的主要矛盾。

作为符号化的人物，“我”和申黛尔代表两种对位的声音和意识，艾萨克的声音和意识通过他的信（申黛尔读前半部分，“我”读后半部分）参与到叙事中。书信形式的选择实现了对话的“共时性”，将“我”和申黛尔对话现场“缺席”的艾萨克的声音和意识呈现为“在场”，真正实现了不同声音、意识的平等对话。

三、叙事语式的复调

故事的复调特征还体现在叙事视角及其叙述话语空间。热奈特（1990：144）在《叙事话语新叙事话语》中指出普氏“毫无顾忌地、好像未加留意似的同时运用三种聚集方式，任意地从主人公的意识转入叙述者的意识，轮流地停留在各式各样人物的意识之中”，将复调的外延延伸到因叙述视点的转移所造成的叙事语式上的变异。

---

① 文中《异教徒拉比》译文均为论文作者自译。

《异教徒拉比》选择了第一人称限制叙事视角，通过“我”的视野，向读者呈现了“犹太性”与“想象力”关系的复调思考。“我”一边朗读艾萨克的信，一边倾听申黛尔的评价，故事中的人和事，或直接或间接，或显或隐，全部进入“我”的视野，所有声音都被纳入“我”的话语空间，成为“我”对话的对象。其间有艾萨克通过信传递的声音、意识、“我”的内心独白、申黛尔的评价以及作者的声音和意识。故事的叙述过程就是“我”在心中和其他人物展开辩论与自辩、审视与自审、认同与否定的过程。字里行间隐含着自我辩驳、暗中质疑、心灵对话的“双声语”特征。艾萨克告诫“我”“人得有生活”，他自己竟然自尽，用祈祷披肩结束生命，“对自己的生命犯下罪”，同时践行了“犹太人要葬在祈祷披肩里”。艾萨克的言与行、行动的方式在“我”追忆往事的叙述中、在“我”的意识里自我矛盾，自我辩驳。

艾萨克的意识更多是通过他的信呈现。他的感受对立矛盾，最令他神往的与橡树精灵的结合也不例外：“我开始哭泣，确信是被什么强壮的动物强暴了”，同时，“身体的每一个组织都最真切地感到满足，绝妙的妖娆”（29），感受到“欲念与满足、细腻与力量、主宰与顺从以及其他所有不同凡响的对立情感体验”（30）。他还坦陈他的痛苦：“在明晰与怀疑之间，我反复游移，承认这一点让我感到痛苦。我不相信自己得出的结论……总把每一件确定的事归因于其他不那么确定的原因”（25—26）。他祈求着同情，“同情我吧，回来，回来！”他对橡树精灵绝望地呼唤。

艾萨克的困惑与痛苦正是欧芝克创作早期挣扎于“想象力”与“犹太性”之间困惑与痛苦的写照。

在“我”眼中，艾萨克有着“超乎寻常的想象力”，而申黛尔“生来惧怕想象力”。他俩因“想象力”对位性地呈现在“我”的意识中，“我”对于他们各自“犹太性”的判断就如同“我”的茶杯——申黛尔的餐桌“被老式钩花花边分成两部分”，“我”的茶杯被她放在“中间”（10）。

艾萨克的信、“我”看到、听到申黛尔的反应、评价以及“我”的话语、内心独白以及行为反应构成复调的叙事语式，折射复调的声音与意识之间的碰撞、交汇与对抗，反映出欧芝克寻求消解“想象力”与“犹太性”对立的尝试与努力。

“超乎寻常的想象力”是艾萨克的标志。他给女儿们讲的故事里有“会说话的云”“娶了枯萎草叶的海龟”“因为没有腿而流泪的石头”“会变成姑娘的树”“有灵魂的猪”（13）。所有这一切被申黛尔称为“邪恶的杜撰”而“我”不禁羡慕并且想起自己“可怕的童年”，那时“父亲每天晚上都训练我背诵犹太经典”。谈到艾萨克写作，申黛尔说他“写的只是童话”，“充满鬼怪、精灵、神仙”，“我”“惊异于她的仇恨”。

作为复调的声音、意识的一部分，同时作为复调的叙事语式的交汇点，“我”在倾听与叙述之间进一步呈现着“想象力”的内容与功用与“犹太性”关系的对抗与辩驳。

艾萨克的想象力还表现在他对于灵魂类别的划分以及他基于“自由灵魂”而对相关历史的主观重构——“地球上有两类灵魂：自由灵魂和内置灵魂”。“人类的悲剧在于：灵魂存在于身体里，……我们包藏着它”，“而植物的灵魂并不存在于叶绿素之内，……可以选择任何喜欢的形式、形状，随处漫游”（21）。信读到这里，“我”请求申黛尔停下，“求你，请不要毁掉一个逝去者的荣誉。”“我没有毁掉他的荣誉，他根本没有荣誉”。“求你！……难道他不是导师？难道他不是学者？”“他是个异教徒”（22）。

艾萨克认为，“在一个上帝的概念下”，“万物有灵的见解”“完全合理”；“在律法的篱笆之内”，万物有灵论“隐蔽”“持续”“历来就具有启发性”（20）。他崇拜自然，而自然崇拜是被犹太教视为禁忌的“偶像崇拜”的一种形式。为了弥合“潘神”和“摩西”的对立，避免自己的身份分裂，他声称“不真实的历史、不真实的哲学、不真实的宗教向我们断言，我们身处物品之中……万物皆有灵……在上帝的造化中，根本不可能存在偶像崇拜，因而就不可能犯这一重错”（20—21）。他颠覆了“摩西十诫”中第二诫“拒绝偶像崇拜”的训诫，同时坚持摩西并非出于无知而未训教自由灵魂的存在。如果告知了先祖们存在着自由灵魂，他们就会说“让我们留下，我们的身体在埃及为奴，灵魂也可以自由徜徉在锡安”，那样他们不会“遵从上帝的旨意，离开埃及”，挣脱被奴役的枷锁了。

“想象力”的内涵与功用成为关键。艾萨克的想象奇幻而浪漫，背离“犹太性”的核心“拒绝偶像崇拜”，涉及历史却虚构历史，总之，他的“想象力”缺乏道德判断。

然而，道德判断终究基于对人性中固有矛盾、困惑的理解。当艾萨克想到“人的肉体不过就像一个泥罐，……对此先贤们从未有过异议”，他又会觉得，“内置的灵魂就应该附着在那块陶上，直到最后一丝一毫都融进了土地。”他“悲痛而自怜”（26），“产生了一个奇特的想法”，“被神话一次又一次证明了的”“实际”的想法——“如果可以与一个自由的灵魂结合，就可以获得力量，把自己的灵魂从身体中解放出来，获得自由。”艾萨克在“漆黑”的“惶恐”中“挣扎”，“我”从申黛尔脸上看到的却是“轻蔑”（28）；在“我”看来，艾萨克“是个学生，……他思索，他是个犹太人”，他是个“学者、拉比、杰出的犹太人”，对此申黛尔“发出愤怒的嘲笑”，“觉得他从来就不是个犹太人。”

“想象力”与“犹太性”的关系随着“我”对于艾萨克和申黛尔的态度、立场的转变、随着“我”的“道德判断”在故事的叙事语式中得以深化。

第一次见面，“我”“立刻爱上了她”，“羡慕艾萨克有申黛尔。”艾萨克死后，“我”去找她，说起艾萨克，“她的语气嘲讽，令我惊讶”，“问我去看他自尽的树是不是出于侦探的冲动，”甚至“问我有没有从地下挖出什么”（10）。这让“我”感觉自己来找她“很愚蠢”，“不知道自己为什么会来”。谈话中“我”提醒她，“科恩费尔德夫人，您丈夫是犹太拉比”，“她的样子，与其说是发狂，不如说是讽刺。”

看过艾萨克的笔记，再去找她，“我”“只有一个念头：等过去足够长的时间，我要娶她”。可她读艾萨克信的声音“让我想起我父亲的声音：不饶人的声音”——父亲自“我”从神学院辍学就不再和“我”说话，不回信，也不接电话。在听她读信的过程中，“我”的意识不断被呈现，成为与她、与艾萨克的对话。听完艾萨克关于“自由灵魂”以及“摩西训诫”的部分，起初，“我”有“无可比拟的感受”，之后，联想起孩提时代经历过的“顿悟的危机”，明白他“神志清醒，而且充满灵感。他的目的……是将神秘感驱散”，这正契合着申黛尔对她自己宗教体验的描述——“越是虔诚，越是怀疑。”“我”“那时觉得她完全配得上艾萨克”（25）。“我”忍不住惊叹“这部分精彩”，“他是个天才。”“我”“不禁抓过写得满满的纸页”读起来。

从请求申黛尔停下，到“不禁”读起来，“我”不再为艾萨克感到羞愧，取而代之的是对他“虔诚的怀疑”的尊重、对他“漆黑”“惶恐”“挣扎”的悲悯和同情。艾萨克用行动践行着申黛尔说的，“正是有了怀疑，那些攀附在律法篱笆之上的窒息的藤蔓才被不断剪除，才有了律法的纯粹”（25）。对于申黛尔，“我”却渐感疏离，终于“遗憾地轻轻鞠了一躬”回答了她的“你不会再来了?”“我”“发现艾萨克什么书都读”，俨然“一个半醉在印刷品里的人”，而他死后，“家里没有一样艾萨克留下的物件，连一本书也没有。”“我”反复问申黛尔，“你不同情他？你一点儿也不同情他?”她的回答竟是，“让世界同情我!”“我”告诉她，“只有无情才是虚妄，”并请求她，“去那座花园吧，夫人”，“您丈夫的灵魂在那里……”（37）。

“我”对于申黛尔态度的改变是因为越来越清楚地看到她的无情。“无情”其实是过于缺乏想象力、无法“移情”的表现。可见，对于“想象力”，“我”有着矛盾的态度。对于艾萨克“超乎寻常的想象力”中违背犹太宗旨，指向“偶像崇拜”的部分，“我”“为他感到羞愧”（17），而对于他“虔诚的怀疑”而做的“挣扎”，“我”“同情”并且钦佩。在“我”的眼里，艾萨克既是个“异教徒”又是个“犹太人”，他“一直是个奇人”。

故事中的三个人物给读者提供了三种声音和意识，故事意义的确定似乎仅在于读者做出怎样的判断和选择，然而，“对话的内在未完成性”（巴赫金 1996：51）使得读者在三种声音和意识之外，揣度作者的声音和意识。艾萨克自尽后，申黛尔告诉“我”，她“在一个晚上，把家里所有的植物都给了收垃圾的”，因为“它们就像小树一样”令她“无法入睡”（15）。在故事的结尾，“我”“想起她从前的话，把三株家养绿色植物扔进了下水道”（37）。“我”完全不赞同申黛尔对艾萨克的评价，那么为什么“我”要“重复”她的做法呢?“我”继续道，“经过几英里的旅程，通过下水道，它们径直到了翠鸥海姆河口（艾萨克自尽的地方），在那儿它们和城市粪便一起腐烂掉”（37）。出于什么原因，“我”对绿色植物如此厌恶？哀叹“一个奇人”的消逝？哀叹“爬上篱笆”的尴尬与失败？还是，哀叹“想象力”与“犹太性”的矛盾不易调和?

四、结语

《异教徒拉比》是欧芝克第一部短篇故事集的题名故事，代表了其创作早期关于“犹太作家”的说法本身就是“矛盾”的困惑和“虔诚的怀疑”，集中反映了她对“想象力”和“犹太性”的思索。

欧芝克被批评界誉为具有“希腊人的头脑，犹太人的灵魂”（Strandbery 1994：title）。“读欧芝克的作品，没有谁能不受到她想象力的影响”（Kauvar 1985：377），“想象力是文学的血肉”，欧芝克在承认想象力价值的同时，指出想象力“极度危险”，因为“想象力贪恋拆解意义，粉碎阐释……奇幻莫测地让一个又一个偶像溢出”。“想象力不仅虚幻，不仅虚构。它更是一种力量，穿透邪恶，负载邪恶，变成邪恶本身。……想象力寻求并且说出那些不能说的话、做出那些不能做的事”（Ozick 1983：247）。故事中符号化的人物声音、意识的对位关系以及故事叙事语式的复调品质以各自的主体性负载了作家创作早期作为犹太作家对于“想象力”困惑与思考：“惧怕想象力”如申黛尔，结果就会“无情”；“想象力”在“人得有生活”的追求中必不可少，然而，一旦“想象力”“粉碎了阐释”，“拆解了意义”，就会陷入“偶像崇拜”的泥沼，而最终“说出不能说的话”，“做出不能做的事”，“对生命犯下罪”，“变成邪恶本身。”

欧芝克并没有简单地把自己的声音强加到某个人物身上而让其充当自己的传声筒，她的声音在故事中是通过所有声音的交融与对抗传递的。“对话的内在未完成性”是欧芝克在创作《异教徒拉比》时声音、意识的即时呈现一那时，欧芝克尚未完成随后成为她标志性特征的“道德想象力”以及“礼拜式文学”的成熟思考与实践。然而，正是基于创作早期的困惑和“虔诚的怀疑”，欧芝克才在随后的创作中不断思索，提出并实践用以调和“想象力”和“犹太性”矛盾的“道德想象力”和“礼拜式文学”，在美国犹太文学创作领域独树一帜。

参考文献

[1] Kauvar, M. Elaine. An Interview with Cynthia Ozick [J]. *Contemporary Literature*, 1985, 26 (4): 375 – 401.

[2] *Newsweek* [N]. New York: 1971 – 05 – 10.

[3] Ozick, Cynthia. *Art and Ardor* [M]. New York: Alfred A. Knopf, 1983.

[4] Ozick, Cynthia. The Pagan Rabbi [A]. *The Pagan Rabbi and Other Stories* [C]. New York: Syracuse University Press, 1995.

[5] Strandbery, Victor. H. *Greek Mind/Jewish Soul: The Conflicted Art of Cynthia Ozick* [M]. Madison: University of Wisconsin Press, 1994.

[6] 米哈伊·巴赫金. 巴赫金文论选 [M]. 北京: 中国社会科学出版社, 1996.

[7] 陈红. 奥齐克小说的叙事艺术和民族关注 [J]. 国外文学, 2003 (1): 88-92.

[8] 黎清群, 曹志希. 互文·并置·反讽——《爱情是谬误》的复调叙事艺术 [J]. 外语教学, 2007 (3): 80-82.

[9] 乔国强. 美国犹太文学 [M]. 北京: 商务印书馆, 2008.

[10] 热拉尔·热奈特. 叙事话语新叙事话语 [M]. 王文融译. 北京: 中国社会科学出版社, 1990.

[11] 王守仁. 新编美国文学史 (第四卷) [M]. 上海: 上海外语教育出版社, 2002.

[12] 王祖友. 犹太人的后现代代言人: 辛西娅·欧芝克 [J]. 外国文学, 2004 (9): 4-5.

[13] 徐崇亮. 论美国犹太大屠杀后意识小说 [J]. 当代外国文学, 1996 (3): 118-123.

[14] 杨仁敬, 杨凌雁. 美国文学简史 [M]. 上海: 上海外语教育出版社, 2008.

(原载《外语教学》[西安外国语大学], 2001 年第 4 期)

论美国揭丑派文学的社会效应

20 世纪初，美国新闻事业有了较大发展，报纸杂志如雨后春笋般涌现。“报刊文学”应运而生。从 1902 年至 1912 年，大约 10 年期间，一些报纸杂志的出版商和编辑，跟一些国内知名的小说家、诗人、律师、历史学家、经济学家和大学教授一起。大胆地揭露了美国资本主义社会的阴暗面，反映了社会底层人们的生活困境，在美国各阶层引起了巨大的反响，形成了要求社会改革的强大舆论。

这些活动不仅触动了当时的美国政府，而且影响了许多作家。时任总统老罗斯福对于读者和作家专门揭发社会问题颇为反感，在 1906 年 4 月 14 日一次讲话中批评他们像“扫粪的人”（muck-raker），只顾低头扫粪，眼睛看到的是黑乎乎的一片，没有抬头看看光明的一面。他称这些勇于揭露黑幕的记者和作家为“社会问题揭发者”或叫“揭丑派”。他们的轰动整个社会的作品被称为“暴露文学”。

揭丑派的作家著作甚多，除了大量揭露各市和州政府丑闻以及反映工人、黑人、妇女和儿童的不幸遭遇的散文、杂文和调查报告以外，还有短篇小说、讽刺诗和长篇小说。其中最出名的是弗兰克·诺里斯的长篇小说《章鱼》和厄普顿·辛克莱的长篇小说《屠场》。

揭丑派的作品在美国文学史上写下了新的一页，它们为现实主义在美国的发展开辟了道路，对 20 世纪二三十年代美国文学的繁荣兴盛起了积极作用，其意义是不能低估的。

报刊文学的兴起

美国国内战争以后，全国各地纷纷创办报纸杂志。到了 1860 年，电报的广泛应用大大促进了新闻传播，新的排版技术的出现又加快了报纸的印刷。《先驱报》《论坛报》《时报》相继成立新闻联合组织，后来又有《哈泼斯周报》《独立报》《民族报》《芝加哥每日新闻》《世界报》和《快送邮报》等等。

这些报纸不但刊登各地新闻，提出报道的观点，而且形成了新闻写作的统一风格。编辑和记者讲究采访的技巧和报道的艺术，而且逐渐注意国外消息。从 1880 年左右至 20 世纪初，这些报纸特别追求骇人听闻的消息报道，他们采用各种手法以吸引读者。最典型的例子是约瑟夫·普利策。他是个匈牙利移民，后来成了著名的记者。他先后买下了圣路易斯的《快送邮报》和纽约的《世界报》，在几年中获得巨大的成功。他的办报方针不仅在于报道骇人听闻的消息，而且在于将报纸变成表达读者意见的喉舌，以推动政治改革和社会改革。他提倡征收个人所得税，改进行政机构办事效率，惩办腐败的官员，人人机会均等，享受同样的就业权利等等，因此，他办的报纸在国内影响很深远。

后来，威廉·赫尔斯特遵循了普利策的办报方针并加以发展。他追求“人人喜爱的动人消息，注意每件事的神秘细节”，并尽量降低报纸的零售价。因此，他所办的《周刊》和《世界报》销售到美国东西海岸的每个角落。

随着报纸发行量的增加，读者要求报纸有更丰富的内容。办报的人逐渐注意报纸的娱乐性，报道体育消息和妇女儿童特别感兴趣的栏目，还附了插图。后来又增办了《星期日副刊》。副刊上也登消息，但主要是发表小说、特写和图片。到了 20 世纪初，骇人听闻的报道有所节制，报纸上增辟了幽默小品、健康咨询、宗教问答和社会福利等栏目。新闻风格趋于简洁明快，富有表现力。具有大学程度的记者取代了早期老派的报人。新闻界出现了不同风格的好多派别。记者成了一种专门的职业。新闻和文学的关系日趋密切，许多记者成了出色的小说家和诗人。

文学杂志早在 19 世纪中叶之前就有了。许多编辑和出版商做了许多尝试，虽然由于缺乏经验，许多人失败了，但也有人获得了成功，终于使文学杂志获得了一个很重要的地位。有人说：文学杂志的兴起是美国出版事业最重要的标志，这是不过分的，因为当时文化程度低的人占多数，读杂志的人比读书的人多得多。几乎一般对学文化有兴趣的人，每家都有一份文学杂志，而且家里人人必读。这是由于文学杂志往往刊登最出名的作家的作品，印刷精美，插图令人喜爱，而且售价比单行本便宜。

短篇小说在文学杂志上经常出现。名作家的长篇小说在出单行本之前也常常分期连载。还有许多诗歌、散文和具有学术价值的历史人物评介等也在杂志上可以找到。

文学杂志大致可分为两类：一类是《大西洋月刊》《哈泼斯月刊》《斯克莱纳月刊》以及后来的《世纪周刊》和《斯克莱纳杂志》等，它们往往以保持较高的文学艺术水准而自豪。另一类是《妇女家庭杂志》《麦克克罗尔斯》《美国杂志》等，它们主要面向最广泛的读者。

此外，还有许多周刊和季刊，如《北美周刊》《布朗逊季刊评论》《基督教检查者》《南方文学信息》和《南方季刊评论》等。

文学杂志虽然大量涌现，而且经常发表当时的著名作家的作品，但也存在不少弊病。首先，文学杂志，按理说应掌握在文学家手中，事实并不是这样，这些杂志往往受出版商或巨商财阀所控制，他们通过大登广告，谋取暴利；其次，出版商付给撰稿人的稿酬低微，一些名作家知道杂志的编者要的是他的名声，而不是他的名作，所以有时不得不随便写写应付差事；再次，一些初露头角的青年作家往往在出版商的催促下匆匆成篇，因此作品的质量不太高。上述这些现象在一些较重要的杂志上经常可以发现。

《大西洋月刊》虽然不是历史最悠久的，但它是畅销杂志中最重要的一种。著名诗人爱默生、朗费罗、小说家霍桑等曾为这家杂志撰稿 20 多年，诗人罗厄尔替它写稿也达 10 多年之久。它的真正创办人是弗兰西斯·安德沃德。诗人奥立弗·霍尔姆斯受邀将杂志命名为《大西洋月刊》。1857 年创刊号上发表了爱默生、威蒂尔、罗厄尔、诺顿等人的作品。后来，因经济困难，杂志的出版商几度易人。《大西洋月刊》与其说具有美国的民族特色，不如说更富有新英格兰的地方色彩。

《哈泼斯月刊》是第一家有插图的大型杂志，由哈泼及其兄弟1850年在纽约市创办。起先，这个杂志主要是转载英国报刊的文章，发行量很大，引起了其他杂志的公愤。1852年，《美国辉格周刊》发表了一封署名“一位美国作家”的《致哈泼斯杂志出版商的公开信》，责问编者：你们这样的杂志对美国文学有利吗？你们为了赚钱，完全无视美国同胞的文学才能，将美国当成移植英国文学的一个特殊省份，这是公正的吗？

在强大舆论的压力下，《哈泼斯月刊》越来越多地采用美国作家的来稿。它发表了许多美国作家的作品，以弥补初期忽视美国作家所造成的缺陷。在这些作家中，它发现和扶植的有：理查·戴维斯、玛丽·威尔金斯和斯梯芬·克莱因。《哈泼斯月刊》每期刊登木刻肖像作品，印刷精美。它和《世纪周刊》《斯克莱纳月刊》成了三家最出名的有插图的美国杂志，引起了欧洲人的注目。

《斯克莱纳月刊》于1870年开始出版，主编和发行人是约西亚·霍兰德。查尔斯·斯克莱纳死后，因内部意见分歧，1881年改名《世纪周刊》，形成两个杂志并存的局面。《斯克莱纳月刊》起先常常连载英国作家的作品，后来改登美国作家的小说。《世纪周刊》则常发表有插图的历史人物评价的文章。《斯克莱纳月刊》还登了一些有关美国诗人的评论文章，对小说、诗歌和其他文学体裁的评论也比《哈泼斯月刊》多些。

1887年1月，斯克莱纳公司另出版了《斯克莱纳杂志》。早期主要撰稿人有：威廉·詹姆斯、诗人罗伯特·斯蒂文森、女小说家萨拉·奥恩·朱厄特等。跟其他著名杂志一样，它还出了伦敦版。

此外，在纽约、费城、芝加哥和西部及南部各大城市还有不少文学杂志。其中最有影响的是《妇女家庭杂志》，它在费城发展迅速。这家杂志主要是介绍家庭的装潢艺术，但它经常强调它所发表的小说、诗歌和散文的重要性。它自封为文学刊物，拥有成百万读者。它所刊登的文学作品在读者中往往引起感情上的共鸣，影响着读者的文学情趣。《妇女家庭杂志》成了一种畅销刊物，具有一定的社会影响。

19世纪末20世纪初一些杂志先后在纽约创办，主要有《四海为家》（1886）、《麦克克罗尔斯》（1893）、《人人》（1899）、《美国人》（1906）和《汉普顿》（1908）等。这些杂志都有广告商的支持，经济上比较过得去。实际上，这些杂志与其说是文人的喉舌，不如说是商业企业。这些杂志零售价很低，每本十美分或一年一美元，因此发行量很大，每期达六七十万册。

值得指出的是《麦克克罗尔斯》杂志。它虽然在新闻界资格不算最老，发行量也不是最大。但它与文学的关系特别密切，引起了文学爱好者的极大兴趣。这个杂志的创办人兼主编是S. S. 麦克克罗尔斯。他建立了一个辛迪加企业，向知名作家收购作品，然后将版权卖给各家报纸。为他的杂志撰稿的有许多杰出的英美作家，如史蒂文森、吉卜林、哈代、柯南道尔、威廉·豪威尔斯和乔治·卡伯等。

诚然，《麦克克罗尔斯》杂志并不是靠这些大作家的名字起家的。虽然这些名家撰稿人给杂志增色不少，但它即使在最发达的岁月里，也不能跟上面提到的几家大杂志《大西洋月刊》《哈泼斯月刊》《世纪周刊》或《斯克莱纳杂志》相匹敌。它的成功不在于靠上面介绍的知名作家的杰作，而在于发表轰动一时的文章，及时揭露社会弊病，人们称之为“暴露文学”。它严格地坚持真实地报道，大胆地揭示民愤最大的某些人或某些组织的不轨行为。它的办刊原则简单明确，但非常讲究文章的技巧。它强调事实。它发表的文章大部分是专业记者或受过新闻工作训练的人写的，显得内容充实，令人信服。曾撰写《林肯传》的女记者艾达·塔贝尔负责揭发壳牌石油公司大发横财的家史；雷·贝克撰文抨击别的公司唯利是图；林肯·斯特芬斯则注重揭露政治腐败的种种事例。他们形成了独特的文风，被老罗斯福总统称为“社会问题揭发者”或称“揭丑派”。

从1902年至1906年，《麦克克罗尔斯》杂志大受读者欢迎，发行量激增。杂志倡导的真实地反映社会面目的“暴露文学”，反映了时代的潮流和民众的心意。因此，其他通俗杂志也纷纷步《麦克克罗尔斯》的后尘，一时形成了要求社会改革的舆论，文学在斗争中起了良好的促进作用。

随着报刊文学的奇特的发展，19世纪各种文学倾向陆续传到20世纪来。如果说有各种不可抗拒的力量在促使文学走向民主化，那么，这些文学杂志的兴起就标志着这个运动向前发展的重要的一步。揭丑派作家的文章虽然遭到一些人的非难，但他们采用的通俗而生动的叙事手法，后来却被许多散文家，甚至最保守的作家所接受。一些老杂志也无法摆脱他们的影响。他们那种直截了当地揭露社会黑幕的精神，让事实与读者见面的做法，可以说在某些意义上开创了时代的新风，为美国新闻事业的发展和现实主义文学的兴盛创造了条件。

尽管报刊文学和揭丑派作家，有这样那样的局限性，但揭丑派作品帮助广大读者认识日益恶化的环境，揭示了社会的种种不公正现象。因此，他们获得了公众的认可和支持，在美国社会各界，引起了巨大的轰动效应。

揭丑运动的兴衰

“揭丑派”的名称是老罗斯福总统1906年对一些揭发美国政界和商界丑闻的记者和作家进行抨击时首次提到的，后来这个称呼就被社会所接受而流传下来。

被抨击的记者和作家对这个称呼并不反感，相反的，他们以自己是“揭丑派”的成员而自豪。

其实，“揭丑派”并非老罗斯福的发明创造。他不过是在演讲词中加以引用而已。“揭丑派”出自英国17世纪著名的小说家约翰·班扬（John Bunyan）的著名长篇小说《天路历程》（*The Pilgrims Progress*，1678），“揭丑者”或“扫粪的人”是小说中一个人物。他那么专心埋头扫粪，竟看不到头顶上戴着一顶极其美丽的皇冠。老罗斯福总统引用这个事例，指责那些敢于揭发社会弊病的记者和作家只看到美国社会阴暗的一面，看不到其光明的一面，以偏概全。但是，老罗斯福总统后来读了厄普顿·辛克莱（Upton Sinclair）的小说《屠场》（*The Jungle*）后大为震惊，不得不承认作者所揭露的芝加哥屠场的丑闻是令人难以容忍的。

揭丑运动开始于1902年。波士顿弗劳尔主编的杂志《竞技场》（*The Arena*）成了开路先锋。它首先披露了私人企业不择手段地牟取暴利的动机和市政府、州政府和联邦政府的腐败现象，提倡在文学艺术上走现实主义道路。著名小说家汉姆林·加兰是这家杂志的主要撰稿人之一。紧接着，在4年内揭丑运动遍及全国。许多著名的杂志纷纷加入这个运动，如《人人》（*Everybody's*）、《麦克克罗尔斯》（*McClure's*）、《独立》（*The Independent*）、《柯立尔》（*Collier's*）和《四海之家》（*Cosmopolitan*）等成了揭丑运动的主要刊物。撰稿人中最出名的是：艾达·塔贝尔（Ida Tarbell）、林肯·斯特芬斯（Lincoln Steffens）、R. S. 贝克（R. S. Baker）、S. S. 麦克克罗尔（S. S. McClure），马克·萨利文（Mark Sullivan）、桑莫尔·亚当斯（Samuel Adams）等。一些报纸，特别是纽约市的《世界报》和堪萨斯市的《堪萨斯之星》报为运动提供了物质的援助。颇有声誉的小说家如弗兰克·诺里斯（Frank Norris）、厄普顿·辛克莱、杰克·伦敦（Jack London）等也积极置身于揭丑运动之中，写了不少杂文。辛克莱的长篇小说《屠场》将揭丑运动的精神写进了小说，在美国和欧洲各国引起了巨大的反响。

揭丑派究竟是些什么人呢？他们的宗旨是什么？1908 年，厄普顿·辛克莱在《独立报》上做了说明。他认为：从个人来说，揭丑派都是一些心地善良、生活简朴的人，没有什么高贵之处。他们有的是玄学家，有的是伦理学家，有的是诗人、小说家，有的是宗教界人士，他们成了揭丑者，并不是因为他们喜欢社会腐败，恰恰相反，他们对社会腐败深恶痛绝。他们一看到腐败现象就坐立不安。

辛克莱指出：揭丑派一开始活动，并没有什么理论，他们只不过是对政界和商界人人皆知的内幕的观察者。他们抓住这些丑闻的事实不放，然后加以综合，得出公正的结论。但他们往往被指责反对资本主义制度。

辛克莱强调提出：揭丑派的人“是革命的先驱者”，像一切革命者一样，他们可能成功，也可能失败。如果失败了，统治者最终战胜了他们，他们仍将时时保持叛逆性格，做所谓“社会流言的传播者”。他们会让人们相信他们所介绍的“人人皆知的事实”，将来人们将会承认他们为国家为民族做了好事。

揭丑派通过各种畅销的报刊，揭露了政界和商界腐败的大量事实，在全国引起强烈的反应。1911 年揭丑运动达到了高潮。随着第一次世界大战的爆发，揭丑运动宣告结束。一些揭丑派的重要人物对美国参战表示失望、厌倦和不可理解。他们纷纷转向：有的去兴办实业公司；有的去写编年史或回忆录；有的则成了观点相反的职业政客。总之，随着老罗斯福时代的结束，风靡一时的揭丑运动也消失了。

事实上，揭丑运动并不是一些编辑、记者和作家主观搞出来的，而是历史的时代的产物。20 世纪头十年，资本主义经济迅速发展，社会财富越来越集中在少数人手中，资本家为牟取暴利，往往不顾工人的简陋的劳动条件，给予女工和童工微薄的报酬，而政界人士对这些情况熟视无睹，更加激起民众的不满。因此，揭丑派的作品表达了民众的呼声和一些知识界人士改革社会、改革政治的愿望。揭丑派作家们的热情和大胆、无所畏惧的勇敢精神和争取建立一个较好社会的理想，得到了人们的赞扬和支持。

但是，揭丑派缺乏明确的政治纲领和理论指导，又没有较深厚的群众基础。他们在揭发政界和商界的腐败现象方面做了大量工作，在呼吁改善工人，尤其是女工和童工的工作条件方面出了很大力气。他们尖锐而无情的铁笔几乎触及社会的每个角落，将大量不公的事实摆在读者面前，使广大读者看到了在一片繁荣景象掩盖下的社会阴暗面，意义是很大的。但总的来说，揭丑派作家并不想改变资本主义制度，仅想在这个制度下进行一些改良，使贫富之间、劳资之间、民众和政府之间的矛盾得到缓和。

总之，揭丑派继承和发扬了美国文学中的民主主义传统，充分发挥了报纸杂志的威力，对于时弊进行了无情的揭发和抨击，形成了强大的社会舆论，以促进政治改革和社会改革。这不仅开创了美国新闻史上新的一章，使新闻报刊成了民众的喉舌，敢于评论政界商界的是非，而且促进了美国现实主义文学的发展，使从欧洲传入的自然主义等文学流派和本国对于社会现实的批判精神结合起来，从而形成独树一帜的美国民族文学。

揭丑派主要作家及其作品

历时10年之久的揭丑运动产生了不少优秀作家。他们原来大多数是报纸杂志的记者或编辑。现实生活丰富了他们的创作，揭丑运动提高了他们的洞察力。他们成了著名作家、小说家、传记作家或史学家，其中比较重要的有10位作家：

艾达·塔贝尔（Ida Tarbell，1857—1944），揭丑运动的领导人之一，以在《麦克克罗尔斯》杂志上著文而成名，是宾夕法尼亚的女作家和编辑。她早期写过《林肯传》（1900），1904年发表《壳牌石油公司发展史》，揭露这个公司以唯利是图手段大发横财，此书轰动了全国，30年代，她又出版了评论林肯的专著和一部自传《埋头工作》（1939）。

林肯·斯特芬斯（Lincoln Steffens，1866—1936），揭丑运动的主要领导人之一，生于旧金山，毕业于加州大学并出国留学，后在纽约从事新闻工作。他1902—1906年曾任《麦克克罗尔斯》杂志的业务编辑，1906—1911年任《美国杂志》和《人人》杂志的副主编，写过许多揭露商界和政界腐败的文章。这些文章收集在《城市的耻辱》（1904）、《为自治而斗争》（1906）和《建设者们》（1909）中。他的《自传》（1931）介绍了他的思想演变过程和揭丑运动的始末，有一定学术价值。

查尔斯·卢梭尔（Charles Russell，1860—1941），揭丑运动的主要人物，纽约记者和作家、写过大量作品，主要有：《多数人的起义》（1907）、《为什么我成了社会主义者?》（1910）以及荣获普利策奖的《美国交响乐团和托马斯》（1927）等。他还写过一些反映揭丑运动的诗歌。

欧文·威斯特（Owen Wister，1860—1938），老罗斯福总统的同学，毕业于哈佛大学，出身于宾州名门，早年立志从事文学创作。他的长篇小说《弗吉尼亚人》（1902）颇受欢迎。他还写了一些有关西部的短篇小说、浪漫故事和传记。他曾为《人人》杂志撰文揭露家乡犯罪案件中的丑闻，支持揭丑运动。

马克·萨利文（Mark Sulivan，1874—1952），宾夕法尼亚著名记者和作家，曾为《麦克克罗尔斯》和《矿工》杂志写了不少揭发丑闻的文章。主要著作有：《我们的时代：美国1900—1925》（1926—1935）和他的自传《一个美国人的教育》，介绍了他前半生的经历，参加揭丑运动的始终，后来，他成了保守的共和党党员。

路易斯·布兰德斯（Louis Brandels，1856—1941），律师出身，早年因替波士顿市民申辩而成名，后写过揭发保险公司丑闻的文章。他的著作《别人的钱》（1914）对威尔逊总统影响甚大，后受命于最高法院。1939年退休后他常著文为犹太难民请命，获“人民的法官”的美誉。

雷·贝克（Ray Baker，1870—1946），《麦克克罗尔斯》杂志主要撰稿人，在揭丑运动中十分活跃，曾著文指责当局乱捕黑人，后来成了威尔逊总统的亲信。他写了7卷杂文，影响甚广，最著名的是：《满意的冒险》（1907）、《美国土人》（1941）和《美国编年史》（1945），带有自传性质。

弗兰克·诺里斯（Frank Norris，1870—1902），著名小说家，在揭丑运动中曾受《人人》杂志之托，到发生罢工的矿区去调查，并写了生动的报告，为工人的艰难生活大声疾呼。文章在读者中引起共鸣。主要代表作长篇小说《章鱼》反映了铁路财团和西部农场主与佃农的冲突。

厄普顿·辛克莱（Upton Sinclair，1878—1968），著名记者和作家，在揭丑运动中以披露芝加哥肉类加工工业的丑闻震惊全国，长篇小说《屠场》影响深远。它迫使美国政府派人到芝加哥调查，后来国会通过了有关食品卫生的条例。

桑莫尔·亚当斯（Samuel Adams，1871—1958），记者兼作家，1900—1916年曾为《麦克克罗尔斯》《矿工》和纽约的《论坛》写了不少揭发丑闻的文章，尤其是关于公共卫生保健方面，很引人注目。作品有：关于成药专利权的《美国最大的骗局》（1906）、关于现代新闻发展的小说《成功》（1921）以及历史小说《运河城》（1944）和回忆录《祖父的故事》等。

此外，在揭丑运动中积极给杂志写稿的还有不少知名的记者和作家，如小说家大卫·菲力普斯、托马斯·劳森、乔治·坦纳、玛丽·霍普金斯、罗伯特·汉特、威廉·哈德和欧文·费歇尔。特别是大卫·菲力普斯（David Phillips，1867—1911），不仅写了许多揭露社会问题的文章，而且创作了23部长篇小说和一个剧本。他的长篇小说洋溢着揭丑派的热情和勇气以及对于政治压迫、经济诈骗和侮辱人格的义愤。他的主要小说包括：《上帝的成功》（1901）、《金色的羊毛》（1903）、《流氓头子》（1903），尤其是描写华尔街操纵政治机构的《代价》（1904）和《洪水》（1905）、揭示继承财产的祸害和下层人勤劳致富的《第二代人》（1907），以及揭示联邦政府、州政府和市政府政治腐败的《耶稣时髦的历险记》（1909）、《冲突》（1911）等。其他小说则着重刻画了在爱情、婚姻和社会生活中的新女性捍卫被忽略的妇女的合法权利，他的最佳小说是《苏珊·李诺克斯：她的浮沉》（1917），作品描写一个乡下姑娘如何通过卖淫而摆脱了贫困，揭露了纽约政治的腐败，反映了贫民窟的苦难生活，轰动了全国。这部小说被认为是揭丑派文学的杰作之一。但是，大卫·菲力普斯后来被一个疯子杀害了。他正处于才华横溢的中年时代，可惜过早地离开了人间。他的新闻调查报告引起了老罗斯福总统的重视，成了揭丑派不朽的文献之一而载入史册。

参考文献

[1] *Columbia Literary History of the United States* edited by Emory Elliott.

[2] *American Literature: The Makers and the Making* by Cleanth Brooks, R. W. B. Lewis, Robert Penn Warren.

[3] *Literary History of the United States* by Robert Spiller, Willard Thorp, etc.

[4] *Oxford Companion to American Literature* by James Hart.

[5] *The Columbia History of the American Novel* edited by Emory Elliot.

[6] *Novelists and Prose Writers* edited by James Vinson.

（原载《集美大学学报》，1996 年第 1 期）

美国自传文学的再定位与主题回归

2011年，上海外语教育出版社引进出版了《牛津美国文学百科全书》。这部4卷本的巨著体现了美国文学的最新研究成果。它的一大特点是对美国自传文学的高度重视。书中有几篇论文专门评述自传文学：《自传：总论》《自传：奴隶叙事》《自传：内战时期的白人女性》。苏珊·巴列在"自传：总论"中重申：自传造就了美国。自传是美国文学的主要题材。1997年4月，另一位美国学者保尔·格雷在《时代》周刊撰文指出："我们生活在一个自传的时代。回忆录现在已经取代长篇小说，成了美国最主要的出版物产品，每年达几百部。许多作者是第一次出现的。"显然，美国学者再次界定了自传文学为"美国文学中的主要题材"。美国人对这种文学题材的兴趣体现了后工业化时代美国文学的一大特色。

事实上，早在19世纪中叶，美国著名诗人爱默生在《论经验》中曾预言：自传将成为美国文学的主要形式。他认为"准确地说，没有历史，只有传记。"英国散文家托马斯·卡莱尔也曾断言："历史是无数传记的精华。"美国传记文学包括自传和传记。二者在美国文学史上都占有重要地位。

本文将着重评论美国文学中的自传及其再定位与主题回归。自传是美国一种独特的文学体裁，至今已有300多年的历史，一直深受广大读者的欢迎。自传往往以传主个人真实的生活经历展现自己成长或成才之路的艰辛和收获，改善自己的生存处境和社会地位，展现美国的民族意识，揭示靠自我奋斗发家致富的“美国梦”的变迁。从这个意义上说，它比小说更真实可信，更感人肺腑，也更催人奋进，给人以积极向上的启迪或让人吸取反面的教训。因此，有人称自传是年轻一代生动的生活教科书，受到社会各界的重视。

一、自传造就了美国

美国是个移民国家。它的民族身份是伴随着美国文学的出现而产生的。1620 年，一批欧洲移民乘坐“五月花号”在马萨诸塞州科普角登陆，成了北美洲新大陆第一批定居者。尽管他们从英国带去了清教主义信仰和一些图书，但他们一切都得从头开始，在荒野中苦苦挣扎求生存。他们失去了原先的身份，从新大陆荒芜的土地上追寻新的身份。他们将自己不平凡的经历和遭遇记录下来，形成了奇特的日记和回忆录。他们在这些文字记载中扪心自问：他们是谁？为什么到了新大陆？这些有趣的日记和回忆录，有的是殖民地官员写的，有的是普通牧师记下的，内容丰富多彩，趣味横生。它们又和美洲新大陆盛产的木材、棉花、烟草、玉米和糖等商品出口到欧洲各宗主国。后来，北美洲新大陆经历了宗教压迫、奴隶制迫害和移民潮的起伏，1763 年形成了 13 个州，主要由英国管辖。1776 年 7 月 4 日，各州终于联合起来，发表《独立宣言》，反抗英国海关的无理加税和法律规定，成立美利坚合众国，发动独立战争，宣告了民族独立。独立后，新老定居者们很快与异教徒和印第安人一起生活，在多次战乱和自然灾害中努力构建美国人的身份。

300 多年来，大部分美国自传反映了这种身份构建的过程及其艰辛。不同时期涌现了许多影响深远的自传。在殖民地时期有些重要的自传、回忆录和日记，如柯顿・马瑟的《基督在美洲的业绩》（1702），全书贯穿了清教主义思想，作者将个人感受融入新英格兰的方方面面，涉及人生的苦难和上帝的恩惠，阐述了他对新英格兰地区种种事件的看法、几位殖民地总督的生平和业绩，成了一本“新英格兰宗教史”。他通过一系列传记，生动地展示了新英格兰殖民地的编年史。马瑟自诩从欧洲的被剥夺状态到美洲的困境中写出了基督教的奇迹：神圣的清教徒到美洲的荒野建立了上帝的王国。一些有代表性的美洲圣人的一生受到了肯定。

乔纳森·爱德华的《个人叙事》（1765）描述了从非洲进口的黑奴和契约束缚的仆人的故事。他们的殖民经历与充斥清教徒自传和传记中对上帝指引的肯定是对应的。伊丽莎白·阿斯布里奇的自传《伊丽莎白·阿斯布里奇前半生传》（1774）则讲述了她按契约被移民至美国并皈依了贵格教派的经历。威廉·拜耳德的《秘密日记（1709—1712）》代表了18世纪新的自传作品。这些自传、回忆录和日记以倡导奉献精神和增强凝聚力为目的，构成了美国早期文学作品的重要组成部分。其中蕴含的新英格兰精神与新大陆文化的统一是清教主义部族融合的结果。殖民地统治者和宗教领袖成了这些作品的作者。他们写了在上帝指引下的个人经历和感受，表达了基督教徒在新大陆的心路历程，也宣扬了友爱、慈悲和互助的人道主义精神。这些作品记录了上帝对新移民的精神保护，肯定了当时殖民地官员“圣人”的业绩。有的日记成了个人赎罪的记录。所以，有人称它们为“精神传记”。它们一方面发扬了清教主义传统，宣扬埋头苦干精神；另一方面记录了一些被神圣化的官员，将他们描绘成新大陆的榜样。同时，它们也回应了哈克特在《一个美国农民的书信集》（1782）里提出的尖锐问题：“这位美国人是什么？这位新人是谁?”这样，自传和传记逐渐从描述个人与上帝的关系转向世俗化，不仅用《圣经》来描绘“圣人”的言行，而且用个人的意志来迎接大自然和社会的挑战。

玛丽·罗兰森和约翰·威廉斯的自传则令人面对新大陆残酷的现实斗争，增加了对美洲原住民印第安人的了解。玛丽·罗兰森在菲利普王战争中被印第安部族抓去，在狱中待了11周，后来侥幸被赎回。她将狱中的遭遇写成自传《玛丽·罗兰森被俘和遣返的故事》（1682）。此书发表后，在社会上引起轰动。玛丽意外地成了一个受欢迎的女作家。故事叙述具体生动，宗教色彩较淡，人道地看待自己的俘虏经历，令好奇的读者了解原始的印第安部族文化，明白作者为何能死里逃生。作者将基督教徒的生活与印第安人的经历密切联系起来，令人耳目一新。

约翰·威廉斯的自传《被赎回的俘虏》（1707）以法国与印第安人战争为背景，描述作者全家被印第安人俘虏两年的狱中经历。此书写得比较抽象，加了不少美国西部的神话人物。作者将自己描绘成被赎回的当代“圣人”角色。威廉斯还将善恶之争的永恒主题贯穿于可怕的戏剧性经历中。

1791 年，《本杰明·富兰克林自传》的问世，标志着美国自传文学的新起点。本杰明·富兰克林从一个默默无闻的印刷工人成长为《独立宣言》的起草人、与英国打交道的外交家、宾州议会议长、名闻欧美的政治家、文学家和发明家。他的成长和成功令人羡慕，催人奋进。他在自传里描写自己勤奋好学、勇敢自信、顽强拼搏、知难而进、终于获得事业成功的艰难历程。这种不断进取的精神恰好是当时美洲新大陆社会发展所需要的。所以，《本杰明·富兰克林自传》很快受到社会各界的热烈欢迎。它是美国独立战争的产物，又反过来促进了美国独立后的社会发展，为后来“美国梦”的形成和发展提供了理论基础。它有力地促使美国一代又一代的年轻人，靠个人奋斗和自我完善在美洲大地上创建自己的“天堂”。因此，《本杰明·富兰克林自传》具有划时代意义。它不但开创了美国自传的新方向，而且标志着美国文学的成熟。

二、5 部经典自传的魅力

从《本杰明·富兰克林自传》问世以来，美国的“自传热”此起彼伏，历久不衰。到南北战争前后，“自传热”达到了巅峰状态。北方与南方的政治动荡和经济冲突带来了文化危机，小说创作深受干扰，作家难以为继，文坛死气沉沉。自传文学则一枝独秀，先后涌现了 5 部经典自传，散发着无穷的艺术魅力，受到学者与读者的交口称赞。

第一部是《本杰明·富兰克林自传》。它反映了美国一代新人敢创新、求进取的民族性格，同时揭示了自传本身的重大意义。它改变了殖民时期众多自传、日记和回忆录的方向，不再表现人们与上帝的互动，对上帝保护的感恩和赎罪，以及注重外部环境对人们生存的限制和影响；而是转向人们内部，探寻在改造社会、改变自然环境的斗争中，人怎么调整自己，应对客观的挑战。人是很有潜力的，关键在于修身养性，自我完善，自力更生，敢于拼搏。这样就能改变自己，进而改变世界。

事实上，富兰克林写自传时“自传”一词还没有出现。按《牛津英语词典》的注释，“自传”一词最早在 1809 年英国湖畔派诗人罗伯特·骚塞的一篇评论里出现。作为一种文学体裁，自传是政治运动的产物。它产生于法国大革命和美国独立战争年代。早年，它叫“忏悔录”或“回忆录”，早已有之，如《奥古斯丁圣人忏悔录》（A. D. 400）、卢梭的《忏悔录》（上卷，1782，下卷，1789）等。前者严于律己，剖析自己，检讨自己，启导读者修身养性，做有利于社会、有利于他人的人。后者在《忏悔录》中自我表白：“我要把一个人的真实面目全部展示在世人面前；此人便是我。”卢梭在书中坦陈童年的穷困和不幸，坦言自己的缺点和过失，并表达了对平民百姓的同情和对社会不公的憎恶。他这种自我暴露和愤世嫉俗的坦诚态度，深受广大读者的赞扬。卢梭被称为法国的天才作家。

写回忆录的人也很多。他们通常重点讲述一些亲自参加过的流血战争、政治风波、商业冒险和文化纷争等重大事件，揭示个人的感受和在实际斗争中的成败。它往往可以帮助老人抚今追昔，让年轻人了解历史，热爱生活，展望未来，开拓人生。

富兰克林在自传里将忏悔录和回忆录巧妙地结合起来，丰富了自传的内容，创新了自传的形成，为美国的自传创作和新一代作家树立了榜样。他在自传里坦诚而朴实地讲述自己怎样从困境中崛起，从理想经挫折到成功的发展，又从冲突到投身革命的曲折变化。他特别描述了1771—1788年美国独立战争的艰苦岁月。一群志同道合的青年揭竿而起，发动史无前例的独立战争，摆脱英国多年的殖民统治，终于获得了胜利，建立了美利坚合众国，揭开了美国历史的新篇章。作为一个热血的普通青年，富兰克林参与了这个伟大的历史进程。他的成功就是一个精彩的美国故事。他与美国一起成长。美国从一个欧洲诸国瓜分的殖民地变成一个独立的新兴国家；富兰克林从一个无权无势的平民小伙子一跃成为名闻欧美的外交家、政治家和散文家。

作为清教徒的富兰克林，他的信仰人们不敢完全苟同，而他的成才和成功之路对于新大陆的美国人却具有非凡的启示作用。富兰克林在自传里提出了13种美德以及他怎样将这些美德应用于日常生活，通过不断的自我反省、自我剖析和自我完善，最后获得事业上的成功，为国家做出了贡献。他的13种美德是：节制、沉默、有序、坚决、节俭、勤勉、真诚、正直、中庸、清净、安静、朴实和谦逊。这些美德是在清教主义倡导的勤勉、俭朴和谨慎的基础上，汲取英国启蒙主义思想而形成的。这些既是他的理想，又是他努力实践的信条。他从青年时代就严格要求自己，每周抓一种美德，每天对照自己，做个笔记。做得不好的，记上个黑点，下周改进。每年循环 4 次，修身养性，身体力行，力争达到完美的境界。他认为一个人的出身不能决定其命运。“一个有相当才能的人可以造成巨大的变化，在人世间干出伟大的事业。”《本杰明·富兰克林自传》成了富兰克林成功之路的生动总结。他重塑的“自我”成了现代美国人的榜样。他的自传至今仍是美国青年个人奋斗和成功的行动指南，具有重大的历史价值和现实意义。

第二本是亨利·大卫·梭罗的《瓦尔登湖》（1854）。梭罗选取了生活的横断面，描述他在波士顿郊区一所瓦尔登湖畔小木屋两年两个月零两天的林中生活。他以自然界的春夏秋冬四季的更替作为人生的周期，自己在林中建屋种地，自食其力，并经常与渔夫、猎手、樵夫和平民促膝谈心，自得其乐。他避开了喧闹的城市生活，但不脱离社会现实。作为一个先验主义者，梭罗主张废除奴隶制，实现人人平等。他批评现代西方人变成物质的奴隶，忽视精神素养。因此，他倡导简朴的生活和纯洁的精神，强调人格的修养。他与读者共同探讨：面对生活中的主要问题，精神与物质，哪个更重要？在物质丰富的条件下怎样坚持简朴再简朴的生活？书中充满想象和哲理。梭罗不寄希望于上帝，而是从生活内部构建自我，发现了乐观主义精神。他期盼让平民百姓从枯燥乏味的机器生产中解脱出来。他倡导回归自然，返璞归真，热爱自然和享受自然。他反复强调：人不能单纯为衣、食、住而活着，一定要重视精神，注重修身养性。一味追求金钱和财富，忽视自我修养的人，无异于混淆了人与兽之间的区别。沦为金钱的奴隶等于虚度人生，自我奴役，失去了生活的真正意义。梭罗身居木屋，放眼世界，涉猎东西方哲学，谈人生、谈精神、谈做人的道理，旁征博引，情景交融，令人信服，深受读者欢迎。《瓦尔登湖》成了另一种风格独特的自传，对美国读者产生了深远的影响。

第三本是弗列德里克·道格拉斯的自传，常常被誉为“黑奴叙事”的典范。他生于马里兰州一个奴隶家庭，21 岁时逃往马萨诸塞州，成了当地废奴协会的讲师，往常裸露身上的创伤，含泪向人诉说在南方种植园的不幸遭遇，推动了废奴运动。他曾以第一人称写过三部自传。第一部是《弗列德里克·道格拉斯生平自述》（1845），第二部和第三部是《我的奴役和我的自由》（1855）和

《弗列德里克·道格拉斯的生平和时代》（1881）。第一部最有名，在美国文学史上占有一席之地。

在1852年一次演讲中，道格拉斯愤怒地指出："美国的政治和美国的宗教支撑着美国的奴隶买卖；这里，你将发现：男人女人给养着，好像供应市场的猪！"他在自传里叙述了自己经历过的悲惨生活和从忍受走向反叛的过程。他的自传突破了单纯反映奴隶生活艰辛的范围，联系南北战争前后的社会变化，表现了他自己从安于现状，忍受压迫到自我觉醒，走上斗争的道路。因此，他的自传在南北战争前到处传播，几乎家喻户晓，成了流传最广的一部黑人自传。这本自传在废奴运动中发挥了很大的作用，并成为20世纪以来从杜波伊斯、赖特、鲍德恩、艾立森到莫里森等黑人青年作家必读的"黑人家史"，影响了好几代黑人的思想和生活。

第四本是文学大师马克·吐温的《密西西比河上的生活》（1883）。这是他在原刊于《大西洋月刊》的《密西西比怀旧记》的基础上补充而成的。马克·吐温描写他青少年时代在密西西比河上当领航员的艰辛生活。他曾说，当个领航员是大河岸边村里小伙们的永恒愿望。马克·吐温多次重写他的生平故事，在他小说里也有他频频出现的身影。晚年，他又亲自口授，让秘书笔录，出版了正式的《自传》（1924），但《密西西比河上的生活》仍深受读者的喜爱。它虽是剪取了作者一生中的片段，但仍是他最难忘的一段。那精彩的一段，犹如小说中的特写镜头，令青年读者倍感亲切，既可随他领略密西西比河上的美丽风光，又可分享年轻人创业的艰辛和喜悦。马克·吐温是美国现实主义文学的幽默大师。豪威尔斯称他是"美国文学中的林肯"。海明威则说过，"全部现代美国文学源自马克·吐温的一本书《哈克贝利·费恩历险记》。"可见，他的《密西西比河上的生活》深受读者喜爱，就不言而喻了。

第五本是亨利·亚当斯的《亨利·亚当斯的教育》（1907）。这是另一种新颖的自传，又称"教育自传"。亨利·亚当斯早年毕业于哈佛大学，曾留学德国。他的曾祖父和祖父曾任美国总统。他阅历丰富，博学多才，曾在哈佛大学当过历史教授，出版了9卷本的《美国史：杰弗逊和麦迪逊时期》（1889—1891）。他的《亨利·亚当斯的教育》与富兰克林自传和梭罗的《瓦尔登湖》完全两样，它不单纯描述个人的经历，而是以历史学家的观点来回顾个人和社会的变迁，概述了19世纪至20世纪初美国重大的历史事件。他采用第三人称，按编年史的顺序来描述。有趣的是中间竟然断了20年，省略了他在哈佛大学任教、写书、成家和妻子不幸自杀等史实，形成了跳跃式的自传，风格独特而引人注目。

《亨利·亚当斯的教育》一书视野开阔，涉及美国社会的方方面面，批评美国教育的弊端、政府的腐败和党派的争权夺利等。从1900年巴黎博览会写到电和科技时代的到来，作者认为停滞的旧世界即将终结，新的世界展现在人们面前。但他感到科技新时代会带来社会弊病，特别是人性的扭曲和亲情的冷漠。他给现代西方人敲响了警钟。后来，美国工业化和城市化的发展证实了亚当斯的预言。

亚当斯在书中对自传的形式进行了评论，受到有些人的指责，批评他宣判了自传体裁的死刑。但读者对他的《亨利·亚当斯的教育》依然兴趣很浓，称赞他是个高瞻远瞩的史学家。

上述5部自传是学界公认的美国经典之作。至今，它们已被译成几十种语言，多次再版，在世界各国拥有许多读者。它们的社会影响和艺术魅力几乎超过了同期的其他类型的文学作品。

三、两次世界大战之间的“自传热”

从一战前的1900年至二战期间，美国自传文学继续升温，出现了新热潮，主要表现在两大方面：一方面是许多黑人社会活动家和作家继续将自传作为争取身份、人权和平等，反对种族主义的斗争工具，先后涌现了大量黑人自传，如布克·华盛顿的《从奴隶起家》（1901）、克劳德·麦凯的《漫漫离家路》（1937）、兰斯顿·休斯的《大海》（第一卷，1940）、杜波伊斯的《黎明的尘埃》（1940）和左拉·尼勒·赫斯顿的《路上的尘埃》（1942）等。他们继承了道格拉斯的传统，对奴隶制和种族歧视问题发出了愤怒的抗议，促进了黑人民众的觉醒，在社会上产生了广泛的影响。各人根据自己不同的经历，倾诉了自己受压迫受歧视的苦衷。有的回顾自己从困境中如何挣扎崛起，改善了自己的社会地位；有的从非洲和美国黑人长期的遭遇出发，叙述自己从生活实践中如何觉醒，积极从切身体会中呼吁黑人内部加强团结，努力学习，一致对外，为共同的利益而并肩战斗。黑人传记的繁荣反映了20世纪30年代大萧条时期美国黑人民众处境的艰难和思想的觉醒，进一步发展了20年代“新黑人”哈莱姆文艺复兴运动的成果。自传成了美国黑人抗议和求解放的有力武器，也是他们自我发现和社会批评的重要工具。

另一方面是成名作家中也掀起一股“自传热”，如小说家菲茨杰拉德的自传《崩溃》（1934）、伍尔夫的自传《一部小说的故事》（1935）、德莱塞的《一个40岁的旅行者》（1913）、《山地人的假日》（1916）和《关于我自己的书》（1922）。1931年，德莱塞将自己的3本自传重新整理为《报人岁月》和《黎明》，并于同年出版。他这两本自传没有重点描述自己的毕生经历，而是按不同时期，主要讲述他对某方面的感受、他的读书心得、哲学观的嬗变以及某部小说创作过程中的苦和乐。总的来说，它们打破了按时间顺序叙述的框框，各部分之间有着松散的联系。因此，可以说，这又是自传写作的一种创新。

这种创新在女作家格特鲁德·斯坦因的《艾丽丝·B. 托克拉斯自传》（1933）里表现得更突出。斯坦因借用了她的终身女伴艾丽丝·B. 托克拉斯的真名实姓，描述了她本人旅居巴黎风风雨雨30年的不平凡经历。书名是《艾丽丝·B. 托克拉斯的自传》，实际上完全是斯坦因的自传。她采用第三人称叙事，将自传与传记创造性地相组合，使她的自传既有传记的完整性，又不乏自传的文化内涵，令读者感到真实可信。

斯坦因博采众长，大胆革新，让她的自传披上现代主义色彩。她从语言学、文学和心理学的高度否定了西方文明各种传统，汲取先锋派的艺术，采用奇特的叙事策略，随意颠倒时间顺序，运用词语的重复、亦真亦幻的景物描写、拼贴式的画面和音乐性的话语等，令人耳目一新，甚至头昏眼花。她早年移居巴黎，钟爱现代派绘画，身处当时现代主义运动的中心。她家的文艺沙龙成了毕加索、庞德和海明威等“迷惘的一代”青年作家探讨现代派文艺创新的聚会地。她的崭新艺术手法已大大地超出一般自传作品的范围。《艾丽丝·B. 托克拉斯自传》成了她的代表作，也成为美国现代派小说的奠基之作。斯坦因被誉为将美国自传文学纳入现代派思潮的一位“女怪杰”。

四、20世纪五六十年代美国自传的新变化

二战后，美国进入了重建时期，科技有了新发展，经济逐渐复苏。不久进入了冷战时代，东西方关系日趋紧张。20世纪50年代的朝鲜战争、麦卡锡主义的横行和对文艺科学界人士的迫害，使美国社会人心动荡。60年代的越南战争加剧了社会动荡和民众的不安。民权运动、女权运动和黑人运动使美国进入多事之秋。反对越南战争的浪潮席卷了每个角落。美国文学走进了死胡同，嬉皮士反文化运动应运而生。许多作家开始了新的探索，力图走出写作困境，促进文学的新发展。

自传文学仍保持发展势头。黑人自传历久不衰。詹姆斯·鲍德恩的《一个土生子札记》（1955）展现了作者少年时代在纽约哈莱姆贫民窟的凄凉生活图景。丧父之痛和艰辛的生活逼使他逃往巴黎和瑞士，后来，他刻苦自学，苦练写作，终于找到自我价值，幸运地走出困境。黑人穆斯林领袖马尔科姆·X的《马尔科姆·X自传》（1964）披露的个人隐私不多，主要锋芒直接指向美国现实社会中白人对黑人的歧视和迫害。作者公开驳斥了白人报刊对他的种种攻击，努力捍卫黑人的合法权利。马尔科姆·X是个牧师，能言善辩，非常活跃，毕生为黑人事业战斗不息，痛斥种族主义的祸害。1965年2月，他被白人种族主义者暗杀，还不满40岁。他这部自传由他亲自口授，请亚列克斯·哈里执笔，再由他亲自修改和注释定稿。这是他们两人合作的产物。但全书完全体现了马尔科姆·X的思想观点。这又是美国自传的一种新形式。

自传体裁一直受到成名作家的重视。1964年，海明威的遗作《流动的盛宴》问世。此书是作者1921—1926年在巴黎生活的回忆录，揭示他在那里苦练“每个真实的陈述句”，历经6年的磨炼，从文坛崛起的不平常经历。那是他一生中最难忘的时光，值得永恒记忆。

随着后现代派小说的出现，许多作家将自己的经历融入小说，使真实与虚构相结合，受到读者的欢迎。诺曼·梅勒的《夜间行军》（1968）描述了他亲身参加1967年向华盛顿五角大楼和平示威游行的经历和感触。他被捕入狱并遭罚款。作品的副标题是“作为小说的历史与作为历史的小说”。主人公就是梅勒自

己。他用第三人称来叙述真实的历史事件。他那正义的激情深深地打动了读者。

20 世纪 50 年代冷战时期，有些作家开始从家庭内部探寻自我身份的来源。有些自传发现：身份不是来自外部压力或历史权力，而是从家庭内部的权力产生的。玛丽·麦克卡思的《一个天主教少年时代回忆录》（从 1946—1957 年在《纽约客》杂志连载）描述她 6 岁时失去双亲，和两个兄弟被送去亲戚家寄养，受到不公正的对待。她过着灰姑娘般的生活。后来她立志打拼，终于成了作家。玛丽公开披露了自家的隐私，揭开了她祖母冷漠的面目。玛丽的回忆录开创了美国自传"全说出来"体裁的新风。

到了 20 世纪 60 年代，这种"全说出我家如何造就我"的自传进一步有力地形成了自我身份。罗仁·艾斯利的《想不到的宇宙》（1969）是一部自传式的散文之作。他认为他对世界的看法源自他母亲。他是个人类学家。他感到人们往往认为他们的生活受到善与恶双重力量的制约，其实人类的生活仅仅是一种建构。他以为"我们的身份是个梦"。

动荡的年代使各种怪物浮上水面。吸毒、同性恋成了一时风尚。一些描述吸毒体验和被传染艾滋病的自传纷纷出笼，吸引了读者的目光。最出名的自传也许是汤姆的《电镇静酸试验》（1968）。它表现了吸毒试验造成的内心变态和对时代吸毒热的思考。另一部很畅销的是卡洛斯·卡斯登尼达的《唐·璜的教诲》（1968）。作者是一位南加州大学人类学研究生。他将美国西南部印第安人用的草药知识与他的亚茨老师唐·璜的智慧结合起来，探索人的内心情绪。

当时，有人提出的口号是"收听音乐，转向吸毒，逃离现存文化"。吸毒自传或回忆录在 20 世纪 60 年代出现后一直延伸到 70 年代。作者那些内心的经历促进了心理自我的形成，对美国青年读者产生了巨大的影响。

五、20 世纪 70 年代以来美国自传的新繁荣

越南战争结束后，美国进入了相对稳定的时期。但 20 世纪 60 年代的余波未尽，反映艾滋病、癌症等疾病的回忆录或自传，记录精神压抑甚至发疯的自传和回忆录陆续问世，到了 90 年代竟成热潮。

1961 年，美国小说走出了困境，进入了后现代主义的新阶段。到了 70 年代

有了进一步发展。许多作家尝试将自传或传记融入小说创作，取得了良好的效果。著名的犹太作家辛格的小说《萨莎》（1978）引入了他个人的自传史料。罗伯特·库弗的《公众的怒火》（1977）则将前总统尼克松青少年时代的真实经历与虚构的故事相结合，提示了青年科学家卢森堡夫妇被判死刑的荒谬和不公正。诺曼·梅勒在《刽子手之歌》（1979）前半部里，主人公吉尔摩的生活经历都是真人真事。这种不同体裁的相互渗透成了美国文学的一大特色。

自传一直受到社会和个人行为准则的挑战。随着女权主义运动的深入，女作家对自传的兴趣更大。她们往往将自传作为一种自我界定或保护自我的手段。如女作家欧茨在《我想告诉你》中为自己申辩，驳斥了关于她与母亲不和的流言，维护了她一家的声誉。黑人女作家玛雅·安吉洛则以自传为基础，创作了热情洋溢的诗歌《我知道笼中鸟为何歌唱》（1970）等，受到读者的热烈欢迎。

尽管美国文学遇到社会的严重挑战，自传仍受到各界的欢迎。许多政界要人纷纷涉足自传写作。前总统尼克松 1978 年发表了《尼克松回忆录》。他在水门事件后告别了白宫，一度陷入信誉的低谷。他及时调整了心态，写了回忆录，以新的形象再次获得政界同仁和广大民众的尊敬和信任。莫妮卡·克罗利的《冬天里的尼克松》（1997）记录了尼克松退出政坛后的最后岁月。它也为塑造“新尼克松”形象起了重要作用。此外，前总统里根、前总统布什的夫人芭芭拉、前国务卿基辛格博士、前总统克林顿等都出版了他们的回忆录。他们想回顾历史，界定自我，留给子孙后代和广大读者去评说。此外，许多歌星、影星、体坛明星、大企业家和律师也纷纷出版自传或回忆录，诉说自己的成才和成名秘密，给后人提供警示和启迪。

20 世纪 80 年代，有些作家通过描述患病的感受揭示内心冲动的自我。保尔·蒙纳特的《借来的时间：一个艾滋病人回忆录》（1988），将艾滋病当作一个长期抗争的战场。同性恋者一旦染上艾滋病就等于踏上不归路。早期的艾滋病人失了业，被亲友抛弃，变得孤独、异化、日益颓废、变态，最后死去。

21 世纪以来，身患艾滋病之类的回忆录日益减少，由于各种原因发疯的回忆录却日益增多了，有的还成了名著，如著名作家威廉·斯泰伦的《看得见的黑暗：发疯回忆录》（1990）成为多年的畅销书。作者自述陷入极度忧郁，犹如去自己的地狱走了一遭。他感到那种忧郁有种神秘的痛苦，难以捉摸的自我，夹在智力之间，似乎处于无法表述的边缘。他受到内心痛苦的攻击而造成性格分裂，出现了第二个自我。

与斯泰伦回忆录并列的是安德鲁·索罗蒙的《中午的恶魔：忧郁的地图册》（2001）。作者强调伴随主要忧郁的丧失，在混乱的经历中找不到主要的自我。其他描写身体疾病如忧郁症、躁狂与忧郁失态、精神分裂症等的回忆录层出不穷。主要有：被誉为“一个自我中心主义者的非凡传记”的唐娜·威廉斯的《无人无处》（1992）和《魔术女儿》（1995）、苏珊娜·凯森的《被打扰的姑娘》（1993）、凯特·R.詹米森的《不平静的心》（1995）、劳伦·斯列特的《欢迎到我家乡来》（1996）和《普鲁杰克日记》（1998）等。这些作者力图表现疾病如何侵犯了他/她的心灵天地，痛苦几乎占据了所有空间，唯有自己一片孤岛是自由的。他/她想尽量挣扎逃出困境。这些回忆录从另一个侧面表现了社会动荡和文化冲突给人们带来的困惑和彷徨，值得反思。

多元文化的繁荣促进了自传体裁的发展。20世纪80年代以来，许多作家尝试用新的艺术手法写自传，使自传形式多姿多彩，如詹姆斯·麦克弗森的《上亚特兰大去》（1987）将文本与照片结合起来，通过家人、朋友、住屋和校园等地一组组老照片，回忆自己作为一位名人儿子的自豪和羞愧。时空交错，结构松散，一幅幅拼贴画构成了自传。路易斯·罗德里古兹的《总在跑》（1993）则将对话、议论和叙述混为一体，成了跨体裁的自传。艾里卡·荣格在《害怕50岁》（1994）里以女诗人的笔触谈及年龄越大，犹太味越重，在美国社会里越难立足的经历，充满诗情画意。玛丽·卡尔在《说谎者俱乐部》（1995）里运用了许多惊讶的意象和丰富的口头语，来描述她在东德克萨斯州小镇不幸的童年生活。希尔顿·阿尔斯的《女人们》（1997）则采用视觉形象和心理描写的手法来描述家族和自我的变化。这一切革新和创意，不论是内容还是形式上都反映了美国自传文学的繁荣、发展和潜在的问题。

六、美国自传主题的回归：我是谁

从上面的评述来看，美国自传文学的基调、重点和形式的变化有点令人头昏眼花。近几年来，自传文学的确有了惊人的进展，受欢迎的自传和回忆录很多。美国文学和文化总的来看转向自我反省。许多作者喜欢自我界定。他们总想在现实社会中寻找自己的定位，将自己与由性别和伦理身份所规范的特别社区联系起来。有些人在自传里专注于酗酒、吸毒、同性恋和艾滋病等社会问题。另一些人则在回忆录里自我陶醉，热衷于现实某种思想意识的妙用。

世界的变化使一些美国人感到困惑。20 世纪发生了两次世界大战、纳粹德国对犹太人的大屠杀、原子弹和氢弹的出现、朝鲜战争和越南战争以及 21 世纪初的“9·11”恐怖袭击等等，美国人感到难以理解，似乎知识爆炸了，变成碎片了。美国社会是否还在进步？令人怀疑。

这种到处显露的社会知识碎片化，反映了个人身份的碎片化。美国人心里的忧郁增加了。他们感到科学技术的发展使他们的生活现代化了。在美国，一家一个农场将工作与家庭生活结合在一起，那是许多人所向往的。如今，它们变成离家的各种职业。许多人从事服务性行业，拿不出什么产品告诉子女他们在忙什么。特别是当今美国国内社会问题成堆，失业率居高不下，人们看不到未来生活的前景。所以，对美国人来说，个人身份从没像现在这样显得很脆弱。自传里自我陶醉的形象消失，不敢充分揭示他究竟是谁。但问题并未解决。

21 世纪的美国传记反映了一个混乱的世界，记录了国家的分裂和自我身份的分裂。人们意识到官方媒体提供的信息并非完全可信。老百姓常受愚弄。当代许多回忆录记录了作者对社会现实和个人身份稳定性的怀疑。如何消除这些怀疑，目前仍找不到答案。

美国自传文学往何处去？没有人能回答。有的美国学者说，他们只能说，现在他们在哪里，至于今后怎么样，谁也说不清。

美国人的身份，曾经明确地区别于欧洲人的身份和印第安人本土人的身份。今天，它的核心破碎了。当代美国自传主题回归了：又回到了最初的问题：我是谁？我为什么在这里？

这个问题有深刻的社会原因和历史根源，很值得进一步探讨。

参考文献

[1] Parini, Jay. *The Oxford Encyclopedia of American Literature*, Vol. I. 上海外语教育出版社，2011.

[2] Parini, Jay. *The Norton Book of American Autobiography*. W. W. Norton & Company, 1999.

[3] 杨仁敬、杨凌雁,《美国文学简史》,上海外语教育出版社,2008 年。

(原载《美国文学研究》第 6 辑,山东大学出版社,2012 年 12 月)

美国的图书市场与作家的生存空间

迈阿密，美国东南部的海上明珠，风景秀丽，游人如织。离海滩不远处，有个标牌醒目的书店。店里20多人正在倾听一位年轻人朗读他的小说。他叫马克·理查，现年37岁。这是他南方四城市之行的又一站。几年前，他出版了一个短篇小说集，得过海明威小说奖。如今，他的长篇小说《钓鱼的男孩》问世了。他不能坐等成名呀！他决定从纽约驱车南下，推销自己的新作。他已经跑了28家书店，为读者朗读他的小说，并签名留念。他还给各大报刊和电视台写信或打电话，请他们捧场。每到一处，他便在朋友家宴请当地的书评家。经过两个多月的奔波，他的小说第一版3 000册告罄了！总算没白费力气。

这是一个美国作家新生活的写照。

今天，美国作家为了拓展生存空间，纷纷走出象牙之塔，深入市场推销自己。著名作家菲力普·罗思说：读者中喜爱严肃文学的不多，图书市场有限。一部长篇小说，能卖掉10 000—15 000册是个大成功。纵观美国文学史，有的人靠一本书一鸣惊人，名垂青史，但为数不多。大部分作家都是一本书一本书勤奋写作，在读者中一步步建立声誉。

美国的图书市场是社会万花筒的剪影。随着工业技术的发展，电视网遍及全国，每天24小时都可收看电视，但许多人文化水准较高，业余仍爱看书买书。图书市场不断发展，全国有连锁书店12 853家，独立零售书店16 765家。10年来，美国出版的新书约45 000种，其中10%是小说（包括惊险小说、神秘小说、军事小说、浪漫小说等）。但也有不少新的情况：（1）严肃文学作品的销售量下降；（2）独立零售书店地位不稳定；（3）畅销小说不一定适合改编为电影电视；（4）资产雄厚的财团购买电影公司和出版社，出版图书成了跨行业的商业行为，小说日益成为电影电视的“软件”。

美国的读者中占大多数的是中产阶级，尤其是有一定文化的家庭主妇。他们喜欢好看易懂的小说。这是19世纪以来的传统习惯，至今变化不大。出版社为了适应市场需要，相应地调整出版计划。传统的做法是先决定出哪些书，再考虑销售的问题，现在则取决于市场条件。老板考虑的是商业利润，编辑受到的压力不小。编辑与出版商旧的合作方式正逐渐消失，如今更看重效益。当然信誉也有市场价值。不管销量如何，名作家的书还是值得出的。据说，70%的编辑认为作家的声誉很重要，是能否出书的决定性因素。对编辑本人来说，有文学成就的作家对他具有个人的价值和职业的价值，比如节省阅稿时间，少费心思去想销售问题，职业上有利于维系与作家的关系。事实上，许多作者也乐于与出过名家作品的出版社打交道。

随着电脑技术的广泛应用，出书的成本比以前降低了。以前印刷成本高，一本书能否赚钱没把握，只能靠几本畅销书的大量发行，来弥补其他书的亏损。出版商的风险较大。现在电脑排印，成本降低了，但不容易找到好作品，而且有的作家自己成了出版商，减少了原有出版商生意。后来，他们用电脑排印了大量大、中、小学教材和必读参考书，供应量相对有了保障，亏损的风险就小一些。

出版社如何选择来稿？从编辑个人来说，这是个难题。有个书商说，他们每年收到1 000多种来稿，选用出版的仅3—4种。朱迪茨·格斯特的长篇小说《普通人》（1976）首先投给海盗出版社，被一位青年助理编辑从一大堆来稿中拣出来，结果出版后成了畅销书，改编成同名电影又获奥斯卡奖，红极一时。当时这家出版社每周收到约50部来稿，一年24 000部，《普通人》是他们10年中从来稿中选用的第一部小说，平均采用率为26 000∶1；《纽约时报书评》指出，采用率总的来看是30 000∶1，大部分长篇小说都是从文稿堆中拣出来的。所以，小说被选中，极不容易。这取决于编辑的口味。一般编辑大都是白人，文化素养平平，他们密切注意市场动态，因此常去看电影，看体育比赛，了解各种行情，注意读者兴趣的变化。有的说，要出“高质量”的书，不考虑利润问题，甚至说高质量的作家，没有不出的书；事实上，他们考虑的还是商业利润。长篇小说往往赔本，只能靠畅销获利的书来弥补。有的编辑不了解大部分图书的主要读者是谁，也没去研究，只好盲目地请读者评选，以决定一部书的优劣。有的说，小说不同于牙膏，品牌多，人们各有所好，小说千差万别，怎么选定？所以，像《普通人》的作者算是碰上好运气，从乱稿堆中给挑上了，其他没被选中的作者只好自认倒霉。如果出过一本书，还要更上一层楼，就得靠自己推销了。本文开头介绍的马克先生在书店里念小说就是一例。

出版与发行是一个问题的两方面。美国国土辽阔，人口分散，运费昂贵，历来缺少一个完善的发行制度。这是图书市场发展的主要障碍。有的学者指出：缺少全国性的发行网是20世纪图书发行最大的问题。后来，经过多年的努力，美国图书市场出现了两大变革，出版平装书和成立图书俱乐部。这在20—30年代效益十分明显。以前，书商不能靠传统的销售手段开发全国图书市场。平装书的出版商则利用现行的杂志发行网来解决，在机场、车站、药店、超级市场等地到处卖书，促进了图书的销售。图书俱乐部刚出现时受到书店的反对，双方打官司，闹到50年代才获得解决。1926年成立的“每月图书俱乐部”和1927年建立的“文学会”向作者购买版权，自己出书，并直接将书寄到读者手中，很受欢迎。出版界深受启发，1939年平装图书出版社应运而生，1945年又出现了袖珍图书出版社。当时在全国图书市场上颇引人注目。二战期间成立的“战时图书委员会”仅在军队中和海外各地就发行了平装书1 200万册。这两大变革的成功大大扩展了图书市场，成了图书商业化的重要标志。

60年代以来，出版商对平装书大量投资，使平装书发行量激增。精装本和平装本的版权分开，出版社可向作者购买平装本版权，因此，提高了版权的重要性。随着新闻传播媒介的飞速发展，出现了“版权转让权”，或“副版权”。作者或出版商可将版权转卖给电影公司、汗衫公司、玩具公司、图书俱乐部、外国出版社和平装书重印公司等。这为图书市场开拓了更广阔的空间。以前，每本书的利润仅取决于卖给读者的册数。现在，一本书的销售价值则依赖于市场上多种渠道的协作关系。一本畅销书，可改编成电影或电视，其主人公受观众欢迎，汗衫公司或玩具公司就购买版权将人物形象印在汗衫上，或少年儿童玩具上，或做成工艺品雕像出售等等，结果造成了本末倒置的情况：卖给读者个人的书占了次要地位，犹如一场体育比赛，门票收入比不上卖给电视台的转播权。图书成了今日电影电视媒介的“软件”。美国电影，每年有三分之一是用小说改编的。有人感慨地说：小说是否适合传播媒介的需要，不但决定它能否出版，而且决定能否受读者欢迎。

转让权的建立促使一些跨行业的联合大企业出现。许多大财团大公司纷纷涉足出版界和电影电视界。比如：西方海湾公司，原先只生产汽车零件，现在拥有派拉蒙电影公司和西蒙·苏斯特平装书出版公司；华纳传播公司原先只生产录音带和录像带，现在拥有居全国第三位的有线电视网和华纳图书公司；环球电影公司的老板 MCA，目前拥有精装书出版社和伯克利平装书出版社。据统计，全国 50%的畅销书是 5 家出版社出版的，而 9 家出版社占全国图书销售额一半以上。

零售书店也成为图书市场的另一支重要力量。它包括大财团拥有的连锁书店和地方或个人开的零售书店。如 Kmart 财团所拥有的达特伦和华顿书店，分设市区书店和郊区书店。遍布全国各个角落。个人开设的独立零售书店资金不厚，但土生土长，当地读者多，占有优势，这类书店几乎无处不在。连锁店 90%设在市郊商场、超级市场、药店等，直接为大量读者服务，其影响不亚于实力雄厚的大联合企业。但也有人抱怨：超级市场卖书降低了图书的品位，造成质量下降；有的则不同意这种看法，因为小说仍是最受欢迎的图书，销路好，能够促使更多的小说问世。

尽管图书市场日益扩大，美国作家的生存空间仍然有限。大多数作家不能靠写作的收入来维持生活。这是 200 年来一直没有改变的情况。据 1986 年调查，在 2 200 名作家中，50%的作家年收入（包括版权、电影电视转让权、报刊稿酬）低于 5 000 美元。25%的作家当年收入不足 1 000 元，仅 10%的名作家年收入达 45 000 美元以上。近半数作家另谋职业。他们中 36%在大专院校任教；20%当医生、律师；11%当编辑、出版商；专业作家中等收入仅 7 500 美元，平均每小时不足 50 美分。小说作家收入最高，约为非小说作家收入的 3 倍。男女作家的收入也不同。男作家平均收入比女作家高 20%。难怪有三分之一以上的作家在大学里当教师：如去年诺贝尔文学奖得主托妮·莫里森在普林斯顿大学；

女诗人万德拉在哈佛大学；麦克西姆·洪·金斯顿在伯克利加州大学；罗伯特·库弗在布朗大学。已故小说家马拉默德生前在纽约市立大学、哈佛大学、弗蒙德学院都教过书，同时埋头写作。

为什么那么多作家到大学里教书？另一位诺贝尔文学奖得主索尔·贝娄说，因为作家没有自己的立足之地。他们就职于文化机构，如新闻杂志社或出版社、文化基金会、广告公司或电视网，他们也教书。美国目前只剩下几家文学杂志。全国性的大杂志不登小说。他们的编者只想讨论最有意义的国际问题或国内问题，或集中于与文化有关的问题。所谓“有关”，他们指的是政治问题。他们认为人类所面临的真正问题是商业问题和政治问题，如能源、战争、种族、环境、中东危机……我们的知识界完全政治化了，他们对文学没多大兴趣。

诚然，作家到大学任教，对于大学教育很有好处。美国各大学在19世纪是不开现代文学课的。20世纪30年代，诗人艾略特、庞德、吉慈、小说家乔伊斯已相当出名，但至1933年哈佛大学英文系仍不开现代文学的课程。如果学生提起上述几位名作家，教授就发火，甚至叫学生离开教室。第二次世界大战后，这种情况才开始改变。严肃文学成了研究课题，当代文学被正式纳入教学计划。大学成了一种普及性的教育，它可以陶冶学生的情操和心灵，增长科技文化专业知识。教师也成了社会上最受尊重的职业。作家走进大学课堂，讲创作，谈文学，有助于培养青年学生对文学的兴趣，同时加深他们对严肃文学与通俗文学的认识，扩大古典文学作品的影响。因此，有人说，课堂成了有市场价值的地方，促进了文学作品的大量发行。一般文学课都以阅读原著为基础，有时一门课的书单，一学期就有许多本，必读的文学原著学校无法出借，学生要自己买，人手一册，数量当然不少。

许多名牌大学非常欢迎名作家去任教，认为这是该校的一大荣誉。作家也很愿意去。从一个学期到一年，两年、三年都可以，学校提供住宿和工资。大学生和研究生很尊敬名作家，以能听他们讲课为荣。有时名作家上研究生的课，连青年教师和学校各部门的工作人员也跑去听，教室座位不够，窗台上地板上都坐满了人。听完便是一阵热烈的掌声。许多人走上前去，跟作家握手或请签名留念。

作家到大专院校讲学，促进了学校里的学术气氛。1994年11月，美国全国诗协组织了20位著名诗人和学者到各地巡回朗诵，推销新出版的《美国诗选》，所到之处，无不受到热烈的欢迎。当他们在哈佛大学举行诗歌朗诵晚会时，500人的大教室座无虚席，门口还站着100多名听众，自始至终，气氛异常热烈。还有一次召开自传和传记创作研讨会，主办人特地意请了几位传记作家来谈自己的创作感受，吸引了不少本科生和研究生，虽然一张入场券35美元，仍很快销售一空，全场临时增设了加座。

文学作品在图书市场上的地位，取决于对文学的评价。市场经济决定了文学的品位、文学的状况和文学作品的创作，而文学价值的高低又反过来反映了市场经济的变化。从体裁上来看，小说占优势。今日的美国出版业成了小说的跨国市场和多媒介市场的一部分。它与电影电视甚至非小说媒体如电视新闻进行着激烈的竞争。在这种环境中，小说是最有利的艺术形式。它易于改编为其他媒介的作品。但小说家大部分是男性，而读者中女性占多数。小说的兴起与家庭的发展有关，从19世纪至今，在家里读小说成了中产阶级女读者的爱好和专利。严肃文学常常为了自身的生存而斗争。近几年来，女作家不断崛起，如去年获诺贝尔文学奖的黑人女作家托妮·莫里森和她的长篇小说《最蓝的眼睛》（1970）、《宠儿》（1988）、《爵士乐》（1992）都深受读者欢迎。艾丽丝·沃克继《紫色》之后，只有《我那小精灵的殿堂》（1989）和《拥有快乐的秘密》（1992）等新作出版。另一位黑人女作家玛雅·安吉洛的自传体小说《我知道笼中鸟为何歌唱》（1970）等作品很引人注目。还有邹恩·狄迪恩、安娜·泰勒、伊丽莎白·哈威克和犹太女作家辛西娅·欧芝克等一批女作家，以她们优秀的小说为严肃文学争取了大量读者。男作家怎么办呢？他们用新的视角看待昔日的社会事件，捕捉电子时代给人们带来的心理压力和意识变化，揭示了新的环境下生与死、爱与恨给年轻人和中年人造成的困扰和不安。同时，他们认真吸取通俗文学作品中成熟的技巧，使生活中的真人真事与艺术想象构成相互交叉或平行的故事情节，甚至使现实主义描写科幻小说化，以新奇的夸张和多变的景观将读者引入对现实问题进行自我思索的空间。这些作品起先不易为读者所接受，但很快得到文学评论界的理解和推荐，在读者中引起较大的反响。唐·德里罗、E. L. 多克托罗、罗伯特·库弗、罗伯特·斯通的小说就是很好的证明。至于早已成名的老作家如索尔·贝娄、约翰·厄普代克、威廉·斯泰伦则不断有新作问世。他们仍然拥有数目可观的读者。总之，尽管图书市场日益扩大，通俗小说销售量一直占优势，严肃文学并未轻易失去生存的空间，许多作家勤奋笔耕，为严肃文学的发展贡献自己的力量。

一方面到大学里找个固定职业，同时建立自己创作的小天地；另一方面尽力写出易于改编成电影电视的小说，这也许是当今美国作家拓展生存空间的两手绝招了。各人才华有别，环境不同，这两手绝招能否奏效，目前仍难以预测。但图书市场的激烈竞争还会继续下去，有丰富生活经验的作家并不心慌，他们会迎着风浪，奋然前行，努力拓展读者的范围，使自己的作品流传于后世。

（原载《译林》，1995 年第 1 期；上海《中外书摘》，1995 年第 3 期摘载）

美国文学与美国英语

1930年，美国小说家辛克莱·路易斯荣获诺贝尔文学奖，标志着美国文学走进了世界文学之林。它不再被看成英国文学的一个分支了。瑞典文学院的代表在颁奖词中指出："是的，路易斯是个美国人，他正以代表一亿两千万生灵的新语言——美国英语——来进行写作，他提醒我们说，这个国家尚未臻于完美，尚未融成一炉，它仍然处于动荡不安的青春期……他不仅有坚实的手，而且嘴上带着笑容，心中洋溢着青春之情，他具有一种新移民的风格，新荒地变成良田。他是一位开拓者。"

不难看出，辛克莱·路易斯获奖的原因很多，关键的一条是他用美国英语来进行写作。尽管获奖的评语说，"表彰他描述的刚健有力、栩栩如生和以机智幽默创造新型性格的才能。"但他能做到这样，最重要的是他使用了美国人的"新语言"——美国英语。他善于驾驶这种语言，并塑造了巴比特这个西部小镇新兴商人的形象。正如大家所知道的，文学的第一要素是语言。语言是文学的直接现实。语言在文学作品中是既表达意义，又构成意义的一部分。它是文学文本的基本存在方式，是文学文本的意义系统的组成部分之一。因此，美国英语的形成和作家的接受，对美国文学成为一种独立的文学起了巨大的作用。

其实，在辛克莱·路易斯获奖以前，美国涌现了许多优秀的作家，引起过欧洲各国文艺界的关注。19世纪初期的华盛顿·欧文（1783—1859）曾旅居伦敦17年，他的代表作《见闻札记》中的《瑞普·凡·温克尔》和《睡谷的传说》曾令英国人惊叹：住在美洲新大陆的人英文写得那么好。但欧文作品里的“美国味”太淡，受到诗人爱伦·坡等人的批评。欧文尽管饮誉欧洲，他的作品并不标志着独立的美国文学的诞生。他的文笔带有很浓的英国味。难怪一些英国评论家称欧文是“一个在美国产生的最优秀的英国作家”。

马克·吐温将美国中西部人民的日常用语引入小说，一改英国人矫揉造作的语气。他的《哈克贝利·费恩历险记》等作品获得了巨大的成功，影响了几代美国作家。诚如海明威所说的，全部现代美国文学源自马克·吐温的一本书《哈克贝利·费恩历险记》。其他小说家和诗人爱默生、梭罗、梅尔维尔和惠特曼也竭力倡导用美国人自己的语言写出富有美国乡土气息的作品。像欧文那样，用英国英语写作的时代早已不受欢迎了。新一代作家更钟情于马克·吐温和爱默生的主张，用美国英语表现美国社会生活的变迁。

第一次世界大战前后，美国中西部一大批作家，如辛克莱·路易斯、海明威、安德森、菲茨杰拉德等纷纷成为美国文坛引人注目的新作家。他们继承了马克·吐温的文学传统，将中西部日常生活中的英语写进小说，获得了意外的成功。1930 年，辛克莱·路易斯成了荣获诺贝尔文学奖的第一位美国作家。这是顺理成章的事。

由此可见，美国文学的发展和成熟与美国英语的形成和作家的接受是分不开的。要学习美国文学，必须了解美国英语的特点，否则在具体阅读美国文学作品时会遇到意想不到的困难，面对着一大堆美国俚语不知如何是好。

英国著名的剧作家萧伯纳说：“一种相同的语言将英美两国分开了。”这句话幽默地揭示了英国英语与美国英语的异同。其实，美国英语并不是一种独立的语言，而是英语的一种变体。它源于英国英语，更多地保留了英国伊丽莎白时代的英语。它是在北美洲的历史、社会和文化环境中形成的。在语音、词汇和语法方面与现代英国英语有些差异。它是以美国中西部英语为代表的美国普通英语（General American English）后来成为标准美国英语（Standard American English）的基础。而英国英语则是以伦敦方言为基础的。所以英国读者对现代美国文学的接受经历过一个曲折的过程，出现过一些激烈的争论。比如：辛克莱·路易斯的长篇小说《巴比特》传到伦敦时，某书店老板怕英国人看不懂，便加了 120 多处的注释，后来美国人一看，这些注释大部分都搞错了。到了 20

世纪初，好莱坞电影输入英国。经过十多年的沟通才逐渐扫清英美两国之间的语言障碍。后来，随着无线电广播和电话的发展、新闻媒体和爵士乐的交流，英国英语吸收了越来越多的美国词汇及其新用法。英国人与美国人之间对话时就用不着“翻译”了。

美国文学与美国英语关系这么密不可分，在一部美国文学史里该怎么办呢？

斯皮勒等5位美国教授编写的《美利坚合众国文学史》注意到这个问题。这部权威的专著共12章，在第6章“扩展”一章里有两节专门论述“美国英语”（The American Language）和“语言的混合”（The Mingling of Tongues），共占30页的篇幅。这两节系统地阐述了美国英语的产生和形成过程。编者指出美国西部边界的开发最后决定了美国英语的性质。美国英语的成型经历了一个民主化的过程。独立战争后它往前走了一步，南北战争以后，美国获得了统一。美国英语又进了一大步，讲美国英语的人大量增加了。马克·吐温、爱默生等作家大力倡导建立有自己民族特色的美国文学。到了一战后，美国英语才真正引起语言学界的认同、美国作家和学者的关注。斯皮勒等人认为普通美国英语或西部美国英语比英国或美国的任何一种方言更清楚更有逻辑性。不仅如此，他们还将这两节与“印第安人的遗产”“民间文化”“幽默”“西部编年史和文学拓荒者”等几节结合起来，展示了19世纪末美国文学的新变化。

我觉得斯皮勒等人将美国英语的产生和演变写入《美利坚合众国文学史》，这是值得借鉴的。对于中国读者，尤其是英文专业本科生和研究生来说，想了解美国文学，熟悉美国文学史，就要读点英文原著。要读一本文学原著，首先碰到的就是语言问题。有的博士生反映：美国小说家福克纳的《喧哗与骚动》和塞林格的《麦田里的守望者》比英国小说家狄更斯的《大卫·科伯菲尔》和哈代的《苔丝》难读多了。这里有英美作家不同艺术风格和表现手法的问题，更重要的是语言的问题。所以，如果他们知道美国英语与英国英语的区别，早有思想准备，又善于使用美国英语词典，他们在阅读中遇到的大量美国俚语问题就迎刃而解了。

因此，在为中国读者撰写美国文学史专著时，将美国文学与美国英语结合起来，是十分必要的。我在拙作《20世纪美国文学史》中专门有一节论述“美国英语的形成与作家的接受”（第三章第二节），主要内容包括：（1）一战后不久，批评家门肯发表《美国的语言》，提出美国作家用美国英语搞文学创作的问题，引起了语言学界的热烈讨论和作家的关注。（2）美国英语的形成过程：从1620年9月26日英国“五月花号”将120多名英国清教徒送到美国时到在那里建立殖民地，他们带去了伊丽莎白时代的英语和文化，随后跟当地的印第安人打交道。印第安人没有书面语言，许多口语中的词汇和发音及其用法陆续进入英语。后来，征服美洲的其他非英语文化又影响了美国英语，它从法语、西班牙语和荷兰语以及德语借用了不少词汇。德国在美洲没有殖民地，但出现过3次移民美洲的热潮。（3）英美作家和学者关于美国英语不同看法的交锋以及20世纪20年代英国人对美国英语的接受。（4）一战后，美国中西部涌现了大批新进作家，马克·吐温的文学传统受到了高度重视。美国新一代作家认同了美国英语，在“第二次文艺复兴”中表现了非凡的创造力，写出了许多惊世之作。辛克莱·路易斯脱颖而出，摘取了诺贝尔文学奖的桂冠。美国英语为欧洲各国所接受，终于为美国文学走向世界铺平了道路。

文学作品是语言的艺术。作家的成功与他们独特的语言风格是分不开的。因此，除了上述专节论述以外，在评介作家与作品时，我总是把他们的语言风格的特色作为一个重要的内容。从辛克莱·路易斯、尤金·奥尼尔、赛珍珠、T. S. 艾略特、福克纳、海明威、斯坦贝克、索尔·贝娄、辛格、莫里森等诺贝尔文学奖得主到其他的名作家如德莱塞、杰克·伦敦、多斯·帕索斯、塞林格、艾丽丝·沃克以及后现代派作家，语言风格的分析都占有一定的篇幅。我想这对我国读者学习和欣赏美国文学会更有帮助。

（原载《中华读书报》，2002年10月9日）

美国文学与美国文论

写一部美国文学史，要不要包括美国文论？怎样包括？这是20世纪80年代以来有关学者郑重思考的一个问题。

以前，在一些英美学者撰写的英国文学史或美国文学史里，文学与文论是分开的。文学理论或文学批评是为文学创作服务的，往往被用来评介作家和作品，开导读者。但学者并没有忽视文论，通常在阐释作家时附带评一评他们的文学论著，如雪莱的《诗辩》、华兹华斯的《抒情歌谣集序》、詹姆斯的《小说的艺术》等等。

19世纪60年代，英国诗人和批评家马修·阿诺德发表了《批评论文集》（第一卷，1865，第二卷，1888）。第一卷的开篇《现代批评的任务》成了一篇纲领性的文献。阿诺德提出：文学批评应该跟文学创作一样，成为一门独立的学科，而不是从属于文学创作。批评家要反映时代的声音，做时代的预言家。阿诺德的真知灼见受到文学大师托尔斯泰等人的赞扬，在欧美文坛产生了划时代的影响。他后来被誉为20世纪西方文学批评的奠基人。

到了20世纪20年代，英美文学批评有了长足的发展。艾略特、理查兹、燕卜荪和利维斯等人做了可贵的探索，以自己的论著丰富了文学批评，在二三十年代英美“新批评派”的形成中发挥了关键作用。文学批评成了一门专门的学科，获得学术界的认可和接受。1956年，诗人和批评家艾略特说，“过去的30年，我认为，乃英美两国文学批评的一个光辉灿烂的时期。”后来“新批评派”

由盛而衰，又出现了结构主义批评、原型批评、心理分析批评，解构主义批评、女权主义批评和新历史主义批评等。文学批评流派纷呈，名家辈出，蓬勃发展，影响遍及全球。因此，有人称，20 世纪是欧美的“文学批评的世纪”。

科学技术的发展给社会生活带来了深刻的变化。文学批评地位的提高，引起了中外学者的关注。他们纷纷将英美文论纳入英国文学史或美国文学史。我国的情况也一样。王佐良、周珏良主编的《英国二十世纪文学史》（1994）就有两章专述英国文论：第 8 章“现代主义：理论”和第 18 章“新左派：理论与创作”。王佐良先生在“序”中说：“我们生活在一个阐释学、女权主义、精神分析、新历史主义、接受论、解构论等等流行的时代里，搞的又是西方文学。不可能不觉察到它们。”同时，他强调指出：“有不少流行理论是我们所不了解的，不必匆匆忙忙去联系；有的略有了解，要拿马克思主义去分辨有用与否，做此取舍。”

美国许多学者认同了文学批评的地位和作用的变化，将它纳入他们编写的文学史，但在具体操作上则有较大的不同。斯皮勒等 5 位教授的《美利坚合众国文学史》1946 年问世。该书有两节专述美国文论。第 68 节“书籍之战”评介批评家范·威克·布鲁克斯、欧文·巴比特、门肯、帕宁顿和斯宾格恩等人及其论著和 1930 年以前批评界的情况，指出他们受马修·阿诺德的影响，重视艺术和生活的关系，重估传统的价值观，但两大任务尚未开始：（1）重新阐释美国的文化传统；（2）开拓一种文学批评系统。第 80 节“批评的总结”里评述了 30 年代几种文学理论的激烈争论。斯皮勒等人对南方《逃亡者》兰色姆、布鲁克斯和塔特等新批评派的理论不理解。他们同时呼吁“寻求统一的文学观的共识，坚持和保持文学的主要的完整性。”

这种观点受到伯柯维奇主编的《剑桥美国文学史》（1996）的直率的批评。该书第 8 卷第二部分“1940 年以来的文学批评”详尽地评析各种文学批评流派产生的背景、它们的代表人物及其论著、政治与文学批评、文学批评的出现及其学术化、新批评的全国化、女权主义批评的多元化、性别研究、后结构主义、心理分析批评等。这是迄今为止各种不同版本的美国文学史中对文学批评分析最详尽、最集中、篇幅最长的一部专著。有趣的是书中专门有一节将此书与《美利坚合众国文学史》进行了比较。撰稿人卡顿和格拉夫严肃地批评斯皮勒等人片面强调美国文学的整体性和系统性，力图避开分歧，并指出他们一方面承认当时文学批评“日益强大，已变成一门学科”，另一方面又将不同学派的争论当成美国批评界的“宗派主义”，幻想建立一个照顾到各派利益的统一的批评理论系统。这显然是不可能的。

埃默里·埃利奥特主编的《哥伦比亚美国文学史》（1988）第四部分第四节文学批评详细回顾了1910—1945年新批评派出现前后批评界的状况，评述门肯、巴比特、帕宁顿等人和弗洛伊德心理分析和马克思主义的影响，但对60—80年代的文学批评的发展却留下了空白。有趣的是在全书最后一节“新先锋派和实验派的创作”里，撰稿人在评析这两派诗人和小说家时引用了著名批评家詹姆逊、桑塔格、克里斯蒂娃、罗兰·巴特和德里达等人的话，最后自信地指出：美国形成了“文学之外”的文学，文学研究的方法要“强有力地向广阔的文化领域推进”。在他们看来，各种不同流派的文学批评和创作也许将走向“多元文化主义”。

事实上，美国文学批评不仅作为一种艺术形式或一种文学体裁走进了美国文学史，而且受到社会各界的重视，深入到社会文化生活中去。马斯·麦克拉弗林在他与著名批评家兰特里基亚合著的《文学研究批评术语》（1990）的序言里指出：“文学理论已走出学院，成为大众文化的一部分。”美国《新闻周刊》经常使用“解构”（deconstruct）一词。英国一个流行通俗歌曲组合用“快乐音乐”（Jouissance Music）为题推出了一些抒情歌曲。其实，“Jouissance”一词是法国批评家罗兰·巴特用来描写阅读的乐趣的。麦克拉弗林还听到一位美国教练说过，他的球队学会了“解构防区”。这说明当代文论的术语已渗透到人们的日常生活，告诉人们文学话语和文化话语怎么进行。由此可见，文论像潮水般地涌入现实生活，学英美文学的大学生和研究生不能不面对它。

作为一部面向中国读者的专著，拙作《20世纪美国文学史》力图反映上述的新变化，将文学批评作为美国文学史重要的组成部分。全书63万字，文学批评占10余万字，约1/6。每章里都有少则1节，多则3节的篇幅评述文学批评家及其论著和主要批评流派。为了帮助读者了解美国文学批评的来龙去脉，第一章第七节论及美国作家对文论的初探；第二章第八节阐述20世纪初的文论。第三章有两节评述左翼文学批评与文化历史批评和新批评派的登台；第四章也有两节专论“新批评派的鼎盛和衰落、芝加哥学派和纽约批评家”；第五章则有3节论述女权主义批评、结构主义与解构主义批评。这样设置比较系统地展示了美国20世纪文学批评，从萌芽、成长到繁荣并在世界文学中产生广泛影响的历史风貌。我觉得将文学批评分散到各章去，有助于结合不同历史时期的文学创作来进行评析，相互印照，加深理解，同时也能促进对小说的解读，如莫里森的《最蓝的眼睛》与读者接受论，里德的《芒博琼博》与结构主义等。不难看出，文学批评不仅与其他文学体裁同步发展，而且批评家有时以其理论的前瞻性走在小说家和诗人前面，发挥了可贵的导向作用。

（原载《中华读书报》，2003年1月8日）

美国文学史与中国读者

中国学者写美国文学史，这是改革开放以来的新鲜事。1978 年，董衡巽等 4 位研究员合著的《美国文学简史》问世，不久即风行全国。之后陆续出现了常耀信的《美国文学简史》（英文版，1990）等几部美国文学断代史、诗歌史、小说史和文论史。刘海平、王守仁主编的四卷本《新编美国文学史》已经脱稿。张冲著的第一卷已于 2000 年出版。与此同时，朱通伯等人翻译的埃利奥特主编的《哥伦比亚美国文学史》（1988）也于 1994 年与读者见面。哈佛大学伯柯维奇主编的八卷本《剑桥美国文学史》正由中央编译出版社组织翻译，不久将陆续问世。1999 年底，本人撰写的《20 世纪美国文学史》由青岛出版社正式出版。回想完成这部 63 万多言专著的艰辛，我感触良多。现在想谈谈自己的感受，就教于读者。

写一部美国文学史或断代史，我觉得动笔前不能不面对的问题是：六大关系如何把握？哪六大关系呢？首先是美国文学史与中国读者的关系；其次是美国文学史与美国历史的关系；其三是美国文学与美国文论的关系；其四是美国文学与文学知识的关系；其五是美国严肃文学与美国通俗文学的关系；其六是美国文学与美国英语的关系。我感到，如果能处理好这六大关系，写出来的美国文学史或断代史就会有自己的特色。下面先谈谈美国文学史与中国读者的关系。这涉及写作的对象和指导思想。它是写好美国文学史最基本的原则。

英国著名学者乔治·萨姆孙说：“文学本身成了专家们的天地，但他们的文学研究，如果不为普通读者的文学欣赏服务，他们的劳动将是徒劳无益的。”中国学者写美国文学史，当然是给中国读者看的，为他们的文学欣赏服务的。这与美国专家写的美国文学史的对象和目的显然是不同的。中国读者想怎样了解美国文学的发展和变化？我国的国情有什么特点？这些都是我们动笔前不能不慎重考虑的问题。

本国人写外国文学史，早有先例。法国有，美国有，我国也有。法国学者勒古伊（Emile Legouis）和卡扎米恩（Louis Cazamian）合著的《英国文学史》（*Histoire de la Litterature Anglaise*，1924）原先是为法国高等院校大学生写的，用了几年，反响很好，后来译成英文，传入英美不少大学，深受英美师生们的欢迎。1934 年，牛津大学出版社翻译出版了它的节写本《英国文学简史》（*A Short History of English Literature*），销路极好，连续再版了 9 次，一直热销到 20 世纪 50 年代后期，成了世界上影响最大的一本英国文学史。勒古伊在英译本前言中说：他并不想隐瞒自己外国人的身份，也不认为外国人就没有资格写英国文学史。这对英国学生倒是个鼓舞，使他们及早知道：他们对英国自己的作家感到自豪，它获得了毕生献身于英国文学研究的外国批评家的肯定，同时也帮助他们了解不同语言的读者，可以跟他们一道热爱和赞美英国文学大师的精神——他们使英国文学享誉全世界。

美国学者与英国学者关系密切。许多美国大学采用英国学者编写的《英国文学史》当教材。但休斯顿大学的美国教授马丁·戴伊（Matin Day）自己写了一部 3 卷本的英国文学史（*History of English Literature*，1964），被美国一些大学选为教材，颇受欢迎，至今仍不断再版。英国人写英国文学史，具有得天独厚的优势，但他们写的书是否适合法国和美国大学生的需要，那就不一定。应该说法国学者更熟识法国大学生的特点，美国学者对他们的大学生的情况更了如指掌。因此，他们三国学者写的英国文学史，在体例上、评述上、资料上和文字上各有特色，各有侧重。法国人重视历史与文化，讲究逻辑，行文平易简练，通俗易懂，喜欢图文并茂。美国人则注重点面结合，精细结合，纵横结合，突出重点，弄清细节。有的作家仅介绍一部作品或一首诗，但讲得细，文字平白好懂。

由此可见，不同国家的学者根据本国的需要，撰写英国文学史，这是很自然的，也是很必要的。这样，一部英国文学史就会出现多种不同的版本，读者可听到不同的声音，它有助于学术的发展和国际交流。

像法国学者和美国学者一样，中国学者撰写外国文学史，一般也是给中国高等院校大学生读的。有的作为大专院校的教材或主要参考书，有的为相当于大学程度的社会青年提供指导。近 20 多年来，中美文化交流迅速发展，许多美国文学名著都已译成中文，受到青年学生的青睐。他们需要一本中国学者写的美国文学史为他们指点迷津，了解美国文学发展的脉络和中美两国文学和文化的关联和互动。因此，写美国文学史，要从我国国情出发，面向中国读者，体现我国学者的独特视角。

这是个十分艰巨的重任。要承担如此重任，我认为应重视以下两方面：

首先，认真学习和总结我国老一辈学者撰写外国文学史的宝贵经验。由于众所周知的原因，在改革开放以前，我国高等院校很少开设美国文学课，而英国文学选读或文学史课则是教学大纲所规定的必修课，从 20 世纪 50 年代至今一直在开设。因此，我国老一辈学者没有机会撰写美国文学史，而英国文学史则出版了好几部。比如：范存忠著《英国文学史提纲》（英文版，1983）、陈嘉著《英国文学史》（英文版，4 卷本，1982—1986）、王佐良著《英国文学史》(1996)。这 3 部巨著都给我们提供了有益的启迪。范存忠先生从欧洲文学的大格局来审视英国文学，重视历史、社会和作家的关系，将英国文学的发展与英语的变化密切联系起来，突出作家的语言风格，注意基本概念的释义，实事求是地评价作品的主题和作家的倾向，坚持唯物辩证法。陈嘉先生则从历史大背景来考察英国文学的发展，重点论述大作家，兼顾一般作家，注意同一时期各种文学体裁的相互影响，给予民间文学一定的地位，并关注英国作家在中国的接受。他以学者的胆识，给予湖畔派诗人华兹华斯、现代派作家乔伊斯和艾略特应有的地位，摆脱了苏联学者教条主义的影响。

王佐良先生在《英国二十世纪文学史》（1994）的“序”中提出建立具有中国特色的外国文学史的模式的五条原则：（1）历史唯物主义观点；（2）叙述体；（3）生动具体，有文采；（4）准确无误，符合历史事实和真相；（5）文笔简练。李赋宁先生正确地指出：这几条原则“对我们今后编写外国文学史具有可贵的参考价值”。

因此，认真总结和吸取上述几位老前辈学者撰写英国文学史的经验，对于写好美国文学史或断代史是至关重要的。一个人独立完成也好，多人合作来写也好，如果能从历史发展的高度，审视自己的重任，博采众长，自成一格，写出来的美国文学史或断代史就会有较高的质量。

其次，关注美国学术界有关美国文学史的新理论和新成果，吸取对我们有益的好经验。美国最有影响的3部美国文学史是：斯皮勒主编的《美利坚合众国文学史》（1946，1947，1948，1953，1963，1968）、埃利奥特主编的《哥伦比亚美国文学史》（1988）和伯柯维奇主编的《美国文学史》（1996，共8卷，尚未出齐）。斯皮勒将文学史当成一个独立的学术领域，阐述作品与作家生活的联系及其被社会接受的过程，文学、文化与社会的关联，选定了经典的名作家及其代表作。他认为美国每一代人必须用自己的术语来解读过去，至少写出一部美国文学史；20世纪应该建立自己文学评论的标准，学者应该使他们的知识对人类更实用更有意义。埃利奥特的《哥伦比亚美国文学史》是在20世纪60年代以来欧美文论新发展的情况下，在“重写文学史”的思潮推动下，按照“性别、种族、阶级和文化”的新理论设计的。它打破了编年史的传统结构，采用以一个主题为一章松散地组合而成。这种写法比较新颖，但各章相互交叉的地方较多，因此，它不适合于我国读者，尤其是初学者。不过，它重视通俗文学和大众文化，花了不少篇幅加以评介，并对一些流派和作家进行跨学科的综合分析，这仍很有参考价值。

《剑桥美国文学史》，我还没全部读到，从我们负责翻译的第8卷来看，它与编年史式的传统写法不同，以散文作品、诗歌、文学批评三大块为主，兼顾时间顺序，多有交叉，比如第8卷写的是1940—1995年的诗歌和文学批评。全书分两大部分，第一部分取名“诗歌、政治和知识分子”，由一个人写，第二部分“1940年以来的文学批评”由另两个人写。这两部分都专节论及诗歌与政治的关系，政治与文学批评，然后按不同流派或倾向加以评述。伯柯维奇强调指出：不打算逃避批评分歧所带来的问题，而是把这些问题当作研究的基石。他想改变斯皮勒避免讨论批评的分歧和巩固“强大的文学和历史的共识”的原则。他认为文本的意义并非稳定的实体，而是随着文本进入不同的背景而变化的。不过，我觉得这种体例和原则不太适合中国读者的阅读习惯。中国学者写的美国文学史主要是正面评介一些名作家和名作品，偶尔提及个别不同的看法，供读者参考，但不像介绍学术动态那样，将几种不同看法罗列出来，那可能令读者摸不着头脑。写文学史不同于写论文，要注重内容的客观性和叙述的可读性，经得起时间的考验。但《剑桥美国文学史》对作家和作品的阐释，有一定理论深度，重视政治与诗歌、小说和文学批评的联系，一直写到 1995 年，资料堪称是最新的，颇有值得借鉴之处。但英文比较深奥，普通读者不易读懂。

经过阅读和分析上述专著之后，我感到心里比较充实，便结合 20 世纪美国文学史的具体内容，采取如下做法：(1) 沿用传统的编年史的结构，按时间的先后顺序构建章节，每节加上醒目的标题，使读者容易抓住要点；(2) 扼要地叙述各个时期重大的历史事件和社会背景，力求史实准确无误；(3) 实事求是地评价作家和作品，避免简单化，比如：肯定艾略特诗歌和文论的积极影响又指出其短处；(4) 对与中国或中国文化交往较深的小说家赛珍珠和诗人庞德另辟专节论述，肯定他们对促进中美文化交流的贡献；(5) 阐述中国古代山水诗、儒家和道家思想对后现代派诗人布莱、赖特和默恩等人的影响；(6) 专节评述美国华裔小说的振兴与女作家汤亭亭；(7) 在结束语中指出孔子哲学和儒家思想对美国文学和文化的正面作用；(8) 将海明威的中国之行作为他一生中重要经历加以评述；(9) 介绍美国诺贝尔文学奖各位得主的获奖评语，使我国读者从另一个角度了解这些作家的成就；(10) 变换叙述的角度，引用原著的名篇名句，相互对照对比，注重文字简洁、生动、耐读、有文采。总之，我觉得最重要的一条是坚持历史唯物主义观点和辩证法。这是我们国情的要求，也是中国学者固有的一大特色。

不过，有了良好的意图，又做了极大的努力，是否达到预期的效果？那就要看读者的公论了。

（原载《中华读书报》，2002 年 8 月 7 日）

在感情危机时做出理智的抉择

——评安·贝蒂的短篇小说集《燃烧的房子》

20 世纪 80 年代以来，美国文坛涌现了一批引人注目的女作家。她们在作品里从不同的侧面反映了美国的社会生活，受到读者的赞赏。她们中有我国读者比较熟悉的黑人女作家托妮·莫里森、艾丽丝·沃克和丹尼尔·斯蒂尔等。安·贝蒂是个后起之秀。她的小说在我国介绍还不多，但她的声望在美国与日俱增，有的报刊甚至称她是“真正的文学天才”。

安·贝蒂 1947 年诞生于美国首都华盛顿，29 岁时便开始她的创作生涯。1976 年发表了第一部长篇小说《冬天凄凉的景象》，获得了意外的成功。小说描写 60 年代一个 20 多岁的美国青年对爱情的追求和挫折，以及由此而产生的孤独和迷惑的情绪。1980 年，她的第二部小说《就位》问世，又受到读者的青睐。作者在书中描绘了一个 40 岁的广告商没有爱情的婚姻，展示了 70 年代后期美国社会畸形发展所带来的家庭的解体。

由于上述两部小说的成功，安·贝蒂如异军突起，成了美国文坛的一颗新星。她善于以简洁平易的风格，揭示现代生活的差异及其对朋友之间、亲属之间和夫妻之间的影响。

安·贝蒂也擅长写短篇小说。从 1976 年至 1982 年，她先后出版了 3 部短篇小说集：《曲解》（1976）、《惊奇的秘密》（1978）和《燃烧的房子》（1982）。

其中，《燃烧的房子》最受欢迎。它揭示了美国中青年在现实的爱情和婚姻生活中或他们梦幻的世界里的内心感受。同时它也反映了作者敏锐而深刻的洞察力和独具一格的有条不紊的散文风格，从而提高了她的小说家的声誉。《华盛顿邮报》称她为“新一代唯一的文学名家”。

《燃烧的房子》收集了16篇短篇小说，从内容上来看，大体可分为3类：对爱情的追求和追求中的苦与乐，日常的家庭生活以及太空时代的婚姻危机等。安·贝蒂以优美而朴实的文笔描绘了美国男男女女的感情生活，尤其是青年男女20多岁至30岁出头这段年华的追求和困惑，他们从天真地渴望爱情到遭遇恋爱中的瓜葛而陷入难以解决的感情危机之中。

安·贝蒂在《燃烧的房子》小说集中，首先注意探索爱情真假的问题。这成了书中好几篇的主题。爱情是年轻人一生的大事。可以说，在日常生活中男女青年总离不开爱情。但是，爱情有真有假，如果遇上真情的人，的确很幸运，碰到假意的人，则只好自认倒霉。作者在《学恋》中歌颂了真挚的感情。罗茨是个独身女人，可她有个儿子叫安德鲁。她常要求故事中的“我”带小孩去纽约，以便她能跟情人相会。“我”真诚关照小孩，几年以后小孩很喜欢“我”，使“我”回忆起学生时代与“罗茨”的一段真情，罗茨后来心里也明白了。《少女之谈》则描写了两个女人的婚姻经历和体验。巴巴拉跟她的第四任丈夫度过了60寿辰。她向她的女婿介绍她青年时代未婚先孕，后来与情人分道扬镳的情况。她谈了自己对不可靠的婚姻的感受。她觉得结不结婚倒不要紧，关键是要懂得生活的含义。在《放音》中，简和何莉是好朋友，两人像亲姐妹。她们都认为“男人绝不是我们的救星”。简从自己的遭遇中记取了教训，但何莉却因以往的婚姻不美满而陷入苦恼不能自拔。作者在《阳光与阴影》一篇中则描写了杰克如何从恋爱的失败中学会珍惜爱情。他离开了旧恋人，与劳拉同居。他从现实中懂得应该爱惜自己的感情和劳拉的感情，不要互相伤害彼此宝贵的情感。

诚然，现实生活并不是如花似锦的。社会的变态容易令人失望，甚至使人误入歧途，或过早地告别人生。《篝火》描绘了一群青年朋友相聚在一起，哀悼一位早逝的朋友。他们回忆了过去的友情和经历，谈论眼前的困境：有的爱上吸毒者，有的则遭遇中年精神危机……他们对未来感到惶惑。

真诚的相爱必然导致家庭的建立。幸福的家庭要以真挚的感情为基础，否则就容易貌合神离，最后走向解体。《1978 年冬天》以一个局外人尼克的眼光叙述了一家人的聚会。老父去世了，其他人都回家来，尼克也回来了，但昔日的情意已渐消失。短短几天的相处，尼克感到家庭关系变得复杂了，偌大房子里的气氛跟冬天的屋外一样冷。

但是，过于安逸的生活往往令人感到空虚。在《幸福》一篇中，女主人公"我"有个忠诚的丈夫和舒适的生活环境，但她感到自己的生活并不幸福，因为她快 30 岁了，终日无所事事，颇为焦虑不安。

太空时代给人们带来了现代化的家用电器，也给家庭观念蒙上了阴影。美国许多家庭出现了婚姻危机。《灰姑娘华尔兹舞》描写丈夫离开妻子去跟另一个男人同居的变态婚姻。《希望》刻画了一个男孩在父母离异后，既不愿同父亲生活，也不肯跟母亲同住，而希望和她的异父姐姐一起过日子。婚姻的破裂往往给小孩的心灵造成极大的创伤。《漂流》和《重复的梦》也反映了类似的主题，这是颇发人深思的。

《像玻璃》进一步揭示了太空时代的婚姻像玻璃一样容易破碎。它描写了一个离了婚的女人和她女儿的生活遭遇。作者再次通过这个故事说明婚姻的不可靠性。"一个人如果不能控制自己的生活，就会被生活所束缚。"《格林威治时间》则写了一个离了婚的男人千方百计想从他前妻手中把儿子要回来。《燃烧的房子》细致地展现了一对恩爱男女的婚姻如何在太空时代逐渐破裂。

尽管这个短篇集中所描写的大都是人们耳闻目睹的日常生活，但它仍然非常吸引人。这不仅因为作者善于提出人们生活中最关心的问题，而且在于她善于以清新平易的文字来表现主题。

家庭是社会的基本单位。婚姻是人们的终身大事。科学技术的飞速发展给社会带来了新的变化。这种变化深深地影响了人们的价值观念和生活准则。安·贝蒂善于捕捉这种影响在美国中青年心灵上的投影，并且巧妙地加以描绘，因而引起了读者的兴趣和关注。

诚然，如果将安·贝蒂的小说和丹尼尔·斯蒂尔的小说如《爹》和《明星梦》等相比，就不难发现：安·贝蒂小说的思想倾向比较含蓄，有时显得不太明朗，不像斯蒂尔那样讴歌一些在家庭破裂后顽强生活下去，甚至乐于为别人做好事的人物，也不像艾丽丝·沃克那样在《紫色》中赞美备受丈夫虐待而发愤图强，终于获得人们的敬佩和丈夫的尊重的女主人公茜莉。安·贝蒂真实地揭示了现实社会的变态及其给婚姻家庭生活造成的矛盾，对我们具有一定的启迪作用。但是，我们也感到，安·贝蒂的短篇小说似乎缺乏一种生活的力量。

不过，从技巧上来说，安·贝蒂的短篇小说还是很有特色的。大部分短篇都采用第一人称的叙事手法，令人感到真实可信。作者的描写非常细腻，准确地表露了离婚男女的心态。尤其是对离了婚的女人的内心反应，作者刻画得惟妙惟肖，丝丝入扣，把她们的疑虑、不安、苦恼和气愤写得层次分明，跃然纸上。作者所描绘的人物，大都来自上层或中产阶级，经济充裕，生活舒适，他们所碰到的不是经济问题，而是感情危机。这正是当今美国社会一个带有普遍性的问题。尽管如此，作者并不采用意识流手法来表现人物内心的矛盾，而是运用许多真实的细节来体现。小说的语言通俗易懂、生动流畅，富有表现力。安·贝蒂笔下的人物面临困难的抉择时往往比较理智，仿佛作者在劝导人们：亲密地结合，友好地分手。这也许是对待婚姻破裂的正确态度。因此，这些人物的遭遇往往令人同情，读者并不苛求他们，还可从中得到某种启迪。

（原载中文注释本《安·贝蒂短篇小说集》，丁文、黄晓铭注释，中国对外翻译出版公司，1992年）

一部令人触目惊心的纪实小说

——评艾菲·约翰斯的《杀手》

1993 年美国黑人女作家托妮·莫里森荣获了诺贝尔文学奖，美国文学又受到世人的瞩目。但总的来看，80 年代后期以来，美国文坛似乎平淡无奇，纪实文学却一枝独秀，深受读者的厚爱。不少描述重要社会问题的纪实小说，产生了轰动的社会效应；艾菲·约翰斯的《杀手》就是其中之一。

《杀手》以冷静而朴实的笔调，叙述了一个婚外恋铸成的惨剧，它的发生、发展和结局。一名美国联邦调查局的年轻的特工马克·普特南和一名协助侦察银行抢劫案的妇女苏珊·史密斯经过一段时间的接触，双双堕入情网，后来秘密同居。不久，苏珊怀了孕，要求马克与原配离婚，娶她为妻。马克感到情况不妙，便秘密杀害苏珊，埋尸荒野。后来东窗事发，马克被捉拿归案，判刑入狱。

小说写的是真人真事，作者并不添油加醋。这类触目惊心的刑事案件在美国并不少见。问题是故事的主人公是美国联邦调查局（FBI）1982 年来第一个被控告犯有杀人罪的特工人员。联邦调查局是政府最重要机构之一，它日夜张开着双眼监视着社会上所发生的一切。它的人员都是经过极严格挑选的。如今竟出现了一个知法犯法的杀人凶手。这引起美国广大读者的关注，也引起有关高层官员的震惊和恐慌。

因此，《杀手》问世后，舆论哗然，众说纷纭。过了不久，有人用同一题材发表了另一本小说《不用怀疑》，提出了与艾菲完全不同的看法，想为凶手马克开脱罪责。1993 年 12 月，美国著名的电视台 NBC 在纽约组织了一次全国性的电视辩论，向全国观众公开播放。《杀手》和《不用怀疑》两书的作者、苏珊的姐姐雪尔比、马克的妻子和两个小孩出现在辩论会上。马克在监牢里从电视上露了面，及时回答各方提出的问题。这场辩论吸引了千百万观众。《杀手》作者艾菲·约翰斯没有上台，只坐在台下第一排。这引起不少观众的异议。他们怀疑事件后面有人在插手，而 NBC 电视台这么安排是不公平的，尽管争论照常进行。

双方争论的焦点是：马克是故意谋杀苏珊，还是过失杀人？艾菲·约翰斯在《杀手》中指出：马克是害怕丑事败露，危及仕途，蓄意杀害苏珊的；《不用怀疑》则认为马克是在跟苏珊的争吵中失手杀了她，不是故意杀人，同时，苏珊是个妓女；妓女不受美国法律保护，即使惨遭谋杀，也是罪有应得。

在场的苏珊的姐姐雪尔比对此感到十分愤怒。她以大量事实说明：苏珊与肯尼思·史密斯结婚三年半后分了手，婚前婚后并未与任何男人乱搞，更没去卖淫。苏珊爱上马克是真诚的，两人相处了好一段时间。

马克的妻子则竭力证明：她与丈夫马克的感情一向非常融洽，两个小孩很爱爸爸，马克也很爱他们。如果不是苏珊有意勾引她丈夫，就不会出现令人遗憾的事。

妻子的一席话给马克吃了定心丸。他通过电视屏幕宣称：他完全是无意中造成苏珊死亡的。他承认跟苏珊有不正当的关系。但苏珊怀孕 5 个月后多次纠缠他，逼他离弃妻子，跟她结为合法夫妻。一天晚上 10 时多，苏珊冲进他在旅馆的房间里大声争吵，扬言要将丑事向报界披露，向 FBI 总部告发他，他怕隔壁的房客听到，便带她开车外出，但苏珊在车上无法冷静下来，继续大哭大闹，对他又抓又打，他不得不用双手卡住她的脖子，叫她住嘴，可惜出手太重，将她弄死了。这是他始料不及的。后来，他感到害怕，只好将她的尸体埋入哈门河支流深谷的荒地，自己逃之夭夭。

双方面对面交锋了一个多小时，谁也说服不了谁，只好草草收场。笔者有幸在波士顿观看了这次辩论的实况转播。

1994 年 2 月下旬又进行了第二次电视辩论。NBC 电视台接受观众的批评，让《杀手》的作者艾菲上台就座，与受害人苏珊的姐姐坐在一起。双方又进入了激烈的辩论。同情马克的一方建议法院给予减刑，提前释放：支持苏珊姐姐的一方则坚持马克必须执行法院原判，服刑 16 年。

两次电视辩论虽然难以作出什么结论，但观众对《杀手》所揭示的社会问题更关注了。人们呼唤法律的公正，要求对一切犯法的人绳之以法，不得包庇纵容，对于管理平民百姓的政府官员犯法必须一视同仁，不得偏袒，对于无辜妇女一定要加以保护，不能草菅人命。

《杀手》引起了许多读者的共鸣。艾菲·约翰斯在成书过程中不辞劳苦，深入各地，走访了与此案有关的当事人。她在书中如实地描写了苏珊与马克认识和相恋的经过，苏珊怀孕后的突然失踪，破案的起起伏伏，马克的抵赖、逃避、嫁祸于人到最后走投无路，只好坦白交代。苏珊的家属几度失望和痛苦，但不绝望，终于促使法院和警察把案子弄个水落石出。

起先，肯塔基州警察局和当地检察院曾将受害人的姐姐雪尔比和前夫肯尼思·史密斯当成嫌疑犯，后来疑点一一排除，逐渐将注意力转向马克。当时，联邦调查局已将马克调往佛罗里达州工作。他们不相信自己的特工会杀害无辜，以身试法，所以起初对此案并不热心。后来他们在事实面前只好改变态度，派人参与调查，获得充分证据，配合法院弄清真相，将马克开除公职，逮捕归案。

法律是无情的，但办案是复杂而艰巨的。要将联邦调查局犯法的特工绳之以法更不是轻而易举的。《杀手》所揭示的社会问题很发人深思。为什么马克杀人案 1990 年 6 月判决后，到了 1993 年底和 1994 年初还出现全国性的电视大辩论？为什么《不用怀疑》的作者仍在为马克开脱罪责？

尽管如此，艾菲依旧坚持自己的观点。她认为《杀手》所揭示的事实是客观的，被害人苏珊无罪，凶手马克应当受到法律制裁。

《杀手》从一个侧面反映了美国的社会生活，有助于我们对美国的了解。小说情节跌宕，故事脉络清楚，文笔朴实生动。上半部详细交代了马克和苏珊的身世和关系的变化，为故事的发展做了铺垫。下半部从他们两人相爱到苏珊失踪，嫌疑犯测谎，马克转移目标，警察拖拉到证据被发现，马克认罪和法院从宽判决，写得此起彼伏，悬念丛生，有声有色。作者在平实的笔调里饱蘸着对受害女性的同情，大胆地提出了触及政府神经的社会问题，引起美国各界人士的深切关注，使《杀手》受到广大读者的欢迎。

艾菲·约翰斯是个多才多艺的年轻女作家。她既从事纪实文学的创作，又热心于海明威研究。《杀手》是她的处女作，问世后获得巨大的成功。第二部纪实小说《女囚》已出版。它生动地记述了印第安纳州 3 个少女一起杀害一个 13 岁姑娘的凶杀案，再次激起了强烈的社会反响。她的第三部纪实小说又于 1996 年与读者见面了。

1992 年 3 月，笔者代表我国赴西班牙出席第五届海明威国际会议。会议期间，承波士顿艺术学院教授、海明威专家埃尔·高恩先生的介绍，我有幸认识了艾菲。她热情地向我介绍了她的纪实小说《杀手》，立刻引起了我的兴趣。我建议将它译介到中国来，她欣然同意。后来，她慷慨地将版权无偿地献给海峡文艺出版社，这种对我国读者的友好情谊真令人感动。

（原载《杀手》，丁文译，海峡文艺出版社，1996 年）

慰安妇悲惨命运的真实写照

——评李昌理的《一种姿态生活》*

二战后，美国亚裔文学发展迅猛。它以独特的题材和混杂的艺术手法展示了亚洲移民的生活故事。随着反法西斯战争胜利 70 周年的到来，韩裔美国作家李昌理的长篇小说《一种姿态生活》越来越受到美国国内外广大读者的深切关注，因为它真实地描写了韩国慰安妇的悲惨命运，有力地控诉了日本侵略者的残暴罪行。

《一种姿态生活》主人公黑畑次郎，英文名字叫弗朗克·哈塔，生于朝鲜半岛，家境清寒，后在日本长大受教育。他二战时应征入伍，当了日军的医生助理，后被派往随军的慰安所，负责给慰安妇体检。他在工作中爱上了韩国慰安妇 K 姑娘，亲身见证了慰安妇的悲惨遭遇。战后哈塔移居美国，在一个小镇开了个医疗器材店，后转让给别人。他发家致富，有豪宅有朋友，生活舒适。但养女桑尼不争气，染上毒瘾，遭男友抛弃。她带着儿子托马斯艰难度日。哈塔心力交瘁，又遭火灾住院，被迫卖掉房产。他成了一个美国社会变态的殉葬品。

小说有相当篇幅回顾了主人公黑畑次郎二战中在日军慰安所的惨痛经历。他出身于世代行医家族，又上过高校接受专业训练。入伍后，他成了慰安所的

---

* 本文是杨仁敬和王程辉合写的。

医生助理，官至中尉。他在司令官石井上校和医生小野上尉领导下对 5 名慰安妇进行常规体检，让她们伺候日军官兵。他亲身目睹了慰安妇成为日本兵的性奴隶，失去了自由和平等，经常遭虐待和打骂，过着非人的日子。这些真实的历史书写成了揭露日军暴行的宝贵文献，受到世界各国有正义感的读者们高度评论。

一

《一种姿态生活》大胆直面日军慰安妇的悲惨生活，展现了慰安妇生不如死的反应以及后来拿刀自卫反抗的不屈精神。这在许多引人注目的亚裔小说中独树一帜。

小说写到军营里大兴土木专建慰安所，让日本占领军寻欢作乐，随意糟蹋妇女。慰安所分成 5 个没有窗户的小房间，每个姑娘一间。里面安放一张小床，像棺材的盖子。5 个姑娘要伺候 200 多名官兵。除非患上性病或恶疾，她们不能停歇，只能全天候伺候。因此，她们不仅终日疲惫不堪，而且经常私处红肿溃烂，苦不堪言。按照军部命令，黑畑次郎作为医生助理，要保证慰安妇没来月经，不染上梅毒，被健康地送到慰安所让官兵轮流泄欲。

慰安妇是怎么到军营的呢？小说写道：起先是日本军部强召一些妓女到军营供官兵淫乐，后来不久便采用欺骗手段，将志愿参加战地妇女服务团的姑娘骗到军营当慰安妇。韩国姑娘 K 就是一例。她生于韩国一个官宦世家，父亲当过大使。她受过高等教育。弟弟逃避兵役跑了。第二天，占领军带走她们姐妹二人，说是带她们去日本下关工厂打工挣钱，结果姐妹二人双双被逼入慰安所当性奴隶。许多妙龄少女，大约从 18 岁到 21 岁，都是日军侵略军连哄带骗用刺刀逼她们就范的。后来，军营里大兴土木建立慰安所，专门配备了医生、老妇和厨师，成了日军不可分割的一部分。这是不可否认的事实。

在这种生不如死的环境下，许多慰安妇有时搞点小动作，瞒过日军官兵，苟且偷安。如 K 姑娘有时故意划破手指头，将鲜血涂在阴部，暂时躲避遭蹂躏。但这终究不是上策。因此她们想到死。有个姑娘选择从二楼跳下来，用头撞地自尽。K 姑娘则多次请求黑畑次郎多给些安眠药，让她早点脱离苦海。她妹妹就是白白让远藤下士带到黑暗的树丛中奸淫后杀害的。她感到无可奈何，很想跟妹妹一起死去。

在黑畑次郎的反复劝导下，K 姑娘慢慢地恢复了自信，与他滋生了感情，感到不能轻易地自毁前程。黑畑次郎很同情她，关照她，多次带给她饭团，让她补充营养，还陪她去妹妹坟上祭扫，使她对战后生活充满信心。后来，小野上尉想独占她时，她勇敢地用刀自卫，跟他拼搏，虽被打掉了几颗牙齿，却杀了这个凶残的医务官。她的正当行为受到黑畑次郎的保护。两人的心贴得更紧了。

慰安妇们从逆来顺受、敢怒不敢言到敢于抵制和武力抗争，充分体现了她们的觉醒。妇女们是一支重要的社会力量。日军迫害妇女、蹂躏妇女，真是大逆不道，死有余辜。这种暴行决不许重演！

二

《一种姿态生活》同时无情地暴露了日本侵略军内部的矛盾和腐败，揭示了自吹举世无敌的日军内部军官贪婪自私，互相倾轧，草菅人命，争风吃醋的丑态。它深刻地说明这么一支外强中干的侵略军必然失败的下场。

小说描述了许多日本兵的疲惫、松懈和沮丧状态。他们受军部派驻莽莽丛林，远离了家人，没有联系，帐篷内外蚊虫叮咬，常受死亡威胁。军官无情，士兵没有欢乐和希望，靠跟慰安妇淫乱治不了思乡症。他们还常遭到上级军官的欺压和滥杀。有一回，一个士兵在小路上偶然撞了小野上尉一下，上尉竟拔枪狠揍了他，让他几乎丢掉小命。石井上校无缘无故地射杀了尾崎哨兵，还命令黑畑次郎写个假报告，谎称尾崎是被一名激进的狙击手枪杀的，但凶手没抓到。士兵们则无动于衷，以收集春宫画手淫为乐，排队打扑克等着去慰安所发泄兽欲。日军这种玩物丧志的丑态充分暴露了他们虚弱的侵略本质。

看看日军的军官，一幅贪婪自私，争风吃醋的脸孔！石井上校看上了慰安妇 K 姑娘，想将她占为己有。虽然他早有妻子和小孩，仍不择手段地逼 K 姑娘接受。当他听说他的下属黑畑次郎与 K 姑娘相爱时，恬不知耻地当面训斥黑畑次郎，命令他不许再与 K 姑娘来往，并谎称 K 姑娘已怀孕，可能是怀了他的孩子，强令黑畑次郎放弃她。黑畑次郎明确地拒绝，石井竟大打出手，暴露了凶残自私的嘴脸！这些生动的细节描写十分真实。它们充分展示了作者李昌理对战地实况的充分把握和真实生动的历史记忆，难怪小说受到那么多的读者点赞。

三

李昌理是谁？他写过哪些深受读者们欢迎的小说呢？让我们慢慢地回顾一下吧！

李昌理是个韩裔美国小说家，1965 年 7 月 29 日生于韩国，三岁时随家人到美国找他的父亲，1987 年获耶鲁大学英文学士。他在华尔街当了一年证券分析师后升入俄勒冈大学；1993 年以《讲本族语的人》作为论文，荣获艺术硕士学位并留校担任创作课助理教授。同年 6 月，他结婚成家，育有两个女儿，现为普林斯顿大学创作课教授，兼任创作系系主任。

李昌理第一部小说《讲本族语的人》曾荣获海明威基金/笔会奖。小说描写了韩国移民后裔亨利在美国艰难拼搏的经历，探讨了移民和第一代移民异化和背叛的主题。第二部长篇小说《一种姿态生活》（1999）荣获美国亚裔文学奖。《向上》（2004）描写了一个意大利裔美国人艰难挣扎的故事，曾获 2006 年亚洲/太平洋美国成人小说文学奖。《受降》2010 年问世后，第二年获戴顿文学和平奖和 2011 年普利策小说奖提名奖。最近的长篇小说《在这么完整的海面上》（2014）则描写了一个美籍华人在巴尔的摩市某渔场当潜水员的经历。它曾获 2014 年全国图书批评界奖提名奖。几年来李昌理荣获了多项文学奖。他像一颗冉冉升起的新星，在美国文坛光芒四射。

《一种姿态生活》受到美国《卫报》《观察家》《星期日电讯》《时尚》《纽约客》《每日电讯》和《时代》周刊等许多报刊的好评。有人称赞它写得优美，是一部充满同情心和尖锐评析的心理小说；有人赞扬它令人激动、印象深刻又充满希望。它以铁的事实，无情地揭穿了日本侵略者宣传所谓韩国等国的妇女自愿为日军官兵提供“性服务”的谎言，也回击了当今一些日本右翼政客们关于慰安妇都是妓女的胡言乱语，帮助广大读者了解二战中慰安妇问题的真相，使日军残酷迫害亚洲多国无辜女青年的狰狞嘴脸暴露于大庭广众面前。

李昌理善于描写美国亚裔移民的生活经历。他重视写真实，注重艺术风格的创新。小说的文字通俗简练，细节丰富生动，心理描写简洁，特色显明，富有幽默和讽刺色彩。他特别强调来自不同国家的美国亚裔作家要团结合作，互相取长补短，发扬自己的传统，创作出更动人的作品。在《一种姿态生活》里，李昌理通过女主人公 K 姑娘说，“我们应该尊重我们的亚洲传统，不受外国的影响。中日韩同一种文化同一个思想，应该抛弃分歧，携手合作。”① 这短短的两句话充分表达了李昌理的心声。

作为一部美国亚裔小说，《一种姿态生活》第一次不加虚饰地揭露了二战中日本侵略军中慰安妇问题的真相，具有重大的现实意义，影响相当深远。它在美国国内外读者中引起了前所未有的轰动，受到了各界人士的极大关注。它充分发挥了美国少数族裔文学的独特的历史作用。我们相信它必然深受我国广大读者的欢迎。

（原载《杨仁敬选集》第 2 卷，经济日报出版社，2020 年）

① Chang-Rae Lee. *A Gesture Life.* London：Granta Books，1999，p. 249.

略论中美现代文化交融的三种模式

——以赛珍珠、林语堂和汤亭亭为例

近些年来，世界经济的全球化拉近了各国间的距离。各民族的文化交流日益频繁。我国改革开放进一步深化。中美经贸和文化交往不断增加。美国文学和文化中的中国元素越来越引起中美两国作家、学者和读者的关注。从20世纪30年代寄居中国的美国女作家赛珍珠、旅居美国的中国作家和学者林语堂到当代华裔美国女作家汤亭亭，反映了中美现代文化交融的三种模式。三位作家在各自的作品里以不同的视角看待中西的神话原型、文化语境、人物命运和话语特色，从而构成了自己独特的艺术取向，获得了美国读者们的认同和接受。他们倡导的东西文化融合的理论和实践，值得我们深思和研究。

事实上，中西文化交流历史悠久。不同国家不同民族文化之间的相互影响由来已久。我国伟大的作家鲁迅受过达尔文进化论、尼采哲学、马克思主义和高尔基的现实主义影响；诗人郭沫若受过美国民主诗人惠特曼的影响；而美国诗人庞德则接受了孔子、孟子的思想；散文家梭罗、戏剧家奥尼尔也很喜欢孔孟哲学。欧美文化之间的影响也很明显，比如亨利·詹姆斯留恋英国文化，小说多次以伦敦为背景，最后他干脆加入英国籍。海明威则钟爱西班牙文化，在《丧钟为谁而鸣》中精心刻画了山区游击队员、西班牙老猎手安塞尔莫的形象，在《老人与海》里用了许多西班牙语词汇。至于当代许多美国后现代派作家，他们深受欧洲存在主义哲学的影响，这是不争的事实。中外许多学者做了深入的探讨，留给我们不少有益的启迪。

本文将回顾20世纪30年代以来中美文化交融的三种模式，从赛珍珠、林语堂和汤亭亭三位作家所展示的不同特点一览中美文化交融的发展和变化，以加深对美国文学的理解，进一步增进中美文化交流。

一、赛珍珠模式

赛珍珠（Pearl Buck，1892—1973）是个美国女作家。她于1892年6月26日生于美国西弗吉尼亚州希尔斯巴罗。父亲赛兆祥和母亲凯丽都是来华的传教士。他俩在中国生了5个子女，仅两个存活。1891年父母回美国度假，第二年在家乡生了赛珍珠。她原名珍珠·赛顿斯特里克（Pearl Sydenstricker）。赛珍珠是她父亲给她取的名字。

3个月后，赛珍珠随父母返回江苏镇江市。她在那里长大，后去上海念中学，再回美国入读康奈尔大学。毕业后，她返回镇江，在中学任教，同时照料生病的母亲。1917年，她嫁给美国传教士、经济学家约翰·布克博士。婚后，全家随布克去皖北大学等地住了5年。后与布克回南京金陵女子大学教英文，度过了12年。课余时，赛珍珠试着写作。她从小学习汉语，熟悉中国社会生活，亲历北伐军队攻占南京，住处被烧毁的惨象。1930年，她发表第一部长篇小说《东风·西风》。

1931年第二部长篇小说《大地》在美国出版，好评如潮，第二年便荣获普利策奖。1933年，她将中国四大古典文学名著之一《水浒传》译成英文出版，改名为《四海之内皆兄弟》。1934年，《母亲》问世，接着《儿子们》和《分家》两部长篇小说也出版了。它们与《大地》合称《大地上的房子》三部曲。同年，她荣获美国文学艺术院颁发的豪威尔斯小说奖。1938年，她的《大地》荣获诺贝尔文学奖。她成了荣获这个殊荣的第一位美国女作家。

1935年赛珍珠与约翰·布克在美国办了离婚手续。后来，她跟她的出版商理查德·沃尔什结婚。婚后，她没再来中国，但从未停止写作。获得诺贝尔文学奖后，她又写中国题材的小说，发表了《龙子》（1942）、《群芳亭》（1946）、

《牡丹》（1948）和《同胞》（1948—1949）等。但二战期间，中美两国变化都很大，这些作品内容显得陈旧了。她在报刊上发表不少文章，呼吁美国支持中国人民反击日本侵略，对中国人民深表同情。中华人民共和国成立后，中美长期对峙期间，赛珍珠发表了一些反华言论，影响消极。

1973 年 3 月 6 日，赛珍珠于佛蒙特市去世，终年 81 岁。

《大地》（*The Good Earth*）是赛珍珠的代表作。它描绘了中国普通农民王龙一家的兴衰，揭示了 20 世纪二三十年代中国农民的不幸遭遇，特别是妇女的悲惨命运。这在 30 年代的美国文坛是很少见的。赛珍珠结合她在中国的特殊经历，开创了美国异国他乡新题材，展现了欧美各界长期不了解的中国农村和农民生活的变迁，引起广大读者的深切关注和莫大兴趣。

《大地》主人公王龙是个中国某农村的普通农民。他早年丧母，与父亲靠种地为生，清贫如洗，后来跟地主黄家的女仆阿兰结婚。婚后两人奋力拼搏，起早摸黑，一起战胜饥饿、水灾和疾病，在本乡活了下来，日子日渐好转。王龙手头有点钱就买了地，准备扩种。没料到突遇大旱，颗粒无收。夫妻两人只好逃到南方某地。他俩乘兵荒马乱时冲入某富人家，弄到一些钱财和宝石。两人意外地发了横财，便返乡安家。王龙又收购别人的土地，成了一个小地主。他乘机找妓院歌女莲花当妾，冷落了结发妻子阿兰。阿兰只好忍气吞声，直至大病身亡。王龙三个儿子不争气，想卖掉家里的土地。临终前，王龙闻讯，气得抱头大哭……

《大地》帮助欧美读者更多地了解中国，增进了中西文化的沟通和理解。赛珍珠在小说里纠正了欧美不少人士长期以来对中国人民的偏见和误解，批评在中国的西方传教士的冷漠和无知。他们硬要将基督教思想灌输给中国民众，结果往往适得其反。他们总以为中国历史悠久，但贫穷落后，充满神秘感。所以他们很想了解中国的真相。《大地》真实地刻画了主人公王龙眷恋土地，想脱贫发财的小农心态。他一旦有点钱，就想买地纳妾当老爷。像他这号人，在当时兵荒马乱的中国农村，确实有不少。他不是个时代的尖兵。他身上充满着矛盾。小说写了王龙夫妇勤劳朴实的一面，也揭示了他俩愚昧庸俗的另一面。他们经历了贫困的折磨、动乱中受冲击仍对生活有信心，但他俩对社会腐败和军阀混战逆来顺受，不闻不问，唯独关注自己的私利。赛珍珠关注当年中国农村和农民的遭遇，同情受封建思想毒害的中国农民，体现了她的民主主义思想。小说还塑造了阿兰等农村妇女形象，描写她一心一意支持丈夫，怀孕后仍下地耕作，任劳任怨，恪守封建礼教，受到冷遇忍气吞声，不思反抗，最后患病身亡。她的悲惨结局扣人心弦，令人落泪。小说揭露了旧中国男权制的文化传统，呼吁给广大妇女与男人平等的社会地位。这些栩栩如生的描述为当代女权主义提供了充分而有力的历史证据。①

赛珍珠在中国老百姓中生活了近40年，懂得汉语，熟识中国的风土人情，对中国人民有感情，把中国当作她的第二故乡。因此，《大地》的成功具有浓厚的生活基础，小说生活气息浓烈，展示了现实主义风采。

《大地》是用英文写就的。全书包括34章，文字清新而流畅，精练而凝重，富有史诗特质。作者运用独特的手法遣词造句，重现了汉语的独特光彩。她巧妙地将《圣经》式平白简洁的语言与中国传统的白描手法相结合，形成一种崭新的艺术风格，展示了中西文化和语言相融合的特色。

二、林语堂模式

林语堂（1895—1976），福建龙溪县坂仔村人，基督教牧师家庭出身，原名林和乐，上大学时改为林玉堂，后来又改成林语堂。20世纪30年代，他在上海结识了美国女作家赛珍珠。1936年8月1日，承赛珍珠的邀请，他举家前往美国纽约市，靠卖文为生，开始步入他写作的丰收年代。

此前，林语堂毕业于上海圣约翰大学文科后，1919年赴哈佛大学留学，获硕士学位，1923年转往德国莱比锡大学学习，获语言学博士学位。回国后，他应聘到北京大学、清华大学、北京师大等校任教，1926年5月下旬携妻女到厦门大学教书。1927年3月林语堂去武汉任国民党政府外交部英文秘书，后来辞职移居上海，先后创办了《论语》《人间世》和《宇宙风》等杂志，发表了不少隽永有趣的小品文，被称为“幽默大师”，还编了《开明英文文法》和《开明英文读本》，在文艺界和教育界渐渐出了名。

---

① 杨仁敬、杨凌雁著，《美国文学简史》，上海外语教育出版社，2008年，第229页。

1966年6月，林语堂携妻子和3个女儿回中国台湾定居，继续以中文写作为主的生涯。1976年3月26日，林语堂在中国香港去世，遗体运回台湾，葬于台北阳明山麓林家院子后面花园。此处现已改为林语堂纪念图书馆，对游客和市民开放。

从1936年去美国至1976年去世的40年间，林语堂共发表英文著作36种，中文著作5种，平均几乎每年一种。他成了一位多产的双语作家。他在美国大部分用英文写作，向美国读者们宣传中国传统文化，包括中国哲学、文学、艺术、宗教、道德、礼仪和民间习俗等。他的著作涵盖面很广，大大超出了文学的范围。他既写小说、传记、散文，又写评论，搞古典文学名著翻译，样样都很受欢迎。赛珍珠曾为他的《吾国与吾民》（*My Country and My People*，1935）作序。他的《生活的艺术》（*The Importance of Living*，1938）成了美国畅销书，发行量达40版以上，被译成18种语言。《中国印度的智慧》（*Wisdom of China and India*，1942）则成了美国大学的一部教科书。难怪有人戏称：谈到中国文化，美国人只知道孔子和林语堂。

林语堂的三大长篇小说《京华烟云》（*Moment in Peking*）、《风声鹤唳》（*A Leaf in the Storm*）和《朱门》（*The Vermilion Gate*）很受美国各界欢迎。《京华烟云》1939—1947年共在美国卖了25万册，1975年曾获诺贝尔文学奖提名，影响深远。小说写于1938—1939年间，出版于1940年。全书分为三大部分，描写20世纪初北京曾家和姚家等几家人从1901年义和团运动至抗日战争30多年间的悲欢离合和恩怨情仇，生动地反映了现代中国社会的变迁。小说涉及重大历史事件如袁世凯窃国称帝、张勋军阀复辟、直奉大战、五四运动、三·一八惨案、文坛笔战、二战爆发等，展现了广阔的中国现代社会的画面。书中重要人物80多个，丫头十来个，主要人物木兰、莫愁、红玉等人酷似古典文学名著《红楼梦》中的相关人物，所以《京华烟云》被称为现代的《红楼梦》。小说对所刻画的人物有褒有贬，保守派人物逐渐消减，新式的人物跟着出场。小说受庄子生死循环的达观哲学影响，给人留下深刻的印象。小说的英文流畅、口语化，“极其美妙，令以英文为母语的人既羡慕敬佩又深感惭愧。”总之，《京华烟云》艺术上受《红楼梦》影响比较明显，充满中国传统文化精神和民族正气。但林语堂的另一部小说《红牡丹》（*The Red Peony*），主人公是个风流淫荡的寡妇，书中有些性描写比较外露，可能受西方文学的影响。林语堂也说，在外国这些描述是很平常而无所谓的，如果译成中文，恐怕就要删去。

不仅如此，林语堂还曾将英国戏剧家肖伯纳的《卖花女》译成中文。他译的还有《易卜生评传及其情书》等西方名著。同时，他将我国古典名著《论语》《道德经》《庄子》和沈三白的《浮生六记》、刘鹗的《老残游记》等译成英文，推荐给西方读者们。他还将《杜十娘怒沉百宝箱》写成英文版的《杜十娘》，并将唐宋传奇、话本小说和清代志异小说改写成20多篇现代短篇小说，让美国读者欣赏。他利用传记《苏东坡评传》的艺术形式向西方介绍中国独特的传统文化，使它逐渐走向世界。

林语堂自己曾写了一副对联："两脚踏东西文化，一心评宇宙文章。"[①] 有人评说，他最大的长处是对外国人讲中国文化，而对中国人讲外国文化。他表示同意。他认为他自己是一捆矛盾。比如他献身文学又心近科学。他爱中国人，但批评中国人比谁都诚实、坦白。他崇拜西方，可是蔑视西方教育心理学家。他是个现实主义的理想家，也是个满怀热情的达观者、冷静的观察家。[②] 他寄居美国30年，有人劝他加入美国籍，他婉言谢绝，认为"这儿不是落根的地方"。1966年6月回到中国台湾后，他听到闽南话，感受到故乡的情调，顿觉特殊的温情。他感慨地说，"谁无故乡情？"

1968年6月，国际大学校长协会第二届大会在韩国首尔召开，林语堂以新加坡南洋大学"影子校长"的身份出席，并做了题为"趋向于全人类的共同遗产"的报告。他提出了东西方文化的比较和融合的理论。他认为东西方文化，都是人类的共同遗产，应当相互补充和融合，以创造和平的生活环境。他指出：东西方文化存在的基本差异表现在三个方面：1）中国人的思维以直觉的洞察力和对实体的全面反应为优先；西方人则以分析的逻辑思考为优先，执着于抽象分析的思维方式。而东方哲学除了研讨知识外，对人生的探究也占很大比重，认为宇宙的奥妙和人生的美好不是用三段法的逻辑所能推演出来的。2）中国人以感觉作为现实体不可分的一部分，对事物的看法，不像西方人专谈理由，而多兼顾感觉，有时还将感觉置于理由之上。3）中国哲学的

---

① 见萧南选编，《衔着烟斗的林语堂》，四川文艺出版社，1995年，第212页。

② 同上书，第95页。

"道"相当于西方哲学的"真理"，但含意比真理广阔些。林语堂认为尽管东西方文化存在差异，但不同民族的文化都是人类的遗产，所以要互相学习，互相沟通，以利于世界和平和社会安宁。因此，他主张东西方文化的融合。显然，这种融合的文化将大大地有助于人类创建和平、合作、合理的生活方式与和谐的社会。

总的来看，林语堂旅居美国时，用纯熟而清新的英语书写中国题材的长篇小说，改写中国古典故事的短篇小说和一系列介绍中国哲学、文学、艺术、道德、宗教和习俗的文章，受到美国学者和读者的欢迎。他在哈佛大学受过教育，加上寄居纽约30年，对美国社会、美国文化和宗教有深刻了解，也受了一定影响，但他仍坚持中国传统文化，肯定中国文化的特点和优势，不遗余力地加以推荐，同时努力倡导东西方文化的互补和融合，扩大了中国传统文化在欧美的影响。

三、汤亭亭模式

汤亭亭的英文名是马克辛·汤·金斯顿（Maxim Hong Kingston，1940—　）。中文名汤亭亭是她父亲为她起的。1940年10月27日，她生于加利福尼亚州斯托克顿市一个华裔家庭。祖母原籍广东省新会市。"Hong"是广东省南部新会四邑方言中"汤"的发音，不是汉语普通话里的"洪"。她父亲在加州华埠开过洗衣店和赌场，母亲是个护士。她从小爱读书，中小学学习成绩名列前茅。从伯克利加州大学毕业后，她在夏威夷住了多年，开始文学创作，先后用英文写了《女勇士》（*The Women Warrior*，1976）和《中国佬》（又译为《金山勇士》，*China Man*，1980），没料到竟一举成名，被授予"夏威夷之宝"的美称（a living Treasure of Hawaii）。《女勇士》荣获美国全国书评界奖。《中国佬》荣获全国非小说图书奖。

汤亭亭曾自称是"德顿人"，也是广东人，自我界定为"美国西岸的华裔美国人"（a West Coast Chinese American）。有人将她的名字写成"婷婷"，她说这是个错误。其父根据一首中国古诗，给她命名为"亭亭"，意为独立自强，独立自主，独一无二的意思。所以，她在为观众签名时用的是"Maxine 汤

Kingston”。许多学者和译者用她的中文名字时，经历了从“洪婷婷”到“汤婷婷”的失误，最后由她本人出面澄清，才正确书写为“汤亭亭”。

后来，汤亭亭又出版了《在夏威夷的一个夏天》（*Hawaii One Summer*，1987）和《孙行者：他的即兴曲》（*Tripmaster Monkey: His Fake Book*，1989）。后来又出版了《和平第五部书》（又译《太平书第五卷 》，*The Fifth Book of Peace*，2003）。这些作品受到美国学术界和文艺界的高度重视。汤亭亭成了最优秀的美国华裔小说家，在美国文学史上占有一席之地。1997 年时任总统克林顿授予她美国国家人文奖章。1998 年《孙行者》荣获多斯·帕索斯文学奖和美国西部笔会奖。2008 年汤亭亭又获美国国家图书奖杰出文学贡献奖。

作为一个 ABC（美国出生的华人），汤亭亭创作的两部姐妹作《女勇士》和《中国佬》构成了作者完整的自传。两部作品写的是她的先辈们从中国移民美国一家 4 代人的坎坷经历。她用英文创作了跨国题材的文学作品，充满了中国元素与西方文化的融合。

在作品中，汤亭亭写了曾祖父一辈曾被骗到美国夏威夷开荒种甘蔗，像黑奴一样当牛做马，难以生存。祖父一辈到美国西部修铁路，备受白人工头鞭打和虐待，甚至监禁和杀害。父亲一辈勤俭度日，苦苦挣扎才幸存下来。美国白人称华工为“中国佬”，带有轻蔑之意。小说揭示了无数华工在饥寒交迫中为美国西部开发做出了重大贡献。作者采用黑色幽默手法，将事实与虚构、自传与家史以及中国神话相结合，形成了独特的艺术风格。

《女勇士》通过女主人公“我”将 5 个片段连成一个整体，按时间顺序讲述来自中国的 5 个女人的故事。首先是无名氏姑妈与人私通怀孕，被逼抱着婴儿跳井自杀。母亲勇兰乐于助人，深受邻里敬重。月兰姨妈对丈夫逆来顺受，最终发疯而死。女主人公崇拜花木兰为家乡父老报仇，但对家庭的压抑和旧习俗感到困惑，常与母亲争吵。小金斯顿最后学会独立谋生，寻找自己的天地，决心当个作家，成为母亲所希望的“女勇士”。小说揭露了旧中国封建戒律和旧习俗迫害普通妇女的凶残、重男轻女的陋习，深深地同情姑妈所遭遇的不幸和姨妈痛苦的婚姻。它反映了 20 世纪 60 年代女权运动的特色，具有普遍的社会意义，所以小说问世后深受好评，社会反响很大。

有趣的是作者对中国历史故事和神话传说并不是原样照搬，而是大胆加以改编，受到读者们的接受。比如小说将岳飞母亲在岳飞背上刺上“精忠报国”四个字移到花木兰身上，改刺成“为民牺牲”。这引起了学界的热议，增添了美国华裔小说中的东方色彩，使美国读者着迷。

真实的细节常常与虚幻成分相结合，更突显中国元素的特色。小说中5位妇女从古老的中国来到现代化的美国，两国生活习惯和社会习俗差别很大。汤亭亭细心地描写她们的发式、衣着、绞面和裹脚，尤其是婚礼上新郎缺席，姨妈与公鸡拜堂完成成亲礼仪，令美国读者们颇感新奇。小说中大故事套有小故事，如母亲讲到中国广东人办猴子宴的故事：一张方桌中间打个洞，让一只活生生的猴子探出头来，下身和四肢捆住，然后剔去猴子的毛发，最后打开猴子的脑袋，人们用它的脑浆沾砂锅汤吃。又如小金斯顿母亲讲到唐朝有些猎手吃鸟、蛇、野兔、昆虫、蝎子、蟑螂和豪猪等。这些别开生面的细节非常引人入胜，令美国读者们百听不厌，争相传阅。

在《中国佬》中有一段涉及鲁滨孙的故事。汤亭亭说那是她小时候听来的中文故事，而这个中文故事却又译自英文。她说，“我写我的鲁滨孙故事时，试着唤醒读者去意识神话的互动。”[①] 她还说，“如果你仔细阅读花木兰篇章，便会发现除了岳飞的故事之外，还有《爱丽丝梦游幻境》（*Alice in Wonderland*）、佛教中的兔子故事、香港的功夫片。除了母亲吟唱的花木兰之外，我也在剪纸中发现花木兰……”[②] 由此可见，汤亭亭的作品是中西文化的交融，是英语与汉语的杂糅。正如她说的，“我显示小孩如何听睡前故事。故事、梦、想象、意识、潜意识进出睡眠，混合、溶化、流动。”[③]

与赛珍珠和林语堂的身份不同，汤亭亭是个在美国出生的华人（ABC）。她接受了从小学至大学系统的美国教育，对英美文学的作品和理论比较熟识，受到的影响要大一些。但她不忘自己祖先的根，牢记妈妈口述的中国故事和中国人的习俗和命运，特别关注华人在美国的遭遇，用英文写成小说和非小说，以独特的后现代派风格展示了东西方文化的碰撞和融合，取得了美国华裔文学的新突破，受到美国学者和读者的接受和点赞。汤亭亭成了当代中美文化交融的

① 见何文敬，单德兴主编，《再现政治与华裔美国文学》，“中央”研究院欧美研究所，1996，第213页。

② 同上，第216页。

③ 同上，第213页。

一位佼佼者。

赛珍珠、林语堂和汤亭亭都是名闻欧美的作家。赛珍珠和林语堂又是将中国古典名著译介到西方的翻译家。他们三人对促进东西方文化的交融做出了巨大的贡献。他们的作品受到美国学者和读者的欢迎和接受，译介到中国以后，也受到我国学者和读者的青睐和好评。

赛珍珠、林语堂和汤亭亭三个人身份不同，身处的环境也有很大差异，但他们作品中所揭示的东西方文化交融是一样的，虽然表现方式有所不同。赛珍珠是个曾生活在中国 40 年的地道美国人；林语堂是个旅居美国 30 年的地道中国人；而汤亭亭则是在美国出生的华人。但他们从小就受到东西方两种文化的熏陶和影响。在成人后创作的作品中保持这种文化影响是很自然的。他们都用英文写中国题材的小说或非小说。有趣的是三人中间还有互相联系和影响。赛珍珠邀请林语堂用英文撰写《吾国与吾民》，并亲自为它作序推荐。她丈夫的美国约翰·黛公司为林语堂出版 70 万言小说《京华烟云》，并广为宣传，使林语堂到达纽约后顺利从事写作。（后来林语堂因倾心发明中文打字机而倾家荡产，耗尽积蓄 10 万美元，向赛珍珠借款遭拒，双方便断绝来往。）汤亭亭比较年轻，不像赛珍珠和林语堂经历过二战的凄风苦雨和文坛的纷争非议。但她牢记母亲口述的中国故事和中国人移民美国当苦力的血泪史，又认真读过赛珍珠和林语堂二人的作品，受到了他们的影响。但汤亭亭的作品并不是简单地重复他们二人作品中中西文化交融的特点，而是更多地体现当代西方文化思潮的痕迹，如女权主义、后殖民主义，尤其是后现代主义艺术技巧的运用，展示了新的时代特色。

从 1931 年《大地》问世至今已有 80 多年了。中美文化交融越来越多。新一代作家不断涌现。丰富多彩的文学作品日益增多。新的东西方文化交融模式将会在日新月异的发展中出现。它必将增进人类不同民族文化的共同发展。

2017 年 3 月 1 日修改

（原载《外国语言与文化》[湖南师范大学]，2018 年第 1 期）

论中国美国文学研究的深化和创新

——杨仁敬教授访谈录

杨仁敬教授是我国著名的美国文学研究专家，特别是在海明威研究领域成绩卓著。杨教授学识广博，治学严谨，在其30多年的工作生涯中，为我国美国文学研究和教学做出了重大贡献。受《英美文学研究论丛》的嘱托，我最近对杨教授进行了采访，请他就我国美国文学研究的深化和创新问题谈谈自己的看法。下面是谈话记录。

陈广兴（以下简称陈）：杨老师，您好！不久前您来我校出席上海外语教育出版社引进出版的《牛津英国文学百科全书》新闻发布会，并发了言。后来您去郑州大学、郑州航空管理学院等5个高校讲学，再去南京大学参加全国美国文学研究会专题研讨会，主持了第一天的大会发言并在座谈会上介绍了1979年8月全国美国文学研究会成立大会的盛况和意义。2009年11月，您又去青岛出席《世界文学》编辑部和青岛大学合办的“回归文本：外国文学阅读、翻译与研究”学术研究会并在大会上发了言。您对文学研究的全心投入和高度热情深深地感染了我们。我想问问您目前的研究重点是什么？

杨仁敬（以下简称杨）：我的美国文学研究大体包括三个方面：一是海明威研究，刚刚完成国家社科基金项目《美国文学批评视野中的海明威研究》，原先已出版《海明威在中国》（厦门大学出版社，1990）、《海明威在中国》（增订本，厦门大学出版社，2006)、《海明威传》（台北市业强出版社，1996)。2010年5月我将完成中国社科院外文所陈众议所长主持的重点课题《外国名作家学术史研究》的分课题《海明威学术史研究》，接着将外教社的约稿《海明威研究》交付出版。二是美国后现代派小说研究：我的博士生的学位论文有90%是评论美国后现代派小说的。2004年我的国家社科基金项目《美国后现代派小说论》和我的弟子们译的《美国后现代派短篇小说选》由青岛出版社出版。2009年8月，我和弟子们合编了《美国后现代派小说选读》（英文版)，由外语教学与研究出版社出版。我打算进一步研究“χ一代作家群”和几位知名的后现代派科幻小说家。三是美国文学史：已由青岛出版社出版了《20世纪美国文学史》(2000)，由上海外语教育出版社出版了我和杨凌雁合著的《美国文学简史》(2008)。复旦大学出版社约我为非英语专业的本科生和研究生写一本《简明美国文学史》，我正在撰写中，想及早交稿。此外，我和6位弟子合作的教育部的人文社会科学研究项目《新历史主义语境下的美国少数族裔文学》已于最近完成。我会继续支持我的博士生从事犹太文学、黑人文学、印第安文学和亚裔文学等方面的研究，支持他们不断做出新的成绩。

陈：您最近有这么多成果，真令人敬佩。您的《海明威在中国》是一部非常重要的著作，很多人从中受益。海明威是我国研究最多的外国作家之一。他的《老人与海》中译本有很多种，研究论文和专著更是铺天盖地，但大多数都集中在“硬汉形象”“冰山原则”和“女性意识”等有限的问题上。您能谈谈国内海明威研究中存在的问题吗？

杨：能！我认为越来越多的中青年学者对海明威感兴趣，这是值得庆幸的事。从1929年海明威的短篇小说《杀人者》被翻译介绍到我国来到现在已有80年了。他的作品在我国人民抗击日本侵略的战争中起过积极的作用。1945年3月，著名作家茅盾在《近年来介绍的外国文学》一文中指出：“讲到这一方面，首先我们就想起两个名字：海明威和斯坦贝克。这两位作家在近年来的中国，可说是最出风头的。海明威的描写西班牙内战的值得大书特书的一部小说《战地钟声》（今译为《丧钟为谁而鸣》）已有中文译本……”1941年春天，在我国抗日战争最困难的时刻，海明威偕第三任夫人玛莎来华访问，受到蒋介石的高规格接待。他秘密会见了中共驻重庆代表周恩来。周恩来给海明威留下了深刻的印象。回国后，他建议美国政府明确告诉蒋介石：不支持他打内战。同时美国政府应促进国共合作，一致抗日，要大力增加对华的军事援助。海明威支持中国人民反对日本侵略的态度是明确的。他的建议起了良好的作用。这一点我国人民是不会忘记的。今天，在重庆市的红岩博物馆里悬挂着当时海明威夫妇访华时的合影照片，曾家岩五号“周公馆”遗址提示人们当年周恩来秘密会见海明威的房间，这些都是很好的证明。海明威的小说宣传一种“人可以被毁灭，但决不能被打败”的硬汉精神，激励着许多青年读者奋发向上。所以，喜欢海明威作品的人会越来越多。

陈：您认为“硬汉形象”值得反复研究吗？

杨：我想这不是值不值得研究的问题，主要看反复研究中有没有新意。有不同的见解就可能出现反复研究。海明威的硬汉形象在诺贝尔文学奖颁奖词中得到肯定。学界认为他的硬汉形象大体可分为三种：一、勇于为他人牺牲的人，如美国大学讲师乔登志愿奔赴西班牙，在反对法西斯军队的战斗中英勇献身；二、敢于与大自然搏斗的人，如《老人与海》中的圣地亚哥；三、为生活所逼铤而走险的人，如《有钱人和没钱人》中的摩根。前两种人堪称人们学习的榜样，第三种人值得同情，但意义不大。通过文本分析可弄清不同硬汉形象的审美价值和社会意义。

陈：您如何看待大家经常谈论的“冰山原则”？

杨：“冰山原则”是海明威对自己艺术风格的概括。在1958年刊于《巴黎评论》（春季号）的答记者问中，他进一步阐述了在《死在午后》里提出的“冰山原则”。他说，“我总是尽力按冰山原则来创作。它显露的每个部分有八分之七在水下面。你可以删去你熟识的任何东西，它只能强化你的冰山。它就是你没有显示的部分。”

海明威的简洁、精炼、含蓄、优美、生动和电报式的语言和口语化的对话是他的艺术风格，也是对亨利·詹姆斯晦涩难懂的文风的反拨，从此揭开了现代美国小说的新风。诚如诺贝尔奖授奖词中所说的，海明威获奖是“由于他对叙事艺术的精通，突出地表现在他的近作《老人与海》中，同时也由于他对当代文风的影响。”因此，了解和掌握海明威的“冰山原则”对阅读和理解他的作品是十分重要的。

陈：美国学者中常常有人批评海明威缺乏“女性意识”，您如何评价？

杨：是的，有不少人批评海明威小说中女性形象苍白无力，女主人公形象往往缺乏个性，过于驯服。20世纪80年代女权主义运动兴盛时，这种批评更加尖锐。我认为这种批评有一定道理。但海明威小说中的女性形象并不都属于一种类型。《永别了，武器》中的凯瑟琳和《丧钟为谁而鸣》中的玛丽娅是过于驯服，迁就情人，似乎没有独立的个性。但《太阳照常升起》里的布列特是个放纵任性、富有独立意识的新女性。《伊甸园》里的凯瑟琳则理男发，改男名，尽力想控制她的丈夫大卫。美国女学者伯尼斯·克特在《海明威的女人们》（1983）中详细分析了海明威在生活中与女性的关系和他小说中的女性形象，比较公允、具体，受到学界和读者的好评。值得一读。

陈：您觉得国内海明威研究存在什么问题？

杨：80年来，我国海明威研究有了很大发展，曾出现了两次高潮。一次在20世纪30年代抗日战争时期；一次在改革开放的80年代。1986年7月在意大利里阿诺市召开的第二届海明威国际会议上，曾在南京大学任教的芝加哥州立大学教授弗兰德在大会发言中指出：中国作家和学者完全理解和把握了海明威作品的精神实质，并给予海明威很高的评价。我恰好坐在主席台上他的身旁，感到很自豪，拼命为他鼓掌。全场报以热烈的掌声。原来，弗兰德教授在南京大学曾参加了一次江苏作家协会和翻译协会召开的座谈会，亲自聆听了海笑、周梅森、赵瑞蕻、李景端等作家和学者评议海明威的发言。

我国海明威研究在发展中也存在一些问题，主要是：一、重复研究的题目较多，如对海明威的四大小说《太阳照常升起》《永别了，武器》《丧钟为谁而鸣》和《老人与海》的评论，围绕它的主题思想、人物塑造和艺术风格的评论达400多篇，有些是简单的重复，新意不多或了无新意；二、离开小说文本，生搬硬套一些西方文论的术语和概念；三、就作品谈作品，脱离历史语境，不得要领，甚至误解了作者意图；四、找一些西方文论进行解读，缺乏中国学者应有的特色。这些问题一定程度上反映了当前我国美国文学研究中的问题，值得引起重视。

陈：在您看来，我们应该从美国海明威研究中借鉴什么？

杨：美国海明威研究也在不断发展中，各文学批评流派都想将海明威纳入他们的理论范畴，以显示他们的批评实力。20世纪20年代初，他们就注意到海明威了。学界争论他的作品是自然主义还是现实主义流派。到了30年代，新批评、历史文化批评、马克思主义批评都谈到海明威。后来，心理分析批评、结构主义批评、女权主义批评、后现代主义批评、后殖民主义批评、生态文学批评和新历史主义批评等都从不同的视角来评析海明威其人其作，诚如批评家里昂纳尔·特里宁所说的，“（文学）批评在海明威创作生涯中发挥了非常重要的作用，也许没有一个美国天才作家像海明威一样这么受公众关注：他比我们时代的任何作家受到的注视、关切、检验、预估、怀疑和警告都多。”当然，这些五花八门的评论并不都是闪光的金子，但有许多东西是值得我们借鉴的。

一、重视文献资料的梳理和结集出版。从卡洛斯·贝克编选的《海明威与他的批评家们》（1961）和《海明威四大小说评论集》（1962）至今，美国经常出现海明威评论选或海明威参考书目导读。1998年，林妲·威格纳·马丁编了《海明威七十年评论选》。今年，她在原书基础上作了增补，使《海明威八十年评论选》与读者见面。这为中青年学者研究海明威及时提供了便利。

二、关注海明威作品的教学问题。从1992年西班牙会议开始，每两年一次的海明威国际会议，大会发言的不仅有评论海明威作品的学术报告，而且有教学经验的交流。1996年在美国克茨姆召开的海明威国际会议上有人专门介绍了如何对高中生讲授《老人与海》，并由当地一位中学老师朗诵海明威的小说片段，气氛非常活跃。会议将研究与教学结合起来，实际上是将提高与普及相结合，培养更多青年读者的兴趣，扩大了海明威的影响。

三、支持和帮助中青年学者。每届海明威国际会议前，美国海明威学会都出路费赞助两名博士生或助理教授赴会并免收会务费，还安排他们一至两名在大会上发言。如果他们申请入会，会员费则减免一半。每年还奖励3篇青年学者写的海明威研究论文，奖金500美元，不论作者是美国人或外国人。我曾经得过一次这个奖。这对中青年学者是个很大的鼓励。也为海明威研究后继有人打下基础。

四、欢迎和促进国际学术交流。美国海明威学会会员已从创会时的80多人发展到现在近2 000人，其中有许多外国会员。在每届国际会议上不仅有许多美国学者、教授和博士生，而且有来自英国、法国、意大利、瑞典和以色列的专家学者，还有来自亚洲中国、日本和印度的专家教授。大家一起交流研究成果，共同探讨问题，气氛热烈而友好。卡洛斯·贝克教授曾称海明威是个“世界公民”。也许这种国际性的学者聚会和探讨恰好符合海明威的身份和特点。

陈：进入 21 世纪，美国海明威研究有什么新成果？

杨：据我了解，海明威像以前一样，仍是美国文学批评关注的中心之一。2000 年至今，比较有分量的专著有：林妲·威格纳·马丁编的《海明威的历史导读》、杰弗莱·梅尔斯的《海明威：将生活融入艺术》、科克·寇纳特的《海明威与美国流亡人士的现代主义运动》、麦克尔·雷诺兹的《海明威传》（单卷本）、罗伯特·加达斯克的《海明威在他自己的国家》（2002）、彼特·莫列尔的《海明威在中国前线》（2006）和林妲·威格纳·马丁的《欧尼斯特·海明威的文学传记》（2007）等。这些论著大体反映了美国海明威研究的最新成果。

值得指出的是麦克尔·雷诺兹的《海明威传》中提出了一种新观点。他认为海明威从 1946 年到 1960 年写的作品，虽然大都在他去世后才发表，都打破了体裁的界限，如《流动的盛宴》《曙光示真》等。前者看起来像一部短篇小说集，穿插了许多对巴黎往事的特写和对安德森、斯坦因、庞德和菲茨杰拉德的评论。作者则希望读者将它当作长篇小说来读。后者的叙事者是海明威自己，保留了非洲狩猎行中许多真人真事，但也虚构了不少人物和情节，还夹杂了一些对宗教、婚姻和早年生活的议论以及身处逆境的谋略。因此，雷诺兹认为海明威这些遗作具有后现代主义因素。他甚至走得更远，认为海明威这些作品虽然不如诺曼·梅勒的《夜间行军》影响那么大，但他写后现代派小说比约翰·巴思等人要早得多。

这是个新颖而大胆的论断。我认为雷诺兹这个论断是有根据的。他没有提到的海明威最后一部遗作《在乞力曼扎罗山下》（2005）也是事实与虚构相结合的产物。过去，学界总把海明威当成现代主义作家，或受现代主义影响的现实主义作家。其实，二战后不久，麦卡锡主义横行美国，社会出现了精神危机，文学走进了死胡同，作家们开始谋求新的出路。后现代主义悄悄地来临。海明威是否意识到这种变化，很难断定。但他遗作中的后现代主义因素是不争的事实。这反映了作为一个伟大小说家，海明威具有开拓性和前瞻性。1961 年他去世后不久，海勒的《第二十二条军规》问世了。它标志着美国小说进入了后现代主义的新时期。但海明威继续影响着一代又一代作家。

陈：您谈到海明威的后现代主义小说，这的确是个全新的说法。到底什么叫后现代主义小说呢？其“后现代性”是指形式技巧上的革新，还是思想内容上的“反宏大叙事”？

杨：后现代主义或后现代派小说通常是指与跨国资本主义相适应的一种文学和文化模式。它是在后现代主义哲学思潮影响下的小说创作。美国马克思主义批评家弗列德里克·詹姆逊说，后现代主义是晚期资本主义的一种文化逻辑。英国马克思主义批评家特里·伊格尔顿在专著《后现代主义的幻想》（1956）的序言中说，“Postmodernism is a style of culture which reflects something of this epochal change, in a depthless, decentred, ungrounded, self-reflexive, playful, derivative, eclectic, pluralistic art which blurs the boundaries between ‘high’ and ‘popular’ culture, as well as between art and everyday experience.”这段文字不长，但它概括了后现代主义文学和文化的七大特点：（一）跨体裁、跨学科；（二）打破高雅文学与通俗文学的界限；（三）事实与虚构的结合；（四）主张非中心即多中心论；（五）自我反映、自我表露；（六）玩语言游戏；（七）折中和混杂。

这些特点适用于美国后现代派小说。它包括了20世纪60年代的黑色幽默小说和70年代以来的元小说。尽管90年代初，作为一个国际思潮，后现代主义热潮已过，但美国后现代派小说并未衰落，“X一代作家群”的崛起给它带来了新活力。伏尔曼和鲍威尔斯相继荣获2005年和2006年美国国家图书奖。他们关注社会，关注民生，关注国际问题，将生态问题引人小说，并融入信息学、神经外科学、生物工程学和生命科学等最新科技。他们的作品受到美国国内外广大读者的重视。

陈：生态问题不仅受到作家的关注，同时受到理论界的关注，生态批评已经成为当前非常流行的批评理论。谈到文学理论，可以说文学理论早已渗透进我国文学教学和研究的方方面面，但继“作者之死”和“小说之死”之后，“理论之死”又一次成为热门话题，您如何看待这一问题？

杨：文学理论的重要作用是不言而喻的。搞外国文学研究和教学的同仁可能都有同感。问题是如何恰当地把握和运用。2003年，英国批评家特里·伊格尔顿发表了新作《理论之后》，引起学界的广泛议论。有人认为“理论无用了”

“理论过时了”，等等。这种反应有点偏激。其实，伊格尔顿是批评时下盛行的文化批评理论和后现代主义理论，但他不是否定它们的理论本身，而是指出那些学者不关注社会中的矛盾，尤其是许多下层人民的贫困生活，而热衷于纠缠一些无聊的琐事。伊格尔顿回顾了近50年来西方文论的发展脉络，指出文化理论的黄金时代已消失，同时肯定拉康、巴特、阿尔杜塞等人有许多思想至今仍有很高的价值。这说明西方文论仍然具有重要作用。

我们所指的理论包括马克思主义理论和西方文论。对于搞英美文学的人来说，掌握马克思主义的历史唯物主义和辩证法是一项很重要的基本功。练好这个基本功才能正确理解、把握和运用各种西方文学理论。西方文学理论流派繁多，观点新颖，从阅读方法、作品赏析到观察世界，认识人生和社会，都有一套不同的视角和方法，对我们赏析作品、提高和理解文本的能力、丰富解读原著的方法和加强思辨和评析能力都很有帮助。新批评派的“细读法”和反讽、福柯的权力话语、德里达的解构理论等等对我们摆脱传统的思维模式，大胆地挑战旧观念，深入理解和阐释文本都是十分有益的。这是改革开放以来大家共同的感受。一般来说，西方文论视野比较开阔，方法比较具体可行，善于综合多种学科的特点加以应用，自成体系。理论评论富有哲理性，诠释方法来自实践，这些对我们很有启迪。但也有的理论模糊不清，令人费解，不乏主观唯心主义的东西，我们也要多细心加以分辨。

我觉得要进一步深入搞好美国文学研究，必须将理论、文本、历史语境有机地结合起来。最近有人提出回归文本，强调文本在文学评论中的地位，这是完全必要的。文本是文学评论的核心。文本分析是写好论文的关键。以文本为基础，评论才能成为有血有肉的评论。但强调文本并不排斥理论。有了好理论，论文才有好视角，才能有新意。将文本、理论与历史语境结合起来，方能站得高看得远，拓宽视野，立足本土，放眼世界，展望未来。

我国古代散文家韩愈说，“业精于勤荒于嬉，行成于思毁于随。”文学评论贵在创新。创新是评论的生命。不论写一篇论文还是写一本专著，动笔时都要反复考虑自己有何新意。今天，祖国强大了，它的声音受到各国的重视。作为中国学者，我们要意识到自己所处的历史语境，认认真真地细读文本，实事求是地思考问题，科学地评析作家与作品，为发扬人类优秀文化做出自己应有的贡献。

陈: 杨老师给我们详细地介绍了自己研究海明威和美国后现代派小说的感受和体会，内容丰富，观点深刻。我谨代表编辑部和本刊读者向您表示感谢。末了，请您谈谈对本刊的建议，好吗?

杨: 好的。我是贵刊的一位忠实读者。很高兴看到贵刊越办越好，受到许多高校师生的欢迎。我校近年已将贵刊提升为核心刊物。总的来看，贵刊有三大特点:(一) 新老学者相结合。每期都有老教授与中青年学者的论文“同台献艺”;(二) 专辟博士园地，摘载优秀博士学位论文，深受研究生们的喜爱;(三) 敢于开展热点问题的讨论，充分表达各种意见，探讨合理的解决办法，如博士学位论文是用英文写，还是用中文写? 英美文学课在高校教学大纲里的地位如何? 等等。如此开诚布公的讨论对读者很有吸引力，同时也扩大了贵刊的社会影响。

我衷心地祝愿贵刊在新的一年里成为一份有活力、有创新、有特色的学术刊物!

陈: 谢谢杨老师的良好祝愿! 我们一定加倍努力，把刊物办得更好!

(原载《英美文学研究论丛》, 2010 年春季刊［总第 12 期］)

难忘的记忆　喜人的前景

——美国文学在中国60年回顾

我们伟大的中华人民共和国六十华诞了。伴随着中美两国关系的变化和发展，美国文学在中国走过了漫长而曲折的历程。从1949年至今，它经历了不同的时期。从美国文学在高校缺失，个别名著一枝独秀的状况到今天高校内外欣欣向荣的局面，展现了中美文化热烈交流的喜人前景。抚今思昔，那逝去的岁月成了亲切的回忆和思考。眼前的兴旺值得人们欣慰和珍惜，美好的前景令人期盼，更令人深感任重而道远。

现就个人的经历，谈谈点滴感受，以此欢庆中华人民共和国辉煌的60年。

一、1949年—1966年：高校课堂缺失，个别名著一枝独秀

1954年，我走进了厦门大学英文系，成了一名本科生。当时强调“学习苏联”，精读课选用的教材是莫斯科师范大学编的《高级英语》（上下册），书中选材绝大部分都是英国文学作品，美国小说和散文很少，仅有欧·亨利的《最后一叶》、马克·吐温的《竞选州长》和惠特曼的《啊！船长，我的船长》等几篇。到了1957年，厦门大学英文系改用徐燕谋编的精读课本，但选材仍以英国小说和散文为主。课外阅读的也是英国的《简·爱》《傲慢与偏见》《威克菲

尔牧师传》和《双城记》等，高年级读的美国文学作品只有《哈克贝利·费恩历险记》和海明威的《丧钟为谁而鸣》等寥寥几本。系里开的课还有《莎士比亚选读》《英国文学史》《英诗选读》和《外国文学史》等，全部用英文讲授，但《外国文学史》课里只讲到二战结束，对两次世界大战之间的美国文学仅简单介绍杰克·伦敦、德莱塞和海明威三个作家。所以，作为一名英语专业学生，我只好埋头于练好英文基本功，美国文学的知识很有限，全靠自己课余到图书馆偷看几本美国文学名著。毕业后，我留校当助教，忙于应付英文专业一年级教学，抽空读点18世纪英国小说，写过两篇评笛福的《鲁滨孙漂流记》的艺术特色和斯威夫特的《格列佛游记》讽刺手法的论文，刊于《厦门大学学报》（哲学社会科学版）上。

1963年我考取南京大学硕士生，师从范存忠教授和陈嘉教授，每周有一次到范先生的副校长办公室上课。有时去听陈先生讲莎士比亚戏剧。我发觉，范老选用了许多英国原版的英文教材和作家评论专著，如John Matthews Manly的《英国诗文选注》，每周要求我读两部英文长篇小说，并写出英文读书报告。他对我写的每篇英文作文都亲自批改，要求极严，连个标点符号也不放过。但我很少接触美国文学。我有时去图书馆借书，发觉南大图书馆和外文系图书馆里美国文学作品很全，霍桑、爱默生、马克·吐温、梅尔维尔、惠特曼、詹姆斯、豪威尔斯等人的书应有尽有，全都可以出借，但问津的人很少，似乎处于半封闭状态。我只是好奇地就地翻翻，仍专注于英国文学的研习。

由于众所周知的原因，“文革”前17年，中美中断了外交关系，双方停止了文化交流。但我国仍翻译出版了215种美国文学作品。其中小说占一半以上，达118种，共136个版本，以现代小说为主。马克·吐温占第一位，长篇小说9部，中篇小说和短篇小说集各4部，共27种译本。他的主要小说几乎都有中译本。他成了我国读者最喜爱的美国作家之一。杰克·伦敦小说的中译本有20多种。霍华德·法斯特的小说有18种译成中文。德莱塞的8部长篇小说也全部译介过来。马克·吐温的《哈克贝利·费恩历险记》《汤姆·索亚历险记》《王子与贫儿》，伦敦的《白牙》《马丁·伊登》《荒野的呼唤》，库帕的《最后一个莫希干人》，霍桑的《红字》，梅尔维尔的《白鲸》，诺里斯的《章鱼》，路易斯的《王孙梦》，斯坦贝克的《愤怒的葡萄》，德莱塞的《嘉莉妹妹》《美国悲剧》

《珍妮姑娘》，法斯特的《自由之路》《斯巴达克思》以及海明威的《永别了，武器》《丧钟为谁而鸣》《老人与海》都公开与读者见面。除了小说以外，朗费罗的长诗《伊凡吉琳》《海华沙之歌》、惠特曼的《草叶集》、赫尔曼的《守望莱茵河》、奥德茨的《等待老左》也被译成中文。“垮掉的一代”作家凯鲁亚克的《在路上》和塞林格的《麦田里的守望者》也有中文译本，不过仅内部发行。① 这些事实说明：尽管中美关系停滞，我国仍十分重视美国文学，译介了大多数美国小说名著，将它们作为人类优秀文化遗产的一部分，供广大读者阅读、欣赏和借鉴。

美国文学历史不长，但影响越来越大。从1930年至今，已有10位作家荣获诺贝尔文学奖。他们是：小说家辛克莱·路易斯、赛珍珠、威廉·福克纳、欧尼斯特·海明威、约翰·斯坦贝克、索尔·贝娄、艾萨克·巴什维斯·辛格和托妮·莫里森；戏剧家尤金·奥尼尔；诗人T. S. 艾略特。他们的作品被大量译成各种语言，受到世界各国读者的好评。

事实上，美国小说译介到我国来，已经有100多年的历史了。欧文的短篇小说《瑞普·凡·温克尔》于清同治十一年（1872）被译成中文，刊于当年4月22日《申报》，题为《一睡七十年》。1901年林纾译了斯托夫人的长篇小说《黑奴吁天录》（即《汤姆叔叔的小屋》），引起我国读者的强烈反响。② 1919年“五四运动”以来，诗人惠特曼影响了我国郭沫若等许多诗人。1929年，海明威的短篇小说《杀人者》被译介到我国。1937年抗日战争爆发，我国开始大量翻译世界文学名著，尤其是反法西斯的文学作品，以适应反对侵略、保卫祖国斗争的需要。先后译介的有：德莱塞的《美国悲剧》、辛克莱·路易斯的《大街》、考德威尔的《烟草路》、马尔兹的《实情如此》、里德的《震撼世界的十天》、法斯特的《一个民主的斗士》、萨洛扬的《石榴树》、斯坦贝克的《愤怒的葡萄》和《月亮下去了》、海明威的《永别了，武器》和《丧钟为谁而鸣》等。著名作家茅盾特别推崇海明威和斯坦贝克二人。由此可见，美国文学曾经对我国现代文学的发展和抗日救国斗争起过积极的作用。

因此，不管是大学生或一般读者，他们对美国经典文学名著印象不错。在

---

① 孙致礼编著，《我国英美文学翻译概论》，译林出版社，1996年，第42，44，45，56页。
② 同上。

1966年至1976年"十年动乱"期间，高校停课，图书馆关闭，然而有些流落民间的美国名著如海明威的《老人与海》仍在青年中悄悄地传阅。他们从中吸取生活的启迪，寻找挫折中崛起之路。

二、1976年—1999年：全面复苏迅速发展

1976年10月粉碎了"四人帮"，"十年动乱"宣告结束。拨乱反正、解放思想的浪潮席卷全国，我们迎来了新的生活。中美两国实现了邦交正常化后，文化交往日益频繁。1978年改革开放的春风吹遍了神州大地。高校恢复了招生，我的两位导师范存忠和陈嘉分别恢复了南京大学副校长和外文系系主任职务。同年11月，我从江苏外贸局调回南京大学任教。"文革"十年，我当过军垦农场战士、缝纫机厂钳工和省外贸局英文翻译，丢下学过的英美文学。返校后，我被分配去外国文学研究所，一面给英文专业三年级学生讲授英国文学选读，一面搞点英美文学研究。这个外国文学研究所是中宣部特批的，陈嘉先生兼任所长，购置了许多20世纪六七十年代美国文学作品，这在国内尚不多见。我感到非常新鲜有趣，常在课余抽空读点小说，从自己比较了解的海明威开始搞点研究，想将失去的时间补回来。我还协助陈嘉先生编写了《英国文学作品选读》教材（英文版，共三卷），该书后来由商务印书馆出版。

1979年和1980年，陈嘉先生受教育部委托，两次率全国英语界知名教授和副教授组团访问美国。他们走访了十多所大学，了解了美国的英语教学情况，尤其是英美文学课程在教学大纲里所占的比例和类型。陈嘉先生意气风发，返校后立即组织老师们修改教学计划，制定教改措施，准备大干一番。

1979年8月底，全国美国文学研究会在烟台成立。原山东大学校长吴富恒教授当选为会长，陈嘉、杨周翰、王佐良和杨岂深当选为副会长，陆凡为秘书长。全国40多个高校和科研、出版单位的80多位代表到会。这是"文革"后我国英美文学界的首次盛会。这是个团结、开放的大会，有力地促进了全国美国文学的教学和科研工作。我有幸出席了这次盛会，并在大会上宣读了论文《论海明威〈永别了，武器〉和〈丧钟为谁而鸣〉中的人物形象》。大会报告还有万培德和倪受禧两篇评海明威作品的论文。

值得指出的是在山东大学任教的美国女教授戴蒙德应邀在大会上做了关于女权主义理论和小说的报告，令人耳目一新。这也许是1949年以来第一次请一位美国教授在全国学术会议上做报告，揭开了中美学术交流的新的一页。

会议决定出版《美国文学丛刊》，进一步将分散在全国各地的教学、翻译和研究力量组织起来，推动国内美国文学的教学和研究。

此后不久，各大专院校纷纷开设美国文学课程，涌现了多种教材。如《美国文学选读》，有复旦大学杨岂深、龙文佩编的；有南开大学李宜燮、常耀信编的；有上海外国语大学秦小孟编的。还有常耀信编著的《美国文学简史》（英文版）和《美国文学评论选》以及王佐良编著的《美国20世纪短篇小说选》等。这一切激发了广大学生和读者对美国文学的兴趣。

值得指出的是1978年《美国文学简史》（上册）的问世（下册1986年出版）。此书由董衡巽、朱虹、施咸荣、李文俊、郑土生和李郊合著，于“文革”后期动笔。它是中国学者第一次试写美国文学史，受到国内学术界和读者的欢迎和重视。1980年12月中国社科出版社出了张英伦等6人主编的《外国名作家传》（上、中、下三册），共收入外国名作家近300名，其中美国作家占30多名。接着，美国小说、诗歌、戏剧和传记等作品的中译本大量问世。1978年8月上海译文出版社创办了《外国文艺》，主要翻译外国名作家的名作品；1979年江苏创办了《译林》杂志，重点介绍当代英美通俗小说。南京大学的《当代外国文学》杂志1980年春创刊。它们走在改革开放的前列。中国社科院外文所的《外国文学评论》、武汉华中师大的《外国文学研究》、北京外国语大学的《外国文学》和北京大学的《国外文学》都异常活跃，每期都有多篇评析美国文学作品的论文，受到全国广大读者的关注。

1980年8月，我和朱虹、倪世雄和杨治中考取了哈佛大学博士后，作为第一批中国青年学者，走进了这所世界著名的高等学府，为期一年。我的导师是英文系终身教授丹尼尔·艾伦和比较文学系终身教授哈里·列文。我每学期选两门博士生课程和两门本科生课程，集中主要精力系统研读美国文学，尤其是两次世界大战之间的美国小说，兼学一点国内当时方兴未艾的比较文学。每周我找导师个别辅导一次，课余听了许多学术报告，受益良多。同时，我抽空去访问了普林斯顿大学的海明威专家卡洛斯·贝克教授和肯尼迪图书馆海明威藏书部。我还利用假期去访问伯克利加州大学副校长詹姆斯·哈特教授、耶鲁大学新批评派优秀代表克林思·布鲁克斯教授和著名批评家列斯莱·菲德勒教授，受到他们的热情接待，共同探讨了美国文学的许多问题，收获很大。在哈佛校园里，我总是起早摸黑地读书写作，十分珍惜这难得的机会，决心将“文革”中失去的时间补回来。周末我几乎都是在哈佛大学的几个图书馆或波士顿的书店里度过的。从这些学习和学术活动中，我感到研究美国文学首先要以文本的理解为基础，认真读懂文学作品原著，做好阅读笔记；其次要掌握一种或多种文学批评理论，作为评析文学作品的工具，才可能找到新的切入点，形成自己的创见；其三，要广泛了解作品的不同解读和评论，扩大视野；其四，引导学生开展讨论，共同提高。哈佛的博士生课程大部分是讨论课，形式活跃，气氛热烈，收获甚大。

1981 年 9 月初，我经伦敦和香港回到南京。遵照陈嘉先生在我赴美前的嘱托，我在哈佛写了《现代美国小说导论》英文讲稿 500 多页，便走上讲台，为他的硕士生开讲。同时，我继续给专业英语三年级上《英国文学选读》。去哈佛大学以前，我和刘海平、王希苏合译了马拉默德的长篇小说《店员》，由江苏人民出版社出版。在美国期间，我两次会见了马拉默德先生，对他的小说有了进一步的了解，回国后又译了他另两部长篇小说《基辅怨》和《杜宾的生活》以及未完成的长篇小说《部族人》。我从此对文学翻译产生了浓厚的兴趣，往后又译了艾丽丝·沃克的《紫色》、纳撒尼尔·韦斯特的《蝗虫日》和《孤心小姐》、E. L. 多克托罗的《比利·巴思格特》等多部长篇和中篇小说以及海明威的一些短篇小说。

1986 年 5 月初，我从南京大学调回厦门大学，第二年 2 月破格晋升为教授，开始了新的教学生涯。1986 年 7 月，我代表我国出席了在意大利里阿诺市举办的第二届海明威国际会议，并应邀在大会上宣读了论文，受到与会的各国学者的好评。回国后同年 11 月，我系承办了全国美国文学研究会的“海明威与迷惘的一代”学术研讨会。来自全国许多单位的 50 多位代表参加了会议。副会长汤永宽、副秘书长李景端和吴富恒会长的代表郭继德主持了会议。知名专家学者董衡巽、钱青、赵一凡、常耀信、主万、施咸荣、朱炯强、吴劳、李醒等以及我本人在大会发了言。周珏良教授和赵罗蕤教授等做了即席发言。在厦门大学任教的美国专家凯因教授和斯泰特教授，在山东大学任教的康乃迪教授夫妇以及曾在南京大学任教、从美国远道而来的弗兰德教授应邀出席了会议并分别做了学术报告。会议内容相当丰富，涉及海明威小说中的妇女形象、艺术手法、多层次结构、海明威与“迷惘的一代”以及海明威与电影戏剧。与会代表就海明威是不是“迷惘的一代”的代表进行了热烈的辩论，形成了三种不同的观点：(1) 前期是，后期不是；(2) 一生都是；(3) 一生都不是。这些辩论不仅活跃了会议气氛，而且促进大家认真思考，解放思想，将海明威研究引向深入。1989 年 7 月，我们与广西师大外文系联合举办了桂林海明威国际学术研讨会。林疑今、陶洁、陆煜泰和我分别主持了大会，美国、澳大利亚等国的学者江肯斯等 7 人到会。许多中青年在会上宣读了论文。会议开得很成功。

回到母校，见到往日的师友我很高兴。我被分配去教《英国文学选读》，有时一个班竟达 86 人，讲课时只好用扩音器，但同学们都很认真。后来这个班出了两三位美国文学博士。

不久，我成了硕导，给硕士生开了几门课，如《现代美国小说导论》《西方文论概要》《女权主义理论与英美女作家》《海明威研究》和《美国黑人小说与犹太小说》等。我把在哈佛大学学到的全用上了，快乐之情溢于言表。业余我仍抓紧时间搞点研究，1990 年 11 月出版了专著《海明威在中国》，第二年荣获厦门大学南强奖一等奖。我的课题《美国现代小说艺术探秘》首次荣获 1992 年中华社科基金入项。同年又有一个关于我省进出口经贸英语评析获省社科课题入项。《海明威在中国》获厦门市社科优秀成果一等奖。这为我系申建英文博士点创造了条件。

1993 年 8 月，我考取了富布莱特高级访问学者，第二次重返哈佛大学，见到我的师友艾伦、列文、凯里等人。与 80 年代不同的是，他们都到中国的北京和上海几个高校、南京大学或厦门大学讲过学了，对我国有了进一步了解，见面时特别亲切。我应邀在哈佛做了一次“海明威在中国”的学术报告，受到热烈欢迎。麻省理工学院的华生教授特地前来捧场。令人惋惜的是我的师友卡洛斯·贝克教授和马拉默德先生均于 1986 年逝世了。我听说马拉默德夫人安娜恰好在坎布里奇市她女儿处，便登门拜访，表示慰问。她热情地给我介绍了马拉默德先生逝世后他的小说出版情况和马拉默德研究会的成立和活动，顺手从书架上取下新版的《店员》和《杜宾的生活》赠给我，令我不禁想起 1980 年马拉默德先生到哈佛我的住处见面的亲切情景。

我在哈佛一面听课，重点掌握较新的文论；一面搞研究，主要研习美国后现代派小说。列文教授告诉我，研究美国文学应该去南方走一走，体察一下黑人生活与黑人文学。我感到很有道理，第二学期便转到杜克大学。我很荣幸地听了兰特里基亚教授和詹姆逊教授两位名家的课，获益匪浅。我还应邀做了学术报告，又会见了批评家费什和他的夫人托帕金斯教授以及巴巴拉·史密斯教授等，了解了结构主义、读者反应论、后殖民主义和后现代主义理论，感受了美国南方不同的风情，欣赏了杜克大学花园里成片美丽的郁金香和人工湖里来自中国的十几对鸳鸯。

1993 年 12 月传来了好消息，我领头申建的英文博士点获国务院批准，我同时成了该点的第一位博士生导师。我系成立于 1923 年，是厦门大学最老的院系之一。在此之前，英文系三次申建英文博士点都没有成功，这是第四次申请了，成功来之不易。全系师生梦寐以求的期盼终于实现了，我兴奋之余深感肩上的担子更重了，便深入了解哈佛、杜克等大学博士生课程设置和学位论文的指导状况，从思想上和教学上做些准备。

1995 年返国后，我继续了解北京大学、南京大学等校博士生培养情况，第二年春天招了 3 名博士生，开设了《美国文学史》《美国文学评论选读》《欧美文论》《英文论文写作技巧》和《中外文学名著翻译》。除了文学翻译课以外，我全部采用英文原版教材。系里每年邀请 4—5 名英美专家，其中的弥莫莎教授、马丁教授曾抽空给我的博士生们开课，如《莎士比亚戏剧》《西方文学批评史》《美国诗歌》和《英国当代小说》等，使他们既强化了英文基本功，又扩大了英美文学知识面。课程内容如此丰富，美中两国教授同堂传授知识，这是“文革”前所没有的。改革开放为博士生们创造了良好的学习条件，使他们加倍用功学习。

招收了博士生，增强了科研的新生力量。我一面忙于研究生教学，一面继续海明威研究和美国文学史的探索。1996 年，我的《海明威传》在台北市出版。同时，吴元迈主编的中华社科基金“八五”规划重点项目“20 世纪外国国别文学史丛书”包括了 11 个国家的 10 部 20 世纪文学史。吴先生委托我撰写《20 世纪美国文学史》。我与我的博士生詹树魁、周南翼合译了《冬天里的尼克松》等。我还在 1992 年和 1996 年分别出席了在西班牙和美国召开的第五届和第七届海明威国际会议，并应邀在大会上宣读论文，受到各国与会者的重视。

从 80 年代末到 90 年代，国内对美国小说、诗歌、文论的研究明显加强了。

许多专著译著陆续问世，主要有：董衡巽著的《美国现代小说家论》（1987）、钱满素著的《美国当代小说家论》（1987）、郭继德、王文斌、欧扬基编译的《当代美国文学词典》（1987）、王逢振、盛宁、李自修编译的《最新西方文论选》（1991）、盛宁著的《二十世纪美国文论》（1994）、朱通伯等译的埃默里·埃利奥特的《哥伦比亚美国文学史》（1994）、张子清著的《二十世纪美国诗歌史》（1995）、钱青主编的《美国名著精选》（上下两册，1997）、常耀信著的《美国文学史》（上册，1998）和史志康主编的《美国文学背景概观》（1998）等。许多大专院校英文系为本科生开设了美国文学课，英美文学方向硕士生课程也增添了许多内容。有些高校中文系外国文学专业大大地增加了美国文学的比例。

在译介方面有很大的发展。19、20 世纪美国主要作家的作品，包括长短篇小说、诗歌和戏剧以及传记和主要文学批评流派的专著，几乎都陆续译成中文。有的名作家还出了专集和文集，如北京三联书店出版的《斯托夫人集》《梭罗集》《爱伦·坡集》和《奥尼尔集》等 10 多种；上海译文出版社推出了 15 卷本的《海明威文集》。译林出版社发行了《美国后现代派长篇小说丛书》和《天使的愤怒》等系列通俗小说丛书。这些译作大大激发了广大读者对美国文学的兴趣，帮助他们了解美国文学和美国社会，丰富自己的文化生活。

不过，美国文学在我国的发展并不是一帆风顺的。1986 年前后，由于极“左”思潮残余的影响，全国美国文学研究会的《美国文学丛刊》曾被迫停刊多年。但高校里美国文学的教学相对来说发展比较顺利，学术活动十分活跃，美国专家与中国师生相处融洽，改革开放的浪潮滚滚向前，锐不可当。它指引着广大师生满怀信心地走进 21 世纪新时代。

三、2000—2009：全面繁荣　前景喜人

21 世纪的来临带来了新跨越。2000 年，我指导的第一位博士张龙海脱颖而出，受到了校内外专家的肯定。我撰写的《20 世纪美国文学史》由青岛出版社正式出版，获得学术界的好评，至今已再版三次，曾获福建省社科优秀成果二等奖。同时，我仍致力于美国后现代派小说研究。2000 年，我翻译的 E. L. 多克托罗的《比利·巴思格特》由译林出版社出版。2001 年，我第二次荣获国家社

科基金入项，课题是《美国后现代派小说论》。

从英语界的情况来看，教材建设受到更大的重视。陶洁主编的《美国文学选读》2000 年问世，2005 年第二版连印了 8 次，销路可观。不少高校英文系本科将英美文学选读合为一课，也有的将美国文学史与选读合二为一。喜爱美国文学的大学生和研究生大大增多了。2002 年，旅美学者童明著的《美国文学史》（英文版）由译林出版社出版，被一些高校用作教材。2003 年常耀信的《美国文学简史》（第二版、英文版）问世，受到学界的广泛重视。同年，黄禄善出版了《美国通俗小说史》，为美国文学史作了补充。2005 年朱刚编著的《二十世纪西方文艺批评理论》（英文版）成了许多高校英文系的硕士生教材。郭继德的《美国戏剧选读》（英文版，2006）解决了多年来外国文学教学缺乏美国戏剧教材的难题，受到高校研究生们的欢迎。今年，我和我的弟子们编著了《美国后现代派小说选读》（英文版），刚刚由外语教学与研究出版社出版。它将填补英文专业硕士生教材的空白。

与此同时，董衡巽主编的《美国文学简史》（修订本）也于 2003 年与读者见面。此书补充了许多新材料，并对某些观点作了补充和修正。这部 1978 年问世的旧作换新貌，备受读者的喜爱。

2004 年，我主持完成的国家社科基金项目《美国后现代派小说论》和主持翻译的《美国后现代派短篇小说选》由青岛出版社出版。这两本书比较系统地评介了 1961 年《第二十二条军规》问世以来美国后现代派小说的 20 多位作家和他们的作品，填补了国内美国文学研究的空白，深受学术界和读者的欢迎。《美国后现代派小说论》曾获福建省人民政府颁发的优秀社科著作二等奖。各大报刊登的评论美国文学的文章与日俱增。据不完全统计，从 1990 年 1 月至 2005 年 12 月，我国各大报刊发表有关海明威的论文达 400 多篇，专著 20 多部。这是“文革”前所无法比拟的。

2005 年，我第三次荣获国家社科基金入项。课题是：《美国文学批评视野中的海明威研究》。同年，我应邀参加中国社科院外文所陈众议所长主持的《外国名作家学术史》（该院重点课题）的研究工作，负责撰写《海明威学术史》。2006 年，我的《海明威在中国》（增订本）由厦门大学出版社出版。此书获 2007 年福建省社科优秀成果二等奖，得到中美两国学术界同仁的好评。美国海明威学会会长詹姆斯·梅里狄斯在来信中说，“你对海明威在中国的不懈探索得到了我们美国同行的深切敬重。我们确实非常赞赏你这本书。”

2005年前后，上海外语教育出版社先后推出了三套巨著，为美国文学在中国的传播和发展做出了宝贵的贡献。首先是刘海平和王守仁主编的《新编美国文学史》（4卷本，2005）。这是国家社科“九五”规划重点项目，也是至今为止我国学者撰写的最长、最丰富的一部美国文学史。其次是汪义群主编的“外国现代作家研究丛书”，包括欧美作家23人，其中美国作家占15人。我负责撰写《海明威研究》。其三是黄源深主编的“外国文学简史丛书”，涵盖英国、美国、澳大利亚、德国、法国、俄罗斯、西班牙和日本8个国家的文学简史。我和杨凌雁合著的《美国文学简史》于2008年6月出版。我们从殖民主义时期写到2007年，对后现代派小说、诗歌和文论都有详细的评介，包括“X一代作家群”和“语言诗人”等，可以说是目前国内最新的一本美国文学简史。

2008年中央编译局出版社出版了我和史志康等人一起翻译的伯柯维奇主编的《剑桥美国文学史》（共8卷，尚未出齐）。这是至今为止美国学者编写的最系统的一部美国文学史。它与斯皮勒的《美利坚合众国文学史》的不同之处在于：它反映了美国学者对一系列作家、作品和流派的不同观点，而不强调他们的共识。它对我们很有参考价值。赵一凡的《从胡塞尔到德里达：西方文论讲稿》（2007）和《从卢卡奇到萨义德：西方文论讲稿续编》（2009）系统地阐述了西方文论各个流派的发展与变化，成了研究生的热门读物。2009年，复旦大学出版社出了史志康的《研究生英语文学欣赏》（英文版），涵盖15个美国作家的作品。它从新的视角引导英文专业研究生在文本解读的基础上欣赏选文优美的语言和风格。这是美国文学教学的新尝试，引起学界同仁的关注。

学术活动的常态化和多样化成了21世纪的一大特色。作为国家一级学会，全国美国文学研究会1979年8月底成立以来已走过了30年。它的挂靠单位于1992年由山东大学移到南京大学，每两年开一次年会，中间穿插开一次专题研讨会。2006年在重庆西南大学召开了第13届年会，特邀美国学者埃默里·埃利奥特莅会做学术报告。2008年在西安陕西师大举办了第14届年会，刘海平教授蝉联会长，郭继德、王守仁、赵一凡、盛宁、程朝翔、金莉、朱刚、张冲以及本人任副会长。与会代表由过去的80人左右增加到200多人，中青年学者占三分之二，呈现一片欣欣向荣景象。由刘海平任会长的中国哈佛-燕京学者联谊会，每两年在苏州举行一次学术研讨会，已开过六届。还出版了论文集《世纪之交的中国和美国》《文明对话：东亚现代化的涵义和全球化中的文化多样性》和《文化自觉与文化认同：东亚视角》。哈佛大学的知名学者克列格、韩南、杜维明、凯里、库纳和布依尔等教授都莅会做了学术报告。有时还有韩国、日本、越南和中国台湾地区的学者参加。大家以文会友，探讨共同关心的全球化过程中的中西文化交往问题。此外，有些大学还举办了专题国际学术研讨会，如北京外国语大学今年4月的“美国亚裔文学研讨会”、5月上海外国语大学的《英美文学国际学术研讨会》、6月浙江大学的“现代主义与东方文化研讨会”等，进一步深化了对美国作家、作品和流派的研究。《当代外国文学》《外国文学评论》《外国文学研究》《外国文学》和《世界文学》常常不定期地与某些大学联合举办学术研讨会，美国作家与作品成为会议的重要内容之一，吸引了许多中青年学者赴会。这对推动国内美国文学研究发挥了一定的积极作用。

据初步统计，从2000年到2008年，国内800余种期刊共发表了4 500多篇美国文学研究论文，几十家出版社出版了数十部专著，涉及320多位美国作家和640多部作品，研究范围大大地扩大了。在640多部美国文学作品中，小说占多数。少数族裔文学作品占了130多部。最受关注的是霍桑的《红字》和莫里森的《宠儿》；其次是菲茨杰拉德的《了不起的盖茨比》；其三是艾丽丝·沃克的《紫色》；紧随其后的是塞林格的《麦田里的守望者》、海明威的《老人与海》和汤亭亭的《女勇士》。这说明美国文学已成为我国学界的一个研究热点。[①] 学术研究日益繁荣。

在博士生培养方面，也有了长足的发展。全国英语语言博士点已增至20多个。南京大学、南开大学、北京外国语大学、北京大学、上海外国语大学、复旦大学、中山大学、湖南师大、苏州大学和四川大学等校都培养了一定数量的美国文学博士生，他们成了许多高校的教学、科研或行政骨干。至今为止，我招收的30名美国小说史方向的博士生，已有19人获得博士学位。其中有7人升为教授（2人成为博导），10人成了副教授。他们有12人到过哈佛、耶鲁、康

① 任虎军，《新世纪国内美国文学研究热点》，《外国语文》，2009年第3期，第28—32页。

奈尔、杜克、艾默里、华盛顿、天主教和宾州等大学深造，张龙海博士成了耶鲁大学博士后。还有一名在校博士生胡选恩考取 2007 年富布莱特高级访问学者。现在，国家留学基金委采取一加一的政策，中青年教师出国留学的机会更多了。改革开放为高校的学科建设和人才培养开辟了广阔的天地。我国高校美国文学的教学与研究后继有人，前景光明。

美国文学在我国 60 年的发展，经历了从沉寂状态到欣欣向荣的局面，这是来之不易的。这首先要归功于 1978 年以来党的改革开放政策；其次是老一辈专家教授和学界同仁的不懈努力以及教育界、翻译界、出版界和文艺界各方面的配合和支持。经过这不平凡的 60 年，美国文学在我国的繁荣与发展成了我们伟大祖国辉煌 60 年的一部分，令人开心，值得自豪，更使人倍感任重道远。

但是，我们不能不看到：60 年来，曾为美国文学在我国的发展呕心沥血的老专家学者如吴富恒教授、范存忠教授、陈嘉教授、王佐良教授、杨周翰教授、李赋宁教授、林疑今教授、杨岂深教授和龙文佩教授等都离我们而去了。第二代的精英陶洁教授、钱青教授等也退休了。我们寄希望于新一代中青年学者。目前有的高校老中青配合较好，学术梯队健全，中青年积极上进，硕果累累；也有的单位青黄不接，梯队不强，后继乏人，令人担忧。有的院系将英美文学与英语学习对立起来，不加以重视，甚至挤掉授课时间。在美国文学研究方面，重复研究的问题比较突出，这可能会影响今后学术研究的发展。同时对美国新作家和新流派关注不够。文学翻译界担心中英文俱佳的译者难觅，译作质量难以保证。这些问题都值得我们重视。

美国诗人爱默生说，“知识是一座城，每个人都可以为它添砖加瓦。”美国文学在我国高校内外的进一步繁荣与发展有待于全国学界同仁的添砖加瓦，特别要依靠中青年学者的奋发图强，与时俱进，开拓创新，勇攀高峰。随着中美两国关系的顺利发展，两国文化交流将会开创新局面。美国文学在中国的教学、研究和翻译还有很大的发展空间。我们要加强学习，刻苦努力，团结协作，让美国文学在中国继续健康地发展下去，为美好前景的实现不断地添砖加瓦。

（原载《中国外语发展战略论坛》，庄智象主编，上海外语教育出版社，2009 年 9 月）

第四部分

英国文学散论

走近莎士比亚

一

提起英国伟大诗人和戏剧家威廉·莎士比亚，人们便想起英国诗人本·琼生对他的评价：“他不仅属于一个世纪，而且属于所有的时代”（Not of an age but for all time）。他还称莎士比亚是“时代的灵魂”（Soul of the Age）。莎士比亚在剧作中，以丰富多彩的艺术手法表达了那个时代的最强音——人文主义思想。他的戏剧不仅是英美两国人民宝贵的精神财富，而且成了人类共同的文化遗产。

记得1981年8月的一天，我在哈佛大学完成博士后研究之后，从波士顿飞往伦敦，准备到欧洲大陆旅行，经费由哈佛-燕京学院资助。到达伦敦的第二天，我便决定先去牛津大学和剑桥大学参观，特别是去访问斯特拉福德镇，因为那是我敬仰的大文豪莎士比亚的故乡，又是哈佛大学校主约翰·哈佛的诞生地。

从伦敦维多利亚火车站到斯特拉福德小镇有直达的短途汽车，早8时至晚8时，每半小时一班，流水发车，十分方便。

走进斯特拉福德镇，首先映入眼帘的是那庄严雄伟的莎士比亚纪念碑群雕。纪念碑石座上是一尊真人大小的莎士比亚坐像，四周矗立着四个人物雕像：代表喜剧的福斯塔夫、代表悲剧的麦克白夫人、代表历史的亨利五世和代表哲学的哈姆雷特。五个雕像都是青铜做的，据说是1888年罗纳德·高尔勋爵送给斯特拉福德镇的。群雕屹立在万紫千红的鲜花丛中，周围是翠绿的草地和参天的树木。来自世界各地的游客络绎不绝。他们穿着不同的服装，操着不同的语言，汇聚在这令人怀念的文化圣地。

古老而美丽的斯特拉福德镇坐落在英国中部沃里克郡的艾汶河畔，人口仅两万多，但每年游客达370多万人。据称，1564年4月23日，莎士比亚诞生在这小镇的一座乡下旧式的农屋里。它位于亨利街上。农屋是两层的木石结构，上下共有6个房间，屋内陈设简陋。有几间保持了原貌，有几间是后来设立的蜡像馆。它取自莎士比亚喜剧、悲剧和历史剧的一些最精彩的场面，如哈姆雷特与雷欧提斯的决斗情景。农屋的后院是个美丽的园林，典型的英国16世纪风格，吸引了不少游客驻足观赏。

农屋的附近是莎士比亚出生时受洗礼的圣三一教堂。1616年4月23日，莎士比亚在故乡逝世，也在教堂里留下了记录。教堂内，莎士比亚墓墙龛内嵌着莎士比亚半身塑像。雕像下面刻着两行拉丁文：

明断像纳斯特，智慧如苏格拉底，艺文似维吉尔；
泥土埋着他，民众悼念他，奥林匹斯山拥有他。

还有6行用英文写的诗：

请停下脚步，过路人，为啥这么匆匆？
如果你认得字，读一读吧！看那嫉妒的死神
把谁埋在这纪念像下？莎士比亚！
活生生的“自然”随他而死。他的名字装点这座坟墓，大大超过建造此墓的花费
因为他的著作留下的艺术，他那文思的侍童。

末了，又用拉丁文刻着：“死于1616年4月23日，终年53岁。”

在莎士比亚故居附近，新建了一个莎士比亚研究中心。我去参观故居那天，故居门口停着一辆快餐餐车，供应游客午餐。有趣的是，餐车的一侧画着一幅

巨大的莎士比亚头像，很多游客不仅去买快餐，还在莎士比亚头像旁照相留念。

斯特拉福德镇还有个吸引人的莎士比亚纪念剧院。它矗立在艾汶河畔，建于19世纪末，1926年毁于大火，1932年重建。二战后，剧院涌现了几位名导演，剧场也几经改造，变成开放型的舞台。1960年，纪念剧院更名为皇家莎士比亚剧院，成了小镇上的新景点。

我在莎士比亚故乡度过了一整天，有点流连忘返。最后，我买了一张马丁·德罗肖特画的莎士比亚像做纪念，回到伦敦时已是万家灯火，夜色重重了。

二

莎士比亚在美国跟在英国一样，深得人们的厚爱，读他剧作的人很多。几百年过去了，其影响历久不衰。

从1980年到现在，我去过10次美国，每次去访问，我总爱逛书店。到书店里一看，每次都可以发现莎士比亚戏剧全集的新版本。英国麦克米伦公司的版本也能买到。1951年，芝加哥大学大卫·伯文顿（David Bevington）主编的《莎士比亚戏剧全集》于1980年出了第三版。1974年，休顿·米弗林公司出版的《里弗塞莎士比亚全集》（*The Riverside Shakespeare*）问世后大受欢迎。我的导师、哈佛大学著名学者哈里·列文（Harry Levin）教授为该书写了总序，布莱克莫尔·伊文斯（Blakemore Evans）教授著文评价了莎士比亚剧作从1623年第一个对开本至今日各种不同文本的构建过程和文本背后的故事。这部新版本以莎士比亚剧作的早期版本为基础，参照1709年以来罗维的主要文本进行考证和注疏，形成一个全新的综合性版本。它基本上采用词汇的现代拼写规则，同时，保留了一些伊丽莎白时代的拼写形式，反映了某些单词的不同发音，保留了原来词汇的色彩和多样性。因此，这个新版本成了美国各名牌大学的研究生教材，受到学术界和教育界的高度评价。

20世纪90年代初，由几位耶鲁大学知名教授编纂的《新莎士比亚全集》成了纽约和波士顿等地各大书店吸引顾客的招牌书。新版的封面上印着金字，装帧精美，堪称豪华的珍藏本。新版虽价格不菲，但买的人很多。1997年，《里弗塞莎士比亚全集》出了修订本，内容更充实，注释更简洁丰富，尤其是收入了经莎学专家确认的莎翁第 38 个剧本。它很快成了大学本科生和研究生的抢手货，至今仍是美国许多大学的主要教材或参考书。大量莎翁剧作的单行本如《罗密欧与朱丽叶》《哈姆雷特》《第十二夜》《威尼斯商人》和《裘力斯·恺撒》等，也在到处出售，平装本比较便宜，一般读者都买得起，相当普及。

更有趣的是，莎士比亚成了美国一些电视知识竞赛的主要内容。2000 年 7 月，我在美国时，从 NBC 电视上看到一个节目《一夜暴富》（*Millionaire Overnight*），类似我国常见的电视知识竞赛。参赛的人轮流抽签，面对着广大电视观众，回答主持人的问题。答对一题，奖金从 300 美元成倍地增加；答错一题，则失去继续参赛资格。竞赛题目的内容主要是文化、文学和历史知识，范围相当广泛，题目非常具体。决定性的题目都是有关莎士比亚剧作的，比如 50 万美元奖金的一题是：有个人物，请说出他在莎士比亚四部剧作中的哪一部？100 万美元奖金的问答题是：一句名言，请说出它出自莎士比亚剧作四个人物中的哪一个？答对了最后这道题，当场发给一张 100 万美元的支票。答错了，50 万美元也拿不到，只给 3 万美元奖励，由其他人继续回答下去。不过，如果你答对了 50 万美元奖金的题目后，你没有把握回答最后一道题，你可以宣布放弃。这样，你就可以拿到 50 万美元奖金。竞赛规定，参赛者犹豫不决时，允许其亲友提示。因此，竞赛场面十分火爆，电视收视率很高。

显然，这种活动有力促进了人们阅读莎士比亚戏剧。据说，电视知识竞赛活动年年有，读莎士比亚戏剧的人越来越多，不仅有大学生、中学教师、研究人员，而且有工厂会计、公司经理、商店营业员和家庭主妇。莎士比亚走进了美国各个社会阶层，成了美国民众文化生活的一部分。这种活动帮助人们摆脱工作上或精神上的困扰，增加一点安慰和快乐，提高文化素养，并给家庭生活带来不少乐趣，激发子女奋发向上，不断进步。

21 世纪以来，美国学界和出版界致力于莎士比亚戏剧的进一步普及。2002 年，巴伦公司（Barron's）推出了《简易莎士比亚丛书》（*Simply Shakespeare*），用当代日常英语与莎氏原著全文逐行对照，帮助青年学生读懂原著。每卷都有篇“绪论”，介绍莎士比亚的生平、那个时代的剧场、无韵体诗和莎士比亚戏剧的出版沿革。每个剧本前都有一篇评价，剧本的每幕前有评点，涉及剧中人物、历史语境、舞台表演和语言难点；每幕后附有思考题、课堂讨论题和写作建议，还有大小不一的照片，内容丰富多彩，实是一部生动的莎剧教科书。

2003 年，斯巴克注释公司（Sparknotes）推出了一套《不怕莎士比亚丛书》（*No Fear Shakespeare*），包括莎氏 15 个剧本和十四行诗。每个剧本采用莎氏原著与当代通俗易懂的英文相对照，每个剧本前有剧中人物评介。译文中有许多有益的注释，帮助读者理解原著的难点。这也是一本通俗实用的莎剧教材。

以上两本普及的莎剧教材的出现受到广大青年学生和读者的欢迎。它们使学生更容易走近莎士比亚，了解莎士比亚，从他的剧作中获得文化滋养。这也让莎士比亚走下神秘的圣坛，成为青年一代的挚友和至爱。

莎士比亚的戏剧既有宝贵的文化内涵，又有丰富的知识宝藏，而其中闪光的人文主义思想更是人类珍贵的文化遗产。莎学成了一门既深奥又通俗的学问。读一点莎士比亚，大有好处。诚如莎士比亚所言："学问是我们随身的财产，我们在什么地方，我们的学问就在什么地方。"

三

莎士比亚在中国找到了另一个故乡。早在 1902 年，上海圣约翰书院学生就用英语演出了《威尼斯商人》。1913 年，上海新民社（职业剧团）演出了《肉券》（即《威尼斯商人》）。1915 年该剧易名《借债割肉》，重新上演，受到欢迎。据粗略统计，从 1902 年至 1979 年，"文革"中断了 13 年，实际上我国莎剧演出仅有 64 年左右的历史，共演出莎士比亚戏剧 21 部 111 台，其中有莎剧原著 21 部 71 台，改编莎剧 12 部 40 台，包括以英、汉、藏、蒙、粤语 5 种语言演出的文明戏、现代话剧、戏曲、广播剧、芭蕾舞剧和木偶戏等 6 种形式。如此丰富多彩的剧种，恐怕是连英国也望尘莫及的（见孙家琇主编，《莎士比亚辞典》，河北人民出版社，第 406 页，1992 年。——作者注）。

我国最早评价莎士比亚的学者是著名翻译家严复。他在 1898 年翻译出版的《天演论》导言的注释中提到"狭万历间，英国词曲家，其传作大为各国所传译宝贵也"。1902 年 5 月，梁启超在《新民丛报》一篇文章里谈到"近世诗家，如莎士比亚、弥尔敦……伟哉!"，他是第一个将 Shakespeare 译为"莎士比亚"的人，这个名字一直沿用到今天。

在莎士比亚的剧作翻译成中文以前，上海在1903年就翻译出版了兰姆姐弟所写的《莎士比亚故事集》（*Tales from Shakespeare*）中的10篇。次年，林纾和魏易合译的同一著作的全译本问世，取名《英国诗人吟边燕语》（简称《吟边燕语》）。它成了我国早期上演莎剧改编的蓝本。

1920年，胡适倡议翻译莎士比亚全部作品，并邀请一些译者组建了委员会，但后来大部分成员都退出了，唯有梁实秋1921年开始动笔并独力坚持下来。至1967年，台湾出版了他译的莎翁全集37册。其次是朱生豪，他在日本侵略我国的20世纪30年代和40年代，历尽艰辛，翻译莎士比亚戏剧31.5种，1947年由世界书局出版了《莎士比亚戏剧全集》3卷，共27个剧作。1954年，《莎士比亚戏剧集》问世，包括31个剧作，共12卷。1978年由几位专家校核和补译，改为11卷本的《莎士比亚全集》由人民文学出版社出版，一直流行至今。朱生豪用散文译无韵体诗，译文生动流畅，独具特色，为莎剧在我国的普及和流传做出了巨大贡献。可惜他英年早逝，1944年被病魔夺去了生命，年仅33岁。

抗日战争期间出版的另一部《莎士比亚全集》（1942—1944）是曹未风译的，他曾译过15种莎士比亚剧作。抗战胜利后，上海以《曹译莎士比亚全集》的总称出版他译的10种莎剧。1949年后，经他自己校订，又以单行本再版（《莎士比亚辞典》，第389页。——作者注）。

值得指出的是，1998年，方平用格律诗体翻译的《新莎士比亚全集》（共12卷）问世。他从20世纪50年代便开始翻译莎剧，曾出版《莎士比亚喜剧五种》。他为《莎士比亚全集》校订过朱生豪译的莎剧8种。方平新译本引起了海内外同仁的重视和赞赏。

其他主要的莎剧译本有：曹禺最早译的《哈姆莱特》（1921）、《柔蜜欧与幽丽叶》（1942），卞之琳译的《莎士比亚悲剧四种》（1988），杨周翰译的《亨利八世》，吴兴华译的《亨利四世》（上、下），章益译的《亨利六世》（上、中、下），孙大雨译的《黎琊王》《哈姆雷特》《奥赛罗》和《麦克白》，林同济译的《丹麦王子哈姆莱特的悲剧》，方重译的《理查三世》，英若诚译的《请君入瓮》（即《一报还一报》）。莎士比亚《十四行诗》主要译者有梁宗岱、虞尔昌、屠岸和杨熙龄等。

1984年12月，中国莎士比亚研究会在上海正式成立，标志着我国莎学研究进入了一个新阶段。研究会至今已出版了多期《莎士比亚研究》（年刊），发表了曹禺、卞之琳、王佐良、杨周翰、范存忠、陈嘉、李赋宁、许国璋、方重、戴镏龄、裘克安、方平、孙家琇、张君川、郑敏等著名学者的论文。范存忠、王佐良、杨周翰、方平和郑敏的论文集里都有一些关于莎士比亚的专论。重要的学术成果有：杨周翰编选的《莎士比亚评论汇编》（上、下卷，1979、1981），张泗洋、徐斌、张晓阳著的《莎士比亚引论》（上、下卷，1989），裘克安著《莎士比亚研究论文集》（1982）和《莎士比亚》（1984），陆谷孙主编《莎士比亚专辑》（1982），孙家琇主编、周培桐、石宗山和郑土生为副主编的《莎士比亚辞典》（1993），张泗洋主编的《莎士比亚大辞典》（2001）和刘炳善编纂的《英汉双解莎士比亚大辞典》（2000）。中国莎士比亚研究会多次组团参加国际莎士比亚协会五年一次的大会和英国伯明翰大学莎士比亚研究所召开的国际学术研讨会，增进了国际学术交流，扩大了我国莎学研究的影响。

莎士比亚的戏剧早在20世纪20年代起就被纳入我国高等院校的教学计划。起先在上海的教会办的大学或中学开讲。清华大学1926年成立的外文系开设了莎士比亚课。王文显、洪深、陈嘉、佘坤珊等教授都教过这门课。1949年后，北大、复旦、南大、南开等大学的外文系英文专业高年级学生和研究生都开设了莎士比亚课。陈嘉教授在南大每学期为硕士生讲授四个莎剧，推荐两个莎剧供他们自读，一学年共12个莎剧，很受欢迎。有些大学的外文系则在《英国文学史》课中重点讲授莎士比亚。近些年来，各大学的英文博士点仍设置莎士比亚课。有些大学的中文系则用中译本开展莎士比亚戏剧的教学活动。在老一辈学者看来，不管你的专业方向是英美文学，还是英语语言学，莎士比亚都是你的必修课。这个好传统，值得坚持下去。

近些年来，许多大专院校的英文专业仍开设莎士比亚戏剧选修课，有的没有开这门选修课，但按教育部规定，开设为期一年的《英国文学选读》，莎士比亚成了该课的重中之重；也有个别院系将《莎士比亚戏剧》让位于《外贸英语》《旅游英语》等等。

增设几门实用英语选修课无可厚非，不必将它们与《莎士比亚戏剧》选修课对立起来。选修课是作为必修课的补充而开设的，有的是为了应对眼前的需要，有的是为了帮助学生毕业后自学提高，二者并不矛盾。从长远来看，英文专业本科生、研究生和青年老师，学点莎士比亚戏剧大有好处。

莎士比亚是欧洲文学史上的巨星。他继承了古希腊罗马文学、英国中世纪文学和欧洲文艺复兴三大传统，使戏剧创作达到了英国文学史上的高峰。他那高超的艺术手法影响了一代又一代英美作家。同时，他又是个杰出的英语语言大师。他塑造的悲剧人物，在独白中讲的是英语中最单纯、最有内涵的词语，既富有哲理，又独具魅力。对于现代读者来说，莎士比亚的英语能读好背，反复琢磨，得其神韵，回味无穷，充满了美感和活力。

（原载《译林》，2014 年第 3 期）

略谈鲁滨孙艺术形象的塑造

《鲁滨孙漂流记》是一部著名的长篇小说，全称叫《约克郡航海家鲁滨孙·克鲁索的生平和惊奇冒险》。鲁滨孙是小说的主人公。小说写的是年轻的鲁滨孙不听其父的劝告，偷偷逃离舒适的小康家庭，跑去国外航海，不幸中途遇险，只身流落荒岛，在岛上顽强生活了28年，最后得救回国的故事。这部匿名发表的作品轰动了整个英国和欧洲。200多年来，它不胫而走地行遍了全世界，被译成几十种文字（1905年译成中文）。鲁滨孙成了各国读者熟悉的名字。

《鲁滨孙漂流记》是笛福以一位苏格兰水手亚历山大·赛尔柯克流落孤岛4年的真实故事为基础创作的。但是，鲁滨孙是个艺术典型，他同赛尔柯克完全不同。笛福在这个人物身上，反映了资本主义上升时期资产阶级开天辟地的创业劲头和乐观精神。鲁滨孙成为一个现实生活中新兴资产阶级的典型人物，成为当时时代精神的缩影。笛福一反当时冒险小说的俗套，不是把人物作为介绍各种见闻的媒介，而是作为小说的中心来描写，终于塑造了鲁滨孙这个英国文学史上第一个资产阶级的正面形象，对英国文学做出了重大贡献，所以西方文艺界称他是“英国小说之父”，赞扬他既创造了一种新的文学体裁——小说，又造就了一批新的读者。

笛福十分注意通过心理刻画来塑造人物形象。小说采用模拟人物本身的自述方式，用一系列活动中的独白、日记和梦来揭示鲁滨孙的内心世界。

鲁滨孙背着父亲去航海，饱受风浪之苦，但他并不气馁，“明明看见眼前是绝路，还是要冲上去”，“不顾一切地往前冲。”他不像他父亲那样保守，安于现状，他想往上爬。像他那样中下层的平民，没有大笔世袭的遗产，白白坐在家里，怎能发家致富呢？所以，他要去海外闯，去探索新世界，占有新财富。这正是英国资产阶级一代新人的特点。

但鲁滨孙的内心是不平静的。他在追求中有彷徨和失望的情绪。他用日记反映自己的苦恼。他先按商业簿记上“借方”和“贷方”的格式权衡自己流落孤岛的利弊。开始时，他把荒无人烟的小岛叫作“绝望岛”，犹如“世界上最坏的监牢”，没有重见天日的希望，但比起同船被淹死的伙伴们，他庆幸自己死里逃生。他决心想尽一切办法活下去。于是他进行了辛勤的劳动，自己造出各种各样的生活用具和用品。他认为：“一个人只是呆呆地坐着，空想自己得不到的东西，是没有用的。”“我知道不要对任何事情感到失望，我从不吝惜我的劳动。”果然，经过 6 年的艰苦劳动，荒岛变成了“幸福的沙漠”。这是一方面。另一方面，他时刻没有忘记个人占有的欲望。上岛 10 个月后，他欣赏全岛的景色，自鸣得意地说：“这一切现在都是属于我的，我是这地方的无可争辩的君主，对这地方具有所有权，如果可以让渡的话，我还可以把它传给子孙，像一个英国的领主一样。”4 年后，他能维持生活了，又想：“我是这块领地的领主；假使我愿意，我可以在我所占领的这片国土上称王称帝。我没有任何竞争者来同我争夺主权或领导权。”他救了星期五，就教他说“主人”，“这就算作我的名字。”当岛上有了三个居民，鲁滨孙就宣布：“第一，全岛都是我个人的财产，因此，我具有一种毫无疑义的领土权。第二，我的百姓都完全服从我，我是他们全权统治者和立法者。”这正是作为资产者和殖民者的鲁滨孙内心的真实写照。

有时，作者用突然事件引起的急剧反应来揭示人物内心的变化。如沙滩上出现了人的脚印，鲁滨孙深为震惊：“我像一个方寸已乱，神经失常的人似的胡思乱想了一阵，拔腿就往我的防御工事跑去，就像脚不沾地一样。我心里恐慌已极，走不到两三步就要回头看一看，连远处一丛小树，一个枯树干，我都误会它是个人。”这种刻画，情景交融，朴实生动。

有时，作者则用梦来反映鲁滨孙的内心活动。如鲁滨孙上岛不久，疟疾病发作，又饥又渴，昏昏睡去，忽然风雨大作，看见一个人从云端跃下，浑身火光闪闪，面貌可怕，手持长矛直奔鲁滨孙面前，大喊一声："既然这一切事情都没有使你痛改前非，现在你只有死了！"说罢挥矛刺去，鲁滨孙吓得不知如何是好。这个梦生动地反映了鲁滨孙当时的矛盾心情：一方面想尽力挣扎活下去，一方面又怕上帝惩罚他。几年后他爱上了花果丛生的孤岛，但仍怕不安全。有一天睡觉醒来，朦胧中听见了叫声："鲁滨孙，可怜的鲁滨孙，你在什么地方？……"似梦非梦，他吓了一跳，原来是鹦鹉在呼喊。

笛福还善于通过生动的细节描写来塑造形象。小说细致而逼真地描绘了鲁滨孙在荒岛上劳动的具体过程的生活图画。鲁滨孙缺什么就动手造什么，从桌椅、蜡烛到造船开运河，步步深入。他造房子，从选地皮，找材料，动手建到加围墙，细节写得合情合理。鲁滨孙造的东西，尺寸大小，数量质量都很准确，从失败到成功，从简单到复杂，写得令人信服，仿佛鲁滨孙是一位精明能干的木匠、陶工和老水手。

作者关于"枪"的细节描写也是引人入胜的：鲁滨孙上岛不久，有一天出门溜达，看见一只怪鸟，举枪射击。枪声一响，顿时四处雷动，从丛林四周飞出无数野鸟，鸣声震天动地……一颗子弹的响声，反映出了孤岛那原始荒凉又恐怖的景色。而星期五刚到鲁滨孙家里时，久久不敢碰鲁滨孙的枪，经常喋喋不休地对着枪自言自语，请求枪不要打死他。当鲁滨孙带他外出打猎时，鲁滨孙开枪打死了一只小山羊，星期五一听到枪声，只顾扯开他的背心，在身上摸来摸去，看看自己受伤了没有，以为是鲁滨孙要杀死他。这揭示了星期五纯朴的性格和对他主人的疑虑。

鲁滨孙在岛上过了 11 年后，破船上弄下来的东西都吃光用光了。他穿着自己做的衣服，像个荒山野人。作者给他画了一个有趣的素描：他头戴一顶又高又大的山羊皮便帽，脑后垂着一块长长的帽缘；身上穿着一件山羊皮短外衣，衣襟一直垂到大腿上，下面穿着一条开膝的皮短裤，羊毛垂到小腿上；腰间束着一条羊皮带，两边挂了小锯子和斧子，背上背着筐子，肩上扛着枪，头上是一把又丑又笨的大羊皮伞，脸上留着大胡子……鲁滨孙每天就是以这副尊容活跃在荒岛上，向大自然挑战。这反映了鲁滨孙自信乐观的精神。

作者还刻画了鲁滨孙性格善良的一面。描写鲁滨孙在家里发现一只野猫时，不但不打它，反而给它饼干吃，并说："我的存粮不多了，我实在没法再分给你了。”在同星期五交谈时，星期五问鲁滨孙：“既然上帝比魔鬼更强大，更有力，为什么上帝不把魔鬼杀掉，免得他再做恶事?”鲁滨孙大为狼狈，答不出来。作者在这里借星期五之口，将了宗教一军。鲁滨孙最初发现稻子时，以为是上帝恩赐的，后来才明白是船上拿下来的鸡饲料掉在地上长出来的。鲁滨孙自己试种没有成功，后来弄清了季节下种，才有了收成。这表明鲁滨孙对宗教是有怀疑的。

笛福在塑造人物形象中摈弃了古典主义追求严谨的修辞和华丽的词汇那一套，大胆采用人民群众的口头语，使人物语言简洁、清新、朴实。

总的来看，笛福通过生动而真实的描写，塑造了英国资产阶级在上升时期的典型人物鲁滨孙。马克思说：“他一方面是封建社会诸形态解体下的产物；另一方面他又是16世纪以来新发展的生产力的产物。”这个艺术形象是英国文学史上前所未有的。

同时，鲁滨孙这个形象也反映了英国18世纪启蒙主义者的理想。他们认为历史发展，不取决于上帝，也不取决于帝王将相，而取决于普通人的生产劳动。人的劳动可以改变自然环境。这无疑是进步的。但他们把个人，而不是集体，作为历史发展的起点，这就不对了。所以，离群索居的鲁滨孙不过是资产阶级美学上的幻想。由于笛福世界观的局限，他把鲁滨孙理想化了，赋予他不少优良的品德。事实上，鲁滨孙的英雄气概和进取精神是同唯利是图的本质结合在一起的。

作为英国小说发展初期的一部现实主义作品，《鲁滨孙漂流记》对鲁滨孙艺术形象的塑造还不够细，仍带有一般冒险故事的痕迹，表现人物怎么做较多，揭示人物为什么那样做较少。结构比较简单，叙述不够精练，结局则落俗套。小说中还夹杂一些庸俗的说教，虽然鲁滨孙一系列的劳动成果本身对于说教就是有力的否定。

（原载《雨花》，1979年第9期）

《鲁滨孙漂流记》的艺术特色*

——纪念世界文化名人、英国现实主义作家笛福诞生300周年

17世纪末至18世纪初，英国文学进入了新的发展时期。一个崭新的散文时代开始了。小说散文体裁逐渐成为文学创作中的主要形式。英国文学宝库中输入了新的血液。三部著名的长篇小说诞生了①。《鲁滨孙漂流记》便是其中之一。

《鲁滨孙漂流记》发表于1719年。作者丹尼尔·笛福（Daniel Defoe，1661—1731）是英国当时一位著名的新闻记者，政治小册子作者和社会活动家，同时又是一位温和的启蒙主义者。他的写作生涯是从政论文开始而以纯文艺作品告终的。他在完成这部巨著时，已经是一个年近六旬的老人了。不料，《鲁滨孙漂流记》问世后竟轰动了整个英国和欧洲。笛福的名字随之被载入英国文学史册。

《鲁滨孙漂流记》原名是《约克郡航海家鲁滨孙·克鲁索的生平和惊奇冒险》（*The Life and Strange Surprising Adventures of Robinson Crusoe, of York, Mariner*）。鲁滨孙是小说主人公的名字。该书以自述方式叙述鲁滨孙从他的双亲的平静的中等家庭逃出去，到世界各地去经历海上和陆地上的各种各样离奇的冒险。《鲁滨

---

* 本文略有删节。

① 其他两部是班扬（John Bunyan）的《天路历程》（*The Pilgrim's Progress*）和斯威夫特（Jonathan Swift）的《格列弗游记》（*Gulliver's Travels*）。

孙漂流记》由三个集子组成。第一集叙述鲁滨孙如何逃出家门，航海奔波，不幸遇险，只身流落孤岛生活了 28 年，最后得救归国的不平常的经历。这一集发表后博得读者的广泛好评。于是笛福得到了极大的鼓舞，以闪电般的速度在该书出版的 4 个月后立即付印了《鲁滨孙漂流记续集》（*The Farther Adventures of Robinson Crusoe*）。续集描写商人鲁滨孙游历非洲、印度和中国等国，甚至到了西伯利亚，然后经由俄罗斯又回到英国的充满危险的遭遇。一年以后，笛福又完成了第三集，取名为《鲁滨孙的宗教思想》（*Serious Reflections During the Life and Surprising Adventures of Robinson Crusoe*）。该集介绍了鲁滨孙的人生观。作品里已完全没有什么冒险记录。正如许多批评家所一致指出的：《鲁滨孙漂流记》的第二集和第三集远远不如其第一集。它们的文学价值不大。在读者心目中真正留下深刻印象的只是《鲁滨孙漂流记》第一集罢了。

《鲁滨孙漂流记》（指第一集——下同）是以一个名叫亚历山大·赛尔柯克的水手流落孤岛，独自生活了 4 年的真人真事为基础的虚构的长篇冒险小说。故事的内容是这样的：一个不愁吃穿的小康人家的第三子鲁滨孙在童年时代就渴望冒险的流浪生活。他在 18 岁时，不顾父母的坚决阻挠，偷偷逃出家庭，走上了航海者的道路。他的流浪生活一开头就不是一帆风顺的。后来有一次遇风浪船只失事，他流落孤岛，开始了最艰苦的 28 年生活。在这风雨交加的漫长的岁月里，他和自然搏斗，从隐居山洞的猎人进化为建造小屋，自己耕种的农业者。后来，他救了一个遇难的野人。鲁滨孙给他取名星期五，把他变为奴隶，于是在荒岛上竟出现了阶级社会的生活。最后，他和他的仆人在一次战斗中救了一个英国船长的命。这个船长就把他们主仆两人载回英国。鲁滨孙会见了久别重逢的亲朋故友，接手了财产，安顿了生活。小说中没有什么琳琅满目的社会群像，也没有什么悲欢离合的爱情故事。整篇作品主要叙述鲁滨孙在荒岛上的各种经历，并以圆满的喜剧性的结局而告终。

《鲁滨孙漂流记》里的主要人物不多，实际上只有一个。这是很罕见的。除小说主人公鲁滨孙外，只有星期五的性格较鲜明些，其他一些人物都是偶尔出现而倏然消失。小说成功地塑造了英国资产阶级的第一个“正面形象”，生动地揭示了资产阶级在资本主义年轻时期的心理状态和思想面貌。

小说中鲁滨孙在荒岛上顽强劳动 28 年的篇章是全书最精彩最重要的部分。

作者展示了主人公艰苦劳动生产的生动画面，赞扬了劳动创造世界的伟大力量。这是小说吸引读者兴趣的主要原因，也是小说艺术价值之所在。

《鲁滨孙漂流记》是一部现实主义的小说。但它所表现的现实主义和文艺复兴时期莎士比亚式的现实主义有很大的不同。它所强调的不是高度的诗意，而是平易的散文味；它所描写的不是伟大的、巨人式的贵族英雄的形象，而是资产阶级出身的普普通通的人。作者选择了平凡的题材，真实地揭示了当时时代的、阶级的精神面貌。

《鲁滨孙漂流记》的影响是巨大的。正如英国马克思主义文艺批评家福克斯所说的："在整个18世纪，《鲁滨孙漂流记》被当作政治经济学讲述的根据。"①而法国自然主义哲学家卢梭认为这是一部连亚里士多德或现代人的作品都不能比拟的关于教育的论著。② 几世纪来，《鲁滨孙漂流记》不胫而走地行遍了全世界，被译成了中、俄、德、法、荷等四五十种文字。③《鲁滨孙漂流记》一直被当为资产阶级儿童必读的"生活教科书"。鲁滨孙的冒险故事在资本主义各国几乎是家喻户晓的。《鲁滨孙漂流记》在苏联受到了广大青少年的欢迎。据统计，从1949年至1953年间，该书共发行了50万册④。《鲁滨孙漂流记》在我国很早就有了译本。最早有1905年林纾的文言译本（商务版），第一部先出，第二部以"续记"的名目稍后出版。白话译本有李嫘的译本（中华版），及顾均正与唐锡光的合译本（开明版）。这两种译本都只译了原书的第一部。以上三种译本都有删节；后二者因为是供儿童阅读的，故删节之处更多。⑤ 此外，更重要的有1932年的徐霞村的译本（商务版）和1934年的汪原放的译本（亚东版），这两个译本基本上反映了《鲁滨孙漂流记》（指原集）的全貌。（同一时期还有启明书店出版的一个剽窃别人译文的译本。）

1949年后，中国科学院文学研究所把《鲁滨孙漂流记》列入外国古典文学名著丛书之目。人民文学出版社于1959年请方原同志把该书加以校译出版。可见，这部小说介绍到中国来，迄今已有将近60年的历史，它在我国读者中也有

---

① 福克斯，《小说与人民》，何家槐译本，第36页。
② Long. *English Literature*, p. 350.
③ 徐元度，《笛福和他的〈鲁滨孙漂流记〉》，厦门大学第二次科学讨论会论文，1957年4月。
④ *Soviet Literature*，1951年7月号。
⑤ 茅盾，《汉译西洋文学名著》，第67页。

一定的影响。

一

《鲁滨孙漂流记》成功地塑造了英国资产阶级第一个正面的典型形象。笛福把他所处的时代生活中个别的和偶然的东西同一般的、合乎规律的东西联系起来，真实地形象地概括了18世纪典型的英国资产阶级的本质特点。

小说中的主人公鲁滨孙的艺术形象是虚构的。它的艺术构思具有一定的独创性。

从15世纪末至17世纪之间，资本主义在欧洲有了一定的发展。地理上新大陆的发现为资本主义的原始积累提供了新的条件。资产阶级怀着开拓世界新市场的野心开始进行大规模的海外探险。17世纪末至18世纪初，作为资本主义的摇篮的英国经过了不光荣的“光荣革命”后，资产阶级正式掌握了政权，英国资本主义走上了比较顺利的急遽的发展道路。手工场工业逐步发展到机器生产。中小资产阶级大量涌现。他们要求具有新的生活内容的文学作品。他们想从作品中获悉一些奇特的日新月异的世界见闻，得到一些选择生活道路的启示。文学上逐渐出现一些应时而起的游记作品。威廉·丹丕尔（William Dampier）的作品便是突出的代表。他先后发表了好几部讲述他个人到澳洲、太平洋和东印度群岛等地的旅行游记。他本人是一个浪荡海上的歹徒。他的作品实质上是反映了英国海盗抢劫行为的真实记录。因而，人们称之为“恶汉小说”（picaro）。这类作品曾盛极一时，后来，小说家奋起模仿，写出了许多冒充真人真事的虚构游记。这些创作往往具有一些离奇曲折的故事，逐渐成为带有说教性的冒险小说。它所宣扬的资产阶级个人主义哲学、私有主的利益对社会的规定作用和征服落后民族的殖民主义扩张，完全符合在中产阶级中占主要地位的英国清教徒的口味。因此，冒险小说风起云涌，备受欢迎。一个前所未有的创作热潮出现了。

笛福就是在这种潮流的影响下，写了《鲁滨孙漂流记》的。

这些冒险小说的一个共同特点是它们的作者极力把自己的作品冒充为事实的记录。笛福也没有例外。这种现象在很大程度上是为了迎合当时广大读者——清教徒的偏见。清教徒往往抱着这样一种见解：小说，如果是虚构的，那一定是错误的（... Who started often with the assumption that fiction, since it dealt in illusion, must be wrong.）[①]。这种观点的产生和英国商业资产阶级的兴起有着密切的联系。清教徒们所需要的不是虚构的怪诞的神话故事，而是反映现实生活的东西。这现实生活又不仅是文学的，而且对他们又必须是有实际利益的。他们相信个人的奋斗可以创造财富，可以为自己获得新的幸福。文学作品中要有活生生的人物活动和高尚道德的榜样。因此，像当时其他小说家一样，笛福力图克服清教徒对于文学想象和虚构的怀疑。在他的小说中，人物的言行全像平常人的言行一样。他的表现手法往往模拟人物本身的自述方式。

鲁滨孙这个形象的艺术构思是朴素的。他既不是中世纪威风凛凛的骑士武侠，也不是18世纪显赫有名的当权领袖，而是一个平平凡凡的中小资产阶级的人物。他没有什么出众的高超本领，只有一般人都有的一双普通的手。他虽然生活在当时英国中小资产阶级中间，却不受老一辈小资产阶级那种安于现状、得过且过和毫无抱负的旧思想的影响。他一味追求海外冒险，去探索新的世界。可以说，他是一个当时社会的新人。

《鲁滨孙漂流记》不同于一般的冒险小说。小说中的主人公鲁滨孙的形象和作者创作时的模特儿——亚历山大·赛尔柯克具有本质上的不同。鲁滨孙比他要伟大得多。赛尔柯克水手在孤岛上度过一共不过4年就变成一个野人，而且忘记了人的语言。他在岛上一直过着原始的以野味为生的生活。而鲁滨孙在一个荒无人烟的荒岛上独自生活了28年，他一点也没有丧失他在社会中所学习的各种技能和知识，相反的却用这些技能和知识来创造自己的文明生活。他比赛尔柯克有办法得多。他是一个精力充沛、自信乐观、勇敢机智的人。

鲁滨孙也不同于过去文学中的形象。英国杰出的诗人和戏剧家莎士比亚在《暴风雨》（*The Tempest*）一剧中曾经描写了一个意大利米兰的公爵名叫普洛斯波罗（Prospero）被其弟安东尼奥（Antonio）篡位并驱逐出境，和他的女儿米兰妲（Miranda）一起被放逐于汪洋大海中的一个孤岛的故事。普洛斯波罗和他的女儿米兰妲在荒岛上住了好几年，但他们仍然过着原来那种不劳而获的贵族生

① Arnold Kettle. *An Introduction to the English Novel*, Vol. I, p. 56.

活。因为普洛斯波罗懂得魔术（magicart）。他靠魔术来使唤驯顺的鬼神或善良的幽灵来为他效劳；他靠魔术呼风唤雨助他一臂之力；最后也是靠魔术的威力才战胜了他那背信弃义的弟弟，“雪耻复国，凯旋归家。”很明显，这个故事带有浓厚的神话色彩。在现实社会中，这种驱使一切的魔术是根本不存在的。这不过是人们用来表示善良与正义战胜罪恶和不义的良好愿望的一种幻想的寄托罢了。

鲁滨孙没有这种呼风唤雨的本领。他在荒岛上是完全孤立无援的。但他怀着强烈的冒险进取心，利用大船上留下的工具和物资，用自己的双手，实实在在地艰苦劳动，改变了山穷水尽的窘境，破除了种种困难才平安回抵祖国。

鲁滨孙是笛福的虚构人物。但他代表了现实世界中活生生的人。他是一个时代的产物。他所生活的时代是一个不平凡的时代，是在18世纪初资产阶级上升时期。那时，英国由于资产阶级“光荣革命”的结果，建立了以原统治阶级（封建贵族）执政的上层分子和新的统治阶级（资产阶级）的上层分子之间的妥协为基础的君主立宪制度。贵族土地占有制逐渐过渡到资本主义的生产方式。冒险、发财的狂热浪潮席卷全国。资本主义制度开始确立，国际上“为新市场而斗争成为英国外交的主要任务。”① 英国由海盗抢劫转为向外寻找殖民地，尤其是集中力量去打破法国的殖民势力，争夺北美洲和印度。处在这个历史转变时期，资产阶级将在政治舞台上起着举足轻重的作用。

由此可见，《鲁滨孙漂流记》通过艺术形象，真实地反映了现实生活中凌驾一切的阶级意识和性格。虽然作品没有直接反映社会斗争的生活画面，而把人物放在一个巧合的环境中来加以塑造。

笛福把鲁滨孙放在具体的实际斗争中，“自然而然地”（恩格斯语）从生活的现象的再现中来展示他的性格，并且揭示了他的性格发展的不同阶段的特征。

笛福首先从人物的理想和现实的矛盾出发来反映人物的性格。他描写了年轻的鲁滨孙从小就不安于平静的小康生活，幻想着海上漂泊，强烈地渴望探索海外的新世界，于是毅然在18岁时不顾其退休商人的父亲的坚决反对，偷偷去航海。可是天不作美，第一次航行就不顺利，船在雅木斯港遇到狂风巨浪，船

① 苏联大百科全书《大不列颠·大不列颠帝国》，中译本，第65页。

只失事，幸而得救。鲁滨孙心里十分矛盾，想回家了事，但又怕街坊们和家里人耻笑。他想起航海探险的志愿，又坚定下来，继续第二次航海。这次倒一帆风顺，他到几内亚走了一趟，一跃而成为小商人。安静舒适的生活在引诱他放弃他的理想。可是他经受了考验，又搭船往非洲航行去。不幸，在非洲附近船只又遇难，鲁滨孙被摩洛哥海盗所劫，被俘为奴，思想上出现很大的波动。后来，他伺机逃出，在海上遇救，到了巴西，购置了庄园。他本来可以坐享其成，但他不这样做。他又一次出海航行，结果全船遇难，鲁滨孙费了九牛二虎之力挣扎上岸才幸免于死。这几段冒险经历反映了鲁滨孙爱幻想，爱冒险，不安于现状，富有进取精神的性格。

鲁滨孙登上孤岛后便开始了 28 年的漫长的脱离人群、脱离社会的艰苦生活。作者详尽地介绍了他在荒岛上如何造木筏，从船上搬东西，然后动手建房子，编篮子，制泥缸，种五谷，养牲畜，烤面包等等。他不顾一切地顽强地劳动着，创造自己生存的条件。他甚至费了 4 个多月的时间造了一条独木船。船造好后，他铲平地面，想把船拖到海边；结果船太大，拖不动。他就开凿运河，后来发现工程量太大，要花 10—12 年才能完成，不得不放弃。他又另造一只较小的独木舟，用自己的双手开了一条四尺深八尺宽半里长的运河，把独木舟顺利地送下水……鲁滨孙认为“一个人只是呆呆地坐着，空想自己所得不到的东西，是没有用的”“只要我有工具，我什么都会制造出来”“我知道不要对任何事感到失望，我从不吝惜我的劳动”等等。这一连串的极其平凡的劳动都深刻地展示了鲁滨孙的顽强、勤劳、聪明、自信和乐观的性格。

鲁滨孙每前进一步，每得到一样东西都是不容易的。每一项具体活动都经历过失败——胜利——再失败——再胜利的过程的。鲁滨孙偶然发现岛上的田地长了稻子，起初以为是上帝恩赐的，后来发现是自己无意中把喂鸡的饲料撒在地上长起来的。于是他想到播种，想到不能专靠猎食为生。但第一次试种却失败了，因为季节不对；后来熟悉了岛上雨季和旱季的特点才种得成功。他造器皿也往往造了又破，破了又造。这一切描写都是符合生活的真实的。作者突出地描写了鲁滨孙性格上的坚强同经验上的不足的矛盾，在这个矛盾的斗争中生动地反映了人物的性格，因而显得十分深刻有力，令人信服。

笛福也善于利用故事的小插曲或细节描写以及人物在这些事件的一刹那间

的反应来揭示人物的性格特征。作者在小说中安排了几个有趣的插曲，如地震的发生、人的脚印的出现、人骨的显露和野人的“人肉宴会”以及海上商船的遇难求救等。通过这一切生动地描写了鲁滨孙在这些事件中的心理变化和具体行动，从而强化了鲁滨孙的性格特征。从对自然的斗争转到对人的斗争，作者从不同的角度多方面来衬托主人公性格的发展和变化。

尽管道路是曲折的，困难是重重的，但鲁滨孙相信一切都会好的（“All will be Well”）①。在无数困难的辗转中他一直充满了盲目自信的资产阶级乐观主义精神。这是笛福个人倡导“发展资本主义就有前途”的观点的流露。

心理描写是塑造人物形象，表现性格和表达主题的重要手段。现实主义小说家笛福在这部作品中并不简单地描写鲁滨孙这个主人公的行动，不只是使行动透露其内心活动，而且也直接描写人物的内心活动。笛福利用梦描写了鲁滨孙在荒岛上独居28年的不同时期的心理状态。作者一共写了3个梦。第一次的梦是描写鲁滨孙流落孤岛不久，忽染重病，举目无亲，心乱如麻，四肢无力，昏昏睡去；忽然间风雨大作，有一个人手持火把从云端跃下，落地时飞沙走石，地动山摇，遍地火光闪闪。此人青面獠牙，手持长矛，直奔到鲁滨孙跟前叱喊一声：“眼看这一切遭遇都不足以使你回心转意，如今你只有死路一条！”言罢挥矛刺去，鲁滨孙猛地醒来，浑身冷了半截……这个梦实质上就是鲁滨孙心理的形象化的反映。当时他的内心充满了尖锐的斗争。一方面在他的探索新世界的顽强意志支配下想活下去，不管一切地破除万难地活下去；一方面又被眼前的痛苦所动摇，自然而然地回忆着他父亲的劝告，害怕上帝真的会惩罚他，于朝夕之间置他于死地。这种矛盾的心情是很好的性格描写。

6年的艰苦奋斗之后，鲁滨孙的生活得到很大的改善，他开始爱上了富饶美丽、花果丛生的孤岛。但他对他的生命安全仍不太放心。有一天睡觉醒来，朦胧中听见了“鲁滨孙！鲁滨孙！克鲁索，可怜的鲁滨孙！克鲁索！你在什么地方呀？鲁滨孙？你到什么地方去啦？……”的叫声。似梦非梦，他以为有人对他说话。后来醒过来，吓得跳起来。原来不过是他的鹦鹉在呼喊罢了。

日子一久，鲁滨孙离岛归国的心情更加迫切，他想尽了一切可以离岛平安

---

① T. A. Jackson. *Old Friends to Keep*, p. 29.

归国的方法，终日地想，绞尽脑汁地想。这终于发展成一个有趣的梦：有一天清晨，鲁滨孙发现海边有两条独木船，吃人生番抓了一个野人来搞人肉宴会，突然间，那野人逃跑了，朝鲁滨孙的住房猛跑。鲁滨孙就救了他，并把他收为仆人。这时，鲁滨孙认为有人可作向导领他回大陆上去，他永远不用害怕在孤岛上被野人谋杀，或给凶兽吃掉了，于是他多么高兴啊！但当他醒来时这却是一场空梦！心里分外扫兴。这个梦发生在鲁滨孙救星期五之前，但因为一切都符合人物在所处的环境下的心理活动，就显得不是赘笔。它是一种尚未有过却可能发生的生活现象的形象化了的预测。

作者也企图通过鲁滨孙的一系列的活动中的独白来揭示他的性格。鲁滨孙在每次灾祸临头的彷徨之时，在死里逃生的庆幸之余或在登上孤岛生活的周年纪念日的回忆之际，总有一些议论。这些议论大部分是对上帝的忏悔、感恩和祈求，带有浓厚的宗教色彩。因此，这些独白不但无助于主人公性格的丰满，反而离开了人物性格发展的具体特点，冲淡了人物形象和小说的主题。然而，小说中的说教在18世纪的英国是有一定社会原因的。当时，英国广大清教徒认为一本书如果不是为了“载道”，就没有写作和出版的必要，更不值得一读。[①]因此，当时的小说大都带有不同程度的宗教色彩。这也说明当时英国资本主义正处于形成的过程中，英国资产阶级对于文学的要求，主要是宣扬资产阶级的生活道德，以便建立起自己的一套宗教的、道德的和法律的社会制度。他们还不懂得“为艺术而艺术”，把文艺作品当为诗情画意的消遣品。因此，在某种意义上说，他们的文艺观点还是健康的。在这种社会风气下，笛福为了使自己的作品得以为社会所接受，只好勉为其难地在自己的小说里穿插一些说教。

事实上，笛福并不是一个虔诚的教徒，也不是一位道学家。他在《鲁滨孙漂流记》中仍然表露出他的内心深处并不完全同意他自己在小说中硬加进去的陈腐的说教。他故意借星期五之口，对基督教的基本理论——上帝与魔鬼的关系将了一军，使鲁滨孙大为狼狈，不知如何回答才好（见方译本 P. 194 上半页）。又如鲁滨孙起初发现稻子，从基督教的一般教义推论，以为是大慈大悲的上帝恩赐的。结果他发现并非如此。后来他经过自己不屈不挠地试验和辛勤劳

① 徐元度，《笛福和他的〈鲁滨孙漂流记〉》，厦门大学第二次科学讨论会论文，1957 年 4 月。

动，才获得了自己所必需的粮食。这一行动本身实质上是对宗教的明显的怀疑。所以，我们说，鲁滨孙的一系列劳动的结果对于小说中的说教是一个直接的有力的否定。但就其说教内容本身的影响来说，我们仍然不能忽视。

总而言之，鲁滨孙的性格是通过人物自身的行动和内心活动相结合的生动图画展示出来的。他的内心活动——追求中的动摇，动摇中的懊悔，懊悔中的彷徨，彷徨中的再追求，这一切的一切都和整个故事的发展、许多具体活动的气氛结合在一起，从而反映了他的性格的变化。

作者也通过鲁滨孙和其他人物的关系来展示他的性格。鲁滨孙救了星期五后立即教他说英语，叫他称呼他“主人”。鲁滨孙不断用基督教文化来“开化”他，对他宣扬英国的资产阶级文明等等。在一只英国船来到荒岛后，鲁滨孙提出帮助那英国船长制服水手叛变的两个条件：一是这些人留在岛上，“绝不能侵犯”他的“主权”……同时必须完全接受他的管制。二是倘若收复了被劫的大船，该船长必须把鲁滨孙及其仆人“免费带回英国”等等。这一切言行都反映了鲁滨孙的贪婪自私，以“文明人”自居的殖民主义者的优越感。

作者也通过人物的个性化的语言来衬托人物的性格。比如：

有一天，鲁滨孙走进一个伸手不见五指的山洞，忽然看见一对发亮的眼睛像星星一样的闪个不停。鲁滨孙大吃一惊，在洞口止步，镇静了一下。

> I recovered myself, and began to call myself a thousand fools, to tell myself, that he that was afraid to see the Devil, was not fit to live twenty years in an island all alone；（原著 P. 194）
>
> 我又恢复了镇静，连声骂自己是大傻瓜，心想，谁要怕魔鬼，谁就不配独自一人在岛上住 20 年……（方译本 P. 156）

寥寥数语就勾画出这位资产阶级“英雄”的自信自豪和冒险精神，高傲自恃又易于激动的性格。

在鲁滨孙救了星期五后的第一次谈话中，鲁滨孙大言不惭地说：

I likewise taught him to say "Master", and then let him know that was to be my name. (原著 P. 226)

我教他说"主人",然后让他知道,这就算作我的名字。(方译本 P. 182)

"主人"就是鲁滨孙的代名词。第二个在孤岛上出现的人就这样成为鲁滨孙的奴隶。简短的一句话就把鲁滨孙梦寐以求的强烈的资产阶级占有欲望和心理,生动地展现在读者面前。

鲁滨孙的喜剧式的结局表示出这样一个道理:只有靠自己的力量才能在生活中取得胜利。这自己就是个人,不是集体。这反映了 18 世纪英国人们对于生活的规律性的认识。他们不相信听从命运摆布、由上帝决断好歹、由超自然的力量支配命运的封建思想。他们相信人有力量支配自己的命运。人有可能改变自己的环境。正如鲁滨孙的生活完全取决于他自己和他的行动方式的周围条件一样。

显而易见,鲁滨孙的性格具有两面性的特点。一方面他热爱劳动,不怕困难,乐观自信,力求上进;一方面贪婪自私,以私有者和殖民者的态度出现。这正是资本主义上升时期的资产阶级性格的典型特征。他们"把宗教的狂热、骑士的热忱、小市民的温情等神圣的激发都沉没在利己主义打算的冰水之中。"[①]

总之,根据作品的内容来看,笛福是按照当时时代的基本精神,抓住社会中新兴阶级的特点,并通过人物自身的具体活动来刻画人物的性格的。在他的笔下,"人物的性格不仅表现在他做什么,而且表现在他怎么样做。"[②] 以及展示了他的主人公的个人理想和愿望如何获得实现的规律。

诚然,作为一部在英国小说发展初期诞生的文学作品,《鲁滨孙漂流记》无论在技巧上或在内容上,对于人物形象的塑造是有缺点的。作者对于人物的塑造,线条还比较粗糙。对鲁滨孙的内心世界尤其是他的个性刻画还不多,而他的外在性格的刻画过多地依赖于作者所创造的巧合的环境。离开了这个假定的环境,鲁滨孙的性格特征似乎就不鲜明了。正如马克思所指出的,从历史发展

---

① 马克思、恩格斯著,《共产党宣言》,中译本,第 15 页。
② 《马克思、恩格斯、列宁、斯大林论文艺》,人民文学出版社,1959 年,第 12 页。

的观点看来，像鲁滨孙那样完全处于孤独的生活中独立的个人进行生产，就像脱离了社会而谈语言的发展一样的荒谬。可见，笛福所依据的形象构思的前提是不合情理的。

另一方面，笛福把资产阶级理想化了。他把人类一切美好的性格：勤劳、勇敢、坚强、谦虚、善良等都集中反映在鲁滨孙的身上。劳动人民的优秀品质和资产阶级上升时期所表现的进取精神和充沛活力被混在一起了。事实上，作为一个阶级来说，资产阶级始终是靠剥削别人成长起来的。正如马克思所说的："不管资产阶级社会多么没有英雄气概、然而它的诞生却需要英雄气概、自我牺牲、恐怖手段、国内战争和民族战争的"（《拿破仑第三政变记》）。可见，资产阶级的创业劲头和英雄气概的进步性应该从历史发展的角度来理解，而且也只有在这个意义上才是正确的。

鲁滨孙的性格和命运交织着的生活史反映了笛福的资产阶级启蒙主义的哲学观点。

一方面鲁滨孙靠自身刻苦的生产劳动改变了自己的命运，这一事实说明历史发展的动力，不是国王将相们的行动，也不是超越现实世界的神的意志，而是普通人民群众的生产劳动。这一点比前一时期人们对于人类历史发展的认识，是大大提高了一步。正如英国马克思主义文艺批评家福克斯所指出的："把个人的意识当作描写世界的出发点，在小说中可以说是一个革命的和有远大前程的理想。"①

另一方面，从鲁滨孙完全靠个人的活动来创造生活这一现象来看，意味着把个人的存在看作历史发展的起点。马克思指出："这种 18 世纪的个人，这种由封建社会制度的分解以及 16 世纪发展出来的新的生产力的产物，是一种在过去就已存在的理想，它不是历史的结果而是历史的起点，因为根据他们对人性的看法，与自然相适应的个人似乎不是照历史的方式产生，而是自然本身安排好的。"② 事实上，人类历史的起点并不是个人，而是大集体。这种大集体的生活方式由于生产力的不断发展而逐渐发生变化，经过长期的进化和演变，才产生单独的个人。也就是说，仅仅由于生产力发展到这样的程度，个人才能从与

---

① 福克斯，《小说与人民》，中译本，第 54 页。
② W. Minto. *Defoe*, pp. 1—30.

其他人的自然联系中解放出来，取得独立的身份，成为以独立的小生产者的姿态出现的个人。笛福的这些观点，对于18世纪资本主义社会的思想家来说是相当典型的。

二

《鲁滨孙漂流记》是一部叙事体长篇小说。它的叙事手法具有自己鲜明的特色。

笛福曾经把他的小说称为“自然又平易的作品”（natural and homely plain writing）。他的故事是“像事实一样展开的”（lying like truth），这就是作者对自己写作风格的直截了当的表白。

笛福的文学创作正如他的政治小品一样，是为了宣扬他的见解并让读者（当时主要是中小资产阶级）正确地了解他的意图的，因此，他十分强调写作必须真实、平易而又自然。他反对那些上层阶级的文人为了追求心灵上的乐趣而无中生有的捏造和杜撰出离奇曲折的故事。他甚至认为捏造就是犯罪。“This supplying a story by invention, is certainly a most scandalous crime, and yet very little regarded in that part ...”①（这种捏造故事的行为，确实是一种最不体面的犯罪行为，然而这种情况并没有引起人们的注意。）笛福严厉地批评那些信笔写来不顾事实的人。那种人完全忽视他们所说的话的真实性，甚至认为这不过是件微不足道的小事，根本不管他所写的故事是真是假。在笛福看来，这种行为是不可容忍的。

《鲁滨孙漂流记》就是笛福这些写作观点的具体实践。它非常明显地展示了笛福艺术创作的个性和自己的独特的风格。

用第一人称的回忆录的形式来叙述故事是笛福叙述手法的主要特色之一。他往往以当事者的姿态出现，用“我”的口吻来叙述，仿佛小说中所发生的一切都是作者亲身经历过的，而不是道听途说或存心捏造出来的。笛福在《鲁滨孙漂流记》的序言里写道：“假如世界上真有什么私人的冒险经历值得发表，并

① W. Minto. *Defoe*, pp. 1－30.

且在发表后还会受欢迎的话，那么编者认为便是这部自述。”笛福把它冒充为一部真实的离奇遭遇的回忆录，并且庄重地宣称：“叙述者在叙述故事时，处处采用朴质和严肃的态度。……编者相信这本书完全是事实的记载，毫无半点捏造的痕迹。”这本书当时就是匿名发表的。直到它成名后，人们才知道它的作者的真实名字。这是不足为奇的。因为按照当时英国的社会风气，一部通俗读物若不是“真人真事”的报道，就没有人读。所以，笛福也只好“入风随俗”了。

《鲁滨孙漂流记》的结构是独特的。作品情节的引入并不在于变换人物生活的再现顺序，对读者隐瞒一些即将发生的情景而紧紧地吸引读者的注意力。相反的，作者在小说一开头就把故事向读者铺开。他不是竭力使故事混乱，而是竭力直率地按照人物生活经历的顺序来叙述，逐步展现人物的性格，使作品的思想更加深刻起来。

“第一人称”即自我展示的方法是笛福本人对人物的性格描写的主要的手段之一。

笛福善于选择反映现实生活的立足点，用人物朴实的自我介绍揭开了作品人物与读者之间的陌生的隔膜。小说一开头，总先交代人物姓甚名谁，双亲简况和家世来历等等。让读者对小说中主人公的来龙去脉先有一个大致的了解。

《鲁滨孙漂流记》是这样开始的：

> 我于1632年出生在约克城的一个体面人家。我不是本地人，因为我父亲是一个外国人，是德国不来梅地方的人。他来到英国后，起初住在赫尔城，靠做生意挣了一份家财，后来收了生意，搬到约克城住下，在那里娶了我母亲。我母亲娘家姓鲁滨孙，是当地一个很体面的人家。由于母亲的缘故，我就被起名叫鲁滨孙·克鲁兹拿，但由于英国语音的变化，现在人们叫我们的时候，或是我们自己叫起来，写起自己的姓名来的时候，就成了“克鲁索”了。于是我的一些朋友也就这样叫我了。（方译本 P. 1）

在笛福的其他较重要的小说里，也可以看到这种叙事技巧。例如《摩尔·弗兰德斯》（*Moll Flanders*，1722）一书的开端：

因为新门、老牢这两个监狱的簿册里都有我的真实姓名，那里好些还未解决的重要案件又是同我个人过去的行为有关系的，所以在这本书里我不能说出我的真名同家世。或者我死后，大家会知道得详细些。……（梁遇春中译本 P. 1）

这种第一人称的叙述技巧是笛福的特长。它有点像我国宋元的话本小话。故事开头的自我介绍简单地指出鲁滨孙的家境和姓名的来历，令人感到仿佛实有其人，即将发生的事件就是他的不折不扣的经历。同时由于先交代了主人公，故事就有个头，读者读起来有条不紊，密切地等待着故事的发展。这正是读者所希望的。因为笛福的读者大部分是新兴的中小资产阶级。他们渴望着新的精神粮食。当时的学校教育和报纸的发行虽有了较大的发展，但他们的文化水平还不是很高。他们对于情节变化多端、结构错综复杂、文字修饰严谨的古典主义的史诗作品是不太习惯阅读的。笛福一反过去的写作习惯，从群众的要求出发，把故事讲得有头有尾，线索分明，娓娓动听。这是很符合他们的口味的。《鲁滨孙漂流记》初版一问世就受到广大的读者的热烈欢迎，这也许是一个原因吧。

《鲁滨孙漂流记》的成功使笛福获得了不少创作经验。在往后所写的《辛格顿船长》（*Captain Singleton*，1720）、《杰克上校》（*Colonel Jack*，1722）、《大疫年日记》（*A Journal of the Plague Year*，1722）和《一个骑士的回忆录》，（*Memoirs of a Cavalier*，1724）等作品中，笛福都采用第一人称的叙事手法，同样以朴实的自述身世揭开故事的序幕，显得分外逼真动人。

人物行动的细致描述，情节转变的朴素自然，不着意加以渲染或虚饰，也不露加工的痕迹。这种白描手法是笛福叙事手法的另一个主要特色。

《鲁滨孙漂流记》是个单线发展的故事。每个故事是由一系列具体活动的细节构成的。具体活动描述的好坏关系到主人公性格塑造的成功和失败，从而决定着整个故事的艺术效果。

笛福对于人物行动的描述是非常具体、细致而逼真的。他往往为我们描绘了主人公在岛上创造劳动的具体活动的具体过程的生活图画。例如鲁滨孙造房子筑围墙，从选择地点到破土兴建，从房屋和围墙的长宽和结构，原料的搜集和加工到费多少时间，往后怕受侵扰又如何再加筑一道围墙等等，作者都一一做了介绍。鲁滨孙怎样种稻养羊，怎样做陶器编篮子，怎样伐木造舟，从失败到成功，再失败再成功，作者都细致地加以描述，而且写得这么准确，这么合情合理。我们可以根据鲁滨孙航行所经过的纬度、风的方向和航行的年、月、日等画出一张地图。我们可以像作者一样全面地、清楚地看到一切的故事细节，仿佛我们身历其境一般。鲁滨孙的辛勤劳动所创造的东西，其数量、质量和容积是这么准确，使读者感到作者好像是一位熟练的木匠、陶工和老水手。

作者处处留心揭示主人公与命运搏斗的具体活动的生活场面。比如鲁滨孙首次战斗的描写：

> 一个人只是呆呆地坐着，空想自己所得不到的东西，是没有用的；这个绝对的真理，使我重新振作起来。我们船上有几根多余的帆杠，还有两三块木板，还有一两根多余的第二接桅。我决定先从这些东西着手，只要搬得动的，都把它们从船上扔下来，每根上面都绑上绳子，防备它们被水冲走。这一步做好了，我又走到船边，把它们拉到我跟前来，把四块木头绑在一起，两头尽可能地绑紧，扎成一只木排的样子，又用两三块短木板横放在上面。我在上面走了走，倒还行，不过因为木块太轻，吃不住多少重量。于是我又动起手来，用木匠的锯把一根第二接桅锯成三段，把它们加在我的木排上……（方译本 P. 42）

这一段详细地叙述了鲁滨孙经过一番思想斗争后踏上征服荒岛，和大自然搏斗的征途的起点，如何设法利用大船上的原料建造一只木排的具体情形。这个叙述扼要地勾画出鲁滨孙紧张劳动的缩影。它不单是让读者了解鲁滨孙怎样去获得大船上的东西来作为他生存的基础，而更主要的是揭示了这样一个事实：鲁滨孙每前进一步，每获得一件物品都必须付出艰苦的劳动，即使是客观上为他提供了有利的条件，如果不经过他自己的刻苦奋斗，也是无济于事的。小说中几个细致介绍的场面都具有这样的重要意义。因而，这种描写手法大大地增加了故事本身的说服力。

即使到了小说情节的紧张关头，笛福仍然依旧泰然自若地用寥寥几笔把情况自自然然地写出来，对事件发生之前似乎没有精心的伏笔，在转折的时刻也不倍加渲染。比如，那打破鲁滨孙的孤寂生活的平静的转折点——人的脚印的出现，笛福是这样叙述的：

> 有一天，大概是正午时候，我正要去看我的船，忽然在海边上发现一个人的赤脚脚印，清清楚楚地印在沙滩上。（方译本 P. 136）

这几句话是多么简单而平淡无奇啊！然而，它在鲁滨孙心里所激起的感情是远非笔墨所能形容的！人的脚印！人的出现！是敌人还是朋友？是祸抑或是福？凭他独居孤岛十几年来的经验判断，这一定是凶多吉少！这意味着一场新的战斗迫在眉睫！战斗，残酷的战斗！单枪匹马的鲁滨孙能经得起新的战斗的考验吗？在读者眼前浮现了数不清的问号，仿佛鲁滨孙的恐惧和诧异的心情也传染给读者了，人们好像屏住呼吸似的静听着事态的继续。

应该指出，笛福对人物具体活动的描述是密切围绕着小说的主题思想展开的，而不是包罗万象的烦琐的赘述。笛福花了整部小说的将近三分之二的篇幅来描述鲁滨孙在孤岛上对自然作斗争的各个方面。劳动的意义被提到了比较突出的地位。这就使得《鲁滨孙漂流记》在英国文学史上闪烁着不朽的光芒。

小说的叙述是按照鲁滨孙历险的事件的顺序进行的。但并不是对所有活动都予以平分篇幅，老调重弹。鲁滨孙在岛上生活了 28 年。在这漫长的岁月里，他的经历千变万化；他的活动繁杂琐碎；要反映这么广阔的生活画面不能不是困难的，但笛福很好地完成了这个任务。

鲁滨孙漂流到荒岛上的第一年，是最艰巨最复杂的一年。死去或活着的确是一个问题，也是读者最关心的一个问题。因此，作者给予极大的关注。作者淋漓尽致地详述了鲁滨孙怎样度过他脱离人群，远离社会的第一天、第二天、第三天……的生活。作者花了几乎占全书约六分之一的文字来叙述鲁滨孙踏上海岛后第一年的生活经历；而用几乎同等的篇幅来反映鲁滨孙从第 2 年至第 18 年的动荡生涯。从一堆人骨的出现到星期五的来临——鲁滨孙孤寂生活的告终，这 6 年多的时间内的曲折遭遇，只不过占去全书的八分之一的笔墨罢了。

笛福的叙述手法的另一个特色是以朴素的叙事为主，穿插着形象化的抒情描写和抒发人物思想感情的议论。

故事性的叙述和抒情性的描写相结合使笛福的写作技巧更富特色。朴实自然的叙述有如现身说法，可以大大加强故事的真实感，而抒情性的描写则可以造就气氛，使人物活动栩栩如生，更能增加故事的感染力。

笛福的抒情性描写不是不着边际的写景，而是运用突然事件在人物心里所引起的急剧反应来加强故事的紧张性，从而把读者引入一个新的境界。鲁滨孙发现海沙滩上有一个人的脚印以后的复杂心情，作者写得相当简练而形象化：

> But after innumerable fluttering thoughts, like a man perfectly confused and out of myself, I came home to my fortification, not feeling, as we say, the ground I went on, but terrified to the last degree, looking behind me at every two or three steps, mistaking every bush or tree, and fancying every stump at a distance to be a man?（原著 P. 169）
>
> 我像一个方寸已乱，神经失常的人似的胡思乱想了一阵，拔腿就往我的防御工事跑去，就像脚不沾地一样。我心里恐慌已极，走不到两三步就要回头看一看，连远处一丛小树，一个枯树干，我都误会它是个人。（方译本 P. 136）

看！连小树都变了！作者巧妙地通过景物的插笔衬托出人物心情的变化。

> When I came to my castle, for so I think, I called it ever after this, I fled into it like one pursued; whether I went over by the ladder as first contrived, or went in at the hole in the rock, which I called a door, I cannot remember; no, nor could I remember the next morning . . . （原著 P. 170）
>
> 我一跑到我的城堡（我以后就这样称呼好了），马上就像有人在后面追着似的，一下子就钻进去了。至于我是按照原来的设计，用梯子爬进去的，还是从那被我称为门的岩洞里钻进去的，我自己也记不得了，甚至到了第二天早上还想不起来……（方译本 P. 136）

这种描写饶有风趣，颇具幽默感。作者巧妙地再现了人物在危急关头的紧张场面，增加了故事引人入胜的气氛。

在小说连贯的叙述中常常有一些作者抒发的议论。这些议论都是关于宗教道德的直接说教，显得枯燥无味，于故事本身无补。总的来说，它在整个作品中并不占主导地位。但客观上它的影响是不好的。虽然正如前面所分析的，这种说教在当时具有一定的社会原因。

如果没有生动的描写和精彩的插曲，叙事体的小说容易流于平淡乏味。《鲁滨孙漂流记》就没有这种毛病。笛福的叙事技巧是纯熟的。他善于抓住人物对于某一平常的事件的本能的反应，突出地加以表现出来，给整个故事增添了不少光彩。比如：星期五陪鲁滨孙外出打猎的小插曲。那情景倒是平平常常的。鲁滨孙像平常一样，顺手开枪打死了一只小山羊，星期五一闻枪声却神智混乱，以为枪是朝他开的……

> 他既没有看见我开枪射击的那只小羊，也没有看清楚我是怎样把它打死的，只顾扯开他的背心，在身上摸来摸去，看看自己是不是受了伤，原来他以为我决意要杀害他了。他跑到我跟前，扑通一声跪下来，抱着我的两腿，嘴里说了许多话，我都不懂，但我不难明白，他的意思是请求我不要杀他。（方译本 PP. 186—187）

由闻枪声而发呆到摸胸、而跪下求饶，星期五的神态十分鲜明。这深刻地衬托出星期五当时虽已获救，但对他的主人、新的统治者，他是胆战心惊、半信半疑的。笛福寥寥两笔就完全把星期五当时的心情勾勒出来了。

不仅如此，笛福还善于巧妙地运用富有特色的小细节的插笔来增加叙述的真实性和生动性。鲁滨孙初登荒岛时发射的第一枪便是相当精彩的一例。作者描写有一天鲁滨孙到岛上溜达，看见一只奇异的鸟，举枪射击。枪声一响，顿时四处雷动，从丛林四周射出无数野鸟，鸣声喧腾，震天动地……一颗子弹，犹如一滴露珠反映出整个太阳似的，射出了那孤岛的原始、荒芜和恐怖的全部景色。

小说中的小插曲似乎处处皆是，时时和故事的发展主线联结在一起，以反映人物的性格特征。如鲁滨孙在家里发现一只野猫待在他的箱上，他不但不打它，反而取饼干给它吃，并且说“我的存粮不多了，我实在没法再分给它了！”这一行动反映了鲁滨孙善良和蔼的性格。星期五初到鲁滨孙家里，久久不敢触摸鲁滨孙打鸟的枪，经常独自喋喋不休地对着枪说话，请求枪不要把他打死。这也反映了星期五朴实纯真的性格。这些细小的行动意味深长地反映了人物性格的特征，达到了以小见大，由点见面的艺术效果。

小说中对于自然景物，作者并不着意描写，用笔不多。作者只是在叙述事件发展的过程中顺便一提。他往往把写景和人物内心的感受结合起来揭示人物性格的变化。在海上，狂风巨浪，鲁滨孙心潮也汹涌起来，动摇、惊恐和幻想交织在一起；而当风消浪静时，他也豁然开朗，忧虑尽弃，信心百倍。有一次岛上发生了地震，他差点送掉生命，于是他又感慨万千，悲喜交加。在长期的孤独的斗争中，大自然是他的主要征服对象。但作者并不对客观景色倍加渲染，而着重反映在这一环境中的人物的顽强的活动。

《鲁滨孙漂流记》具有一般优秀的长篇小说体裁的特点：它在英国社会转变的时期，提出了巨大的生活问题。笛福洞察了社会生活的各个方面，通过艺术形象概括地反映了资产阶级登上历史舞台时的思想意识。它宣扬了个人奋斗可以改变自己的命运的资产阶级个人主义哲学。这对当时社会领域中的各个阶层尤其是中小资产阶级起了一定的推动作用。

三

《鲁滨孙漂流记》的文学语言是与作者塑造形象，叙述故事的手法相适应的。它表现了作者纯熟的语言造诣和独特的艺术风格。

《鲁滨孙漂流记》的语言具有英国 18 世纪小说的文学语言的一般特点：简洁、平易、通俗。但是，它和同时代的散文作家班扬所著的长篇小说《天路历程》等作品的语言风格又不尽相同。

笛福在《鲁滨孙漂流记》中使用的语言，是和他的创作目的有密切联系的。作为一个启蒙主义者，一个活跃的新闻记者和社会活动家，笛福是把他的文学作品当作一种宣传手段的。他想通过他的作品来宣扬他的发展资本主义的理想。

他的写作是面向18世纪力求往上爬的中小资产阶级的。因而为了满足这些人的广泛要求，为了让他们更好地接受自己的见解并从中吸取力量，笛福就把语言的通俗化和作品的可知性提到突出的地位，并以此来规定他自己的文学风格。他说："假使有人问我认为什么是完美的风格或语言，我的回答就是：这种语言（一个人）用来跟500个各式各样中等才能的人（白痴和疯人除外）讲话而为他们全体所了解，而且所了解的意义正合说话人希望表达的意义。"①

笛福的小说语言又是完全服从于他所创作的故事本身的要求的。《鲁滨孙漂流记》是记叙一个海上历险者的过去生活中的事件，作品的内容就要求富于故事性的语言，不容许过分华丽的风格，否则就会失去所述故事的真实感和感染力。因此，他力求语言的平易、通俗和流畅。在《计划论述》（*An Essay upon Projects*）一文中，作为一个散文作家，笛福明白地表示了自己的这种见解：

> As to Language, I have been rather careful to make it speak English suitable to the Manner of the Story, than to dress it up with Exactness of stile; choosing rather to have it Free and Familiar, . . . than to strain at a Perfection of Language, which I rather wish for, than pretend to be Master of. ②
>
> 对于语言，我一向宁愿它适合故事的性质，而不愿加以修饰，以求风格的严谨；我比较倾向于流畅和通俗，而不愿为语言的完美所束缚，这一点与其说是我所精通的，倒不如说是我所希望的。

因此，笛福虽然生活在古典主义全盛时期，却不像18世纪初期的其他作家如艾狄生和斯梯尔那样受古典主义的影响，去追求语言的严谨和优美，讲究词汇的精选和文句的修饰。笛福也没有像当时英国许多上层文人那样向法国文学取经，而是大胆地运用当时具有民族色彩的口语来写作。

《鲁滨孙漂流记》的语言特色首先在于：作者善于运用最通俗最平易的词汇来反映最重要最本质的人物的行动，力求"传神"，没有或很少附加什么修饰的或形容的词汇。

---

① 转引自阿尼克斯特，《英国文学史纲》，中译本，第196页。
② Qtd. in A. C. Ward. *Illustrated History of English Literature*, Vol. II, p. 99.

例如作者对鲁滨孙救星期五时，星期五的动态是这样描写的：

> ... the poor savage who fled, but *had stopped*, though he saw both his enemies fallen, and killed, as he thought, yet was so frighted with the fire and noise of my piece, that he *stood stock still*, *and neither came forward or went backward*, tho' he seemed rather inclined to fly still, than to come on; I *hollowed again to him*, *and made signs to come forward*, *which he easily understood*, *and came a little way*, *then stopped again*, *and then a little further*, *and stopped again*, and I could then perceive that *he stood trembling* as if he had been taken prisoner, and had just been to be killed, as his two enemies were; I *beckoned him again to come to me and gave him all the signs of encouragement that I could think of and he came nearer and nearer*, *kneeling down every ten or twelve steps in* token of acknowledgement for saving his life. I smiled at him... （原著 P. 223）

鲁滨孙从大声呼叫，到招手致意而至坦露笑容；星期五从呆呆站着不动到走了又停，停了又走，而且停时立着发抖，以至最后十步一跪地走近鲁滨孙。这奇妙的场面包含了多少深刻而丰富的精神活动！但，作者却出乎人们意料之外，没有任何虚饰，甚至连一个表情的形容词都不用，就把他们两人初次接触的景象栩栩如生地呈现在读者面前了。

还有，星期五初次会见他险中遇救的生父时的情景也是令人难忘的。作者是这样写的：

> ... but when Friday came to hear him speak, and look in his face, it would have moved any one to tears, to have seen how Friday *kissed* him, *embraced* him, *hugged* him, *cried*, *laughed*, *hollowed*, *jumped about*, *danced*, *sung*, *then cried again*, *wrung his hands*, *beat his own face and head*, *and then sung*, *and jumped about again*, like a distracted creature.（原著 P. 260）

这里一连用了 14 个动词，但没有一个修饰的副词。乍看来这似乎只是一堆词汇的随意堆砌而已，其实不然。这是星期五那一刹那的悲喜交集，百感俱生的千丝万缕的激情所构成的戏剧性的特写镜头！星期五的激动、流泪、欢笑、愤怒的情绪完全跃然纸上。整个情节的气氛也一丝不苟地弥漫到读者的心头了。

法捷耶夫说过："情绪的传达是艺术最魅惑人的特质之一。但要掌握这个特质，作家也要经过一番苦练才行。"① 可见，笛福用这么平白简朴的词汇而能达到传神的效果，是不能不经过细心观察、体验和推敲的。

人物的语言是刻画他们个性的主要方法之一。语言是人的意识的实践，显示了人的独特的个性。语言是作家用来刻画人物个性的异常有效的工具。因此，作品中的人物描写首先要求作家给予他所描写的人物以"切合于他的性格"（普希金语）的语言。

善于根据人物的性格、心理、教养、思想和生活背景以及他当时所处的客观环境来描写不同人物的不同语言，使人物语言典型化、个性化，这是《鲁滨孙漂流记》的另一个主要的语言特色。笛福善于吸取人民群众中生动的口头语并加以加工提炼，从而显示了人物语言的个性特征。试举三例。

当鲁滨孙第一次航海侥幸脱险抵达雅木斯港后，他的朋友——那个船长的儿子将他介绍给他的船长父亲。那位船长询问了鲁滨孙的来历后，又惊又怒地说了这样的话：

> "What had I done," says he, "that such an unhappy wretch should come into my ship? I would not set my foot in the same ship with thee again for a thousand pounds."（原著 P. 18）
>
> "我怎么会让你这样一个倒霉鬼上了我的船？以后哪怕你给我一千英镑的报酬，我也不和你上一条船。"（方译本 P. 12）

在这个老人看来，鲁滨孙命运不吉，不宜出海，而先前的风险就是由于他的命运造成的。简短的两句话完全把这个资产阶级人物的精神面貌暴露无遗！向往于冒险事业而又迷信命运的摆布，想发横财而又贪生怕死，这不正是当时

① 叶非莫夫，《论文艺作品的语言》，中译本，第 81 页。

那些资产阶级"英雄人物"的典型思想吗?

鲁滨孙的语言却具有另一种特征。他说:"It was in vain to stand still and wish for what was not to ...", "I seldom gave anything over without accomplishing it, when I once had it in my head enough to begin it.", "And this, tho' it would require a great deal of time and labour, I thought was the most rational design." 等等都反映了鲁滨孙坚毅勤劳有抱负的思想性格特点。当岛上出现了居民后,鲁滨孙自封为国王沾沾自喜地说:

> ... *the whole country was my own mere property*; so that I had an undoubted right of dominion. ... I was absolute lord and lawgiver.... (原著 P. 264)
>
> 全岛都是我个人的财产,因为我具有一种毫无疑义的领土权……我是个全权统治者和立法者。(方译本 P. 215)

"这一切都是我的!"这是鲁滨孙这个资产阶级私有者和殖民者的内心的概括的写照。

作品中的两个小鬼的话语也洋溢着天真纯朴的气质。小佐立的"no go! no go!"的呼喊,星期五的"killed much mans ..."等不合英语语法的话都具有特色。尤其是星期五的语言更耐人寻味。譬如:有一天,鲁滨孙派星期五到海边弄点吃的,星期五走了不久就往回跑,大喊:"O master! O master! O sorrow! O bad!"(主人;主人;糟了!坏了!)鲁滨孙问他究竟是怎么回事。"O yonder, there," says he, "one, two, three canoe! one, two, three!"(原著 P. 252)(那边有一个,两个,三个独木船;一个,两个,三个!)(方译本 P. 205)鲁滨孙起先以为是六只独木船,后来才知道只有三只。这种断断续续的惊叹短语衬托出星期五当时惶惑的心情。三只船,他不是一下子讲出来,而是一、二、三地逐只数了两遍。这反映了他的稚气,他的认真和惊异,也反映了他还没学会讲英语。这令人相信,在那种情况下,只有星期五这种缺少斗争经验的纯真可爱的年轻小伙子,才会讲出这样的话来。

笛福还善于抓住人物在事件紧张的一刹那的感触来展示他们的语言。如有一次,他们主仆两人谈论着一起到大陆上去的事,星期五邀鲁滨孙和他同回他的家乡，鲁滨孙故意推托，婉言谢绝，叫星期五一个人独自归家。星期五怎样回答呢？“He looked confused again at that word, and running to one of the hatches which he used to wear, he takes it up hastily, comes and gives it to me. ‘What must I do with this?’ says I to him. ‘*You take, kill Friday*,’ says he.”（原著 P. 248）（他听了我的话，思想上又混乱起来，顿时跑去把他日常所带的那把斧子取来，交给我。“你给我斧子做什么?”我对他说。“拿它杀了星期五吧。”他说。）（方译本 P. 201）“拿它杀了星期五吧!”这是多么刚强、直率又诚实的话！星期五的忠诚和坚强的性格历历在目，十分可爱。诚然，由于历史的限制，他还没有认清也不能认清他的“救命恩人”只不过是以文明姿态出现的新的统治者和殖民者。他的坚强和忠诚不外是对鲁滨孙的屈服、驯顺和不可分离。这并不值得我们赞美。但，对作者这种洗练的语言，个性化的刻画，我们却不能不提一提。

此外，作者也善于用意思相对的片言只语，扼要地反映出人物在不同阶段的思想情绪。例如鲁滨孙第一次航海，遇到风浪，第二天，他的同伴一个老水手问他：“How do you do after it? I warrant you were frightened, wa'n't you, last night, when it blew but *a capful of wind*?”“A capful, d' you call it?” said I（鲁滨孙），“'t was *a terrible storm*.”（原著 P. 12）“一点小风”和“一阵狂风暴雨”，相差万里。同舟的两个人的感觉竟有天渊之别！在老水手面前，年轻的鲁滨孙，这个想入非非的新水手，那种初出茅庐的大惊小怪和惊慌失措的心思足见一斑！还有，鲁滨孙初登孤岛，望着荒无人烟、一片凄凉的孤岛，心里又彷徨又害怕，闷闷不乐地称那海岛是“失望岛”（the Island of Despair）。鲁滨孙恨不得马上插翅飞离该岛。可是 5 年后的一天，当鲁滨孙驾着一叶扁舟在海岛的四周游览，想到附近岛屿去寻找人群，伺机回国时，他却不愿索然离去，而是恋恋不舍地徘徊着，情不自禁地称他的荒岛是“幸福的沙漠”（happy dessert）。“它犹如世界上最快乐的地方。”从“失望岛”到“幸福的沙漠”，这不单是名称的简单变化，而是包含着鲁滨孙内心的变化！思想的飞跃！5 年的艰苦劳动终成硕果；荒山变果园，家畜成群，五谷满仓……这一切都有力地鼓舞着鲁滨孙继续顽强地生活下去。他终于勇敢地再在这荒岛上度过 23 年多的日子。所以，鲁滨孙简短的两句话深刻地揭示了促使他的思想变化的无穷的原动力——劳动的光辉的意义！

由此看来，个性化的语言不但显示了人物的不断发展的品质和性格特征，而且使我们能由判断人物的个性特征进而了解作品的主题思想。

《鲁滨孙漂流记》作者的叙述语言和主人公的语言常常合而为一。但在情节转变的紧张时刻，作者则有意识地突出主人公的语言。他善于巧妙地运用修饰感叹句或呼语来反映人物的思想特点或情绪变化，为故事情节增添了微妙的幽默气味和浪漫色彩。比如，有时用感叹句来表示思想的变化：鲁滨孙起先听了他父亲谈话后深受感动，想放弃理想，后来又把其父的劝告置之度外：

> I was sincerely affected with this discourse, as indeed who could be otherwise? and I resolved not to think of going abroad any more, but to settle at home according to my father's desire. *But alas! A few days wore it all off*; （原著 P. 8）

鲁滨孙第二次航海为海盗所俘后又想起他父亲的劝告，感到前途暗淡无光，死亡指日可待。后来又振作起来，转换口气幽默地说："*But alas!* This was but a taste of the misery I was to go thro'..."（原著 P. 22）

在荒岛上的鲁滨孙身边还有一些钱币和金银——吝惜鬼和守财奴的生命，但钱币和金银在一片荒芜的孤岛上比一把铲子还不如！他说："*Alas!* There the nasty sorry useless stuff lay"（原著 P. 142）。不过，这只是他的怨叹罢了。他仍然没有失去对金钱的兴趣呢。

有时作者也用修饰感叹句来表示人物对于事物的关切的心情或内心的千丝万缕的感情。

当鲁滨孙生活安定后，脱离人群的痛苦与日俱增，他茫茫不知所措，只是喊着："O that there had been but one or two; nay, or but one soul saved out of this ship, to have escaped to me, that I might but have had one companion, one fellow-creature to have spoken to me, and to have conversed with!" 他把"*O that it had been but one!*"一句重复了一千遍。这是他的内心强烈愿望的感情流露！

显而易见，笛福在叙述故事时采用这种修辞感叹句或呼语就能使读者和主人公保持着某些联系，并分享他的内心感受，关怀地注视着事态的发展。故事的表现力也大大提高了。

在语言结构上，笛福在《鲁滨孙漂流记》中采用了大量的平易自然的散句（又称舒缓句，loose sentences），以表现小说的浓厚的故事性。全书的句子结构大部分是属于这种类型的，显得轻松活泼，引人入胜。读者的注意力随着叙述内容的层层深入和逐步扩展而跟着故事的发展而发展下去。比如鲁滨孙救星期五的过程那段描写。鲁滨孙在他的住房远远看见三个吃人生番猛追星期五时，作者是这样叙述下去的：

> There was between them and my castle, the creek, which I mentioned often in the first part of my story, where I landed my cargoes out of the ship; and this I saw plainly he must necessarily swim over, or the poor wretch would be taken there; but when the savage escaping came thither, he made nothing of it, though the tide was then up; but plunging in, swam thro' in about thirty stokes, or thereabouts, landed, and ran on with exceeding strength and swiftness.（原著 P. 221）

这个句子主句是“There was between them（指追捕星期五的野人）and my castle, the creek.”“在他们和我的城堡之间，有一条小河。”这是承接上面一段描述野人紧追，星期五猛跑的文字的。作者先指出“一条小河”，读者一定关心也许在那里就要决定他们敌我四人的命运。星期五虽然跑在前头，但背敌面水，很可能让敌人追上。关键在于星期五能否游泳。他会不会得救呢？是溺死在水里抑或是重落敌手？一幕生死决斗的戏就要在这“一条小河”上演出。斗争白热化了。故事由此转入了紧张关头，读者的心被紧紧抓住了。

作者在这里并不对星期五的处境的危险性大加渲染，而是若无其事地先介绍这小河的一段小历史，以一个旁观者的身份平静地评论了两句，然后才简单地说星期五只划了30下就过河上岸，往前跑了。此时，读者就松了一口气。但又怀着紧张的心情读下去，期待着事情演变的结局。

这几段介绍、评论和说明都是通过从属句子反映出来的。这些从属句和主句连起来构成一句，比分成若干独立的简单句要生动得多。各个从属句显得匀称而富有节奏。

小说中，句子结构是随着情节的变化而有所变化的。它必须善于反映人物的思想情绪和故事的急剧转变。因此，这部小说中也略有采用气势奔放、严谨有力、节奏紧凑、逻辑性强的掉尾句（又称紧张句，periodic sentences），例如：

> *That* evil influence which carried me first away from my father's house, *that* hurried me into the wild and indigested notion of raising my fortune, and *that* impressed those conceits so forcibly upon me, as to make deaf to all good advice, and to the entreaties and even command of my father; I say, the same influence, whatever it was, presented the most unfortunate of all enterprises to my view; and I went on board a vessel bound to the coast of Africa; or, as our sailors vulgarly call it, a voyage to Guinea.（原著 P. 19）

这一句话完全把鲁滨孙当时痛下决心时的气魄和心情传达出来了。

笛福不仅善于运用变化多端的叙事说理的长句子，而且善于在小说中斗争的紧张关头，灵活地采用精悍有力的短句。比如鲁滨孙发现敌人在孤岛上登陆时，立即和星期五准备战斗：

> I turn to Friday. "*Now, Friday*," said I, "*do as I bid thee*"; Friday said he would. "*Then, Friday*," says I, "*do exactly as you see me do, fail in nothing*"...（原著 P. 256）

三言两语，非常明确、活泼有力，不但表现了鲁滨孙处境的迅速变化；而且通过斩钉截铁的语气表达了鲁滨孙急促的语意和激动的情绪。

笛福是在英国安娜女王统治的末期写成《鲁滨孙漂流记》一书的。（在她死后才发表。）这个时期正是封建势力逐渐削弱、资产阶级势力逐渐强大的转变时期。文学家们自 17 世纪末以来变成为“城市”而写作了（men wrote for "the Town")[1]。他们开始去反映新的现实生活。旧的文学体裁史诗形式逐渐为新的散文形式所代替了。特写、小说和书信等三种文学形式随之兴起。学校教育和报刊发行有了很大发展。科学也有了显著进展。由于社会阶级矛盾的尖锐化，托利党和辉格党的出现，政治论争已经成为社会生活中的家常便饭。由于科学的发展，记载研究成果的文献大量出现。因此，作为社会交际工具的英语随之产生了重大变化。文学语言的散文化、口语化逐渐变成18世纪作家们的共同特点。英国文学的现实主义传统获得了新的表现形式。

生长在这样一个时代的笛福是伦敦一个肉商的儿子。小时其父曾想培养他当非国教的牧师。但他对政治的兴趣远远胜过对宗教的兴趣。于是他放弃了牧师的生涯，一面经商一面参加政治活动。他曾当过袜商、砖瓦商、外贸商、印刷商，但他的生意时常失利。他到过西班牙、法国和意大利，走遍了英国大部分地区。他懂得意大利语和法语，曾写了一些他所看到的欧洲国家的人情风俗的有趣的杂记。他参加过蒙默士公爵领导的起义和从荷兰进驻英国夺取王位的威廉第三的军队。随后，笛福便成为威廉王的亲信而参与政事。威廉王死后，他旋即被捕入狱，因著文讽刺安娜女王的国教政策，被罚囚枷示众。他以争取信教自由博得众望。出狱后，他和政府接近了。他逐渐秘密地为辉格党和托利党两党工作。他的一生经历充满了失败和胜利，痛苦和欢乐的坎坷经历。

笛福是一个著名的新闻记者。他在狱中曾创办《评论》(*The Review*)周刊，以评论国际时事的形式来影射国内的政局。他花了不少时间遍读史册和当代文学作品，并且访问了许多犯人，常常听他们讲冒险故事。[2] 出狱后他继续办报，后来正式当记者，经常接触各种社会新闻，并根据真实事件写了许多特写。社会阅历大大丰富。他完全精通各种新闻写作的艺术。[3] 他为报纸创作了一系列从海盗、抢劫犯到水手和基督徒等题材新颖的故事。这些东西有不少成了他之后创作小说的素材。这些创作都为他的小说的表现手法和语言结构奠定了扎实的基础。

随后，笛福致力于写作人物传记和回忆录。他所写的对象有政治家、牧师、

---

① W. Minto. *Defoe*, p. 44.
② Ibid.
③ Ibid, p. 126.

文人、水手、海盗以至各种各样的犯人。只要他们引起社会的注意和兴趣，笛福总是在他们不幸逝世或冒险生还的时候，刻不容缓地替他们写一篇传记。[①] 可惜这些应时的文章结构很松散，并不为时人所注意。然而，这对于作者却不是徒劳无益的。他通过这些真人真事的传记写作，对社会上各种各样的人物有了进一步了解。他的叙述手法也日臻成熟了。往后，他就渐渐对写传记失去了兴趣，而专心探索小说的创作道路。

不久，笛福闻悉一件震动整个伦敦的奇闻。一个名叫亚历山大·赛尔柯克的水手只身飘落弗兰德兹岛，孤独地在岛上生活了4年才回大陆。这激起了他的创作欲望。于是，他就以这个真实人物为模特儿，创作了《鲁滨孙漂流记》。小说一出版，顿时轰动了全国，获得空前意外的成功。笛福兴奋万分，老当益壮，立即埋头于写作小说，一连写了许多部小说，直到七十高龄时死神夺去了他的劳动热情为止。据统计，他一生共写了250部以上的作品。因而，他被称为18世纪初期英国反映生活画面较广阔的多产作家。

附注：

［1］文中有关原著英文引言一律根据 W. P. Trent 订正的纽约 Ginn & Company 1916 年版本：Daniel Defoe, *The Life and Surprising Adventures of Robinson Crusoe*, *of York*, *Mariner*。

［2］文中有关原著引言的译文均引自方原译的《鲁滨孙漂流记》1959 年人民文学出版社出版。

［3］有关引文的着重号系笔者所加的，限于篇幅，恕不一一说明。

（原载《厦门大学学报》［哲社版］，1961 年第 3 期）

---

① W. Minto. *Defoe*, p. 134.

《格列弗游记》的讽刺手法*

英国卓越的现实主义讽刺作家乔纳森·斯威夫特（Jonathan Swift，1667—1745）的代表作《格列弗游记》（*Gulliver's Travels*），是一幅淋漓尽致地描写18世纪英国社会的讽刺画。斯威夫特匠心独运的小人国、大人国、飞岛国、巫师国和智马国等滑稽怪诞的形象，几世纪来一直被列入英国文学和世界文学之林，为广大读者传诵着。1909年林纾将它译介到我国来，至今已有十几种中译本，深受我国读者欢迎。

《格列弗游记》的讽刺手法是多种多样的。它和这部小说的思想内容、艺术结构和语言风格，有着千丝万缕的联系。

这部小说的艺术结构是独具一格的。全书是一部长篇小说，但除了主题思想是一致的以外，四个部分又可自成为独立的短篇或中篇。书中没有连贯全书的许多主要人物，却只有一个——叙述者的“我”——格列弗。作者在每个部分分别写出一个或几个重要人物来。这些人物的言行构成了栩栩如生的独立的画面。各个画面又通过主题思想这条主线，逻辑地结合在一起，集中地反映了18世纪英国资本主义社会的丑恶面貌。作者独具慧眼地根据不同的篇章、不同的内容，运用了巧夺天工的不同的讽刺手法。整部小说的艺术风格从温和的幽默逐渐转入辛辣的讽刺，以至于否定整个社会。这一点恰恰反映了作者在苦心

* 本文略有删节。

孤诣的创作中思想变化的过程。这个过程就是作者对社会现实认识的步步深刻化的过程。

这部讽刺小说凝聚了斯威夫特将近 7 年艰苦劳动的心血。他为什么倾尽全力写这部书呢？作者在小说中通过格列弗的嘴，明确地回答了这个问题。他的创作目的是："利用他所报道的关于海外各地的好坏事例，增进人类的聪明和德行，改善他们的思想。""我想尽我的努力来使英国的耶胡们的社会变得好些……而不是为了替读者提供茶余饭后的闲谈资料，让他们消遣消遣。"这个指导思想贯穿了小说的整个篇章。斯威夫特，像同时代的其他英国进步的启蒙主义思想家一样，是把文学艺术当为一种思想斗争的武器来看待的。他的讽刺手法实际上也就是他从事政治斗争的锐利的武器。

斯威夫特的创作意图是深深地寓于优美的艺术形象之中的。他在《格列弗游记》中展现了一个虚构的怪诞不经的世界。他把小人国人、大人国人、耶胡等形象作为讽刺社会现象的手段。他的幻想具有深刻的现实性。他通过高度想象的荒唐的不真实的故事，揭示了现实生活中重大的真实的问题。这是他的现实主义的特色。这一点和创作了密切吻合现实生活画面的《鲁滨孙漂流记》的作者笛福截然不同。

从形式上来看，《格列弗游记》是一部寓意小说（allegory）。它和英国 18 世纪初所盛行的说教故事（the moral fable）有一定联系①。它的反面人物往往是某种社会罪恶的化身，可以说是某种反动势力的代表，不像笛福的鲁滨孙那样是具有时代特色的现实人物，所以比较抽象。《格列弗游记》含有劝导性的教育意味，但它不是庸俗的宣扬宗教道德或"处世哲学"之类陈腐的东西，而是通过对于现实的大胆揭露的活生生的实例来教育读者。它对现实的态度不是像宗教所宣扬的逆来顺受，而是勇敢的批判。正如当代英国进步文艺批评家凯特尔所指出的："《格列弗游记》中具有一种愤怒情绪即对于人压迫人的愤怒。这种愤怒不是从抽象的思想观点或神经过敏的意识中抒发出来的，而是从一种敢于面

---

① 说教故事是一种寓有教训意味的小说，18 世纪初在英国有所发展，以英国进步作家班扬（Bunyan）的《天路历程》（*Pilgrim's Progress*）为主要代表。但其源可追溯得更早。这种故事是从中世纪的道德剧，按《圣经》改编的寓意剧和群众每礼拜爱听的说教故事或唱诗的形式发展过来的。它的中心内容是善恶之争，往往以善胜恶败告终。故事中的人物是善与恶等抽象的道德观念的代表。这种形式初期是教会用来宣扬宗教道德，奴化人民的手段，后来进步思想家们把它变为宣传民主思想，启发群众起来斗争的工具。（可参阅 Arnold Kettle. *An Introduction to the English Novel*, Vol. 1, p. 21.）

向18世纪社会现实和观察生活的、毫不畏缩的勇敢的现实主义精神中倾泻出来的”[①]。可见，《格列弗游记》继承了英国古典文学中广为群众喜爱的艺术形式——说教故事（这种说教故事的前身是具有民主思想和人文主义思想的道德剧）的优秀传统，特别是对现实的批判精神。它那对现实社会中的黑暗势力的毫不妥协的战斗精神和对于广大人民群众的深切同情，使它明显地区别于英国18世纪所流行的许多道德的、记事的、世俗的、冒险的、幻想的和其他类型的长篇小说。它是英国文学中的新异彩，也是英国大量的现实主义小说创作的新开端。

《格列弗游记》的思想内容反映了英国18世纪启蒙主义激进派的特点。在斯威夫特这样一位伟大的启蒙主义思想家和社会活动家的笔下，“宗教、自然观、社会、国家制度等一切都受到最无情的批判”[②]。和同时代的作家笛福比较，斯威夫特的暴露力量和批判精神是比较强烈的。他所揭露的社会问题也较为深刻。

另一方面，正如恩格斯所说的：“18世纪的伟大思想家们与其他先驱者一样，总不能超越他们本身时代所形成的界限。”斯威夫特也没有例外。由于他的世界观的局限，纯理性主义的哲学观的影响，小说中的讽刺有时会变为绝望的痛苦，作者所赞扬的正面理想显得苍白无力，说服力不足，连作者自己也看不出光明的前途，因而给这部小说蒙上了一层悲观主义的色彩。

一

《格列弗游记》的讽刺手法的最主要的特色首先在于：运用奇特的幻想和大胆的夸张相结合的方法，现实主义地描写生活，把作者所处的时代的生活制度的典型特征深刻地揭示出来。

幻想和夸张是这部小说的讽刺艺术的基础。小说中的人物和情节完全是虚构的。作者津津有味地描写的小人国、大人国、飞岛国和智马国等无一不是幻想的世界。在这个幻想的世界里呈现了数不清的奇异的怪诞的事物和现象。作

① Arnold Kettle. *An Introduction to the English Novel*, Vol. I, p. 20.
② 恩格斯著：《反杜林论》中译本 pp. 13 - 14.

者绝妙地通过这些幻想，把他周围的普通人的品质移植到虚构的、人所感受不到的、非现实的东西上，然后加以高度的概括，从而更集中、更典型地反映了英国统治阶级的残酷无耻和英国社会现实的本质。因此，它给人以真实的感觉。

斯威夫特的幻想形式主要是美丽的童话。因此它具有相当强烈的魅力。他别出心裁地设计了奇特的荒唐的世界。虚幻的领域里展开了广阔的生活画面。富有故事性的人物活动和富有童话美感的情节把读者引入一个前所未见的境界……打开小说的第一页：格列弗不幸流落异乡。无数蚂蚁般的小人把他牢牢钉在地上，有的在他脸上溜达，有的探进他的鼻孔。后来，他竟和小人国王成了"朋友"。国王在他脚下检阅全国兵马，皇后在他掌心婆娑起舞，朝廷文武百官在御前表演绳上跳舞，小人们则在他的头发里捉迷藏……大人国则完全是另一个天地：格列弗在皇宫的水箱里划船，碰到一只青蛙，船翻人沉，差点淹死；有一次被那矮鬼扔进一只装满牛乳的银碗里，险遭没顶；另一次在花园里被黄牛般的小猎狗衔在嘴里，差点呜呼哀哉；还有一次则独自一个人待在寝室里被猴子夹在爪中飞上屋檐险些粉身碎骨；最后格列弗在伴王后野游途中，他住的小木箱被老鹰攫走，飞上云端，然后掉入大海，最后漂泊得救……这些趣味横生的叙述把读者的注意力紧紧地吸住了。

然而，《格列弗游记》并不是普通的童话故事。在它那脍炙人口的童话中常常寓有深刻的讽刺意味。你看那蚂蚁般的小人国国王居然在格列弗面前阅兵，显示他的威力！这不是对独裁者的貌似强大，实则渺小的嘲讽吗？在小人国军队雄赳赳的军乐声和脚步声中明显地表现了小人国王妄自尊大、炫耀"实力"的可笑……丰富的思想内容就是如此神妙入微地被注入这优美的童话形式之中，别致的艺术形式和深刻的讽刺主题天衣无缝地结合在一起，青枝绿叶，互相陪衬，构成了五彩缤纷的画面。

在这幻想世界的生活中，占着主要地位的是一些君主的形象：那指尖儿大却自命为"宇宙的主宰"的小人国国王，那无端地用飞岛迫害善良人民的勒普塔国王，那用一小撮粉末任意毒死无辜者的巫师国王以及那为宝石而互相残杀的"耶胡"头儿。这些形象都是无名无姓的人物，他们统治的方式有所不同，但它们却具有共同的阶级特性：高傲、凶残、自私、卑鄙。这恰恰是英国统治者本质的反映。这些形象实际上就是一群形异神同的英国贵族资产阶级的群象。

幻想的生活画面的广阔性本身具有不少的夸张成分。幻想和夸张常常结合在一起。大胆的夸张使小说的幻想形式更富于暴露力量。真正的艺术是允许夸张的，讽刺艺术更有夸张的权利。鲁迅说："有意的偏要提出这等事，而且加以精炼，甚至夸张，却确是'讽刺'的本质"①。斯威夫特纯熟地运用了夸张的手法，毒辣地嘲笑了整个英国现实的畸形和渺小。他故意把现实生活中的人物加以缩小、放大以至丑化，以此来观察和剖视他们的心灵世界。小说中的人物形象的外貌、谈吐和举止，都有不同程度和不同方式的夸张。通过这些夸张的艺术手法，突出地勾勒了人物的典型特征，准确地展示了他们的内心世界，大大地加强了小说的讽刺力量。

小说中给人印象最深的形象"小人"和"大人"都是被夸张化了的现实中的人。斯威夫特仿佛置身于污秽的尘世之外，站在他的"理想世界"之巅，用望远镜来细察他的祖国和他的同胞的真面目。这样，人们便不难发现：那些统治阶级即使变成渺小的动物，其卑劣的根本特性一点也没有改变！然而，他们尽管自吹自擂、虚张声势，也掩盖不了他们的空虚和脆弱！……有时，斯威夫特则以平常人的身份，用显微镜把这些人加以放大。这样，这些"天神式"的巨人的无数污点便全部水落石出、昭然若揭了。彼时彼地的一切矛盾和问题都逃不过作者锐利的目光！

斯威夫特不但创造性地把人物的身材进行了如此奇妙的夸张，而且精彩地把一些动物拟人化了。比如：马被描绘成像人一样能思想、有爱憎的动物，而丑猿——"耶胡"则具有和人类同样的不良生活习性等等。在另一些篇章里，作者的夸张手法则带有浓厚的神话色彩：荒凉的孤岛居然在半空中行走；千年的亡人竟能还魂说话等等。这些饶有趣味的写法表现了斯威夫特极其丰富的想象力和非凡的表现力。在这里，深刻的寓意和有趣的艺术想象，总是那么浑然一体，丝丝入扣，有力地拨动了读者的心弦。

不仅如此，斯威夫特还善于把各种违反普通常识的事物或现象，毫不相干地扭在一起，来反映人物的"逻辑"和行动，给人以非常可笑的印象。这种手段常常是《格列弗游记》中讽刺的幽默的特点。比如：作者描述有些科学家研

---

① 《鲁迅论文艺》，第 219 页。

究“从胡瓜里提取太阳光”；有的想把粪便还原为滋养的补品；有的打算把冰块变为火药；有的致力于用蜘蛛丝织成有色的绸缎；有的农学家实验用米糠播种；有的畜牧家力图培育无毛羊；有的艺术家在设计制造哲学、诗歌、戏剧的机器；有的语言学家在埋头研究如何取消语言以免讲话出力而伤害肺部、缩短生命……这一切无疑是十分荒唐可笑。胡瓜和太阳光，粪便和补药，冰块和火药……完全是风马牛不相及的东西，经作者这样夸张性地把它们结合在一块儿，就让读者对这些科学家的盲目自信和脱离实际的倾向有了更深刻的认识。

这种夸张手法一旦被斯威夫特用来讽刺资产阶级的“民主”和“自由”时，就显得格外辛辣，入木三分，令人叫绝。比如：斯威夫特叙述格列弗参观巴尔尼巴比国首都的拉格多科学院时，看到了一位教授的杰作—— 一部关于如何侦察种种反对政府的阴谋的方法专著。这位教授“劝告大政治家们应该检查所有可疑人物的饮食，他们的吃饭时间，他们睡在床上身子朝哪一边，用哪只手揩屁股，严格检查他们的粪便，从色泽、气味、味道、浓度、粗细和消化的程度来判断他们的思想和计划。因为人们再没有比在解大便的时候更来得严肃、思考周密，注意力集中的了。他在盘算怎样才是暗杀君王的最好办法的时候，他的粪便就会发绿。如果只想到煽动暴乱或者火烧京城，他们粪便的色泽也就大不相同……”吃饭、睡觉、大便，这和政治阴谋完全格格不入，作者把它们滑稽地结合在一起，就有十分深刻的意义：揭露统治阶级对人民群众的思想统治和政治迫害是到了怎样的地步！希特勒的“盖世太保”的特务统治、美帝国主义的“麦卡锡主义”、蒋介石的白色恐怖，不正是比这种“专著”有过之而无不及吗？寥寥数语，就把反动统治阶级的凶残卑鄙的面目暴露无遗！

把互不相干的现象加以对照或混合，这常常是讽刺作家们用来揭露虚张声势的可笑性的手段。斯威夫特对这种手段的利用，是有独到之处的。

斯威夫特艺术讽刺的主要手法——幻想和夸张还具有一个重要的特色：高度的准确性和真实性。优秀的讽刺艺术是在高度的现实主义的基础上，通过作家敏锐的观察力和鲜明强烈的爱憎感情创造出来的。讽刺和真实性是不可分割的。“讽刺的生命是真实。”不真实的讽刺是没有生命力的。因此，无论是运用幻想的形式，或者夸张的形式，都必须是真实的。《格列弗游记》正是这样。作为这部小说的幻想和夸张的基础的不是别的什么东西，而是现实，活生生的现实。

《格列弗游记》绝不是作者凭空臆造出来的无稽之谈。斯威夫特绝不是想把读者引向虚无的童话故事上去。他在刻画小人国、大人国、飞岛国等虚幻的事物时，处处都紧紧地扣住英国当时的社会生活——议会的漆黑一团、党派的尔虞我诈和王室的昏庸腐败等等来写。每一个漫画式的形象、每一幅戏剧性的插图、每一幕弄虚作假的丑剧，都带有当时当地现实生活中各种各样人物的作风、习惯、气派、思想和本性。小说中不少情节和英国当时的当权派乔治一世王朝有密切联系。小说第一部所描写的关于小人国大臣们在国王御前表演绳上跳舞以攫取官位的事件，活像英国的宫廷和政治一样荒谬绝伦。小人国那些大人先生们卖力表演，争取一根或蓝或黄或白的丝线以显耀自己，正如英国乔治王朝的文武大臣们为了得到袜带勋章（the Garter）、沐浴勋章（the Bath）和蓟勋章（the Thistle）[①] 而争出风头一样。至于那两个争吵得废寝忘食的小人国政党——高脚跟党和低脚跟党，分明就是英帝国中的辉格党（the Whigs）和托利党（the Tories）的化身。而那飞岛国对另一个小岛上的广大人民的压迫和剥削不就是英国对爱尔兰人民的压迫和剥削吗？作者不但生动地反映了英国统治阶级如何想剥夺爱尔兰人民的自由的阳光和甘露，而且礼赞了爱尔兰人民英勇坚持斗争的伟大胜利。[②]

不仅如此，这部小说的真实性和深刻性在很大程度上还取决于细节描写的精确性。这些细节描写在这部小说的讽刺艺术的成就中占着显著的地位。

最使人惊奇和敬佩的莫过于：在这样一部以荒唐怪诞的幻想为基础的小说里，细节描写竟然具有这么高度的精确性和严密性。在里里普特国（小人国），一切事物由一英尺缩小为一英寸，比平常的大小相差 12 倍；在博罗布丁纳国（大人国），一切事物则由一英寸夸大为一英尺，相差也是 12 倍。这个差距成了小说中细节描写的基础，贯串了整个篇章。作者以人的大小为基本标准来描写其他各种事物。无论是小人国，还是大人国，其中的宫廷建筑、设备（诸如桌椅、饭碗、餐具等），以及谷物、牲畜、花木等等，一切的描写都具有相应的比例。小人国人体高 6 寸，马高 4 寸半，树木最高 7 尺，战舰长 9 尺，面包像毛瑟子弹，黄牛如蜜蜂，宫殿似鸡舍……而大人国里人高达 60 尺，草高 40 尺，谷物

① *Gulliver's Travels*，Ginn & Company 版的缩写本注释。
② T. A. Jackson. *Old Friends to Keep*, p. 33.

高40尺，小猫像大老虎，苍蝇如山鹰，宫廷似摩天大楼……单是这些平平常常的景物就相当有趣而引人入胜。在这个基础上，作者加以艺术地构思，设计了许许多多生动别致的细节描写来增加故事的真实感。人物的一举一动都完全符合他所处的生活环境。小人国人话音如蚊子嗡鸣，和格列弗讲话时要紧贴他的耳门；大人国人喊声如雷，格列弗和国王谈话时要掩耳倾听……在小人国首都参观，格列弗处处提心吊胆，怕踩死人；而在大人国中，他在餐桌上不慎绊着一块面包屑竟摔了一跤。这些赏心悦目的描写，处处交织着生活的真实，令人感到亲切可信。

另一方面，斯威夫特又善于通过对某些人物的性格和心理反应的插笔使他的幻想与夸张的手法更加生动可信。比如：小人国国王在搜查格列弗的时候，虽然格氏毫无反抗，他却召集了3 000名精兵，重重围住，个个手持弓矢，准备射击……当格列弗交出手枪时朝天开了一枪，顿时“几百人跌倒了，似乎给震死了似的。甚至皇帝陛下虽然还是原地不动，却半晌才恢复神色……”这幕戏演得合情合理，把小人国王的色厉内荏，虚张声势又胆怯无能的特点如实地展示出来。还有：那小人国官员呈给皇上的关于搜查格列弗的报告书也写得相当出神入化，这里不妨取其片段，作为例子。在报告书中，小人国官员写道：

> 在左边袋里，我们看到一口大银箱，盖子也是银的，可是我们负责搜查的人却打不开。我们请他打开，我们有一个跳了进去，一种尘土一直没到他腿的中部，尘埃扑了我们一脸，叫我们两人连打了几个喷嚏……在左边袋里有一部仿佛是机器的东西，背面伸出20根长柱子，好像陛下大殿前的横杆，我们推测这是巨人用来梳头的。
>
> ……右边的表袋口吊着一条大银链，另一头上拴着一部神奇的机器。我们命令他把链子上拴的东西拉出来；却是一个样子像球体的东西，半边是银子的，半边是一种透明的金属，在透明的那边，我们看到一圈奇异的图形，想去摸一下，我们的手指却被透明的物质挡住了。他把这机器放在我们的耳朵上，它却发出一种不停的喧声，像一座水磨一样。我们猜想这不是一头叫不出名字的动物，就是他崇拜的上帝，但是我们比较倾向于后一种说法……

一个平平常常的鼻烟匣，一个平平凡凡的梳子，一只普普通通的袋表在斯威夫特笔下竟成了多么神妙的“怪物”！可见，作者是怎样呕尽心血地深入小说人物的内心世界，精雕细镂地描述每一件事物。连一纸平平常常的“搜查报告”也写得像一个美丽的童话世界！人们不难看出：在这个有声有色的细节中夹杂着讽刺的成分——小人国统治阶级的鼠目寸光，刚愎自用而又贪婪自私。通过这些细节的描写和情节的发展，小说的讽刺意味就自然而然地流露出来。这正是斯威夫特的讽刺手法的高超之处。

斯威夫特讽刺艺术更高超之处还在于：善于从复杂的生活现象中挑选和创造具有典型意义的细节来表现性格。这些细节是日常生活中常发生的、普遍存在的。经过作者加以适当的夸张处理就显得恰到好处。如以小人国朝臣用绳子“跳舞”以博取官位的细节来揭露统治阶级社会关系的实质；用小人国为了“打蛋”的方法不同而和邻国血战的描写来表现资本主义国家的好战本性：这都是艺术上不可多得的范例。这说明，作为一个杰出的讽刺作家，斯威夫特对于现实生活有很深刻的观察和理解。

幻想和夸张的巧妙结合的形式，为小说讽刺威力的发挥开辟了广阔的天地。斯威夫特在这广阔的阵地上和敌人展开搏斗，神出鬼没，出奇制胜，使敌人毫无逃脱或回避的余地……无数真实的细节描写大大加强了作品的战斗力量，取得了良好的艺术效果。

二

斯威夫特一方面运用生活在幻想的怪诞不经的童话形式中人物自身的行动，影射当时英国社会的黑暗；另一方面又通过小说主人公格列弗的嘴和大人国国王的嘴，直截了当地揭发英国现实社会。明讽和暗喻交相辉映，艺术形象的美感和杂文式的战斗威力熔于一炉，显得格外深刻有力。这种明暗交错，笑骂兼施的讽刺便是《格列弗游记》的第二个特色。

小说中对英国的议会制度、党派斗争、军事冒险和政治迫害等方面的讽刺是通过不同的形式表现出来的。如果说小说的第一部和第二部比较含蓄、委婉，那么第三部和第四部则比较直接、坦率。举例说：作者讽刺英国统治阶级文武百官往上爬时，小说第一部是通过这些人在国王面前的绳子上“跳舞”的细节描写来表现的，谁跳得最好，越受国王的宠爱，越能当大官……在小说第四部，作者则剥去这伙人的漂亮外衣把他们作为丑恶的“耶胡”来鞭打，直言不讳地指出他们升官发财的三大“法宝”：第一，巧妙地出卖自己的老婆、女儿或姐妹；第二，出卖或陷害他的前任；第三，在公共场合大肆攻击政府的腐败。简言之：无耻、扯谎和行贿便是这些以首相为首的一伙人所精通的三种手段……一是纤细温和的描述，一是粗犷猛烈的攻击，嘲笑和怒骂，前呼后应，合而为一，给人以鲜明的印象。

小说中常常夹杂着一些言简意赅的议论。这些议论并不损害小说的艺术形象，相反的，却使小说的艺术形象更加丰满，使小说的主题更加深刻。这是斯威夫特讽刺艺术的一个突出的特色。

小说中的议论，犹如斯威夫特的政治杂文一样，辛辣有力，打击准确，富于战斗性。议论的方式也多种多样。有的是单刀直入的怒斥，有的是转弯抹角的挖苦，有的是声东击西的嘲笑，也有的是热情诚恳的批评和对劳动人民悲惨生活的深切同情。或明或暗，字里行间交织着饱满的爱憎感情，处处显示激动人心的力量。

这股力量的产生在于这些议论的正确性和形象性。

《格列弗游记》中所穿插的议论绝不是枯燥乏味、陈腐庸俗的大段大段的说教。生动的表达形式、正确的分析批判使它有别于当时泛滥于英国文坛的一般的道德小说。这些议论的攻击对象，也就是整部小说的讽刺对象——英国上流社会。作者把讽刺目标集中于作为上层建筑的资产阶级的政治、行政、军事、法律、外交和文化科学等的焦点上，对准着英国统治阶级开火，深入发掘其灵魂深处，把他们自以为“高尚”的卑鄙龌龊的言行统统揭露出来。因此，作品的打击方向比较集中。这些议论带有作者积极的启蒙主义观点，在一定程度上反映了当时英国人民的思想愿望和呼声。英国进步作家、《名利场》的作者萨克雷意味深长地指出：“他是一个多么伟大的人物！一想起他（斯威夫特），就想到帝国（指英国——笔者注）的崩溃。”① 由于斯威夫特能够站在当时时代进步

① W. M. Thackeray. *The English Humourists, the Four Georges*, p. 46.

潮流的前面，所以他的艺术讽刺有了扎实的思想基础。

斯威夫特在小说的议论中展开了广泛的社会讽刺。以揭露英国上层社会的黑暗为主题的一些形象性描写和那些触及各种问题的议论互相渗透，光彩照人。不论是社会的、阶级的或个人的缺陷和罪恶都在这面讽刺镜子面前彰明昭著了。人的盲目的民族自尊心和优越感、古里古怪的癖性和习惯、男人的追名逐利、女人的虚荣自负、哲学家的小题大做、历史家的混淆是非、律师的颠倒黑白、局外人的嫉妒自私、官员的徇私舞弊和谄媚奉承、党派的勾心斗角和争权夺利、军队的杀人求荣、行政的瘫痪腐败、王室的昏庸无耻等都无不尽收作者笔底。从内阁到科学院，从国王到平民，从政治、法律、军事到宗教、文化科学以及日常生活，从言论到行动，从思想到实际等时代生活的一切弱点、弊病、错误和罪恶几乎都无法逃过作者无情的鞭子。

尽管议论的内容是如此包罗万象，作者的讽刺性的议论针对不同对象、不同事件是分别对待的。当他抨击英国的社会制度的丑恶时，他猛烈地加以讽刺和挖苦；当他斥责人类的道德堕落和所受到各种残酷的压迫时，他的嘲笑就万分猛烈而近乎毫不留情了；而当他指出科学家的脱离实际时，他严肃而尖锐地加以批评；当他描述他的理想形象——智马们的特殊生活时，他却显出善意的幽默。作者对个别人物的批评和对于社会的、阶级的讽刺时常夹杂在一起。但作者的讽刺矛头，主要的不是指向个别人，而是指向社会。因为人的罪恶是社会的产物；人的意识是社会存在所决定的。鲁迅说得好："非倾向于对社会的讽刺，即堕入传统的'说笑话'和'讨便宜'。"①

因此，作者对每个人物的讽刺和评价都作为一个不可缺少的部分加进了统治阶级上层的可耻的生活画幅中去，对个别人物的揭露和整个作品的总方向融合为一，因而充分显示了这部小说的讽刺的尖锐性、深刻性和丰满的艺术力量。

小说中的议论的生动性表现在：作者善于运用比喻的方法，把他的想法用具体的事物来加以说明，避免干巴巴的抽象的论述，显得深入浅出，通俗明白又活灵活现。比如大人国国王批评英国时说："你的国家（即格列弗的祖国——英国）的绝大部分的人是造物主放纵在地面上爬行的可憎的小毒虫中一种最有害

① 鲁迅：《讽刺到幽默》，《鲁迅全集》第五卷，第3页。

的族类。”在谈到反对战争，保卫和平，为群众服务时，又说：“谁要能使本来只出产一支谷穗、一片草叶的土地长出两支谷穗、两片草叶，谁就比所有的政客更有功于人类，对国家的贡献更大。”三言两语，简明生动，言近旨远。

有时，作者则善于根据事物的特征，“杜撰”一些“可笑”的比喻来代替空洞的论述。如：在评论殖民战争的起因时，格列弗说：意见不合也毁了万条人命。比如：究竟圣餐中的面包是肉呢，还是面包；某种浆果（葡萄）汁是血，还是酒；究竟吹口哨是好事还是坏事；棍子（十字架）吻一下好呢还是把它扔在火里好；什么衣服颜色最好，暗的还是白的、红的还是灰的；上衣长一点好呢还是短一点好，窄一点好还是宽一点好等等。这里，作者并不直接指出：统治阶级怎样为打仗寻找无聊的口实，所谓意见不合无非是一种骗局或幌子。而概括地用“……面包是肉还是面包……”等这样一些众所周知的宗教上争吵不休的不成问题的问题，来反映殖民主义者之间争论的实质。表面上显得非常无聊，实际上包含着无比的鄙视和嘲笑。不言而喻，所谓“意见不合”是何等可笑！

有时，作者则在评论之余，委婉地指桑骂槐，对罪恶的事物，痛快淋漓地加以挖苦。作者故意把英国首相和“耶胡”头目相提并论，借对“耶胡”的戏弄来嘲讽英国当权人物，使其毫无容身之地。且看那一段尖刻有趣的文字吧：

> 在大多数的‘耶胡’群中都有一个居于统治地位的“耶胡”（我们公园里的鹿群不是也有一只领头的吗?），它的样子比一般的“耶胡”还要难看，性情也更刁顽。这个为头儿的要找一个跟它相貌、性情都差不多的“耶胡”作它的宠儿，它的差事就是给主人舔脚和屁股，把母‘耶胡’赶到它主人的窝里去；因为它做这些事做得好，它主人就常常赏给它一块驴肉吃……它一被撤职，接替它的职务的“耶胡”就会率领所有这一地区男女老少“耶胡”一齐赶上来，对着它大小便，把它弄得从头到脚浑身屎尿。

多么辛辣！多么深刻！这何止是对当权人物的最猛烈的抨击，这是英国政界生活的最本质的写照。

有时，作者的议论往往是从他所要讽刺的对象和其他物质现象的对照中抒发出来的，给人以深刻的印象。他在评论英国议会时的一段文字便是很精彩的一例：格列弗参观伟大的拉格多科学院时，发现了一位非常精明的医生。这位名医善于运用自己的学识给各种公共行政机关所常犯的一切病症和腐化行为找出有效的治疗方法。他说所有的作家和理论家都一致认为人体和政体严格地说，是非常相似的。人体和政体都应该保持本身的健康，而同样的处方何尝不可以治愈两者所共有的疾病？

> 大家都认为参议员和枢密顾问官常常会犯噜嗦、过火的毛病和其他的歪风邪气，他们的头脑有许多毛病，而心病更多；他们有时剧烈地痉挛，两手的神经痛苦地收缩，而特别是右手的神经；有时会犯肝火、腹胀、头晕、昏迷，有时会生满含着致命的毒脓的瘰病肿瘤；有时是酸性逆气、吐沫……因此，这位医生建议：参议院开会时，头三天得请几位大夫列席，每天辩论完毕，他们就替每一位参议员诊脉；经过周密的考虑，讨论出各种病症的性质和治疗方法以后，他们就应该在第四天带着药剂师，预备好各种适当的药品赶回参议院来；在议员入席以前，让每人按照病情服用镇定剂、轻泻剂、泻利剂、腐蚀剂、健脑剂、缓和剂、通便剂、头痛剂、治黄疸剂、去痰剂、清耳剂；在下次开会的时候，再按照药品的性能决定再服、换服其他药，或者停服。

格列弗对这计划欣然同意。认为“它对于公众的负担并不很大，在参议员有立法权的国家里，这对于提高办事效率会起很大的作用。因为：它可以造成全场一致的气氛，可以缩短辩论时间，让缄默的人张嘴，也叫乱说话的人住口；它可以改正老年人的执拗，遏制青年人的性急；可以使糊涂人清醒，也可以使冒失鬼谨慎……”

这里，作者把政体和人体饶有风趣地联系起来，加以一番精辟的评述。一面指出英国议会的百孔千疮，议员个个像病人，没有一点健康的象征——没有一个真正代表正义、代表人民的。一面又抨击英国议会的混乱腐败和无聊的纷争。这些别开生面的论述给人的印象十分深刻。

有时，作者就直接在夹叙夹议中，狠狠地加以抨击，显得相当深刻有力。比如在谈到英国社会中律师的丑相时，作者写道：“我们那里有这样一帮人，他们从青年时代起就学习一门学问，怎样搬弄文字设法证明白的是黑的，而黑的是白的，你给他多少钱，他就给你出多少力。在这帮人眼中，别人都是奴隶。”这些人都是有权有势的人的走狗。而大名鼎鼎的法官“都是从最精明老练的律师中选拔出来的，他的一生中都在跟真理、公道作对”。所以穷人每次上诉，都是以倾家荡产的惨局告终的。作者愤慨地问道：为什么保护人民的法律竟会使人家破人亡？

斯威夫特还常常在议论中穿插一些形象化的描写。在勒皮他国，格列弗有幸和国王共同进餐时发现：这个注重数学和音乐的国家竟有些奇形怪状的名菜——有的是切成等边三角形的羊肩肉；有的是偏菱形的牛肉；有的是摆线形的布丁；也有扎成小提琴式的鸭子和像横笛和木笛似的香肠和布丁以及圆锥体、圆柱体、平行四边形的面包块。而好幻想的巴尼尼巴比国科学家有的则是“双手和脸都像烟一样的黑，头发、胡子都很长，衣衫褴褛，而且有几处被火烧糊了。他的外衣、衬衫和皮肤全是一种颜色。——终日胡思乱想，脱离实际又不以为然”。这种有趣的夸张化的造型，集中地反映了人物的性格特点。夹杂在这种生动的描写中的议论就不难收到很好的效果了。

有时，作者对他所讽刺的东西，虽然不加以造型上的夸张设计，却若无其事地提出了令人痛快的“改造方案”。受宠专断的首相犯了“记忆薄弱”的毛病——昏庸腐化不问正事的象征。为了提高办事效率，克服首相的健忘病，格列弗建议：凡进谒首相的人，在用极简单的语言向他报告公事以后，应该在告辞的时候，在这位伟人的鼻子上捏一把，或在他的肚皮上踢一脚，或在他的鸡眼上踩一下，或把他的耳朵扭三下，或在他的腿上扎一针，或把他的手臂拧得青一块紫一块，好教他不至忘记。每次上朝的时候都要重复使用这套手术……尖酸的嘲弄，干净利落，大快人心，令人击节赞赏。

时而嘲笑，时而怒骂，时而直言申斥，时而指鸡骂狗，或明或暗，或硬或软……强烈的讽刺力量冲击着一切乌烟瘴气。这是《格列弗游记》的讽刺手法的一个重要的特色。

三

不论在展示新奇的情节或在刻画古怪的人物时，在幽默的叙述或在精辟的议论中，斯威夫特往往喜欢用正面的文笔来描绘反面的事物，起初以貌似庄严的词句进行介绍，最后才一语点破，取得冷嘲的深沉的效果。这种运用反语的手法便是《格列弗游记》的第三个特色。

斯威夫特善于机智地深入他的讽刺对象的内心深处，使用一种和那些庸夫俗子的可笑逻辑和荒谬观点相一致的口吻来叙述故事。乍看来，他好像对他们充满着无限同情和敬意，实际上，对他们是深恶痛绝，势不两立的。他的态度十分明朗。他的用意是通过他们自己的荒唐的言行在读者面前丑态毕露。他相信读者的眼睛是雪亮的，他们完全有能力判明是非。因此，他信笔写来，潇洒自然。且看关于小人国国王的那段描写吧：

> 他比臣子们大约高出我的一个手指甲盖，就只这一点已经令人肃然起敬。他的仪表是雄武英俊的，有着奥地利人的嘴唇，鹰钩鼻子，棕黄色面皮。他的面貌端庄，身躯四肢匀称，举止文雅，态度严肃。他已经度过了青春时代，现年28岁零9个月。他在位已经7年，在他的治下国泰民安，一般说来也是所向无敌。为了更方便地看他，我侧身躺着，脸对着他的脸，他站在离开我只有三码远的地方。后来我曾经多次把他托在手中，因此我的描写是不会错的。他的服装非常简单朴素，式样介乎亚洲式和欧洲式之间，但是他戴着一顶镶着珠宝的黄金轻盔，盔顶上插根羽毛。他手握着出鞘的剑，如果万一我挣脱束缚，他就可以用剑来防身。这把剑大约有三英寸长，剑柄和鞘都是金子的，上面还镶着钻石。他的嗓音尖锐，但是嘹亮而清晰。我站起来也可以看得清楚。贵妇和朝臣们也穿得非常华丽，他们站在一起看起来就像铺在地上的一条绣满了金色、银色人物的女裙。皇帝时常跟我说话，我也回答他，不过彼此一个字也听不懂。

表面上看来，斯威夫特似乎在这里介绍里里普特国王的英俊多姿和文质彬彬，赞美他的贤政明治和太平盛世。其实再读下去，就不难明白作者的真实意图完全是另外一回事。作者用白描的手法描写了这个国家的种种怪现状：国王的昏庸——选拔人才全靠装腔作势和拍马屁的本领；政治的暴横——对格列弗立契限制；国内外纷纷攘攘——高脚跟党和低脚跟党吵得鸡犬不宁，因为打蛋方式的不同而和邻国打仗；王室的忘恩负义——竟阴谋暗害为他们战胜邻国的好心肠的格列弗！这些都和上面描写的国王的仪表成了尖锐的对照。这种“弦外之音”的笔法就把小说的讽刺气味传给读者了。

颠倒是非，粉饰太平，标榜贤明等都是所有反动统治阶级的共同本事。这种现象是生活中相当普遍存在的，也是一般人司空见惯了的。斯威夫特故意让“空虚的草包倒穿戴得富丽堂皇”（莎士比亚语），把高贵的荣誉放在可耻的小人国国王的身上，就使这个昏君暴主的可笑面目，不必经过一番的细描，便受到最尖酸的挖苦和嘲弄了。这种手法的高超之处在于：强调了人物的自居高贵和实际上的渺小可怜之间的极不相称。讽刺意味也随之显露了。

不仅如此，斯威夫特经常根据某些人物的荒谬逻辑，提出了“符合他们利益”的建议。正如他在政治小册子《一个温和的建议》（*A Modest Proposal*）中建议把爱尔兰的孩子们养得又肥又白，然后宰掉送往伦敦出售，以摆脱贫困一样，他在《格列弗游记》的第二部里，通过格列弗的嘴向大人国国王献策：大力制造炸药和枪炮。格列弗再三强调炸药的“伟大作用”——炸毁道路和房屋，消灭“叛乱”等等；并说：大人国国王如果按他的话去做，便可成为宇宙的“绝对主宰”。显然作者并不希望这个建议付诸实施，而是用来揭露统治阶级热衷于扩军备战的丑行。格列弗关于自己祖国的政治制度和风土人情的介绍，表面上好像是“高贵的、最可爱的祖国”的颂歌，实际上是充满血泪的抗议！委婉的语调包含着无比的愤怒。尽管作者的倾向性表现得很含蓄，字里行间仍闪烁着主题思想的光芒。这种反语手法给人另一种艺术美的感受。

有时，作者便在类似这种“建议”的基础上，加以逻辑的引申和推论。在推论中展开了伤筋入骨的冷嘲热讽。作者描写小人国内阁会议上讨论对格列弗惩罚的问题，有人主张将他处死刑，格列弗的“忠实的朋友”则反对这样做，他建议：挖掉格列弗的双眼就行了。据说这样做，“正义既多少可以得到伸张，全世界也会称颂陛下的仁慈，称颂诸位贤臣宽大明正的决定。”而且这对格列弗也是百利而无一害。因为“虽然你（指格列弗）失掉了眼睛，你的体力却不会衰弱，以后你还可以为皇帝效劳。盲目可以使你增加勇气，因为你看不到什么危险。你前次害怕眼睛被人射瞎，你才不敢冒险去夺取敌人的舰队，那么你只依靠大臣们的眼睛去看也就够了，因为最伟大的君王也是这样的”。这里，难道斯威夫特拥护这个荒谬绝伦的主张吗？显然不是。这不过是作者新颖的表现手法。淡淡数笔，作者就深刻地揭露了反动统治者杀人不见血的恶毒的手腕和那满口“仁义道德”的无耻的骗局。同时又把“伟大的君主”及其臣僚狠狠地揍了一下——其实，这“至高无上”的君王，不过是个“单靠各位大臣的眼睛观看一切”的暴戾恣睢的大脓包罢了。这些反语，为数不多，却语短意长，收到了“一石二鸟”之效。

由此可见，运用反语是斯威夫特的专长。他的深刻的反语犹如用反面人物肮脏的手去打自己的耳光，“以其人之道还治其人之身”；轻捷明快，鞭辟入里而不露声色，显得万分有力，同时又加强了小说情节的起伏变化。

在运用反语手法的同时，斯威夫特还巧妙地运用了对比手法来揭露“伪君子”的“高尚”言行的可笑。

在《格列弗游记》中，斯威夫特往往一本正经地写出某些人物由于鸡毛蒜皮的小事而引起的感情冲动，或是对于区区琐事和无聊细节的庄严的态度。这种鲜明的对比使这些人物的虚伪可笑显得更加突出。

作者描写小人国内有两个终年争吵不休的大政党：一个是高脚跟党，一个是低脚跟党。两党的党徒老是吵得脸红耳赤，“慷慨激昂”，吃不下饭，睡不着觉，甚至彼此不讲话，成年累月“怒目相视”，互不让步。两党似乎是“势不两立”的，其实它们之间的差别，正如格列弗所说的，不过是鞋跟高低相差十分之一寸的长度罢了——完全是一丘之貉！这是英国政治生活中党派互相倾轧的真实写照。当时，英国有两大政党——辉格党和托利党。前者代表大资产阶级利益，后者代表贵族地主阶级利益。所以两党之间根本没有原则性区别，只有狗咬狗般的争权夺利。表面上的体体面面的“严肃”斗争，不过是骗人的政治把戏罢了。这种形式上的严肃性和本质上的庸俗性对比起来，极不相称。它们的“外衣”便在斯威夫特的妙笔下被剥开了。

这种表面上的严肃性往往也是专制独裁的君主的本色。经过作者概括性的描写，便显得更加突出。你看那小人国在和邻国打仗中受了多大损失！单在一次普通的激战中就葬送了 40 条大船和无数小船，三万名乡兵海勇顿成异乡鬼！而它的对手伤亡更惨。为什么打得这么凶呢？原因一点也不复杂：双方打蛋的方法不同——小人国人吃蛋时先打破蛋的小的一端，而它的邻国布勒夫斯加则先打破大的一端。于是两国竟分裂为“小端派”和“大端派”，结下深仇大恨，拼得死去活来，互不让步。小人国国王举国动员投入战争，格列弗也被召用。布国也不堪示弱。哲学家喋喋不休地展开了广泛争论。论著大量出版。据说，一万多人宁可牺牲，也不要向“小端派”敌人屈服。于是战火蔓延不息，人民伤亡不计其数……区区小事竟如此“严肃”对待，以至铸成骇人听闻的惨局，多么可笑、可鄙！

斯威夫特也常常把某些人物卑鄙的道德品质拿来和人物本身的“高尚语言”作对比，把两者之间的矛盾微妙地揭露出来，使这些人物为自己涂脂抹粉的企图，给人以十分可笑的印象。作者写道：在小人国里，每当朝廷判处了一次酷刑来满足国王的愤怒或宠幸的阴谋后，国王一定要在全体会议上发表长篇演讲，表示自己的宽大仁慈。格列弗帮助小人国王打败布国，只是没有满足国王把布国变为殖民地的愿望，国王便恩将仇报，加以判罪，要挖他的眼睛，然后偷偷弄死。这些勾当是多么肮脏！国王却照例厚颜无耻地大肆宣扬他的慈善博爱的精神，他的讲演稿竟飞满全国。在勒普塔国，国王也在“民主”“自由”“博爱”“仁慈”等漂亮字眼的幌子下更无法无天地杀人——按规定，每个入宫见国王的臣民必须用舌头舔着他所经过的地板，吸了满口灰尘也不能哼一声，在国王面前吐唾抹嘴就要被砍头。每次，国王想“温和地”处死一个贵族，就吩咐在地板上撒上毒粉，那人舔了入肚，24 小时内必定见阎王。每次执行了这样的死刑后，国王总是严令把地板揩干净，因为他总想显示他的仁慈宽大和对于臣民生命的“关怀”。一方面是恶毒地任意绞死无辜者，另一方面则标榜自己的“功德无量”和“大慈大悲”。针锋相对的两方面被作者矛盾地统一在一个统治者的身上。这个人物的虚伪和阴险就再也掩盖不住了。

有时候，斯威夫特也通过善恶的尖脱对比的手法来加强丑恶事物的可耻性。

上面谈过，《格列弗游记》中除主人公外，没有贯穿全书的正面理想人物。但作者在各个部分分别塑造了几个善良的人物，使他们和作者的讽刺对象——反面角色成了鲜明的对比，例如：小人国里为格列弗通风报信，助他逃出虎口的那位大臣和诡计多端的财政大臣、嫉妒自私的海军总司令；大人国中勤劳朴实、善良可爱的农村姑娘同存心不良的矮鬼；智马国中温柔和蔼的“智马”跟凶恶无礼的“耶胡”等等。这几个善良正直的人物，斯威夫特虽然没有着重加以描写，但从字里行间却流露出对他们的热爱和敬佩。他通过这几个人物和主人公格列弗的见义勇为、舍己为人的优秀品质有力地衬托出反面人物的阴险自私和卑鄙无耻的嘴脸。这是和斯威夫特的民主倾向以及对劳动人民的深厚感情分不开的。

显而易见，斯威夫特在运用“背面伏击”的反语手法之时，又紧紧地从正面给统治阶级再加上沉重的一棒，使敌人背腹受敌，走投无路。这精彩的一棒，不但大大地加强了小说本身的讽刺力量，而且给予那些蓄意攻击斯威夫特的资产阶级学者们以有力的回答。它雄辩地展示了这样一个事实：斯威夫特绝不是一个孤独的厌世主义者，他在憎恨资本主义社会中占优势的罪恶势力的同时，仍然看到还有善良正直的好人存在，还有劳动人民高尚的品德在漆黑一团的资产阶级社会里闪烁着光芒。

四

《格列弗游记》的讽刺手法的第四个特色在于：作者善于选择和运用辛辣有力的语言手段来表现主题。他的讽刺语言十分精炼有力，犀利尖锐，犹如锋利的匕首，令敌人胆战心寒。

作者的反语手法和对比方法之所以获得巨大的成就，与他这种语言特色有密切关系。在描写卑鄙的事物时，他常常爱用崇高的字眼。在描述荒谬的内容时，作者总是庄严地用美好的字眼。比如大人国国王对格列弗说：

> You have clearly proved that ignorance, idleness and vice may be sometimes the *only ingredients* for qualifying a legislator, that laws are *best* explained, interpreted, and applied by those whose interest and abilities lie in perverting, confounding, and eluding them. (原著 P. 126)

无知、懒惰和罪恶被描述为一个立法者应具备的“特殊要素”，这含有多么深刻的讽刺！而法律总是由这伙人加以“最好的解释、说明和应用”，这不就是辛辣的嘲笑吗？

在谈到战争的起因时，作者所用的词汇也具有深刻的反讽意味。

It is *a very justifiable* cause of war to invade a country after the people have been wasted by famine, destroyed by pestilence, or embroiled by factions among themselves ... If a prince sends forces into a nation, where the people are poor and ignorant, he may *lawfully* put half of them to death, and make slaves of the rest, in order to civilize and reduce them from their barbarous way of living. It is a *very kingly*, *honourable*, and frequent practice, when one prince desires the assistance of another to secure him against an invasion, that the assistant, when he hath driven out the invader, should seize on the dominions himself, and kill, imprison or banish the prince he came to relieve. （原著 PP. 251 – 252）

不难看出，“justifiable”（正当的）、“lawfully”（合法的）、“very kingly, honourable”（十分体面的）等高尚的字眼被用来形容殖民主义者的野蛮侵略，是多么尖刻的讥讽！斯威夫特仿佛故意引用了统治阶级“专用”的词典，把他们那荒唐可笑的逻辑剖开出来了。

有时，作者则善于抓住事物的本质特征，用片言只语把它勾勒出来。格列弗第三次海外旅行中到过一个名叫垂不尼亚的国家（原文是 Tribnia，影射英国。这个词和 Britain“不列颠”的字母完全相同，不过是排列不同罢了。）“那里的居民差不多都是侦探、见证人、告密者、上诉人、起诉人……和他们的爪牙。”这些人先决定要控告谁，然后就搜集嫌疑犯的书信和文件。他们的学者善于检查出文件里词、音节和字母里的秘密意义。比如：

They may, interpret a sieve to signify a court-lady, a lame dog an invader, the plague a standing army, a buzzard, a great statesman, ... a chamber-pot a committee of grandees, a broom a revolution, a mouse-trap an employment, a bottomless-pit a treasury, a sink a court, ... an empty tun a general, a running sore an administration. (原著 P. 190)

这里，作者着墨不多，含意却十分深长！“夜壶”（指贵族委员会）、“臭水坑”（指朝廷）、“出脓的疮”（指行政）不就是反动政权机构的最适当的代名词吗？常备军像可怕的“瘟疫”，而革命恰似清除一切污物的“扫帚”，淡淡两笔，令人回味无穷！每一个词犹如一幅栩栩如生的漫画，深深地埋在读者的心底了。

斯威夫特还善于纯熟地运用各种修辞手法如倒装法（inversion）、重复法（repetition）和对句法（parallelism）等来反映题材。笔法苍劲雄健，一针见血，饱蘸着无穷的讽刺力量。比如：

> *And so unmeasurable is the ambition of princes*, *that*, he seemed *to think of nothing less than reducing* the whole empire of blefuscu into a province, and *governing* it by a vice-roy; *of destroying* the big-endian exiles, *and compelling* that people to break the smaller end of their eggs, by which he would remain the sole monarch of the whole world.（原著 P. 39）

这一句用了倒装句法和对句法，有力地直接揭露出以小人国王为代表的君子们的政治野心。整句结构严谨，讽刺意味步步加深，reducing . . . ，governing . . . ，destroying . . . ，compelling . . . ，四个分词短语各成两对，串得十分紧凑，最后用一个长的从句点破主题，相当凝练集中而有力，犹如一束利箭一齐射向那觊觎世界霸权的暴君们的胸膛。

有时，作者的讽刺语言却像连珠炮一样，雨点般地向敌人的阵地倾泻，使敌人无法招架，上天无路，下地无门，狼狈万分。

> . . . I found how the world had been misled by prostitute writers, *to ascribe the greatest exploits in war to cowards*, *the wisest counsel to fools*, *sincerity to flatterers*, *roman virtue to betrayers of their country*, *piety to atheists*, *chastity to sodomites*, *truth to informers*. *How many* innocent and excellent persons had been condemned to death or banishment, by the practising of great ministers upon the corruption of judges, and the malice of faction. *How many* villains had been exalted to the highest places of trust, power, dignity, and profit: How great a share in the motions and events

of courts, councils, and senates *might be challenged* by bawds, whores, pimps, parasites, and buffoons . . . (原著 P. 199)

这里，作者在第一句里接连用了七个不定式短语，每个短语都有最简练又最深刻的含意。小小的结构中包含着无比正确的真理，交织着作者无比的愤怒，构成了一连串锐不可当的炮弹。紧接着便是两个以 How . . . 开头的独立句。三句浑然一体，驳得敌人体无完肤。作者讽刺语言的无比活力完全表现出来了。

有时，作者的重复句式中则充满着尖酸的嘲笑。

They never desire to know what claim or title my adversary had to my cow, but *whether* the said cow were red or black, her horns long or short; *whether* the field I graze her in be round or square, *whether* she was milked at home or abroad . . . (原著 P. 257)

这一句包括了四个从句。whether . . . 的三个从句和 what . . . 的一个从句成了鲜明的对照，虽然长短不同，却用得恰到好处：强调了主语 they（指律师）的舍本逐末的无聊的特性。慢慢读起来，别有一番幽默的意味。

斯威夫特的讽刺语言变化多端，刚柔兼备，而且富有弹性——善于从简单的叙述迅速变为巧妙的讽刺或精辟的议论。例如：

There, under the name of precedents, they produce as authorities, and thereby endeavour to justify the most iniquitous opinions; and they are *so lucky* in this practice, *that it rarely fails* of decrees *answerable* to their intent and expectation. (原著 P. 257)

由于斯威夫特强调理性，他的讽刺比较着重冷嘲，少带激昂情绪，所以叙述笔调表面上较沉着，但也有变化。一般来说，小说前两部笔调稳健、温和、以柔为主，但柔中有刚；后两部则充满了愤懑和忧郁，以刚为主，但刚中有柔。因小说创作过程较长，作者的愤世嫉俗的思想感情有了发展。但是作者一直以庄严的态度，一本正经地叙述故事。有时谈得娓娓动听，喜怒不形于色；有时似激烈的争辩，直接尖锐申斥，笔调从容不迫。他的讽刺语言有“韧”的色彩，敌人难以对付。

此外，小说的一切叙述语言都紧紧围绕着讽刺主题，没有多余的渲染，也没有题外的废话，充分体现了斯威夫特的独树一帜的语言风格：清晰、简练、朴实，富有节奏感，令人百读不厌。因此，《格列弗游记》一向被誉为英国最优秀的散文杰作。精心吸取人民群众的语言养料并加以提炼的斯威夫特，被公认为英国最伟大的散文大师之一。这一点连英美资产阶级评论家们也不能不承认①。

独特的语言风格、精悍有力的文字和沉着的笔调大大加强了小说的真实性、感染力和讽刺效果。

诚然，在《格列弗游记》的叙述中带有一定的悲观主义成分。这一点恰恰和《鲁滨孙漂流记》那种资产阶级乐观主义相反。斯威夫特的尖锐的讽刺和刻薄的挖苦，有时会转变成绝望的痛苦。尽管如此，这种情绪并不削弱小说本身对贵族资产阶级的揭露力量。《格列弗游记》反映了斯威夫特所处的时代的和阶级的思想特点。诚如马克思所说的：斯威夫特的思想感情是：渗透着阴郁的不满，憧憬过去，嫌恶现在，对于将来则绝望。这正是当时处在水深火热中的爱尔兰人民对于自身解放斗争的挫折和对于英国资产阶级“光荣革命”的幻想的破灭之后所具有的心情。斯威夫特曾亲自参加并领导过爱尔兰人民的解放斗争，在运动中对现实社会的不合理现象有了较深刻的认识和理解，这使他的讽刺作品能概括地反映当时的社会矛盾。这是一方面。另一方面，由于他的世界观的限制，他不能找到解决社会矛盾的正确途径。他所憧憬的清静幽雅的“智马式”的宗法世界的理想，不过是南柯一梦罢了。因此，在他对当时现实社会的厌恶、不满而至愤恨的感情中就不能不带有悲观主义的色彩。

尽管这样，《格列弗游记》的讽刺艺术对于英国其他现实主义作家菲尔丁、狄更斯、肖伯纳等和外国的进步作家都具有重大的影响。它在世界讽刺文学的诗篇里写下了光辉的一章。

---

① W. Long. *English Literature*, P. 277; G. Sampson. *The Concise Cambridge History of English Literature*, p. 471.

斯威夫特是世界文学讽刺的优秀传统的卓越的继承者之一。阿里斯托芬的巨大的概括性、问题的重大性及政治上的迫切性，尤维纳尔的特别尖锐的夸张和辛辣的特点，莎士比亚的讽刺手法的多样性，拉伯雷的广阔的生活画面和荒诞的形式、幽默和语言的诗意……这一切对斯威夫特的卓越的艺术成就都有重大的影响。斯威夫特又通过自己的创作实践加以发展，他极力使所创造的怪诞的幻想画面接近生活的真实，给人以真实感。他纯熟地运用各种艺术手法对英国 18 世纪新兴的资产阶级社会进行了特别尖锐的讽刺。他的讽刺作品成了时代的一面镜子。

附注：

[1] 本文承林疑今、徐元度两位先生校阅并提供宝贵意见，特此致谢。

[2] 文中引言译文选自张健译本《格列弗游记》，人民文学出版社，1862 年 3 月出版。

[3] 文中引言的着重号是笔者所加的，限于篇幅，恕不一一注明。

[4] 本文根据的原著是 Macmillan Company 1927 年出版的 *Gulliver's Travels*，附 Rupert Taylor 的序言。

（原载《厦门大学学报》[哲社版]，1962 年第 4 期）

《英国文学史提纲》给我们的启示

——重读范存忠的《英国文学史提纲》

外语界一代宗师范存忠教授与我们永别已经整整十年了。记得十年前，当我收到讣告时，万分悲痛，久久说不出话来。我急忙请假赶赴南京奔丧，最后看一看恩师慈祥的遗容。到了南京大学招待所，巧遇刘犁和顾雪帆二位教授代表上海外国语大学去参加范先生的葬礼。这使我想起范先生生前说过的话："作为一个外国语大学，上外既抓好语言基本功的训练，又重视学术研究。这是很难得的。《外国语》办得很不错。"

范先生生前与上外，尤其是《外国语》，结下了不解之缘，这是不难理解的。

1989 年 8 月，师母林凤藻教授和她儿子家宁到上海访问，顾雪帆教授和李良佑教授主动提出：由上海外语教育出版社出版范先生的遗著《中国文化在启蒙时期的英国》，这使他们母子喜出望外，激动不已。1991 年 4 月，这部凝聚了范先生毕生心血的巨著终于问世了。当我收到林师母和顾雪帆分别寄来的书时，心里久久难以平静。我想这可使吾师含笑于九泉了。同时，我也被出版社这种不怕亏本、坚持出学术专著的精神所折服。

《中国文化在启蒙时期的英国》是我国比较文学界一部划时代的学术著作，1994 年荣获国家社会科学优秀成果一等奖。我国不少学者研究了外国文化对中国的影响，范先生独辟蹊径，致力于研究中国文化对英国的影响，以弘扬多姿多彩的中国文化，发扬爱国主义精神。他在专著中详细探讨了英国古典作家乔叟、莎士比亚和弥尔顿笔下的中国、孔子学说对英法两国哲学家和作家的影响、元曲《赵氏孤儿》与英法戏剧家的关系等。他还提到女王安娜、诗人蒲柏、作家约翰逊等人对中国名茶和古瓷的喜爱，坦普尔和钱伯斯对中国园林的推崇，小说家笛福对中国的偏见，哥尔斯密斯《世界公民》对中国文化的钟爱，珀西对《好逑传》的翻译以及威廉·琼斯翻译《诗经》，向英国人推荐中国文化等。[①] 专著内容极其丰富，涉及中国文化的方方面面，引证有关的中外文资料三百多条，文字简洁生动，深受海内外学者的好评。从中西文化关系来看，这部专著应该是我国比较文学方面的一个值得重视的里程碑。

范存忠先生学贯中西，博古通今，治学严谨，论著甚丰，在英美文学、比较文学、语言学、翻译学和英语教学法等方面都留下了宝贵的遗产。在“文革”的劫难中，他被关进牛棚，被强加种种莫须有的罪名，但他始终坚持真理，乐观愉快，相信党的政策。获得“解放”以后，他焕发了青春，以饱满的精神投入指导博士生和硕士生的工作。这种忠于党的教育事业的高贵品德，将同他的学术遗产一样，永留我们心间。

下面，我想向青年读者推荐范先生另一本专著《英国文学史提纲》（以下简称《提纲》）。这本书曾作为教材，在南京大学使用多年，体现作者诸多学术观点，1983 年出版以来深受高校师生的厚爱。书中不少东西对我们学习、研究或编写英国文学史都有有益的启迪。

一、历史、社会、作家

范先生在《提纲》后记里明确指出：编写此书有两个目的，“一方面为并行的《英国文学选读》提供必要的历史知识，另一方面扩大文学视野，为以后进一步的研究打下基础。”这个意图贯穿了全书。

一部英国文学史往往包括了历史、评论和原著三个方面。正确处理历史、

① 范存忠著，《中国文化在启蒙时期的英国》，上海外语教育出版社，1991 年。

社会和作家的关系显得十分重要。范先生是个知名的英国史专家。在《提纲》里，他对各个时期的历史背景都做了概括的介绍，在叙述作家生平时往往联系当时英国发生的重大事件，从中分析作家的思想变化和作品的社会意义，给读者提供了一幅英国文学史完整的概貌。

英国文学与欧洲其他各国文学具有密切的联系。《提纲》的一大特色是将英国文学放在欧洲文学的大格局中来考察，使读者大大拓展了文学视野。比如，第三章英国人文主义者一节简略地介绍了意大利文艺复兴对同时代英国学者和作家的影响，"牛津改革者"一群人的出现等等。《提纲》是这样描述的：

> The Renaissance began in Italy. In the 13th and 14th centuries there arose progressive thinkers—Dante, Petrarch, Boccaccio, etc. They interpreted the master minds of ancient Greece and Rome—Homer, Socrates, Plato, Cicero—and brought them back to life. With their knowledge of the classics, they fought against the inertness and ignorance of the time, and against the religious fanaticism that hindered the free development of man. They worked for freedom and enlightenment. They were called "humanists."
>
> In the 15th century several Englishmen got to Italy, caught what they could of the New Learning, and came back with their packs full of books. In the early years of the 16th century there appeared a group of humanists known as "Oxford Reformers"—William Grocyn, Greek scholar; Thomas Linacre, physician; John Colet, Dean of St. Paul's. All of them knew Greek, and through them new knowledge and new ideas from the ancient world and from Italy and France were diffused in Tudor England. ①

在介绍时代背景时，范先生往往抓住不同时代的特征，加深读者的印象。比如：在论及伊丽莎白时代时强调指出：这个时代是翻译蓬勃发展的时代，古希腊罗马文化、法国文化和意大利文化促进了英国文学的发展。在大量翻译作品中，影

---

① 范存忠著，《英国文学史提纲》，四川人民出版社，1983 年，第 36—37 页。

响最大的是廷德尔和科弗代尔的《圣经》和托马斯·诺斯的《希腊罗马名人传》：

The Elizabethan age was an age of translations, through which the culture of the ancients, of Italy and France, entered into the growth of English literature. The list is long, but mention must be made of Tindale and Coverdale's versions of *Bible* and Sir Thomas North's translation of the *Lives of Noble Grecians and Romans* by Plutarch.

The English *Bible* was an ideological weapon of the Protestant Reformation. Like Wycliffe and the Lollards, the Reformers insisted that the Bible should not remain in Medieval Latin and monopolized by the Pope and prelates, but must be made accessible in the language that the people understood. (P. 43)

文学影响总是双向的。不少英国作家，从乔叟、弥尔顿到拜伦、雪莱等都到过欧洲大陆。他们的作品也对欧洲其他国家的文学产生了良好的影响。范先生特别提到诗人拜伦：

Byron was one of the few modern English poets who enjoyed a high European reputation. Goethe, the great German poet, said that Byron "must unquestionably be regarded as the greatest talent of the century". He was impressed by the "daring, dash, and grandiosity" of Byron. "The English," he said, "may think of Byron what they please, but it is certain that they can point to no one poet who is his like ..." (PP. 153—154)

由此可见，《提纲》以比较文学的大视角来审视英国文学。这是本书的一大特色。

二、文本、话语、风格

范先生说过：英语的特点在于它的文学性。几百年来，英国涌现了许多伟大的作家。他们的诗歌、戏剧和小说文本里都有大量精彩的话语。有的警句流传于世，成了闻名遐迩的格言，给读者带来语言美的享受。范先生这部专著，名为《提纲》，其实包含了丰富的原著的引文，还有不少话语的精华。

语言是文学的第一要素。文学的发展与语言的变化息息相关。《提纲》自始至终贯穿了英语发展史，使学生既学习了英国文学，又了解了英语的演变。这是其他“英国文学简史”所没有的，比如：《提纲》告诉读者古英语与现代英语的区别。

> The Old English language differs in many ways from Modern English. It is a language of strong stresses and many consonants. It is highly inflectional. Like Modern German or Modern Russian, it depends for its meaning on the endings of words rather than on the positions of words. Moreover, Old English is rich in synonyms, most of them being compound words of the kind that are met with in Modern German. There are, for instance, numerous terms for the sea or ocean; e. g. “seal-bath”, “whale-path”, “swan-road”. (P. 5)

《提纲》接着指出：到了诺曼征服以后 200 年里，英国语言发生了巨大的变化。因此，13—14 世纪英国文学的媒介几乎是一种具有新音调的语言：

> During the two hundred years after the Norman Conquest, the English language underwent tremendous changes. The old inflection—alterations in the forms of words to show their relation to the rest of the sentence—began to die away. A synthetic language gradually became analytic. In vocabulary, it assimilated thousands of French words, colourful and sonorous. The bone and joints of the language, the frame and structure, remained English; but the loan-words gave it fullness, diversity, and the grace of French song.
>
> Under the French influence, a new verse form came into vogue. The alliterative metre of Anglo-Saxon verse gradually gave way to intricate patterns of rhyme and assonance. The regular form of verse, especially in the romances, was

the eight-syllable or four-stressed rhymed couplet—the common metre of Old French poetry. (PP. 10—11)

在描述英语变化的同时,《提纲》往往提到诗的形式的变化，如从头韵诗到双韵体诗。

到了莎士比亚时代，英语又有新的变化:

Shakespeare was a great master of the English language at all its levels. The language of each of his heroes fits his status in society and discloses the peculiarities of his character. Thus in the language of Hamlet is revealed the high culture of the humanist, the manysidedness of his interests, his gifts, his intellectual depth.

Shakespeare commanded a vocabulary larger than that of any other English writer. He used 16,000 words (of course he knew much more). He loved to play with words, to jingle them, to make puns with them. (P. 75)

《提纲》还指出:随着英国经济的发展，到了17世纪后期，英国现代散文受到法国古典散文的影响，逐渐摆脱伊丽莎白时代华丽的文风，走向简洁、明快、通俗、易懂的风格，屈莱顿成了新型散文的最优秀作家。

《提纲》在评述作家的语言风格时往往与作品的思想倾向结合起来。比如:对18世纪讽刺作家斯威夫特的评介:

Swift's positive philosophy is difficult to determine. But *Gulliver's Travels* shows his bitter anger at what man has made of man in his own age. This anger springs from a courageous realism, an ability to look the facts of 18th-century society in the face, an unflinching sense of life. And he expresses what he felt in a style of his own—plain and hard-hitting. (P. 111)

《提纲》引用了不少英国名家的警句。比如:莎士比亚的 "Brevity is the soul of wit"、诗人蒲柏的 "One truth is clear, whatever is, is right", 诗人库帕的 "God made the country, and man made the town”, 散文家赫胥莱的“To learn what is true, in order to do what is right”, 以及大家所熟识的培根《论读书》中的“Reading maketh a full man; conference a ready man; and writing an exact man”等等。

《提纲》摘录的英国名著达85篇，信息量巨大。作者在评价作家时往往抓住最重要的作品和最有争议的问题，提出自己的见解，还特意列出彭斯和拜伦最流行的抒情短诗的篇名，使同学兴趣倍增，课余都会背诵几首了。

三、释义、主题、评论

英国文学史与中国文学史有很大不同，从内容到形式，英国诗歌都有它的特色。《提纲》的对象是大学英文专业的学生，所以范先生对一些重要术语都一一加以深入浅出的释义。比如：什么是十四行诗呢？范先生写道：

> The sonnet, an exacting form of verse in fourteen lines of iambic pentameter intricately rhymed, was perfected by the Italian poet Petrarch, and was introduced into English poetry by 1557. For the next half a century it was one of the most popular forms of verse. It was the custom for poets to compose “sequences” of sonnets—each sonnet complete within itself, but the whole series of sonnets more or less related in theme—dedicated to a beauty, bewitching and yet unfair or unresponsive. (P. 41)

短短的几句就把十四行诗的来源、形式和内容都说清楚了。又比如：17世纪玄学派诗人约翰·堂恩对现代英美作家影响很大。究竟什么是玄学派诗歌呢？范先生仅用两句话就解释得很明白：

> Metaphysical poetry is poetry of the library, poetry for the few. Under the Stuarts, it seems poets turned from the court and public life to the libraries, and their poetry smells of the library where it was produced. (P. 84)

此外，对于英国历史上的重大事件，如“Bloody Sunday”，《提纲》也做了说明。弄通了这些基本概念，入门就不难了。

在分析文学作品的主题思想时，《提纲》总是从当时的社会现实出发，实事求是地加以评论，既不盲目加以吹捧，也不乱贴什么主义的标签。总的来看，《提纲》比较客观公允，有些见解至今仍不失其现实意义。比如：对《鲁滨孙漂流记》的主题的阐释：

> *The Adventures of Robinson Crusoe* expressed the epic theme of the power of the average man to preserve life and to organize economy in the face of the most unpromising environment. Throughout the 18th century it was used as the basis for lectures in political economy. (P. 106)

在谈及《简·爱》时，《提纲》强调了女主人公简·爱独立自主的性格。她不愿用自己的灵魂去换取物质上的幸福。她要求妇女应该享有与男人平等的社会地位。这个观点是现在盛极一时的女权主义理论。但《提纲》编写于20世纪50年代中期，距今快半个世纪了。可见，范先生的视角多么独特而敏锐！

莎士比亚是欧洲文学史上的巨星，历代评论繁多，评者见仁见智，不乏精彩的见解。《提纲》专章评介莎士比亚，内容包括莎氏的生平、他与文艺复兴、他的悲剧、喜剧、历史剧，以及他是塑造人物的高手、英国语言的大师等。《提纲》选择人们最关注的问题来剖析，比如：《威尼斯商人》是一部反犹太人的作品吗？范先生回答很明确：不是。

> Shakespeare's *Merchant of Venice* is not an anti-Semitic propaganda. On the contrary, much is said for the persecuted Jewish race. Shylock has all the sins of the usurer, but he is “more sinned against than sinning”. He has reasons for his grudge against the Christian merchant. (P. 61)

在批评英国作家的局限性时，《提纲》也采取了一分为二的实事求是态度。比如：对湖畔派诗人华兹华斯的评价，50年代受苏联学者的影响，有的人往往给他扣上“反动浪漫主义诗人”的帽子，《提纲》则坚持自己的看法，指出华兹华斯早年受法国革命影响，写过一些进步的诗，后来转向保守，专写自然诗，表达了对普通人的同情，那片湖区成了他逃避现实的象牙之塔。

值得指出的是，《提纲》引用了马克思、恩格斯论莎士比亚、文艺复兴，论菲尔丁、雪莱、卡莱尔，论费边社等文章，尤其是马克思评19世纪英国小说家是“光辉的一派”的观点。事实证明，范先生坚持马克思列宁主义观点，努力运用辩证唯物主义和历史唯物主义的思想方法来评价英国名著的社会意义和艺术价值，是十分可贵的。

此外，《提纲》还引用了一些著名评论家的见解：如俄国批评家别林斯基评弥尔顿、德国诗人歌德论拜伦、苏联高尔基评萨克雷、英国现代评论家福克斯论狄更斯，以及英国作家司各特评奥斯丁等。范先生还多次提到拜伦与歌德、易卜生与肖伯纳、斯威夫特与巴特勒相互间的影响，大大扩展了英国文学的范围。

《提纲》是范先生用英文写的，后面附有中译。先生的英文非常简洁、流畅、优美、富有表现力。所以《提纲》实际上是一本浓缩的英国文学史精华。

参考文献

[1] 范存忠，《英国文学史提纲》，四川人民出版社，1983。

[2] 范存忠，《中国文化启蒙时期的英国》，上海外语教育出版社，1991。

（原载《外国语》，1998年第1期）

弘扬中华文化　增进对外交流

——评范存忠的《中国文化在启蒙时期的英国》

原南京大学副校长、杰出的学者范存忠教授留给我们宝贵的学术遗产一直深受国内外同行的好评。他在比较文学方面的独特贡献更令人难以忘怀。

范存忠先生热爱祖国，在学生时代就曾积极参加五四运动。之后，他以优异的成绩获公费赴美留学机会。他才思敏捷，勤奋好学，苦读三年便荣获哈佛大学博士学位，在比较文学方面成绩卓著。他致力于研究中国文化对英国的影响，目的是发扬光大祖国的文化。他的成果引起了欧美学术界的注目。他曾应邀到牛津大学讲学，受到高度评价，扩大了我国文化在海外的影响。

范先生有关中西文化比较的论文散见于20世纪40—50年代和60年代初的《文学研究》《文学评论》《南京大学学报》和《英国语言文学评论》（RES）等期刊上。1979年底，南京大学学报编辑部曾将他的论文汇编出版，书名为《英国语言文学论集》。1991年4月，上海外语教育出版社出版了由范夫人林凤藻教授作序的范先生遗作《中国文化在启蒙时期的英国》。这部专著系统地论述了孔子学说、中国的科举制度、宗教、园林、文物，尤其是元曲《赵氏孤儿》对英国社会政治和文化生活的影响。这是我国比较文学界一部开拓性的著作，它的学术价值和思想意义是巨大的，1994年它荣获了全国社会科学研究成果一等奖，深受海内外同行的好评。

下面我想谈谈《中国文化在启蒙时期的英国》的主要内容、意义和影响以及对我们中青年学者的启导作用。

一、英国古典作家心目中的中国

范存忠先生首先指出：中国和英国的文化关系可追溯到14世纪的乔叟时期（1340—1400）。乔叟是英国文学之父、现实主义诗歌的奠基人。他的代表作《坎特伯雷故事集》里有一篇《侍从的故事》，描写成吉思汗在位20年时举行了一次生日盛宴。那天，成吉思汗喜坐高台，彩旗飘扬，笙鼓齐鸣，忽然有个士兵骑着一匹铜马、手持一面宽大的玻璃镜，手指上戴了一只金戒指，身旁系着一把明剑，径直冲到御座面前，把在场的文武百官吓呆了。原来，这武士并非刺客，他是来献宝的，共有四件：一是铜马，你骑上它，爱到哪里，它就送你到哪里；二是玻璃镜，它能照出别人的心境，帮你分清敌友；三是金戒指，它会使你明白禽鸟的语言；四是明剑，它能治任何创伤。后来，成吉思汗的长子阿尔加西夫骑着那铜马立下赫赫战功。他女儿肯纳茜用玻璃镜和金戒指发现一只雌鹰被雄鹰抛弃，痛不欲生，就收留它养好伤……故事生动有趣，可惜没讲完，引起了后来英国诗人斯宾塞和弥尔顿的极大兴趣。但这个故事所写的武士和四大法宝是中世纪欧洲传奇中常见的东西，东方色彩并不多。乔叟也许没读过《马可·波罗游记》，所以，从他的作品来看，他心中最遥远的东方是印度，而不是中国。

伟大的文豪莎士比亚在《第十二夜》和《温莎的风流娘儿们》里曾两次提到中国。不过，大约从10世纪初起，欧洲人往往通称中国为“契丹”（Cathy），称中国人为“契丹人”（Cathayan，Cataian），因为唐朝以后中国进入中原分裂混战的五代十国时期（907—960）。以后，南方是宋（960—1279），北方是辽（916—1025）和金（1115—1234）。辽原名契丹，欧洲人称中国为“契丹”，即来源于此。后来，蒙古人统一了中国，改为元。但不少欧洲人仍沿用旧名，称中国和中国人为“契丹”和“契丹人”。莎士比亚在作品里提过两次“契丹人”，引起了学术界争论。英国人认为“契丹人”总是狡猾的，是个贬义词。朱生豪在莎氏汉译本里将它译为“骗子”和“狗东西”。20世纪60年代以来，有人引证当时的文献指出："契丹人"意指"未开化的异教徒或外国人"。

"中国"（China）一词也出现在莎士比亚名剧《一报还一报》里。那么，契丹和中国是两个国家，还是一个国家？这一度又成了英国学者争论的问题。

伟大的诗人约翰·弥尔顿对东方事物有浓厚的兴趣。在著名的长诗《失乐园》里，他多次提到契丹或中国那一带地区。如第3卷，撒旦到了地球上，像一只雕鸟从喜马拉雅山飞往印度觅食："途中，它降落在塞利卡那/那是一片荒原/那里的中国人推着轻便的竹车，靠帆和风力前进。"这里，弥尔顿称中国为"塞利卡那"（Sericana），这是中国在古代欧洲的名称，意为"丝绸之国"。在第10卷里，诗人称中国为"契丹"。到了第11卷又称中国为"西那"（Sena），那也是古代欧洲对中国的称呼，其来源是Sin，Thin，Chin（秦）。但弥尔顿有时似乎弄不清契丹和中国是一个地方或两个地方。

马可·波罗的中国游记是中西交通史上的里程碑，从13—14世纪就激起不少英国作家和学者对东方的兴趣。到了15世纪，向海外扩展成了欧洲的时尚。东方航海游记日益增多。英国出版商将当时最流行的游记汇编成两大套，以编者命名：一套叫《哈克路伊特》，另一套叫《珀切斯》。中国文化开始产生影响了。

《珀切斯》收入了西班牙传教士冈萨勒斯·德·门多萨的《中华大帝国风物史》。这篇报道曾影响过法国散文大家蒙田。蒙田在《论经验》一文中对中国的政治制度表示赞赏。他成了最早称赞中国的近代欧洲作家。《哈克路伊特》则译介了三个葡萄牙人用拉丁文写的《绝妙论著》。此书描述了中国的历史、地理、人口、物产等，称赞中国的印刷、制炮、绘图、航海和天文，还提及中国的政治、宗教和道德制度。1621年英国出版了伯顿的怪书《忧郁症的解剖》。书中有30多处提到中国，特别赞赏勤劳好客的人民、良好的政府和选拔人才的科举制度，讽刺当时英国贵族官吏的腐败无能。

17—18世纪，欧洲对中国的了解，主要靠天主教传教士的报道。影响较大的天主教传教士包括意大利的利玛窦和他的继承人如比利时的金尼阁、葡萄牙的鲁德照、德国的汤若望和比利时的南怀仁等。他们熟识中国的风土人情，通晓汉语，深受欧洲各国朝野人士的尊重和信任。利玛窦的遗著、金尼阁的《中国传教史》（1616）和鲁德照的《中华帝国史》（1655）在英国和欧洲大陆都很流行。在欧洲人眼里，中国是个东方传奇性的国家。

1687年，南京人沈福宗跟耶稣会传教士柏应理去巴黎并转往英国，结识了牛津大学东方学家托马斯·海德。沈福宗能讲当时学术界通用的拉丁语，在牛津受到盛情款待。他成了历史上第一个访问英国大学的中国人。

中英两国文化交往有600多年历史了。范存忠先生精通英语、法语和拉丁语，从繁杂的史料中理出一条清晰的脉络，这是非常难能可贵的。同时，由于年代久远，文献散失，有的仍难以查清。他坦率地说："希望以后能有进一步的阐发。"这种治学严谨的精神值得我们学习。

二、孔子学说与英法学者和作家

从16世纪末和17世纪初开始，中国儒家学说比较系统地传入欧洲。利玛窦曾将中国《四书》译为西文，寄回本国。1661—1662年，郭纳爵、殷铎泽、柏应理等人陆续将《大学》《中庸》《论语》译成拉丁文，在法国出版。1687年柏应理将这三种译本带往巴黎重版，题为《中国哲学家孔子》，引起社会各界强烈反响。不久，各种节译本应运而生。法国出了两个节本：《孔子的道德》和《孔子与中国的道德》，流传很广。欧洲各国有关中国的报道日益增多，孔子学说有了较系统的介绍。西方到处可听到称颂中国的声音。

值得一提的是英国政治家和散文家威廉·坦普尔撰写的有关中国的杂文。他将孔子学说和希腊哲学相提并论，把孔子与亚历山大并列为盖世英雄，对孔子推崇备至。他说，孔子是一位极其杰出的天才，学问渊博，德行可佩，品性高超，既爱自己的国家，也爱整个人类。孔子学说值得英国人借鉴，从王公贵族至普通平民都应努力为善，发展智慧和德性。

但是孔子学说与西方伦理道德和宗教并非没有矛盾。17世纪末轰动一时的"中国人事件"（L' Affaire des Chinois）闹了40多年，便是一例。它是天主教在中国传播时与中国文化发生的冲突，却对中西文化交流起了巨大的作用。

原来，意大利的利马窦来华传教时，对中国固有的习惯与信仰采取了容忍的态度。他认为受洗礼的中国天主教徒，除念"天主耶稣"外，可以拜孔子和祭祖宗。此后，这成了耶稣会在中国传教的策略，搞了半个多世纪。不久，欧洲各种教会相继来华。不少传教士批评利马窦的做法。1704 年，罗马教廷订了“禁约”，只许中国天主教徒崇拜“天主”，不准拜“天”与“上帝”，也不准拜孔子和祭祖宗。1705 年，罗马教廷专使多罗来北京见康熙皇帝，要求他命令中国天主教徒遵守教皇“禁约”，遭到康熙严词拒绝。康熙曾于 1700 年宣布：“祭祖祀孔，乃是中国一种崇敬礼节，与宗教无关。”但罗马教皇不肯罢休，1715 年又重申前禁，“违者以异端论罪，受绝罚。”这就是所谓“中国人事件”。

“中国人事件”引起了欧洲人对中国宗教信仰问题的激烈争论。中国人信什么宗教？他们是无神论者，还是偶像崇拜者？法国来华传教士李明在巴黎出版了《中国现状新志》（1696），一年后英国就有译本，后来出现三种德文译本和两种荷兰文译本。李明在书中对中国儒家进行了详细介绍。他认为中国有自己真正的宗教，跟西方的宗教同出一源。孔子信天道，不信偶像。他的学说形式上与天主教或基督徒分属两个系统，但精神上并无多大出入。李明的评论对当时传统的教会是个大胆的挑战，因此遭到巴黎神学院的谴责。政府下令禁止出版他的书。

但是，李明所介绍的孔子学说受到西方自然神论学者的欢迎。他们有时自称为“自由思想者”，并不否定宗教，但反对神的启示，反对超自然的神秘的东西，用孔子学说作为争论的论据。当时自然科学日益发展，哲学家笛卡尔、斯宾诺莎、洛克等人倡导理性，崇奉自然。思想界渐渐摆脱传统神学的束缚，向非理性的东西挑战。哲学家休谟说：“孔子的门徒，是天地间最纯正的自然神论的信徒。”自然神论者马修·廷德尔不但批评教会，而且批评《圣经》。他主张用理性去解释《圣经》，用孔子学说来进行比较研究。这实质上是以孔子的话来批驳《圣经》。另一位学者安东尼·柯林斯则指出：世界上不同民族有不同的宗教和经典。言外之意：西方崇拜的《圣经》并非适合一切民族的经典，基督教也不是世界上唯一的宗教。这些看法无疑对《圣经》的权威提出了疑问。

另一位质疑《圣经》的是 18 世纪初英国政治舞台上的风云人物博林布鲁克。他在政坛失意后长期流亡法国，对中国孟子和孔子发生兴趣。他在论著里赞扬中国的原始信仰，抨击英国异想天开的神学家，反对精神的启示。他认为没有足够的事实可证明《圣经》是上帝的语言。《旧约》绝大部分无从证实。他否认基督教的神性，猛烈攻击神学家是“为上帝制造谣言的人”。

英国诗人蒲柏和法国大文豪伏尔泰成了博林布鲁克的追随者。蒲柏和博氏是好友。他在《论人篇》里说："人类应该研究的对象就是人。"他诗里只谈人类今生该怎么办，不提来世的报应，因此招来不少非议。伏尔泰是一位名闻欧洲的法国启蒙主义大师。他和博林布鲁克交往数次，细读过博氏的《论文集》，对他赞不绝口。伏尔泰同英国自然神论者一样，推崇人的理性，反对神的启示。他爱谈中国，崇拜孔子。他巧妙地吸取了英国的自由思想，又借鉴了中国的孔子学说，以犀利的文笔，无情地批判法国社会中一切不合理的东西，为法国启蒙运动做出了不可磨灭的贡献。

范存忠先生强调指出：17—18 世纪欧洲的自然神论是一股进步思潮。在这种思想的发展过程中，孔子学说起了不可忽视的作用。它帮助一些杰出的英法学者和作家破除迷信，解放思想，对《圣经》的权威提出疑问。但是，我们不能忽视自然神论的局限性。马克思和恩格斯在《神圣家族》中说："无论如何，对于实际的唯物主义者来说，自然神论不过是摆脱宗教的一种方便的方式而已。"它反对 17 世纪的宗教狂热和教派纷争，倡导理性主义，反对神学，这就是启蒙运动的思想。但它既称"神论"，像孔子之道并没有脱离"天"与"天道"一样，仍然带有神学的不彻底性。范先生这种辩证的历史的分析是非常客观的、科学的。

三、《赵氏孤儿》与英法戏剧

元曲《赵氏孤儿》是第一个传入欧洲的中国戏剧，也是 18 世纪唯一在欧洲流传的中国戏剧，对英法两国戏剧界有较大的影响。

范存忠先生详尽地疏证了《赵氏孤儿》传入欧洲的情况和英法文艺界的反应。早在 1734 年 2 月，巴黎《水星杂志》就提到几节法文翻译的中国悲剧《赵氏孤儿》。1735 年，法国传教士杜赫德主编的《中国通志》正式问世。书中包括《赵氏孤儿》法文全译本，译者是曾来华传教的马若瑟。但此译本也非原著的全部，而是经过删节的。元曲本以唱腔为主，而马译本则以宾白为主，"诗云"之类刊落大半，曲子一概不译，只注明谁在唱。因此，有些宾白与曲子脱节，前后不衔接。马若瑟当时是传教士中的"中国通"，熟识汉语，在华呆了 38

年，读了不少中国书。可惜他的译本仅保存了原著的轮廓。但它靠杜赫德的《中国通志》在欧洲流传很广，先后出现了英语、德语、意大利语和俄语译本。在英国出现了三个英译本。所以，《赵氏孤儿》从马若瑟不全的法译本很快传入英国，几经转译，传遍欧洲，从18世纪30年代中至60年代初，前后达20多年之久。这在中西文化交往史上是少见的。

《赵氏孤儿》引起了英法两国文艺界的重视。在法国，最早评介这部中国悲剧的是伏尔泰的朋友阿尔更斯。他在《中国人信札》（1739）里从戏剧技巧上批评《赵氏孤儿》没有遵守三一律，尤其是时间和地点不一致，但他赞赏剧中一些片段。这种看法有一定代表性，后来引起伏尔泰的兴趣。

但英国学者理查德·赫德提出了不同的看法。他从主题到复仇动机以及话语风格出发，指出《赵氏孤儿》与古希腊悲剧家索福克勒斯的《厄勒克特拉》有许多相似之处。他肯定《赵氏孤儿》结构简朴、单纯，动作完整统一，情节紧凑连贯，几乎达到亚里士多德所要求的速度，因此，它是模仿自然的成功之作，是中国人民智慧的产物，可跟古希腊的悲剧媲美。

《赵氏孤儿》杂剧传入英法两国以后，不但引起了评论家的关注，也激起了剧作家的兴趣。18世纪40年代至80年代出现了四五种改编本，其中最早的是英国哈切特的《中国孤儿》（1741）。卷首的献词说：多少年来，中国把它的农产品供给我们，把它的工艺品供给我们；这一次，中国诗歌也进口了。我相信，大家也一定会感到兴奋。

以前，英国戏剧里早出现过中国式的布景、人物和故事，但改编中国剧本，这是第一回。哈切特的改编本不少地方跟原著有出入，但保存了主要情节和基本轮廓，比如弄权、作难、搜孤、救孤、除奸和报恩，没严格遵守三一律。人名则张冠李戴，随意安排。这本戏没上演过。它实际上是个戏剧形式的讽刺作品，其政治意义大于艺术意义。哈切特将原著"武臣陷害文官"改为"首相诬害大将军"，影射当时英国首相罗伯特·沃尔波尔的腐败政治。十七八年后，英国又有个谋飞的改编本。它跟哈切特的改编本没有直接联系，倒得益于伏尔泰的《中国孤儿》。

伏尔泰对中国政教道德情有独钟，但对中国戏剧了解不多。作为一位法国新古典主义者，他觉得马若瑟译的《赵氏孤儿》古怪而滑稽，不符合三一律，没有文采和理致。但他又说，《赵氏孤儿》是中国 14 世纪的作品，如果跟法国同期的戏剧相比，那要好多少倍了，简直是个杰作。因此，他着手改编马译本《赵氏孤儿》并大胆进行了更动。(1) 将原著内“文武不和”的故事改为两个民族之间的纷争；(2) 将故事从公元前 5 世纪（春秋时期）往后移了 1 700 多年，戏剧动作时间由 20 多年缩短到一昼夜；(3) 只取原著里搜孤救孤的段落，简化了情节；(4) 仿照当时流行的“英雄剧”，加入一个恋爱故事。剧本完稿后命名为《中国孤儿》于 1755 年在巴黎上演，后来就出版。同年，伦敦有了翻印版。报刊进行了介绍。《爱丁堡评论》说，在《中国孤儿》里伏尔泰的创作天才尤为突出。不久，作家谋飞出了新改编本。

英国作家阿瑟·谋飞按伏尔泰的《中国孤儿》改编出英文本，但富有自己的特色。他将戏的内容扩大了，并删去伏尔泰所加的爱情故事。他笔下的人物形象、艺术结构和故事结局也与伏尔泰不同。经过多次周折，谋飞的《中国孤儿》于 1759 年 4 月下旬在伦敦德鲁里兰剧院上演，获得了成功。评论界认为，它可以跟英国最成功的舞台剧相媲美。谋飞成了出名的悲剧作家。

谋飞改编本的成功与当时英国社会现实息息相关。那时英法战争已七年，英国内外交困，统治阶级内部分裂，政治腐败，人心涣散。《中国孤儿》写的是中国抵抗鞑靼侵略的故事，被当为宣扬爱祖国、爱自由的作品，因而受到观众和读者的欢迎。可见它具有一定政治意义。

18 世纪后期，《中国孤儿》在英国舞台继续上演，不久又走上爱尔兰舞台和美国舞台。中国文化对欧美的影响更广泛了。

综上所述，范存忠先生对元曲《赵氏孤儿》传入英法两国的过程和所出现的各种主要译本和改编本进行了详尽的比较和评析，提出了令人信服的见解。这充分显示了他在中西语言文化方面的深厚功底。

《中国文化在启蒙时期的英国》还提到女王安娜、诗人蒲柏、作家斯威夫特、约翰孙等对中国名茶和古瓷的喜爱，坦普尔和钱伯斯对中国园林的推崇，小说家笛福对中国的偏见，作家哥尔斯密斯《世界公民》对中国文化的钟爱，珀西对《好逑传》的翻译以及威廉·琼斯翻译《诗经》，向英国人推荐中国文化等等。专著内容极其丰富，涉及中国文化方方面面，引证有关中外史料 300 多条，文字简洁生动，令人百读不厌。限于篇幅，这里只好从略了。

比较文学在我国近年来发展很快，不少学者致力于研究外国文学和文化对中国的影响，取得了可喜的成绩。范存忠先生独辟蹊径，精心探讨中国文化对欧洲的影响，为我们树立了榜样。从中西文化关系来看，《中国文化在启蒙时期的英国》应该说是一个值得重视的里程碑。

（原载《外国文学研究》，1997 年第 4 期）

从《双城记》的细节描写看狄更斯小说的批判现实主义艺术

——纪念英国小说家狄更斯诞生200周年

2013年2月7日是英国伟大的小说家查尔斯·狄更斯逝世200周年纪念日。世界各国读者都以崇敬的心情缅怀这位平民出身的作家。他的作品经历了时代风风雨雨的考验，至今仍魅力如初，令人喜爱。

狄更斯只活了58岁。在他37年的创作生涯中给人类留下了丰厚的文化遗产，包括15部长篇小说（一部未完稿）、20多篇中篇小说、几百篇短篇小说和散文，两部游记，一部随笔、一本英国史和12 000多封书信。他一生勤奋写作，精益求精，成了一位引人瞩目的多产作家。他始终坚持忠实地描写现实生活，揭露和批判社会的黑暗和丑恶，同情被压迫和被损害的下层民众，向往人类美好的未来。有人称他为英国小说界的莎士比亚。有人将他与法国的巴尔扎克和俄国的托尔斯泰并列，称他们为世界文学中三位最杰出的批判现实主义小说家。

狄更斯1812年2月7日生于朴茨茅斯市的波特西。两年后全家移居伦敦。他家境清寒，12岁时便辍学打工，当过磨油坊的徒工、律师事务所的抄写员和法院的速记员。他仅念过两三年书，靠自学成才；后来当上记者，走遍伦敦的大街小巷，深入了解社会的方方面面，尤其是英国议会和法院的内幕，熟悉平民百姓的生活。他成了伦敦一家大报《时事晨报》的记者后，业余仍到大英博物馆看书学习。1833 年，他以博兹为笔名发表了《明斯先生和他的表弟》，一炮打响。接着，他的第一部长篇小说《匹克威克外传》在杂志上连载，他一举成为最受读者欢迎的作家。从此，他走进了文学殿堂，直到登上英国文学的巅峰。他一生勤奋笔耕，还编辑杂志，组织剧团演出，登台朗诵自己的作品。1870 年 6 月 9 日，狄更斯在写作中因脑溢血猝然逝世。6 月 14 日，他的遗体被安葬于伦敦威斯敏斯特大教堂的“诗人角”。他的坎坷一生，特别是苦难的童年在他的长篇小说《大卫·科波菲尔》中有精彩的再现。

在狄更斯的 15 部长篇小说里，《双城记》占有突出的地位。它是狄更斯最出色的代表作之一，充分反映了作者的创作思想和艺术特色，尤其是他的戏剧性气质。《双城记》自 1859 年问世以来，一直深受读者的青睐，甚至超过了《大卫·科波菲尔》。

《双城记》是狄更斯小说中结构最严密的一部历史小说。它以错综复杂的情节表现了冤狱、爱情和复仇的主题。它围绕忠厚的亚历山大·梅纳特医生一家的不幸遭遇和德伐治夫妇为首的巴黎圣安东尼区民众起义，展示了 1775 年至 1792 年法国资产阶级革命前后巴黎和伦敦两大城市的风风雨雨。小说反映了狄更斯揭恶扬善的创作意图，通过善恶交锋，爱恨相搏，爱战胜了恨。最后，代表恶的埃弗雷蒙德爵爷兄弟被杀了，象征复仇的德伐治太太失败了，梅纳特医生和他女儿露茜、正派的达奈和无私的卡尔顿为代表的“爱”的家族获胜了。卡尔顿虽然代替达奈上了断头台，但他虽死犹生，仁爱永生。这是狄更斯的“道德意向”，也是他资产阶级人道主义的表现。不过，小说还有警世之意，暗示当时英国社会矛盾尖锐，民众生活贫困，如不认真改善，可能像法国一样，出现无法收拾的局面，后果不堪设想。

《双城记》故事扣人心弦，人物形象鲜明丰满，情节曲折紧凑，充满戏剧性，特别是那些精彩动人的细节描写更令人难以忘怀。狄更斯擅长精选具有典型特征的细节，综合运用象征、对比、夸张、讽刺、重复和比喻等艺术手法来表现主题，取得了一以当十的艺术效果，其作品闪烁着现实主义的灿烂光芒。

首先，小说借用德伐治酒店门口打破一只酒桶的情景来揭示巴黎圣安东尼区工人们贫困的生活景象：当一个酒桶从车里搬出来摔破时，酒洒满地上。顿时，附近的人们全都停止他们的工作，奔到出事地点来捞酒喝。小说写道，“有些男人跪着，把双手合成戽斗吸饮或在酒还没从他们手缝里流走之前，尽力帮助爬在他们肩上的女人吸饮；另一些男女却用破陶器的碎片在泥潭里汲取，甚至用女人的头巾去汲取，然后把头巾放在小孩的嘴里捏干；……另一些人专心致力于舔舔桶子湿漉漉的碎片，甚至津津有味地嚼着它们。”酒，对当时巴黎的劳动人民来说是生活必需品之一，不是奢侈品。那么多男男女女不顾酒已洒落地上不干净，甚至用陶器的碎片往泥潭里汲取，可见圣安东尼区贫困的人们好久买不起酒了。他们贫困到了何等的地步！

结合这个细节，狄更斯写道，“在所有人脸上，都有一个特殊的标记——饥饿的标记。饥饿统治着一切人，统治着一切。饥饿爬出了高房子的窗户，像可怜的破布衣片那样在木棍上和绳索上飘扬；它用稻草、烂皮、木头和破纸堵塞墙隙和窗口；……饥饿在面包铺里的架子上出现，在出售用死狗肉做的香肠的店里出现……”作者概括地点明了圣安东尼区民众衣食住行的凄凉景象。

与此同时，狄更斯运用对比的手法描述了爵爷喝巧克力时非有四个壮汉服侍不可。小说写道，“第一个壮汉侍从先把盛有巧克力的壶捧到大人跟前；第二个壮汉用他随身带来的专用小勺子搅拌巧克力，使它起泡；第三个壮汉献上那受宠的餐巾；第四个壮汉将巧克力从壶里倒出来。在大人看来，这些侍从一个也不能少，否则他就不能在这令人羡慕的天下雄踞高位。如果他喝巧克力时只有三个侍从侍候，他认为会辱没自己的家族名声，如果只有两个侍从，那更是要他的命了。”爵爷的奢侈与平民的贫困形成了鲜明的对照！社会的不公正必然遭到被压迫民众的反抗。

小说用德伐治太太不停地编织这个细节作了有力的补充。她在小说中经常出现。每次出现时她总在编织着。这不是普通的织毛衣之类。她用自己的符号和花样记下“所有注定灭亡的人的姓名”。她的编织是革命的预兆和报复的象征，预示着革命风暴不可避免地将出现在法兰西大地上。

不仅如此，小说将上述一切联系起来，进一步写道，“酒是红的。它已经玷污了巴黎圣安东尼区附近狭窄的街道。这个装满酒的酒桶在那个地方破裂了。它也涂染了许多手和脸、赤脚和木片。锯柴人的手在那些小木片上留下红印，照看孩子的妇女的整个前额由于那块浸过酒里又包在头上的旧破布而发红。那些汲舐过破桶片的人们满嘴沾染了酒渣，像老虎一样走来走去，其中一个高个子戏谑家，戴着一顶脏帽，用手指蘸起肮脏的沉淀酒迹，在墙上涂了一个大字'血'。"流淌在地上的红酒不仅指的是闻名遐迩的法国葡萄酒或白兰地，而且具有深刻的象征意义。作者将"红酒"与"鲜血"联系在一起，正确地预言："有一天，血也会流在街心的石头上，染红许多地方的。"那些饥寒交迫的人们必然会注意到他们凄惨的境遇而行动起来，用绳子和绞架吊起他们的仇敌，冲击现存的封建专制制度。

封建爵爷不仅养尊处优，过着骄奢淫逸的生活，而且横行霸道，欺压百姓，令人发指。小说的第七章"爵爷在城里"，描写贵族老爷坐着马车，在巴黎城里横冲直撞，撞死了一个穷人的小孩。他恶狠狠地咒骂民众拦在马路上，伤害了他的马。民众站起来围上去，爵爷掏出钱包，扔出一枚硬币，满不在乎地扬长而去。在他看来，一条穷人孩子的命只值一枚硬币，他"好像偶然打破了一件平常的东西，已赔过钱，足够抵偿了似的"。可是，他的马车刚走动，一枚硬币飞进马车里叮当地落下，死者家属不要爵爷的臭钱，愤怒地回敬他。那小小的硬币，一来一往，意义迥然不同。爵爷的凶残无情，民众的义愤填膺，无不跃然纸上，令人回味无穷。

在第八章"爵爷在乡下"里，小说写了一个举目无亲的寡妇向爵爷苦苦乞求一块小石头或一片木头，为她死去不久的丈夫做墓碑，遭到爵爷蛮横拒绝的细节，反映了贵族老爷在乡下横行霸道比在城里更厉害。巴黎郊区乡下人的贫困与圣安东尼区的劳动人民是一样的。他们也处于山穷水尽，难以生存的局面。请看寡妇与爵爷的对话：

"爵爷，听我说，爵爷，听听我的请求。我的丈夫，他穷死了。已经穷死了这么多，将要穷死的更多。"

"唔？我能养活他们吗？"

"爵爷，上帝知道，但我并不问这个。我只是想请您给一小块石头或木片，刻上我丈夫的名字放在那里，标明他躺着的地方。要不然，那个地方很快就认不出来了。那么到我也死的时候，我就要被埋在别的枯草下面了。爵爷，枯草堆是这么多，坟堆长得那么快，这里是很穷很穷的。爵爷！爵爷！"

爵爷对那寡妇的哀求充耳不闻，命令侍从把她推开，马车飞奔而去。

细节描写是现实主义小说艺术的主要特征之一。一小块墓碑的缺失，揭示了巴黎乡下人的悲惨境地。天灾人祸折磨着他们。活着，他们忍饥挨饿，不得温饱。死了，他们没有葬身之地，在枯草堆下很快就消失了。美丽的法兰西大地失去了光彩。她的一石一木都给贵族老爷占为己有了。这样的社会，老百姓能接受吗？显然不能。大家知道，一石一木是日常生活中微不足道的小东西。可是狄更斯用在这里，效果就不一般了。它深刻地反映了巴黎乡下人民的悲惨生活图景。同时它也客观地揭示了“官逼民反”的社会规律，简洁而生动地展现了法国革命的必然性。

《双城记》的细节描写多姿多彩。有的构成了人物的性格特征，如德伐治太太手里不断地编织；有的表现了人物内心感情的变化，如梅纳特医生珍藏了他女儿露茜的几丝金发。父女在狱中见面时相当感人。那几丝金发成了老医生蒙冤 18 年的历史见证。

有的细节则表达了作家的思想，揭示了小说的主题。如一阵“脚步声”，它具有深刻的象征意义。一方面，狄更斯将法国大革命写得像一阵可怕的、破坏力巨大的旋风，没有怜悯、没有妥协、没有宽恕，一切都在全民的狂热中迷乱交错；另一方面，他希望那些疯狂的、激烈而可怕的脚步声永远不要闯进露茜的生活！在法国大革命爆发以前，梅纳特医生一家仿佛听到了人民群众从他家走过的脚步声，似乎预示着猛烈的暴风雨即将来临。小说写道：“当这一小群亲密的家人坐在伦敦黑暗的窗前时，在遥远的圣安东尼区可以听到另一种脚步声——狂暴的、激烈的和可怕的，以及被脚步声闯入生活的那些人们的悲伤。这些脚步声留下的红色脚印将是很难洗干净的。”

狄更斯将法国革命比喻为“一阵脚步声”。它是从巴黎圣安东尼区的“喉咙”里发出的可怕的咆哮，是一群庞大的黑色的饥饿民众的暴力行动。“黑色的骇人的大海掀起毁灭性的巨浪，一浪高过一浪。这个大海是深不可测的。它的力量是人们未知的。”一方面，作者指出了法国革命的必然性和残酷性；另一方面他又批评了革命的暴力，责怪“在这个人流汹涌的残酷无情的大海里，只听得见号召复仇的声音，只看得见苦难的熔炉中冶炼出来的脸孔。没有丝毫的怜悯，也没有丝毫的宽容”。小说末了，狄更斯设计了一个酷似达奈的青年卡尔顿由于深爱露茜，便混进监狱代替她的丈夫达奈上了断头台。为了爱，他慷慨地做出了自我牺牲。他的死体现了作者的正面理想，也反映了作者将他的人道主义与革命暴力对立起来，倡导不以暴力抗击社会丑恶的抽象理想。他的局限性就不言而喻了。

《双城记》的细节描写内容丰富，手法多样。它使人物形象更加丰满生动，故事叙述更加引人入胜。它总是与作者的象征手法、修辞手段和比喻技巧以及浪漫激情和诗意的渲染相结合，画龙点睛地揭示了主题，展现了相当深刻的社会意蕴，给这部优秀的批判现实主义巨著增添了不可磨灭的光彩。诚如马克思所指出的："现代英国的一批杰出的小说家，他们在自己卓越的、描写生动的著作中，向世界揭示的政治和社会真理，比一些职业政客、政论家和道德家加在一起所揭示的更多。"《双城记》就是狄更斯留给后人的这样一部宝贵的文化历史遗产。

从《双城记》的细节描写不难看出狄更斯的崇高的艺术成就。这位伟大的批判现实主义作家总是站在时代的前列，关注下层民众的生活，无情地揭露社会弊端，对未来充满自信。他的作品给我们带来无尽的思考和有益的启迪，使今天的无数读者打破时空的界限，依然怀念他和敬仰他。

（2013 年第九届全国英国文学学会年会大会发言［长沙］）

附　　录

海明威在广东抗战前线

1. 访华首站为何选在韶关

1941 年，第二次世界大战打得炮火连天，我国抗日战争进入最艰苦的敌我相持阶段。当时，作为经济和军事大国的美国，还没正式参战，而是密切注视着日本军队在中国的动向，希望中国把日本拖住，给自己争取更多的时间，蒋介石也想从美国得到援助。

就在这年的三四月间，美国著名作家欧尼斯特·海明威以纽约《午报》记者身份，偕第三任夫人玛莎·盖尔虹访华。

对海明威访华，许多报刊认为目的是“收集写小说的中国抗战材料”。今天看来，他负有特殊的秘密使命：为美国政府搜集情报，就是到远东看看美国与日本的战争是否可以避免。

对海明威夫妇的到来，国民党政府给予了破格的盛情款待。在重庆，蒋介石亲自接见并宴请海明威夫妇，由蒋夫人宋美龄亲任翻译，交谈了四个多小时。蒋介石还安排海明威夫妇会见了许多国民党军政要员，并飞往成都参观了军工厂和军事学院。其间，海明威夫妇还秘密会见了中共驻重庆代表周恩来。

海明威访华行程的第一站，是从韶关开始的，为何会选在韶关呢？原来，海明威夫妇是先从夏威夷飞抵香港，然后才进入内陆的。当时，国民党军队分为八个战区，韶关属第七战区，是距离香港最近的抗日前线。为亲历中国抗日的最前线，海明威夫妇便选择了韶关作为访华的第一站。当时，日军已侵入粤北纵横交错的山区地带，但机械化部队变得行动不便，失去了优势，双方呈胶着状态。

按当时国民党政府的规定，外国记者到前线采访，必须经过最高司令官的批准。海明威夫妇到第七战区前线访问，这是破天荒第一次。

2. 第七战区司令余汉谋会见海明威

1941 年 3 月 25 日上午 11 时，海明威夫妇从香港机场飞抵粤北南阳机场，受到重庆两位礼宾官员和战区军官代表的迎接。他们一行 7 人乘一辆旧雪佛莱小汽车沿着泥泞的砾石路，傍晚到达韶关市内的“韶关之光”旅馆住下。

第二天上午，海明威受到战区司令官余汉谋和蒋光鼐将军的破格接待。余将军首先表示热烈欢迎，然后介绍了抗战的形势和争取最后胜利的把握，并设午宴招待。

海明威简述了来华的愿望，提出要去前线访问士兵，余司令答应了。

宴会后，战区的楚将军开车陪同海明威夫妇参观了一座佛庙。庙里有 500 尊罗汉和 3 尊巨大的金菩萨，还有个古老的大钟。穿着蓝衣服的和尚们列队欢迎他们。海明威不爱观光，但看到战时有些人生活贫困，出家入庙，颇有感触。

晚间，广东省长为海明威夫妇接风，招待他们喝茉莉花茶、吃广东甜点心。玛莎见到好吃的甜点心，第一次露出笑容，默默地为韶关祝福。

翌晨，海明威夫妇乘一部旧卡车离开韶关，跑了 3 小时走了 56 公里，抵达北江岸边，换坐一艘小汽艇再走到岸边渔村，一排穿棉布军装的士兵拉着 8 匹小马列队迎接他们一行。

他们冒雨出发，走了好久，到一所士官培训学校参观，主人以绿茶和葡萄招待海明威夫妇。接着，他们又冒着大雨走了 5 英里到达一个师部。师部门口搭了一座凯旋门，上面贴了好几条“欢迎正义与和平的使者！”等标语。

师部一位将军给他们介绍了军事形势，如军队的编制、训练、装备和行动部署。海明威夫妇在交战区平静地度过了一个夜晚。

3. 曾在前线破坏过日军设施

第二天早上，海明威夫妇骑马走了 8 公里回到训练营地。海明威应邀向即将毕业的士官们发表了演说。这位平生不爱演讲的知名作家禁不住即席演讲，鼓励士官们英勇杀敌，为祖国立功！

到了上午 10 点，天气寒冷，海明威一行又上了路。他们走走骑骑，走了 40 公里，穿过了一个个村庄。每个村庄都搭起凯旋门迎接他们。村民们过去没有见过白皮肤的外国人，见到他们，分外好奇，特别是孩子们，有的激动得尖叫，有的吓得大哭。

他俩到达了前线一个师部。海明威参加过第一次世界大战，懂得许多军事知识。一位姓王的将军与海明威一起研究了军事地图。他告诉客人：1939 年和 1940 年 5 月，日军从广州分三路几乎打到韶关。他说，日军如再发动进攻，他的部队将以山头上的机枪阵地拖住他们，后备队冲上去，借着大炮的支援把他们消灭。

海明威夫妇半信半疑。他们想，日本人有飞机，中国人没有，但日军确实没拿下韶关。后来，他们了解到日军惨无人道，到处烧杀，激起中国农民的愤怒。农民们将农作物和储备的大米烧光，把不能带走的牲畜全杀掉，给日军留下一片焦土。这一切，加上山区没有大路可走，逼得日军寸步难行。

令海明威开心的是他在前线看到了一场实弹演习。国军向他演示如何协同作战。地点就在离日军阵地 4.8 公里处。真是地地道道的最前线。国军在山头阵地架了机枪，然后士兵们向日军的山头阵地发起进攻……

海明威在韶关期间，还曾在前线破坏过日军设施。当时中央社的报道说：“海明威在韶关时，某夜曾随中国军队分乘三艘沙船向下游驶去……登陆破坏了日军的一些设施，拂晓前安全离去。这次冒险证实：日军占领中国大城市之后，晚上常撤至安全地点，以防中国游击队偷袭。海明威对此留下深刻印象，感到十分满意。”《新华日报》《大公报》《史密斯日报》等都刊载了这一消息。

4. 劝说长官关心士兵冷暖

第七战区驻地分散，遍布粤北山区，公路崎岖不平，加上当时遇到雨季，道路更是泥泞不堪。但海明威夫妇想尽量多地察看前线阵地，便有时骑马，有时步行，艰难地穿行于粤北山路间。

那天的傍晚，海明威的马在雨中跌倒了，海明威竟抱着马走。玛莎急忙劝他把马放下，他不放。他认为可怜的马流血了。后来，经玛莎再三恳求，他才让马自个儿走。海明威一直步行到目的地，全身都淋湿了。

据玛莎回忆录记述，离开韶关下连队时，海明威夫妇就注意到陪他俩的有“四个穿着褪了色的棉军衣的士兵，他们看上去都是 12 岁左右”。到了北江岸边，他们看到“一个排的士兵身着被雨水浸透的棉布军装和 8 名牵着 8 匹小个头马儿的马夫一起立正站着，迎接我们。人和牲畜都冻得瑟瑟发抖”。

初春的粤北，寒意甚浓，海明威看到战区士兵“通常赤着脚，裹腿打在光腿上，身着粗布军装”，实际上他们仍穿着单衣，怎能御寒呢?

海明威看到这些，很生气。他告诉司令官和参谋长，要他们关心士兵的冷暖，不能让他们挨冻，他们才会同心协力去打仗。海明威说到做到，脱下身上的羊毛背心，送给陪同的夏晋熊先生穿上。夏先生接过羊毛背心，心里很感动。

海明威了解到，士兵每人每月领到的津贴大约等于 2. 80 美元或价值更小的大米补贴。这点钱只够买饭吃，买不起其他生活必需品，所以士兵个个面黄肌瘦。玛莎说，他们“像愁眉不展的孤儿”。他俩对士兵穷苦的生活深表同情。

经过与士兵们深入交谈，海明威夫妇发现只作防御战的国军如果没有空军支援，是难以有多大作为的。回国后，海明威曾向美国政府建议增加对华军援，尤其是飞机和飞行员，帮助中国打败日本。

5. 上厕所的尴尬

在前线地区吃饭也不容易。正常情况下，海明威夫妇每天吃两顿饭，大约是上午 9 时和下午 4 时各吃一顿。每顿每人一碗饭和一杯茶。海明威夫妇用自己带的威士忌酒拌开水当饭后的甜食。

在韶关前线期间，海明威夫妇晚上就住在军队驻地的大棚屋里，山区天寒地冻。他俩与卫兵之间仅用一张草席隔开，入睡时冻得浑身发抖。

不过，令玛莎尴尬的是：在村里往往找不到女人方便的地方。在一个村里，公厕是个纪念碑式的竹塔楼，由一个竹梯通上去，顶部用草苫子盖着，下面地上放个大坛子收集大粪。玛莎望着高高的竹塔楼，小心地爬上晃动的梯子，心里很紧张。这时，恰好有人敲响引信帽作为空袭警报。村里人都疏散了，连猪也给赶走了。

海明威站在远处，对着玛莎笑着说："现在怎么样呢?"

玛莎答："没什么！我在这儿!"

这时，一个中队的日本轰炸机从空中飞过，似乎是飞去轰炸昆明的。

玛莎小心地走下竹梯。海明威迎着她，开心地大笑。

6. 喜欢上广东的蛇酒

短短 3 天的访问快结束了。由于滂沱大雨，公路全给水淹了。海明威夫妇只好坐船返回韶关。动身前，战区举行了最隆重的送别宴会，为他俩饯行。

宴会菜肴特别丰盛。一道道菜接着上桌。前线的将军们和上校们围着一张长桌而坐。海明威熟练地用筷子吃着自己喜爱的广东菜。玛莎不习惯用筷子，只好悄悄地拿出随身带在兜里的汤叉和银匙来用，微笑地吃着佳肴。

没料到，宴会迅速变成一场友好的酒仗。海明威勇敢地面对 14 个中国军官的挑战。

一个军官站起来敬酒，海明威起身奉陪，然后两人对饮干杯。他们喝的是一种黄色米酒，玛莎称它为"中国的伏特加"。

不知经过多少巡的连续斗酒，14 位将校军官有一半醉倒在桌子下面，海明威从未喝过那么多米酒，身子有点摇晃，却是一副胜利者的气派，仿佛他在中国前线打了一场胜仗。

其实，海明威最爱喝威士忌。他在香港发现了广东的蛇酒和鸟酒，很快就爱上了，所以到了广东前线，他便入乡随俗，畅饮米酒。他在给朋友的信中开心地描述蛇酒"是一种特制的米酒，酒瓶底盘着几条小蛇。它们是死蛇"。又说，"蛇泡在酒里是当药用的。鸟酒也是一种米酒，但酒瓶底泡着几只死杜鹃。"他特别指出，蛇酒可治疗脱发，他比较喜欢。

在坐船返回韶关以前，海明威夫妇路经一个村子，海明威特地进村买了一壶蛇酒和几串爆竹。他打算带些蛇酒送给他的美国朋友。

（原载《博文周刊》，2011 年 7 月 30 日）

海明威的中国朋友夏晋熊谈海明威

美国小说家欧尼斯特·海明威是个爱交朋友的人。他一生足迹遍及欧美亚非许多地方，拥有许多不同民族、不同肤色和不同职业的朋友。他们当中，除了美国文化圈内的名人以外，还有他的意大利战友、西班牙斗牛士、法国酒店老板、加拿大报人和古巴渔民等。有些人成了海明威的忘年之交。他们的踪影，或寓于他笔下的人物形象之中，或嵌入他往来的书信之间，成了海明威亲切的怀恋。而他的朋友们，在他1961年7月谢世以来，纷纷发表了他们相互交往的回忆录。这一切都使各国学者和读者至今不能忘怀。

海明威也有中国朋友吗？有！当然有。不过，以前鲜为人知。他，就是早年留学美国并荣获经济学博士的夏晋熊教授。海明威曾于1941年春抗日战争期间偕夫人玛莎·盖尔虹来华访问。夏先生就是当年他俩的陪同和翻译。他和海明威夫妇一起跋山涉水、顶风冒雨，走过了艰难而愉快的旅程，为这位著名的美国战地记者和作家初次涉足神州大地的成功之行，做出了可贵的贡献。

承蒙朋友的介绍和帮助，笔者于3年前的一天，走访了夏晋熊教授。虽系初次见面，有点拘束，夏老的热情好客使笔者的陌生感顿时消失。提起海明威，夏老精神焕发，话音铿锵有力，40多年前的往事如数家珍，历历在目。他亲切地回答了笔者提出的问题，并向笔者询问了美国海明威研究的情况。夏老年过七旬，仍耳聪目明，才思敏捷，对答如流，仿佛几十年前陪同海明威访华就是昨天的事，使他记忆犹新。那不平凡的经历成了他亲切的回忆。他为自己有这位杰出的美国朋友感到自豪。

谈话进行了一个多小时，双方感到有说不完的话。笔者十分珍惜这一难得的机会，聚精会神地倾听夏先生的介绍。下面就是访问的笔录。由于交谈后不久，夏晋熊教授便应邀赴美国讲学，故笔录整理后来不及送给他过目，如果与他原意有出入，乃笔者之责任。

1991 年 7 月是海明威逝世 30 周年，现借《译林》一隅将笔录披露于世，以飨读者，并纪念这位曾经支持中国抗日战争的美国作家，促进中美文化交流。

问：夏先生，听说你是海明威访华时的陪同和翻译，对吗？

答：对。我留美返国后，到当时国民党政府的行政院工作，任孔祥熙院长的私人机要秘书。孔先生留美时结识海明威一家人。1941 年 3 月，海明威偕新婚的妻子玛莎·盖尔虹来华访问时，孔先生特地派我陪他夫人宋霭龄女士，专程从重庆飞往香港，陪同海明威夫妇到中国各地访问，负责关照他俩的生活并兼任翻译。

问：美国学者卡洛斯·贝克在他的专著里提到海明威在香港停留时曾会见宋庆龄先生。这是真的吗？

答：这个情况与事实有出入。海明威在香港会见的不是宋庆龄先生，而是她的姐姐、孔祥熙夫人宋霭龄女士。我刚才说过，我和她专程从重庆飞往香港迎接海明威夫妇来内地访问。据我所知，宋庆龄先生当时在重庆，而且住在孔祥熙先生家中。我在离开重庆前曾见过她。

问：海明威在韶关第七战区访问时曾亲临前线会见守卫阵地的士兵，是吗？

答：是的。我们和海明威到达韶关第七战区司令部时，受到战区余司令官和他的参谋长的热烈欢迎。后来，海明威提出要去前线访问士兵，司令官同意了，便派人陪他们跋山涉水到达前沿阵地。海明威在欧洲参加过第一次世界大战，懂得许多军事知识，而且很勇敢。他和中国士兵亲切交谈，观看了他们的营房、武器和阵地，并和他们照了相。

当时，南方虽是初春季节，但丛林里较冷，海明威看到中国士兵们还穿着单衣，很生气。后来，他告诉司令官和参谋长，要关心士兵的冷暖，士兵才会齐心协力去打仗，不能让士兵挨冻。

海明威怕我冻坏了，便把身上的羊毛背心脱下来送给我，让我穿上。我心里很感动。这件羊毛背心经过 40 多年，已经破了几个小洞，但我还细心地保存着。

问：海明威在重庆秘密会见过周恩来吗？

答：是的。记得那天早晨，海明威说要到街上随便逛逛，就和玛莎一起出去了。后来，他告诉我，他俩会见了周恩来。他觉得周恩来英俊博学，有才干，善交际，但认为周恩来过分强调共产党在抗日战争中的作用。这说明海明威对共产党的抗日统一战线的政策很不了解。我记得他跟我有好几回谈过此事。

问：蒋介石亲自接见了海明威夫妇，海明威对蒋介石的印象怎样？

答：海明威夫妇受到蒋介石夫妇的热情接待。海明威认为蒋介石在西安事变后还是主张抗日的，但他周围的顾问有主和派，常常对蒋介石施加压力，要蒋介石打共产党。这反映了海明威对蒋介石抱有幻想。

海明威在重庆看了好几个地方，也接触了不少人，后来他向国民党当局提了许多意见，如大学里进步的教师和学生受到监视和搜捕，报刊新闻没有自由；市民生活太苦，环境又脏又乱，而官员却养尊处优，贪图享乐等等。

由于海明威对重庆政府的批评很激烈，我便受到行政院的批评，说我陪同和接待工作做得不好，甚至怀疑我给海明威介绍了不好的情况。我当时感到一路上吃了不少苦头，最后又挨骂，心里很不高兴。

问：从整个陪同访问期间来看，你觉得海明威怎么样？

答：我对他的印象很不错。他很勇敢、机智和刚强。抗战期间，敌机轰炸频繁，不但生活条件差，而且沿途交通不便，还有危险，他总是谈笑风生。他注重民主，善于观察，敢于当面说出心里话。他认为军队里官兵要平等，政府官员要跟平民百姓同甘共苦。

海明威十分重视友谊。上面提到，在韶关前线时天很冷，他把自己身上的羊毛背心脱下来给我穿。在重庆时，有一天早上，我到宾馆找他，我敲门时通报了自己的名字，他便大声喊我进去。我进门一看，他和玛莎还没起床，两人拥抱在一起，在我面前表示他俩亲密无间的感情。也许，他把我当为自己人，所以根本不回避。

问：海明威抗战期间来我国访问，是件很有意义的大事，你还保存着一些有关的资料吗?

答:是的。海明威访华是很有意义的。他当时已经是个名闻美国国内外的作家和记者了。我有幸当他的陪同和翻译，也是我一生中很有意义的事。

我原来保存着许多陪同海明威夫妇访问的照片和资料，直到1966年。可惜，我在“文革”期间被抄了家，照片和资料几乎损失殆尽，仅留下那件羊毛背心。1987年，在南京大学任教的一位美国教授专程来找我，要求看一看那件羊毛背心。他说，这是一件很有意义的纪念物。我想，它是我和海明威友谊的见证。我仍细心地保存它，准备赴美访问时带去给海明威的亲属，或送给哪个海明威博物馆。

由于“十年浩劫”，宝贵的资料全给抢光或烧光了，已经无法找回。每想到这些，我心里真难过。自己年纪大了，有些细节回忆起来很吃力，因此我想尽量写点东西。

谢谢你给我介绍了美国海明威研究的情况，尤其是玛莎的回忆录。我认为海明威是个很值得怀念的人。

(原载《译林》，1991年第3期)

古巴的海明威

古巴首都哈瓦那郊区的小山上，有个环境优美、引人注目的瞭望田庄。它俯瞰普拉的圣弗兰西斯科小镇，是美国已故著名作家欧尼斯特·海明威的住地，如今是海明威博物馆。每天，来自世界各地的游客、作家、记者和艺术家络绎不绝。透过玻璃窗，能看到海明威的用品和收藏品：11 号大鞋、军靴、圆形金属框眼镜、枪、鱼竿、打猎的战利品，纳粹匕首和世界各地的纪念品。一切陈列都如 1960 年海明威离开时的样子。

1938—1960 年，海明威在古巴整整住了 22 年，生活和工作都很愉快。古巴成了他的第二故乡。在瞭望田庄，海明威的屋里有 9 000 本书，养了 54 只猫和 4 条狗，还有些好斗的公鸡和躲在葡萄架下的蜥蜴，另外种了 18 种芒果树。从田庄到海湾开车仅 45 分钟，那里有大量海鱼，是他垂钓的天堂。美丽的瞭望田庄成为海明威一生中唯一稳定的居所。他在那里度过了创作力最旺盛的大半岁月，写出了《过河入林》《流动的盛宴》《老人与海》《湾流中的岛屿》《危险的夏天》以及《丧钟为谁而鸣》（部分），他还为报刊写了许多文章。他为什么在古巴待这么久？除了迷人的自然环境外，古巴人民对海明威的热情、友好和崇敬也是重要因素。海明威与他们长期友好相处，结下深厚友谊，至今仍流传着许多脍炙人口的故事。

古巴“像母亲一样爱你”

瞭望田庄是哈瓦那郊区的一个农场，内有瞭望塔、游泳池和贵宾楼，附近有网球场、停车场、马厩和一片小树林。后来，海明威又买下旁边的奶牛场，整个小山坡都成了他的财产。他家附近的古巴邻居，有铝匠、烟草工、电车机工、啤酒厂工人、保安和法院职员。他们居住的圣弗兰西斯科是个小镇，镇上有啤酒厂、纺织厂和金属加工厂。海明威喜欢在田庄周围的小路上散步，也常走进酒吧，与他快乐的邻居干几杯。酒至微醺时，他就请邻居说说报纸上关于欧洲战场的消息，然后替人付酒钱。那一刻，酒吧里总是笑声不断。

海明威的外号“爸爸”，本来是家人对他的称呼，后来慢慢传开。在他常去的酒吧里，邻居们都亲切地叫他“爸爸”，就连在他庄园干活的伙计也这样称呼他，就像一家人。

1943 年 7 月，海明威 44 岁生日时，在射击俱乐部参加的比赛中夺冠。左邻右舍在瞭望田庄庆贺、欢唱，附近的渔民给他送来生日礼物——烤全猪，他们兴高采烈地围坐在松树下的餐桌旁，放声高唱古巴民歌，同饮代基里酒。

1954 年海明威获得诺贝尔文学奖，小镇沸腾了。庆祝会在巨大的啤酒厂露天花园隆重举行。庆祝会开始时高奏古巴国歌。有人问主持人，为什么不奏美国国歌？主持人严肃地回答：“海明威已是真正的古巴公民。”接着，古巴人深情地唱起海明威赞歌：

他获得诺贝尔奖，
因为他是创作之虎，
他让我们看到，
他住在这里的时光，
赞比亚的黑豹，
在他面前发抖。
他的书好像在说，
老人就是海明威。

但海是哈图埃（当地啤酒）。
他得奖实至名归，
他喜欢在“彼拉”甲板上迎接强大风暴。
夜晚，他向着丛林和河流诉说，
他爱我们这片土地和我们的海洋。

当海明威发表获奖感言时，他操着美式英语腔的西班牙语宣布将他的诺贝尔文学奖奖章送给古巴的圣母玛利亚。主持人则道出在场古巴人的心声：“海明威，古巴像母亲一样爱你！”

渔民朋友成就《老人与海》

海明威的瞭望田庄里种有 18 种芒果树，常常有渔家小孩子来田庄用石块打落树上的芒果。海明威有些恼火。他穿着短裤，光着上身，拿着一把左轮枪在田庄四周巡视。见到小孩子他就说，芒果你们都拿去吃，别用石头打坏了芒果树。可孩子们却闷闷不乐地走开了。后来，渔民告诉海明威，孩子们是想练棒球，并不想吃芒果。海明威考虑再三，给孩子们购置了全套棒球装备。普拉渔民的孩子们第一次成立了棒球队，取名“基基之星”，以纪念海明威小儿子格里戈利。

海明威很关心小镇的建设，捐款为小镇铺设下水道，为当地穷困病弱之人慷慨解囊。

海明威 5 岁时就跟爸爸学会了钓鱼，后来钓鱼成了他毕生的爱好。与第二任妻子葆琳定居美国的基韦斯特后，他对大海捕鱼兴趣极浓。他结交当地捕鱼能手，常跟船去古巴海域一带捕鱼。1933 年他捕到一条 468 磅的大马林鱼，创造了纪录。翌年，海明威从纽约订购的游艇“彼拉”被运到基韦斯特。不久，他便开着“彼拉”去古巴捕马林鱼。搬入瞭望田庄后，海明威将心爱的游艇停放在哈瓦那码头或柯希马港，像在基韦斯特一样，他喜欢跟当地钓鱼能手交朋友，并同船出海捕鱼。

古蒂列茨曾是“彼拉”的第一任船长。海明威第一次到湾流捕鱼时就遇到他，随后，以他的经历为题材写了《湾流来信：在蓝色的水面上》，发表于1936年4月的《绅士》杂志。它就是16年后问世的《老人与海》的蓝本。古蒂列茨成了小说主人公圣地亚哥的原型之一。

另一个原型是“彼拉”的第二任船长富恩特斯，他是柯希马镇的老渔民，也是海明威的好朋友。他们曾在卡巴纳斯港区目睹一个渔民与一条大马林鱼的凶猛搏击。从渔民身上，海明威深深感受到独立奋斗的精神。

还有个原型是饱经风霜的渔民赫兰德茨，也是一名捕马林鱼的高手。他家境清寒，从小以捕鱼为生，在惊涛骇浪里出生入死。海明威对他十分同情和敬重，将他的身世和经历融入圣地亚哥身上，展现了古巴渔民的坚强性格和不屈精神。

1961年海明威去世后，古巴渔民为了悼念他，在柯希马镇的瞭望台安放了海明威的半身像。哈瓦那佛罗里狄达酒吧大堂的墙上也挂着海明威半身雕像，以表达当地渔民对这位古巴老朋友的深切怀念。

大胡子海明威与大胡子卡斯特罗

在漫长的20余年里，海明威亲身经历了古巴政坛的三次更迭，作为一位知名作家，他表面上受到尊重，创作不受干扰，但前两届虽是亲美政府，却对海明威的民主思想严加提防。1959年古巴革命胜利后，海明威的朋友和私人医生赫勒拉加入新政府，成为海明威与卡斯特罗的联系纽带。

1952年，巴蒂斯塔靠军事政变上台，想结交海明威，授予他卡罗斯勋章，但遭拒绝。一次，巴蒂斯塔为狩猎俱乐部剪彩，作为俱乐部重要成员的海明威却拒绝参加。巴蒂斯塔政府对海明威的态度逐渐变坏，这却促使海明威支持古巴革命。从1955年卡斯特罗领导的“7·26运动”开始，海明威就从赫勒拉那里了解有关情况，并帮助反巴蒂斯塔运动者在瞭望田庄开会和商议。

1958年8月的一天深夜，独裁政府突然搜查瞭望田庄。海明威被惊醒，他的猎狗“马沙科斯”在与军警争斗中被枪杀。这条狗是1949年海明威从美国带到古巴的老伙伴。猎狗之死令他伤心至极，他把它埋葬在游泳池旁，并立碑为记。

古巴形势愈发紧张，海明威的写作受到严重干扰，他被迫撤离古巴。在基韦斯特，他继续关注古巴革命的进程。古巴革命胜利前夕，海明威嘱咐瞭望田庄的管家说：“他们（古巴革命者）要什么，就给他们什么，把所有武器和弹药都给他们。如果他们需要房子，就让他们用，把车子也给当地革命负责人用。”管家一一照办。革命胜利后，所借物品被如数归还。那个枪杀猎狗的中士被绑在电线杆上示众。海明威终于开心地笑了。

很快，海明威返回瞭望田庄并结识了卡斯特罗。早在大学时期卡斯特罗就知道海明威，他曾请赫勒拉带他去田庄看望海明威，未能成行。1960 年，俱乐部举行钓鱼比赛时，卡斯特罗两天内钓了三条大马林鱼，总重量居首，荣获冠军。海明威亲手将奖杯授给卡斯特罗。两人紧紧地握手，热谈半小时。

同年 9 月，卡斯特罗准备去纽约出席联合国大会，美国报刊对他进行恶毒的攻击。海明威知道后与卡斯特罗联系，在田庄热情接待他的代表并提出建议。

10 月，海明威从西班牙访问返回哈瓦那时，小镇的居民几乎全员出动到机场迎接他。他顿感亲切，好像返回久别的故乡。当有记者问他，美国政府对卡斯特罗越来越冷淡有何感想？海明威说，自己是真正的古巴人，不想当“美国佬”。说完，他俯身亲吻古巴国旗，令在场的记者和摄影师吃惊不已。他还对在场的阿根廷记者说：“我们一定胜利！我们古巴人一定胜利！我不是个‘美国佬’，你知道……”可惜，一年半后，他在美国饮弹离世。他没说完的话成了难解之谜。

海明威去世后，家人把整个瞭望田庄和游艇“彼拉”都献给古巴，古巴则将它们改成海明威博物馆，让人们永远怀念这位古巴人民的真诚朋友——海明威。

（原载《世界知识画报》，2009 年第 6 期）

亚得里亚海海滨的海明威盛会

——纪念文学大师海明威逝世30周年

1991年7月是欧尼斯特·海明威（1899—1961）逝世30周年，我不禁想起5年前亚得里亚海海滨海明威盛会的情景。那是第二届海明威国际会议，在意大利东北部的里阿诺市举行。我荣幸地代表我国去赴会，亲身感受到各国学者对我国的崇敬和向往。那动人的景象至今历历在目，令人久久难以忘怀。

东西方学者的首次欢聚

里阿诺是个新兴的海滨城市，风景秀丽，气候宜人。全市仅3万多人口，而旅游旺季时，游客人数几乎也接近3万，他们大都来自西欧各国。海明威国际会议就在市中心附近海滨的会议大厦举行。一座长约100米的引桥从岸边直通矗立在海滩上的大楼，很像我国青岛市的栈桥。涨潮时，海水几乎可达引桥的栏杆下面，大厦犹如水中浮船。放眼望去，水天一色，临海的绿树高楼尽收眼底。

出席会议的有来自欧美十几个国家的专家、学者和博士研究生。我国代表和印度代表是第一次参加，因此受到了与会者的注目。当大会组委会主任、现任美国海明威学会会长路易斯教授把我介绍给里阿诺市市长梅劳伊时，市长先生高兴地说，“中国派专家来参加海明威会议，不仅使会议大为增色，而且使我们里阿诺市民感到很荣幸！”

会议分 5 个专题进行大会发言。我应邀做了题为《20 世纪 30 年代以来中国对海明威作品的翻译和评论》的报告，引起各国学者的浓厚兴趣。我指出：“海明威热”在中国出现过两次高潮，一次是抗日战争期间，海明威以反法西斯战争为主题的短篇小说深受中国读者欢迎，对鼓舞中国人民坚持抗日战争起了积极作用；另一次高潮是在 1978 年改革开放以来，中国几乎每年都有海明威作品的中译本问世，而且很快就被读者抢购一空。

特别令中国读者敬佩的是：海明威在抗日战争最艰难的 1941 年春，偕夫人访问了中国，并秘密会见周恩来。海明威反对日本侵略中国，赞扬中国人民英勇奋战，相信最后胜利属于中国。他甚至真诚地建议美国政府向蒋介石明确表示，美国人民不支持中国打内战。这是非常有远见卓识的。

第二届海明威国际会议的第三天清早，我们一行 70 多人，乘坐豪华大巴到离里阿诺市 30 多公里的一座小城去参观意大利陆军专门为会议举办的战地救护展览会。当我们下车步入一栋三层楼的大院时，一支由 50 多名穿着整齐军装的士兵组成的军乐队高奏迎宾曲。不久，露天欢迎会在大楼门前举行。意大利北部军区司令拉布中将用英文致辞。他说，海明威曾自愿加入意军红十字医疗队，身上留下了 200 多片弹片，他的勇敢精神是意军官兵学习的榜样。后来，海明威又把他的战地经历写进了小说《永别了，武器》，成为一个杰出的作家。1954 年海明威荣获了诺贝尔文学奖。意大利官兵为有这样一个文武双全的国际战友感到骄傲。

接着，英国皇家陆军代表詹姆斯上校讲话。他赞扬海明威年轻时与他们一起战斗过，并把英国护士凯瑟琳写进了他的成名小说，全场报以热烈的掌声。会后，大家参观了陈列在大院两侧的第一次世界大战时意军的救护车、担架和其他急救设备。据说，这些东西是专门从首都罗马的国家军事博物馆借来的。每部救护车前站着两名穿着当年意军制服的女护士，车上挂着红十字旗帜，旁边摆着海明威服役时的照片。这时，军乐队的士兵三五成群地分散在不同的角落，唱起昔日军中流行的意大利民歌，气氛异常活跃，仿佛再现了当时战地生活的情景。接着，我们鱼贯走进大楼，观赏《海明威在意大利》的摄影展览。那黄白色相间的大楼原来是个私人别墅，战时曾被临时征用来作为战地医院。

大楼的左侧有栋两层楼的酒坊，就是那时的病房，曾收容过数百名伤兵。海明威受伤后也在此住过。

中国代表的殊荣厚遇

尽管里阿诺市内高楼鳞次栉比，旋转餐厅引人入胜，但市长梅劳伊先生却选择市郊的一栋茅屋，为会议的胜利闭幕举行冷餐宴会。

我们一行乘坐游艇约半小时，到达一个木制的简易码头。上岸后，只见有栋茅屋屹立在青松翠柏的林荫中，旁边是个幽雅的鹿园，十几只梅花鹿和麋鹿在用原木做成的栅栏里自由走动。四周一片寂静，听不到城里的喧嚣。茅屋里布置独具一格：高高的木横梁上摆着一排排各地驰名的葡萄酒，墙壁上用芬芳的鲜花装点着壁灯，显得多姿多彩。冷餐宴会虽不罕见，但长桌上那盛着菜肴的一排彩色斑斓的巨大贝壳，却令许多学者惊叹不已。看到贝壳里分别盛着对虾、鱿鱼、狮子蟹和大黄鱼等海味，我这个厦门人倍感亲切，好像在家乡一样！我正在夹菜时，海明威的家属代表、他的侄女希拉丽小姐悄悄走近我，请我上她那一桌去就坐。我端着菜去找她时，发现那一桌原来是贵宾席。坐在我左边的是希拉丽小姐，我的右边是海明威的意大利朋友特列尔扬的女儿和孙女。我的对面是北部军区司令拉布中将夫妇、里阿诺地区司令官夫妇和特兰托市市长夫妇。希拉丽小姐向他们介绍我是来自北京的代表时，他们不约而同地点头微笑，表示欢迎。

宴会结束时，我们步入隔壁的会议大厅。梅劳伊市长先生分别向各国学者的代表授予里阿诺市市徽和该市 150 周年的纪念瓷盘。当我上台领取时，全场爆发出雷鸣般的掌声，有人激动地高呼："China！China！"梅劳伊市长和我握手时，闪光灯亮个不停，当地报刊、电台和电视台的记者们以及在座的各国学者纷纷对着我拍照。散会以后，好几位意大利、加拿大、奥地利和美国的教授走过来和我握手，表示祝贺。有位意大利教授说：海明威使我们成了朋友。从他们的话音里可听出对中国的敬仰。我深感作为中国人的骄傲！

（原载《厦门日报》，1991 年 7 月 20 日）

文学力量超越国界

——记中美作家、学者座谈海明威作品

1986年是美国著名小说家、诺贝尔文学奖获得者欧尼斯特·海明威逝世25周年纪念。1月14日，江苏省翻译工作者协会在南京大学组织了一次中美作家座谈会。

参加座谈会的有：美国芝加哥州立大学英文系系主任、知名的海明威研究专家詹姆斯·弗兰德教授，江苏省作协副主席海笑，江苏省译协主席赵瑞蕻、秘书长张柏然，全国美国文学研究会副秘书长李景端、理事杨仁敬，作家梅汝恺、周梅森、薛兵、孙华炳等十多人。

弗兰德教授首先介绍了近年来美国小说的概况和海明威研究的新成果。他认为这两个问题是相互联系的，具有一个共同的特征："创作大于生活。"由于越南战争、水门事件和卡特下台等一系列事件的影响，美国作家的浪漫主义气息又重新活跃起来。他们所塑造的人物形象都"大于生活"，追求一个理想的美国。这些人物是从逆境中挣扎出来的硬汉。从1985年最畅销的非小说来看，名人的传记或自传占有突出的地位。从最受欢迎的体育比赛的解说人、摇滚乐曲歌星、宇航员到天文学家、心理学家以及总统，都成了这类小说的中心人物。作品描写了他们的成名之道：如何从一个默默无闻的小人物变成一个"超人"——闻名全国的英雄。这些人原来出身低微，才华平庸，但他们渴望成功，

追求权力和民族尊严，不屈不挠地奋斗，终于跻身社会上层。还有些作品教人如何自强不息，超越别人，成为商界的“超人”。

在小说方面：通俗小说作家们非常活跃。有的写鬼怪，有的写史前时期的女人，有的写侦探与间谍，甚至化名写哥特式的小说。这类小说素质虽不高，但影响极大，拥有大量读者。他们的小说也反映了小人物对于权力和民族尊严的追求。

严肃作家如索尔·贝娄、伯纳德·马拉默德、约翰·厄普代克、安娜·泰勒、加里逊·凯勒等不断有新作问世。他们善于描写陷入“大于生活”的难以想象的逆境中的普通人，如何顽强地搏斗，终于摆脱了困境，成了生活的主人。黑人女作家艾丽丝·沃克、犹太作家艾萨克·巴什维斯·辛格也有同类主题的作品出现。以上是一类作家，另一类作家是菲立普·罗思、诺曼·梅勒、乔伊斯·卡罗尔·欧茨和海明威。他们笔下的小人物也往往陷入“大于生活”的困境之中。此外，还有阿斯莫夫、汉里恩、布莱德伯里等科幻小说和惊险小说作家。

海明威是个创作“大于生活”的作家。他在世界文坛上享有盛誉。1986年，美国国内外有许多纪念他逝世25周年的活动。最主要的是6月下旬将在意大利里阿诺市举行的第二届海明威国际学术研讨会。各国的海明威学者和笔者也将应邀参加。

1985年，美国出版了3本海明威未发表过的作品：《海明威论写作》《危险的夏天》和《伊甸园》。《伊甸园》的遗稿曾在斯克莱纳出版商的保险箱里放了好多年，现在才与读者见面。其他两部遗稿汇成《湾流中的岛屿》一书，早于1970年问世，至今已再版16次。

关于海明威的研究，也不断有新论著出版，主要是：彼德·格里芬的《海明威的早年生活》、杰弗里·梅尔斯的《海明威传》和威廉·怀特编辑的《海明威在〈星〉杂志上发表的作品》等。

有趣的是美国作家比尔·格兰戈写的一本荒诞小说《海明威的笔记》。它虚构了海明威在古巴生活期间写了一本笔记，详细记载了美国与古巴之间的间谍战。这部通俗小说故事动人，情节惊险，引起了读者的强烈兴趣。

弗兰德教授说，据不完全统计，从1937年至今，美国和世界其他各国有关海明威的论著达380多种，还成立了不少专门研究机构，如美国的海明威学会，法国的里特芝巴黎海明威小说奖和基金会。1986年将举行第八届国际模仿海明威小说的创作比赛，目前已收到各国的稿件2 500多份。（周梅森插话：中国作家也可以投稿吗？弗兰德说：当然欢迎！尤其是中青年小说家，更欢迎你们投稿！）

弗兰德教授20多年来一直从事文学评论和教学工作。他曾于1974—1976年应聘为诺贝尔文学奖提名委员会委员；1984年被聘为里特芝巴黎海明威小说奖提名委员会委员。

弗兰德教授认为，海明威的声誉为什么经久不衰？主要是由于他创造了一种独特的风格，而这种风格来自美国现实生活，为美国和其他国家的读者所熟悉。海明威成功地运用这种风格，描写了死亡、失败、迷惘和幻灭等主题。这些内容“大于生活”，比现实生活更广阔，具有史诗般的魅力，因此，引起了当代读者的共鸣。不仅如此，海明威在小说中运用的对话形式和刻画的人物形象，都栩栩如生，令人感到十分真实。他揭示了一代青年要求在生活中占有一定位置的欲望和追求。他笔下的男女主人公力图按照他们自己的构思来创造生活。如果他们失败了，并不是他们不努力，而是逆境太无情与冷酷。即使他们失败了，他们仍表现出史诗式的英雄气概，以悲剧性的结局告终，犹如海明威本人一样。海明威的风格已成为美国生活和美国文学构成的一部分，对于电影电视都有影响。因此，他受到广大读者和评论家的喜爱。

海笑高兴地说，中国作家没有一个不知道海明威的名字。1959年他就读过海明威的《老人与海》和一些短篇小说，得到了许多有益的启示，特别是对“生活是创作的源泉”这一点感受很深。如果海明威没有海上生活的经验，就写不出《老人与海》；如果他没有亲身参加过第一次世界大战和西班牙内战，就写不出《永别了，武器》和《丧钟为谁而鸣》。海明威刻苦创作，反复修改，一丝不苟。晚年时，有人认为他已“江郎才尽”，但他并不被舆论的压力所压垮，继续写出了力作《老人与海》。这是值得我们学习的。

中篇小说《庄严的毁灭》的作者周梅森14岁就当矿工，在动乱的年代里没机会好好读书，后来靠刻苦自学，“赤手空拳地杀向文坛”（他自己的话），发表了好几篇小说，成了一位专业作家。他回忆最初写作时，曾接触过杰克·伦敦和海明威的作品。现在，海明威小说的中译本，他基本上都收集并读过了（包括一本海明威传记）。他深有体会地说：海明威的小说能给予人精神的力量。海明威小说中的人物都是不怕困难，勇于奋斗的硬汉，能给人以启迪、鼓励和勇气。海明威的影响不仅在技巧上，而且主要是在精神上。他一生不停地战斗，把世界作为竞技场，强调“人可以被毁灭，但不可被打败”。这对青年人的影响更大。历史将会证明：海明威像莎士比亚一样，是属于全世界的。他给读者精神上的影响是永恒的。

荣获波兰文化部显克微支金质奖章的翻译家和作家梅汝恺说，海明威已进入中国文学。早在1949年前，他就读过《丧钟为谁而鸣》。海明威的伟大之处在于他作品中的现实主义精神。这种精神与中国的文学传统是相通的。海明威写自己耳闻目睹的事实，细节描写十分精确。如《老人与海》中对鱼类刻画之精细，几乎与《红楼梦》中人物衣着式样和颜色描写之精细一样。这个共同点，使我们对海明威感到融洽。（弗兰德插话：虽然对中国哲学和文化了解不多，但来中国以后感到很融洽，好像在家里一样。）《老人与海》写的是一个人，却体现了一个世界，技巧不凡。美国历史虽然不长，但美国民族是伟大的民族，富有开拓精神。中国也是个古老而伟大的民族，具有不屈不挠的奋斗精神。我们受了不少苦难，但并不气馁，还在奋斗。海明威的人物也具有不屈不挠的精神。这种精神很接近中国的民族精神，因此，中国读者和作家很推崇他。

梅汝恺的一席话牵动了青年作家薛兵的心。海明威是他最喜爱的一位美国小说家。在座的另一位青年作家孙华炳悄悄地说：“我证明他经常向我推荐海明威的作品。”薛兵认为：最能打动我们的心的，是海明威小说中的精神力量。两次世界大战之间，海明威所处的环境变了，社会习惯被打破，传统的东西被毁灭，爱情、金钱和生活的观念大大改变了。他读海明威作品时恰恰是我国“十年动乱”造成了精神创伤之后，颇有感触。第一次世界大战造就了美国“迷惘的一代”作家。他们不再相信以前作家所描绘的美好生活，精神上无所适从。海明威往往给读者以鼓励，激励他们勇敢地搏斗，去开创自己的生活道路。有人说，海明威善于描写主人公的失败和死亡，薛兵认为海明威也写出了主人公不屈不挠的斗争精神，展示了爱情与生活的可贵和现实的无情。因此，海明威的作品超越了时间和空间，受到中国作家和读者的赞赏。现在，我国读海明威小说的人比25年前多了，喜爱他的人也更多了。

到会的人各抒己见，气氛活跃。李景端向弗兰德介绍了我国翻译和出版海明威作品的情况，并说海明威已经成为我国读者最熟悉的美国作家之一。弗兰德听了非常兴奋，他建议把海明威的非小说作品也介绍给中国读者。最后，他激动地说：江苏的作家和学者第一次召开这样的座谈会，与他讨论海明威作品，他感到莫大的荣幸。作为一个海明威的研究者，他亲自听到了中国作家和学者的评论，扩大了视野，增加了信息。他感谢中国朋友与他共同度过了难忘的时光，希望今后不断增强彼此的学术交流。

（原载《译林》，1986年第2期）

“海明威”的突然袭击

不留情的面试

1980年感恩节前的一天，我从波士顿乘火车去新泽西市，访问普林斯顿大学卡洛斯·贝克教授。他是举世公认的最权威的海明威学家。贝克教授早已退休，该校最大的火石图书馆仍为他保留一间办公室。我走上三楼楼道，贝克教授就迎了出来。他的办公室不大。窗前有张工作台，台上的打字机夹着教授的新作。两边是摆满图书的书架。墙上挂着海明威送他的一幅画，画的是：太阳从山边升起，一个西班牙斗牛士正躺在牛背上。贝克教授身穿米色西装，打着黑色领带。他满头白发，但精神饱满，颇有大学者风度。

宾主坐定之后，便是一阵寒暄。片刻，贝克教授和蔼而严肃地问我：“海明威的作品你都读过了吗?”我答：“他生前发表的作品都读过了。有的到哈佛后又细读一遍。他去世后出版的《流动的盛宴》和《湾流中的岛屿》是来哈佛后读的。这两本书在中国大学图书馆还借不到。”他点点头又笑着问道：“我的书你也都读过了吗?”我坦率地答道：“还没有全读过。我主要读了你的专著《海明威：作为艺术家的作家》。”贝克教授频频点头，脸上泛着微笑。我满以为他对我的“面试”到此为止了。

没料到，他又提出了第三个问题：“海明威在中国读者中反应怎么样?”这个问题我早有准备，便清清嗓子回答，并给了他一份海明威作品中译本目录，其中有我译的短篇《印第安人营地》（载《译林》1979 年创刊号）。他亲切地说："这个短篇选得好！它是了解海明威创作思想的良好开端。"我又补充说明：海明威已成了中国读者最喜爱的美国作家之一。贝克教授感到莫大的欣慰。

听完了我的回答，卡洛斯·贝克教授站起来，为我冲了一杯咖啡。这使我松了一口气。他愉快地说，他很乐意跟我讨论海明威作品的任何问题。话音刚落，我情不自禁地笑了。我终于通过了这位闻名遐迩的大教授对我的"面试"，心里想，要不是哈佛-燕京学院玛丽女士的提醒，我事先做了准备，在贝克教授的"先发制人"面前，我肯定败下阵来，自讨没趣。这次普林斯顿之行必定无功而返！

畅谈海明威

我们开始进行我问他答的对话。"您在专著里提到海明威是个象征主义者。据我了解，他并不同意您的看法。对吗？"我认真选择了第一个问题。贝克教授笑着说："对！的确是这样。海明威本人不承认，但我坚持自己的意见。他在小说中，常用一些象征性的东西，用得很含蓄，而且后来有所发展，可以说是很自然的象征主义。如《永别了，武器》第一章的景色描写：寂静的山峰和烧焦的田野，我认为一个是和平的象征，一个是战争的象征。二者形成鲜明的对照。海明威在小说里常常这么做，但他不承认这是象征主义。又比如《老人与海》中的老人、小孩、鲨鱼和马林鱼。海明威曾对我说，这些都是真实的。有人认为鲨鱼象征恶意的评论家，马林鱼象征他的创作成果。但他说没这个意思。所以，你怎么想，可以自己去解释。我那本专著的手稿付印前，寄给海明威过目。他在我书稿中凡有'象征主义'的字眼旁边都打了问号，还打电话批评我。但我是个批评家，他是个作家，可以有不同的看法，所以我书里没有改。不过，我们还是好朋友。他去世以后，我跟他的夫人和三个儿子都保持联系。"

"你在《海明威的生平故事》里提到海明威的中国之行，非常新鲜有趣。据我了解，海明威生前多次表明，他在世时不许别人给他写传记。你这本书是怎么写的？海明威对中国之行有何感想？"贝克教授得意地答道："不错。海明威生前也对我说过同样的话。他执意不让人家写他的传记，大家就不敢写了。

1961 年他去世后，海明威的出版商（1926 年以来一直出版他的作品）小查尔斯·斯克莱纳约我来写。海明威一生充满传奇色彩。写他的传记绝非小事一桩。我参阅了他的大量手稿，尤其是他与人家来往的大约 2 500 封信件，前后花了 7 年时间才完成。”《华盛顿邮报》称此书是“一个非凡的成就”，“它展现了一位文学巨匠永恒而逼真的画像。”后来，它荣获了普利策传记文学奖，深受各大报刊和读者的青睐。

“据我了解，海明威对中国之行感到很高兴。”贝克教授接着说，“他曾多次去欧洲，但远东之行还是第一次。他一方面是陪玛莎去度蜜月；另一方面是去看看中国抗日战争的情况。他的确见过一些他以前没见过的人和事，看过美丽的桂林山水。旅途很劳累，但增加了新的阅历。他本想写点小说，后来只写了几篇报道。他带回了不少值得纪念的资料和照片，现在收藏在波士顿肯尼迪图书馆。你可以去看看。”卡洛斯·贝克教授接连回答了我提出的 12 个问题。

我们谈得很投机。我悄悄看了手表：交谈快超过两个小时了。我打开书包，取出一幅画了松竹梅的国画送给他，感谢他耐心地为我答疑。他接过国画，赞不绝口。他说这是他最喜爱的花木。如果海明威还活着，他一定也很喜爱。《丧钟为谁而鸣》的结尾，反复突出松树的形象。那不是象征主人公乔登为西班牙人民英勇献身的不朽精神吗？接着，贝克教授打开书柜，取出两本专著《海明威：作为艺术家的作家》和《海明威的生平故事》，并题了词赠给我。末了，卡洛斯·贝克热情地写了一封便函，让我去肯尼迪图书馆找奥加斯特·邹女士，然后，他亲切地拉着我的手，从三楼走楼梯到一楼，一直送我到大门口才依依惜别。

打开研究大门

回到哈佛不久，我乘地铁去波士顿郊外的肯尼迪图书馆，上了三楼“海明威藏书部”，很快找到了奥加斯特·邹女士。她是这个部的主任，见到贝克教授的便函，对我格外热情，立即介绍了海明威手稿和照片的分类情况。我如鱼得水，万分高兴。

后来，我成了该部的常客，利用周末去了多次，每次一泡就是三四个小时，终于找到许多海明威访华的宝贵资料和照片，其中有一张毛泽东的照片——他在延安窑洞前演讲的照片。据说，那是美国记者斯诺拍的。海明威在重庆时见到这照片，就将它捎回家了。没料到，贝克教授的一封便函成了我打开海明威研究大门的一把金钥匙。

拜访这位大教授，遭遇到他不留情面的“面试”，貌似“突然袭击”，实在情理之中。如果你不好好读书，怎么跟名家对话？事实上，与他会面后，我对海明威的兴趣更浓了，读书更用功了，思路也更开阔了。1981 年 9 月回国后，我走访了北京图书馆等地，努力解读海明威的中国之行。可惜，拙作《海明威在中国》1990 年问世时，贝克教授早于 1986 年与世长辞了。我失去了再与他交流的机会。但他昔日对我严格的“面试”和亲切的鼓励永留我心间。

（原载《厦门日报，天天专刊·悦读》，2003 年 6 月 22 日）

海明威故乡橡树园印象

——纪念海明威逝世50周年

2011年7月2日是美国小说家海明威逝世50周年纪念日。我不禁想起1994年冬天走访海明威故乡橡树园时的情景。它给我留下了深刻的印象，如今浮上脑际，更倍感亲切。

我多次去过美国，每次都想抽空去海明威的故乡橡树园走走，却总是来去匆匆，找不到机会细细游览。1993年我考取富布莱特高级访问学者，重返哈佛大学待了一个学期。我的两位导师之一哈里·列文教授建议我去南方待些日子，一定会有新感觉。我接受了他的建议，第二学期去了杜克大学，受到著名学者詹姆逊教授、兰特里基亚教授和菲什教授等人的热烈欢迎。我感到很高兴。

更令我高兴的是遇到了一位来自橡树园的室友彼德。他是英文系硕士生。有一次，我请他吃便饭。他告诉我，他来自海明威的故乡橡树园。他妈妈就在橡树园河林高中教书。我说太好了！我正想去橡树园访问。过了一周，彼德对我说，他爸妈非常欢迎我去访问，给我当向导。我立即记下他爸妈的姓名、住址和电话。我感到橡树园之行可以落实了，真是“踏破铁鞋无觅处，得来全不费工夫”。

不久，学校放假，我回到儿子杨钟宁在印第安波利斯大学里的住处。那里离芝加哥附近的橡树园不远。他正在忙于做实验，撰写博士学位论文。我也致力于尽快完成一本研究生教材，一直挤不出时间去走访橡树园。到了冬天放寒假，一个天气晴朗的日子，我儿子便开车送我和老伴许宝瑞向海明威的故乡橡树园出发。事先，我们与彼德的父母联系好了。

经过两个多小时的行驶，我们终于到达橡树园小镇入口处。远远地，我们看到一辆白色小轿车停在路边，可能是彼德父母的车子。我们的车子缓缓地靠近它停下。果然是彼德的母亲艾琳娜老师。我们相互热烈握手问候。过了一会儿，我们的小车便跟着她的车徐徐地开进橡树园，参观了海明威诞生地、橡树园河林高中和海明威博物馆，圆了我多年的梦。

一、海明威诞生地：一幅惹争议的“孪生姐妹”照片

橡树园小镇位于伊利诺伊州芝加哥市西南郊 8 英里处。原先它叫茨赛罗镇。早年，当地政府想将它并入芝加哥市，居民投票反对，后来独立成镇。小镇美丽而幽静，马路两旁大都是英国式的建筑。交通方便，有多路电车通往芝加哥。许多商人和律师白天去芝加哥上班，晚上回橡树园家里。海明威小时候，他母亲常常带他去芝加哥看文艺演出或参观博物馆。当时家长对子女管教严格，年轻人 18 岁前不能买烟酒或玩台球，不能开车出小镇一步，晚上青少年不许单独外出。政治上，橡树园人崇拜老总统西尔多·罗斯福，追随共和党。许多老人参加过南北战争，橡树园人以此为荣。当地教会常派人去非洲传教，与外界多交往。海明威的叔叔威拉比曾来我国山西省行医传教，回国后常给青少年讲些神秘的东方故事。橡树园文体活动丰富多彩，每年都举办很多赛事，为青年人的成长营造了良好的文化氛围。

海明威诞生地是一栋维多利亚式的三层小楼，坐落在橡树园北路 439 号（现改为 339 号）。欧尼斯特·海明威 1899 年 7 月 21 日诞生在这里。他父亲克拉伦斯·海明威是镇上有名的医生。母亲格拉斯·霍尔教邻居小朋友音乐。老医生夫妇有 5 个孩子，两男三女。海明威排行第二。海明威祖父安森和外祖父霍尔都参加过南北战争立了功。他们常给小海明威讲打仗的故事，他听得很入迷。克拉伦斯从小教他捕鱼、打猎、做动物标本；格拉斯则教他唱歌和拉大提琴。欧尼斯特从小受到良好的家庭教育，在科学和艺术方面全面发展。

海明威诞生地始建于 1890 年，几十年来换了几个主人。1989 年，橡树园镇

商界人士捐款将它赎回，重新装修，将原来的二层楼扩为三层，增建了走廊。1993年秋天小楼被辟为具有历史意义的博物馆，对外开放。海明威诞生的房间在二楼，也供游客参观。屋里有大床、衣柜和桌椅，墙上挂着一些照片。一楼也有许多照片和文字说明，但实物有待充实。一位女讲解员说，房子刚赎回装修不久，有些原是海明威家人的家具和用品佚散了，要花些时间才能慢慢地回收。不过，海明威的亲属很支持，他们陆续寄回一些很有意义的物品。

墙上有一幅放大的照片吸引了我们的目光："孪生姐妹照。"海明威小时候长得很像姐姐马士琳，他妈妈突发奇想：给他穿一身女儿装。春天时，姐弟二人经常穿一样的粉红色花连衣裙，留着长头发，戴着同样的花宽边帽，宛如一对"孪生姐妹"。妈妈越看，心里越高兴，便拿起照相机，给他们在室内外拍了许多照片，流传至今。从照片上看，三岁前的海明威的确像个女孩，跟他姐姐长得一样高。让人家误以为他们是一对"双胞胎"。他母亲要求他俩心里要有"孪生姐妹"的感觉，安排他俩晚上睡同一张床，白天玩同样的娃娃。一对"双胞胎"就这样在邻居中传开了。

没料到，这幅照片竟使一些美国学者将它与海明威的"男子女性化问题"扯上了。他们认为这个问题与海明威母亲早年对他的特殊关照有关。他母亲个性强，事事爱做主，父亲则忍让迁就，所以海明威从小脾气温顺，像个女孩，成年后在文学创作中往往出现内心困惑，铸成"男子女性化之伤"。这个问题曾引起学界之争，至今没有平息。

笔者记起这个问题，便问一位50多岁的女讲解员："为什么海明威幼年时与他姐姐穿一样的连衣裙？"

"这在当时橡树园居民中是很普遍的。"她答道。言外之意，那并不是海明威母亲的独创。

她的回答使我感到：有些学者将这幅照片当成影响海明威毕生创作的心结，理由是不够充分的。没料到，这成了我参观海明威诞生地的意外收获。

艾琳娜老师看到我开心的样子，高兴地笑了。

海明威小时候曾住过几个地方。1905—1906年他家建新房时曾暂时租房，住在丛林北路161号；后来搬进肯尼华思北路600号新房，那是他母亲格拉斯和建筑师菲德尔克一起设计的。海明威住在三楼中间的卧室。他父亲有个办公室和检验室。小楼北边有个音乐室，供格拉斯给邻居小朋友上音乐课，海明威有时候到那里练拳击。1928 年他父亲自杀后，海明威曾责怪过母亲。1963 年，他母亲就把房子卖了，搬到邻近的河林区去住。现在，这栋房子属私人拥有，但仍对外开放。

二、橡树园河林高中：一间“闪亮”的教室

橡树园河林高中是小镇上最好的公立学校，至今仍保持着它的荣誉。学校设备好，师资力量强，教学质量优。许多毕业生考入耶鲁大学、芝加哥大学等名牌大学。橡树园人对此感到自豪。

作为该校一名老教师，艾琳娜抑制不住内心的激动。刚进校门，她就滔滔不绝地给我们做了介绍。

橡树园河林高中在离博物馆东部四个街区的地方，即斯各维尔北路 201 号。它的主楼是一栋维多利亚式的四层大楼，一排排拱顶大窗将大楼点缀得格外引人注目。楼前是一片茂盛的雪松。主楼上有两间不平凡的教室，一间叫牛津室，如今改为海明威室，另一间称为古典室，墙上刻着拉丁文的名称。两间教室年久失修，经过橡树园基金会的资助已修缮一新，还装上电梯，方便游客参观。

海明威教室在主楼三楼。我们顺利地乘电梯上去，只见这间教室的门敞开着，里面大约放了 32 张单人课桌。海明威初中毕业后，与马士琳姐姐一起升入河林高中，从 1913 年待到了 1917 年。他上过课的教室今天仍在使用。但人们并没忘记他。他坐过的课桌上放着一块普通的白色牌子，牌上写着几个黑字“Ernest Hemingway”（欧尼斯特·海明威），班上的同学轮流坐，以此让他们记住海明威勤奋好学的精神。

学校保持对外开放，但事先要与校方约定参观时间。芝加哥地区的中小学生常常利用节假日或周末来集体参观，个人游客也络绎不绝。每个游客走进海明威教室，总要在海明威座位上坐一坐，表达对这位硬汉名作家的敬意和怀念，追寻他在这平凡的教室里茁壮成长的足迹。我也在他的座位上坐了好久，浮想联翩……

艾琳娜说，学校常常利用海明威在校时的表现来教育学生，每年 7 月在海明威诞生或逝世的纪念日子举办晚会，组织学生朗诵他的作品，表演他小说的

片段，促进学生对他的了解，鼓励他们向海明威学习。这些活动受到了师生们的热烈欢迎。

在河林高中时，海明威是个全面发展的学生。课堂上，他认真学习，成绩优秀。课堂外，他热心参加各项文体活动。他尊敬师长，勤奋好学，对阅读和写作情有独钟，喜欢背诵名诗。初中时，他成了校刊《书板》的记者、编辑。到了高中，又当上校文艺刊物《秋千》的编辑，发表了许多报道、故事和诗歌，被称为“小拉德纳”。他加入学生步行俱乐部，一天步行 30 英里，第二天又走了 25 英里，坚持长距离耐力训练。他是校足球队主力队员，水球队队长和步枪俱乐部的射击健将，16 岁时又学会了拳击。他奋发上进，刻苦努力，严于律己，爱与别人竞争。这使他在橡树园的文化氛围中打下了扎实的基础，激发了他对文学的不懈追求，增强了他力争最佳的进取精神。

光阴荏苒，几十年过去了，海明威教室依然闪亮如初，吸引着一代又一代的美国青少年。那平凡的课桌仿佛成了他们心中的海明威硬汉形象，永远激励着他们勇于战胜困难，成为生活中的佼佼者。

三、海明威博物馆：一个奋进的青年形象

温煦的阳光夹杂着几分寒意。艾琳娜老师领着我们到了海明威博物馆。

海明威博物馆坐落在橡树园艺术中心里。这座大楼原先是个教室，大门口竖着六根大圆柱，具有古希腊建筑的庄严气派。我们进了大门，迎面见到大厅里恰好在举办“海明威在橡树园的年代”展览会，屋里四壁挂满了照片，桌上陈列了不少珍贵的实物，包括海明威少年时的日记、手工制品和信件，特别是有一封他在意大利的初恋对象阿格尼斯·裴·库罗斯基护士写给他的信。海明威在第一次世界大战时在意大利负伤，曾住过米兰医院，她在那里护理过他。两人彼此萌生了爱慕之情。后来她返回纽约，给海明威来信表示中断他俩的关系。她最后嫁给一名意大利军官。她的信引起了学界的极大兴趣。

我们拐了个弯，坐进一间录像室。室里有许多录像带和录音带。大屏幕前有几排座椅。我们在前排座位坐下，观看了 6 分钟的录像，内容是“海明威的高中岁月”。这恰好与河林高中的实地访问结合起来，使我们对青年海明威的成

长有了完整的印象。

海明威在橡树园度过了难忘的日子。从橡树园河林高中毕业后，他婉言谢绝了父母要他升入大学的建议，到《堪萨斯之星》报当了7个月的见习记者。后来经朋友的帮助，他通过了体检，志愿到意大利当红十字会医疗队司机。有一天，他到了第一次世界大战前线，不幸被奥匈军队的迫击炮弹炸伤，身上中了270多块弹片，鲜血直淌。他忍着剧烈疼痛背着一名受伤的战友爬行到救护站。他被送往米兰医院手术治疗，后来经纽约返回橡树园家中疗伤。橡树园人知道后把他奉为英雄。河林高中特邀他给全校师生做报告，《秋千》以头条新闻加以报道，并在会前刊登了颂词，配上《橡树园之歌》的曲调，让同学们在报告会上演唱，欢迎海明威。歌词是这样写的：

海明威，我们欢呼你这位胜利者
海明威，你打赢了这一仗
海明威，你高举了战旗
为我们祖国，你获得了荣誉
海明威，我们欢呼你这位先锋
你的事迹处处显示了你的英勇
海明威，海明威，你胜利了
海明威！

看完录像后，我沉浸在无限遐想中。经儿子钟宁提醒，我转身去看了一大本录音带目录。一位女讲解员走过来，笑嘻嘻地介绍说：这里面有几盘海明威朗诵自己作品的带子，特别受欢迎。每逢周末，河林高中常常有学生来借听，游客也很喜爱。他们总是应接不暇，忙不过来。

承蒙她的好意，我顺手挑了一盘带子，坐在录音机旁放了起来。听到海明威在朗诵《老人与海》开篇的一段，我感到很亲切，仿佛海明威的硬汉形象又浮现在眼前。

按照博物馆的规定：除了门票以外，看录像和借放录音都是免费的。门票是：成人3美元，老人和学生2美元。如果博物馆和诞生地连票更优惠：成人5

美元，老人和学生 3.5 美元。两处开放时间是：星期二至星期天。上午 10 时至下午 5 时。星期一闭馆休息。

末了，我们走进博物馆里附设的一家书店。店里书架上、柜台上摆了许多海明威的作品。从学生喜欢的平装本到档次较高的挂袋本都有，真是琳琅满目，令人眼花缭乱。我发现有一本《海明威在橡树园高中：海明威高中作品集（1916—1917）》，正是我在书城波士顿没找到的，立即掏钱买了一本。书里收集了海明威发表于校学生报《书板》的文章 28 篇和刊于校文学报刊《秋千》的文章 17 篇，共 45 篇，近 15 000 字。这些文章，除了短篇小说以外，还有新闻报道、体育报道、特写、诗歌和评论，题材丰富多样，文笔生动活泼。这对一位高中生来说是很不寻常的。它们引起了游客们的极大兴趣。许多专家、学者读了这些文章后指出："海明威风格"在这些作品里已明显表露出来。

橡树园是海明威茁壮成长的摇篮。海明威在家庭、学校和社会三方面的教育下，愉快地步上人生之路。诚如著名海明威专家麦克尔·雷诺兹所说的："海明威最大的幸运在于出生和成长在橡树园。他在那里接受了当时最好的严格而富有挑战性的教育。在橡树园河林高中，他有幸得到多位优秀教师的帮助。他们培养他初露的才华，支持他超越一般同学。"

橡树园博物馆生动地为游客展示了海明威在橡树园奋发向上的青年形象。它使人们心里久久难以平静。

离开博物馆时，艾琳娜老师说，还有几个地方值得参观，比如海明威当年爱去的橡树园公共图书馆、橡树园和河林战争纪念馆、海明威就读过的福尔默斯小学和海明威暂住屋等。眼看太阳西斜了，我们还得赶路，只好婉言谢绝她的好意，留待下一次再访问。

艾琳娜老师开车送我们到镇口，热情地和我们一一握手告别。我深深地感谢她的好客和陪同后，便踏上回家的路。一路上，我思潮澎湃，深感橡树园抚育了海明威。海明威如今成了橡树园一张闪亮的名片。橡树园处处在开拓海明威文化。昔日橡树园的海明威，如今成了海明威的橡树园。它吸引着天下无数的访问者。

（原载《译林》，2011 年第 5 期）

20 世纪 60 年代以来美国的“海明威热”

据说美国著名作家海明威 1928 年收到他母亲邮寄的一块巧克力蛋糕和他父亲自杀刚用过的一支左轮手枪时，立即把手枪扔进怀俄明大湖深处，“望着它激起了水花，渐渐下沉，直到看不见为止。”

这个故事有点荒唐。不过，水倒是有的。许多批评家把海明威的风格比作一条清透的小河。他那质朴的文字像河水一样流畅，他用的名词犹如水中的卵石，他用的介词就像水面上的涟漪。许多研究海明威的博士研究生都在他的水中游弋，探索它们的秘密。

可是，见到河底比看清海明威冰凉的内心要容易多了。海明威的作品比他的一生更容易了解。他驾驭语言的能力到了炉火纯青的地步，他的文字那么简洁有力，令人回味。而他最复杂的题材可能就是他自己的性格。

1961 年 7 月 2 日寂静的清晨，人们还沉浸在星期日的睡梦中，在爱达荷州克茨姆一栋别墅里忽然传出枪声，它在世界各个角落引起了回响。被称为一头老狮子的海明威用猎枪结束了自己的生命。

事情发生以后，《芝加哥太阳时报》用大半版醒目地报道:《猎枪杀了海明威！是自杀还是事故?》尽管海明威的妻子玛丽坚持说这是意外事故，但人们并不怀疑这是自杀。这也许是海明威备受疾病困扰后的第三次自杀。现场调查表明：这个满身伤痕累累的老人在楼下用一支双膛的手枪对准自己的脑门扣动扳机，他的头颅几乎给打碎了。当他夫人从楼上闻声赶下来时，差点吓昏过去。

海明威以塑造硬汉的形象而被载入史册。他强调在任何压力下都要保持人的尊严，不管情况多么危险，不管经历了多少挫折，都要顶得住。《老人与海》中的主人公圣地亚哥有句名言："人可以被毁灭，但不能被打败。"这句话曾激励过无数读者，使他们在逆境中活下去。海明威在世时，也许对他父亲的自杀感到终身遗憾，但他最后竟步他父亲的后尘。这说明：他对于生活已无比厌倦，他的一切幻想都已破灭。他的死与他小说中人物的行动准则是背道而驰的。但这只能表明：他经过多年百病缠身已精疲力竭，情绪混乱到了身不由己的地步。

然而，作为一个现代美国作家，海明威的文学成就在他去世前早已得到全世界的承认。他在 1954 年获得了诺贝尔文学奖。这是他一生创作的最大荣誉。他去世以后，他的作品、他的神话和他的影响无疑将继续存在下去。

20 多年来，海明威的声誉有增无减。美国出现了一个经久不衰的"海明威热"。

欧尼斯特·海明威在 20 世纪 20 年代中期的出现，使美国小说进入了一个新时期。他那精练含蓄的文风、那意志坚强的硬汉形象、那展现两次世界大战充满暴力和爱情的画面，帮助他从一个文艺新兵一跃成为文学大师。他获得了世界声誉。他取得成功的秘诀在于他善于观察他周围的一切。从平凡的家庭生活到硝烟滚滚的战场，他都能揭示时代的风貌。他的题材虽然有限，但它本身又是完整无缺的。他往往把人们关切的问题置于矛盾冲突的中心。他所描写的勇敢、荣誉、爱情、死亡、痛苦和忍受、搏斗以及牺牲等题材都具有普遍的意义。别的作家也写过类似的题材，但他们的模式和风格与海明威不同。海明威有他自己独特的人物、独特的准则和独特的风格。

因此，海明威的一生是那么不平凡、那么充满神话色彩，始终吸引了批评家和读者的注目。他的作品，不像现代美国名作家菲茨杰拉德、福克纳、德莱塞或其他作家那样，经历过大起大落的变化。评论他的小说的文章有两千多篇，专著数百本，可惜谈的大都是有关他的神话，涉及他的作品和人品则为数不多。不过，也许没有别的美国作家像他那样，受到许多批评家的误解和非议。存在主义学派和弗洛伊德学派都力图把他纳入他们的模式。还有不少批评家对他感到失望，认为如果他精神上肉体上的创伤没那么严重，他可能写出更惊人的作品。然而，他并没有失宠。他仍然受到美国学者和读者的喜爱。

60 年代末 70 年代初，美国国内对越战普遍不满。爱写暴力与战争的海明威好像成了一个不合时宜的人物，但作为一个作家，他的声望仍不断在提高。广大读者对他和他的作品的兴趣并没减少。他的出版商小查尔斯·斯克莱纳估计：仅仅在美国，海明威的作品每年销售量达 100 万至 125 万册。1986 年 3 本海明威新传记面世，他儿子杰克也写了一本回忆录。杰克和他几个亲友不久前成立了海明威公司，用他家庭的名字给钓鱼竿和猎装命名出售，并把海明威的外号 Papa 给各种手枪当商标，结果吸引了不少顾客。

有人用弗洛伊德的精神分析法来考察海明威，认为他集各种矛盾于一身，他身上流动着互相对立的两种血液。比如：他热爱他的朋友，像安德森、斯坦因和菲茨杰拉德等，但他又无情地批评他们。他对女人又恨又爱，令人捉摸不透他的意图。他善于描绘冷酷的现实，但有时又加以粉饰。他对生活的观察具有本能的天赋，但他毕生与死亡打交道。他几次绝处逢生，大难不死。1918 年 7 月 8 日深夜，意大利北部前线有颗敌方奥军的炮弹爆炸，使他身中 270 多片弹片。他受了重伤，但并不丧失男子汉的气概。后来他在非洲飞机失事，各国报刊为他登了讣告，他却意外地幸存下来。可是，1961 年夏天，他用自己心爱的猎枪自杀了。他身上的一切矛盾也随之消失。

海明威注重写真实，这是他小说的基调。他比法国作家加缪和萨特更早强调真实性，他厌恶夸张和感伤。不过，他的小说如《有钱人和没钱人》《过河入林》和《伊甸园》则不乏夸张和感伤的色彩。这反映了他内心的另一面。可是，即使他写得最差劲的作品，读者也能从中找到生活的欢乐和恐惧的奇妙的结合。这也许是他谢世至今一直受到美国国内外读者欢迎的原因之一。

然而，美国人对海明威的看法并不都是肯定的。20 世纪六七十年代的女权主义者批评海明威对男女之间的性爱采取了不合时代精神的男人的态度，让《永别了，武器》中的凯瑟琳轻易地死去了。按照他们的说法，让凯瑟琳死于分娩是一种不负责任的行为。它反映了男主人公亨利和海明威本人的自私和麻木。她的死似乎是她自己的过失造成的，不过，这使她的丈夫孤独地留在冷漠的世界上。

有些文学批评家则为海明威辩护，认为这是某时某地生活的反映，并不单指美国的20年代或30年代，而是指任何时候。因此，海明威曾被看成不能真正了解自己的人。他在小说中塑造的许多男性形象往往带有他自己的影子，他们有时掩盖自己的痛苦，行动起来像居心不良的坏蛋，但他们这样做只是为了弥补生活中失去的东西——对别人的兴趣、同情和爱情。这一切恰好是被他们所处的时代剥夺去的。

1980年美国学者发起成立了"海明威学会"，当时会员仅有140人，今天已发展到1 000多人。学会每年在MLA年会上专门讨论有关海明威的学术问题。1985年1月学会在佛罗里达开会探讨了海明威的生平；1984年在巴黎召开了首届海明威国际会议，讨论了海明威在巴黎和西班牙的创作活动；1986年在意大利召开了第二届海明威国际会议，讨论了海明威与外国作家的关系及其在欧亚各国的影响。参加会议的不仅有英美学者，还有法国、意大利、加拿大、奥地利和联邦德国的学者，甚至包括来自远东的中国和印度学者。

海明威基金会还设立海明威小说奖，为每年美国作家创作的最佳短篇小说颁奖，奖金为6 000美元。巴黎里特芝海明威奖每年举行一次国际模仿海明威小说的创作比赛，获奖者可以得到50 000美元。这引起了各国作家的兴趣，有一年参赛的稿件达2 500多篇。

海明威在伊利诺伊州橡树园的故居也吸引了不少国内外学者。每年光临的人络绎不绝。还有些美国学者不远万里，到古巴、法国、西班牙、意大利和肯尼亚等地，追寻海明威的足迹，探索他小说中的奥秘。

1986年去世的美国海明威研究权威学者卡洛斯·贝克说过：他在英国访问时常常听说，每个开电梯的人和出租汽车司机都知道狄更斯。"在美国，"他说，"你可以跟任何一个开电梯的人或出租汽车司机谈论海明威，因为他们都读过一点海明威的小说。"不久前，宾夕法尼亚州立大学对刚入学的几千名大学生进行了调查，请他们列出中学学过的作家和作品中在大学阶段他们喜欢对哪个进行研究，结果莎士比亚名列第一，海明威荣居第二。为了满足读者的需要，斯克莱纳公司不得不接受海明威律师里斯的建议，大量再版平装本的海明威小说，目前据说起码有18种之多。由此可见，美国的"海明威热"还会持续下去。

这段"海明威热"也波及欧洲各地。海明威一直是最受各国欢迎的美国现代作家之一。他的作品已被译成 41 种语言。据有关文献的统计，从海明威去世到现在，有关他的论文达 2 300 篇以上，其中 900 多篇是欧洲人写的。从 1924 年美国著名评论家艾德蒙・威尔逊写的第一篇海明威评论算起，已经过去了 60 多年。海明威生前不管有没有新作问世，总受到各种文学批评家的评论。他逝世以后，仍然如此。现代英美文学评论的各种流派，如新批评派、弗洛伊德心理分析派、结构主义学派、社会文化学派等都想用他们的理论模式来阐释海明威的作品。海明威像他小说中的人物一样，一生大部分时间生活在国外。他给美国读者描写了美国青年在欧洲的生活经历，成了"迷惘的一代"的代表作家。但他的作品又使许多欧洲人觉得他是个地道的美国人。他笔下的人物形象、他的艺术风格和他所倡导的行动准则都具有美国的民族特色。尽管如此，由于海明威的一生与欧洲现代史上的重大事件息息相关，今天，欧洲各国的学者和读者认为，海明威的作品具有特别重大的意义，尤其是在法国、西班牙和意大利，海明威的名字也几乎是家喻户晓的。海明威工作过、生活过和战斗过的地方都设立了明显的纪念标志，成了吸引国内外游客的旅游胜地。

（原载《译林》，1989 年第 1 期）

“美国后现代派小说非了解不可”

——丹尼尔·艾伦教授访谈录

艾伦教授生于1912年，今年93岁了，依然神采奕奕，平易近人，谈笑风生。他是个闻名美国内外的终身教授，当过多年的英文系系主任。他的专长是两次世界大战之间的美国文学研究，主要著作有：《左翼作家》《没有写出的战争》《美国简史》和《美国笔记》等。他曾任美中学术交流委员会副主任，3次访问过中国。1980—1981年，我在哈佛做博士后时，他是我的导师，对我热情指导，严格要求，令我难以忘怀。他常将他书房的钥匙寄放在系秘书那里，让我可随时取钥匙开门进去看书。他讲课简练生动，启发研究生独立思考……往日的情景一幕幕浮现在眼前。艾伦老师说，他想潜心整理自己的著作，生活宽松些，所以几年前向学校要求提前退休，学校批准了。系里仍给他一间宽敞的办公室。他每天清晨从家里骑自行车到办公室看书写作，或校对清样，“退而不休”，自得其乐。我看到他精神如此饱满，心里无比高兴。从他的神情来看，好像有使不完的劲，真有点像中国的俗语：黄忠不认老。我们互相凝视对方片刻，彼此会意地笑了。

“你这次来美国做什么？”艾伦老师亲切地问。

“我是来参加海明威国际会议的。有些美国同行想去中国开下一届海明威国际会议，要我来介绍一些情况。”

“好极了。这很有趣。现在有股热潮，什么会都想去中国开：奥运会、世博会、各种专业会议等等。中国成了一块大磁铁，对各国各行都有吸引力。这是个大变化。”

我频频点头，表示赞许。

“最近几年来，你有哪些科研成果？”艾伦老师话锋一转，问我的近况。我听了又很激动。他仍关心我的学习和研究，仿佛跟25年前一样。

“2000年，我出版了《20世纪美国文学史》，至今已重印了三次。（他插话，‘你涉猎这么广，太好了！’）去年又出版了《美国后现代派小说论》和《美国后现代派短篇小说选》。这是一个中国国家社科基金项目，由我主持，与我的博士生合作完成。以前出版的《海明威在中国》和《海明威传》正在修订，准备再版。另一本《海明威研究》不久将在上海出版。”

艾伦老师满意地笑着说：“你仍然是很用功的！成果真不少。”我深深地感谢他的鼓励。他接着说：“中国几年来改革开放，变化很快。大学生和研究生对美国文学的兴趣日益增大，好极了。一个国家的文化有民族性，也有国际性。不同国家的文化相互交流、相互影响，这是必然的。”

随后，我们把话题转到美国后现代派小说的问题上。

“作为欧美一种哲学思潮，后现代主义已经过去了，但美国后现代派小说仍不断涌现。你觉得怎么样？”我思考良久，终于把想请教老师的问题提出来了。

“我同意你的看法。”艾伦老师不假思索地回答，“作为一种哲学思潮，后现代主义是过去了，但美国后现代派小说出现了一些著名的作家，如德里罗、多克托罗等人，引起了学术界和读者的注目。诚然，美国后现代派小说不好读，有的比福克纳的意识流小说更难读。美国的大学生和研究生也感到困难。但是，不读是不行的。后现代派小说是一个历史阶段的文学现象，非了解不可。所以，他们就去读了。读了之后，他们才知道后现代派小说家也是美国很重要的作家，在国内外影响都很大。关于后现代主义，欧洲学者谈得很多，英语国家的学者也谈得不少。英国、澳大利亚、新西兰、美国和加拿大等国的学者一开起会来就很热闹。各抒己见，争论不休，大家很重视。”

“当前，哪种文论成了美国文学批评界的主流？”我又问道。

“很难说，”艾伦老师若有所思地说，“新历史主义、后殖民主义、生态文学批评等，名目繁多，开会时常有人谈起。但究竟哪个是当前文论的主流？我看还很难说。当代美国小说家受法国先锋派的影响不少。许多人在艺术上做了试验，有的很受读者欢迎，有的尚待历史的检验……生态文学批评将自然科学与人文科学结合起来，提出的问题具有实际意义。”

望着书桌上一叠书稿，我好奇地问艾伦老师正在写什么书？他说，“我正在写一部回忆录，从我出生时的美国总统威尔逊写到克林顿前总统，重点是20世纪30年代。当时，我读乔伊斯的小说，是在毯子里打着手电筒读的。读了第一遍，不知道作者写什么？再读了几遍，才慢慢明白是怎么回事。我长大时，美国小说不多，主要是读英国小说。我是个 Victorian Boy！读多了，对文学的兴趣就增大了，后来我就搞美国文学。我注重文学与文化和历史的关系。”

艾伦老师一席谈，有多层含意：（1）乔伊斯的小说，尤其是《尤利西斯》当时是英美等国的“禁书”，不许学生公开阅读。他是悄悄地偷读的。如今，时过境迁，《尤利西斯》成了现代派的杰作，已译成几十种语言，各国读者都可自由阅读。一部名著的产生经历了多少风风雨雨！（2）20世纪30年代，美国各大学里的课程中英国文学占了绝对比例，美国文学课很少，学生能读到的美国小说不多。美国人真正重视本国文学还是二战后的事。（3）美国文学与英国文学息息相关，搞美国文学也要熟悉英国文学。要重视作品的文本阅读，将基础打宽一些，搞文学研究才能得心应手。当然，文论的研习是不可或缺的。

“后来，我爱看小杂志，”艾伦老师继续说，“美国有许多小杂志，有的办得不比大杂志差。我爱读《洛杉矶时报书评》，不怎么读《纽约时报书评》。读小报刊可了解不少情况。有的作家就是从小报刊走上文坛的。不过，美国小报刊太多，令人应接不暇，要有所选择。”

艾伦老师的经验之谈，令我想起他的专著《左翼作家》。那的确是从大量小报刊的梳理、归纳和分析中研究出真正有影响的左翼作家以及他们在20世纪30年代动荡的岁月里的种种表现。大杂志有优势，小报刊也不能忽视。要善于从各方面选择有用的资料，才能做好研究。

谈完自己的经验和写作计划，艾伦老师便问我目前在研究什么？我说正在研究《新历史主义语境下的美国少数族裔文学》。这是中国教育部人文科学博士点的科研项目之一。艾伦老师饶有兴趣地说：“美国少数族裔文学比较泛，应重点选几个代表作家。究竟选谁？不选谁？值得仔细推敲。”是的，近几年来，美国各大学对黑人文学、亚裔文学和印第安文学比较重视了。哈佛大学也成立《美国黑人文学研究中心》。有些大书店黑人文学另设专柜排列。托妮·莫里森、艾丽丝·沃克、理查·赖特和鲍德恩等黑人作家的小说也在向中学生推荐的“暑假读书”之列。不过，关于“黑人文学”和“亚裔文学”的英文名称则有过一番争论。艾伦老师接着说：“‘African - American’和‘Asian - American’二词之间的‘-’（连续号）要不要？学术界争论了好长时间，后来好不容易才达成共识，将‘-’删掉，成了今天的‘African American’和‘Asian American’，我的书《美国笔记》里有专章论及此事，不妨读一读。”

艾伦老师对我的指导和关照，令我异常激动。我再次对他表示感谢，并邀请他如果再到中国访问时，顺道到厦门大学讲学。他非常高兴地说：“如果有重要的国际会议，我会去中国出席的！我的身体还行。我希望活到一百岁！”

“这个愿望完全可以实现！”我激动地脱口而出。我想，艾伦老师 90 多岁高龄了，仍精神焕发，不倦地工作，一心一意献身学术。他又坚持锻炼身体，天天骑自行车到办公室。眼不花，耳不聋，才思敏捷如旧。在 1 个多小时的交谈中，他潇洒自如，海阔天空，纵横中西，毫无倦意。我深信：艾伦老师活到 100 岁不是梦，完全可能！

（原载《中华读书报》，2005 年 8 月 17 日）

詹姆逊教授与他的马克思主义情结

等待会面

1994 年元月初，我从哈佛大学到达杜克大学的第二天，文学系秘书告诉我：詹姆逊系主任几日内将接见我。我又惊又喜：喜的是很快将见到这位闻名全球的文艺批评家；惊的是时间太紧，怎来得及准备？我以前见过几位大学者，他们喜欢反问你几个问题，摸摸你的底。所以我得好好准备。

弗列德里克·詹姆逊教授原是耶鲁大学法国文学教授，潜心研究马克思主义文论，陆续有论著问世，后转到杜克大学，担任文学系系主任。他和英国的特里·伊格尔顿并称为当代西方两大马克思主义文艺批评家。两人既是同行又是朋友。我到杜克大学前不久，伊格尔顿刚回剑桥大学。他在文学系当了一年客座教授，授课时场场爆满。

与美国其他大学不同，杜克大学的校园分东、西、中三大区，校本部在中区，英文系等系和校图书馆都在那里。附近有个闻名遐迩的大花园。五颜六色的郁金香与北边水库里戏水的中国鸳鸯交相辉映，吸引着北卡罗来纳州各地的游客。文学系在东区，那里还有几个系和其他设施。每 5 分钟有区间车与西、中区对开，一律免费，十分方便。

亲切交谈

过了两天，我准时到文学系会见詹姆逊教授。他的办公室与书房相连。走进书房，首先看到的是墙上一张毛泽东大照片，其他三面全是落地书架，排满了各类图书。过了书房就是他的办公室。只见办公桌对面上有马克思和列宁两张大照片，照片的下面是一张大沙发。詹姆逊先生请我坐下，并端上香喷喷的咖啡。我环顾四周，真不敢相信这是一位美国知名教授的办公室，室内的精心布置显示主人对马克思主义情有独钟。

詹姆逊教授平易近人，和蔼可亲。话匣子很快就打开了。他首先欢迎我以富布莱特高访的身份访问杜克大学，希望有更多的中国学者来访。他曾在北京大学待过 4 个月，留下许多美好的记忆。他到过桂林等几个城市，对中国文化和自然景观赞不绝口。他顺手指着背后墙上几幅画。我定睛一看，是 4 幅桂林山水画。他笑着说，山水画内涵很丰富。多看几遍，仿佛走进了大自然，心情豁然开朗，才思泉涌。我频频点头，表示赞许。

果然，詹姆逊话锋一转，对我发问：中国研究生现在读不读马克思主义经典著作？他们比较喜欢哪几本？我一一简短地做了回答。他又问我：读过他的什么书？我说，读过他的《政治无意识》《语言的牢笼》《马克思主义与形式》和《后现代主义或晚期资本主义的文化逻辑》等 4 本，从中获益匪浅，尤其是第 4 本，已成了我们研究美国后现代派小说的必读参考书。据了解，京沪等地的同行也在读他的书。他听我一说，得意地笑了。

耐心答疑

接着，詹姆逊教授详细而热情地回答了我提出的问题。我边听边做了笔记。我首先提到他在专著里谈到资本主义发展经历了 3 个阶段，产生了与其相适应的 3 种文化模式即现实主义、现代主义和后现代主义。那么，后现代主义的主要特征是什么？它与现代主义的主要区别是什么？

詹姆逊说这个问题他在论著里多次论述过。进入后现代主义，文化已经大众化了。文化工业的出现是它的主要特征。在晚期资本主义社会，商品化的形式在文化、艺术和意识等领域里到处存在。艺术作品日益成为商品，成为人们日常生活中的消费品。商品化的意识同时影响了人们的思想。

现代主义文化是一种精英文化，追求的是高雅文化，主要特征是“焦虑”，如艾略特的长诗《荒原》对一战后欧洲文化衰败的焦虑，但仍有自我，尽管作家感到孤独。后现代主义则让你体验一个变了形的世界，你已在“耗尽”中失去了自我，即自我消失或自我的“零散化”。这就是二者的主要区别。

“美国后现代主义文学会出现伟大的作家吗?”他的回答是肯定的。他认为后现代主义阶段也会像以前那样，会产生伟大的作家。他觉得 E. L. 多克托罗和伊斯梅尔·里德的小说都很不错。

末了，我顺便问他对毛泽东文艺思想的看法。他笑着说：“毛泽东文艺思想是马克思主义文艺理论发展的一个重要阶段。”他读过 5 卷本的《毛泽东选集》。这使我肃然起敬，不由想起留学生刘峰的介绍：有一次，全美文艺理论研讨会在杜克大学召开，詹姆逊教授在主题报告中一字不漏地引用和背诵了毛泽东的名篇《人的正确思想是从哪里来的?》，结果语惊四座，全场报以热烈的掌声。

室外传来的电铃声提醒我：我们的交谈快两个小时了。通常一次会见是一个小时，我该告辞了。詹姆逊教授给我推荐了几本文论的参考书。并建议我也去听听芭芭拉教授、兰特里基亚教授等人的课。末了，他一直送我到大楼门口才依依惜别。

情有独钟的教授们

过了一周，我应邀参加一次聚会，气氛友好而热烈。经济系的德列克教授手上戴着纪念毛泽东诞辰 100 周年的手表，他自豪地对我说：是他访华时在广州买的。东亚系系主任王教授说：他们几个系常联合起来与中国进行学术交流，近期将请北京国际政治经济研究所俞可平所长来讲学，欢迎我去参加。随后不久，我真的见到俞可平所长了。原来他在厦大读了 3 年硕士，毕业后考取北大博士生，最后成了中国第一位政治学博士。他说他很怀念厦大的校园生活。没想到在异国他乡见到了自己的校友!

我也去听了女教授芭芭拉的文论课。那天上午，她领着十几位博士生细读了马克思的《政治经济学批判》导言，逐句逐段地解读文本，然后进行课堂讨论。题目是：什么是经济基础和上层建筑？二者的关系如何？博士生发言十分热烈，令我感动不已。我觉得詹姆逊教授的马克思主义情结已经影响了一些老专家和年轻有为的新一代。

这种影响从每年入学考试也可以看出来。文学系分管研究生工作的莫伊教授是个著名的女权主义文论家。她告诉我：每年报考詹姆逊博士生的大学毕业生达 300 多人，大都来自哈佛、耶鲁、普林斯顿等名牌大学。每年录取的仅有 12—15 人。可见，詹姆逊教授在美国大学生中享有很高的声誉。

詹姆逊简介

弗列德里克·詹姆逊（又译为詹明信，Frederic Jameson，1934— ），美国著名的文艺批评家，生于俄亥俄州，1960 年获耶鲁大学博士学位，后留学法国和德国，精通法文和德文。詹姆逊曾任教于哈佛大学、加州大学圣地戈分校、耶鲁大学和国外多所大学，1985 年至今任杜克大学文学系系主任、比较文学教授，曾 4 次访问中国。主要著作有：《萨特研究》《马克思主义与形式——20 世纪辩证的文学理论》《语言的牢笼——俄国形式主义和结构主义批判研究》《政治无意识——作为社会象征行为的叙述》《理论中的意识形态》《后现代主义或晚期资本主义的文化逻辑》《地缘政治美学——世界体系中的电影与空间》和《文化转向》。他运用马克思关于经济基础与上层建筑的理论来阐述现实主义、现代主义和后现代主义的文化模式，指出电视的普及使人类生活视像化，形象取代语言成了文化转型的标志。形象就是商品。詹姆逊成了当代欧美影响最大的马克思主义文艺理论家和文化批评家。

（原载《厦门日报》，2004 年 6 月 2 日）

好书挚友终不忘

——与美国犹太作家马拉默德的一段书缘

提起美国作家马拉默德先生，我国读者并不陌生。他的短篇小说《魔桶》早已入选我国中学《语文》课本。小说中的男媒人萨尔斯曼善言巧辩，想方设法替自己的女儿找对象，给读者留下难忘的印象。

书信往来

我是1979年认识马拉默德先生的。当时我在南京大学任教，正和两位硕士生翻译他的长篇小说《店员》，不巧给书中一些意第绪语难住了。这种犹太人用的语言，一时找不到参考书，我便壮着胆子给作者马拉默德写信求助。没料到，一个月以后我就收到他的回信。他用英语一一注明了我列出的意第绪语的短语和句子。这真是雪中送炭。不久，译稿顺利交付出版了。马拉默德先生是个誉满全球的美国犹太作家。他的《店员》曾获得美国普利策奖。他还得过两次美国国家图书奖，1983年荣获美国文学艺术科学院颁发的金质奖章。他任美国笔会会长多年，后又当选国际笔会会长。而我们三位译者却是默默无闻的美国文学爱好者。

对话哈佛

译书使我与马拉默德结下不解之缘。1980 年 8 月，我到哈佛大学攻读博士后。入学第一周，我便打电话给马拉默德先生，想去纽约看他。他亲切地说：“杨先生，别急，你初来美国，人地生疏，还是我去哈佛看你！”

冬去春来，一天，马拉默德先生来电话了：“明天到哈佛看你。”我高兴极了，急忙做点准备。我住在校园内一栋教工公寓五楼，房子不大，但环境幽静。第二天午饭后，我早早到一楼大厅等候。2 时许，马拉默德先生笑嘻嘻地走来了。我打开大门迎他，与他热烈握手。他看起来跟书上的照片差不多，虽年过六旬，仍精神抖擞。他身着整齐的西装，鼻梁上架着一副眼镜，蓄着胡子，头发花白，说话和气，平易近人。我颇有相见恨晚之感。

马拉默德在我的宿舍坐定以后，我为他沏茶，请他品尝中国的绿茶、蜜饯和应时水果。他笑嘻嘻地对我说：你这么年轻，能来哈佛深造，真不容易。中国是个历史悠久的国家，有光辉灿烂的文化，有许多东西值得美国人民学习。中美两国人民多来往，相互学习，大有好处。他感谢我们将他的《店员》译介到中国。他认为中国拥有世界上最众多的读者，所以感到特别荣幸。他相信，中国读者会理解和接受他的小说。我频频点头，表示同意他的看法。他还贴近我说，今后再译他的小说，如遇到难点，可随时写信问他，他一定会及时答复的。末了，我送他一条南京挂毯，并请我的朋友杨治中先生为我们合影留念。我请他在他出版的 5 本小说的扉页上一一签了名。他特别请我方便时去纽约他家中做客，我愉快地答应了。临别时，我想送他到地铁站，他谢绝了。他说，以前他在哈佛当过两年客座教授，校园内一草一木记忆犹新，绝不会迷路！

做客纽约

分别后几个月，学期结束了。1981 年 7 月初，我去了纽约市，住在 42 街我国总领馆招待所。第二天上午，我便乘地铁去曼哈顿北部东区拜访马拉默德先生。

我刚到达约定的地铁站大厅时，马拉默德先生就笑着挥手向我走来。他说他家就在附近，拉着我的手往外走。几分钟后，我们一起走进一幢 28 层公寓的大门，门卫向我们点头致意。乘电梯至 14 层，马拉默德夫人安娜女士早已等候在门口，她跟我亲切地握手，然后一起走进他们客厅里就座。片刻，安娜端来了咖啡。

我好奇地望着他家的住房。马拉默德先生看出我的心绪，便说：这是纽约市内很普通的住房。作家收入并不丰厚，主要靠写作，有时去大学兼课。出了好作品，给大学生讲点写作技巧，他们很欢迎。接着，他领我参观了他家的摆设。他的住房很像我国常见的三房两厅两卫。客厅比较大，餐厅靠厨房。书房不大，陈设朴实整洁。那是先生每天写作的地方。他习惯从上午 9 时写到下午 1 时，午饭后休息一小时。下午上街走走，观看千姿百态的行人。如碰上有人争吵，他会上前看看，记下双方的表情。有时他爱光顾小杂货店，跟店主聊几句。我问他：店主是犹太人吗？他说不一定。他不止写欧洲犹太移民在美国的命运，他是为全人类而写作的。

我们聊得很开心，不觉已近中午。安娜亲自下厨，做了一桌地道的意大利菜：通心面和烤牛排。她是个意大利移民的后裔，又擅长烹调，饭后又端来意大利蜜饯和水果，令我大饱口福。告辞时，马拉默德先生执意送我到原先的地铁站。过了一会儿，他走进书房取了 4 枚外国邮票，准备送给一楼的门卫。他的小说已译成 30 多种语言。许多读者给他写信，他平均每天收到两三封信，所以外国邮票比较多。安娜常帮他给读者回信，成了他的内当家兼秘书。他终日忙于创作，对门卫的要求仍记在心上。他名声在外，却像平常人一样生活在老百姓中间。

巨星陨落

1981 年 9 月，我从波士顿经伦敦回国后，仍与马拉默德先生保持联系。承蒙他的鼓励，我又译了他的《基辅怨》和《杜宾的生活》两部长篇小说。我从译书结识了马拉默德先生，两次在美国会面又使我们成了挚友。我们的友谊与日俱增。1985 年冬天，先生来信表示：希望来中国看看。我立即回信表示欢迎。

同时，我找了有关单位，准备给他发个邀请信。可是第二年春天，我忽然接到噩耗：3 月 18 日，马拉默德先生在写作时突发心脏病谢世了，享年 72 岁。我赶忙给安娜去信，深表悲痛和哀悼。

不久，安娜给我回信致谢。1989 年安娜又寄来马拉默德先生未写完的小说《部族人》。我收到后立即动手将它译成中文，发表于南京大学的《当代外国文学》，以寄托对作者的哀思。1993 年 8 月，我被选为富布莱特高级访问学者，又到哈佛大学讲学和从事研究。我听说安娜住在坎布里奇一个小区，就抽空去看她。那天恰好她儿子保尔从首都华盛顿回来，安娜显得格外高兴。她告诉我：先生去世后，学术界很重视。1991 年成立了马拉默德学会，再版了他的 8 部长篇小说和 4 部短篇小说集，出版了他未写完的《部族人》。他的作品又被译成多种语言。说完，安娜顺手从书架上拿了一本新版的 *The Assistant*（《店员》），并代她丈夫签名赠我。我也向她赠送了新版的中译本《杜宾的生活》和一件工艺品。她表示感谢，从柜子里取出一只精巧的紫色玻璃小花篮，请我带给我的夫人。

译缘不断

书缘结成的友谊，冲破了时空的藩篱。2002 年冬天，我接受了吴元迈博导之约，撰写《马拉默德评传》。这是他主编的“世界著名作家评传丛书”之一。当我将这个消息告诉安娜时，她非常支持，并嘱出版商给我寄来一本《马拉默德论生活和工作》。社长在来信中说，这书早已售罄，这是该社自藏的唯一的一本。他的好意真令人感动。我不由加快写书的步伐。

每当我打开马拉默德的英文小说时，仿佛他又笑嘻嘻地向我走来。我的耳边响起他的朋友和同行、另一位杰出的美国犹太作家索尔·贝娄对他的评价：“在马拉默德的话语里，常常可以听到一种难得的、充满个人感情的、真挚的声调。他是个富有独创性的第一流作家。”

（原载《中华读书报》，2004 年 3 月 3 日）

布鲁克斯教授为我答疑

2002 年 3 月，耶鲁—中国友好协会金丹主任率领 4 位教授来厦大举办“美国学”研讨班。厦大世界史研究所所长王旭教授将他的研究生分为两个班，由我的博士生组成一个班，专攻美国华裔文学。经过 10 天的研习和讨论，我班 10 位学员全部拿到结业证书。结业时，负责我班教学的珊妲 · 勒温教授高兴地对我说：“你的博士生与我们英文系博士生水准是一样的，相当不错。祝贺你!”在场的金丹主任也说，他看过 10 位学员写的论文，的确很好。说罢，两位耶鲁嘉宾与我紧紧握手，表示祝贺。

我向他们二位深表谢意，然后说：“这首先归功于你们指导好，其次是他们都很用功。几年来，我给他们上课，用的教材是贵校布鲁克斯、路易斯和华伦三位教授合编的《美国文学》(英文版)，这也是个原因吧!”

“对呀！你在耶鲁待过?”两位耶鲁客人惊讶地问道。

“是的。不过，只有一天。那是 1981 年 7 月初的一天，我专程从哈佛去耶鲁拜访布鲁克斯教授，我们畅谈了大半天。”

“噢，原来这样，欢迎你方便时再来耶鲁做客!”

两位耶鲁教授的一席话，使我情不自禁地想起了与克林思 · 布鲁克斯的会面，心里久久无法平静。

克林思 · 布鲁克斯是美国新批评派的主将之一，论著甚多。他提出的悖论和反讽大大丰富了新批评理论。他不仅勤于著书立说，而且与别人合编了三套教材：一套是《理解诗歌》《理解小说》和《理解戏剧》，这 3 本书分别于 1938 年、1943 年、1945 年问世，至 20 世纪 60 年代后仍是美国高校本科的文学课教材。第二套《文学批评简史》（1957）则成了许多高校的研究生教材。第三套《美国文学》（1973）又成了最有影响的高校研究生教材。在这些教材里，布鲁克斯将新批评的理论、原则和方法如悖论、反讽、非人称化、张力说和细读法发挥得淋漓尽致。所以，新批评派从 20 世纪 30 年代至 70 年代由盛而衰，其文坛上的霸主地位早已成了明日黄花，可是布鲁克斯的声誉却历久不衰。到了 80 年代，他仍应邀到各大学讲学，所到之处，备受欢迎。他和华伦等人合编的教材培养了好几代人。从白发苍苍的老教授到刚跨入大学校门的学生，谁会忘记他？我见过哈佛大学的凯里教授、杜克大学的兰特里基亚教授和普林斯顿大学的迈勒教授。他们都说是靠布鲁克斯编的教材成长起来的。美国大学的文学教学至今仍沿用“细读”方法。由此可见，布鲁克斯的影响是无人可比拟的。难怪有人称他是“教授的教授”。

《美国文学》是我的哈佛大学导师丹尼尔·艾伦教授向我推荐的。我记得此书列在他给博士生参考书目的第一本，属必读参考书。我跟班细读了一年，获益匪浅，便萌生了去拜访布鲁克斯教授的念头。于是，我冒昧给他写了信。

没料到，一个星期以后，我就收到他热情洋溢的回信。他表示很乐意与一个来自伟大的中国的青年学者，一起探讨美国文学问题。他还建议会面地点定在耶鲁大学学生图书馆一楼大厅借书柜台附近。这个地方比较好找，对我这个陌生人来说也比较方便。布鲁克斯教授考虑得很周到。

7 月初某日，一大早，我从波士顿乘“灰狗”长途汽车到康涅狄格州纽黑文，大约花了一个多小时。再从汽车站打的到耶鲁大学校园。只见绿树丛中显露着一栋栋哥特式建筑，雄伟而壮观。小松鼠在一片片绿地上奔跑。虽已放假，树荫下仍有学子在读书。偶有小汽车穿过宁静的校园。严格地说，它跟哈佛大学一样，并没有像中国高校那样有个正规的校门。校园太大又分散。附近街道上车水马龙的喧闹声和阵阵咖啡香，给这座建于 1701 年的名牌大学增添了现代化的色彩。

走进耶鲁大学学生图书馆，我便被宽敞的大厅迷住了。充足的冷气把我身上的热气一扫而光。我径直走到借书柜台，正想开口问问布鲁克斯教授来过没有，忽然一位白发苍苍的长者笑嘻嘻地走到我身边，自我介绍他就是布鲁克斯教授。我紧紧握着他的手，并介绍了自己的姓名。他亲切地拉着我的手，一起走到远离借书柜的一套沙发，才分别坐下。

寒暄了一阵之后，布鲁克斯教授像其他大教授一样，问我是否读过他写的和编的书？新批评理论在中国的反应怎样？不过，他的态度宽容得多，说话低声细语的，显得格外亲切。我的紧张和拘谨很快就消除了。我实事求是地一一回答了他的提问。他不停地点头，报以亲切的微笑，像是对我的鼓励。他虽已75岁高龄，但身体硬朗，精力充沛。他头发全白了，脸上似乎留下他勤奋的痕迹，身体瘦瘦的很结实，穿着一套普通的白色西装，系着领带，步履轻快，脸上挂着微笑，毫无大教授的架子。

听了我的回答，布鲁克斯高兴地说，他很乐意跟我讨论任何双方共同感兴趣的问题。我们的谈话便从他和华伦合编的《美国文学》开始了。

“从《美国文学》来看，您在编写中将文学史和文学作品选读结合起来，写得很好。在评论作家和作品时，都有专节论及时代背景、社会变迁和文化思潮。不过，人们总以为新批评派强调艺术形式，忽略思想内容，更不注意时代背景。作为新批评派主要代表之一，您觉得如何？”

“这个问题提得很好。”布鲁克斯教授笑着答道，“其实，这也许是对新批评派的误解。新批评派内部对作品内容与形式的关系是有不同的看法。你知道，我是主张有机论即整体论的。我认为文学作品的形式和内容是辩证的关系。文学作品首先是件艺术品，所以我们把艺术性放在第一位。但不否认思想内容的重要性。我提出的悖论和反讽，既是艺术技巧问题，又涉及了内容。年轻时我研究过黑格尔和马克思的辩证法，所以常常用辩证法来看待形式与内容的问题。《美国文学》就是一例。但在《理解诗歌》和《理解小说》里，重点则放在艺术分析。诗歌和小说自有它们的功能和特性，自有它们与现实的特殊联系。”

“新批评派提倡‘细读法’（close reading），这个方法已为许多高校师生所接受。您觉得怎么样？”

“这倒是新批评家们的共识。20年代瑞恰慈在剑桥大学教诗歌时，给学生发了隐去作者姓名的诗歌，请他们写出评论交回。结果发现一流的诗篇被评得一无是处，二三流诗作大受赞扬。这就暴露了诗歌评论中的问题。因此，他建议细读原著，改进教学方法，提高分辨能力。后来，他的《实用批评》一书传入美国，逐渐变成重视文本的‘细读’。你要理解和欣赏一件艺术品，你就要仔细阅读文本，逐段逐句理解其语言特色，这样才能真正学进去。细读文本是评论的基础。久而久之，大家感到这个方法好，所以就广泛接受了。”

布鲁克斯教授还回答了我关于悖论、反讽和张力等问题。这里不再赘述。

末了，我问布鲁克斯为什么对诺贝尔文学奖得主、小说家福克纳感兴趣？他写了两本评论福克纳的专著《威廉·福克纳：约克纳帕托法县》（1963）和《威廉·福克纳：走向约克纳帕托法及其以外地区》（1978），影响遍及欧美学术界。

“那是我从中西部到耶鲁大学工作时，系主任说本科生的《福克纳小说》没人教，问我怎么样？我就答应下来了。其实，教学中学生提出的问题往往成了我研究的好课题。那两本专著就是综合学生的问题进行研究后写成的。”

他的回答令我明白：原来美国教授并不是自己爱开什么课就开什么课，也要按工作需要承担任务。可贵的是布鲁克斯教授勇于承担新的课程，并将学生提出的问题加以综合归类，深入研究，终于出了专著，成了远近闻名的“福克纳专家”。这也许是“实践出真知”吧！借书柜的墙上传来12下钟声，布鲁克斯教授站起来说，时候不早了，他要请我去耶鲁教工俱乐部用餐。我礼貌地谢绝。他说已订好单间，不必推辞了。说罢，他拉着我的手往外走。他说俱乐部不远，走几分钟就到了。

用完午餐后，我想告辞。布鲁克斯教授说，别急，还有半个小时可再聊聊，他一般是下午1时半才午休的。我们又畅谈了好一会儿。他为我开了一份文学理论的书单。我们还一起合了影。我怕影响他休息，便起身告辞。他笑嘻嘻地说，“好吧！我开车送你到汽车站！”“请留步！千万别送。我知道怎么到汽车站。谢谢你花了这么多时间为我答疑。请多保重！”

布鲁克斯教授站在俱乐部门口与我亲切地握手告别，直到我走到绿树荫下拐弯处时，仍远远地看到他挥手的身影……

克林思·布鲁克斯简介

克林思·布鲁克斯（Cleanth Brooks，1906—1994），生于美国肯塔基州默里市，先后求学于范德比尔特学院，杜兰大学和牛津大学。他和罗伯特·沃伦合编的《南方评论》杂志影响很大。还和华伦、兰塞姆等合编多本有关美国文学和文学批评的书。1947—1975年，布鲁克斯任耶鲁大学教授，也曾在密歇根大学、芝加哥大学、南加州大学等十多所大学讲学。一直到他去世前，他都是美国人文社会科学院、美国艺术与文学学院，以及皇家文学协会的成员。他是20世纪30年代中期到60年代后期美国文学批评主流学派——“新批评”派的代表人物。主要著作有:《现代修辞学》《精制的瓮：诗歌结构研究》《社团、宗教和文学：散文集》《威廉·福克纳：约克纳帕托法县》《美国南方语言》等，在传播“新批评”派理论和扩大其影响方面起了重要作用。

（原载《中华读书报》，2003年8月20日）

杨仁敬教授学术论著和译作年表

一、专著和编著

1.《海明威在中国》，杨仁敬著，厦门大学出版社，1990 年 9 月。

2.《欧美智力游戏大观》（上、中、下三册），杨仁敬、许宝瑞、杨凌雁、李选文编著，海峡文艺出版社，1993 年 8 月。

3.《海明威传》，杨仁敬著，台北业强出版社，1996 年 6 月。

4.《20 世纪美国文学史》，杨仁敬著，青岛出版社，2000 年 12 月、2001 年 5 月、2003 年 10 月。

5.《美国后现代派小说论》，杨仁敬等著，青岛出版社，2004 年 5 月、2005 年 1 月。

6.《海明威在中国》（增订本），杨仁敬著，厦门大学出版社，2006 年 5 月。

7.《美国文学简史》，杨仁敬、杨凌雁著，上海外语教育出版社，2008 年 6 月。

8.《美国后现代派小说选读》（*Selected Readings in American Postmodernist Fiction*，英文版），杨仁敬、陈世丹主编，外语教育与研究出版社，2009 年 8 月、2011 年 7 月。

9.《海明威：美国文学批评八十年》，杨仁敬著，上海外语教育出版社，2012 年 9 月。

10.《新历史主义与美国少数族裔小说》，杨仁敬等著，上海外语教育出版社，2013 年 12 月。

11.《海明威学术史研究》，杨仁敬著，译林出版社，2014 年 1 月。

12.《简明美国文学史》，杨仁敬著，复旦大学出版社，2014 年 7 月。

13.《学海遐想》(散文随笔集)，杨仁敬著，厦门大学出版社，2016 年 11 月。

二、译作

1.《店员》(长篇小说)，〔美〕伯纳德·马拉默德著，杨仁敬、刘海平、王希苏译，江苏人民出版社，1980 年 1 月。

2.《基辅怨》(长篇小说)，〔美〕伯纳德·马拉默德著，杨仁敬译，江苏人民出版社，1984 年 6 月。

3.《美国青少年读书指南》，〔美〕罗伯特·卡尔逊著，杨仁敬译，江苏人民出版社，1985 年 6 月。

4.《末流演员》(中篇小说集)，〔美〕纳撒尼尔·韦斯特著，杨仁敬译，长江文艺出版社，1986 年 8 月。

5.《紫色》(长篇小说)，〔美〕艾丽丝·沃克著，杨仁敬译，北京十月文艺出版社，1987 年 9 月。

6.“插图本外国古典文学名著丛书”:〔美〕马克·吐温，《汤姆·索亚历险记》;〔美〕梅尔维尔，《白鲸》;〔英〕狄更斯，《大卫·科波菲尔》;〔英〕罗伯特·路·史蒂文森，《金银岛》;〔法〕大仲马原著，《三个火枪手》和〔法〕凡尔纳原著，《海底两万里》、〔美〕谢利·鲍加特等改写；杨仁敬、杨凌雁译，北京少儿出版社，1989—1993 年。

7.《人质》(长篇小说)，〔英〕特伦斯·斯特朗著，杨仁敬等译，海峡文艺出版社，1991 年 8 月。

8.《部族人》(长篇小说，未完成)，〔美〕伯纳德·马拉默德著，杨仁敬译，南京大学《当代外国文学》1990 年第 1 期。

9.《杜宾的生活》(长篇小说)，〔美〕伯纳德·马拉默德著，杨仁敬、杨凌雁译，湖南文艺出版社，1992 年 5 月；译林出版社，1998 年 11 月。

10.《冬天里的尼克松》（回忆录），〔美〕莫尼卡 · 克罗利著，杨仁敬、詹树魁、周南翼译，江苏人民出版社，2000 年 1 月。

11.《自然的故事——皮兰德拉短篇小说选》，厦大六同人译，辽宁教育出版社，2000 年 1 月。

12.《比利 · 巴思格特》（长篇小说），〔美〕E. L. 多克托罗著，杨仁敬译，译林出版社，2000 年 5 月。

13.《译林短篇小说精选》，张柏然、杨仁敬等译，译林出版社，2002 年 5 月。

14.《蝗虫日》（中篇小说），〔美〕纳撒尼尔 · 韦斯特著，杨仁敬译，台北一方出版社，2003 年 7 月。

15.《美国后现代派短篇小说选》，〔美〕威廉 · 加斯、品钦、库弗、德里罗等著，杨仁敬等译，青岛出版社，2004 年 6 月。

16.《蝗灾之日》（中篇小说），〔美〕纳撒尼尔 · 韦斯特著，杨仁敬译，东方出版社，2011 年 7 月。

17.《剑桥美国文学史》（第 8 卷），〔美〕萨克文 · 伯柯维奇主编，杨仁敬、詹树魁、蔡春露、甘文平主译，杨仁敬审校，中央编译出版社，2008 年 3 月。

18.《海明威研究文集》，杨仁敬等译，译林出版社，2014 年 11 月。

后　记

在外教社的催促和帮助下，自选论文集终于完稿了。首先，我要感谢庄智象教授、孙静主任、梁晓莉和苗杨编辑的热情支持。

写论文并不是一件容易的事。从1961年我的第一篇论文《〈鲁滨孙漂流记〉的艺术特色》在《厦门大学学报》（哲社版）发表至今，将近60年了。我总感到还在探索怎样写好论文。虽然到现在为止，我已发表了230多篇论文，还不能说完全把握了写好论文的要领，但经验教训倒是不少。这本自选论文集就是从已发表的论文中挑选出来的（还有几篇未发表的），想与专家们和读者们交流，一方面征询各方面的意见和建议，另一方面能给青年读者们一点有益的启迪。

这本论文集包括四个部分和附录。第一部分美国小说家海明威专论；第二部分美国后现代派小说简论；第三部分美国其他作家泛论；第四部分英国文学散论。附录主要是有关海明威的报道、座谈和访谈录以及对美国一些著名学者、教授和作家的访问记。总之，这个集子主要收集了英美文学方面的论文，特别是研究海明威其人其作、美国后现代派小说的心得体会。至于翻译学和英语教学法方面的论文，暂不收入。这样的选择也许更能突出重点，彰显论文集的特色，对青年学生和研究生们有所裨益。

在论文集里，海明威评论占据的比例最大。我从海明威1941年春天偕第三任夫人玛莎·盖尔虹来华访问入手，系统而深入地评述海明威在巴黎的崛起，

20世纪30年代的政治转向，小说中的硬汉形象和冰山原则，海明威与现代主义、象征主义、存在主义、原始主义和后现代主义的关系，海明威的女性意识，他的小说悲剧等等，以及海明威在美国文学批评语境中的地位及其在中美文化交往中的重要作用。这些深入浅出的解读有助于帮助读者们正确地了解海明威其人其作。

在论文集里占据第二位的是有关美国后现代派小说的简论。20世纪60年代，多事之秋的美国曾出现文学危机。1961年海勒的《第二十二条军规》使美国文学走进了后现代派文学的新阶段。从那时以来涌现了许多名作家和好作品，小说创作尤为突出。80年代“χ一代作家群”的崛起给它增添了新活力。论文集既探讨了美国后现代派小说主题思想的嬗变和艺术风格的特色，尤其它与现实主义小说和现代主义作品的区别，又具体剖析了E. L. 多克托罗、德里罗和伏尔曼等人作品的特点，给人留下比较深刻而具体的印象。

在评论美国其他作家时，论文集注重的是美国少数族裔小说家，如华裔作家水仙花，黑人作家莫里森、沃克和狄基，犹太作家马拉默德和欧芝克以及韦斯特、李昌理和女作家贝蒂和约翰斯等。特别评介了黑人作家新秀艾立克·狄基和他的言情小说。这位新秀可能我国读者还不太熟悉，但他在美国是家喻户晓的。此外，还有几篇关于揭丑派文学、自传文学、中美文化交融的模式和我国美国文学研究的深化和创新的评论和综述，大体反映了我对美国文学教学与研究的一些想法。

论文集最后一部分是英国文学散论，文章仅有7篇，不如前面几部分多。从南京大学到厦门大学，我教过8年英文专业本科三年级的《英国文学作品选读》，对英国文学从古至今比较熟悉，对莎士比亚、笛福、斯威夫特、菲尔丁、狄更斯和萨克雷等作家很感兴趣。但是，我指导硕士生，特别是博士生则主要在美国文学方面，尤其是给博士生开的四门课，除《文学名著翻译》外，其他三门都是美国文学。至于我指导的博士学位论文，则全属美国小说家评论，其中90%以上是评论美国后现代派小说家的。我的科研成果主要也在美国文学方面。

附录收集了12篇文章，主要是通过一些报道、座谈和访谈录给读者们增加丰富的感性知识，以帮助理解前面的海明威评论。同时论文集还收了对我的哈佛大学导师丹尼尔·艾伦、著名文论家弗列德里克·詹姆逊、作家马拉默德和新批评派的主将、耶鲁大学的克林思·布鲁克斯教授的访谈录。这些宝贵资料有助于读者从不同的侧面了解美国文学的过去和现在以及未来的走向。

诗人陆游说，“文章最忌百家衣。”论文贵在创新。从选题到立意，从结构到论述，从材料到语言要写出自己的特色，揭示自己独特的见解和新意。模仿是没有前途的。要虚心学习别人写好论文的经验，不断总结经验，大胆地反复实践，在实践中提高，写出自己的个性来。诚然，发表一两篇论文并不难，难的是做一个有真才实学的学者。祝愿大家开拓创新，持续发挥正能量，为培育新人，推动英美文学研究贡献更多的光与热！

我愿以此与青年读者们共勉。再一次感谢外教社各位的热情支持。

于厦门西村书屋

2017 年 4 月 18 日

2020 年 6 月 2 日补记